# La ciudad pequeña, la gran ciudad

Jack Kerouac

# La ciudad pequeña, la gran ciudad

Traducción de Andrés Barba

EDITORIAL ANAGRAMA
BARCELONA

*Título de la edición original:*
The Town and the City
Harcourt, Brace & Company
Nueva York, 1950

*Ilustración:* © Eva Mutter

*Primera edición: enero 2025*

Diseño de la colección: Julio Vivas y Estudio A


Pau Claris, 172
08037 Barcelona

ISBN: 978-84-339-2913-6
Depósito legal: B. 20968-2024

Printed in Spain

Liberdúplex, S. L. U., ctra. BV 2249, km 7,4 - Polígono Torrentfondo
08791 Sant Llorenç d'Hortons

*a R. G.,*
*amigo y editor*

# Primera parte

# 1

La ciudad pequeña es Galloway. El río Merrimac, ancho y apacible, fluye por ella desde las colinas de New Hampshire y rompe en cataratas provocando un espeso revuelo en las rocas, cubriendo de espuma las viejas piedras hasta llegar a un lugar en el que gira repentinamente en un amplio y apacible remanso, y avanza luego por el flanco de la ciudad, hacia lugares como Lawrence y Haverhill, a través de un valle boscoso, y finalmente al mar en Plum Island, donde desemboca en la infinitud de las aguas y desaparece. En algún lugar al norte de Galloway, en su nacimiento cerca de Canadá, el río se alimenta sin cesar y brota de fuentes sin fin y manantiales insondables.

Los niños de Galloway se sientan a orillas del Merrimac y reflexionan sobre todos estos casos y misterios. En el eco salvaje de la brumosa noche de marzo, el pequeño Mickey Martin se inclina sobre la ventana de su habitación, escucha el rumor del río, el ladrido lejano de los perros, el fragor de las cataratas, y reflexiona sobre los manantiales y las fuentes de su propia vida misteriosa.

A los adultos de Galloway les interesan menos las meditaciones fluviales. Trabajan en fábricas, tiendas, almacenes y oficinas, y en las granjas de los alrededores. Las fábricas textiles de ladrillo, con sus imponentes y sólidas torres, se extienden a lo largo del río y los canales, y bullen y resuenan durante toda la noche. Esto es Galloway, una pequeña ciudad en medio de campos y bosques.

Si alguien saliera por la noche a los bosques que rodean Galloway y se plantara sobre una colina, podría ver todo el amplio panorama: el río que corre lentamente, las fábricas con sus largas hileras de ventanas iluminadas, las chimeneas de las fábricas más altas que los campanarios de las iglesias. Pero algo en el paisaje invisible y melancólico que rodea la ciudad, algo en las estrellas brillantes que asoman cerca de una ladera en la que dormita el viejo cementerio, algo en el suave vaivén de las hojas de los árboles sobre los campos y los muros de piedra relataría una historia distinta.

Se fijaría entonces en los nombres del viejo cementerio: «Williams... Thompson... LaPlanche... Smith... McCarthy... Tsotakos» y sentiría el lento y profundo latir del río de la vida. Un perro ladra en la granja a una milla de distancia, el viento susurra sobre las viejas piedras y en los árboles. He ahí el registro del lento fluir de la vida y la muerte de seres largo tiempo recordados: John L. McCarthy, el hombre de pelo blanco que solía pasear por el camino meditando al anochecer; el viejo Tsotakos, que vivió, trabajó y murió, y cuyos hijos siguen trabajando la tierra no lejos del cementerio; Robert Thompson –se acercaría para leer bien las fechas–, «Nacido en 1901, fallecido en 1905», el niño que se ahogó hace tres décadas en el río; Harry W. Williams, el hijo del tendero que murió en la Gran Guerra en 1918 y cuya antigua novia, ahora madre de ocho hijos, sigue hechizada por su rostro perdido hace tanto; Tony LaPlanche, que se pudre junto al viejo muro. Hay ancianos, vivos aún y que conservan la memoria, que podrían contar muchas cosas sobre los muertos de Galloway.

Si se preguntan por los vivos, bajen por la ladera de la colina hacia las tranquilas calles y casas de los suburbios de Galloway –oyendo el ruido constante del río– y pasen bajo los frondosos árboles, las farolas, crucen los patios de hierba y los oscuros porches, las vallas de madera. En algún lugar al final de la calle verán un semáforo e intersecciones que desembocan en los tres puentes de Galloway que conducen al corazón de la ciudad y a la sombra de los muros de las fábricas. Sigan hasta el centro, por la plaza, donde todo el mundo se encuentra al mediodía, miren a su alrededor y verán los negocios desiertos en la medianoche encantada: la tienda de precio fijo, los dos o tres almacenes, las tiendas de comestibles y bebidas, las farmacias, los bares, los cines, el auditorio, el salón de baile, las salas de billar, el edificio de la Cámara de Comercio, el ayuntamiento y la biblioteca pública.

Esperen ahora a que amanezca, al momento en que las oficinas cobran vida. Los abogados levantan las persianas y el sol invade los despachos polvorientos. Contemplen a esos hombres de pie junto a ventanas con sus nombres escritos en letras doradas saludando con un gesto cuando ven pasar a sus conciudadanos por la calle. Esperen a que lleguen los autobuses cargados de trabajadores tosiendo y malhumorados e impacientes por llegar a la cafetería para tomar otra taza de café. El guardia de tráfico se sitúa en el centro de la plaza, saludando con la cabeza a un coche que le pita jovialmente, un conocido político cruza la calle bajo un sol radiante que se refleja en su pelo canoso, el columnista del periódico local se acerca adormilado a la tienda de puros y saluda al dependiente. Allí hay unos cuantos granjeros en camiones comprando provisiones y comestibles y haciendo algún que otro negocio. A las diez en punto las mujeres llegan en tropel con bolsas de la compra y los niños a la zaga. Abren los bares y los hombres se beben su cerveza matutina, el camarero limpia la barra de caoba y se siente un olor a jabón limpio, cerveza, madera vieja y humo de puro. En la estación de ferrocarril, el expreso que llega de Boston resopla disparando nubes de vapor sobre las viejas torretas marrones del edificio de la estación, los guardias urbanos bajan majestuosamente para detener el tráfico mientras suena y tintinea la campana y la gente se apresura sobre el tren. Ya es de día y Galloway despierta.

En la ladera de la colina, junto al cementerio, el sol rosado se cuela entre las hojas de los olmos, una brisa fresca sopla entre la suave hierba, las piedras brillan a la luz de la mañana, hay olor a marga y a hierba... y es una alegría saber que la vida es la vida y la muerte es la muerte.

Esas son las cosas que rodean las fábricas y comercios de Galloway, las que la convierten en una localidad arraigada en la tierra, en el antiguo pulso de la vida, el trabajo y la muerte, y que hacen que sus habitantes sean gente de pueblo y no de ciudad.

Salgan ahora del centro de la ciudad en una tarde soleada, desde Daley Square, y suban por River Street, donde converge todo el tráfico, pasen por el banco, el instituto de Galloway y el YMCA,[1] y sigan subiendo hasta que empiecen a verse las primeras residencias privadas. Dejen atrás el distrito comercial, con los grandes muros de las fábricas rozando a derecha e izquierda del distrito comercial. A lo largo del río se abre una calle tranquila con algunas serenas funerarias, un orfanato, una serie de caserones de ladrillo y los puentes que saltan hacia los suburbios, donde vive la mayoría de los habitantes de Galloway. Crucen el puente conocido como White Bridge, que se abalanza sobre las cataratas del Merrimac, y deténganse un momento a contemplar el paisaje. Hacia la ciudad se extiende otro puente, la amplia y suave cuenca en la que gira el río y, más allá, un lejano flanco de tierra densamente poblado. Aparten la vista de la ciudad, por encima de las espumosas cataratas, y observen los brumosos confines que incluyen New Hampshire, esa extensión de plácida tierra verde y aguas tranquilas. Junto al río discurren las vías del tren, algunos depósitos de agua y apartaderos, pero el resto es todo bosque. La orilla más alejada del río muestra una carretera salpicada de bares de carretera y puestos ambulantes, y una nueva mirada desde río arriba revelará los suburbios repletos de tejados y árboles. Crucen el puente que lleva a esos suburbios y vuélvanse luego río arriba, sobre el flanco de las poblaciones, a lo largo de la autopista, verán una estrecha carretera de alquitrán que se adentra hacia el interior.

1. Young Men's Christian Association, organización sin ánimo de lucro fundada en 1844 que ofrece actividades y servicios como vía de crecimiento saludable para el cuerpo y la mente. *(N. del T.)*

Es la vieja carretera de Galloway. Justo donde se eleva, antes de sumergirse de nuevo en bosques de pinos y tierras de labranza, se ve una concentración de casas tranquilamente aisladas unas de otras: una residencia de piedra cubierta de hiedra, la residencia de un juez, una vieja casa encalada con un porche de pilares redondos de madera –una granja lechera, como indican las vacas en el campo de más allá– y una casa victoriana con un aspecto gris maltrecho, un seto alto alrededor, enormes y frondosos árboles que casi ocultan la fachada, una hamaca en el viejo porche y un desaliñado patio trasero con un garaje, un granero y un viejo columpio de madera.

Este último es el hogar de la familia Martin.

Desde lo alto del olmo más alto del patio delantero, como podrían atestiguar algunos de los vigorosos hijos de los Martin, puede verse, en un día despejado y sobre tierras de labranza y espesos pinares, hasta New Hampshire y en días excepcionalmente claros hasta las brumosas inmediaciones de las White Mountains, ochenta kilómetros al norte.

La casa atrajo especialmente a George Martin cuando pensó en alquilarla en 1915. Por aquel entonces era un joven vendedor de seguros que vivía en un piso de la ciudad con su mujer y un hijo.

–Por Dios –le dijo a su mujer Marguerite–, pero si es exactamente lo que me recetó el doctor.

Después de aquello, y durante los siguientes veinte años, Martin, en colaboración con la señora Martin, tuvo ocho hijos en esa gran casa: tres hijas y seis hijos en total.

George Martin se dedicó al negocio de la imprenta y logró un gran éxito en la ciudad, primero como impresor por encargo y más tarde como impresor-editor de pequeños boletines políticos que se leían sobre todo en los despachos del ayuntamiento o en los estancos. Era un hombre de ceño fruncido, preocupado, de aspecto viril, corpulento, afable y simpático, que tan pronto podía soltar una carcajada estridente como ponerse sentimental y con los ojos llorosos. Tenía el ceño fruncido en una especie de feroz concentración, un par de espesas cejas negras, los ojos contundentes y azules, y cuando alguien le hablaba tenía la costumbre de alzar la mirada con expresión de curiosidad.

Había llegado de joven desde Lacoshua, New Hampshire, un pueblo rural de las colinas, donde había abandonado un trabajo en los aserraderos en busca de mejor suerte en la ciudad.

Con el paso de los años, su familia había transferido su carácter a la vieja casa gris y a sus terrenos, dándole un aire de sencillez, caos y vidrieras. Era una casa que resonaba con ruidos y conversaciones, música, golpes de martillo, gritos por las escaleras. Por la noche casi todas sus ventanas estaban iluminadas mientras se desarrollaban las innumerables actividades de la familia. En el garaje había un coche nuevo y otro viejo, en el antiguo granero se acumulaban todos los cachivaches que solo una familia norteamericana con muchos hijos puede llegar a reunir a lo largo de los años, y en el desván la confusión y la variedad de objetos eran poco menos que admirables.

Cuando toda la familia dormía en silencio, cuando el farol de la calle que quedaba a pocos pasos de la casa brillaba en medio de la noche y proyectaba las grotescas sombras de los árboles sobre la casa, cuando el río susurraba en la oscuridad, cuando los trenes aullaban camino de Montreal, río arriba, cuando el viento se mecía en las suaves hojas de los árboles y algo golpeaba y vibraba en el viejo granero, uno se podía parar en la vieja carretera de Galloway y mirar esa casa y saber que no hay nada más inquietante que una casa de noche cuando una familia duerme en su interior, algo extrañamente trágico, impregnado siempre de belleza.

## 2

Todos los miembros de la familia que viven en esta casa están inmersos en su propia visión del mundo, acunados en la envolvente inteligencia de su alma particular. Con el sello familiar impreso de algún modo en cada una de sus vidas, llegan a este mundo replegados y furibundos como Martins, un conjunto de personas enérgicas, vigorosas, graves y absortas, tan pronto aterrorizadas y melancólicas, como sonrientes y alegres, ingenuas y astutas, a menudo contemplativas y con la misma frecuencia vorazmente excitadas, todo un clan recio y astuto.

Contémplenlos uno a uno, desde los más jóvenes, que absorben las impresiones del mundo que les rodea como si fueran a vivir para siempre, hasta los más viejos de la familia, que constatan en todas partes y a diario que la vida es exactamente lo que siempre supieron que era. Vean cómo pasan todos ellos por toda una sucesión de días, días rotundos y exuberantes, días de celebración y días de pesadumbre.

El padre de los Martin es un hombre de múltiples ocupaciones: dirige su imprenta, maneja una linotipia y una prensa, lleva la contabilidad. Aparte de eso, se dedica a apostar a los caballos, cosa que hace con ayuda de un corredor de apuestas de un callejón del centro, Rooney Street. Al mediodía charla a gritos con aseguradores, periodistas, vendedores y propietarios de estancos en un pequeño bar de Daley Square. De camino a casa para cenar, se detiene en el restaurante chino para ver a su viejo amigo Wong Lee. Después de cenar se sienta en su estudio con la radio a todo volumen para escuchar sus programas favoritos y al anochecer, acude a la bolera y al billar que gestiona para ganar algo de dinero extra. Allí se sienta en la pequeña oficina a hablar con una congregación de viejos amigos mientras resuenan las bolas de billar, los bolos ruedan y truenan y por todas partes hay humo y ruido de conversación. A medianoche se le ve inmerso en una gran partida de póquer o pinacle que dura hasta bien entrada la noche. Regresa a casa agotado, pero al amanecer se dirige de nuevo a su puesto de trabajo arrastrando el humo del puro tras de sí, y se le ve dando los buenos días a sus socios en la tienda o tomando un buen desayuno en la cafetería junto a las vías del tren.

Los domingos es absolutamente imprescindible montarse en su Plymouth y arrastrar con él a todos los miembros de la familia que le quieran acompañar. Conduce por toda Nueva Inglaterra explorando las White Mountains, los viejos pueblos de la costa y del interior, deteniéndose en cualquier lugar donde la comida o el helado tengan buena pinta, comprando cubos de manzanas Mackintosh y botellas de sidra en los puestos de carretera, y cestas enteras de fresas y arándanos y todo el maíz que le quepa en el suelo del coche. Quiere fumarse todos los puros, jugar en todas las partidas de póquer, conocer todas las carreteras, costas y pueblos de Nueva Inglaterra, comer en todos los buenos restaurantes, hacer amistad con todos los hombres y mujeres de bien, frecuentar todos los hipódromos y apostar en todas las salas de apuestas, ganar tanto dinero como el que gasta, bromear y reír y no parar de hacer chistes... quiere hacerlo todo, y lo hace todo.

La madre de los Martin es una magnífica ama de casa y, según su marido, «la mejor cocinera de la ciudad». Hornea pasteles, asa enormes cortes de ternera, cordero y cerdo, mantiene su nevera repleta de comida, barre, lava la ropa y hace todo lo propio de una madre de familia numerosa. Cuando se sienta a descansar, allí se la ve con sus cartas, barajando, observando por encima de las gafas y previendo buenos augurios, presentimientos de catástrofes, sucesos de todo tipo y calibre. Se sienta a la mesa de la cocina con su hija mayor y adivina el futuro en el fondo de su taza de té. Ve señales por todas partes, está pendiente del clima, lee los obituarios y anuncios de matrimonios y nacimientos, lleva la cuenta de todas las enfermedades y desgracias, de la salud y la buena suerte, vigila el crecimiento de los niños y el declive de los ancianos de toda la ciudad, de los presagios de otras mujeres y la llegada de las nuevas estaciones. Nada escapa a la vasta sabiduría maternal de esta mujer: todo lo prevé, todo lo intuye.

–No hace falta que lo creas, si no quieres –le dice a su hija mayor Rose–, pero la otra noche soñé que mi pequeño Julian venía a verme directamente a la cama, como solía hacer cuando la enfermedad no le dejaba dormir o cuando le asustaba la oscuridad, como hacía el año en que murió, y me decía: «Mamá», me decía: «¿Estás preocupada por Ruthey?» y yo le respondía: «Sí, cariño, pero ¿por qué me lo preguntas?» y él respondía: «No temas más por Ruthey, ya está bien, está bien». No paraba de repetirlo: «Ya está bien». Y tenía el mismo aspecto que las semanas anteriores a su muerte, con la frente pálida y cubierta de sudor, los ojitos tristes abiertos como si no entendiera por qué tenía que estar tan enfermo. Fue un sueño tan vívido. Estaba frente mí, Rose. Y se lo conté a tu padre, y él movió la cabeza de un lado a otro y dijo: «Esperemos que sí, Marge, esperemos que sí». Y ya ves ahora –concluye triunfante–. Aquí está Ruthey, en casa, de vuelta del hospital, y está bien de nuevo, ¡y nosotros que creíamos que estaba en peligro!

–¡Así es! –exclama Rose, levantando la mano en tono cariñosamente burlón–. Ha ocurrido así.

La madre levanta lentamente la vista y sonríe.

–En fin –añade–, podéis decir lo que queráis, pero yo veo estas cosas mejor que todos vosotros. Sueño, me pongo nerviosa cuando siento que va a ocurrir algo malo, y cuando va a haber problemas en casa lo siento también... y eso es justo lo que he estado sintiendo toda la semana, desde que soñé con Julian. También lo vi en las cartas.

–¡Allá vamos! –exclama Rose, sacudiendo la cabeza en señal de derrota–. Ahora tendremos que escuchar el relato completo.

–Siempre es igual –dice la madre con firmeza, como si la niña no hubiese dicho nada–. Mi pequeño Julian me cuenta todas estas cosas. No nos ha olvidado y nos sigue cuidando. Sigue aquí, aunque no le veamos...

–Ah, mamá sabe de lo que habla, no te preocupes –dice Joe, el hijo mayor, con una repentina y tranquila ternura, mientras sonríe tímidamente al suelo y se pasea por la cocina–. Ella lo sabe bien.

Y la madre, esbozando una tenue sonrisa de consuelo y alegría porque su Ruthey ya ha vuelto del hospital, porque lo había previsto en sus sueños y en sus cartas, se sienta pensativa a la mesa de la cocina sobre su taza de té.

La hija mayor, Rose, es una muchacha corpulenta de veintiún años, la «hermana mayor» de la familia, compañera y ayudante incondicional de la madre, una criatura robusta llena de vitalidad, energía y calidez, dueña de una naturaleza grande y generosa. Ahí está de pie junto a su madre mirando ansiosamente en la nevera, caminando por la cocina con unos potentes pasos de un paquidermo que hacen tintinear los platos de la despensa, trayendo la colada en enormes cestos desde el patio. Cuando su hermano favorito, Joe, regresa a casa de sus constantes vagabundeos, grita estruendosamente y lo persigue por toda la casa. Cuando llegan noticias de catástrofes o grandes triunfos, intercambia con su madre una rápida y asombrada mirada profética.

Los pocos amigos varones con los que sale son todos corpulentos como ella, y trabajan en granjas, conducen camiones o realizan duros trabajos en las fábricas. Cuando uno de ellos se corta un dedo o se quema la mano, ella le sienta y le ayuda como corresponde, y le regaña también, furiosamente. Es la primera de la familia en levantarse por la mañana y la última en acostarse.

Desde que tiene uso de razón, ha sido la «hermana mayor». Ahí se la ve al anochecer, de pie en el patio, recogiendo la colada, metiéndola en cestos y regresando al porche, deteniéndose solo un instante para mirar con ceño fruncido a los niños que juegan en el campo cercano, y sacudiendo después la cabeza y desapareciendo en el interior de la casa.

El hijo mayor es Joe, de unos diecisiete años en ese momento. Y este es el tipo de cosas que hace: tomar prestado el viejo coche de un amigo –un Auburn del 31– y en compañía de un joven y salvaje trotamundos como él conducir hasta Vermont para visitar a su chica. Esa noche, tras el furor de las polcas junto a la carretera con sus amigas, Joe se sale con el coche en una curva y choca contra un árbol, y todos quedan desparramados por el lugar con heridas leves. Joe se tumba de espaldas en mitad de la carretera, y piensa: «¡Vaya! Lo mejor es que finja que estoy medio muerto; de lo contrario, tendré problemas con la policía y el viejo me echará una buena bronca».

El caso es que llevan a Joe y al resto al hospital, donde permanece en estado de «coma» durante dos días, sin decir nada, mirando furtivamente a su alrededor, escuchando. Los médicos creen que tiene graves lesiones internas y de vez en cuando, la policía local se acerca para hacer averiguaciones. El amigo de Joe de Galloway, que solo ha sufrido un pequeño rasguño, no tarda en levantarse de la cama, coquetea con las enfermeras y ayuda a fregar los platos en la cocina del hospital, sin saber en qué entretenerse. Se acerca a la cama de Joe veinte veces al día.

–¿Cuándo te vas a recuperar, amigo Joe? –se queja–. ¿Qué te ocurre? Dios, ¿por qué ha tenido que ocurrir todo esto?

Hasta que Joe susurra al fin:

–Cállate, por el amor de Dios –dice y vuelve a cerrar los ojos gravemente, casi piadosamente, con una propiedad y un propósito enloquecidos, mientras el otro chico se queda boquiabierto de asombro.

Esa noche el padre de Joe llega en coche cruzando las montañas para buscar a su salvaje y loco hijo y en mitad de la noche Joe salta de la cama y se viste y sale corriendo del hospital alegremente; un momento más tarde ya lleva a todos de vuelta a Galloway a más de cien kilómetros por hora.

–Es la última vez que haces uno de esos malditos viajes –jura el señor Martin, dando una furiosa calada a su puro.

Su madre teme que vuelva a casa con muletas, mutilado de por vida, pero por la mañana se asoma a la ventana y ve allí a su hijo Joe, tumbado en el patio trasero bajo del viejo Ford del 20, revisando el motor, con una mancha de aceite en el labio que le hace parecer Errol Flynn. Y al día siguiente, ya se puede ver de nuevo a Joe saltando desde la ventana de una vivienda con vistas al canal de Galloway, en el distrito de la fábrica, donde tiene una novia. Joe siempre tiene un trabajo, siempre gana dinero y nunca parece tener tiempo para lamentos ni enfados. Su próximo objetivo es una moto con grandes guardabarros y un brillante manillar.

Su hermano, Francis Martin, está siempre deprimido y enfurruñado. Francis es alto y delgado, y en su primer día de instituto se pasea por los pasillos mirando a todo el mundo sombrío y de mal humor, como si se preguntara: «¿De dónde ha salido esta panda de idiotas?». Con solo quince años, Francis acostumbra a estar encerrado en su habitación, para leer o simplemente para mirar por la ventana. Su familia «no sabe qué le pasa por la cabeza». Francis es el hermano gemelo del difunto y amado pequeño Julian, y al igual que Julian su salud no puede competir con la del resto de los Martin, pero su madre le quiere y comprende.

–No hay que esperar demasiado de Francis –suele decir–, no está bien y probablemente será siempre así. Es un chico extraño, hay que entenderle.

Francis sorprende a todos con su pasmosa facilidad para las tareas escolares, amasando uno de los mejores expedientes de la historia de la escuela... algo que también entiende su madre. Es un joven adusto, sombrío, de labios finos, con una leve inclinación en la postura, fríos ojos azules y un aire de inviolable tacto y dignidad. En una familia numerosa como la de los Martin, cuando un miembro se mantiene al margen de los demás, siempre se le mira con recelo, pero al mismo tiempo se le respeta con curiosidad. Francis Martin, receptor de ese respeto, enseguida es consciente del poder del secretismo.

–No se puede apremiar a Francis –dice la madre–. Es su propio jefe y cuando llegue el momento hará lo que le parezca. Si es tan reservado es porque está pensando en muchas cosas.

–Si quieres mi opinión, está mal de la cabeza –dice Rosey y hace girar su gran dedo alrededor de la oreja–. Recuerda lo que te digo.

–No –dice la señora Martin–, es solo que no le entendéis.

Ruth Martin tiene ahora dieciocho años y está en el último curso del instituto. Acude a bailes, fiestas de patinaje y partidos de fútbol en la escuela; es una muchacha bajita, tranquila y educada, de temperamento alegre y generoso. Es un miembro muy querido de la familia del que se espera que se case a su debido tiempo, críe a sus hijos y cumpla con sus responsabilidades a su manera paciente, confiable y alegre, como siempre ha hecho. En estos momentos desea asistir a una escuela de negocios para aprender secretariado y ser autónoma dentro de unos años. Ruth es ese tipo de chica que no hace ruido en el mundo, esa muchacha de la que nunca se oye hablar, pero a la que se ve en todas partes, una mujer que por encima de todo guarda su alma para sí misma y para un solo corazón.

Peter Martin, de trece años, se queda de piedra cuando ve a su hermana Ruth bailando abrazada a otro chico en el baile del instituto, tras el espectáculo anual de variedades en el auditorio del colegio. Contempla la pista de baile, ese color rosado, vaporoso y entrañable, y descubre que la vida puede ser más emocionante de lo que él suponía. Es 1935, la orquesta toca «Study in Red» de Larry Clinton y todos empiezan a intuir ya la nueva y emocionante música que está a punto de revelarse sin límites. Hay en el ambiente vestigios de Benny Goodman, de Fletcher Henderson y del ascenso de las nuevas grandes orquestas. En la abarrotada pista de baile, las luces, la música, las siluetas que bailan, la reverberación, todo llena al muchacho de nuevos y extraños sentimientos y de una misteriosa congoja.

Junto a la ventana, Peter contempla la melancólica oscuridad primaveral, y se siente abrasado por la visión de los bailarines entrelazados, conmovido por la melodía de la música y sacudido por un anhelo infinito de crecer e ir al instituto, donde él también podrá bailar abrazado a chicas bien torneadas, cantar en el espectáculo de variedades y, con suerte, convertirse él también en un héroe deportivo.

–¿Ves a ese tipo de pelo corto? –le señala Ruth–. ¿El grandullón de allí, que baila con esa rubia tan guapa? Es Bobby Stedman.

Para Peter, Bobby Stedman es un nombre consagrado por las páginas de deportes, una figura nebulosa que aparece en las imágenes de los periódicos del partido Galloway-Lawton del Día de Acción de Gracias, un héroe entre los héroes. Hay algo oscuro, orgulloso y remoto en su nombre, su figura, su aura.

Mientras baila allí, Peter no puede creer lo que ven sus ojos: ¿Es ese el mismísimo Bobby Stedman? ¿No es acaso el mejor, el más rápido, el más duro y mejor *halfback* de todo el estado? ¿No han estampado su nombre en enormes letras de imprenta? ¿No le han dedicado acaso una canción lenta y pomposa que cita su nombre y el orgulloso mundo oscuro que le rodea?

Entonces Peter se da cuenta de que Ruth está bailando con el mismísimo Lou White.

Lou White, ese otro nombre remoto y heroico, esa figura de los campos de deporte bajo la lluvia o la nieve, ese rostro que aparece en los periódicos con el ceño fruncido por el tremendo esfuerzo que conlleva su puesto de central.

Cuando Lou White se presenta en casa de los Martin para

llevar a Ruth a patinar, Peter se queda de pie en un rincón apartado y le mira fijamente con un temor avergonzado. Y el día que Lou White se queda un rato para escuchar el programa de Jack Benny y se ríe de los chistes, Peter está completamente asombrado. Luego, cuando vuelve a verle el día del gran partido de Acción de Gracias, allá abajo en el campo, encorvado sobre el balón, Peter no puede creer que ese dios remoto haya ido a su casa a ver a su hermana y a reírse del programa de radio. El público ruge, el viento otoñal azota las banderas que rodean el estadio, y Lou White recupera a lo lejos el balón sobre el campo rayado, hace placajes sensacionales que provocan rugidos, trota y es vitoreado fuera del campo en la despedida de su último partido para la escuela. Las bandas tocan la canción del *alma mater*, quebrada por el viento.

–Dentro de dos años jugaré en este partido –dice Peter a su padre.

–¿Ah, sí?

–Sí.

–¿No crees que eres demasiado pequeño para eso? Esos chicos de ahí abajo son como camiones.

–Creceré –dice Peter–, ¡y también me haré más fuerte!

Su padre se ríe, y desde ese momento Peter Martin se siente hechizado por todos los fantásticos y fabulosos triunfos que le esperan en la vida.

Si en alguna perfumada noche de abril, ven a Elizabeth Martin, de doce años, paseando lúgubre bajo los árboles goteantes y húmedos, enfurruñada, feroz y solitaria, con las manos metidas en los bolsillos de su pequeña gabardina marrón, mientras considera la horrible realidad de la vida y medita al regresar lentamente a su casa, tengan la seguridad de que a la oscuridad y el terror de sus doce años seguirá más tarde un sol maduro y cálido en sus días de mujer.

O si observan a ese niño, el de la pequeña cara resuelta, el que se humedece brevemente los labios antes de responder a cualquier pregunta y camina con determinación y absorto hacia su objetivo, el que juguetea solemnemente en el sótano o en el garaje con cualquier artefacto o viejo motor, y habla muy poco y mira a todo el mundo con unos impasibles ojos azules de seriedad absoluta, si examinan atentamente a ese niño, Charley Martin, de nueve años, mientras lleva a cabo las tareas de su joven y segura existencia, verán aparecer sobre él unas alas oscuras que parecen opacar la extraña luz de sus ojos pensativos.

Y finalmente, si en algún atardecer nevado, con la luz del sol cayendo de costado sobre el flanco de una colina, con la luz rebotando en las ventanas de una fábrica, se encuentran a un niño de seis años, un niño llamado Mickey Martin, inmóvil en medio de la carretera con un trineo tras él, aturdido por el súbito descubrimiento de no saber quién es, ni de dónde viene, ni qué hace allí, recuerden que todos los niños salen del vientre materno sin saber que la soledad es su legado y su único medio también para reencontrarse con los hombres y las mujeres.

Así es la familia Martin, los mayores y los más jóvenes, hasta los más pequeños, fantasmas fugaces de una prole que crecerá y alcanzará su tamaño, y recorrerá las estaciones y tendrá una enorme presencia como las demás, y se consumirá salvajemente a través de los días y las noches de la vida, colaborando con la extraña articulación melancólica a las pobres cosas de este mundo, pero también a las más ricas y oscuras.

## 3

Sobre Galloway y la casa se suceden los tiempos, cruza los cielos la majestuosidad estacional. El gran invierno retumba en sus cimientos y comienza a derretirse, el agua corre bajo de la nieve, los témpanos se agolpan en las cataratas y el aire se torna ruidoso de pronto con un lírico deshielo.

El joven Peter Martin oye el largo y resonante ulular del tren de Montreal, roto e interrumpido por algún desplazamiento de la brisa de marzo, oye las voces que llegan de repente con el viento desde el otro lado del río, ladridos, llamadas, golpeteos, que cesan casi tan pronto como aparecen. Se sienta en la ventana expectante, los aleros gotean, algo resuena como un trueno lejano. Mira hacia arriba, hacia las nubes quebradas que huyen atravesando los cielos rasgados, batiéndose sobre su tejado, sobre los árboles que se mecen, desapareciendo en hordas, avanzando en ejércitos. Hay un aroma a abedul pegajoso, rancio y repleto de olores como a barro negro y húmedo, a ramas negras que se deshacen en el suelo enmarañado del pasado otoño disolviéndose en un amasijo fragante, a olas enteras de viento que avanza, la vaga brisa de marzo.

Siente algo embriagante y salvaje en su sonido, de modo que se apresura a salir y recorre las aceras, a su alrededor hay una gran brisa a la deriva, algo suave y musical, un deshielo, una especie de aliento caliente. En la calle ve la nieve flácida, las alcantarillas que tragan, el deshielo ruidoso, la novedad por todas partes. Avanza dejándose llevar por todas las indecibles premoniciones de primavera. Tiene que darse prisa para llegar a casa de Danny, para jugar con él en la nieve derretida, para hacer bolas de nieve y lanzarlas en el aire brumoso contra los negros troncos de los árboles, para gritar y que sus voces queden entrelazadas con toda esa serie de sonidos que llegan de todas partes.

–Cuando la nieve se derrita, nos tiraremos unas bolas para soltar un poco el brazo y recuperar ese *swing* mágico, ¿eh, Dan?

–¡Sí!

El «¡Sí!» del chico resuena en el campo como el sonido de un claxon. Hacen un muñeco de nieve y lo acribillan a bolazos, y entonces llega el atardecer y el cielo de marzo enloquece y se funde en unas furiosas nubes púrpuras. En un instante el sol se dejará ver entre ellas y se encenderá en llamas en todas las ventanas de Galloway, y las ventanas de las fábricas serán mil luminarias rojas que rebotarán luego en los cielos y el río.

–¡Sí!

A continuación llegan las lluvias, abril disuelve la nieve con el agua y la arrastra hasta el río que ruge enloquecido, los troncos de los árboles bajan flotando desde New Hampshire, las cataratas se agitan, las aguas grises, amarillas y sucias hierven y explotan contra las rocas alzando palos y troncos. Los niños corren por la orilla arrojando cosas al agua. Hacen hogueras y gritan jubilosos.

Un día, de pronto, el crepúsculo se instala en un silencio de quietud, el sol se pone enorme y rojo, y una silenciosa y perfumada oscuridad se apodera de todo, mientras las hojas de los árboles se mecen suavemente en una brisa que huele a follaje y a fango. Una gran luna marrón se alza en el horizonte. Los ancianos de Galloway se detienen un segundo en el porche, recordando las viejas canciones. George Martin padre enciende un puro y contempla la luna. La fragancia del humo del puro queda retenida en el porche, ya no hay viento, ni ruido, ni furia. «¿Me querrás en diciembre como me quieres en mayo...?»[1]

1. «Will you love in December as you do it in May?», canción popular compuesta por Ernest Ball en 1905. *(N. del T.)*

Por la mañana, cuando el sol comienza a calentar, se escucha un vasto coral de pájaros alzándose entre las ramas por todas partes. El aire está colmado de la fragancia de las flores que se abren, es mayo.

El pequeño Mickey se despierta y se acerca a su ventana: es sábado por la mañana, hoy no hay colegio. Y para él hay todavía una música que flota en el aire, como el débil sonido de la caballería sobre los bosques, como si hubiera hombres, caballos y perros reunidos bajo los árboles, al otro lado del campo, para alguna alegre y aventurera incursión. Todo es suave y musical, y dulce, y lleno de anhelos, en el aire flotan nebulosas insinuaciones e indecibles revelaciones. Allí, bajo las sombras azules de los árboles, en la fresca sombra moteada, en el nuevo color verde brumoso de los bosques lejanos, en el suelo oscuro aún húmedo y cubierto de pequeñas flores, se ve el anuncio del glorioso verano que se aproxima. Mickey sale corriendo, cierra la puerta de la cocina tras de sí y hace rodar su viejo neumático de goma con un palo. Recorre la vieja carretera de Galloway sobre el fresco alquitrán cubierto de rocío, a su alrededor cantan los pájaros y se pregunta cuándo habrá manzanas en el huerto del viejo Breton. Piensa que este año explorará el río en barca. Este año lo hará todo, ¡ya lo creo!

A media mañana, Mickey observa a todos los grandullones del campo de béisbol golpeando los guantes con los puños, lanzando su flamante pelota de béisbol blanca. Alguien tiene un bate, y da golpes sencillos, los chicos se agachan para recoger los batazos y gritan: «¡Uf! Este año estoy oxidado».

Alguien batea alto, golpea su guante, lo baja, trota un rato y devuelve la pelota con facilidad. Es la época de los entrenamientos de primavera, hay que vigilar «ese viejo brazo». Mickey huele el fragante humo de los cigarrillos en el aire de la mañana, donde charlan los chicos mayores. Su hermano mayor, Joe Martin, se prepara tranquilamente, lanzando a otro chico que está en cuclillas con un guante de receptor. Joe es un lanzador experto, sabe tomarse su tiempo y ponerse en forma en primavera. Todo el mundo observa cómo lanza la pelota con facilidad, con un movimiento seguro y el rostro inexpresivo. Un minuto después, se ríe a carcajadas cuando alguien se lleva un bolazo en la espinilla.

En la fresca y sombreada cocina de su madre, Mickey devora un tazón de cereales y se queda mirando la foto de Jimmy Foxx en la caja. Sus compañeros se acercan por la carretera, puede oírlos, se van a jugar a los vaqueros. Él siempre tiene el papel de Buck Jones. Ahora están en el patio, le llaman:

–¡Mickey!

Y Mickey sale furioso de la cocina con una pistola en cada mano, «¡Bang! ¡Bang! ¡Bang!», y se escabulle tras un barril y los demás se ponen a cubierto y responden con más disparos. Alguien salta, se retuerce, se contorsiona y muere sobre la hierba.

En la noche de primavera, Joe pone a punto el viejo Ford y sale a tomar unas cervezas con sus compinches. Y en la primera noche cálida de junio, la señora Martin y Ruth desempolvan el viejo columpio del patio trasero, le ponen unos cojines, preparan un gran bol de palomitas y se sientan bajo la luna, a la sombra negra y ondulante de los altos setos.

Una prima se sienta con ellas a tomar el fresco y exclama:

–¡Oh, qué espectacular esa luna!

El viejo Martin, que trastea en ese momento en la cocina para hacerse un sándwich de huevo, la imita burlándose: «¡Oh, qué espectacular esa luna!».

Las tres mujeres del patio, balanceándose rítmicamente en el viejo y chirriante columpio, charlan sobre las mejores adivinas que han conocido.

–Te lo digo en serio, Marge, ¡es *espeluznante*!

La señora Martin se mece en el columpio, esperando pacientemente, con los ojos entornados, escéptica.

–Predijo casi todo lo que ocurrió ese año, detalle por detalle –y tras decir eso la prima Leona mira a la luna y suspira–. Ironías de la vida, Marge, ironías de la vida.

El padre de la casa sale ruidoso de la cocina con su bocadillo, burlándose de nuevo, salvajemente:

–¡Ironías de la vida!

Las mujeres se mecen de un lado a otro en el viejo y chirriante columpio, hundiendo mecánicamente la mano en el bol de las palomitas, pensativas, satisfechas, parte integrante de la maravillosa oscuridad y el maduro mundo de junio, y también poseyéndolo, como ningún torpe hombre de la casa podría soñar jamás con pertenecer a ninguna parte de este mundo o poseer ni una sola pulgada de él.

Junto al lago de Nueva Inglaterra en una noche de julio, los jóvenes bailan en un salón bajo la brisa, las luces son suaves azules y rosadas, la luna brilla en las oscuras aguas más allá de la baranda. Las canciones se escuchan con dulzura y se recuerdan también con dulzura. Los jóvenes amantes se abrazan, susurran, bailan. En una balsa frente a la orilla del lago, hay unos jóvenes sentados con los pies colgando sobre las tranquilas aguas nocturnas, oyendo cómo la música del salón flota sobre el lago. En el bar en el que Joe bebe cerveza a litros y baila la polca con rubias polacas y francocanadienses, el humo es denso, hay un tumulto de violines y zapateos, y la vista del lago y la luna a través de las ventanas es de una belleza oscura, un pino solitario susurra en la brisa justo al otro lado de las ventanas. Un joven solitario, borracho de cerveza y mareado por la fragancia de la noche, camina por la orilla del lago en un confuso ensueño. Oye la música que viene desde allí, donde bailan; se la trae la brisa oscura en una remota fusión de sonidos melancólicos. La fresca y pesada noche tiene un aroma intenso; el olor a pino, los juncos que se mecen en el agua poco profunda, los cantos multitudinarios de sapos y grillos, y una gran luna redonda y marrón con su cara grande y, de algún modo, también compasiva y triste.

Por la tarde, en los calurosos campos de agosto, los campesinos se inclinan en la bruma resplandeciente a sudar sus faenas castigadas por el sol. Los niños aletean en el arroyo como peces, se arrojan desde la orilla y los árboles como pececillos blancos. A la sombra de los pinos, bajo un susurro sinfónico, en el camino de los campos, en los arroyos, y a través de franjas de sol dorado y verde pálido, se ve a los granjeros, a los niños, y más allá, las chimeneas de las fábricas de Galloway brillando a lo lejos.

Hace un calor agobiante en Daley Square, las calles están sin aire, las casas, ardientes; al mediodía la gente se mueve como una huraña multitud con sus camisas blancas, sus sombreros de paja, sonrojados por el sol. El encargado de la aseguradora se detiene en una soleada esquina para secarse el sudor de la cinta del sombrero y el palurdo guardia de tráfico permanece firme en su puesto mientras el señor O'Hara, interventor municipal, se mueve con lentitud por los oscuros y mal ventilados pasillos del ayuntamiento, saludando a un empleado:

–No podría hacer más calor, ¿eh?

–El periódico dice que lloverá esta noche.

–Eso espero, eso espero.

George Martin vuelve de la tienda al atardecer, entra en casa con paso cansino, sudoroso y con la cara roja, resollando de incomodidad y desagrado. El pequeño Mickey observa cómo su padre se quita la chaqueta, la corbata. Tiene la camisa mojada y se deja caer en el viejo sillón de cuero del estudio, enciende otro puro. El sol rojo y caliente se cuela entre las persianas cerradas, la casa está jadeante y perezosa. Peter está tumbado en el fresco suelo de linóleo del porche con un vaso de limonada, la radio emite el sonido soñoliento de un partido de los Red Sox en la calurosa Boston.

–¿Cómo van? –pregunta el padre.

–Ganan los Tigers tres a cero. Bridges los está dejando fuera.

El señor Martin agita su rolliza mano en señal de disgusto, da una calada a su puro y suspira. El público se despierta de pronto cuando alguien llega a primera base con un doble hacia el lado izquierdo del campo.

–Cronin –grita Peter–. Ahora batea McNair, y luego Foxx.

Los murmullos de la multitud se apaciguan, alguien silba de pronto, se oye el zumbido de un avión en el perezoso cielo de verano, y otra persona grita al lanzador desde uno de los banquillos. El locutor espera desganado. Repite: «Dos y uno, dos bolas y un *strike*».

De repente refresca, el sol se tiñe de un rojo intenso, el viento sopla sobre los prados desde el río. La madre de los Martin fríe hamburguesas en mantequilla, Ruth da vueltas por la cocina poniendo la mesa, la puerta de la nevera se cierra de golpe, colocan el litro de leche sobre la mesa

–¡La cena estará pronto!

–Quiero ver qué pasa en esta entrada –dice Peter. Rueda hasta un lugar más fresco en el linóleo, apoya la mejilla en el suelo y espera despatarrado los acontecimientos de ese campo polvoriento y caliente del Fenway Park de Boston.

El señor Martin sacude el periódico y mira el editorial, resoplando con rabia.

–Ahora esos bastardos quieren subir los impuestos municipales.

Mickey sale al patio, donde Charley arregla la bicicleta en el garaje recalentado por el sol. Charley sudoroso, absorto, aplicado. Mickey levanta la vista y ve a su hermano Francis sentado junto a una de las ventanas del dormitorio, cavilando.

La brisa es más fresca, el sol es casi rojo oscuro, y ahí llega Joe en el viejo Ford de su jornada de trabajo en la gasolinera. Ya es la hora de cenar y, dentro de un momento, será una noche de verano.

Y es en una de esas noches, cuando el pequeño Mickey está a punto de irse a la cama, pero se sienta un rato en el porche delantero de la casa (se han ido ya todos a dormir) y, mientras está allí sentado, nota un sutil frescor en el aire, la premonición de algo diferente, la cercanía de los días de colegio. Sobre él hay un cielo estrellado, fresco y tranquilo, repleto de una luz brumosa y algo de frescor. Todo huele a viejo, a polvo y a cansancio del largo verano; y se da cuenta de que los juegos a los que ha estado jugando todo el verano con la pandilla han envejecido y se han marchitado. Se va a la cama con un vago sentimiento de melancolía y pérdida y, de pronto, en mitad de la noche, se despierta sobresaltado, con un alegre espanto.

Tintinea su ventana, fuera sopla un viento que dobla las ramas de un lado a otro y oye el ruido de las manzanas al caer al suelo. Desde el Norte, desde la ventana, ve nubes nocturnas, siente un presentimiento, cierra con fuerza la ventana que tintinea. ¡Empieza a llover!

Busca otra manta para la cama. Se tumba allí, bajo la colcha, invadido de locos y nuevos pensamientos. ¡Otoño! ¡Otoño! ¿Por qué se siente tan emocionado, tan alegre y feliz? ¿Qué viene ahora?

Se queda dormido y sueña con vientos embravecidos, nubes que viajan a toda prisa, con ciudades costeras del Norte donde flota un rocío enloquecido. Y cuando se despierta por la mañana, allí está, el amanecer rojo humo, una especie de tierno fuego azul a través del cielo de la mañana, un cielo marrón chamuscado en los bordes, y allá una limpia lluvia reciente sobre los oscuros troncos de los árboles, y algo salvaje y fresco en las nubes. Durante todo el día las nubes se juntan y forman grandes cúmulos en el horizonte, algo silba sobre la tierra, vuela una hoja.

Los días se suceden y una noche, por fin, Mickey se lava cuidadosamente las manos y las orejas, se acuesta temprano, lleno de fervor y pensamientos, y se levanta en la fría mañana para ir a su primer día de escuela. En la cocina le esperan los copos de avena y las tostadas, hay algo perfumado y caliente junto a los fogones, fuera hace un frío terrible. Sale con su flamante estuche que huele a cuero y caucho nuevos y he aquí que en la escuela están todos los demás niños de Galloway, ¡ni uno menos!

Y cuando el sol de octubre cae al atardecer, los niños se apresuran a volver a casa desde la escuela, fabrican balones de fútbol con calcetines, brincan y se precipitan en medio del poderoso vendaval y gritan de alegría. Por todas partes arden hogueras, el aire es penetrante y está impregnado del olor del humo. En las cocinas de las casas hay grandes cenas humeantes mientras afuera se cierne la cruda oscuridad de octubre y algo se enciende a lo lejos. Los niños vuelven a salir al anochecer, forman grupos excitados frente a las hogueras, las nubes grisáceas se amontonan y se desplazan por el cielo. En las esquinas de las calles se reúnen los hombres y los niños, comentando algún rumor, alguna noticia, cualquier alboroto que circule por ahí: hablan de fútbol, tal vez, o del gran combate del campeonato de los pesos pesados, o de las elecciones. Las hojas se amontonan en las cunetas, las luces de la cena brillan cálidamente en todas las casas, el humo azota las chimeneas, toda la noche resuena con las llamadas y los gritos de los niños, los ladridos de los perros. Alguien fuma en pipa y camina por la calle. La farola de la tienda de la esquina agita las sombras en una gran danza oscura, el letrero de la tienda se balancea y cruje con el viento, las hojas vuelan, las manzanas golpean el suelo en los huertos, las estrellas resplandecen en el cielo sombrío: todo es descarnado, humeante y aterrador.

Peter Martin se dirige a grandes zancadas a la biblioteca, regresa cargado de libros y enérgicas intenciones de estudiar. Francis se enrolla la bufanda alrededor del cuello y frunce el ceño. El padre entra en casa gritando:

–¿Qué hay de comer? ¡Tengo hambre!

Sobre los campos rojizos convergen ahora las nubes de nieve, están los cielos grises y sombríos con presagios de nieve, es noviembre. Los primeros vientos helados soplan a través de los brezales, y cae la nieve arrastrada por el viento como un inmenso sudario. Los arroyos se congelan, por la noche los patinadores hacen grandes hogueras, se oyen gritos en el aire helado, el ruido de las palas, un silencio suave y encerrado en el aire. Ahí están los campos de nieve por los que caminan los solitarios los domingos por la tarde, deteniéndose a contemplar la luz rosada que se desliza por las laderas lechosas, o a sacudir un montículo de nieve del regazo de un árbol joven. Y sigue un diciembre amargo, salvaje, con aguanieve y terribles tormentas y noticias de ventiscas catastróficas que llegarán en cualquier momento.

La vieja casa resiste otro invierno en su colina, con las ventanas brillando al sol durante el día mientras los vientos azotan el polvo de nieve de los aleros donde cuelgan los largos carámbanos, las ramas de los árboles arañan y golpean contra el costado en las largas noches ululantes. La colada en el patio trasero se agita y ondula rígidamente, y por allí viene la gran Rosey envuelta en su abrigo de oso, con la punta de la nariz muy roja y resoplando, con sus grandes manos agarrotadas alrededor de una cesta. Joe está en el garaje haciendo rugir el motor del coche, su padre husmea por una esquina del granero en busca de unas viejas latas de anticongelante, con su eterno puro arrastrando humo tras de sí, y maldiciendo porque hace mucho frío y las carreteras están en muy mal estado.

George Martin llega al pueblo esa mañana en febrero y desayuna en la cafetería. Abre la puerta y se refugia de la ráfaga invernal. Se oye el estrépito humeante de la cocina de la cafetería, de los hombres comiendo, riendo y gritándole que cierre la puerta, y la escarcha en las ventanas sonrosadas por el amanecer invernal. George Martin, el impresor, devora dos raciones de tortitas con sirope de arce de Vermont y mantequilla, jamón y huevos, tostadas y tres tazas de café antes de irse a trabajar.

–¿Crees que aguantarás toda la mañana, Martin? –pregunta el encargado.

–Diablos, dentro de una hora voy a estar aquí otra vez, pidiéndote más tortitas.

Las carcajadas resuenan en las ventanas heladas cuando Martin abre la puerta y cruza a grandes zancadas las vías del tren en medio del viento huracanado. Llega bruscamente a su planta, se quita las botas, se frota las manos con entusiasmo, enciende un puro y se sumerge en los asuntos cotidianos entre viejos libros de contabilidad y galerías de caracteres de tinta.

–Hace demasiado frío para ti, George –exclama con júbilo Edmund, el impresor.

Y así la vida continúa en Galloway con las mismas estaciones, más cerca de la tierra de Dios precisamente a causa del clima, a través del cual late y se agita en distintos humores, como el humor del universo recorre sin fin, una y otra vez, los cielos.

## 4

George Martin vio por primera vez a la que iba a ser su esposa cierta noche de luna llena de 1910, en plena primavera de Nueva Inglaterra y en un bosque de pinos, entre las mesas y bancos de un merendero olvidado, un lugar engalanado de farolillos y música de valses antiguos. Se llamaba Marguerite y era francesa y muy guapa. George Martin, por entonces un joven trabajador, reflexionó sobre su vida y las exigencias de su alma y decidió cortejar a aquella joven cariñosa, sencilla y sensata, y se casó con ella. Su pensamiento podía resumirse así: «Marguerite es una chica *de verdad*».

Marguerite Courbet era hija de un maderero francocanadiense de Lacoshua que había ahorrado algo de dinero y montado una pequeña taberna muy próspera, para morir súbitamente luego, a los treinta y ocho años, de un ataque al corazón. Huérfana de madre desde su infancia, Marguerite fue adoptada por las hermanas de su padre y empezó a trabajar en los talleres de zapatos de Lacoshua por iniciativa propia, a los quince años, y siguió siendo independiente desde entonces. Siempre había sido una muchacha alegre, de mejillas sonrosadas y afectuosa; apenas había en ella secuelas de una infancia trágicamente solitaria, salvo por ese aire ocasional de quietud sombría que a veces tienen los huérfanos en los momentos de reflexión.

En los primeros años de su matrimonio, en aquella época en que la gente colgaba ristras de cuentas en la puerta del cuarto de estar y depositaba enormes muñecas sobre el piano, cuando los jóvenes esposos salían los domingos a pasear a sus bebés envueltos en pañales y en cochecitos de cestería, cuando los jóvenes maridos llevaban cuellos altos y rígidos y sombreros Homburg y pantalones ajustados que les hacían parecer muy flacos, y las jóvenes esposas llevaban grandes sombreros y vestidos largos y tocados de piel, la joven pareja Martin hizo lo que pudo para sobreponerse a las primeras inquietudes del matrimonio.

Ella solía esperar hasta tarde mientras él jugaba al póquer con los amigos entre bastidores del B. F. Keith, y cuando regresaba ella lloraba y él trataba de apaciguar sus lágrimas, y a continuación se abstenía del póquer durante dos semanas enteras, lo que reanudaba el romance. Y cada vez que él retomaba el póquer, las lágrimas de ella eran cada vez un poco menos amargas y apagadas y, tras cada triste reconciliación, dulce y pensativa, su matrimonio se iba haciendo más fuerte. Comenzaron a llegar los niños, Martin alquiló la gran casa de Galloway Road y dejó el negocio de los seguros para trabajar por cuenta propia como impresor, y poco a poco empezó a tomar forma el verdadero tono y esencia de su matrimonio.

Marguerite era una madre abnegada cuyo amor conyugal por su marido fue menguando en proporción directa al crecimiento de su familia y a su dedicación cada vez mayor a los niños, pero en sus relaciones había una ternura sencilla y decorosa, las discusiones ocasionales se olvidaban tan pronto como estallaban y el amor mutuo y maravillado por los niños y el hogar empezó a unirles más que cualquier otra cosa. Eran compañeros, personas que aún conservaban una antigua sencillez y seriedad intrínseca con respecto al hogar y la familia, y tras varios años de matrimonio y esos pocos malentendidos iniciales propios de los jóvenes amantes, nunca volvió a aflorar entre ellos el egoísmo. Todo se orientó hacia la familia, cuyos miembros estaban muy unidos. Y así lograron encontrar la felicidad, con la grave certeza de los viejos caminos de la naturaleza. Eran una pareja chapada a la antigua.

En la familia no había una «religión oficial», pero la madre siempre había transmitido las enseñanzas de la religión católica a aquellos de sus hijos que le habían parecido más interesados. A causa de aquello, en fiestas religiosas como Pascua o Navidad, algunos iban a la iglesia con ella, y otros no, según las caprichosas inclinaciones de cada cual. De ese modo, algunos de los jóvenes Martin crecieron bajo la influencia de una religión formal, mientras que los menos inclinados apenas tuvieron nada que ver con ella. Era una situación única, sobre todo desde la muerte del pequeño Julian Martin, momento en el que la madre, afligida y llena de remordimientos, consideró su deber fúnebre familiarizar a sus hijos más devotos con la Iglesia y sus costumbres. Aquello no generó ninguna tensión familiar, ya que los niños veían la religión como una especie de ejercicio, igual que la escuela, y no como una imposición divina, y nunca establecieron comparaciones.

El propio Martin no era un hombre de iglesia. Su contacto con la religión católica se había establecido a través de su propia madre, una devota católica irlandesa llamada Clementine Kernochan. Tanto él como la señora Martin creían en la existencia de un solo Dios, y también en el bien y el mal, y en que Dios deseaba para los hombres una vida virtuosa de amor y humildad.

–¿Quién no ha creído alguna vez en Jesús? –preguntaba.

–Nunca me arrepentiré de haber educado así a esos niños –decía su mujer–. Es una educación que no podrían haber recibido en ningún otro sitio, y siempre será correcta y buena para ellos, tanto ahora como en el futuro. A todos mis hijos, los he educado para que sepan lo que está bien y lo que está mal, y lo que Dios quiere de ellos.

–Marge –decía Martin sacudiendo lentamente la cabeza–, jamás he tenido ninguna queja sobre tu forma de educar a los niños. Bien sabe Dios que siempre he estado de acuerdo en todo lo que te ha parecido mejor para ellos.

Y ahora que casi todos sus hijos habían crecido y llegaban a la edad en que estaban preparados para emprender sus propias vidas, el amor sereno de aquella madre no había disminuido. Era una mujer solitaria, huérfana hasta la médula, rodeada de los frutos de una próspera vida con Martin en su casa y en su ciudad, pero siempre atormentada por el recuerdo de una niñez mísera y aterradora. Por eso, a menudo se sentaba a coser junto a la ventana del salón y se pasaba tardes enteras mirando a la carretera, esperando a que sus hijos regresaran de la escuela o de lo que estuvieran haciendo, sin saber por qué se sentaba allí ni qué era lo que esperaba o buscaba. Era madre de ocho hijos, esposa de un hombre bueno y respetado en el pueblo y, sin embargo, había algo extraño en su alma que no lograba comprender. Tenía una profunda convicción de que su vida era correcta, y aun así había algo que la atormentaba.

Un recuerdo la atormentaba más que ningún otro y le recordaba ese sentimiento solitario e incomprensible. Cuando era una joven madre de veinticuatro años, una tarde salió para llamar a sus hijos a cenar al porche trasero de la casa, protegiéndose los ojos con la mano, mientras el sol se abría paso a través de enormes armazones y nudos de nubes grises de marzo, tiñendo todo de una magnífica luz roja. Gritó los nombres de sus hijos, y vio a sus hijos allí afuera, bajo la extraña luz roja de la tarde, respondiendo a su llamada con voces que le parecieron gimientes sonidos de un órgano. Y ella se quedó allí detenida, inquieta, de pie en el porche, bajo aquella extraña luz roja, y se preguntó quién era en realidad, y quiénes eran aquellos niños que la llamaban, y qué podía significar aquella extraña tierra de luz triste.

Todo pasó muy deprisa, pero en aquel momento, que no olvidó en toda su vida, quedó impresa su irrevocable condición de huérfana, su solitaria orfandad.

–No me importa lo que digan –decía–; me preocupo por mis hijos y quiero ayudarles siempre. Sí, todos crecéis y no tardaréis en hacer vuestra vida, pero eso no significa que no sea vuestra madre y que no os quiera tanto como cuando erais mis bebés.

–No hablábamos de eso –gritaba alguien riendo–; ¡solo bromeábamos sobre cómo te preocupabas cuando Joe se iba de viaje!

–¿Y por qué no iba a hacerlo? Rezaba por él todas las noches. Le pedía a Dios y a mi pequeño Julian que velaran por él. Era lo menos que podía hacer mientras él estaba lejos de su casa –y al decir aquello asentía con la cabeza de manera firme y satisfecha.

–Bueno, así eres tú, mamá –decía algún hijo en voz baja–. Qué diablos, todas las madres son así.

Y entonces ella cerraba los ojos en un gracioso y torpe gesto de placer, una característica suya que hacía sonreír a los demás con cariño, porque sabían que tenía razón y era maravillosa.

Luego la miraban mientras observaba, por encima de los vasos, las cartas extendidas frente a su taza de té, consultando el destino, contemplando el porvenir, trazando los caminos de las cosas en el tiempo y en cada ciclo. La veían preparar la comida, remendar la ropa y hacer las tareas domésticas; y a continuación sentada junto a la ventana y mirando por ella; la veían en la casa, a veces sombría, callada y rumiante, la mayoría de las veces ocupada y serena, repleta de intenciones maternales, aquella mujer fuerte y consoladora que acomodaba siempre el mundo para ellos, de día, de noche, año tras año... porque era su madre.

## 5

Cuando Joe tenía trece años, Peter nueve y Charley cinco, hicieron una excursión que la familia no olvidó jamás. En realidad, la excursión fue idea de Peter, pero nunca habría salido adelante sin la determinación y el indiscutible liderazgo de Joe.

El mejor amigo de Peter era Tommy Campbell, que por aquel entonces también tenía nueve años y vivía en la granja de su padre. Como casi todos los niños de Galloway, Tommy no acababa de decidir si el viernes por la noche era más emocionante que el sábado por la mañana, o incluso si el sábado por la noche podía disputarle ese honor. El viernes por la tarde terminaban las clases y, en aquella penumbra palpitante, lo único que uno tenía que hacer era sentarse y pensar en toda la libertad del fin de semana que tenía por delante. Pero el fin de semana no empezaba propiamente hasta el sábado a las ocho en punto de la mañana, cuando, tras un apresurado desayuno a base de cereales con plátanos, azúcar y leche, se abría el amplio mundo de la luz del día, el cielo, los árboles, los bosques, los campos y el río. Aun así, el hecho de que el fin de semana no comenzara oficialmente hasta las ocho en punto de la mañana del sábado no significaba que fuera tan misteriosamente agradable como la anticipación de ese comienzo en la noche del viernes. Había algo innegable en la noche del viernes: era más rica, más pausada, podían hacerse planes, trazarse rutas y campañas, se sentaban y estiraban las piernas, reflexionaban, meditaban sobre futuros asuntos, consultaban con otros jefes, reían despreocupados, se movían tranquilos. Nada de prisas, nada de perder la cabeza, nada de hundirse en la desesperación de que todo se esfumara en el reloj de arena del día. El viernes por la noche era el momento de holgazanear, de mirar a lo lejos, de convocar reuniones de estrategia.

Y luego estaba la noche del sábado, que tenía un regusto especial, a revistas cómicas amontonadas en fajos de colores frente a la tienda de golosinas, a la emocionante casa vacía después de que todo el mundo se fuera a dormir, y el secreto de quedarse a leer *The Shadow* hasta la medianoche, o *Star Western*, o *Argosy*, u *Operator 5*, o *Thrilling Adventures*, o un libro muy gastado de biblioteca con olor a pegamento, encuadernado grueso, que se titulaba *El último mohicano*. El sábado por la noche era un momento estupendo por derecho propio.

Y aunque Tommy Campbell podría haber pasado un buen rato tratando de defender un gran momento u otro, lo que nadie podía negar era que el domingo por la mañana era malo. El domingo por la mañana era un momento asfixiante, en el que uno desayunaba bacon y huevos, se ponía una corbata y esperaba mientras su madre y su hermana tardaban horas en arreglarse y, finalmente, le llevaban a la iglesia. Toda la luz del día y el cielo abierto y los árboles y los bosques y los campos y el río quedaban pospuestos en ese día. El domingo por la mañana uno odiaba los bosques, los campos y el río, no tanto porque no pudiera disfrutar de ellos, sino porque a ellos no parecía importarles que uno los disfrutara o no. Uno iba a la iglesia ahogándose con el cuello abrochado hasta arriba, asfixiándose y muriendo, y el perfume que desprendía el vestido de domingo de tu madre era suficiente para acabar con uno para siempre: te entraba por la nariz y te bajaba por la garganta y te ahogabas en él. El olor a incienso de la iglesia, y el de otras trescientas madres y hermanas perfumadas, junto al olor de los bancos, y el de la cera ardiendo, eran suficientes para asfixiar a cualquiera. Todo olía a domingo. Todo quedaba lejos de la suave ropa de diario, esa ropa casi aterciopelada, desgastada a golpe de intrigantes y serias aventuras.

Por ese motivo Tommy Campbell decidió huir de casa; para que todos los días fueran sábado. Su hermanito Harry, que, al igual que Charley Martin, tenía cinco años, aprobó en silencio su idea cuando Tom se la propuso un viernes por la tarde. De modo que salieron de casa en el acto y no habían recorrido doscientos metros cuando Harry se sentó a descansar, a pensar un rato y a mirar hacia atrás con aprensión, hacia la granja de su padre, donde doblaba el camino. Nunca había estado tan lejos de casa. Su hermano mayor se dio cuenta de lo que estaba pensando, así que le agarró de una oreja y le obligó a caminar doscientos metros más, pero para entonces la oreja de Harry empezó a acostumbrarse y a resistirse como una mula. El hermano Tom le agarró entonces del pelo, lo que le permitió sujetarle mejor, y le hizo avanzar otros doscientos metros.

Cuando llegaron al cobertizo para botes del río, en los límites de la ciudad de Galloway, y Tom le mostró el bote que iban a robar al anochecer, el pequeño Harry decidió que, al fin y al cabo, quería acompañarle, y que no había necesidad de arrastrarlo más. Se sentaron y esperaron a que se pusiera el sol; mientras tanto, el hermano Tom buscó en el bosque un número suficiente de palos y piedras con los que romper el candado del bote de remos y se quedaron contemplando el bote, subiendo y bajando lentamente con la corriente, y esperaron excitados a que se pusiera el sol.

Cuando Peter Martin llegó caminando por la orilla del río con un palo, Tom le explicó lo que iban a hacer. Peter se sentó un rato con ellos y estuvo haciendo ranitas con las piedras más planas. Luego se fue a casa a cenar. Al ponerse el sol, Tom rompió el candado y él y su hermanito remaron río arriba hacia New Hampshire y cuando Peter terminó de cenar aquella noche, deseó haberse ido con los chicos Campbell.

Al día siguiente, el señor Campbell y unos policías se presentaron en casa de los Martin y preguntaron al padre de Peter.

–Escucha, hijo –dijo el señor Campbell con tristeza–, hace veinticuatro horas que no se sabe nada de mi Tommy ni de mi pequeño Harry. Sabes que huyeron de casa, ¿verdad?

–Sí, señor Campbell.

–Y sabes por dónde se fueron, ¿verdad?

Peter se miró los zapatos. Entonces uno de los policías se arrodilló frente a Peter, le pellizcó la barbilla, se rió y le dijo:

–Dinos por dónde han ido, porque si no, podrían perderse y morir de hambre en el bosque. No creo que les gustara que los dejaras morir en el bosque. Tenemos un coche fuera y si nos dices por dónde han ido te dejaremos venir con nosotros... si tú quieres.

–Vamos, Petey –dijo su padre–. Dile a tu padre adónde fueron.

Peter salió al porche y señaló en dirección contraria, hacia las colinas.

–Se fueron por allí, a las colinas, dijeron que iban al océano a buscar un barco para llegar a China.

Peter había pensado muchas veces en hacer eso él mismo y le pareció una buena mentira.

Todo el cuerpo de policía salió hacia las colinas después de mediodía y Peter se quedó en el granero con el pequeño Charley. Al anochecer, Joe llegó con una manguera y empezó a revisarla sobre la mesa de herramientas. Peter se lo contó todo a su hermano mayor, y Joe se frotó la mejilla y dijo al fin:

–Te diré una cosa. Iremos río arriba a primera hora de la mañana y los avisaremos. Saldremos a las cinco y media. Esta noche dormiremos en el granero.

El pequeño Charley dijo que quería ir con ellos. Joe y Peter le miraron, desanimados, y decidieron que era mejor llevarlo o se lo acabaría contando a alguien.

–Ese es siempre el problema con vosotros –gritó Joe, echándoles la bronca–. No sé por qué hago todo esto. Tengo otras cosas de qué preocuparme, tengo mis propios asuntos. No puedo pasarme el día sacándoos de apuros.

En el segundo piso del granero tenían dos literas en las que dormían a veces en verano. Había una escalera que llevaba a un gran agujero en el suelo, lo bastante grande como para bajar pacas de heno, cosa que se había hecho en otros tiempos, cuando la casa de los Martin era una granja y se sembraba el campo trasero. Ahora el granero no era más que un viejo cobertizo combado de tablas que se usaba para guardar el coche, y donde se mezclaban el olor a gasolina con el viejo olor de las vacas y el estiércol seco como la yesca. Pero era un buen granero con una torre a la que se llegaba subiendo desde otra escalera, y en el que Joe y sus amigos se encerraban a menudo a jugar a las cartas los días de lluvia. El propio Joe había construido las dos literas del segundo piso con tablas y había puesto colchones viejos y mantas de las caballerizas para dormir. La litera de Joe era la de arriba y esa noche Peter durmió en la de abajo con Charley.

Era mayo y tuvieron que convencer a su madre para que los dejara dormir allí. Ella se quedó en el granero cinco minutos hablando con ellos en la oscuridad parpadeante antes de cruzar el patio de vuelta a la casa. Sabía que algo pasaba. Ellos charlaron y contaron historias hasta que la vela se consumió, y entonces Joe dijo:

–Muy bien, chicos, vamos a dormir un poco, tenemos que salir a las cinco y media en punto.

Y todos se tumbaron en los colchones maltrechos y cerraron los ojos, pero tardaron más de una hora en conciliar el sueño.

Al amanecer Joe oyó cantar al gallo de los Campbell camino arriba y saltó de la litera. Afuera hacía frío, estaba nublado y aún oscuro. Se puso las botas, la camisa gruesa y el chaleco de cuero, se metió los pantalones dentro de las botas, se las ató y despertó a los chicos que dormían acurrucados como dos gatitos en una cesta.

–Muy bien, chicos, ¡a la carga! Tenemos mucho camino por delante.

Luego buscó sus cosas por el granero: el cuchillo, los guantes de trabajo, la linterna, el hacha pequeña... mientras cantaba su canción favorita:

Oh los goznes son de cuero, y las ventanas no tienen cristal,
y el techo de madera deja pasar la ventisca...
Y ahí se escucha al fiero coyote
mientras pasa entre la maleza,
en mi pequeña y vieja choza, en mi busca.[1]

1. «Little old sod shanty», canción popular de autor desconocido. *(N. del T.)*

A Peter y Charley ya no les entusiasmaba tanto la idea; hacía mucho frío y estaba húmedo y oscuro. Se revolvieron como un solo hombre en las mantas, pero Joe dijo:

–¡Nada de remolonear u os sacaré de esa litera!

Entonces Joe encendió una vela y se inclinó para afilar el cuchillo, y los dos chicos le miraron con maravillosa fascinación y desearon ser capaces de hacer las cosas que hacía Joe. Y eso los llevó a desear levantarse para ser como él, y se levantaron.

Peter se acercó al gran agujero en el lateral del granero y contempló la brumosa oscuridad sobre el río a doscientos metros de distancia. Pero luego, desde el otro lado del granero, el lado este, echó un vistazo por la ventana y vio el cielo rosado sobre las colinas, y la verdad es que era muy bonito, y le dieron ganas de ponerse en marcha y encontrar a los Campbell.

Se colaron en la cocina y prepararon unos sándwiches de pan con mantequilla, cogieron algunos plátanos y manzanas y Joe les enseñó a colgar las bolsas del almuerzo por debajo del cinturón, al costado. Toda la casa estaba en silencio y la familia dormía en el piso de arriba, se oían los ronquidos de su padre y el tictac de los relojes, se olía el sueño bajando por la escalera, el silencio y la inocencia, y la extraña forma de inconsciencia que provenía de allí. Y cuando se escabulleron por la cocina sobre el suelo crepitante, sintieron una secreta excitación y alegría que les oprimió la garganta y casi les dieron ganas de gritar, cantar y pelear, pero no lo hicieron porque eso habría despertado a todo el mundo.

Joe encabezó la marcha a grandes zancadas, cruzó el patio y el campo que había tras el granero. Beauty, el viejo collie, salió de su caseta bostezando y los siguió en silencio campo a través. Cruzaron la carretera y la zanja, caminaron sobre la hierba alta junto al río y continuaron a lo largo de la orilla en fila india sobre la hierba húmeda, Beauty les seguía en silencio, tan en silencio como se les había unido en la casa... y no paraba de bostezar.

Cuando empezaron a remontar el río el sol salió al fin. Descansaron tres kilómetros río arriba, comieron algunas de las manzanas, tiraron luego los restos al agua, y se sentaron allí mordisqueando briznas de hierba y pensando.

–A mí me parece –dijo Joe, clavando un palo en el suelo y trazando una línea–, que en esa barca no han podido ir muy rápido, río arriba; han debido de hacer muchas tonterías, así que tendríamos que alcanzarlos esta misma tarde. ¿Y sabéis qué? Os apuesto mil dólares a que no han llegado más allá del puente de Shrewsboro –afirmó trazando una marca sobre la línea–, porque después de eso ya se está de lleno en New Hampshire y hay unos rápidos cerca de la ciudad. Se asustarán, porque no son más que un par de locos mocosos como vosotros –concluyó borrando las líneas y tirando el palo.

Siguieron río arriba otros tres kilómetros, con el perro a la cabeza ahora que sabía que iban a seguir por la orilla. A las once regresó trotando con un cuervo muerto colgando de la boca y Joe lo cogió y lo tiró al río y empujó a Beauty al agua para que nadara y se limpiara un poco. Beauty regresó a la orilla, empapado, y se sacudió furiosamente, mojando a todo el mundo. Fue entonces cuando el pequeño Charley emitió el primer sonido que había hecho en todo el día: cacareó y se revolcó en la hierba, feliz, por misteriosas razones privadas.

Siguieron hasta el mediodía. El calor y el polvo se hicieron más intensos, incluso junto al río, y el pequeño Charley dijo que tenía sed, de modo que se adentraron en un bosque de pinos, al otro lado de un camino de tierra, en busca de un arroyo, y encontraron uno borboteando sobre unas rocas bajo los pinos. Bebieron agua fresca y se mojaron el pelo, y se quedaron allí un rato descansando a la sombra. Charley durmió unos minutos. Joe cogió su hacha pequeña y cortó un gran bastón del abedul que había en la colina, al otro lado del arroyo.

Volvieron al sendero del río y caminaron hasta las tres de la tarde. Frente a ellos, las curvas arboladas se perdían en la bruma blanca del río, de modo que les parecía estar siempre en el mismo lugar, pero a eso de las tres divisaron el puente de Shrewsboro y, efectivamente, allí delante, en la orilla, estaban sentados Tommy Campbell y Harry Campbell, inmóviles, tumbados sobre la alta hierba, compartiendo sus tristes pensamientos y cavilando sobre lo hambrientos que estaban.

Tommy Campbell se alegró de verlos. Se levantó de un salto y se acercó corriendo, saltando las zanjas, gritando («presumiendo, como siempre», como dijo Peter) y riendo y probando el hacha de mano de Joe en unos arbustos. Abrieron los almuerzos y los cinco se lo comieron todo en dos minutos y tiraron las cáscaras de plátano al agua. Todos charlaban excepto Joe, que seguía encorvado junto al bote abandonado sobre la arena.

Pasaron el resto de la soleada tarde sentados en la hierba alta junto al agua. Hacía una tarde hermosa y tranquila, ventosa y suave. Tommy Campbell se tumbó y se dedicó a escupir silenciosamente entre los dientes a la brisa que hacía ondear la hierba. La forma en que escupía sobre la hierba le pareció a Peter el espectáculo más tranquilo y perezoso que había visto en su vida. El pequeño Harry Campbell estaba tumbado sobre los codos observando con atención a unas hormigas en su hormiguero, y Charley estaba simplemente sentado con las manos alrededor de las rodillas, observando a su hermano mayor Joe. Joe inspeccionaba el bote de remos de proa a popa y no decía palabra. Peter empezó a darse cuenta de que Joe había ido hasta allí solo por aquel bote. Seguía inspeccionándolo y mirando debajo de él y cada tanto salía a remar por el agua.

De repente empezó a nublarse y, al cabo de unos minutos, antes de que pudieran darse cuenta, empezaron a caer unos goterones fuertes y dispersos. Joe regresó remando con rapidez, sacó la barca a la arena y gritó:

–Bien, chicos, id hacia el puente y recoged todos los palos y cartones que veáis por el camino. Vamos, vamos.

Todos corrieron hacia el puente recogiendo palos, y cuando pasaron por debajo la lluvia arreció atronadoramente, y se puso gris por todas partes, y un fuerte viento barrió el río y volvió el agua sucia y oscura. Joe se debatía arrastrando el bote de remos sobre las aguas poco profundas. Estaba solo, maldecía y, como de costumbre, parecía sumido en sus pensamientos.

Y entonces, de improviso, se hizo casi tan oscuro como la noche y empezó a hacer mucho viento, frío y humedad. El pequeño Harry Campbell empezó a llorar, porque al fin y al cabo no era más que «un llorón», eso le dijo su hermano Tom, aunque se arrepintió al instante y lo sentó bruscamente a su lado. Luego Joe encendió un gran fuego con los palos y las bolsas del almuerzo, un gran infierno crepitante que hizo que todos volvieran a sentirse bien y se pusieron alrededor frotándose las manos y riendo, parloteando. Todos esperaban que Joe dijera algo, pero él solo miraba las llamas y pensaba. Cuando levantaban la vista del fuego lo único que podían ver era la oscuridad, el agua negra y la lluvia que caía, y un puñado de luces a lo lejos, al otro lado del río.

El viento empezó a soplar con fuerza y, de pronto, cambió de dirección y la lluvia entró por debajo del puente y empezó a chisporrotear sobre las llamas. Los chicos corrieron hasta el otro lado del puente, se acurrucaron en la arena y vieron cómo se apagaba el fuego. Joe maldecía, tratando de encender otro fuego con un poco de papel viejo y húmedo. El pequeño Harry vio una rata correteando por allí y se puso a llorar de nuevo, y hasta Peter y Tommy Campbell estuvieron a punto de acompañarle, pero el pequeño Charley Martin se quedó sentado mirando a su hermano Joe, sin decir una palabra. Miraban a su alrededor con ojos asustados aquel gran bosque inhóspito y el río oscuro y toda aquella lluvia enfurecida que los rodeaba. Y a todos los muchachos les pareció como si hubieran traicionado algo, algo relacionado con su hogar, con sus padres, con sus hermanos y hermanas, hasta con las cosas que guardaban en los cajones y cajas escondidos en sus armarios y cofres, y que de ahí venía ahora aquel oscuro castigo. Se miraron unos a otros preguntándose qué hacer a continuación.

Fue entonces cuando los encontraron los coches de policía. Estaban cruzando el puente en ese momento y vieron el fuego en la arena y a los chavales merodeando a su alrededor. El viejo Campbell bajó a saltos hasta la orilla a través de la maleza con sus piernas de granjero, abrazó a sus chicos y se puso a llorar. Los policías iban detrás de él sacudiendo la cabeza y mirando al viejo Joe. Y por último apareció George Martin, resoplando entre los arbustos y gritando:

–¡Dios santo! Ahí están.

–Gracias a Dios que os hemos encontrado –gritó el viejo Campbell, abrazando a sus hijos–. ¡Esta podría haber sido vuestra última noche! Vuestras madres están preocupadas y esperándoos. Vamos todos a casa a tomar chocolate caliente y tarta.

El chocolate caliente y la tarta no era algo que se pudiera despreciar así como así, le dijo Tommy Campbell a Peter unos días más tarde, por ese motivo regresó a casa aquella noche, por ese único motivo. Peter le preguntó entonces por qué cuando lo encontraron se había puesto a llorar y a besar a su padre, pero Tommy Campbell no pareció recordar ningún gesto de cobardía por su parte.

–Estábamos a diez kilómetros río arriba –dijo–, y me había propuesto recorrer otros ocho mil más si no hubieras aparecido tú y nos hubieses estropeado nuestros planes.

De modo que aquello los distanció y no se dirigieron la palabra durante seis semanas, hasta que llegó el momento de intercambiar las revistas que tenían, una revistas que habían leído y releído hasta el aburrimiento, ya que no se podía salir a comprar unas nuevas así como así, y alguna vez tenían que hacer un intercambio, aunque eso implicara hablar con un individuo particularmente irracional y hacer una tregua con él para un intercambio sin mirarse demasiado, cosa que ambos hicieron.

Y con el tiempo, todo regresó a la tierra, a la alegría del hogar.

Todo eso ocurrió dos meses antes de la muerte de Julian Martin. La tarde en que Julian murió, un cura fue a la casa. Peter salió corriendo a la entrada cuando vio regresar a su padre y le agarró del brazo y gritó:

–¡Eh, papá! ¡Ha muerto Francis, ha muerto Francis!

–Te refieres al pequeño Julian, Petey, es tu pobre hermano Julian el que ha muerto.

Y el hombre entró en la casa arrastrando los pies y cerró la puerta con tristeza.

Más aún que todo el oscuro horror de los ataúdes y el crespón en la puerta y su familia llorando, Peter fue incapaz de olvidar el horror y el misterio de haberle dicho a su padre que Francis había muerto. Francis era el gemelo de Julian y se parecía a él, estaba enfermo todo el tiempo igual que Julian, pero no era Francis el que había muerto, sino Julian. Incluso cuando bajaron el pequeño ataúd de Julian a la sepultura, mientras su madre y sus hermanas lloraban y gemían y él veía a todos sus parientes de pie con las cabezas inclinadas, Peter seguía pensando que se trataba del ataúd de Francis, y es que Francis no estaba en el entierro, sino en casa, enfermo en la cama, hasta cuando cubrían aquel ataúd con tierra en la sepultura, Peter seguía pensando en Francis.

Esa noche, ya en la cama, recordó de pronto que hacía un año Francis estaba enfermo en cama. Había entrado corriendo en su habitación con la revista *Star Western* para enseñarle las fotos, se había reído y sentado al borde de la cama, pero Francis le había dado una sonora bofetada y le había dicho que se fuera de allí. Peter nunca pudo entender por qué había hecho eso.

Después de aquello, Peter fue al escritorio del estudio donde su hermana Ruthey guardaba sus estampitas: Ruthey las hacía ella misma, y eran muy bonitas; las vendía en Pascua y Navidad de puerta en puerta para ganar unos peniques, de modo que Peter cogió un montón de estampitas, regresó tranquilamente a la habitación de Francis y, mientras dormía, las colocó alrededor de su cabeza en la almohada, a su lado, incluso a sus pies, por toda la cama, hasta que estuvo rodeado de estampitas. Luego se arrodilló, susurró a las imágenes y salió de puntillas de la habitación. Incluso desde su cuarto volvió a rezar a Dios para que las estampitas hicieran efecto y Francis mejorara.

Cuando Francis mejoró una semana más tarde, Peter pensó que las estampitas habían funcionado y que todo había vuelto a la normalidad.

A sus padres aquello les pareció muy dulce y se rieron, pero Peter no entendía de qué se reían y siguió comportándose como había hecho siempre.

## 6

Cuando George Martin se levantaba para ir a trabajar por las mañanas, lo hacía a tientas y tosiendo tan estruendosamente que se le podía oír desde la carretera. Bostezaba, gruñía y volvía a toser bestialmente con su enorme caja torácica y a continuación jadeaba, resollaba, se ponía los pantalones, los calcetines y los zapatos, y bajaba las escaleras con un contoneo que hacía temblar las paredes de la casa. Luego irrumpía en el cuarto de baño, empapaba todo de agua, se afeitaba y peinaba, tosía con estruendo una vez más, y por fin salía arrastrando el humo del puro tras de sí, con una expresión de fruncido ensimismamiento matutino, su sombrero en una mano y en la otra un puñado de puros y el *Racing Form*. Todavía se oía una vez más su tos, al abrir de golpe las puertas del garaje, antes de irse a trabajar.

–La tos de vuestro padre es como un trueno –decía la madre–. No sé cómo un hombre puede toser así y no morir en el acto.

–Bueno –decía Rosey–, supongo que es lo bastante gordo como para aguantar el impacto.

Martin conducía entonces hasta la plaza, aparcaba el coche tras la imprenta y cruzaba las vías del tren hasta la cafetería donde, en compañía de otros hombres de negocios, se tomaba su habitual desayuno.

A Martin se le miraba siempre con un respeto particular que

sus conciudadanos parecían reservarle solo a él. Era extraordinario en el hecho de que, aun siendo un hombre de negocios de cierta importancia en Galloway, mantenía en todo momento un perfil bajo entre sus congéneres, o bromeaba y hacía chistes con el brío y la excitación de un niño grande que aún no ha adquirido las ventajas del secretismo, la astucia y el silencio. Era un hombre al que uno podía dirigirse como George porque su actitud no requería que se le llamara señor Martin, pero tampoco se le habría podido llamar «Georgie». La particular dignidad de aquel hombre parecía apreciarse mejor en la forma en que otros se referían a él tratándole llana y simplemente de George, pero con un profundo respeto.

–George es así.

–Un buen tipo, George.

–Tiene sus cosas, pero es buen tipo.

–Recto como él solo.

–Es de Lacoshua, ¿no?

–Sí, creo que vino de Lacoshua. Lleva ya unos años viviendo aquí, pero es allí donde nació.

–Un buen tipo para hacer negocios. Eso me han dicho al menos.

–Oh, sí, George está muy bien.

–Menos cuando pierde a las cartas.

–Supongo que no es fácil ser un buen perdedor y George no es una excepción a esa regla. Pero te diré una cosa sobre George Martin: sería capaz de darte su propia camisa si te viera en un apuro.

–¿Lo dices en serio?

–Sí. Hace un par de años prestó algo de dinero y cuando el tipo se fue a la quiebra, George nunca le dijo una palabra sobre el asunto, y hasta el día de hoy siguen siendo buenos amigos. Resulta que conozco al tipo, ahora ya casi se ha rehecho. Pues George ni siquiera le volvió a mencionar el asunto.

–Bueno, hay gente que se puede permitir hacer negocios de esa manera.

–A George le va bastante bien, pero tiene que trabajar para

ganarse la vida. Puedo decirte una cosa más sobre George: apuesta demasiado Me han dicho que últimamente descuida mucho sus negocios. Claro que hablo solo de oídas, no puedo asegurarlo por mí mismo, pero es lo que me han dicho.

–¡Pues es cierto!

–Obviamente, siempre ha jugado bien a las cartas, pero ahora apuesta también a los caballos, ya sabes, y a veces dicen que se pasa ocho horas al día en ese club de Rooney Street. A mí me parece que eso es demasiado. Por supuesto que no estoy seguro de nada, ya os digo que hablo de oídas.

–Bueno, George ha sido siempre un gran apostador. Un amigo mío me habló de esas tremendas partidas de póquer que se jugaban entre bastidores en el teatro Keith hace años, allá por los años veinte, cuando George estaba en el negocio de los seguros.

–Sí, me acuerdo, solo que George ya no trabajaba en el negocio de los seguros por aquel entonces, creo que acababa de empezar con su antiguo periódico sobre teatro, ¿cómo se llamaba?

–El viejo *Spotlight*.

–Así es, el viejo *Spotlight*. Sí, se jugaban grandes partidas en aquella época. Creo que el mismo George Arliss estuvo en una de ellas, ¡una partida que duró todo un fin de semana!

–¿George Arliss, el actor?

–El mismo. George Arliss solía venir a Galloway con una compañía. ¿No lo sabías, Henry? ¡Demonios, qué bueno era el vodevil de aquella época! Cuando los hermanos Marx hacían su número de la escalera alta y cien más que ni me acuerdo, cuando cantaba Van Arnam, Ruby Norton, Lydell y Mack, Harry Conley, Olsen y Johnson...

–Me acuerdo de ellos.

–Demonios, yo me acuerdo de todos. En aquella época se celebraban partidas de póquer aquí en B. F. Keith, y George nunca se perdía una. Dicen que era el último en irse a casa y el primero en volver.

Eso comentaban cuando el propio George Martin ya había llegado a su imprenta y se había puesto a trabajar. Encendía su segundo puro de la mañana, se sentaba en su silla giratoria ante el viejo escritorio y miraba con el ceño fruncido los papeles y los asuntos que tenía entre manos. Para entonces, su ayudante Edmund preparaba las dos rotativas, manteniendo su habitual silencio absorto en el que apenas se vislumbraba su alcoholismo taciturno, y el viejo John Johnson, que había sido el operador de linotipia de Martin durante diecisiete años, entraba completamente forrado con un gran abrigo de invierno, un gorro de caza con orejeras, una enorme bufanda de lana y el tipo de zuecos que llevan los granjeros de New Hampshire.

Sobre las diez empezaban a llegar los comerciantes. A esa hora, las máquinas estaban ya a toda marcha, rugiendo con un ruido ensordecedor, y Martin, con unas viejas gafas de montura dorada sobre el puente de la nariz y un jersey de lana gris con botones que le daba un extraño aspecto patriarcal y desgarbado, observaba las enormes galeradas, frunciendo el ceño ante una labor tan infinitamente meticulosa como la propia trama del tiempo. Con su brusca y pasmada mirada de extrañeza, se dirigía a los comerciantes que se le acercaban y los miraba fijamente como si no los hubiera visto en su vida, hasta que decía al fin:

–Hombre, Arthur, buenos días. ¿Cómo se encuentra el muchacho esta mañana?

–Muy bien, George.

–¿Viene ya ese cargamento de papel?

–Claro, George. Solo he venido a ver lo del próximo sábado por la noche.

Sobre las once, aparecía tambaleándose el cojo Bannon, miraba a su alrededor y saludaba a Martin por encima del estruendo de las rotativas. Sacaba con un movimiento brusco un fajo de papeles de su deforme abrigo, y se dirigía tambaleándose hacia la máquina de escribir. Luego, con los ojos en blanco, el suplicante cuello en tensión, se dejaba caer en la silla y se balanceaba colocando el papel en el rodillo, hasta que, de repente, de todo aquel atormentado tumulto de carne, con todos sus pensamientos alborotados y la mente ofuscada por el calor de su tremenda inteligencia, aporreaba las teclas y sobre la página aparecían estas pulcras, sobrias y convencionales palabras:

Galloway, 3 de noviembre - El diputado Frank Grady, candidato a la alcaldía, anunció hoy que apelará la decisión del juez del Tribunal de Distrito James T. Quinn, quien desestimó ayer una demanda de Grady sobre los registros de costes de ingeniería del proyecto de la calle Spool, alegando que se había tramitado de forma indebida...

Jimmy Bannon, paralítico espástico, era editor del pequeño semanario político que imprimía Martin. Aunque se tambaleaba y retorcía día y noche, aunque comía solo y vivía con una hermana anciana, a pesar de tener que soportar las miradas de curiosidad y aflicción de los habitantes de Galloway cuando se tambaleaba borracho por las calles, y de que su vida no era más que una sucesión de violentas sacudidas y torceduras de cuello, se decía de Jimmy Bannon que era uno de los hombres más astutos de la ciudad, que sabía más que nadie sobre el ayuntamiento y que para ganarse la vida le bastaba revelar una décima parte de la información que tenía sobre todos los políticos que habían ocupado algún cargo durante los últimos veinticinco años en Galloway.

Jimmy Bannon tenía carné de conducir y lo utilizaba, y cuando la gente veía pasar su coche zigzagueando lentamente por la calle, con aquel conductor retorciendo la cabeza e inclinándose sobre el volante, se miraba incrédula. A menudo hacía sonar el claxon si veía a alguna chica guapa en la acera y lanzaba gemidos libidinosos con un arrebato angelical.

Aquellas mañanas en que se sentaba frente a la pobre máquina de escribir y la aporreaba sin piedad con sus puños agitados y temblorosos, babeando sobre las teclas, Martin y Edmund y el viejo John Johnson se miraban con una compasión y una pena particulares. Allí estaban aquellos cuatro hombres trabajando por la mañana, cada uno en su propia tarea, todos viejos amigos desde hacía años. Entre ellos se había generado un innombrable sentimiento de hermandad que encontraba su centro más profundo en la persona e increíble situación de Jimmy Bannon. Los hombres sufren porque están hechos para sufrir, pero allí estaba

Jimmy Bannon, caricatura feroz y resumen de sus vidas, todas las mañanas, codo con codo.

Uno de los amigos más antiguos de Martin era Ernest Berlot, un barbero que en cierta época había amasado una fortuna en el negocio del teatro y la había diseminado por doquier en una tremenda orgía de gasto y juego y buena vida, hasta perderlo todo y regresar, ya viejo, a su antiguo oficio de barbero. Pero, por extraño que parezca, incluso entonces había seguido con sus salvajes y bulliciosas costumbres, ya que era un hombre de fuerte vigor natural. Cuando Martin lo conoció, protagonizaron juntos durante años toda una larga serie de memorables farras que seguían recordando todos los patrones de barcos pesqueros, gerentes de hoteles, camareros y propietarios de las casas de juego de Nueva Inglaterra. Pero Berlot había envejecido de pronto y se había convertido ahora en un viejo melancólico. Cuando Martin se dejaba caer por su barbería a primera hora de la tarde para cortarse el pelo o charlar un rato, se miraban con esa tristeza particular que sienten los viejos amigos después de muchos años de hermosa amistad.

–Aquí llega George –decía el viejo Berlot, volviéndose hacia Martin con ojos cansados, sin esbozar una sonrisa en su rostro vencido, mirándolo solemnemente y con afecto profundo.

–Ahí estás, viejo réprobo. Te he estado buscando por todas partes –exclamaba Martin.

–¿Buscándome por todas partes? Ya sabes dónde estoy.

–¿Aquí? –decía Martin, incrédulo, mirando la barbería con toda su batería de lociones, espejos brillantes, viejas escupideras ornamentadas, plantas en macetas junto a la ventana y antiguas sillas de barbero–. No esperaba encontrarte aquí. He venido como último recurso. Te he estado buscando por todas partes, me pasé por el Jimmy Sullivan's, y por el Golden Moon, y en Picard's pregunté a todo el mundo si te habían visto y, Dios, ¡no te había visto nadie!

–No seas bromista, George. Ya sabes que no bebo.

–¿Qué quieres decir, Ernest? Al final fui al Frontier Club pensando que te encontraría borracho en la trastienda, pero tampoco estabas allí. Dónde diablos estará Ernest, me dije. ¿Tal vez en el Charley's de Lawrence?

–Estás loco, George.

–¿Por qué? ¿Qué quieres decir, Ernest? –Y cuando la torpe broma estaba agotada por completo, Martin se reía a carcajadas, daba una palmada al viejo Berlot en su encorvada y melancólica espalda y le ponía un puro en la mano.

–Córtame el pelo, viejo cabrón –exclamaba–. No puedes decir que no sea tu amigo. He venido todos estos años a cortarme el pelo y no me he quejado ni una sola vez.

–¿Cómo que no te has quejado ni una sola vez?

Y mientras Martin se reía a carcajadas en la silla de barbero, el viejo Berlot untaba la cara de su viejo amigo de crema de afeitar y la amasaba devotamente con sus enormes manos en un recogimiento melancólico y afectuoso, sin dejar de fruncir el ceño y sacudiendo la cabeza mientras Martin continuaba con sus torpes bromas, y el resto de los clientes de la barbería sonreían a los viejos amigos.

Cuando Martin salía de la barbería, siempre le invadía una extraña tristeza, y pensaba para sí: «Qué viejo está. ¡Dios mío! Pensar que todo se queda en nada, qué corta que es la vida. Y yo también estoy envejeciendo. Dios mío, quién puede saber las cosas que la gente ha conocido y las que se han olvidado en todos estos miles de años. Qué poco duran las cosas, un chasquido de dedos y se acabó todo».

A primera hora de la tarde, Martin acababa con sus obligaciones laborales y se iba a su casa de apuestas para apostar a los caballos. En ocasiones, sobre las dos de la tarde, un viejo sacerdote llamado padre Mulholland entraba en su establecimiento para encargarle la impresión de los sobres de la colecta, los membretes y otros asuntos relacionados con su parroquia. Era un anciano alto y venerable que había estado vinculado a una parroquia de Lacoshua y había conocido a la madre y al padre de Martin hacía mucho.

–Algún día me entenderás, George –le decía cuando discutían sobre religión–. Tu madre fue una de las mujeres más devotas que he conocido, y el padre de tu madre, John Kernochan, también fue un hombre de Dios donde los haya, un hombre verdaderamente religioso en su tiempo.

–¡Un momento, padre! ¿No se está pasando un poco? Usted no pudo haber conocido a John Kernochan. Veamos, el viejo John murió en 1880 o algo así, ¿no es cierto?

–George, te olvidas de que soy un hombre muy viejo –decía el padre Mulholland frunciendo los labios con ironía–. No pareces darte cuenta de que llevo ochenta y tres años caminando por la tierra y sesenta y un años al servicio de Dios.

–¡No me diga! –exclamaba Martin con asombro, quitándose el puro de la boca–. Y yo que creía que solo tenía usted setenta años.

–Cuando tu madre se casó con tu padre, Jack Martin, lo hizo con un buen hombre, pero no era un hombre religioso. Aun así, siempre pensé que más tarde, como consecuencia de su unión, se convertiría en alguien muy devoto. Ya ves –se reía el viejo cura, golpeando a Martin en el brazo–, ¡ya ves que es cierto! Y ahí estás tú, un hombre que anhela a Dios y su luz. Ya lo creo. Y tus hijos, los pequeños, el pequeño Michael, Peter, Ruth y el joven Francis, todos ellos tienen madera de espléndidos católicos y ciertamente de espléndidos cristianos.

–Es cierto, padre, pero déjeme preguntarle otra vez: ¿De verdad cree que los volverán mejores un poco de agua y unas palabras en latín? Usted dice que soy un hombre que anhela a Dios, y ¿no es eso más de lo que se puede decir de mucha gente que ambos conocemos? ¿Acaso necesito un documento oficial para demostrar que soy cristiano? Quiero hacer el bien y ser bueno... ¿no basta con eso?

–Ya lo hemos hablado muchas veces, George, y nunca nos ponemos de acuerdo, ¿verdad? –El viejo sacerdote levantaba la vista con una suave sonrisa piadosa y sacudía la cabeza con un temblor lento, senil y maravilloso–. Eres un tipo testarudo, George, ya lo creo.

–A ver –decía Martin, extendiendo las manos–, déjeme que se lo plantee de esta manera. Si yo fuera agricultor, araría mi tierra y pensaría en Dios como mi único testigo. Pues lo mismo, como impresor, vivo en esta ciudad entre esta gente, aro la tierra que tengo, este negocio, y Dios sigue siendo mi único testigo. No entiendo que la Iglesia pueda interponerse entre un hombre y su Dios sin romper de alguna manera ese contacto directo. Mire estos sobres de la colecta... Ya me entiende, padre, que solo hago esto por amor del debate...

–¡Por supuesto, George!

–Entonces eche un vistazo a estos sobres de la colecta. Por supuesto que comprendo que la Iglesia no es autosuficiente, no es un negocio, necesita las contribuciones de sus feligreses y simpatizantes, y todo lo demás. Pero ¿acaso no ha visto muchas veces como estas cosas se explotan y corrompen? Estoy seguro, padre Mulholland, de que en sus sesenta años como sacerdote debe de haberlo visto.

–Lo he visto.

–Bueno, ¿y qué?

–Los sacerdotes son los representantes de Dios, pero también hay sacerdotes sin cuya perspicacia para los negocios, sin cuyos incansables esfuerzos, no habría Iglesia. Ya sabes que cuanto más alta es la posición del sacerdote, más cerca está del político. Lo sabes bien.

–No, no lo sabía tan claramente.

–Algún día, George, te contaré la historia del cristianismo moderno. Es una historia larga y compleja, en la que hay mucho de alta política –El padre Mulholland fruncía los labios en una reflexión pedagógica–. Pero ahora quiero preguntarte una cosa: si fuera necesario que hubiera dos sacerdotes mundanos para lograr un sacerdote genuino, devoto y semejante a Dios, ¿no crees que el cambio merecería la pena? Recuerda al gran padre Connors en Lacoshua. ¿Acaso no vale la pena?

Martin sacudía la cabeza con asombro.

–Sí, por Dios, valdría la pena. El padre Connors. Sí, sí. Fue un gran cura. Solo hay un sacerdote que conozco que lo supera. Y ese es usted, padre, y lo digo sinceramente, créame.

–¡Vamos, vamos! Hace solo un minuto te burlabas de mis sobres corruptos.

–No, eso no es cierto. ¡Lo decía solo por discutir! Quiero comentarle algo: usted ve a sus feligreses en la iglesia los domingos por la mañana, recibiendo la Sagrada Comunión, regresando a sus asientos con mucha devoción. Pero mientras usted se queda tranquilo en su casa los sábados por la noche, padre, yo los veo en las calles y en los salones, ¡y no hay nada santo en ellos! ¡Oh, es su actitud en la iglesia la que me molesta! No sé de dónde la han sacado. ¿Qué hay de eso, entonces, padre Mulholland? ¿No admite que hay un poquito de hipocresía ahí?

Y Martin se reía a carcajadas, empujando al viejo eclesiástico y mirándole ansiosamente a la cara para detectar algún signo de incomodidad.

–George –respondía el padre Mulholland–, George, creo que te consideras un filósofo. No voy a responder a tu pregunta. Es más, voy a dejar que pienses en esa pregunta tú solo.

–Pensaré en ello, padre, pero ¿a qué conclusión llegaré?

–¿A ti te parece –decía el viejo padre, poniéndose cuidadosamente un viejo y maltrecho sombrero, mirando a Martin con un brillo de alegría en los ojos– que esos amigos nuestros a los que describes seguirán, como dices, en la misma disposición el domingo?

–En ese momento, padre, estarán muertos para el mundo. Lo sé.

–Pero no muertos para Dios, evidentemente, porque todos van a la iglesia por la mañana.

–Así es. Pero solo porque les remuerde la conciencia.

–Mi querido George –se reía el viejo sacerdote, agarrando a Martin por el brazo y sacudiéndole suavemente–, estás discutiendo contigo mismo, no conmigo. Te voy a dejar a solas con tu conciencia y me voy a marchar.

Y le daba suavemente una palmada en el hombro y lo miraba con su enorme y expresivo rostro benevolente. Se marchaba con un alegre gesto de la mano y salía a la calle, agachándose en el umbral de la puerta para pasar. Martin observaba su partida con pena y asombro, porque era un hombre tan viejo, una persona tan rara y maravillosa, y un sacerdote además.

Había algo en el corazón de Martin que nunca cesaba en su asombro y su pesar. Había días en que todo le parecía bañado en una luz mortecina, en que se sentía como un anciano inmóvil en medio de esa luz, mirando a todas las personas y cosas de este mundo con una mezcla de pesar y alegría. Los hombres le veían reír y mascar puros y hablar excitado y enojarse, pero nunca le veían en sus lúgubres soledades cuando se ahogaba en aquella tristeza inefable. Por su parte él veía a los hombres engañarse unos a otros, los veía despreciarse todos los días, y también el desconcierto en sus ojos, en un ciclo cerrado de ira, carcajadas, malicia, odio, asco y hastío. De pronto, sin transición, abrazaba la vida de nuevo y corría benévolo, alegre, a través de ella, para caer otra vez en una melancolía mórbida, casi perversa, en la que se ennegrecía de odio y desprecio. Pero en cuanto volvía a estar solo, a la antigua luz de su más profunda comprensión, veía de nuevo todas estas cosas, se apartaba de ellas, con infinito y viejo pesar, se cuestionaba todo y lamentaba y sufría en soledad.

«Así son las cosas», pensaba. «Así es la vida. ¡Qué extraña es! Tan particular, tan breve, solo Dios sabe lo que es.»

En esos momentos, contemplaba melancólico a sus hijos y se preguntaba qué era aquello que entretejía y entretejía tantos misterios sin descanso.

También era un hombre vivaz. En el Jockey Club, cuando extendía sus impresos sobre la mesa, sorbía un vaso de cerveza fría y espumosa, se relamía los labios, encendía un puro recién cortado y se zambullía en sus números con un entusiasmo absorto. Por la tarde regresaba a casa y comía por tres. Y más tarde, por la noche, mientras se debatía entre ir de farol o subir la apuesta, se fumaba su puro, jugueteando con las fichas y sonriendo al otro con picardía.

De ese modo le agradaba a Martin pasar los días y las noches.

# 7

Cierta primavera, el taciturno joven Francis Martin descubrió que se había enamorado. Tenía diecisiete años, acababa de terminar el último curso de bachillerato y pensaba vagamente en ir a la universidad en el futuro.

Ella se llamaba Mary y era una belleza irlandesa de pelo negro y rizado. Bastó una sola mirada suya, para pararle a Francis el corazón. Él sabía que ella siempre le sostendría con esos ojos suyos y que, de alguna manera, se burlaría también por ello.

La conoció en el instituto, en una clase de literatura en la que ella se sentaba en diagonal frente a él y jugaba con sus rizos en las tardes soñolientas. Él era el alumno más brillante de la clase y, al poco tiempo, ella empezó a jugar con sus rizos mirándole a él en esas tardes de amor e inquietud que en ningún otro lugar son tan dulces como en las aulas de los institutos.

–Francis, léenos el soneto veintinueve –sugería distraída la orgullosa y anciana profesora. Se acercaba el final de la hora, la hora de la poesía y de los persistentes sentimientos de «belleza y verdad». Al fondo de la clase los chicos dormitaban huraños. En la parte delantera de la clase estaba el alto y enjuto Francis, rodeado de chicas.

Francis leía de forma precisa y muy madura:

Cuando en desgracia ante la fortuna
y la mirada ajena, solitario lloro mi exilio,
y turbo al sordo cielo con mis inútiles gritos
me miro a mí mismo y maldigo mi sino...

–¡Francis! ¿Qué es eso de «sorrrdo cielo»?

–Sí, señorita Shaughnessy. Creo que así era la pronunciación isabelina.[1]

–Bueno, lo comprobaremos –sonrió soñadoramente la anciana–. Y, clase, quiero que tomen nota de cómo Francis tiene sus propias opiniones sobre poesía.

Los chicos del fondo de la sala se miraron unos a otros con indiferencia.

Francis continuó:

Mientras con estos pensamientos me desgasto
felizmente pienso en ti...

Y allí, dirigidos hacia él desde el centro de unos rizados cabellos, aparecían los oscuros ojos hechizantes de su amada Mary...

En la poética tarde primaveral, él tomaba prestada la bicicleta de su hermano, y pedaleaba lentamente hacia la casa de ella con su aire severo e invencible. Vivía en la parte sur de Galloway, en una vieja granja destartalada a orillas del río Concord. Y cada vez que doblaba en la carretera y se acercaba deslizándose sobre los blandos neumáticos de goma hacia aquel lugar con sus enredaderas sobre el porche y sus árboles caídos, con el oscuro río más allá y su aura de sencillez pastoral, nunca dejaba de sentir un hechizo temible. En ocasiones apenas era capaz de controlar su excitación, y más de una vez se detuvo tambaleándose junto a la valla.

Sus hermanos, aquellos granjeros jóvenes de aspecto rudo que le llamaban Frank y que estaban siempre sentados en la

1. En el original, Francis alarga la pronunciación de la vocal en *deaf* («sordo»). *(N. del T.)*

suave oscuridad del atardecer trabajando y contando historias, no tenían ninguna importancia para él.

–¡Eh, Frank! –decían.

–Ahí llega el viejo Frank.

Frank subía entonces al porche, donde Mary estaba sentada con su madre y unas cuantas hermanas pequeñas en unas hamacas chirriantes, y permanecía en tensión, apoyado contra un poste en la oscura silueta de las enredaderas.

–Francis, me parece que cada día estás más flaco –le decía la complaciente madre, cosa que agradaba a Francis, pues daba a entender que alguien como Mary debía alimentarlo y cuidarlo.

Con la misma complacencia, Mary lo observaba en sonriente silencio.

Más tarde, cuando se quedaban solos en el porche y todos se preparaban para irse a la cama, Francis decía:

–Mira qué luna. Nunca está más hermosa que aquí, en el sur de Galloway.

–Oh, tú y tu poesía.

–Bueno, ¿de qué hablamos?

–No lo sé, no me preguntes.

Entonces Mary se ponía a cavilar voluptuosa, taciturna, con el labio pesaroso y unos ojos oscuros e impenetrables.

–¡Dios mío, qué ojos tienes!

–¿Qué pasa con mis ojos?

–Son tan bonitos, te lo digo en serio.

–Siempre dices lo mismo, Francis. Míralos, míralos –y al decir aquello Mary abría mucho los ojos y miraba cómicamente a Francis, y un poco cruelmente también. Él la amaba más que nunca cuando lo trataba como a un tonto.

Nunca quiso besarla porque era demasiado voluptuosa: sus labios eran demasiado suaves y carnosos cuando los rozaba con los suyos, su mano alrededor de su cintura palpaba sin querer demasiada carne suave y bien formada. Eran cosas en las que no se atrevía a pensar porque la amaba como si fuera un ángel. Oscuramente, con una amarga melancolía, quería pasarse el resto de su vida viéndola enfurruñada y melancólica. Eso molestaba a Mary.

–Bésame, Francis. Eres un pesado.

Y luego, cuando la noche se hacía más fría, él la cubría con su abrigo y la abrazaba con la mirada perdida en la oscuridad. La voz de ella se tornaba ronca, una leve sonrisa asomaba a la comisura de sus labios, y mientras hablaba le miraba de vez en cuando con aquellos ojos. Él le devolvía fijamente la mirada, para asegurarse de que empezaba a aburrirla y, a la vez, de que despertaba su curiosidad.

–Francis, eres muy inteligente, ¿verdad? Algún día llegarás lejos. ¿Qué vas a hacer?

–No lo sé, pero sé que ganaré mucho dinero.

–Qué raro eres. Me pregunto cómo sería estar casada contigo. ¿Qué harías?

–¿Qué haría yo?

–Sí. ¿Sabes algo sobre las mujeres, sobre el amor?

–De momento no estoy interesado en eso, quiero decir, por ahora.

–Ya sé que no. Eres raro. Eso es lo que quiero decir.

–Mary –respondía él–, mírame.

–¿Por qué?

–Quiero ver tus ojos.

–Otros chicos quieren caricias, pero tú solo quieres mirarme a los ojos.

–¿Qué otros chicos? –preguntaba Francis un poco acalorado.

–He tenido otros amigos antes de conocerte, ¿o qué te creías?

–Claro. Mary, si estuviéramos casados, nosotros...

Pero nunca le lograba explicar que quería pasarse el resto de su vida observándola, escudriñando sus estados de ánimo, alimentándose de sus oscuros mohínes.

–¿Qué haríamos?

–Estaríamos juntos, ¿no?

–Bueno, naturalmente.

–Lo que quiero decir es...

–Anda, vete a casa, Francis; estás loco. Mañana no voy a ir al instituto, voy a fingir que estoy enferma. Ven a verme el jueves por la noche.

–¡El jueves! Eso es casi una semana.

–Te escribiré una carta esta noche y Jimmy te la dará en el instituto. Ahora vete a casa, tengo sueño, quiero irme a dormir.

–De acuerdo, Mary. ¿Qué escribirás en la nota?

–¿Cómo quieres que lo sepa? Aún no la he escrito.

Y entonces Francis se marchaba tímidamente, volviéndose para verla entrar en la casa con su perezosa tristeza, bostezando, abstraída, cansada de él y de todo. Era entonces cuando más la quería.

Pedaleaba de vuelta a casa en bicicleta por los campos oscuros, parándose siempre cerca del cementerio para apoyarse en el manillar y meditar sobre la visión de su amada Mary. Desde lo alto de la colina se veía su casa junto al río, frente al silencioso y lento Concord que Thoreau había contemplado cien años atrás y que ahora contemplaba Francis con el especial embeleso de su intenso y mórbido amor. Ahí estaba ella en la casa, moviéndose a su manera taciturna e insatisfecha, y la luz que se acababa de apagar era la de su dormitorio; ahora estaba en la cama y miraba fijamente en la oscuridad con su mohín encendido. Francis pedaleaba entonces de vuelta a casa meditabundo, persiguiendo los pensamientos de Mary hasta todos sus más oscuros recovecos.

A la mañana siguiente recorrió los pasillos del instituto buscando al chico, Jimmy, que le iba a traer la nota de Mary. Llegó treinta minutos antes de la hora; no había ningún Jimmy por allí, apenas había estudiantes, solo un viejo conserje barriendo los pasillos. Cuando los alumnos empezaron a llegar en grupos risueños, Francis se quedó de pie junto a la puerta principal, escrutando todas las caras. Jimmy vivía al lado de Mary, tenía acceso a su milagrosa presencia si ella quería entregarle alguna nota, la veía todos los días moviéndose por sus ventanas o en el patio... para Francis no había un Jimmy más afortunado que aquel en todo el mundo.

Por fin llegó el muchacho, con una nota en la mano.

–Hola Francis, Mary Gilhooley me dijo que te diera esta nota.

–¿Una nota? –preguntó Francis alzando una ceja–. ¿En serio? Déjame verla.

Y en el mismo instante en que el pequeño estudiante de primer grado se perdió de vista, Francis se alejó con la nota en el bolsillo y bajó corriendo a su taquilla a grandes zancadas hambrientas; y allí, en medio de los gritos y el estrépito de los otros muchachos, leyó la nota en secreto reverencial, mirando a su alrededor con un asombro mudo, como si hubiera en ella un poder que lo elevara sobre la superficie de un mar enloquecido y cubierto de algas, hasta un cielo indescriptible.

> Querido Francis,
>
> Qué cansada estoy, casi no puedo abrir los ojos. En estos momentos estoy viendo a Jimmy desayunando en la puerta de al lado, así que supongo que ya casi estará listo para ir al colegio. Bessie pasará aquí el día conmigo y escucharemos la radio. Pensaré en ti cada vez que pongan algo bonito.
>
> Con todo mi amor,
>
> MARY

Durante las clases de la mañana, Francis sacó varias veces la nota del bolsillo y examinó en busca de señales en el movimiento y forma de las letras, en la presión de la pluma sobre palabras clave como «querido» y «en ti» y «amor». Le pareció percibir una presión especial sobre la palabra «todo» en «todo mi amor». Ninguno de los musicales versos de Shelley ni de Shakespeare le parecieron tan envueltos en unas tinieblas tan persistentes, raras y sombrías como aquellas. Colocó la nota abierta sobre una página de poesía, y la fue comparando durante horas entre las líneas.

Enfermo y agotado de amor, compró un regalo de cumpleaños para Mary en una joyería de Galloway –un collar sencillo de perlas lisas– y lo colocó delicadamente en una caja de terciopelo rojo. En una dulce tarde de mayo, salió de nuevo en bicicleta con todo su porte severo y melancólico, y cruzó la ciudad pensativo, sombrío muchacho inescrutable y enloquecido por la brujería de su misión.

Aquella noche de su cumpleaños, una noche que nunca olvidaría, llegó a la vieja granja y le recibieron los hermanos.

–¡Hola, Frank! ¿Andas buscando a Mary?

–Acaba de salir a dar una vuelta con Chuck Carruthers. Ya conoces al viejo Chuck, el jugador de fútbol.

–Vino en un Ford descapotable.

–¿Y adónde fueron? –preguntó Francis tímidamente.

–Se fueron por ahí.

–Volverá, Frank. Siéntate, ponte cómodo.

–No –respondió Francis en voz baja. Luego miró a sus dos hermanos desde su bicicleta con un aire de fría indiferencia–. Por cierto, cuando vuelva, dadle esto, ¿queréis? Y les entregó el estuche con el collar de perlas.

Ellos le siguieron y gritaron «viejo Frank», pero él se alejó a toda velocidad por la carretera, lejos de su casa, lejos del pueblo, hacia los oscuros bosques que se extendían frente él.

Llegó hasta el puente del ferrocarril y se quedó mirando las aguas. Había unas niñas gritando en la orilla y chapoteando en el agua. Oyó que alguien gritaba.

–¡Fran-cis! ¡Eh, Fran-cis! –una llamada misteriosa.

Y era Mary. En la orilla vio un Ford descapotable y a la propia Mary saludándole y sonriendo. Un muchacho alto y fornido sonreía en bañador a su lado mientras se secaba el pelo con una toalla.

Francis se bajó de la bicicleta y fue hasta la orilla por un sendero que discurría entre los arbustos. Se acercó despacio, con tristeza, mientras Mary caminaba hacia él con una petulancia despreocupada y perezosa.

–No sabía que ibas a venir esta tarde –dijo con aire huraño–. ¿Por qué no me avisaste?

Él se quedó inmóvil, mirándola desde el fondo de aquella soledad furiosa e inútil. Podía ver sus labios fruncidos, sus ojos oscuros y ardientes, el pelo alborotado a un lado de la cara a causa de la brisa.

–Es tu cumpleaños –dijo con desgana–. Pensé en darte una sorpresa.

–Pero deberías avisarme siempre. A veces tengo otros planes.

–Da igual, no importa –susurró furioso con los dientes apretados, y se dio la vuelta para cerrar los ojos y pensar. De pronto se dio cuenta de que la había asustado con aquella súbita muestra de rabia contenida, y se volvió con una sonrisa y dijo–: Lo siento, tendría que haber avisado.

Ella le miró con curiosidad.

Un segundo después, él caminaba tras ella hacia la orilla, donde estaba el coche. Oscurecía y el chico había encendido los faros mientras se vestía detrás de la puerta abierta.

–Salid del agua –gritó Mary a las niñas dando un taconazo–. ¡Cissy! ¡Maggie! Como no salgáis ahora mismo, se lo diré a mamá.

–Eres una miedica –gritó el chico vistiéndose–, un día de estos te voy a tirar al agua, así aprenderás a nadar

–¡No, no, no! –chilló–. Me da miedo ahogarme, me da mucho miedo –y se agachó rápidamente para ahogar una risita encantada.

Francis la miró con asombro.

–Lo digo en serio, Francis –continuó ella, volviéndose hacia él con un movimiento de cabeza–, me da pánico ahogarme, desde que el niño Crous se ahogó el verano pasado. Tendrías que haberlo visto cuando lo sacaron. Yo estaba allí. Le encontró mi padre. Me da pánico.

–Entonces no deberías ir a nadar –dijo Francis con decisión, casi como si hablara consigo mismo.

Durante los minutos siguientes permaneció en silencio mirando a Mary y escuchándola hablar con las niñas, observando cómo las secaba con la toalla de un modo enérgico y maternal que le producía unas punzadas de indescriptible soledad en el corazón. «Mary, Mary», repetía en voz baja enmarcando las palabras con los labios en una suave súplica. Quería tomarla en sus brazos y alejarse, llevársela tan lejos como pudiera hasta llegar a algún lugar donde no hubiera nadie en absoluto y reinara un oscuro silencio.

–Mary –dijo en voz alta, sobresaltado.

Ella volvió su oscura mirada hacia él.

–Ven conmigo en la bici. Daremos un largo paseo.

Y le puso la mano en el hombro muy levemente, con los dedos crispados.

–Íbamos a ir a tomar un helado a Bill's –gritó alegremente–. Y también patatas fritas. Están buenísimas. Ven con nosotros si quieres.

–Si tuviera un coche te llevaría a Bill's todas las noches –dijo suavemente.

–Oh, no seas celoso, Francis, no es propio de ti.

–No estoy celoso –respondió él con un pequeño resoplido.

–Bueno, di algo –gritó ella de repente.

–No sé, creo que me iré a casa, creo que eso es lo que haré, irme a casa.

–Como quieras.

–Eso es lo que quiero –se dijo a sí mismo en voz alta, tanteando la bicicleta y dando la vuelta con tristeza.

En ese momento, Chuck, que había terminado de vestirse y peinarse en la orilla, apareció frente a ellos bajo la brillante luz de los faros. Se acercó con paso ágil y orgulloso sobre la arena, un atleta grande, sano y campechano, con su sonrisa ingenua y su aire apuesto y despreocupado.

–Hola, Martin –saludó–. ¿Te vienes a dar una vuelta?

–No, tengo que ir a un sitio.

Chuck tiró la toalla a Mary y soltó una carcajada, gritando:

–¡Bueno, vamos, no nos vamos a quedar aquí toda la noche! Vamos, chicas, ¡subid al coche!

Mary subió corriendo, gritándole algo a Francis que este no llegó a oír, y en un abrir y cerrar de ojos Chuck había arrancado el motor.

Francis se apresuró a alejarse, empujando su bicicleta por el sendero con un profundo sentimiento de espanto y decadencia en el corazón.

El coche empezó a avanzar por el viejo y sucio camino, y en un momento sus faros alcanzaron los arbustos por donde él caminaba. Se dio cuenta entonces de que su desdichado cuerpo a la fuga no tardaría en verse expuesto a la vista de todos y se arrojó bruscamente al suelo con su bicicleta y aguantó la respiración con los brazos abiertos sobre la hierba, en la oscuridad.

Oyó el coche que subía lentamente por la carretera, y la voz de Mary que exclamaba en la noche tranquila:

–¿Dónde está Francis? ¡No lo veo por ninguna parte! ¡Ha desaparecido! ¿Dónde está?

–¡Tal vez sea un campeón de ciclismo! –gritó el jugador de fútbol, y un momento después ya solo se oía el ruido del coche a lo lejos y el suave canto de los grillos a su alrededor.

Francis permaneció un buen rato tendido en la hierba, hasta que por fin recobró el sentido común. Comprendió que estaba tirado en medio del bosque, bajo una bóveda de temible oscuridad y que allí no había más que grillos. Miró a su alrededor apoyándose en una rodilla, presa de una soledad maravillada y delirante.

En el mismo estado de semilocura, se levantó, se subió a la bicicleta y comenzó a avanzar por el sendero, girando hacia la carretera y pedaleando con la misma sensación de asombro. No podía creer lo que acababa de ocurrir, intentaba ignorarlo. «Pensaré en ello más tarde», dijo distraídamente, y se quedó mirando el paisaje y las ramas bajo las que se deslizaba a toda velocidad.

Aceleró el ritmo y pasó por delante de la vieja y destartalada granja en la que vivía Mary algo más animado y pensando en lo que haría mañana en casa después del instituto, pero los dos hermanos de Mary estaban allí, fumando en la oscuridad de los escalones del porche.

–Frank –le llamaron–. Mary ha ido a nadar al puente del ferrocarril. Acabamos de enterarnos.

–¿La has encontrado, Frank?

–Sí –dijo Francis pedaleando a su lado–. Está nadando... ¡Y ojalá se ahogue! –añadió con un grito sordo que no pudieron oír a esa distancia. Al instante se le humedecieron los ojos y regresó a casa llorando.

Cuando llegó, guardó la bici y se metió en su habitación. Comenzó a pasear arriba y abajo, estaba decidido, no quería volver a verla, y trató de pensar en otras cosas, pero de pronto no podía sobreponerse a la idea de que Mary le había estado buscando mientras él yacía escondido entre los arbustos.

La oía decir una y otra vez: «¿Dónde está Francis? ¡No lo veo por ninguna parte! ¿Dónde está Francis? ¿Dónde está Francis? ¿Dónde está Francis?».

De modo que ahí estaba el joven Francis, tejiendo el capullo de su adolescencia atormentada. A su alrededor todo era aspereza. Esperaba su momento y aguardaba con triste paciencia a que la vida se abriera para él. Era un joven pensativo, insatisfecho, un lector solitario como hay tantos en Estados Unidos, diseminados de forma dispersa y casi trágica por pueblos y ciudades: un muchacho fácil de herir, expuesto al insulto y al desprecio, demasiado sensible en su reflexiva soledad como para soportar las rudas payasadas, los chistes, la brutalidad animal, el salvaje descuido de un país violentamente rapsódico en su chillona juventud. Se sentía solo y temeroso y a veces también despechado, diferente del resto de los muchachos de su edad, que generalmente se pasaban el día en heladerías, en las esquinas de los *drugstores*, en los campos de atletismo, yendo al cine y bailando. Era diferente de ellos y estaba orgulloso de serlo.

Con diecisiete años, a veces volvía a casa de la biblioteca por la tarde con unos cuantos libros bajo el brazo, o daba paseos solitarios a medianoche, o se sentaba en su ventana a leer después del colegio, o se tomaba una coca-cola en la cafetería de la esquina con una melancolía absorta, pero haciendo continuamente equilibrios entre la vida y la muerte, tropezando con mil estados de ánimo entre el horror y el odio, viéndose a sí mismo pasar por todas las filosofías, sectas y facciones, experimentando el abatimiento de muchos héroes: Jean Valjean, el príncipe Andréi Bolkonsky, Ana Karenina, Greta Garbo, Byron, Tristán, Hedda Gabler.

Iba a la biblioteca y se pasaba la mañana leyendo reflexivamente varias biografías. De vez en cuando levantaba la vista con una sonrisa de satisfacción pero algo apocada. Al mediodía, se quedaba en Daley Square contemplando a los habitantes de Galloway con un placer secreto y una sensación de comprensión madura. Incluso cuando su padre pasaba entre aquellas personas, caminando con lentitud rumbo a su almuerzo y conversando con otros hombres de negocios bajo la ondulante luz del sol, él lo observaba en secreto desde el umbral de la puerta. Incluso entonces Francis se llenaba de un extraño placer y de la creencia de que era el único mortal de la ciudad que había comprendido el aterrador significado de la vida y la muerte.

## 8

El joven Peter Martin andaba muy ocupado intentando entrar en el equipo de fútbol del instituto. Aquello significaba la gloria, el triunfo y la fama en Galloway, y poco más tenía en mente cuando volvía corriendo a casa al anochecer, ya tarde para cenar, cansado y distraído con los mil detalles de su misión. Su madre le ofrecía generosos platos calientes y él se los comía con una abstraída intensidad voraz, meditando sobre sus posibilidades y masticando el pan y la carne al mismo tiempo, como si todo formara parte de un enorme y hambriento plan de éxito.

–¿Cómo te va en el equipo? –le preguntaba su padre medio en broma, pero con buen humor.

–Ya veremos, ya veremos –respondía sombrío el joven Peter–. Tal vez me den la equipación la semana que viene.

Tenía catorce años cuando se presentó por primera vez a los entrenamientos de fútbol. Había crecido, pero no lo bastante. El entrenador y sus ayudantes ni siquiera se fijaron en aquel chico que parecía un niño, que era un niño, y que apenas había crecido lo bastante como para empujar un carro de riego por el campo. El primer día de entrenamiento, tras hacer la rutina de ejercicios con todos los demás, Peter se desplomó sobre la hierba y permaneció allí mareado durante una hora tratando de recuperarse, mientras el resto de los muchachos corrían de un lado a otro, se subían al autobús y regresaban a casa sonrojados por la excitación del primer día de entrenamiento. Peter caminó los cinco kilómetros hasta su casa, abatido por el pensamiento de que ni siquiera había logrado llegar al autobús.

Pero siguió acudiendo a los entrenamientos y, al final de la temporada, siempre se le veía de pie junto al grupo en el campo, ataviado con un ridículo conjunto de fútbol que alguien, seguramente el entrenador, le había prestado por su obstinación en acudir a los entrenamientos. De vez en cuando, uno de los ayudantes del entrenador le hacía señas para que fuera al centro del campo y se quedara allí como una especie de maniquí defensivo, alrededor del cual las estrellas del equipo corrían y hacían cabriolas en todo su esplendor.

Al anochecer, el joven Peter regresaba a casa a grandes zancadas, con la imaginación recalentada por sus posibilidades como héroe del fútbol, y entraba a toda prisa en casa donde su madre le esperaba ansiosa con su generosa cena caliente, y volvía a devorar la carne y el pan y a pensar en los gloriosos triunfos que le esperaban.

Al año siguiente, aunque solo tenía quince años y seguía creciendo, ya estaba en el penúltimo curso de la escuela y se pasaba la mayor parte de sus días en el instituto.

–No te desanimes, Petey –le decía su padre, risueño–. Después de todo, te saltaste un curso en la primaria porque eras un mocoso muy listo y ahora ya casi has terminado el bachillerato. No quiero que te sientas mal, ¿entiendes? No es culpa tuya, no eres más que un niño.

–No soy un niño. ¡Este año entraré en el equipo!

Y así permaneció aquel año en el lateral del campo, observando y esperando a que le llamaran para salir y hacer de maniquí defensivo, o simplemente para que le contemplaran en alguna hazaña imposible en circunstancias que aún debían presentarse, como de milagro. En clase soñaba todo el día con alguna de esas circunstancias: se imaginaba que le llamaban para jugar de defensa durante un partido de verdad por algún golpe de suerte que solo tardaba un minuto en conjurar. Se pasaba horas dándole vueltas a lo que haría: alguien lanzaba un pase, destinado al gran Bobby Stedman o a Mike Bernardi, y los entrenadores se quedaban de piedra esperando a que la jugada se materializara, los periodistas se sonreían unos a otros diciendo: «¡Menudo pase deslumbrante!». Y de repente, de la nada, una figura fornida y veloz aparecía ante sus ojos, saltaba, interceptaba el pase y recorría el campo a toda velocidad, esquivando todos los brazos, abriéndose paso a una velocidad fenomenal que dejaba atónitos y asombrados a todos los presentes.

Durante las clases, en casa mientras comía, en la cama por la noche y en el campo de entrenamiento durante las largas tardes soleadas de octubre, el joven Peter se perdía en esas ensoñaciones y temblaba cada vez que el venerable y viejo entrenador Reed le dirigía la mirada. Sin embargo, cuando llegaban los entrenamientos, se quedaba allí, en la retaguardia, solitario, insignificante, tímido, ataviado con su uniforme de segunda mano, y le temblaban las rodillas cada vez que el entrenador le dirigía la mirada o una de las estrellas del equipo le rozaba con los hombros.

Su padre fue un día a ver el entrenamiento, y cuando el viejo se sentó en las gradas vacías y vio a su hijo pequeño de pie, encorvado y triste en la retaguardia del equipo, sin dar un paso adelante ni hacer ninguna de las pequeñas cabriolas que hacían cada tanto los otros chicos para llamar la atención del entrenador, se dio cuenta de que Peter no solo era demasiado joven y flacucho para ese juego brutal que es el fútbol, sino también demasiado tierno y recatado en su forma de ser. Nadie se fijaría en él ni en este ni en ningún otro campo.

Saludó a su hijo con la mano y él le devolvió una tímida sonrisa. George Martin se fue a casa sacudiendo la cabeza con pesar.

Un día, el entrenador dirigía al equipo preuniversitario en una práctica de defensa y, de repente, miró directamente a Peter y a algunos otros muchachos marginados que igual que él, se pasaban todos los días allí. Alguien acababa de lesionarse y se necesitaba un sustituto en la cuarta línea que hacía la prueba de ataque.

Era una somnolienta tarde de lunes, había muchos ausentes.

–Trae a uno de esos chicos para que lo sustituya –ladró el gran entrenador. El ayudante se acercó y los examinó con aire hosco. Algunos dieron un entusiasta paso al frente, aunque un poco vacilantes, mientras que Peter se quedó inmóvil, casi ruborizado. Sucedió que, sin embargo, Peter resultó ser el menos frágil de todos –a los quince años le habían empezado a crecer los músculos en las piernas– y el ayudante, tras observarlo con expresión aburrida, lo comparó con los otros y le hizo una seña para que se acercara.

–Tú, el de ahí. Ve al fondo del campo. Coge un casco.

Peter corrió hacia la banda y cogió un casco con manos temblorosas. Al instante dejó caer el casco al suelo, se le cerró la garganta, tragó saliva y volvió a cogerlo. Alguien tuvo que ayudarle a ponérselo bien, mientras se tambaleaba desdichadamente hacia el campo de batalla.

–¡Apura a ese chico! –rugió el gran entrenador Reed mientras esperaba a que terminara la angustiosa escena, pero Peter había descubierto de repente que llevaba suelto uno de los cordones y se inclinó tanteando sobre una rodilla y mirando hacia arriba con una especie de desesperación.

Por fin todo estuvo listo y Peter se encontró entre diez jugadores sudorosos y mugrientos escuchando las órdenes para la siguiente y brutal jugada.

–Tú, chaval –ladró el ayudante del entrenador en el grupo– acaba con el extremo. Ese de ahí. ¿Lo has entendido?

–¡Entendido! –murmuró Peter muerto de miedo.

La jugada se desarrolló de forma explosiva y Peter se vio corriendo de pronto hacia un joven alto y espigado que se abalanzó sobre él. Peter bajó la cabeza con el casco y empujó de frente, y justo cuando hizo contacto sintió el choque explosivo del hueso y el músculo encajados en la equipación, y cayó al suelo momentáneamente aturdido, sintiendo que todo aquello había sucedido hacía mucho tiempo de aquella manera vertiginosa y exacta. Se sintió asqueado y mortalmente asustado. Los muchachos regresaron al grupo y Peter los siguió aturdido, preguntándose por qué era todo tan extraño, mirando a su alrededor con incredulidad.

–La misma jugada –ladró el segundo entrenador–; quiero que esos titulares corran de verdad.

A Peter le pareció que esas palabras le llegaban desde muy lejos.

Una vez más, el centro devolvió el balón y Peter se dio cuenta de que había llegado el momento de correr hacia el alto y poderoso jugador que acababa de tirarlo al suelo. Pero de repente, en el destello de aquel momento, le recorrió una oleada de miedo y rabia solitaria, sintió como la intuición de una revancha, miró al otro chico y vio el brillo de la brutalidad muda en sus ojos, presintió algo poderoso y sangriento entre ellos y solo entre ellos. Unos segundos más tarde, gruñendo, llorando y ciego de furia, Peter corrió tan rápido como pudo y se estrelló contra él, con los hombros por delante.

Abatió al muchacho espigado de un golpe.

–Buen placaje –dijo el ayudante del entrenador.

El chico alto, al que Peter reconoció como Al MacReady, el famoso extremo de Galloway, le dio una palmadita en la espalda y dijo:

–Bien, muy bien.

De vuelta en el grupo, Peter estaba radiante con su primer triunfo: el dolor agudo del hombro se disipó a toda velocidad y pareció calentarle la sangre. Se agitó nerviosamente y pateó el césped.

–Un momento –dijo una voz tranquila por detrás, y al instante apareció el venerable entrenador Reed en persona, mirando por encima con sus ojos de águila, pensativo, decidido, enorme, acercándose a ellos con las manos entrelazadas por detrás con majestuosa autoridad. Se inclinó hacia el grupo y se dirigió a los jadeantes jóvenes con voz ronca y profunda, el aliento le olía a tabaco, resollaba suavemente con una triste respiración asmática, una tristeza que asombró a Peter, porque nunca había estado tan cerca de él–. Vamos a probar un cambio aquí –gruñó–. Dejemos que este muchacho lleve la pelota, en la ocho. ¿Cómo se llama? ¿Cómo te llamas tú?

–Martin –respondió Peter tragando saliva.

–¿Conoces la ocho?

–Sí, señor.

–Muy bien, vamos allá –y dicho aquello, el viejo dio unos pasos atrás, con las manos en la espalda, y esperó a que se reanudara el juego–. ¡Atentos ahí fuera! –gritó a sus jugadores en defensa–. No dejéis que estos os la jueguen.

Uno de los defensores causaba sensación ese año por ser un placador excepcionalmente feroz en las jugadas que cruzaban la línea de defensa. Era un irlandés enjuto y corpulento llamado Red Magee, capaz de meterse en una jugada y desarmarla con valor y entusiasmo. Las palabras del entrenador le hicieron estremecerse y aullar con impaciencia.

Peter ya corría levemente inclinado hacia delante cuando vio el balón girando hacia él, y en cuanto lo tuvo en las manos hizo un esprint salvaje hacia la derecha, esquivando a quienes pretendían placarle, un extremo entre ellos, el alto Al MacReady, que perdió el equilibrio y cayó, mientras todos los demás parecieron balancearse en dirección a Peter sin llegar a arrancar. En un segundo Peter corría solo por la banda mirando hacia atrás como un idiota, como si estuviera tan avergonzado como el resto de los jugadores. El entrenador hizo sonar el silbato para repetir la jugada, pero en ese instante Red Magee se abalanzó en tromba sobre Peter, que había dejado de correr, y se estrelló contra él, derribándolo con un golpe seco y repentino. El balón salió volando por los aires y los dos chicos cayeron sobre la banda. Peter vio las estrellas.

–Maldita sea, ¡había pitado ya, Magee! –rugió el entrenador desde el otro lado del campo–. La jugada había terminado.

Luego se volvió y murmuró algo al oído del asistente, y ambos esbozaron una sonrisa.

Magee se levantó de un salto y regresó trotando feliz a su posición. Se le tenía por el diablo del equipo, un chico que no podía controlar su propia ferocidad, y los sábados por la tarde, en los partidos importantes, el público rugía de alegría al ver sus fogosas, coloridas y violentas payasadas.

Peter no estaba herido, pero regresó a su posición lentamente, tan pensativo y desconcertado como la primera vez.

–Buena carrera, hijo –le dijo a Peter el entrenador Reed mientras se apiñaban para la siguiente jugada, y el muchacho fue súbitamente consciente de que el anciano había apoyado la mano en su hombro, y tragó saliva con miedo y asombro. ¿Qué diría su padre si pudiera verlo en este momento?

–Mira a ver cómo te sale la siete fuera de banda. ¿Te la sabes?

–Sí –respondió tragando saliva.

–¡De acuerdo! –rugió el entrenador sobre el campo–. Ese muchacho te a va a salir a la caza de nuevo. Muévete, Bernardi, estás muy atrás. ¡Al balón, al balón! ¡El sábado no vas a poder holgazanear así! Si un niño es capaz de esquivaros, ¿qué os creéis que va a hacer Lynn Classical? ¡Stedman, despierta!

Y de aquel modo, en el soñoliento torpor de la tarde de octubre, Peter esperó jadeante a que el balón regresara a él, con las rodillas temblorosas y la sangre palpitándole en las sienes de tanto correr. Y de nuevo el juego se desarrolló de forma explosiva. Hubo violentos golpes y forcejeos en la línea mientras él esperaba a que el balón llegara a sus manos y cuando lo hizo, arrancó como un ciervo una vez más, corriendo tras sus bloqueadores, driblando a su alrededor como un bailarín, cortando a través de los espacios que se abrían más allá de la línea. Estaba quince metros por delante de la línea y seguía corriendo, arqueando la espalda para esquivar la mano de alguien, deteniéndose, saltando sobre una pierna, desplazándose a un lado para continuar en un esprint hacia delante y moviéndose hacia el espacio abierto, cuando de repente se topó con Bobby Stedman, el zaguero, y otro jugador más, se desvió hacia la izquierda y entonces percibió a Red Magee volando hacia él para hacerle un placaje, que esquivó dando un paso atrás y avanzando de nuevo. El silbato volvió a sonar y Peter y Red Magee se miraron mutuamente.

–Qué os pasa, chicos –rugió el entrenador–. Quiero que os despertéis. –Y en un susurro sibilante y confidencial, añadió–: Muy bien, hijo, inténtalo otra vez, ahora en el segundo hueco;

moveos a la izquierda, chicos –y el viejo dio un paso atrás, pensativo.

Y de nuevo Peter se vio esperando bajo el sol soñoliento, sudando, jadeando, sonriendo de fatiga y alegría, golpeando impacientemente la pelota con las manos mientras las líneas se chocaban y se abrían para él. Corrió bruscamente hacia la izquierda, según la jugada que conocía tan bien por haberla memorizado en solitario, y luego cortó hacia el interior directamente hacia el «segundo hueco»: estaba totalmente abierto, de modo que lo cruzó a toda velocidad, como un conejo asustado en campo abierto, pero justo cuando estaba a punto de salir, la pequeña y robusta figura de Red Magee se lanzó por los aires directamente hacia él; Peter lo vio todo y se produjo una terrible colisión de huesos, músculos y equipaciones que pudo oírse como un sonoro «¡clack!» en todo el campo.

Peter se quedó clavado en el suelo por el impacto de la embestida, con una pierna frente a la otra en el acto congelado de correr, y Red Magee, igualmente congelado en el acto de placar, de rodillas y con ambos brazos alrededor de las caderas de Peter, gimiendo:

–¡Mi cuello, mi cuello! ¡Ah, mi cuello!

Y como un trapo flácido, en el silencio sepulcral que siguió a continuación, el chico rodó agarrándose el cuello, mientras Peter permaneció horrorizado y aturdido, mirando hacia abajo, con el balón todavía a un costado.

Todos se acercaron corriendo al jugador herido. Hubo un minuto de confusión en el que acercaron el coche del entrenador y pusieron a Magee cuidadosamente en el asiento trasero. El muchacho seguía gimiendo, agarrándose el cuello y mirando a su alrededor con pavor.

Peter estaba petrificado al fondo de la multitud, con el balón aún en las manos.

–¿Se ha roto el cuello? –susurró alguien.

–¡Ha sonado como si se hubiera roto algo!

–Se lo llevan al hospital. ¡Dios santo!

Peter se quedó atrás comprendiendo que, de algún modo,

había engañado al chico mayor haciéndole creer que podía tumbarle fácilmente al permanecer inmóvil en el primer placaje de la banda y al esquivar el segundo intento con una mansa agilidad. Pero precisamente en el tercero, cuando vio que Magee se abalanzaba con furia en uno de sus famosos placajes fulminantes, él se había abalanzado a su vez con las rodillas y con toda su fuerza de cabeza, para descargar deliberadamente todo el peso y la potencia que sabía que tenía y que hasta entonces había ocultado.

–¿Qué he hecho? –se preguntó aterrorizado y estupefacto.

Llevaron a Magee al hospital, pero a los diez minutos recibieron la noticia de que no se había roto el cuello, sino que solo había sufrido un shock y que se recuperaría enseguida.

–Como dos locomotoras que se encuentran de frente –dijo el entrenador Reed con rudeza, y todo el equipo se echó a reír.

A partir de ese momento, Peter se convirtió en el centro de atención durante el resto de la tarde. Uno de los ayudantes lo llevó aparte y comenzó la larga y onerosa tarea de enseñarle todos los refinamientos del juego. Giró, retrocedió, amagó, se desplazó, aprendió todos los movimientos rudimentarios de la sutil y poderosa acción de la retaguardia. Peter se sentía torpe, tímido, tontamente nervioso, pero algo se regocijaba en él, y los entrenadores le observaban atentamente, con una especie de orgullo ceñudo.

El viejo entrenador Reed se acercaba y lo observaba impasible, volviéndose de vez en cuando hacia un periodista curioso que tenía al lado y hablando en voz baja. Luego se volvía de nuevo hacia Peter y rugía:

–¡Relájate! ¡Relájate! Cuando gires, no pienses en nada más que en el giro, y luego empieza a correr. Piensa solo en la pelota y en tus tres pasos, ¿entiendes?

Después del entrenamiento, cuando la gélida oscuridad de octubre ya se cernía sobre el campo y el resto de los jugadores ya se había ido a las duchas, Peter seguía corriendo, girando y pasando el balón, mientras el entrenador Reed y su ayudante permanecían de pie, ladrándole en el aire helado.

–¡No, no, haz una pausa y *luego* gira!

–Y cuando gires, pivota sobre el pie derecho, ¡el pie derecho!

Al fin le dijeron al sudoroso, jadeante y alegre Peter que se fuera a duchar y en el bullicio humeante de las duchas y las taquillas, todo el mundo se acercó para hablar con él, desde los mismos jugadores del equipo universitario –Mike Bernardi, hasta Bobby Stedman– hasta los suplentes más modestos. Ayer se había sentado a vestirse en el rincón más oscuro de las instalaciones, hoy era el centro de toda aquella ceremonia estridente y alegre que había estado tanto tiempo observando en soledad. Danzó bajo la ducha caliente, se secó con vigor, se vistió, peinó y contoneó con la cojera de un auténtico atleta, orgulloso y maltrecho y fatigado.

Y de pronto, en un torbellino de acontecimientos, le dieron un uniforme de fútbol reglamentario con un enorme número en él, un fotógrafo de las noticias locales le hizo una foto, el entrenador Reed se acercó, le preguntó por sus notas, y le dio un par de relucientes zapatillas de fútbol nuevas, y Peter pensó que iba a desmayarse de la emoción y el tumulto que de pronto le rodearon llenando su corazón de vertiginosa incredulidad.

Volvió a casa a toda prisa, dando alegres zancadas en el crepúsculo, regodeándose con lo que diría su padre y toda la familia, acalorado por febriles pensamientos de gloria y triunfo, mirando fijamente a los ojos a todos los que se cruzaban con él en las oscuras calles y preguntándose si sabrían algo de esto, o qué pensarían cuando se enteraran, y sintió que le pertenecía toda la cruda oscuridad del atardecer de octubre, con sus hojas volando y sus vientos poderosos y sus llamaradas de fuego procedentes de algún lugar. En lo más profundo de su alma, más profundo incluso que el pesar de su corazón, se regodeó y jactó de casi haberle roto el cuello a Red Magee: porque Red Magee había intentado machacar a Peter Martin y todo el mundo había visto el resultado, todo el mundo sabía ahora que Peter Martin era el vencedor.

Peter corría junto a aquellos fuertes vientos otoñales comenzando a intuir un nuevo y oscuro secreto: que triunfar también conlleva causar estragos.

El humo salía por la chimenea y él saltó los escalones con

alegría, acariciando con placer el costado de su casa, recorrió el porche inhalando profundas bocanadas de aire y mirando jubiloso a las estrellas, y luego se zambulló en el interior para contarles las novedades y sentarse a la mesa a disfrutar de otra copiosa cena a base de carne, pan y patatas, como tenía por costumbre.

En lo que quedó de temporada, Peter se vio sometido a agotadores e interminables ejercicios en el fondo del campo en los que giraba, amagaba, daba marcha atrás, se agachaba y driblaba, todos los intrincados movimientos del juego, hasta quedar tan dolorosa y brutalmente exhausto que a veces solo deseaba tirarse al suelo y renunciar por completo. Pero en cuanto salía del campo, empezaba de nuevo a driblar y a dar vueltas con nerviosismo enloquecido, hasta que regresaba a su casa, o cuando estaba en su habitación se incorporaba y empezaba otra vez, sosteniendo el balón contra el estómago, pasándolo, dando vueltas, pisándolo. Si hubiese podido llevar el balón a clase, lo habría hecho. Dormía con el balón en una silla junto a la cama, y por la mañana lo agarraba y le daba vueltas en las manos antes de desayunar.

Sus gestos al principio torpes, tímidos y vacilantes de novato se fueron convirtiendo poco a poco en los de un mediapunta veloz y experto que empezaba a moverse con elegante seguridad, firmeza y suavidad, lanzándose a la carrera con una poderosa velocidad consciente, examinando todos los obstáculos con una astuta deliberación y balanceando todo su cuerpo a un lado y a otro.

No tardó mucho en participar en su primer partido importante. Le impresionó la gran expectación que se respiraba en el estadio, pero logró causar una impresión favorable a todo el mundo en las últimas jugadas del partido. Su padre iba a verle a los entrenamientos casi tres veces por semana, y se quedaba de pie en la banda, fumándose un puro, absorto.

Los periodistas deportivos locales sabían que el entrenador Reed preparaba a algunos jóvenes del equipo para el futuro estrellato, pero no fue hasta el último entrenamiento del año, cuando estaban todos reunidos viendo cómo se preparaba el equipo para el gran partido de Acción de Gracias, que el viejo entrenador hizo que los periodistas miraran al otro lado del campo, donde Peter practicaba sobre el césped nevado con el segundo equipo:

–Y ahí tenéis al Bobby Stedman del año que viene –anunció el viejo con su famosa impasibilidad.

–¿Pete Martin? –corearon sorprendidos los periodistas.

–Si así es como le llaman... –respondió el viejo entrenador con su famoso guiño de ojos–, si así es como le llaman, ¡supongo que será ese!

# 9

En aquella época, el joven Joe Martin conducía, en la ruta hacia Portland, Maine, y por autopistas nocturnas, grandes camiones-remolque con potentes motores que rugían hasta el amanecer y enormes neumáticos que silbaban durante kilómetros de pulido asfalto frente a todas las brillantes luces de neón, bares de carretera, farolas de las autopistas, gasolineras y restaurantes, rodando en plena noche costera a una velocidad de vértigo. Había encontrado un trabajo que le calzaba como un guante.

Sentado en la cabina elevada, cruzaba la noche arrojando aquella inmensa máquina con una exultante sensación de alegría y satisfacción. A veces, cuando tenía que reducir la marcha al llegar a los cruces rurales que atravesaban el gran cinturón de velocidad de la autopista, sentía el enorme empujón del remolque trasero con sus toneladas de carga como un gigantesco empellón en la espalda, y luego, cuando llegaba el momento de acelerar de nuevo, de primera a segunda y de tercera a cuarta en una serie de esforzadas sacudidas y golpeteos, notaba cómo el potente motor rechinaba y tiraba con una fuerza increíble hasta alcanzar de nuevo su plena velocidad en la recta. Lanzaba entonces salvajes gritos de placer. En las bajadas, el camión cobraba un ímpetu tremendo, él pisaba el embrague y dejaba rodar en silencio la poderosa mole, para luego, al borde de la subida, pisar de nuevo el acelerador y rugir cuesta arriba en una gloria increíble.

En las primeras semanas de su nuevo trabajo soltaba alrededor de cien gritos de júbilo por noche. Ahora tenía veinte años y estaba más «loco» que nunca.

Cerca de Portland, en cierto restaurante de camioneros, había conocido a toda una panda de camareras que se encariñaron con él como los peces con el agua. Las probó una tras otra y, no era raro verlo en los grises amaneceres, cuando tocaba llevar el camión de vuelta a Galloway, dejando a su bella dama y saltando a la cabina del poderoso camión como un galán que monta en su caballo de guerra y se aleja lanzando besos. Fue entonces cuando le pareció conveniente dejarse un elegante bigotito, una fina línea marrón justo por encima del labio que, junto a sus botas de cordones, sus pantalones de montar y su gorra con visera, le daban la apariencia de un apuesto libertino y un seductor de primera. Intentaba ahorrar dinero; en pocos meses tendría lo bastante como para una relumbrante motocicleta nueva y entonces, como él mismo decía: «Ya verían».

Las mujeres le adoraban porque era un muchacho, y los hombres le daban palmadas en la espalda y le invitaban a copas porque era un hombre. Y todo el tiempo se reía a carcajadas, contaba anécdotas interminables, se paseaba distraídamente transmitiendo un aura de gran diversión y buenos momentos.

Pero en todo aquel torbellino de largas y blancas autopistas con sus bares de carretera y sus cafeterías, sus hombres y mujeres comiendo y bebiendo, sus risas, sus romances, sus chistes estridentes, su cerveza, su música de gramola, sus kilómetros de suave asfalto a través de los bosques, sus rugidos y acelerones en la conducción, la enorme presencia del camión y sus agotadoras noches de éxtasis... en todas aquellas cosas, el joven y aguerrido Joe era también una suerte de Joe sombrío, cotidiano y solitario. A veces aparcaba el camión en la autopista y salía a fumar un cigarrillo pensativo, o se despedía de sus amigos en alguna taberna de Portland, daba un paseo solitario por la ciudad y caminaba a grandes zancadas inmerso en sus pensamientos.

Un día detuvo el camión en una cafetería a las afueras de un pueblecito de Maine y allí conoció a una chica extraña y encantadora que no pareció prestarle mucha atención. Era camarera y, cuando la fue conociendo, le mostró la casa de su familia, a un kilómetro de distancia, sobre una colina sobre la carretera. Era una bonita casa colonial rodeada de los árboles austeros del invierno de Nueva Inglaterra. Se llamaba Patricia. Iba al instituto y se ganaba la vida trabajando como camarera.

Algo en aquella pequeña y apartada cafetería a las afueras de un pueblecito atrajo a Joe, y al poco tiempo empezó a parar allí a todas horas para sus comidas y descansos, y también para su flirteo semanal con la guapa Patricia, que recibía sus envites con un encanto prudente y propio de una dama. Era una muchacha alta y angulosa, con algo enjuto y bello en el rostro, ojos oscuros y serios, largas pestañas, dientes blancos y rotundos, y una figura femenina y de grandes pechos. Con el tiempo, aprendió a aceptar y anticipar las frecuentes visitas y flirteos de Joe. Echaban monedas de cinco centavos en la gramola y bailaban; ella le preparaba grandes raciones de tortitas, café fuerte y rosquillas caseras que hacía solo para él y le atendía en exclusiva cuando paraba allí. Al poco tiempo, ya lo acompañaba en su camión a Portland. Era el tipo de chica que se ponía el mono de trabajo para ir en camión y bebía cerveza prodigiosamente, bailaba bien, caminaba a grandes pasos como él, se reía mucho y parecía dispuesta a seguir a quien amara «hasta el infierno y más allá», como había aprendido a repetir de Joe.

–Cuando tenga mi moto –le decía Joe encantado– iremos por todas partes. ¿No nos ves a ciento veinte por hora bajo la luz de la luna?

–Sí, pero no te dejaré beber hasta que termine el viaje, Joey.

–¡Entonces tendrás que besarme!

Y ella le besaba de pronto con una pasión poderosa y sorprendente.

Joe se volvió una figura habitual en su casa, aparcaba el camión en la carretera y subía a grandes zancadas por el césped para jugar con los perros y sus hermanos pequeños. La madre de Patricia horneaba pasteles para que se los llevara en sus agotadores viajes. Su padre le daba palmadas en la espalda y le contaba chistes. Y a veces, cuando Joe se iba una semana y veía a Patricia despidiéndose tristemente con la mano, se daba perfecta cuenta de que aquello se estaba «poniendo serio» y de que a ella le gustaba «más de la cuenta».

–Ah, es una gran chica –se reía él, pensando en ella con placer mientras conducía su gran camión por las autopistas nocturnas.

–¿Dónde te habías metido, Joe? –le gritaban sus compinches de Portland cuando empezaba a rondar de nuevo por los salvajes bares de por allí.

–Ah, he conocido a la chica más dulce del mundo, ¡os lo digo en serio!

–¿Cómo se llama, Joe? ¿A qué esperas?

Pero Joe era demasiado salvaje y demasiado joven como para estar con una mujer mucho tiempo, y poco a poco empezó a ignorar la cafetería donde ella trabajaba. Regresó a sus viejas costumbres, a las rutas a ciegas, a las borracheras y partidas de póquer con sus colegas camioneros, la mitad de los cuales llevaban el mismo bigotito y eran jóvenes salvajes y luchadores igual que él.

Aquellos días, Joe llegaba a veces a Galloway soñoliento, y llevaba el gran camión hasta el garaje. Bajaba agotado de la cabina, fumaba un cigarrillo y se quedaba un rato en el pequeño cobertizo bromeando con los mecánicos y conductores, que lo consideraban un gran tipo y un buen trabajador, para luego regresar a casa y dormir doce horas seguidas.

Joe era infatigable en sus placeres, maravillosamente querido por todos, deseado por mujeres de todo tipo, enérgico y responsable en su trabajo, derrochador de su tiempo, dinero y diversiones. Pero en lo más profundo de su alma, como cualquier hombre, se sentía inquieto e insatisfecho y pensaba siempre en el futuro como un reto y una triste incertidumbre. Deseaba una moto para lanzarse en picado y ruidosamente hacia cualquier lugar, deseaba la camaradería de sus amigos, quería mujeres y más mujeres, cerveza y comida y dinero, deseaba todo lo que desea un joven despreocupado, pero al mismo tiempo sabía que había algo más, que no sabía lo que era y que nunca lo conseguiría. Para sus amigos y su familia Joe era simplemente Joe: alguien fuerte, despreocupado, que andaba siempre tramando alguna cosa, pero para sí mismo era alguien abandonado, perdido, realmente olvidado por algo, algo majestuoso y hermoso que veía en el mundo. Algún día, con su motocicleta, recorrería los Estados Unidos solo por «el gusto de hacerlo» y por algo más, para ver montañas sublimes, cañones inmensos, grandes bosques, lagos en los que acampar, desiertos, mesetas y ríos que, de algún modo, le habían olvidado, el vasto «país de los hombres» de sus sueños infantiles. Joe creía a veces que tendría que haber nacido en otro lugar y otra época. Podía trabajar concentrado durante quince horas en un viejo motor en un garaje y, de repente, apartar la mirada y recordar que estaba perdido y olvidado por aquel sublime mundo lleno de significado que brillaba en su imaginación, y no sabía de dónde había sacado esa idea.

A veces lo comentaba con Francis, que «lo sabía todo».

–Maldita sea, France, ojalá hubiese nacido en esa época en que se montaba a caballo y todo lo que había por delante era un gran terreno por explorar, amplios espacios abiertos, y todos tenían que arrimar el hombro para levantar una casa o construir una taberna o arrastrar una carreta para cruzar un río.

–Te refieres a los días de la frontera.

–Cuando los hombres eran hombres –exclamaba Joe– y prácticamente dueños de todo lo que veían. Ya sabes...

–No, no lo sé.

Se lo contaba a su padre y el viejo estallaba en una cólera política:

–¡Tienes razón, Joe! Cuando América era América, la gente se unía y no se andaba con rodeos.

–Sí, pero lo que quiero decir...

–En aquellos tiempos –tronaba el padre– había honradez y se vivía bien. La vida no era fácil, los pobres diablos a veces quedaban atrapados en la nieve, asediados por las tormentas y ventiscas o por los indios, cualquier cosa, ¡pero por Dios que eso hacía mejores a los hombres! Aquellos pioneros hicieron grande a este país, hasta que empezó a desmoronarse en los últimos treinta años. Fueron ellos quienes abandonaron sus confortables comunidades y partieron con sus mujeres e hijos a construir un nuevo país. Y sin embargo hoy... Hoy ya ves en qué ha acabado todo ese sufrimiento y esfuerzo...

Pero no era de eso de lo que quería hablar Joe. No tenía nombre, no sabía lo que era. Era solo un sueño infantil, un triste y privado sueño secreto. Y como cualquier hombre –y él ya era todo un hombre a los veinte años–, como cualquier otro hombre, también Joe meditaba en las inquietas e insondables profundidades de su corazón mientras trabajaba y bebía y reía y andaba de un lado para otro.

## 10

La madre termina una tarea en la cocina, escucha las noticias de la noche en la radio, se toma su té con galletas, bosteza y le dice a Rosey que cierre las ventanas de arriba. Comer y dormir, tener una casa y vivir en ella, tener una familia y convivir con ella: he ahí las cosas que conoce. Disfrutar de los días que van y vienen, mantener la casa caliente, limpia y agradable, preparar la comida y comerla y almacenarla, combatir la enfermedad, evitar que las cosas se rompan, atender las dulces necesidades y las sencillas satisfacciones de la vida, y ordenar las locuras de la existencia en torno a todas esas cosas: he ahí lo que sabe, y comprende que no hay nada más que saber.

El corazón de una mujer es tan insondable como el de un hombre, pero en el de ella no hay nada que se parezca a la inquietud y a la ansiosa tristeza. En las mismas profundidades de ese corazón se encierran todos los secretos, y entre ellos el único y simple secreto de la vida, que es algo hogareño, básico, sensual y profundo, algo eterno porque es sereno y capaz de una espera paciente. El hombre puede pasarse la noche rastreando el curso de las estrellas sobre la tierra, pero a la mujer no le inquieta el curso de las estrellas, porque vive en la tierra y la tierra es su hogar. Un hombre puede pasarse la vida anhelando mil sombras y siluetas, pero para la mujer solo hay una sombra y una silueta de las cosas: la que jamás pierde de vista en la plenitud de su profundidad.

Algunos hombres excavan en la tierra para encontrar ciudades y civilizaciones perdidas, tratan de encontrar misterios de otro mundo y cosas desconocidas, pero si se excava en el corazón de una mujer, sea cual sea la superficie que presente y cuanto más se profundice en ella, más mujer habrá; y si se buscan misterios allí, se descubrirá enseguida que no importan.

La madre de los Martin era ese tipo de mujer profunda capaz de contemplar las vidas y actividades del mundo que la rodeaba con la mirada juiciosa y paciente de la eternidad, sabiendo que todo alboroto y furor acabarán terminando, que toda alegría y toda inquietud espiritual acabarán terminando y que al final las cosas volverán siempre a su cauce. De ese modo, cuando algún mediodía sus tres hijos mayores comían en la misma mesa, ella les servía los platos y los observaba desde su rincón de la mesa con una sonrisa dichosa, reflexiva y sagaz.

Mientras ellos hablaban, comían y fumaban, tomando el café y el postre de esa manera distraída y satisfecha que adoptan los hombres en la mesa, ella se daba cuenta de cómo cada uno de ellos se debatía furioso en su soledad particular. Era una ira y un ansia particular la que se veía en aquellos ojos, y sabía que todos los hombres eran iguales.

¿Qué importaba que Francis sufriera la amargura de un amor no correspondido, que anduviera avergonzado y altivo, sombrío de odio y pálido de soledad, refugiándose en sus libros y pensamientos y en sus hábitos solitarios? Su madre sabía que debía comer más, dormir más y cuidarse para la larga vida que le esperaba a pesar de todo, a pesar, incluso, de sí mismo. Sabía que, hiciera lo que hiciera, todo se reduciría en Francis al mismo derroche, insensatez y despilfarro que en todos los hombres: él seguiría su melancólico camino, enamorado de la tristeza y el abandono de su propio corazón taciturno, contemplando abismos, dejándose llevar por aquel negro hastío, paralizado junto al tictac del reloj con su libro, sus pensamientos, sus ideas taciturnas, pero a ella todo aquello le parecía digno y hermoso, porque él era un hombre, y un hombre triste y desorientado es siempre una criatura hermosa y desamparada.

Y en cuanto a Joe. ¿Qué importaba si tenía mil furiosos entusiasmos, qué importaba si no paraba de trabajar y correr de un lado a otro y gastar dinero, o si se sentía solo en compañía de mujeres y hombres, o si se atiborraba de whisky para poder deambular ciego por la noche? ¿Qué importaba si se reía a carcajadas y se humedecía los labios con aquel gesto infantil y se pavoneaba por la ciudad con sus grandes botas de trabajo y su gorra cuando a la vez estaba perdido, olvidado, abandonado por algo que deseaba y que ni siquiera era capaz de imaginar? Todo quedaba en lo mismo. Joe se acabaría casando, tendría hijos, trabajaría, se enfurecería con toda su masculinidad, envejecería y moriría, dejando más vida tras de sí y desaparecería en un mudo estupor con los dedos agarrotados de trabajar y la mirada exhausta de otear la lejanía. Nunca conocería el inconmensurable valor del presente, el instante actual de su yo tosco, sensual y hermoso que sí eran capaces de ver las mujeres y que lo amaban por estar tan ciego.

Y ahí estaba también el joven Peter, con su ambición melancólica, un poco más astuto que los otros hermanos, pero más ciego también con diferencia, un joven tristón, descontento, pendenciero, con mil deseos confusos, capaz de mirar a su alrededor con profundo asombro y regocijo y gravedad, pero sin verse nunca a sí mismo ni allí ni en ninguna parte, a la caza del futuro con maníaca desesperación, transitando todos sus días y noches con un asombro salvaje y ansioso, un joven que se estamparía contra todos los muros que le pusieran por delante y se levantaría apenado a buscar algo más, y sería amado por las mujeres a causa de su tristeza... la madre también lo conocía bien. Se precipitaría en su soledad hacia metas sin sentido, como todos los hombres; por eso, a los ojos de aquella madre silenciosa, todo él resultaba tan pesaroso, áspero, noble y sensual.

Ella sabía que, aunque las mujeres a veces se sienten solas, los hombres lo están siempre. Sabía todas esas cosas y, sin embargo, no había asombro en su corazón, sino paz, una dichosa paz contemplativa de mujer, que apreciaba con claridad el propósito de aquel conocimiento.

Resulta sorprendente cómo las mujeres son mujeres en todo momento, hasta en la infancia. La pequeña Elizabeth está de pie en el patio observando cómo su hermano pequeño Mickey hace el idiota corriendo como un loco en busca de más combustible para el fuego que acaba de prender junto a una salida de aguas abandonada, haciendo que el humo salga por el otro extremo de la tubería y bailando entre el humo como un indio. La pequeña Liz sabe que nada de eso aportará ni un poco de paz a la vida. Es hora de cenar, hora de volver a casa a comer y descansar, pero Mickey quiere bailar en el humo, y hacer más humo para seguir bailando, y no irá a casa a comer hasta que esté agotado y aburrido de la humeante alcantarilla.

–¡Ven a casa! ¡Es hora de volver a casa! –grita.

Mickey baila entre el humo.

–¡Yujuuu!

Luego se quema un dedo mientras baila y, cuando llegan a casa, Lizzy se lo unta con mantequilla para aliviar el dolor y le aparta diciendo:

–¡Eres idiota! Anda, vete de aquí.

Pero luego lo observa melancólicamente mientras busca las galletas, se queda en silencio observándole con la cara y las manos sucias, el dedo quemado, resoplando por la nariz y rascándose la cabeza con fuerza hasta que se marcha con la caja, masticando como un tonto.

–Es idiota –dice, pero le sigue a la otra sala para seguir mirándolo.

El padre llega a casa del trabajo, enciende un puro y se sienta con el periódico de la tarde, y cuando Ruthey le pregunta qué quiere tomar con la cena, levanta la vista con expresión muda y sorprendida, la mira con incredulidad, sacude el periódico, da una calada al puro y dice:

–Pues no sé, cualquier cosa, supongo, lo que haya.

–Pero ayer te enfadaste porque no había café.

–¿Café? –gruñe, como si nunca hubiera oído hablar del asunto–. Bueno, está bien, café está perfecto –y sigue leyendo el periódico y ella se queda un momento mirándolo, con un leve e impotente movimiento escéptico de la cabeza, una repentina y leve sonrisa que significa: «¡Son todos iguales!». Y luego vuelve a la cocina a preparar el café...

Y la gran Rosey también los conoce. Muchas veces se planta con los brazos en jarras, como una guardiana de las llaves de la paz y el confort. No tiene pelos en la lengua: no son más toscos, sensuales y hermosos que ella. (Aunque sabe que realmente lo son).

Y cuando, por casualidad, la casa de los Martin se vacía de hombres durante un rato, las mujeres que la habitan –de la mayor a la más pequeña– se dejan llevar por su propia comprensión solitaria, y se miran entre ellas con conocimiento femenino, con esa mirada inteligente y rápida que sabe decirlo todo, y a veces también se miran entre sí con placer.

Los hombres, mientras tanto, se enfurecen en soledad.

## 11

En el último año de instituto, Peter tenía dieciséis años. Su timidez, sus modales sagaces y obstinados, sus ojos azules bajo el flequillo oscuro y su determinación pensativa e infantil no parecían contrarrestados por su portentoso físico. Era como una roca: ancho de hombros, de pecho, de cintura y de muslos, pesaba casi ochenta kilos y medía solo un metro setenta, pero seguía siendo un niño. En el instituto nadie se había fijado en él hasta que marcó tres largos *touchdowns* en su primer partido de fútbol y cuando volvió al banquillo a descansar hasta el siguiente los directivos empezaron a ponerle chaquetas por encima y a darle palmaditas en la espalda, y el público se puso a rugir.

Los periódicos lo anunciaron como un «gran rematador» y al instante le salieron cientos de amigos, entre alumnos y profesores, con los que apenas sabía qué hacer. En compañía de sus compañeros, no tardó en aprender cómo caminar pavoneándose por los pasillos de la escuela con toda la gloria de un famoso héroe escolar, pero cuando se quedaba solo, seguía viviendo en su mundo tímido y discreto, sumido siempre en profundas reflexiones sobre el futuro y los triunfos que vendrían. Ahora había empezado a pensar en la universidad, en ser un gran estudiante y una estrella del fútbol universitario, quería ser un gran hombre.

En los bailes del instituto se vio de pronto perseguido por

las jovencitas, aunque no sabía bailar y, aparte, tampoco habría podido mantener una conversación con una chica más de un minuto sin sonrojarse y tartamudear como un idiota. A la mínima oportunidad se marchaba a casa a estudiar, y cuando sus deberes empezaron a parecerle triviales o demasiado básicos, empezó a leer los «Clásicos de Harvard» del doctor Eliot, pensando que así se familiarizaría enseguida con todo el conocimiento del mundo. Entendía solo a medias lo que leía, pero seguía adelante, tratando de dominar todo lo que se ponía frente a él.

Hacia el final de la temporada, el equipo de Galloway empezó a enfrentarse a una competencia más dura con equipos de toda Nueva Inglaterra y Peter se vio sudando la gota gorda en cada encuentro. Si había muchos lesionados, le tocaba hacerse cargo de la pelota toda la tarde y avanzaba como podía jugada tras jugada, agotado, la saliva manchada de sangre, el cuerpo magullado y contracturado y algo que parecía un asco poderoso en el alma.

En la ducha, tras los partidos importantes, se sentía observado junto al resto de los gladiadores, por todo aquel grupo de entrenadores, periodistas y fanáticos mientras ellos se desnudaban cansados, se duchaban y se volvían a vestir y a sentar con melancólica fatiga. Había banquetes y declaraciones y mil palmadas en la espalda, pero siempre estaban exhaustos y cargados de presentimientos por la aplastante brutalidad de la semana siguiente, pero cuando caminaban y se pavoneaban por las calles de Galloway, o en los pasillos de la escuela, sentían siempre la gloria, y eso era todo lo que querían.

En un partido llovió a cántaros sobre un campo embarrado. Las gradas estaban llenas de gente acurrucada bajo paraguas e impermeables y periódicos, y Peter se abrió paso entre aquel caos brumoso y salpicado de barro, y exultante. A la mañana siguiente vio su foto en el periódico, una estampa oscura y brumosa cubierta de manchas y grotescas sombras de barro, se vio a sí mismo avanzando en un fabuloso mundo de oscuridad y lluvia y heroísmo igual que una vez había visto las fotos de Bobby

Stedman y Lou White. Su primera ambición estaba satisfecha pero no era suficiente, tenía que haber más, mucho más.

El último partido de la temporada se celebraba el Día de Acción de Gracias en un estadio de cemento y siempre atraía a enormes multitudes, era la madre de todos los partidos, un partido que el equipo, la escuela y los seguidores preparaban durante todo el año con todo el entusiasmo y la energía. Los periódicos dedicaban al partido la portada en sus ediciones especiales y las dos emisoras de radio locales lo retransmitían en directo, lo que acabó generando una gran rivalidad entre los dos equipos y sus ciudades, Galloway y Lawton.

En la mañana de Acción de Gracias había un gran trajín de coches y autobuses río arriba hasta el gran estadio, la gente apostaba por el resultado en las esquinas de las calles, los niños saltaban y gritaban de alegría lanzando pelotas de calcetines y se quedaban pegados a sus transistores cuando empezaba el partido. El partido se oía por las radios de las salas de billar, los parques de bomberos y las comisarías de policía de toda la ciudad. Durante aquella mañana, las calles de los pueblos estaban prácticamente desiertas y los transeúntes se gritaban unos a otros: «¿Cómo va el partido?».

Aquel año, ambos equipos habían cosechado grandes resultados en Nueva Inglaterra y se enfrentaban en lo que prometía ser un choque de «proporciones hercúleas», como decían los periódicos. Entre la multitud récord que se congregó en el gran estadio aquel año había muchos miembros de la familia Martin que acudían a ver a los suyos. George Martin avanzaba al frente de su estirpe entre las gradas. Los hombres le saludaban y él les devolvía el saludo con su puro. Estaba encantado y no le importaba que lo supieran.

Junto a él estaban su mujer, Joe, Mickey, Ruth y Elizabeth, todos abrigados y sonrojados por el viento frío y la emoción. Las banderas ondeaban en lo alto del estadio, las bandas tocaban y desfilaban por el campo de rayas blancas, y unas enormes y crudas nubes de noviembre surcaban los cielos, todo era gris, ventoso y emocionante, y su Peter se estaba poniendo el atuendo de batalla bajo las mismas gradas donde rugía la multitud.

Para la madre de los Martin aquel era su primer partido de fútbol y, cuando vio a las bandas desfilar por el campo, exclamó:

–No veo a Petey ¿Es ese de ahí?

El viejo se echó a reír, y en ese momento el equipo de fútbol de Galloway apareció trotando en el campo, la multitud atronó en una ovación, sonaron los tambores y el viejo gritó.

–¡Ahí está! Marge, ahí está tu hijo.

Y le corrían las lágrimas por las mejillas. No le importaba que le vieran: estaba lo bastante orgulloso como para llorar.

–¿Dónde está? ¿Dónde está? –gritó la madre.

–¡Es él, mamá! –chilló Mickey–. El número cinco. ¿Lo ves? Allí atrás. ¡Hurra, Pete Martin!

–Es mi hermano –gritó Ruthey.

–¿Nos ve? –preguntó la madre ansiosamente.

–Claro que no.

–Pero todo el mundo le aplaude –dijo la madre con orgullo–. ¿Ya ha marcado un *touchball*?

Joe sonrió.

–Mamá, el partido ni siquiera ha empezado, y no es *touchball*, es *touchdown*.

–Hace mucho frío, ¡espero que no se caiga en ese suelo tan duro! –dijo la madre–. ¡Todos gritan como locos!

–¡Vamos, Petey! Gánate el pavo, hijo mío –aulló el viejo–. Anota un *touchdown* y por Dios que te dejaré los dos muslos.

–¡Eh, Martin! –gritó un hombre varias filas más allá–. Después de este partido puede que tu hijo tenga tanta hambre que quiera comerse el pavo entero.

–Por mí no hay problema –aulló Martin–. Por Dios, ¡me parece bien! Es mi hijo y puede hacer lo que le dé la gana.

La gente a su alrededor se rió, y un hombre sacó una botella de whisky y gritó:

–¿Tu hijo juega este partido? ¿Es Pete Martin? Aquí tenéis, invito yo. Que no se diga que no he aportado mi granito de arena al equipo de Galloway.

Y una pequeña ovación se alzó a su alrededor.

Los equipos regresaron al vestuario para recibir las últimas instrucciones, las bandas desfilaron por el campo, por todas partes había ruido y furor y un entusiasmo otoñal.

En los gélidos vestuarios, Peter se sentó en un banco y se ató los cordones meditabundo. El viejo entrenador paseaba frente a los jugadores ladrándoles instrucciones y advertencias. Afuera se oía la débil música de las bandas, el repiqueteo de los cencerros, el rugido de la multitud... y todos estaban muertos de miedo, tragando saliva, aterrorizados y perdidos.

–No penséis que lo vais a tener fácil ahí fuera –ladró el viejo entrenador–. ¡Oh, no! No penséis que vais a salir de paseo a recoger margaritas con esos chicos de Lawton. ¿No os habéis dado cuenta de lo pequeños y delicados que son? No vais a salir de paseo y luego darles las gracias, ¿verdad?

Los chicos se rieron y tragaron saliva.

–Habéis visto lo grandes que son, ¿verdad? Habéis visto a ese DeGrossa, que juega de central, ¿eh? Pesa como cien kilos y mide un metro noventa.

Sí, lo habían visto, y también la ferocidad de su rostro.

–Habéis visto esa defensa, ¿verdad? Maciza hasta el final y el doble de ancha, como los camiones, ¿eh? Y esas espaldas, ¿qué os parecen? ¿Como las de una nenita, quizá?

Parecían leopardos y los jugadores tragaron saliva.

La puerta de los vestuarios se abrió de golpe y un hombre con un blanco pantalón corto gritó:

–¡Dos minutos, entrenador Reed!

Junto con el sonido de su apremio llegó el estruendo de la multitud, la música, el tintineo de los cencerros, el zumbido de un avión sobrevolando el campo y los gritos de ánimo de la escuela entre vastos silbidos y *bim-bum-bam* y repentinos cánticos enardecedores. Sobre ellos se oía el ruido de muchas pisadas y el redoble de muchos tambores.

La puerta se cerró de nuevo y se hizo el silencio en los sombríos vestuarios. El viejo entrenador miró a sus jóvenes jugadores sin decir nada. Todos contuvieron la respiración y miraron a aquel viejo que los había hostigado y fatigado y dirigido durante todo el año a lo largo de cien días de fútbol demoledor, y de pronto, de alguna manera, sintieron un extraño afecto por él: había sido como un padre exigente para ellos.

–No tengo más que decir –dijo el viejo Reed encogiéndose de hombros–. No tengo absolutamente nada más que decir –dijo con impotencia, mirándolos con los ojos desorbitados y abiertos.

Todos esperaron sin aliento. El anciano volvió a pasearse en un silencio lúgubre. Se dieron cuenta de que querían a aquel viejo gruñón.

Se detuvo y los miró una vez más con una expresión abierta y desabrida, mientras sus ayudantes permanecían de pie junto a él, sombríos, casi presas del pánico, pálidos y sin expresión, igual que los jugadores.

–Todo un año de trabajo –dijo el viejo entrenador–. Un año entero dedicado a este partido. Este es el único partido que realmente importa. Todos habéis sido niños alguna vez y recordáis otros partidos entre Galloway y Lawton, los habéis escuchado en vuestros transistores, ansiabais crecer para jugar en este partido. Pues bien –dijo mirándoles fijamente–, aquí estáis. Dentro de un instante voy a dar una palmada –continuó el anciano–, ¿y qué vais a hacer a continuación?

Hubo una pausa, y entonces todos los chicos vitorearon al viejo y se levantaron de un salto, él dio una palmada, el ayudante abrió la puerta de par en par y salieron en tropel hacia el viento helado, hacia el oscuro campo de rayas blancas, corriendo furiosamente contra el viento, exultantes. A su alrededor rugía la multitud y las bandas tocaban tambores y bombos, y había algo en el aire como el trueno y el júbilo de una batalla.

Vieron al equipo de Lawton al otro lado del campo reunidos en un grupo, de pie contra el viento con sus uniformes oscuros, sus cascos fantásticos, casi grotescos, salvajes y ominosos, vieron cómo los árbitros de blanco colocaban el balón amarillo en la línea de saque y a toda la multitud que inundaba el tremendo estadio en un resplandor gris barrido por el viento. Sonó el silbato, el silencio se adueñó de la multitud, el partido estaba listo para comenzar.

Y entonces, cuando Peter vio la pelota alzarse en el aire,

tambaleante y agitada por el viento, y a continuación la vio rebotar frente a él, sintió que le invadía el pánico, pero enseguida se abalanzó sobre ella, la recogió, gruñó y corrió hacia el fondo del campo con todas sus fuerzas, chocando y dando zancadas a través de una confusión de cuerpos duros y cayendo finalmente en el helado centro del campo bajo otros diez jugadores. El partido había comenzado.

–¡Bien! –aulló su padre en las gradas–. ¿Habéis visto? ¡Treinta metros más atrás y la ha cogido! ¡Qué corredor!

–¡Hurra! ¡Hurra! –gritaba Mickey.

–¿Qué ha pasado? –gritó la madre–. ¿Está Peter ahí debajo? ¡Todo el mundo se ha caído encima!

–Yo diría que sí –gritó Joe–. Estaba en el suelo.

–¡Tómese otro trago, señor Martin! –dijo el hombre de la botella–. Esa carrera hacia atrás bien se lo merece. ¡Tómese otro trago, señor Martin!

En el campo se alinearon los equipos, los líneas se agacharon mirándose unos a otros, los defensas se pusieron en cuclillas, el *quarterback* empezó a gritar números y el cuerpo se le agitaba con cada grito, los árbitros estaban expectantes, todo ello barrido por el viento en el oscuro campo al que todos miraban con entusiasmo. Las líneas chocaron, se golpearon, se dispersaron, cayeron, alguien corrió y se agachó frente a una pila de cuerpos, y no hubo suerte. Los cencerros sonaron, alguien gritó:

–¡Vamos, Galloway!

–¿Qué pasa? ¿Qué está pasando? –preguntó la madre de los Martin con furiosa inocencia.

La multitud bramó de improviso cuando alguien corrió por la banda, entre manos que trataban de atajarle, arqueando la espalda y agitando un brazo, retrocediendo de repente sobre sus pies danzarines, vacilando, echándose a un lado, cayendo a unos metros y deteniéndose bajo una pila de cuerpos. El rugido de la multitud se transformó en un zumbido, los cencerros y los tambores sonaron en el aire helado, alguien silbó.

–¿Qué ha sido eso? –gritó la madre, tirando de la manga de Joe.

–¡Petey! ¡Ha ganado cinco yardas!

–¡Vamos, hijito! –aulló el padre–. ¡Sigue así, muchacho!

De repente, el público volvió a ponerse en pie con un rugido cuando alguien se lanzó abrazado al balón y corrió en línea recta hacia delante y luego hacia un lado esprintando, inclinándose hacia la banda y saliendo del terreno de juego.

–Petey ha conseguido un primer down –gritó Joe a su madre–. ¿Lo has visto?

–No, no he visto nada.

–¡Vamos! –gritó Liz, agitando la bandera de la escuela.

Y el partido continuó con grisura, con ambos equipos metidos de lleno en el campo y luchando, aunque para la madre de Martin no parecía estar pasando nada. De hecho, a medida que fue avanzando la primera parte, Peter se vio un poco estancado, al igual que sus compañeros de equipo, mientras Lawton luchaba sin anotar ningún punto. Al descanso se llegó con empate a cero en un partido que dependía de la habilidad defensiva de las líneas.

–Bien –dijo el viejo entrenador de vuelta en los húmedos vestuarios–, os dije que sería así. Os lo dije y lo acabáis de comprobar.

Los jugadores se tumbaron en el suelo jadeantes, mirando al viejo con ojos cansados e impotentes.

–Quiero que intentéis más pases. Quiero que intentéis el cuarenta y siete en la zona de marca y también el pase con truco sobre la cabeza del delantero. Y vosotros, los de la línea: ¡Os engañan con su ratonera cada puñetera vez! ¡Cada puñetera vez! ¡Nunca había visto algo así! Magee está jugando el mejor juego defensivo, pero el resto de los *backs* estáis a por uvas. MacReady se apaña con el ataque, pero el resto no sé a lo que jugáis. –Y así continuó durante quince minutos, dando vueltas por la gris y húmeda sala, mirándolos con fiereza y luego con cansancio, y contemplando boquiabierto a sus ayudantes como si nunca los hubiera visto antes.

–Ya os lo había dicho. Así es el juego. Llevaos unos cojines si queréis, por qué no, así el suelo no estará tan duro, o mejor

¿por qué no sacáis unos libros de poesía y les leéis algo? A lo mejor les gusta –ladró, mirándolos con odio. Y, sin embargo, sabían que querían a ese viejo.

Salieron para la segunda parte.

–¡Vamos, muchacho! –aulló el viejo Martin en las gradas.

Los equipos volvieron a atrincherarse, a retarse, a chocar; se dispersaron y revolvieron en tremendos golpes que no se oían desde lo alto de las gradas. Y desde el campo, los rugidos descendían a su vez como un vasto susurro, vagas conmociones lejanas de una humanidad triste y excitada.

–¡Vamos, chicos! –gritó el pequeño *quarterback*–. ¡Vamos, vamos! ¡El tiempo se acaba! ¡La seis! ¡Martin!

Arriba, en las gradas, la multitud rugió y vio a Peter balancearse con el balón en una mano, agarrado como un gran huevo, y girar velozmente hacia la línea de defensa y abrirse paso a toda velocidad, corriendo vertiginosamente campo arriba con las piernas centelleando en la penumbra, perseguido por sombras oscuras, aplastado por sombras oscuras sobre las rayas blancas de tiza.

–¿Era Peter? –gritó la madre–. ¡He visto que se caía el número cinco! ¡Ay, Dios mío!

A la mortecina luz de la tarde de noviembre se vieron más carreras, amagos, amontonamientos de cuerpos y pitidos de silbato en el aire helado.

–Qué juego tan raro –dijo la madre de los Martin, volviéndose hacia Ruth–. No pasa nada, todo el mundo se cae al suelo. ¡Dios mío!

–¡Vamos, hijo mío! –gritó Martin con voz potente–. ¡Vamos, muchacho!

–¡Quedan diez minutos para el final! –gritó alguien. Un cencerro sonó cansino, los animadores silbaron con fuerza, suspiraron, cantaron *bim-bum-bam* y hubo un redoble de tambores. Los equipos volvieron a chocar en el campo y los jugadores se agruparon lentamente, meditativos.

–Mickey –dijo la madre, tirando del abrigo del pequeño–, dile a mami cuál es el marcador.

–¡Cero a cero!

–¡Explícale a mami qué significa eso! –exigió.

Y de pronto el público se puso en pie con un estruendoso y descomunal grito de sorpresa cuando un jugador de Galloway se abrió paso por el extremo, saltó en el aire, se retorció y lanzó el balón varios metros por encima de los oscuros cascos, al tiempo que otro jugador de Galloway se detenía, alargaba la mano para recoger el balón, lo agarraba a duras penas con los dedos, se daba la vuelta y se ponía a correr a toda prisa por la banda. El rugido del público aumentó y se hizo atronador, la madre de Martin se levantó de su asiento para ver, y contempló una figura sacudiéndose a algunos defensores, lanzándose a través de otros con determinación, tropezando, trastabillando, tambaleándose sin dejar de correr y enderezándose de nuevo, avanzando penosamente, amagando, hasta acercarse a la línea de ensayo en una carrera ebria y agotadora, inclinándose a un lado a causa de otro empujón, deteniéndose momentáneamente y continuando de nuevo, dando zancadas hasta la línea y cayendo junto a otra figura oscura que se estrelló con él, vacilando ahora sobre las rodillas dobladas, y lanzándose al fin para rodar triunfalmente en la zona de ensayo.

Un *touchdown*, al fin.

–¡Petey! ¡Petey! ¡Petey! –gritaron Ruth y Elizabeth al unísono, saltando sobre los asientos, mientras la gran multitud rugía con tremendo júbilo.

–¿Qué ha pasado? –gritó desesperada la madre de los Martin.

–Lo ha conseguido –aulló el padre de los Martin con un asombro y una emoción indescriptibles–. ¡Por Dios que lo ha hecho!

–¿Qué ha hecho? –gritó la madre.

–Ha marcado, mamá, ha marcado –gritó el pequeño Mickey.

Y se produjo un tremendo alboroto de sonidos y ruidos y gritos por todas partes, confusión y tamborileo, y la madre de los Martin se sentó de golpe en su asiento y miró fijamente a las espaldas de la gente.

–¿No lo entiendes, mamá? –gritó Ruth, inclinándose hacia

su madre–. ¡Petey ha marcado un *touchdown*, vamos ganando el partido!

–¿Gracias a Petey?

–¡Sí! ¡Sí!

–¡Hurra! –exclamó la madre, levantándose de un salto, y agarrando la bandera de Ruth y agitándola con salvaje excitación. Abrazó a su marido y le besó furiosamente en la mejilla, mientras él la abrazaba y la alzaba gritando. Y el hombre de la botella tropezó borracho con él y se la puso en la mano.

–Acábatela –exclamó–. Es toda tuya, por Dios, es toda tuya, ¡toda la maldita botella!

Cuando acabó el partido, los vítores de la multitud se fueron apagando en un vasto murmullo excitado y entre risas todo el mundo empezó a dirigirse hacia las salidas. El viento se llevaba la música y los tambores empezaron a sonar a destiempo sobre el campo abandonado...

George Martin se quedó solo contemplando el estadio mientras su familia le llamaba desde las rampas de salida. Estaba inmóvil, con lágrimas en los ojos, y se dirigió a Joe, que esperaba silenciosamente a su lado:

–Por Dios, Joe, nunca olvidaré este día mientras viva. Ese chico... Bueno, no sé cómo decirlo.

–¡Se sacó esa carrera del sombrero! –se rió Joe.

–Hizo algo más que eso. No sé cómo decirlo... Sabía que iba a hacer algo. Es la clase de chico que es capaz de hacer casi cualquier cosa.

–Bueno, vamos a casa, Pa, y lo veremos allí.

–¡Ese chico! Recuerdo cuando era alto, como el pequeño Mickey, un chiquillo tímido y desgarbado. ¡Caramba!

Y poco a poco, entre el ruido de innumerables bocinazos, gritos, pequeños vítores repentinos, cánticos desenfrenados y los agudos pitidos de los policías de tráfico, la multitud empezó a abandonar el estadio por las carreteras atascadas, con sus coches repletos de banderolas brillantes y confeti, algunos pasando a toda velocidad junto a otros con una repentina carrera de cánticos y vítores o con un largo toque de claxon y gritando por las ventanillas. El gran partido había terminado y todo el mundo regresaba a casa para cenar el pavo, todo el mundo estaba hambriento.

En el cielo de noviembre se abrieron grandes claros azules y en la autopista los automóviles brillaban bajo el sol en su regreso a Galloway. La silenciosa y desierta plaza de la ciudad se inundó de repente de coches victoriosos tocando el claxon, por las ventanillas salían volantes de papel de colores y jóvenes gritando:

–¡Hemos ganado! ¡Hemos ganado!

Y en los húmedos vestuarios del estadio, el victorioso equipo de Galloway gritaba en las duchas de agua caliente y jabón, bailaban sobre los pies rosados, lanzaban toallas, saltaban sobre los bancos, golpeaban las puertas de las taquillas, cantaban a coro... mientras no muy lejos, en otra húmeda sala, los chicos de Lawton se sentaban abatidos, murmuraban entre sí y sonreían con tristeza. Al poco rato ambos equipos salieron de los vestuarios cojeando y maltrechos, peinados y lustrosos y orgullosos, y se dieron la mano frente a los autobuses, bajo la mirada curiosa de los aficionados que se habían quedado a mirar.

–El año que viene... –se dijeron sonriendo los jóvenes jugadores.

–Espero que tengáis más suerte en otra ocasión.

–Ha sido un gran partido.

–Tuvimos suerte.

Acto seguido, el autobús de Galloway regresaba triunfante a casa con los muchachos festejándolo a voz en grito, sobre todo los suplentes, que no estaban tan cansados como los titulares, pero sí igual de orgullosos. El autobús entró en la plaza, donde les saludó la multitud; en el instituto les esperaban multitudes de jóvenes.

Para Peter todo era como un sueño, miraba agotado a su alrededor, casi con indiferencia; y aunque su nombre estaba en boca de todos, quería escapar de allí para quedarse a solas y poder pensar en lo que había ocurrido. Se apresuró a bajar del autobús, habló un rato con algunos admiradores, cruzó el sótano de la escuela, se escabulló por la puerta trasera y enseguida se encontró caminando a lo largo de un canal cercano a las fábricas. Se oían los gritos dispersos de los jóvenes en la escuela. Sonrió al pensar que gran parte de aquello se debía a él, solo a él, le agradaba pensar que buena parte de aquel alboroto era misteriosamente obra suya, de su cansada indiferencia.

Estaba asombrado.

La gente se cruzaba con él por la calle y él los miraba con admiración. Ahora sabían su nombre, lo conocían; si no habían estado en el partido, habían oído hablar de él en la radio o lo leerían mañana en los periódicos u oirían hablar de él a otras personas. Pero lo cierto era que no sabían quién era cuando se cruzaba con ellos por la calle. Era alguien corriente y en una semana lo habrían olvidado.

Se apresuró a regresar a casa, complacido de que nadie lo viera. Deseó de repente que nadie volviera a fijarse en él y pasarse el resto de su vida así, sumido en sus propios misterios y glorias secretas, un príncipe disfrazado de indigente, un Orestes que regresa de sus heroísmos en tierras lejanas para esconderse en su tierra, yendo de un lado a otro ignorado por todos, bajo un poderoso cielo otoñal. Pero, ¿por qué no se habrían de fijar en él más que antes?

Cuando cruzó el White Bridge y se dirigió a casa con paso apresurado, le reconocieron en la calle los chicos de la tienda de golosinas y lo miraron con un silencio asombrado y curioso. Algunos gritaron desde el otro lado de la calle:

–¡Gran partido, Pete!

–Vaya paliza les has dado, chico.

Y Peter sonrió y siguió corriendo bajo las grandes y otoñales ramas negras. De alguna manera, casi sentía que había traicionado a todos por haber llevado a cabo una gran hazaña que ahora exigía su silencio y sus alabanzas, su asombro y su vergüenza. Y cuando el viejo juez Clough lo detuvo frente a su tranquila casa de piedra cubierta de hiedra, al pie de la carretera de Galloway, cuando se dirigió a él cambiando su rastrillo de una mano a otra para poder estrechar la suya y decirle: «¡Enhorabuena, muchacho!»

esbozando una rápida y centelleante sonrisa, Peter sintió una punzada de remordimiento por haber obligado a aquel venerable anciano de pelo blanco a estrecharle la mano y cantar sus alabanzas, por tener que estar allí de pie y recibir sus graves elogios magistrales.

Pero sus dos hermanos pequeños, Mickey y Charley, ya corrían por la calle hacia él, aullando y chillando de alegría, lanzando una pelota de fútbol al aire y corriendo de un lado a otro emulando el famoso *touchdown* de su hermano mayor, y por primera vez Peter se sintió feliz de ser un héroe. Los ojos de todo el vecindario se volvieron hacia él, que subía cansado por la calle, y su familia se acercó animándole, orgullosa y encantada. Mickey se le subió a la espalda y se sentó sobre sus hombros, Charley caminaba orgulloso a su lado lanzando el balón de un lado a otro, diciendo:

–¡Qué partido! Lo oí todo por la radio. Deberías haber oído al locutor enloquecer cuando hiciste el *touchdown*. ¡Guau!

–¡Tachán-tachán! –canturreó Mickey con sonido de magníficas trompetas desde su oscilante posición–. ¡Ahí llega Pete Martin! ¡Tachán-tachán!

Y en la casa, la puerta principal estaba abierta y su padre le estaba esperando.

–¡El veloz Martin! –gritó desde la casa con voz atronadora, sonriendo socarronamente y dando caladas a su puro–. Bienvenido a casa, veloz Martin.

Peter entró en casa con Mickey en brazos, y su madre se acercó riendo y llorando:

–¡Mi héroe! ¡Mi héroe! –exclamó haciendo reír a todos. Francis estaba de pie en un rincón con una sonrisa desconcertada, Joe le servía una copa de vino, las hermanas lo besaban y en la mesa el gran pavo asado yacía sobre una bandeja rodeado de toda la vajilla, la cristalería, la cubertería de plata y la mantelería blanca de una enorme cena de fiesta.

–¡Te vas a sentar ahí mismo y vas a empezar a comer hasta que no puedas más! –gritó el padre entusiasmado–. ¡Vamos, quítate ese jersey, estás en tu casa! Joe, trae ese vaso de vino.

–¡Deja que se lave primero!

–¡Lávate! ¡Ve ahora mismo a lavarte! ¡Aquí tienes tu vino y todo lo que quieras! –exclamó el padre fuera de sí de alegría–. Aquí tienes un puro, ¡por Dios! Coge este puro y fúmatelo...

–¡Dios mío! –gritaron las mujeres.

–Es un hombre, ¿no es cierto? Puede fumarse un puro, ¡maldita sea! Además, ya no tiene que entrenar hasta que llegue a la universidad. Vamos, estrella, enséñales lo que puedes hacer.

Peter se quedó de pie en medio de la habitación, con el puro y el vaso de vino en la mano,. partiéndose de risa con todos los demás.

–¡A comer! ¡Es hora de comer! –gritó el padre–. Rosey, saca la salsa, abre esa otra botella de vino, tráeme un whisky. ¡Oh, tendrías que haber oído las noticias de las doce en la radio! Como me cruce con la rata que escribió las noticias...

–¿Qué ha pasado?

–Dijo que cuando recibiste el pase, te dejaste caer, escucha bien, que *te dejaste caer*. Escucha, ¡hiciste un *touchdown*! Intentan que se lleve toda la gloria el tipo que te lanzó ese mísero pase desde el medio del campo, como si quisieran hacernos creer que lo único que hiciste tú fue recibir el pase y ponerte a bailar sano y salvo. Te juro que, si alguna vez me cruzo con él, ¡le voy a retorcer el cuello! ¡En toda mi vida he visto un *touchdown* más difícil que el tuyo! Jamás golpearon a nadie tantas veces como a ti, ni logró mantenerse nadie en pie tanto tiempo. Nunca vi a nadie correr mejor ni con tanta fuerza, ¡y se atreven a difundir esta patraña de que te pusiste a bailar bajo la portería tras recibir el pase! Esta es la ciudad más deleznable que he visto.

–¡Tranquilo, papá!

–¡Bueno, maldita sea, estoy enfadado! Estoy tan enfadado como para romperle el cuello a alguien, ¡y esta semana se lo voy a romper a ese locutor de radio!

–¡La cena está lista! –dijeron las mujeres desde el comedor.

–Todo es tuyo, Petey, hijo mío –exclamó el padre con repentinas lágrimas en los ojos–. Todo lo que hay en esta casa y lo que poseo es tuyo. Siéntate aquí con tu familia y come, hijo mío, come hasta reventar. Es un día de fiesta y felicidad, un día excepcional, hijo mío, un día excepcional. Créeme, muchacho, algún día te darás cuenta de lo que quiero decir.

–¡No te vas a poner a dar un discurso ahora! –exclamó Rosey, incrédula.

–No lo puedo evitar, maldita sea, me siento... bueno, no sé cómo decirlo, simplemente me siento... ¡feliz y triste! Este es mi hijo, hoy le ha demostrado al mundo lo que es capaz de hacer, estoy orgulloso de él y no me importa quién lo sepa. No me importa si hago el ridículo. Es mi hijo, ¡eso es todo!

–Bueno, pero no te pongas a llorar –dijo la madre–. Todo el mundo tiene hambre y es hora de comer. Ruthey –dijo en voz baja a un lado–, ¿qué le has puesto a tu padre en el whisky?

–Si me apetece llorar, maldita sea, por Dios que voy a llorar –gritó el viejo–. ¡Pero no voy a hacerlo ahora! ¡Venid aquí, sentaos todos y a comer! El héroe que se siente junto a su madre, dejad que sea ella la que llore. ¡Yo lo único que voy a hacer es comer! Luego saldré e iré a retorcerle el pescuezo a ese locutor.

–Mirad qué pavo, por Dios –dijo Peter, agarrando el cuchillo y el tenedor de trinchar–. Dejadme a mí. Llevo toda la mañana pensando en este momento.

–Si eres un héroe, Petey, es porque tu madre te da de comer como a un caballo –dijo el viejo con tristeza–. Adelante, qué demonios, hoy es Acción de Gracias, ¿no? Brindemos. No somos peregrinos ni religiosos, pero también podemos brindar. Dales a los niños un poco de vino, Marge; brindemos todos...

Y los niños se rieron por debajo de la mesa.

–Este es un buen, buen día; este es un día excepcional. Algún día entenderéis lo que quiero decir. Te has olvidado de Francis, ponle un vaso de vino, ponle a mi chico un vaso de vino. Esto es lo que hicieron hace un par de cientos de años aquí, en Nueva Inglaterra, alegrarse, alegrémonos. ¡Vamos! Un brindis por nuestro chico, Pete, y por toda la familia. ¡Que beba todo el mundo!

–¡Ahora! –concluyó–. ¡Todo el mundo a comer! No soy más que un viejo idiota. No me hagáis caso, ¡a comer!

# Segunda parte

## 1

A los veinte años, el joven Joe fue víctima de ese fatalismo precoz que dice: «¿Qué más da?», «¿a quién le importa?». Un estado de ánimo que inclina a peores excesos en nombre de la desesperación y que se alimenta de la savia de una juventud desbocada, sin control.

Con su hermano Peter en la cresta de la ola y su hermano Francis con la secundaria recién terminada y a punto de ir a la universidad –el propio Joe había dejado de estudiar para trabajar lo antes posible– se sentía ahora solo e insignificante. Era el mayor de los hermanos y empezó a pensar que tal vez era también el más inútil.

Una especie de éxtasis lírico posee a algunos jóvenes americanos en primavera, una sensación de no pertenecer a ningún momento ni a ningún lugar, un ansia salvaje de estar en otra parte, en cualquier otra parte, ¡y ya mismo! El aire es tan suave y primaveral, perfumado con tantas músicas de todas partes, que todo parece describir círculos vertiginosos, se piensa sin descanso en espacios abiertos y largos viajes, un sentimiento extraño, enloquecedor y extático lleva a un irresponsable vagabundeo del alma y responde a todo: «¡Qué más da!».

Joe se encontraba en la disposición de ánimo perfecta como para encontrarse con Paul Hathaway. En su nuevo trabajo como conductor para una gran empresa que llevaba camiones en el trayecto de seiscientos cincuenta kilómetros entre Boston y Baltimore, le asignaron como conductor suplente de aquel hombre.

Paul Hathaway llevaba quince años conduciendo camiones. Había tenido tres esposas y una agitada vida de bebedor de whisky. En su primer viaje hacia el sur en el enorme camión-remolque de aluminio brillante, por la autopista número 1, Joe llegó a conocer bien a Paul. Era un hombre feroz y solitario, de unos treinta y cinco años, tez morena y cubierta de viruelas, ojos oscuros y brillantes, y una actitud melancólica y colérica. Siempre llevaba un puro entre los dientes mientras conducía sentado en lo alto de la cabina. Hablaba poco, la mayor parte del tiempo escuchaba las interminables charlas y risas de Joe con el ceño fruncido y malhumorado, pero cuando paraban en una cafetería para comer, nunca dejaba que Joe pagara la cuenta, se enfadaba mucho por ello si insistía y le lanzaba una mirada despectiva.

–¡Ah, qué vida de mierda! –decía siempre Paul Hathaway, con sus ojos oscuros ardiendo de odio y soledad. Al joven Joe empezó a caerle muy bien, le consideraba un hombre con un corazón de verdad y su desgarrada desesperanza le atraía profundamente.

Hicieron varios viajes juntos a Baltimore y pasaban las noches en los bares de Pratt Street, bebiendo y charlando, bailando con mujeres, tambaleándose borrachos por calles oscuras al amanecer y despertándose al día siguiente en alguna pensión de mala muerte cerca de los muelles. De vuelta a Boston, hacían de nuevo lo mismo: se tambaleaban por South Boston o Charlestown, dormían donde podían y regresaban a Galloway al día siguiente, sucios, sombríos y asqueados.

Paul Hathaway estaba casado con una arpía despreciable que, en cuanto entraba por la puerta, se le echaba al cuello con mil maldiciones y juramentos, quejas, lágrimas y chillidos de asco. Siempre acababa tirándole cosas. Vivían en una vieja y destartalada casa de huéspedes sobre un canal en el distrito de las fábricas de Galloway.

Por un despiste alcohólico, Joe durmió en casa de Paul una noche después de una gran borrachera que comenzó en South Boston y terminó en Rooney Street, en Galloway. Se despertó aterrorizado. Había tal escándalo y furor en la habitación de Paul, tales chillidos, gritos y cristales rotos, que pensó que el hombre estaba golpeando a su mujer hasta matarla. Se apresuró a mirar dentro y se sorprendió al ver a Paul tumbado en la cama, fumando tranquilamente un pitillo y mirando el techo, mientras su mujer deliraba furiosa, arrojando objetos al suelo y señalándole con el dedo tembloroso.

–Todo el mundo murmura sobre mí, desgraciado, ¡y sabes muy bien por qué! Te ven llegar borracho a casa y dicen: ahí viene otra vez el marido borracho de Minnie Hathaway. ¡Cuando vuelves a casa, cosa que ni siquiera haces a menudo, te comportas como una rata! Y aquí estoy yo esperándote, no tengo ni dinero para comprarme un vestido, tengo que esperarte aquí mientras tú te dedicas a emborracharte e irte de putas por todo el país. ¡Ya es terrible que lo hagas en tu propia ciudad, como para que encima tengas que hacerlo por ahí fuera! ¡Un día voy a comprar una pistola y te pegaré un tiro! O me iré y no volveré más. No te rías, sé cuidar de mí misma, puedo conseguir un trabajo y volver a ser feliz, ¡ser joven como antes! No te necesito, vago asqueroso.

Paul solo volvió su oscuro y torturado rostro hacia la puerta y dijo con voz ronca:

–Buenos días, Joe.

Afuera la nieve sucia se derretía en las calles, en el canal se arremolinaban los desechos flotantes de marzo, sonaban los silbatos de las fábricas, todo rezumaba derrota y penuria. Había botellas de cerveza vacías en el pasillo...

–Encima te traes a casa a todos tus malditos amigos vagabundos y borrachos. No tienes ninguna consideración por mí. Acabarás emborrachándote y yéndote de putas aquí mismo, en Rooney Street, mientras yo sigo aquí sentada sin nada que hacer, pensando que estás trabajando y ganando dinero para nuestro hogar, ¡y resulta que estás a una manzana de aquí pasándotelo de lo lindo mientras yo estoy aquí sentada, sentada, sentada! –chilló en un ataque de furia ingobernable.

Paul Hathaway sacó un puñado de billetes de su cartera y se los arrojó a los pies, se acercó a la mesa que estaba junto a la cama y se sirvió otro trago de whisky, todo ello en el más profundo silencio y con la mayor calma.

Joe se apresuró a salir de la casa sintiéndose avergonzado, pero al cabo de un rato se partía de risa pensando en el viejo Paul allí tumbado tomándoselo todo con tanta calma y bebiéndose su whisky. Nunca volvió a casa de Paul, pero a partir de entonces fueron más amigos que nunca. Varias semanas después, cuando Joe conducía de coche por Maryland, paró el camión en la carretera y se volvió hacia Paul.

–Me gustaría saber qué hago conduciendo este camión. Mira ahí fuera: la autopista, las luces, esa gran luna en lo alto, la brisa sobre los campos. ¿Oyes la música de esa cafetería? ¿Ves esos coches llenos de mujeres? Vamos y volvemos, vamos y volvemos, desde Boston hasta aquí, ¿y qué sacamos en claro? Todo lo que hacemos es conducir y conducir, cada vez más agotados, cada trago un poco peores que en el trago anterior. ¡Así es como me siento!

–Buah –replicó Paul, agitando una mano desdeñosa–, yo me he sentido así toda la vida.

–Es un mundo de locos –dijo Joe.

–Es una vida de mierda –corrigió Paul–. Ya has conocido a mi mujer Minnie, ¿verdad? ¡Y has visto lo bocazas que es! Bueno, pues es mi tercera esposa, ¡y todas como ella! Las tres.

Joe se rascó la cabeza, sonriendo.

–Así son las mujeres –exclamó Paul–. Todas iguales, nunca he conocido a una con sentido común, ¡ni la conoceré! La única buena, quizá, fue mi primera esposa, Jeanie. Ahora está en Pittsburgh, pero hasta ella era una cabra gruñona. Yo siempre les digo que se vayan a lavar, ¡es para lo único que sirven!

–Y aquí estamos nosotros, sentados en este camión –continuó Joe, soñador–, amarrados a él como un par de esclavos, y mirando pasar esos elegantes coches llenos de hermosas mujeres.

Paul hizo un gesto despectivo con la mano y apartó la mirada.

–Podría llevarme este cacharro hasta California –exclamó Joe triunfante, dando un puñetazo al volante–. Piénsalo. Iríamos a nadar a una de esas inmensas playas de Malibú o como se llame, solo para nadar, eso es todo, conducir casi cinco mil kilómetros solo para nadar...

–Estás loco –dijo el oscuro Paul, apartando la mirada.

–¡Sí! Podríamos cruzar el desierto, Texas, Arizona, parando a tomar algo de vez en cuando, ligar con chicas, ir a nadar, ¡y conducir hasta la costa! ¿Te lo imaginas?

Se quedaron en silencio en el camión, con las ventanillas bajadas frente a la suave noche primaveral con todos sus aromas a campos arcillosos y flores y el penetrante olor de los tubos de escape en la autopista, y el calor también de la propia autopista refrescándose bajo las estrellas, y el olor a comida frita flotando en el aire desde todas partes. Joe se sentía henchido de música enloquecida y deseo y gritos salvajes reprimidos, fumaba con una angustia desesperada e inquieta mientras Paul permanecía sentado con la mirada fija al frente, murmurando para sí mismo, maldiciendo y cavilando.

–Te diré una cosa –dijo Paul al fin, furioso–. Mi mujer me ha dejado esta semana. No te lo había dicho, pero me dejó el jueves pasado.

–¿Y adónde ha ido?

–¿Cómo diablos voy a saberlo? –exclamó con amargura–. Se ha ido, eso es todo.

Y miró a Joe con una confusión abyecta.

–¿Qué vas a hacer?

–No sé qué voy a hacer –murmuró Paul en voz baja.

–¿Quieres decir que la echas de menos? –exclamó Joe incrédulo–. No quiero meterme donde no me llaman, pero esa mujer era una fiera.

–Era una fiera –repitió Paul en voz baja–, pero era una mujer y era mi esposa. La tercera. No sé, igual estoy loco. ¿Te hablé de Jeanie en Pittsburgh?

–¿Tu primera mujer o la segunda?

–No seas sarcástico, nene, ¡no te sale bien! Sí, mi primera mujer.

–¿Qué pasa con ella? –preguntó Joe con creciente entusiasmo, pero a modo de respuesta, Paul metió la mano en el compartimento de la cabina, sacó una botella de whisky y bebió en grave silencio. Joe se sintió, una vez más, lleno de salvajes deseos silenciosos.

–Paul, ¡hagamos algo! Maldita sea, quiero hacer algo, ¡pero no sé qué!

–Bah, estás como una cabra.

Más silencio. Paul siguió vaciando la botella en medio de feroces cavilaciones solitarias y Joe se bajó del camión y se puso a tirar piedras sobre los campos, lo más lejos que podía, a aquellos campos iluminados por la luna.

–Dejamos la carga en Baltimore, ¿no es así? –dijo Paul de pronto desde la cabina–. Dejamos la chatarra en Pratt Street y volvemos a Boston vacíos, ¿no?

–Sí, ¿y qué? –exclamó Joe, sonriendo.

–Quiero decir que no somos secuestradores, ¿verdad?

–¡No sé de qué me hablas! –gritó Joe entre risas.

–¡Ah! –dijo Paul, dándose la vuelta y bebiendo un poco más. Pero de repente salió de la cabina y agarró a Joe del brazo–. ¡Escucha! –dijo enojado–. ¿Te parece que estoy borracho?

–¡No te falta mucho!

–Eso no viene al caso. Escucha, ¡vámonos!

–¿Qué?

–¡Que vámonos, maldita sea! –gritó–. ¿Acaso hablo en chino? ¡¡Vámonos en el camión a Pittsburgh!! Quiero ver a mi mujer, Jeanie.

–¿Jeanie? Dijiste que era tu primera mujer.

–Sigue siendo mi mujer, ¡maldito!

–¿Qué quieres decir?

–¡Aj! –gritó Paul amargamente–. ¡Tengo tres esposas pero no me he divorciado nunca! ¿Entiendes?

–¿Eso no es bigamia o algo parecido? –gritó Joe alegremente.

–Lo único que sé es que tengo tres mujeres y que nunca me

he divorciado. Quiero ir a ver a la de Pittsburgh, ahora mismo, en este instante. Vamos Joe, cuando se trata de mis mujeres ¡me convierto en un idiota! Haría cualquier cosa por ellas. Quiero darle algo de dinero a Jeanie, solo quiero verla, ¡maldito seas! ¡No entiendes nada, eres solo un niñato!

Sin mediar palabra, Joe se subió al camión y arrancó el motor con un rugido.

–¡Vamos! –gritó encantado–. ¡Vámonos!

–¡Haz girar a este hijo de puta! –gritó Paul, fuera de sí por la emoción–. ¡Tenemos que volver a la 74 y subir hasta Harrisburg y tomar la *Turnpike* hacia el oeste! Llegaremos a Pittsburgh mucho antes del amanecer. Dale la vuelta.

Joe hizo girar el enorme camión-remolque y lo lanzó rugiendo por la autopista a una velocidad vertiginosa. Se pusieron en marcha.

Y así, de aquella manera, sin meditarlo un segundo, Joe y su melancólico y salvaje amigo comenzaron un loco viaje que les llevó miles de kilómetros por la costa y el Medio Oeste, en un camión que ya era técnicamente un camión robado. Hicieron todo aquello sin reflexionar ni un instante y, cuando lo recordaron luego, solo recordaron la salvaje velocidad del camión, los prados junto a la autopista, los gritos y las risas desde la cabina, los restaurantes de carretera, la música y la locura de la noche primaveral y los paisajes americanos. Nunca encontraron a Jeanie en Pittsburgh.

Cuatro días más tarde llegaron de nuevo a Boston. Entraron en los enormes garajes de Atlantic Avenue a las nueve de la mañana y bajaron exhaustos de la cabina, mientras los hombres se abalanzaban queriendo saber qué había pasado, dónde habían estado, a qué venía aquello, ¡qué estaba pasando aquí!

Paul se limitó a decir:

–No me jodáis.

Eso es lo que dijo, a pesar de que estaban metidos en un lío hasta el cuello. Ante aquella observación práctica y casual, Joe soltó una carcajada incontrolable en la cara del cabreado oficinista de la empresa. Paul y él se miraron con la furtiva mirada solemne de dos hombres que han estado viviendo juntos el mismo proyecto, la misma locura, y que tras días y noches de convivencia se conocen tan a la perfección que no les importa lo que los demás piensen o digan de ellos.

Por suerte, Joe y Paul simplemente perdieron su empleo. Nadie informó a la policía, y la empresa les reclamó los sueldos atrasados por el uso y desgaste del camión.

Pocos días después Paul Hathaway desapareció de Galloway, se marchó sin decir una palabra a Joe, para continuar con su furiosa personalidad en algún otro lugar que siempre coincidiría de algún modo con su carácter oscuro y angustiado. Joe no volvió a verle en varios años.

Tras el incidente, Joe se pasó unos días holgazaneando en casa con gesto de enfermiza penitencia. Su padre no estaba nada contento con él y su madre lo miraba con tristeza y decía meneando la cabeza: «¡Ay, Joey!». Sus hermanos y hermanas sonreían ante su rostro enfermizo.

Tras el enfado y la conmoción iniciales, el padre fue recuperando poco a poco su humor risueño y se le oyó decir en la tienda:

–¡Maldita sea, ese chico es un genio para meterse en líos! Yo era igual en Lacoshua, siempre andaba metido en alguno, ¡y cómo se ponía el viejo!

Luego soltó una ronca carcajada salvaje.

Al poco, Joe se resarció con un nuevo trabajo en la ciudad. La primera mañana su madre le preparó el almuerzo esperanzada y él pasó la fresca mañana trabajando absorto en un viejo motor en el garaje del centro; aquella misma calurosa tarde ya sudaba bajo un viejo y maltrecho montón de coches y al anochecer, sudoroso y agotado por el trabajo, lavaba coches, cambiaba neumáticos y fregaba el foso de lubricante maldiciendo en voz baja por lo que le parecía el peor trabajo de su vida. Su jefe esperaba que hiciera todo aquello por un sueldo de miseria, muchas horas al día y seis días a la semana. De la noche a la mañana, Joe quiso emprender de nuevo un viaje salvaje y maravilloso hacia el Oeste, a cualquier parte, a todas partes.

Aquella noche, en la cena, le dijo a su padre que volvía a marcharse, y el viejo se opuso, primero con perplejidad y luego con pena:

–Joey, olvidemos la trastada de la otra vez, como si nunca hubiera ocurrido. Esta es tu casa, muchacho, quédate aquí y no vayas a confundirte con lo que pensamos. Nosotros no pensamos nada. Pregúntale a tu madre si no te digo la verdad.

–Lo sé, papá, pero me siento como si no hiciera nada. Ya sabes lo maravillosa que es Pensilvania, Ohio –gritó Joe con entusiasmo–. Quiero viajar hacia el Oeste, papá. Me gustaría ir a California y ver qué clase de trabajo consigo por allí.

–Yo también voy –gritó de repente el pequeño Mickey–. Quiero dirigir un *saloon* en el Oeste, como el Silver Saddle en *Tombstone*, como aquel al que iba Buck Jones.

–Ah, estás loco, eso es solo una película –dijo despectivamente el joven Charley.

–Pero, ¿qué vas a hacer, Joey? –intervino la madre angustiada–. No puedes irte así, no tienes dinero. ¿Dónde vas a vivir?

–¡Me voy a ir de viaje, mamá! No necesito dinero.

–¡Claro que sí! –gritó Peter con una carcajada entusiasta–. Solo tienes que ponerte en marcha, ¡dejarte llevar! Yo lo haría si no fuera a la universidad. ¡Me iría contigo esta misma noche, Joe, lo digo en serio!

–¿Quién te ha invitado?

–Buah –dijo Peter, dándose la vuelta.

–No quiero oír nada más sobre el asunto, cómete el postre –dijo la madre, y amontonó algunos platos de manera ruidosa e impaciente.

–¡Vamos, mamá, ya es mayorcito para saber lo que quiere, el quemado! –dijo desdeñosamente la gran Rose–. Y no te preocupes, no va a tardar en volver con el rabo entre las piernas, no estoy yo muy convencida de eso de salir a la carretera.

–¡Ah, de qué te las das! –gritó Joe, tirándole una servilleta a su hermana mayor–. ¡Cómo te gusta! ¡Te crees la gran cosa! Ya no eres pequeña, ¡eres demasiado grande para esas chiquilladas!

Y con estridentes carcajadas simultáneas que resonaron por toda la casa, Rose y Joe se persiguieron mutuamente hasta salir del comedor, Rose le persiguió muerta de risa hasta la cocina, y alrededor de la mesa, y por el pasillo y las habitaciones delanteras y de nuevo por el pasillo, con todos los niños gritando y riendo. Al fin, Rose se acabó sentando en una silla e intentó recuperar el aliento mientras Joe se sentaba en su regazo y la llamaba «mi chica favorita».

–No eres gran cosa, pero eres mi chica favorita.

–¡Ah, vete de aquí, vago! –jadeó Rose sin aliento–. No nací ayer, ¿sabes? No soy una de tus muñequitas.

–Mi chica favorita. Escucha, Rosey, haz un poco de ese pastel de nueces esta noche, hazme un poco de pastel antes de que os deje y me vaya a California...

–¡Sí, sí! –corearon los niños–. ¡Haz un poco de pastel, Rosey!

Y luego, en el patio, justo antes del atardecer, bajo la suave primavera, con el patio todo perfumado, fresco y el rumor de la ciudad de fondo, junto a los grandes setos en los que acababan de nacer brotes verdes, bajo los altos árboles, Joe y Peter jugaron a pasarse una flamante pelota blanca, mientras Mickey y Charley jugaban a su vez con una vieja pelota encintada, y Francis se asomaba a una ventana del piso de arriba observándoles desde allí en impasible silencio. Nadie decía una palabra, solo se escuchaba el pensativo masticar del chicle, el lanzamiento pausado, el golpe de la pelota en el guante, la mirada soñadora, el pequeño Mickey y Charley imitando al milímetro a sus hermanos mayores, pausadamente, sin expresión, mascando chicle, lanzando la pelota con indiferencia y la mirada perdida en sus pensamientos, de pie, con toda la calma y el control de los jugadores de las grandes ligas que calientan antes de un partido, igual que sus hermanos.

–¿Qué dices, Francis? –dijo Joe–. ¿Qué te parece si nos vamos a California a ver mundo?

–No, gracias –respondió Francis con tranquila socarronería desde donde estaba.

–No me digas que quieres quedarte en Galloway toda la vida.

–No exactamente.

–¡No te puedes pasar la vida leyendo libros!

–No te preocupes, no es mi intención.

–Está bien eso de tener cerebro, pero ¿dónde está la diversión?

Cuando dijo aquello, Francis metió la cabeza y desapareció en el interior de la casa.

Luego, en la oscuridad, Joe se sentó en el porche cuando los demás entraron en la casa y se fueron a dormir. Se sentó a la blanca luz de la luna recordando la noche en Maryland en la que Paul y él emprendieron su alocado viaje... hacía solo unos días... y todo porque la noche estaba tan fragante y era tan vasta, tan misteriosa y excitante, tan enormemente sugestiva del millón de cosas y lugares que les aguardaban en aquel oscuro corazón susurrante, igual que la noche que se abría ahora ante él.

En la carretera, sobre el río, se veían unas luces tenues que ardían más allá, a kilómetros de distancia en medio de la noche; él quería ir allí, ver qué había. Se veían luces como las que se extendían por todo el país, por todos los estados y ciudades y lugares, y en todas partes estaban ocurriendo cosas, incluso ahora. «Incluso en este momento, incluso ahora», pensaba. Había puentes que cruzaban ríos y Mississippis, ciudades que de noche proyectaban un halo de luz en el cielo y se veían en la distancia; había gigantescos depósitos de agua junto a las vías del tren en Oklahoma y bares con paredes enteladas a cuadros y serrín y ventiladores en lo alto; había chicas esperando en los pueblos de Colorado y de Utah, alguien jugaba a los dados en el callejón o en la parte trasera de la furgoneta, en Nueva Orleans y Key West y Los Ángeles había una brisa suave y perfumada, se oía música junto al mar y había gente riendo, y coches que pasaban por la autopista, y suaves luces de neón y una vieja choza en Nevada que se veía a través de los páramos. Había hombres que canturreaban en Luisiana, negros que reían a carcajadas y sacaban navajas en un callejón de Savannah, trabajos de construcción que resplandecían bajo el sol de Misuri, y unas colinas al amanecer en Pensilvania, con un pequeño cementerio en la ladera, pueblos en los valles, los flacos muchachos de las colinas, y de nuevo, Ohio. Joe tenía que verlo todo, incluso en este momento, incluso ahora.

Al día siguiente le dijo a su madre que se iba al cine –para que no se sintiera mal– y partió hacia California haciendo autoestop, así, sin más.

## 2

A primera hora de la mañana de un día mayo, Mickey Martin estaba sentado en su pequeño escritorio, junto a la ventana de su dormitorio, con la barbilla apoyada en la mano. Contemplaba los campos verdes y brumosos al otro lado de la vieja carretera, el amanecer primaveral. Era la mañana de un gran día en su vida. Iba a ir a las carreras de Rockingham con su padre, y por la noche a cenar en un gran restaurante y a ver un espectáculo en los grandes escenarios de Boston. Estaba listo para partir, se había levantado, lavado y hasta peinado, mientras su padre seguía durmiendo y roncando en la otra habitación.

Aún no eran las seis de la mañana. Llevaba levantado desde las cinco, ya se estaba poniendo muy nervioso.

Para este muchacho de Nueva Inglaterra, la mañana de mayo se presentaba como una tenue música en el bosque, una inenarrable y excitante acumulación de acontecimientos a la sombra de los pinos. Podía oírlo todo débilmente en el bosque desde lejos, desde el otro lado de los campos y los pastos, en el aire fresco y brumoso de la mañana, y él también quería unirse a ellos.

Había llegado la primera milagrosa mañana de mayo, sin avisar, suavemente, y todo era verde en los árboles y en los campos y el cielo era azul y el aire dorado y puro, y por todas partes resonaban los diminutos trinos de mil pájaros reunidos ocultos entre las ramas.

Cuando llega la estación a Nueva Inglaterra, el muchacho advierte de pronto que el mundo entero se despierta con él a todas las cosas nuevas que han sido y serán. Ha pasado ya el tiempo de las tormentas invernales y de quedarse en casa, se ha cumplido un año más hacia la madurez, y están a punto de realizarse todos los planes urdidos en el pupitre de la escuela o en la habitación, por fin, bajo el glorioso verdor y el sol del verano.

Mickey iba a ser capitán, mánager, entrenador, lanzador, ojeador, presidente, propietario y estrella del equipo de béisbol de ese año. Pensaba fundar con sus amigos un misterioso club secreto en algún lugar junto a las casuchas del río, un lugar con puertas secretas y escondites, y también contraseñas, cada miembro de la banda (él era X-1, el Jefe) dispondría de todas las herramientas necesarias y un disfraz de espía. Y haría también su propia versión de *El pastorcito del Reino*[1] y se llevaría a su nuevo perro, Beauty Júnior, y le enseñaría a correr más rápido que ningún perro de Galloway. «Mike y él» iban a hacerse con un bote de remos y navegar por el río Merrimac, hasta los confines de New Hampshire, y tal vez allí encontrarían a un verdadero Injun Joe[2] y verdaderos barqueros maldiciendo y trabajando, y hogueras en la orilla por la noche.

Había tantas cosas que hacer, entendía ahora que estaba sentado frente a la ventana y miraba la mañana primaveral desplegarse bruscamente ante sus ojos, tantas cosas que hacer que no podía perder ni un minuto. Era hora de ir a despertar a su padre.

Mickey caminó de puntillas por el pasillo y se asomó al dormitorio de sus padres. Su madre estaba profundamente dormida, pero su padre se desperezó lentamente y se dio media

1. Se refiere al libro de John Fox Jr., *The Little Shepperd of the Kingdom Come. (N. del T.)*

2. Antagonista principal de Tom Sawyer en la novela de Mark Twain, un indio, nativo americano. *(N. del T.)*

vuelta; los pájaros espiaban y se estremecían en las frondosas ramas que había al otro lado de las ventanas de mosquitera.

Mickey esperó hasta que vio que su padre bostezaba y se revolvía, mirando al techo y rascándose la cabeza, y entonces el niño se tapó la boca con las manos y susurró:

–¡Papá!

El viejo giró la cabeza y le miró fijamente.

–Son las siete, papá.

Y el viejo lo miró con algo parecido a la incredulidad por un momento, y luego pareció darse cuenta de qué día era y lo que iban a hacer, y emitió un gruñido.

–¿Cuándo nos vamos, papá? –insistió Mickey con el mismo susurro furtivo, las manos aún ahuecadas sobre la boca y retorciéndose tras el marco de la puerta como si quisiera que nadie lo viera allí.

–Ya mismo –gruñó el anciano, mirándolo serena y gravemente–. Me levanto y nos vamos –dijo con su áspera voz matutina.

Tras decir aquello, el corpulento Martin se levantó, se sentó a un lado de la cama, y al hacerlo se oyó un crujido de tablas del suelo, el chirrido de los muelles de la cama, y a continuación un poderoso gemido de los soportes y un gruñido explosivo, emitido sin querer por el esfuerzo. Su mujer, que había estado profundamente dormida hasta ese terrible momento, alzó la cabeza y miró enloquecida a su alrededor, gritando:

–¡Dios mío!

–Siento haberte despertado, Marge –gruñó el viejo tímidamente–, pero tenemos que salir temprano.

–¿Adónde? ¿Qué? –exclamó medio dormida la señora Martin–. ¿Qué hora es? ¿Qué pasa? –Se frotó los ojos y entonces vio a Mickey de pie detrás de la puerta–. ¡Por el amor de Dios, Mickey! ¿Qué haces levantado tan temprano?

–¡Vamos a las carreras! –gritó él con orgullo.

–¿A estas horas? –respondió ella–. ¿Qué vais a hacer? Tengo que preparar el desayuno –añadió como si se le acabara de ocurrir y empezó a levantarse.

–No te levantes, Marge –protestó el viejo con ansiedad–. Vamos a desayunar en el centro. No te molestes, no te molestes, ya nos las arreglaremos.

–¡Vamos a desayunar en la cafetería Astoria! –anunció Mickey con orgullo–. Voy a pedir manzana al horno con helado y algunos panqueques con sirope y todo.

–Por el amor de Dios –dijo la madre, y se levantó enseguida, deteniéndose un momento para mirar por la ventana con su largo camisón de algodón–. ¡Qué pájaros tan bonitos! ¿Los oís? –exclamó con soñoliento deleite.

–Marge, nos apañaremos. No te molestes en levantarte, ¿quieres?

Martin se metió la camisa en los pantalones y se apresuró a salir por la puerta.

A continuación, y durante los minutos siguientes, el padre se encerró en el cuarto de baño tosiendo atronadoramente, trajinando y echando agua en el lavabo, mientras Mickey le esperaba sentado junto a la mampara contemplando el jardín y su madre sacaba leche de la nevera y se afanaba en la cocina. Al fin salió el viejo del cuarto de baño, afeitado, peinado y elegante, con un gran puro humeando y en el rostro un fruncido ceño matutino, entró en el estudio, recogió del escritorio las hojas de los formularios de las carreras, se las metió en el bolsillo del chaleco junto a un puñado de puros, afiló unos lápices, se colocó el sombrero de paja en la cabeza y ya estaba listo para salir.

La madre estaba inmóvil en mitad de la cocina mirándolos a los dos con los brazos cruzados sin poder hacer nada y sin parar de decir:

–Por Dios. ¿Por qué no me habéis avisado? Os habría preparado el desayuno. No os podéis ir con el estómago vacío. Bébete esta leche... y Mickey –dijo, agarrándole del abrigo–, ¿por qué te has tenido que poner ese horrible abrigo viejo? ¿Por qué no te has puesto el nuevo? Bébete la leche. ¿A qué hora volveréis? –preguntó ansiosa.

–Volveremos tarde. No te preocupes por nada.

–Vamos a comernos un filete en Boston y a ver una película

esta noche –añadió Mickey con entusiasmo, y se precipitó al porche saltando sobre la barandilla.

–Bueno –dijo la madre con pesar–, igual tendríais que haber desayunado algo.

Y tosiendo estruendosamente, gruñendo, mascando su puro, Martin sacó el coche del garaje y bajó por el camino de entrada junto a la casa, donde esperó acelerando el motor con impaciencia mientras la madre arreglaba la ropa del niño en el porche y le peinaba. Cuando Mickey subió al coche, se quedó en pie junto a la puerta de la cocina con los brazos apretados contra sí, temblorosa, dando todas las instrucciones y sugerencias de última hora que se le ocurrían, mirando al cielo para ver si llovía, advirtiéndoles que no comieran demasiados perritos calientes, y todo lo demás, hasta que finalmente salieron a la carretera y se pusieron en marcha con Mickey saludando encantado a su madre y gritando:

–¡Adiós, mamá! ¡Adiós! Hoy vamos a ganar cien dólares. Ya lo verás, mamá.

Alrededor de la casa de los Martin, en los árboles y en los setos, y en las ramas que cubrían la vieja carretera, los pájaros cantaban y revoloteaban sin cesar entre las pequeñas hojas verdes.

Amanecía y el niño estaba con su padre.

–Pasaremos la mañana en el negocio y estudiaremos las cifras. Tengo el pálpito de que hoy voy a dar un par de buenos golpes.

–Y yo –dijo Mickey solemnemente– ¡voy a dejarles k.o. y anunciarlo a los cuatro vientos!

Hablaron de todo aquello y desayunaron en la cafetería de la plaza, donde el sol entraba a raudales sobre el reluciente suelo de baldosas recién fregadas. Todo era dorado y marrón: el fuerte café que se preparaba en las grandes cafeteras, los gruesos pomelos partidos por la mitad y dorados a la luz del sol bajo el hielo picado, los paneles de caoba marrón, el reluciente mostrador de comida y todos los hombres que se habían congregado allí por la mañana para comer y charlar.

Mickey desayunó deprisa, esperando impaciente mientras su padre hablaba con algunos hombres en la otra mesa, y luego se dirigieron al negocio para ponerse manos a la obra. Mickey hizo una lista de las entradas del día, y las eligió cuidadosamente, con buen criterio, según sus propios cálculos. El viejo abrió frente a él el *Morning Telegraph*.

El viejo John Johnson entró a las diez, los miró un momento, se quitó la pipa de la boca, y dijo:

–¿Sabéis lo que os digo?, que si vosotros dos no podéis descubrir cómo ganar a las carreras, no creo que nadie lo haga.

–¿Qué tienes en la octava carrera, Mickey?

–¡Green Swords!

–¿Green Swords? Nunca he oído hablar de ese caballo.

–Ganará la octava. Es un alazán capado de Sickle –dijo Mickey con entusiasmo.

–¿Que es qué? ¿Has visto, John? Este muchacho se sabe hasta los sementales y toda su línea genealógica. No le importan las cifras, lo que le importa es la clase. ¡Ja, ja, ja! –y el viejo despeinó alegremente a Mickey–. Mi loquito.

Martin soltó una carcajada ronca, sacudió la cabeza y volvió a sus cálculos con celo distraído.

A mediodía, los dos apostadores ya estaban listos para partir. Se metieron los formularios y sus cálculos en los bolsillos, compraron una hoja de rasca y gana en la plaza, el viejo fue al banco a por otro fajo de billetes, almorzaron algo rápido en el restaurante chino, donde Martin bromeó con su viejo amigo Wong Lee y le dio un consejo sobre la primera carrera, y partieron bajo el cálido y soleado atardecer, bajando primero por el verde y arbolado valle de Merrimac y luego hacia el norte, a New Hampshire, a Rockingham Park, entre las colinas.

Rockingham era como cualquier otro hipódromo en una tarde cálida y soñolienta, pero para Mickey todo era dorado y mágico. Frente a las puertas se oían los gritos de los vendedores ambulantes y de los apostadores que vendían sus pronósticos –«The Kentucky Clocker» o «Lucky Morgan's Green Card»–, se oía el ondear de las banderas en lo alto de la tribuna y en los pabellones, y en el aire el olor a perritos calientes y cerveza, y la luz ardiente del sol sobre la grava, y esa sensación de calmada excitación que evoca la pista de carreras cuando la gente entra y se siente la vasta e invisible presencia de la gran pista aguardando más allá de la tribuna, como una súbita y amplia extensión de césped con grandes curvas, paneles, graneros distantes y brillantes postes a rayas a lo largo de todo un kilómetro y medio a la redonda.

Era el inmenso, conmovedor y soñoliento escenario del destino y la fortuna en un día en el que todos los hermosos caballos brincaban y los jinetes, propietarios, entrenadores y apostadores se reunían bajo el cálido sol, toda una epopeya de hombres, caballos y dinero que despertaba la imaginación del muchacho, llenándole de asombro porque, al atardecer, todo quedaría irrevocablemente registrado en los abarrotados archivos de «The Turf» y en las grises tablas de resultados del *Morning Telegraph*, para que años más tarde cualquiera pudiera examinarlas con asombro y admiración: «8 Rkp May 4'41 - Choctaw 106, Mandy Lou 109, Fading Sun 111». Todo aquel recuerdo de caballos olvidados, viejos jinetes, polvo en la curva lejana y un sol que se ocultaba tras las colinas.

La expectación era gloriosa antes de la primera carrera, antes de que los acontecimientos del día empezaran a pasar a los registros y la vieja leyenda de los archivos, Mickey no se perdía ni un detalle. Mientras su padre estudiaba minuciosamente sus papeles e iba a apostar a las ventanillas, él se apoyó en la barandilla del potrero y examinó los caballos con fascinación y alegría, consultó su programa para comprobar el linaje de los caballos, se dedicó a escuchar las conversaciones ajenas, y para todos era como un aristócrata del *turf*, alguien que no apostaba. No se amargaba porque un caballo o un jinete se quedara a la zaga, vagabundeaba siempre con la vista puesta en el brillo y el flanco de un hermoso bayo, en el ágil juego de piernas de un jockey famoso, en las brillantes sedas de las cuadras, y en todos los arreos, las botas relucientes, las sillas de montar y los equipos de aquel deporte de reyes. Cuando sonaba la corneta y los caballos desfilaban desde el potrero hasta el puesto, Mickey los seguía a lo largo de la barandilla y no les quitaba el ojo de encima, para él todo era dorado y mágico.

Su padre había apostado quince dólares a una yegua de dos años en la primera carrera. Era juguetona, arrogante, de un castaño brillante al sol, el jinete se inclinaba y la arrullaba al oído, y ella relinchaba y clavaba los cascos; se llamaba Flight. Y Mickey observó cada uno de sus movimientos mientras desfilaba por la pista junto al resto de los caballos hacia la rampa más lejana, se fijó en sus bailes y rápidos galopes, observó el traje de su jinete hasta que se lo grabó a fuego en la mente, de modo que cuando los caballos se plantaron solemnemente en la puerta de salida, a un kilómetro de distancia al otro lado de la pista, aún lograba ver a Flight y podía fijarse en la peculiar forma de sentarse de su jinete cuando se inclinaba para acariciarla en el cuello.

–¿Qué hace ahora? –preguntó el viejo.

–Es testaruda, no para de echarse atrás.

–¿Qué le hacen?

–La están empujando. Y ahora salta –gritó Mickey emocionado.

Y el público exclamó «¡Oooh!» al ver cierta confusión al otro lado de la pista.

–No debería apostar por estas yeguas de dos años. Son todas un manojo de nervios.

–¡Está inquieta, papá! –dijo Mickey con entusiasmo.

–¿Qué hace ahora? –preguntó el padre con ansiedad.

–Mueve la cabeza de un lado a otro. Sí que es testaruda. Está retrasando la salida –exclamó Mickey con alegría–. Espera. Ya van a salir.

Y de repente, a través de los soñolientos campos de la tarde, vieron a los caballos embestir en tropel, oyeron el débil *ring* de la campana, cayó la bandera del reloj y los caballos se precipitaron con sorprendente velocidad en medio de una nube de polvo.

–¡Vamos, Flight! –aulló el viejo, levantándose de un salto.

Y la multitud gritó cuando uno de los caballos salió disparado hacia delante y parpadeó rápidamente a lo largo de la barandilla con la cola echada hacia atrás y el jinete encorvado e inmóvil.

–¿Quién es? –gritó el padre.

–¡Flight! ¡Flight! Mira cómo va –gritó Mickey.

Maravillados de incredulidad, vieron a la yegua color rojizo recorriendo la primera recta siete cuerpos delante del pelotón y alejándose todo el tiempo, alejándose hasta alcanzar los diez cuerpos, corriendo en solitario muy por delante como si lo hiciera aterrada y cada vez más rápido.

–¡Yujuuu! –aulló el viejo–. ¡Mira cómo va!

Flight llegó a la curva más lejana casi al instante, dobló y pareció correr más lento ahora que venía hacia la tribuna, casi parecía arrastrarse, hasta que de repente apareció en cabeza con las piernas recogidas y agitándose y enloquecida en un frenético esprint, doblando hacia la recta enloquecida, corriendo a lo largo de la barandilla con los ojos muy abiertos y tras ella el pelotón bajo una nube de polvo.

–¡Está sola! –gritó alguien con furioso asombro.

–¡Vamooos! –aulló Martin.

Y Flight pasó al galope frente a la tribuna con su jinete girándose sobre la montura y mirando hacia atrás en una postura rígida, casi de pie sobre los estribos mientras cruzaba la línea, sonriendo.

En aquella primera carrera, Martin ganó treinta y seis dólares. Estaba fuera de sí de júbilo, y volvió a sumergirse en sus cifras y papeles con renovada expectación, alzando la vista solo un momento para mirar encantado a Flight mientras la desensillaban frente al estrado de los jueces.

–¡Buena chica, buena chica! –gritó–. Mira, hijo, ¿has visto alguna vez una criatura tan hermosa como un purasangre de carreras? ¿No es un espectáculo? Y son animales tan nobles, tan pacientes, tan leales. Hacen todo lo que les pidan sus amos, ¡qué bestias más nobles! –gritó.

Mickey se quedó de pie junto a la barandilla observando a Flight en el círculo de los ganadores, viendo a su viejo entrenador acercarse y acariciarla en la frente con un tierno golpecito mientras saltaba el jinete y le murmuraba a la yegua algo al oído para luego entrar ágilmente en la sala de pesaje con la silla sobre el brazo, un hombrecillo polvoriento y cansado de tez morena, arrugada y bonachona y unas manos y muñecas grandes y poderosas. A continuación el mozo de cuadra echó una manta sobre Flight, le quitó el bocado con cuidado y se la llevó de vuelta a los establos y ambos caminaron en silencio junto a la barandilla, Mickey a su lado. Escuchó al mozo de cuadra arrullando y canturreándole a la solemne y silenciosa yegua y luego vio cómo el animal sacudía el hocico sobre la cabeza del mozo relinchando débilmente, y le acercaba el hocico al cuello y le enseñaba los dientes con una sonrisa juguetona, y resoplaba suave y cansina. Los observó alejarse hacia los establos hasta que se perdieron de vista, y se preguntó cómo sería al atardecer, cuando terminaran las carreras y el chico se sentara en un fardo de heno frente al establo de Flight y hablara con ella mientras tallaba un palo, en la suave noche primaveral. Deseaba ser también mozo de cuadra y jinete, tener la poderosa amistad y el silencio de un caballo, su débil relincho, el golpeteo en el suelo del establo, el suave resoplido y la sonrisa, y todo ello bajo alguna cálida noche de verano estrellada y rodeado de los árboles de los hipódromos.

Mickey regresó al potrero para ver a los caballos en la segunda carrera, y todo era admiración y belleza.

Tras la tercera carrera, el sol desapareció entre unas nubes grises. Minutos más tarde empezó a lloviznar y luego a llover suavemente, y el olor a heno y a estiércol húmedo de los establos y el potrero se hicieron más fuertes y fragantes, la tierra de la pista desprendía un olor denso y arcilloso, las luces de los tableros parpadeaban en la penumbra, y a lo lejos se veían las bajas colinas grises de New Hampshire, casi invisibles entre la niebla gris. Todo el tono y ambiente de las carreras del día, y hasta el del propio hipódromo, se había vuelto algo menos festivo, luminoso y flameante: ahora llovía, estaba gris, los caballos estaban mojados y tenían un aspecto melancólico, los jinetes parecían sombríos y todo más serio y emocionante de algún modo: los entrenadores y los propietarios se apiñaban en el potrero con chubasqueros y hablaban en voz baja, los apostadores se reunían bajo la tribuna y fumaban y charlaban y consultaban sus pronósticos, y de vez en cuando Mickey veía a algún mozo de cuadra o cuidador que se apresuraba entre la multitud para hacer una apuesta en las ventanillas, como si en medio de la brumosa lluvia se produjeran también asuntos emocionantes y de importancia.

Permaneció junto a su padre bajo la tribuna, entre todos los hombres, y comieron perritos calientes y bebieron refrescos, y observaron los tableros parpadeando en la grisura.

–Se ha embarrado la pista –dijo el viejo con tristeza. No había ganado dinero desde la primera carrera y llevaba ya una pérdida de veinte dólares–. No sé cómo calcular la próxima carrera. Si esto sigue así, no nos va a quedar dinero para comer ni para un espectáculo en Boston –dijo mirando a Mickey con vergüenza.

–¡No! –exclamó Mickey.

–Bueno, ¿qué puedo hacer? No he conseguido nada desde Flight. Me he confiado demasiado y he apostado más de la cuenta en las dos últimas carreras.

Contemplaron la lluvia melancólicamente y se quedaron uno al lado del otro con las manos en los bolsillos.

–Anímate, hijo. Vamos a ver qué pasa.

Pero después de la séptima carrera al viejo solo le quedaban diez dólares y estaba disgustado. Tiró sus papeles y sus cálculos, completamente furioso, quería irse a casa.

–¡Vámonos de aquí, por el amor de Dios! –gruñó–. Todo ha ido mal hoy, nunca había visto a esos caballos correr de una manera tan rara. Debe de haber gato encerrado, estos pájaros siempre están tramando alguna cosa.

–¡Veamos la última carrera! –le suplicó Mickey con ansiedad–. Quiero ver a Green Swords. No quiero irme a casa, papá.

–Qué pena, ¿no? –resopló el viejo–. Íbamos a pegarnos una comilona en Boston y luego a ver un buen espectáculo y divertirnos, y mira lo que ha hecho tu viejo idiota: perder todo el dinero como un estúpido –añadió rompiendo, tirando al suelo las entradas para la séptima carrera, y dándoles una patada–. ¿Quién es ese Green Swords del que siempre hablas? –preguntó con curiosidad.

–Ha estado corriendo en Luisiana todo el invierno, papá.

–¿Luisiana? ¿Cómo lo sabes?

–Los sigo en *Fair Grounds*. ¿Ves? Green Swords corre en el *handicap* de allí –dijo Mickey recogiendo del suelo un viejo *Morning Telegraph* desechado– y ahora va a correr aquí.

–¿Crees que lo han traído a escondidas para reventar la carrera? Déjame ver ese maldito periódico. –Y estudiaron con entusiasmo el historial del caballo mientras sonaba la corneta para la última carrera y una oleada de entusiasmo recorría la multitud.

–Por Dios que nunca he oído hablar de ese caballo, pero es verdad lo que dices, está corriendo muy por debajo de su clase.

–¡Claro! –exclamó Mickey con entusiasmo–. Nunca has oído hablar de él porque siempre ha corrido en Luisiana. Mira qué probabilidades, ¡treinta a uno! Parece que tampoco nadie ha oído hablar de él por aquí, ¿no?

El viejo echó un vistazo a los tableros y se frotó la barbilla pensativo.

–Por Dios, que tiene un buen precio. Tal vez merezca la pena intentarlo.

–¡Lo han metido a escondidas! –declaró Mickey triunfal–. ¡Ya verás! Ganará y los propietarios se llevarán un montón de dinero. Ya verás.

–Puede que tengas razón –dijo el viejo pensativo. Sacó sus últimos diez dólares del bolsillo y los miró–. Solo me quedan estos diez dólares, supongo que ya no tenemos posibilidades de ir a Boston, así que será mejor que apostemos, acabemos de una vez y volvamos a casa, ¿no? Si vamos a perder, hagámoslo a lo grande ¿no te parece?

Y se miraron atentamente el uno al otro, y luego al billete de diez dólares.

–Ha bajado a dieciocho a uno –observó Mickey, mirando a los tableros.

–¿Cómo? ¡Debe de haber más gente que se ha dado cuenta! ¡Vamos!

Así que se apresuraron a las ventanillas de apuestas, y el padre compró dos tickets, uno a ganador y otro a finalista.

–¡Míranos! –dijo sacando el bolsillo vacío–. ¡Como los vagabundos! Esta mañana le dijiste a tu madre que íbamos a ganar cien dólares. ¡Me parto de risa!

La carrera era de una milla. En el momento en que conducían a los caballos a los establos, el sol reapareció a través de un resquicio entre las nubes y todo quedó en silencio y rojizo por la luz, la humedad y el frescor se expandieron en el aire, el agua de lluvia goteaba del techo de la tribuna y centelleaba en los charcos. Para Mickey era como el último día del mundo, el atardecer del tiempo y el destino, bajo aquella triste y brillante luz rojiza que siempre recordaba de su infancia como compañera de un asombro silencioso y mudo. De pronto le entró el pánico.

–¿Es ese tu gancho, Green Swords? –preguntó dubitativo el anciano–. ¿El del puesto ocho? Caramba, parece medio dormido. Míralo ahí de pie con la cabeza colgando entre las patas.

Y de repente se oyó el agudo ring de la campana de salida, la multitud se puso en pie, los caballos se lanzaron hacia delante picando y galopando en el barro.

–En fin –dijo el padre, lanzando un pequeño beso con la punta de los dedos–. ¡Adiós a los diez pavos!

Green Swords corría en la retaguardia, agitándose y esforzándose en la persecución, pero en la recta final lo vieron meterse lentamente en el pelotón, adentrándose por detrás, y permaneció allí con la cola chorreando.

–¿Ves? –gritó Mickey con orgullo–. Arranca despacio, pero espera a que lleguen a la recta final.

–Sí, espera –dijo el anciano, apartando la mirada de la pista, aunque de vez en cuando volvía a mirarla con triste curiosidad.

Los caballos avanzaron por la recta posterior en un denso pelotón durante un rato, luego llegaron a la curva más lejana y parecieron detenerse cuando se arremolinaron de nuevo hacia la tribuna, y allí, bajo la luz roja, se fundieron en una masa en movimiento. Mickey había perdido de vista a Green Swords en el tumulto, pero el locutor lo anunció en octava posición.

–¿Has oído eso? –gritó enfadado el viejo–. Octavo, penúltimo. Y así es como han corrido todo el día, ¡todo el día!

Mickey miró a su padre con espanto, vio cómo la luz del sol se desvanecía en su cara y en sus ojos, grabando en su expresión toda la decepción y el descontento, y de pronto sintió ganas de llorar.

Pero el rugido de la multitud al acercarse los caballos los puso en pie. Observaron ávidamente cómo entraban en la recta con las patas encogidas, dando tumbos y salpicando. Los charcos de la pista estaban enrojecidos por el sol, los rostros de los jinetes parecían sombríos e intrépidos mientras daban latigazos a las bestias, se inclinaban y rebotaban, los caballos se balanceaban en tropel... Cruzaron el séptimo poste en una emocionante aproximación a la meta que se escuchaba como un débil tambor bajo el rugido de la multitud.

Mickey buscaba frenéticamente a Green Swords entre los caballos, y de repente lo encontró lleno de barro y desviándose hacia el exterior detrás de seis caballos delanteros en una sombría y solitaria lucha por salir del pelotón y correr a su aire.

–¡Ahí está! Trata de salir por fuera.

–No lo veo. ¿En qué puesto va?

–¡Séptimo!

–¡Dios mío! –gritó Martin y se levantó y se golpeó la frente con enojo–. Vámonos de aquí.

–Sigue corriendo –gritó Mickey.

Todos parecían cansados y arrastrándose por el barro, y Green Swords corría con la cabeza gacha, bajo y firme, y arrastrándose lentamente junto al pelotón desde el exterior. Mickey se subió al asiento, se inclinó hacia atrás entrecerrando los ojos para calcular la distancia que quedaba y la lentitud del avance de Green Swords, y de pronto se asustó al comprender que seguramente lo podría lograr en otro cuatro de milla, pero no había tiempo, estaban casi en la alambrada. Green Swords parecía hundirse más en el barro y empujar con más fuerza, alzándose hacia arriba, todos llegaron al poste dieciséis y lo pasaron, y justo antes de la línea el caballo que iba en cabeza vaciló un momento, lo que le hizo resbalar en el barro, y los otros caballos se alzaron en una avanzadilla de cuellos tensos, mientras Green Swords se adelantaba a todos y cruzaba la línea medio cuerpo por delante del denso pelotón. El jinete se sentó jubiloso.

Su padre ya estaba saliendo por el pasillo, y miró a Mickey perplejo.

–¡Ha ganado! ¡Ha ganado! –gritó Mickey.

–¿Quién ha ganado? –refunfuñó el viejo viendo que Mickey corría hacia él con una expresión de alegría delirante.

–¡Ha ganado! ¡Green Swords ha ganado!

–No es verdad.

–¡Sí ha ganado! ¡Mira! Están colocando los números. ¡Número ocho Green Swords!

El viejo miró al tablero, frunciendo el ceño; no podía ver desde tan lejos.

–No creo... –dijo el anciano, dubitativo, y justo entonces, por encima de la algarabía de la multitud, se oyó al locutor decir despreocupadamente:

–El ganador, número ocho, Green Swords, por medio cuerpo.

Cogió a su hijo y lo abrazó salvajemente, gritando y sacudiéndolo con delirio. Estaba fuera de sí. Gritó:

–Pobrecito, pobrecito Mick, ¡no te creía! ¡Y pensar que no te creía!

Y Mickey se rió con salvaje deleite, y un instante después ya bajaban las escaleras de tres en tres, el hombretón saltando torpemente y chillando, el chiquillo corriendo y esquivando la multitud hacia la ventanilla de los cinco dólares, donde se precipitaron sin aliento y esperaron en fila dándose juguetones puñetazos y mirando a todo el mundo alrededor y riendo.

Martin había apostado cinco dólares a ganador y otros cinco a finalista, y en total reunió ciento diecisiete dólares.

–¡Ahora iremos a Boston y nos daremos una gran comilona, eh, hijito! –gritó el viejo con júbilo mientras contaban el dinero y lo manoseaba y se revolvía de un lado a otro mirándolo y sonriendo a todo el mundo y como soñando, buscando distraídamente la puerta de salida–. ¿Qué te parece si nos zampamos un par de filetes cada uno?

–Y luego iremos a Thompson's a comer helado.

–Todo el helado que quieras –gritó triunfal el viejo–. Todos los filetes, chuletas y langosta que quieras, hijo, ¡todos los helados, tartas y pasteles del mundo! De todo. Almejas fritas, perritos calientes, hamburguesas, chucrut y salchichas. ¿Qué vamos a comer? ¿Por dónde empezamos? –gritó alegremente–. ¡Muchacho! ¡Tengo más hambre que un caballo! ¿Y si vamos a Old Union Oyster House a comer langosta con mantequilla derretida? ¿O tal vez podríamos ir a Jacob Wirth's a comer judías con pan integral, o *knockwurst*, o filete con una de esas ricas cervezas Bock para mí? ¡Caramba, me muero de hambre! ¿Eh, Mickey? ¿Acaso prefieres una buena chuleta en Pieroti's? ¿Eh, hijo? ¿Dónde vamos a comer? ¿Por dónde empezamos?

Salieron de la pista cogidos del brazo y se dirigieron a Boston, triunfalmente hambrientos y alegres.

Y el sol se puso sobre la leyenda de Green Swords en la última carrera, una crónica solemne grabada para siempre en los grises archivos. El sol se ocultó y las luces de la autopista parpadearon a lo largo de la carretera entre la bruma del crepúsculo en New Hampshire.

## 3

Aquel verano, Francis conoció a un hombre extraño. Estaba un día en la Biblioteca Pública de Galloway examinando las novelas francesas de bolsillo –había empezado a leer francés antes de matricularse en la universidad aquel otoño– cuando escuchó que alguien se acercaba suavemente por detrás, se detenía, reía secamente y decía a continuación:

–*Comment! On lit le français dans les petites provinces des États-Unis?*

Francis se volvió y miró fijamente a aquel hombre.

–Solo expresaba mi asombro...

Wilfred Engels se inclinó ligeramente, con el abrigo en el brazo, el cuello desabrochado y sudoroso, sonriendo, secándose la frente.

–Mi asombro al encontrar a un joven interesado en originales franceses en esta pequeña ciudad de provincias americana. –Y dicho aquello, se rió de nuevo y se alejó caminando.

Pero un instante después Engels dio media vuelta, regresó y se presentó de manera repentinamente conciliadora.

–Te estarás preguntando quién soy, lo veo en tus ojos, te preguntas: «¿Qué querrá de mí este hombre de aspecto sórdido? ¡Yo estaba aquí a lo mío!». Pero dime, por favor: ¿te fastidio, te molesta estar aquí hablando conmigo?

Francis empezó a balbucear algo.

–Bien, bien. Tienes una delicadeza con los extraños que pocos americanos tienen. Pero seré breve: estoy aquí en esta pequeña y sombría ciudad en viaje de negocios, deambulo por las calles en soledad, ya lo ves, ajeno y solo y lejos de casa, resulta que he entrado en la biblioteca para resguardarme de la lluvia y he aquí que de pronto me encuentro a un joven de aspecto inteligente hojeando las páginas de Julien Green, Balzac, Stendhal... ¡Pero sigues desconcertado! Créeme, he estado en este país el tiempo suficiente para saber lo que significa esa mirada... ¿Cómo te llamas? –preguntó de repente, inclinándose con rigidez hacia delante.

–Martin...

–Créeme, Martin, en Francia, en Europa, los desconocidos se hablan así todos los días.

–Yo no he dicho nada –sonrió Francis.

El hombre soltó una carcajada y los bibliotecarios le miraron con fastidio.

–Ahora me siento mejor, tengo un conocido ingenioso. Me sentía muy desconsolado ahí fuera, en esas calles lluviosas, era como una escena de Flaubert. ¿Te apetece un té? Tengo curiosidad por saber en qué piensa un joven como tú, lo digo en serio. Pareces tan diferente de los demás...

–Bueno... –respondió Francis.

–No te sientas obligado a seguirme la corriente, haz lo que quieras –exclamó, alzando el dedo con una extraña risita.

–Es solo –dijo Francis–, que me ha parecido raro... ¡Me refiero al té, al té!

–Quiero saber cómo pensáis en esta parte apartada del universo –dijo Engels con repentina gravedad, mirando fijamente a Francis, entrecerrando los ojos detrás de unos gruesos lentes–. Créeme, será como una educación para mí. ¿Te sientes particularmente acosado?

–Oh, no, no.

Entonces Francis cogió su gabardina, asombrado, riéndose por lo bajo al pensar que todo aquello estaba adquiriendo unas proporciones cómicas. «¡Menudo personaje! ¡Quién lo hubiera creído posible!», pensó. Cruzaron la calle hasta la cafetería cercana a las vías del tren. Cuando se sentaron en un reservado junto a la puerta de la cocina, el camarero los miró fijamente, y al final se inclinó hacia ellos y preguntó:

–¿Qué desean, amigos?

Y pidieron té.

–¡Té! –exclamó, mirándolos fijamente–. ¿Té? –repitió suspirando con cansancio–. No sé, veré si me queda alguna bolsita.

Y les llevaron el té en unas grandes tazas de café agrietadas. Era todo demasiado excesivo para que Francis pudiera creerlo.

–Soy vienés de nacimiento –continuó Engels, echándose hacia atrás en la cabina con un encantador aire de cordialidad–, pero me crié en París. Supongo que lo sabes todo sobre París.

–He leído algunas cosas.

–¡Ja, ja! Receloso y prudente. –Engels sacó un largo cigarrillo de una pitillera y le dio unos pensativos golpecitos–. Te estarás preguntando a qué me dedico. No creo que estés pensando: «¡Mira, un hombre de negocios!». Nada más alejado de tu imaginación, ¿verdad? Pues, verás, estoy relacionado con una empresa exportadora de Boston y resulta que aquí, en tu encantadora ciudad, fabrican textiles. Tienes ante ti a un hombre de negocios, un comerciante, completamente americanizado y tecnificado después de tres años en los Estados Unidos.

–¿Llevas aquí tres años?

–Sí, he pedido la ciudadanía, la llamada del dólar es demasiado fuerte, no me he podido resistir.

Se quitó las gafas de montura gruesa y empezó a limpiarlas de un modo lento, pausado y pensativo. Francis se dio cuenta de que era un hombre de mediana edad, con los ojos caídos y la cara redonda como la de un búho, con una expresión cansada y anodina que no concordaba con la alegría con la que hablaba a borbotones y un leve aire irónico en el ceño acentuado tal vez por la deliberada forma en que alzaba una ceja. A Francis le tenía maravillado aquel aspecto suyo tan raro, oscuro, profundamente intelectual y extrañamente distinguido, le asombraba que alguien así pudiera estar en Galloway un viernes de lluvia por la tarde.

–Podemos intercambiar ideas. Eso es lo que más me gusta. Y quién sabe, tal vez pueda enseñarte algunas cosas... Durante una época fui profesor. He hecho muchas cosas en mi larga y oscura carrera. Tal vez pueda contártelas alguna vez, toda una lección de obstinada resistencia a la miseria y la futilidad de nuestros tiempos –desvió la mirada con enfado–. Me has salvado la vida, harás que los negocios se conviertan en placer. Tendré que venir por aquí de vez en cuando. Es más, has hecho resurgir mi fe en América. Sí, señor.

Y siguió un rato así, hasta que Francis se sintió un poco avergonzado. De pronto, Engels se detuvo y rió nerviosamente:

–Escucha, Martini. ¿Te llamas así? Ah, Francis. Pues escucha, Francis, he estado haciendo una actuación para ti, una especie de actuación continental del peor gusto. Pero ya te habías dado cuenta, ¿verdad? –Y apartó la mirada con gravedad–. Pero entiende que solo trataba de impresionarte, de interesarte de entrada. Lo cierto es que no soy más que un viejo tonto solitario y quería hacer amigos. Pensé que te sentías como un joven romántico en una ciudad poco romántica cuando te vi leyendo esas novelas francesas.

–No me considero un romántico –dijo Francis con sobriedad.

–¡Qué serio es todo el mundo en este país! Es realmente refrescante, créeme. Pero démonos la mano, Francis Martin, seamos amigos. Me alegro mucho de haberte conocido.

Se rió con una especie de súbito regocijo, y pasaron el resto de la tarde en la cafetería charlando, sobre todo Engels, con gran brío y entusiasmo; Francis le escuchaba, curioso, tratando de entenderle, intentando averiguar qué quería aprender de aquel «europeo» misteriosamente elocuente, algo ridículo, nervioso, de algún modo aparatosamente importante.

Prometieron encontrarse en Boston en unos días, donde Engels dijo que conocía a mucha gente interesante que estaba, como él, «radicalmente involucrada en el arte y la política y el cambio».

–Ya ves, no estás realmente solo en tus opiniones sobre la vida moderna. Deberías abrirte más.

Después de aquello, Francis reflexionó a solas frente a la biblioteca. Eran cerca de las seis, había dejado de llover, todo estaba limpio y fresco, con un resplandor lavado sobre la biblioteca y el ayuntamiento, y entre las nubes, un hueco luminoso, un claro resplandor de ultratumba. De pronto, en su ensueño, parecía una ciudad francesa de provincias a la que había sido mágicamente transportado tras su larga conversación con aquel interesante caballero francés. Pero percibió enseguida lo lejos que estaba Galloway de una ciudad francesa –se rió al pensarlo– cuando vio las fábricas de ladrillo rojo, las sucias callejuelas tras los bares de Rooney Street y las casas victorianas con macetas en el porche.

Y cuando regresó a su hogar vio la vieja y fea casa gris, el patio lleno de tablas, cubos, viejos asientos de coche, latas de aceite vacías, una manguera y un cortacésped. En la casa, las dos radios transmitían música *swing* y resultados de béisbol. Y en su interior, Elizabeth estaba tirada en el suelo leyendo *Thrilling Love Magazine* y *Movie Screen*, Charley leía *Popular Mechanics*, el padre leía el *Galloway Evening Courier*, Peter engrasaba un balón de fútbol y Ruth hablaba sin parar por teléfono con uno de sus amigos. Todo el mundo hacía algo, pero nadie pensaba, a nadie le interesaba nada mejor, nada más bello o más sublime.

«Dios mío –pensó Francis–, en este lugar no existe la más mínima cultura.»

Francis y Engels se reunieron, hablaron y pasearon por las calles de Galloway durante todo aquel verano. Francis incluso fue a Boston y conoció a aquellos amigos «políticos» de Engels, que celebraban fiestas y discutían «asuntos» e iban a conciertos y mítines. Algunos de ellos eran unos estadounidenses política y artísticamente más fieros y furiosos de lo que Engels jamás podría ser; estudiantes de Arte, jóvenes escritores, estudiantes de Derecho, actores, profesores universitarios, todo tipo de gente, jóvenes y viejos.

Lo más importante para Francis fue que, por primera vez en su vida, escuchó en el lenguaje articulado y fluido del «pensamiento contemporáneo» todos aquellos vagos y confusos sentimientos que había estado teniendo durante los últimos años en Galloway. Se dio cuenta por fin de que no estaba solo. En otras partes del mundo, otros hombres y mujeres vivían, sentían y razonaban como él, otros hombres y mujeres estaban insatisfechos con cómo eran las cosas, con la sociedad y sus convenciones y tradiciones y graves lacras, otros hombres y mujeres vagaban solitarios por el mundo llevando en la mano el amargo y orgulloso fruto de su «conciencia moderna». Al igual que él, también ellos se habían sentido asustados y solos al principio, antes de descubrir que había más.

Le asombraba pensar que había surgido todo un lenguaje coherente en torno a esa corriente inquieta, perspicaz y decidida, esa revuelta suave e invisible de América. Disponían de palabras para nombrar las principales quejas y formular las principales soluciones, se habían realizado vastos estudios en muchos campos en un esfuerzo compartido por ampliar las divulgaciones de aquel nuevo conocimiento, había miles de personas dispersas por todo el país que leían los mismos libros raros e inauditos.

Disponían de las palabras, poseían hábitos y maneras de ser, un estilo de vida, signos compartidos y espacios y espectáculos y restaurantes y lugares de reunión. Sobre todo, tenían un universo y extraños nombres y estrellas que lo constelaban: Freud, Krafft-Ebing, Kafka, Jung, Rilke, Kierkegaard, Eliot, Gide, Auden, Huxley, Joyce: nombres que, al oírlos por primera vez, generaban misterio y alegría y curiosidad en su alma. Había tenido una visión general de aquel nuevo estilo de vida y de todas aquellas personas que le estaban dando forma, con sus libros y sus ideas.

–Me alegra que hayas decidido ir a Harvard, Francis –dijo Engels–. Realmente es una de las pocas universidades decentes de este páramo. Están Berkeley y Chicago, y, por supuesto, Columbia y algunas más del Este. Pero fuera de ahí... ¡Dios mío! El resto son básicamente plantas de procesamiento de jugadores de fútbol y colegialas estúpidas, lo digo en serio. Y algunas de las universidades jesuitas no son más que bastiones del catolicismo más reaccionario.

Francis pensaba en Berkeley y veía a un gran número de

«auténticos intelectuales» reunidos allí, paseando por el campus al atardecer en grupos y pandillas, pronunciando con fluidez todas aquellas palabras y nombres mágicos con una seguridad indiferente, casi con displicencia, pero también con una especie de suave seriedad, todo un exótico nuevo mundo recién descubierto en medio de una América esquemática, balbuciente y simple. Casi podía oír las palabras, los términos: *frustración*, *neurosis compulsiva*, *complejo de Edipo*, *ansiedad*, *explotación económica*, *liberalismo progresista*, *los hechos*, los nombres pronunciados con naturalidad: Picasso, Braque, Cocteau, Heidegger, Chélishchev, Henry Miller, Isherwood... y podía ver todos esos lugares que, de pronto, le asombraba que existieran y que le esperaban silenciosamente.

–Hay esperanza –dijo Engels–. Está surgiendo mucha gente de bien, las cosas están cambiando. En cierto modo, la gran depresión ha sido la causante de todo esto. En muchos sentidos, la gran depresión ha sido lo mejor que le ha podido pasar a este país: los estadounidenses estaban asustados y enfermos y como enfermos frenaron un poco el ritmo, y en ese momento llegaron las nuevas ideas y generaron admirablemente un cambio en todas las direcciones.

Francis se alegraba de haber encontrado una América que no se parecía en nada a la planicie que siempre había conocido en Galloway.

Una noche en que Wilfred Engels partía para Nueva York, ocurrió algo extraño. Había visitado a Francis en Galloway y estaban entrando apresuradamente en la estación, cuando se encontraron con Peter y su amigo Danny.

–Este es mi hermano Peter –le presentó Francis.

–Vaya, vaya –exclamó Engels, dando la mano al muchacho–. Un placer inesperado.

–Francis me ha hablado mucho de usted, señor Engels.

–¡Tú eres el que va a la universidad a jugar al fútbol! –exclamó Engels–. El atleta que nunca abrirá un libro.

–No sé de qué me habla –dijo Peter, sonriendo–. ¿Quién dice que nunca abriré un libro?

–Os conozco, a los futbolistas –se rió el hombre, dándole a Peter una palmada en el hombro–. Siempre acabáis vendiendo seguros de vida, ¡eso es lo que aprendéis en la universidad! Te unirás a alguna fraternidad, tendrás un montón de amigos admiradores y luego venderás pólizas en las reuniones de antiguos alumnos el resto de tu vida.

Fuera, bajo una lluvia torrencial, el tren avanzaba con un gran torbellino de vapor, campanas y ruedas gigantescas. El suelo de la estación temblaba. En la súbita excitación del momento, Engels se tambaleó hacia la puerta con su maleta. No paraba de gritar a Peter, mientras todos se tambaleaban:

–Oh, te conozco, te conozco.

–Yo también te conozco –gritó Peter, volviéndose de vez en cuando para mirar a Danny con el ceño fruncido de asombro.

–¿Y qué hay de tu amigo, cómo se llama? ¿Danny? ¿A qué se dedica? ¿En qué anda?

Danny frunció el ceño y dijo:

–Me gano la vida trabajando en las fábricas.

–Ah, tú eres el duro –exclamó Engels–. ¡Cómo no te reconocí antes! Es terrible. Justo cuando me voy. Y ahora todos vais a la universidad, todos menos el sombrío obrero de la fábrica, ¡todos empezáis vuestras vidas! Me subo a un tren y me voy a los confines de la noche con mi maleta, no soy más que un viejo idiota solitario. Un desarraigado que se consume lentamente en su propia y maligna salsa, ¿sabéis?

Los muchachos se quedaron en el andén un poco avergonzados. Engels parecía a punto de echarse a llorar, pero de nuevo dio una palmada a Peter en el hombro y gritó:

–¡Te conozco, reconócelo! Eres de los que ocultan deliberadamente su verdadero yo al mundo. ¿No es cierto?

–Yo...

–Sé un buen hermano para Francis, recuérdalo. En cuanto a mí, me siento solo e idiota y ahora mismo me voy a los confines de la noche. Te escribiré, Francis, a primera hora desde Nueva York. Adiós, adiós.

El tren arrancó bamboleante bajo la lluvia. Vieron a Engels saludar y sonreír y desaparecer, y a continuación cayó sobre el andén la tristeza que cae siempre en cualquier lugar cuando un tren se aleja de noche bajo la lluvia. Regresaron al interior de la estación con las manos en los bolsillos y se sentaron en los viejos bancos.

–¡Ese tipo está loco! –dijo Danny, asombrado.

–Creí que habías dicho que era un hombre inteligente, Francis. ¿Quién es ese tipo?

–Se tomó un par de martinis antes de venir y estaba un poco borracho, eso es todo –dijo Francis con cansancio.

–Menudo personaje.

Oyeron el pitido del tren a lo lejos, en el sur de Galloway, la lluvia repiqueteaba sobre el tejado de la vieja estación y en todas partes reinaba el silencio del tren que había partido y de la atormentada y excitada voz que se había marchado con él.

Y Francis, extrañamente, pensó de pronto en Mary Gilhooley, a quien había querido en el instituto y junto a cuya casa del sur de Galloway Engels debía de estar pasando ahora a toda velocidad en el tren, bajo la lluvia nocturna, el mismo puente y la misma playa en la que ella le había rechazado aquella noche, hacía ya mucho tiempo. Qué triste era todo.

–Es un hombre muy inteligente, Pete. No le has pillado en el mejor momento, no es más que eso.

Se quedaron mirando la reluciente calle adoquinada, las farolas que goteaban bajo la lluvia, los coches que pasaban solitarios en la oscuridad, el apagado resplandor de las ventanas de las fábricas que ahora parecían azuladas más allá de las callejuelas de ladrillos. Había charcos en la calle y la lluvia repiqueteaba y salpicaba por todas partes.

Se levantaron y se dirigieron a las puertas.

–Mira, ahí va Nutsy De Pew –observó Peter–. Menudo chalado, borracho como siempre, va a casa a dormir la mona.

Y Nutsy pasó dando tumbos afuera, y cuando se fue ya no

hubo más que lluvia y charcos y el resplandor de un neón rojo sobre los adoquines, y el repiqueteo de las gotas.

–Algún día me largaré de esta asquerosa ciudad –dijo Danny–. ¿Sabéis?

Nadie dijo nada y se quedaron mirando la lluvia con las manos en los bolsillos. En algún lugar lejano se oyó un leve pitido inmediatamente ahogado por una ráfaga de lluvia que sopló sobre el tejado.

–Vamos a Nick's, al otro lado de la calle, a tomar un café.

Se abrió la puerta de la estación y entró un viejo y demacrado taquillero, se sacudió la lluvia del abrigo, dio media vuelta, se inclinó sobre la escupidera con un dedo contra la nariz y resopló. Luego se paseó lentamente por el gastado entarimado del suelo de la estación, miró el reloj de pared, se detuvo para comprobar su viejo reloj de bolsillo, se metió en la cabina que era su despacho y bostezó. La lluvia repiqueteaba sobre el viejo tejado.

–Bueno, ¿qué hay de ese café?

–¿Eh?

Se quedaron en la puerta mirando la lluvia, esperando. Francis estaba solo, y aburrido, muy aburrido. Todo era como siempre había sido, como siempre había sabido que sería, como sabía que seguiría siendo siempre. Dios, qué solo y aburrido se sentía.

## 4

En la casa de los Martin, en el segundo piso con orientación norte, se encontraba el dormitorio de Peter, una habitación que daba a la vieja carretera, a los pinares y a unas colinas que se veían azules en los días nublados. Peter había compartido la habitación con Joe desde que tenía uso de razón, pero ahora, cuando Joe no estaba, era toda para él y tenía todo el poderoso secretismo que puede llegar a tener una habitación cuando se hereda en soledad. Durante ese verano, por tanto, reorganizó algunas cosas, colocó el escritorio junto a la ventana, convirtió la cama de Joe en una especie de sofá contra la pared –su «sofá de pensar»–, colgó algunos estandartes de la universidad en la pared junto con algunas medallas de atletismo y una foto enmarcada de sí mismo anotando el *touchdown* del partido de Lawton, luego puso una maltrecha estantería que había fabricado con unas tablas y la llenó de libros viejos, y lo observó todo con complacida admiración.

Ahora era «un auténtico universitario y estaba listo para ir a la ciudad». Aquel verano pasó muchos días sentado en su escritorio con un libro en la mano y mirando soñadoramente por la ventana. En los días lluviosos veía su futuro en el brumoso y lejano oleaje de las colinas sobre el horizonte, en sus oscuros confines azulados, y soñaba una y otra vez con la gloria. No había nada más capaz de retener su vaporosa atención: todo lo concentraba la realización de sí mismo, el futuro, la grandeza, la lucha heroica y la superación de todos los obstáculos.

Y en la habitación contigua, en el dormitorio que compartían el pequeño Mickey y el joven Charley, una habitación que también daba al norte, también Mickey estaba sumido en el mismo tipo de ardiente expectativa de la vida como triunfo. Mickey tenía un juego de Erector con el que construía grúas y camiones de juguete y llevaba a cabo grandes experimentos de ingeniería que al principio parecían imposibles pero que siempre coronaba gracias a su astucia. Tras leer *Huckleberry Finn* se entregó a conciencia a escribir su propia aventura fluvial en un cuaderno de cinco centavos, una epopeya cuidadosamente elaborada titulada *Mike Martin explora el Merrimac*.

Más aún, Mickey dirigía todo un «mundo imaginario» perfectamente ordenado, que ponía en movimiento con precisión y registraba cada día en su propio «periódico», impreso a mano e ilustrado a lápiz. En ese mundo predominaban los deportes: las carreras de caballos, las peleas, el béisbol, los bolos, el baloncesto, el hockey, el fútbol y sus propios éxitos económicos. En toda su luminosa leyenda y sus archivos predominaba el nombre de «Mike» Martin: Mike había bateado el mayor número de *homeruns*, 395, había sido el jockey que más dinero había ganado en las carreras, el campeón mundial indiscutible de los pesos pesados, el mejor *fullback* que jamás había tenido una universidad, el más veloz de todos los velocistas (también corría con regularidad la milla en un tiempo exacto de 4 minutos 4 segundos), era el mejor jugador de bolos y uno de los aventureros más ricos de los Estados Unidos, con propiedades, ranchos y esposas por todo el mundo.

No es que no tuviera competidores: tenía muchos. Los periódicos que él mismo imprimía y publicaba daban fe de ello en grandes titulares a ocho columnas, y ¿quién podía negarlo cuando el mayor editor y redactor de los Estados Unidos era también el mismísimo, único, genial y fornido «Mike» Martin? En aquel hombre no cabía la tristeza ni la locura, solo fortaleza de corazón, el vigor y la energía. En aquel mundo de lanzas y escudos al estilo americano había algunos competidores «cabezotas» pero también fieros y poderosos, aunque siempre acababan sucumbiendo tras terribles enfrentamientos en un campo azotado por el viento, y al final ganaban siempre los mismos héroes alegres, astutos, queridos y poderosos.

En los lluviosos días de verano, cuando la neblina azul envolvía las colinas y el paisaje exterior, Peter se sentaba en su pupitre frente a libros de iniciación al álgebra, geometría y francés –créditos que necesitaba ese año para la preparatoria– y, fumando su muy universitaria pipa, meditaba con precisión cómo pondría en marcha su destino, dónde necesitaría un esfuerzo heroico, dónde precisaría de una alegre y humilde paciencia, y dónde se acercaría a sus frutos y al momento de su extática e inmortal inmolación. Tenía visiones de grandes logros en las fases preliminares, logros casi sin importancia, cosas como impresionar a las mujeres, asombrar a los hombres, marcar todos los *touchdowns*, hacer gala de una brillante erudición para ganarse así el asombro de todos. Los humildes comienzos explotaban de pronto en un gran triunfo, todo en virtud de su inalterable heroísmo natural, los grandes logros se iban superponiendo luego en un esplendor piramidal, casi hasta el punto de la inmolación... se veía a sí mismo fundando familias y linajes, dirigiendo acontecimientos mundiales, señalando lo necesario y poniéndolo en su lugar, ordenando, desarreglando, enmendando los lamentables errores de los otros, disponiendo todo a su gusto, de pie, como un líder grave, poderoso y humilde frente a los hombres y las cosas, que desaparecía de pronto en una nube de inmolación, para asombro absoluto del mundo que le rodeaba, desvaneciéndose en la inmensa bruma del universo, en un Valhalla de sí mismo y de todas las cosas.

Había acudido a la iglesia en las oscuras vísperas del Viernes Santo, junto a Mickey, todos silenciosos y solemnes, y había visto a Jesús sufriente y heroico, oscuro, oscuro Jesús en su cruz, el gran amado Jesús sacrificial, héroe y cordero, y había llorado ante el espectáculo de aquel dolor heroico... y luego había ido a la iglesia, y Mickey lo mismo, en las doradas mañanas de

Domingo de Resurrección, y había visto a Jesús resucitado triunfante, inmortal, radiante y verdadero, y todos los mortales que bostezaban sentados a su lado en los bancos, los que tosían y se impacientaban y dormitaban y rumiaban mientras el poderoso drama del sentido de la vida pasaba a su lado, aquellos eran los «dolientes» de la Tierra, indiferentes a la inmortalidad y al heroísmo, compungidos, vacíos y desamparados. Eso no era para Peter, ni para Mickey. Ellos tenían que ser héroes o nada.

La noche antes de que Peter se fuera a la escuela preparatoria estaba tumbado en la cama acuciado por esa extraña mezcla de sentimientos que tienen los muchachos americanos cuando están a punto de dejar su casa por primera vez: ese temor soñoliento de abandonar la cama, la habitación, la casa que ha sido hasta ese momento la primera base de la vida, esa casa familiar y sencilla como un viejo jersey, a la que siempre se regresa tras las emociones y fatigas para dormir dulcemente. Por otra parte, sentía con el mismo temor soñoliento lo que estaba afuera de la casa: las estaciones de tren, los cafés, las nuevas ciudades, la polución, la furia y el aroma de vientos nuevos y desconocidos, las vistas repentinas e insospechadas de ríos, las carreteras, puentes y el horizonte, todos sensacionalmente extraños bajo cielos desconocidos, ¡y el humo, el humo!

Se pasó despierto hasta las cuatro de la mañana –tras muchas y oscuras horas de atormentada excitación y solitarias ensoñaciones en las que se hablaba a sí mismo enigmáticamente («Bueno, allá va Martin por la mañana, allá voy»)– y a las ocho se levantó tenso y febril, cerró la maleta cuidadosamente preparada y repleta de camisas, calcetines, abrigos y pantalones, se puso su nueva cazadora deportiva, se miró en el espejo y bajó las escaleras.

Su madre le preparaba el desayuno en la cocina. Y mientras le hablaba, diciéndole qué ponerse en los días fríos, qué comer y cuánto dormir, qué hacer con la colada y qué decirle al amable hombre que iba a ser su decano, él la miraba pensativo y asentía con la cabeza. Era un día gris y desapacible de septiembre y el aire estaba cargado de melancolía y también de una tenue excitación salvaje, casi le parecía como si pudiera agarrar su estado de ánimo directamente del ambiente, si al menos pudiera determinar si estaba contento o triste por irse de casa... Estar «marchándose», aunque iba a regresar en seis semanas para Acción de Gracias, era algo espantoso y pesado, como su maleta, un nudo en la garganta, como el que le generaban la camisa almidonada y la corbata nueva, y, sin embargo, también sentía un tremendo furor esperándole en el exterior, en algún lugar, haciéndole señas para que fuera, para que fuera.

–Y no te olvides de escribirme en cuanto llegues –repetía su madre–. Dime si necesitas algo. El dinero te alcanzará para la primera semana. Y escribe si necesitas cualquier cosa.

–Sí.

–Asegúrate de ser amable y educado y de causar buena impresión a tus profesores...

–Sí, sí.

–Estoy muy orgullosa de ti, ¡estás tan guapo y arreglado esta mañana!

–¡Y sigue así! –gritó Rose, quitándole un hilo de la manga al héroe.

–No te ensucies por el camino y parezcas un vagabundo cuando llegues.

–Sí, señoras, lo haré.

–Y no te olvides de ser la estrella del equipo –dijo su hermana Ruth con entusiasmo–. Eso es lo importante.

–¡Y no te lesiones! –añadió la madre con el ceño fruncido, y le arregló el cuello de la camisa.

Y mientras Peter desayunaba y miraba melancólicamente por la ventana y veía las colinas y la niebla a lo lejos, algo se agitaba y estremecía en su interior, se regocijaba, estaba a punto de lanzarse al vacío, pero cuando llegó el momento de coger la maleta, dirigirse a la puerta y besar a su madre y a sus hermanas, se sintió desfallecer y casi le entraron ganas de llorar. No podía decirles que se sentía así, «tenía que comportarse como un hombre», pero ellas percibieron la fina película de bruma en sus ojos y le besaron cariñosamente.

–Volveré en dos meses, solo serán dos meses –repitió.

–Así es, ¡pasará volando! Antes de que te des cuenta, estarás de vuelta en casa.

–¡Claro! –exclamó Peter, tranquilizándolas con desesperación.

–Pobrecito –dijo Rose–. No es más que un niño. Recuerda escribir a la tonta de tu hermana mayor. Y cuando vuelvas convertido en un elegante universitario, no te pongas muy chulito conmigo.

–¿De qué estás hablando? –dijo Peter enfadado.

–No pierdas el tren, Petey.

–¡Santo cielo! ¿Ya son y media? –Y de repente se produjo otro alboroto de besos y despedidas, Peter se precipitó hacia la puerta casi tropezando, su madre le arregló el cuello del abrigo, alguien le abrió la puerta, él salió corriendo diciendo–: ¡Allá voy! ¡Allá voy!

Se apresuró a bajar por la calle balanceando la maleta, se volvió y saludó a su madre y a sus hermanas una vez más, caminó decidido ahora hasta el pie de la colina, y ellas lo vieron alejarse hacia el «mundo» con aire desenvuelto, ceñudo y absorto.

Ahora solo había tristeza para él en las brumas grises de la mañana, sintió una sorda punzada de pesar en el corazón, y temor. Por la autopista pasaban los coches y camiones con su ajetreada y ensimismada despreocupación, era un mundo matutino de bullicio y negocios, todo parecía burlarse de sus pequeñas y solitarias penas, allí no había lugar para las vacilaciones de un muchacho que caminaba por la carretera con su maleta. Se sentía desanimado y el día estaba gris.

Su amigo Danny se reunió con él en la parada de autobús junto al puente, como habían acordado. Se miraron mutuamente con una alegría cordial y agradable, pero también perplejos. Ya estaba todo hablado: Peter se iba a hacer fortuna, Danny se quedaba a trabajar en las fábricas, pero algún día ambos serían ricos y tendrían éxito, y siempre serían amigos.

–Bueno, Zagg –Danny siempre había llamado así a Peter,

desde que eran niños–, ya te vas, y como siempre he dicho, por tu propio camino.

–Odio irme de Galloway, en serio, así es como me siento –confesó Peter.

–Un poco de nostalgia de tu ciudad natal no te hará ningún daño, Zagg, te hará mejor persona –dijo Danny a su manera adusta y sombría.

–Dios, si supieras cómo me sentí al salir de casa... No sé, hay algo condenadamente triste en irse de casa, ¿no?

–Así es como debe ser.

–Lo sé, pero se me puso un nudo en la garganta. Supongo que estoy loco, pero es lo que me pasó. Ya me siento mucho mejor. ¡Supongo que tengo ganas de echarme a la carretera!

–Así me gusta, Zagg. ¡Solo puede ser así!

–Siempre has sido mi mejor amigo, Danny –dijo Peter, apretando impulsivamente el hombro de Danny, y sintiéndose avergonzado de pronto–. Y algún día serás un gran hombre, ¡lo sé! ¡Eres demasiado buen tipo! Y te diré lo mismo algún día, te desearé suerte en tu camino, ¡y siempre seremos amigos!

–Claro que sí, Zagg, siempre seremos amigos.

Y, apenado, Peter observó cómo su infeliz compañero se marchaba a trabajar, se sentía peor que nunca... pero, de repente, vibró el aire gris: un camión pasó rugiendo, alguien gritó, hubo un tropel de ruidos por todas partes como si le acabaran de estallar los tímpanos, todo era ruidoso y lírico, las cataratas tronaban a sus pies, el humo cruzaba el cielo, se sentía ciego y sordo de alegría.

Se iba de casa, pero ahora para adentrarse en el centro de las cosas y por primera vez «por su cuenta». Era un hombre con una maleta y una cartera llena de dinero y el ingenio despierto y hambriento. El futuro se abría vertiginosamente frente a él, y las carreteras, los puentes y las ciudades, ¡y el humo, el humo, el humo!

Cuando subió al tren y se sentó en el vagón entre los hombres con sus periódicos matutinos y sus puros, cuando el revisor soltó un chiste grosero al recoger su billete, y el hombre que se sentaba a su lado entabló cortésmente una conversación sobre el tiempo y la situación internacional, Peter se dio cuenta con regocijo de su nueva condición de hombre de mundo. Hasta se fumó un cigarrillo y opinó que la situación era terrible, y el hombre coincidió con vehemencia con él durante todo el trayecto hasta Boston, mientras el humo se deslizaba por las ventanillas y ascendía en picado hacia el aire gris de la mañana.

La escuela preparatoria estaba en Maine, no lejos de Augusta, en el corazón de los ondulantes bosques y campos de algunas de las mejores tierras de Nueva Inglaterra, y se llamaba Pine Hall. Era relativamente desconocida, pero se trataba del lugar ideal para obtener créditos y prepararse para la universidad y, por supuesto, un escondite perfecto para las estrellas del fútbol universitario. Después de ese año podría elegir casi cualquier universidad. El lugar era también, entre otras cosas, una especie de colegio exclusivo para muchachos de la alta sociedad expulsados de los Andover y los Exeter por demasiado disolutos para su juventud.

Pine Hall tenía un pequeño y encantador campus de viejos edificios georgianos de ladrillo rojo cubiertos de hiedra, con tranquilos paseos alrededor de los pasillos, todo ello a la sombra de nobles pinos y abetos. Había un pueblo a un kilómetro y medio de distancia, suaves tierras de labranza hacia el sur, colinas boscosas que se extendían hacia el norte con sus silvestres alces y arroyos de montaña, y una atmósfera fresca, verde y oscura, nórdica, en todo el paisaje circundante, que hizo las delicias de Peter en cuanto a su rústico deseo de soledad. Se imaginaba estudiando diligentemente en la biblioteca de la escuela y luego dando largos paseos contemplativos por los bosques y los campos con un ejemplar de Horacio en el bolsillo.

Pero antes de que pudiera mirar a su alrededor y disfrutar de las cosas, se encontró en el campo de fútbol con una veintena de jóvenes fornidos de todo el Este, encarando otro agotador esfuerzo para entrar en el equipo universitario y mantener su posición. Descubrió, para su consternación, que los jugadores de esa escuela eran todos estrellas de instituto como él, mucho más grandes y mejores que la media de los estudiantes, y todos estaban convencidos de que iban a entrar en el equipo. Pero de todos los fenómenos de instituto allí reunidos, al menos la mitad tendría que sucumbir ante la competencia y desempeñar un papel secundario en el destino del equipo. A Peter le aterraba la idea de acabar entre los diez desafortunados, todos le parecían demasiado grandes y demasiado buenos para él, y además tenían un aspecto feroz.

Aquella primera noche tuvo miedo y se sintió derrotado. Se quedó pensativo en su habitación y escribió una carta desesperada a Danny, que estaba en Galloway, y más tarde salió a dar un paseo melancólico por el pueblecito soñoliento y descubrió con tristeza que todo cerraba a las diez de la noche.

Iba a pasarse ocho meses en aquel lugar, ¡ocho meses de tristeza, fracaso y vergüenza! Por primera vez en su vida se sintió completamente abandonado, indefenso y temeroso: ¿qué iba a hacer? Recordaba los cariñosos cuidados de su madre cuando le preparaba las maletas, la orgullosa excitación en la casa la noche antes de su partida, su hermana recordándole que debía ser la «estrella» del equipo... ¡y Dios, ahora hasta se cuestionaba si iba a poder entrar! Recordaba a su padre diciéndole a todo el mundo que este año su hijo iba a «dejarlos boquiabiertos», recordaba a sus hermanos pequeños y a sus amigos animándole cuando subía por la calle y, sobre todo, el partido de Lawton y la cena de Acción de Gracias en casa y toda la alegría, el placer y la gloria de aquel día. ¡Qué estúpido había sido! ¡Haber planeado su vida haciéndola girar en torno a hazañas gloriosas, haberse centrado en eso y nada más, haberse atado tontamente a cosas que estaban más allá de su poder para luego quedarse allí varado, en plena humillación, ante la mirada de todos! El horror se apoderó de él, quiso alejarse de todo y no volver jamás, quiso sepultarse, ahogarse, morir... hacer cualquier cosa menos vivir y admitir aquella humillante impotencia y derrota.

Lo más horrible de aquella primera noche fue la terrible constatación final de que no era más que Peter Martin, solo

Peter Martin, y ¿quién era ese en el mundo? ¿Quién era él, sino una especie de impostor, extraño y sinvergüenza, que de algún modo se las había apañado para engañar a la gente y hasta a su propia familia haciéndoles creer que la que aparentaba era su verdadera identidad? ¿Quién era él?

No era nadie: se palpaba los brazos y las piernas, se miraba en el espejo, miraba por la ventana hacia la oscura noche de Maine, y no era nadie. Era un extraño ser espectral, un sueño olvidado, una angustiosa y afligida pesadumbre, poco más. Le dieron ganas de ir corriendo a la habitación de al lado, donde se escuchaban las voces de sus nuevos compañeros. Quiso entrar allí y confesarles que era un farsante, un impostor, un extraño para ellos, tuvo ganas de entrar y gritarles que le perdonaran...

Pero al final se durmió agotado y al día siguiente, en el campo, se puso el casco, apretó los dientes y, de pronto, se vio atravesando la línea de marca y corriendo en una vertiginosa sucesión de *touchdowns* que hicieron que los entrenadores se miraran unos a otros con asombro. Los otros chicos a los que se habría confesado la noche anterior le miraban ahora entre sonrisas y guiños de respeto, con silenciosa admiración varonil... y Peter se sintió sorprendido y furioso consigo mismo. Más que nunca quería agarrarlos a todos por los hombros, mirarlos, y decirles que no se enteraban de nada, que no comprendían...

Pero en los días siguientes se vio relacionándose con montones de muchachos alegres y amistosos, tuvo animadas charlas con sus entrenadores y profesores, empezaron las clases, el pequeño campus se tornó maravilloso a medida que las hojas de los arces se fueron tiñendo de rojo y el aire se fue enfriando. Había muchas reuniones nocturnas en salas iluminadas con lámparas y la luz se proyectaba sobre los paseos y los pinos, y también conciertos en el bar del pueblo los sábados por la noche y muchas chicas guapas con las que bailar. Un espíritu jubiloso cruzaba la tierra. Y Pete, casi con lágrimas en los ojos, una noche comprendió que también otras personas se sentían extrañas para sí mismas, y que estaban solas y atribuladas como él, pero se buscaban alegre y amistosamente, y tal vez hasta se sentían a veces como él se había sentido la primera noche, como si estuvieran a punto de confesarlo todo, todo cuanto había de tan oscuro y solitario y loco y temeroso en el corazón. Y sacudió la cabeza con una mueca de dolor. Nunca se había sentido así, pero sabía que de algún modo ya no dejaría de sentirse así nunca, nunca, y se le hizo un nudo en la garganta al comprender la extraña y triste aventura que podía llegar a ser la vida, una aventura extraña y triste y, aun así, mucho más hermosa de lo que jamás habría podido imaginar, más hermosa e increíble precisamente por ser tan real y extrañamente triste.

Ese año Peter tuvo un «gran año» en Pine Hall. Todo lo que hizo fue excelente y maravilloso. Fue un *fullback* devastador en el equipo tanto en ataque como en defensa y como triple amenaza. Fue el primero en puntos en el equipo de atletismo y jugó en el equipo de béisbol en primavera. Estaba en el cuadro de honor por sus calificaciones y era muy querido por sus profesores. Era uno de los chicos más populares de la escuela, tenía montones de amigos, y las jovencitas del pueblo le buscaban para bailar y en la calle de los enamorados. Trabajaba en una agencia de mecanografía para ganar algún dinero extra, y también redactaba trabajos de literatura para otros alumnos a cambio de una comisión. Colaboraba con relatos y artículos en diversas publicaciones escolares y aquel invierno se creyó un Hemingway tras causar una pequeña conmoción en el campus con un relato titulado «El contable, el borracho y el universitario». Con el tiempo aprendió a ir por ahí con sucios zapatos *saddle* blancos y negros y sus descuidadas cazadoras, jugaba al tenis con las chicas del pueblo y se le veía entrar en Marty's a por una coca tras un partido rápido bajo el ardiente sol, todo deslumbrante con sus pantalones blancos y sus zapatillas de deporte. Se familiarizó con las más profundas «dilaciones» del «Príncipe Hamlet, el danés melancólico». Y cuando escribía a casa a veces empleaba alguna expresión bonita como *desmesurado* para decir *demasiado*, o *raffiné* para *refinado*, todo para edificación y asombro de su familia.

Tenía diecisiete años, era de mediana estatura y pesaba ochenta y cinco kilos. Era un auténtico bufón, pero avispado: si quería demostrar lo bien que le quedaba el abrigo, se ponía de pie con un pie girado hacia un lado, como en los anuncios de *Esquire*. Lo sabía todo sobre jazz: su amigo Dick tenía una colección «fantástica» de Eddie Condons, Kid Orys y Muggsy Spaniers; y otro amigo, Jay, tenía una «gran» colección de Roy Eldridges, Choo Berrys y Coleman Hawkins. Otro tenía a Gershwin, Debussy y Stravinski. Todo el mundo tenía música. En cada habitación había una pequeña radio a todo volumen sobre la cómoda, y su ocupante siempre estaba peinándose y preparándose para salir en una cita. Peter tenía un tambor que aporreaba al ritmo de «Sing Sing Sing» igual que Krupa.

Estaban todos locos, y el más loco de todos, el «loco» Mac, tenía un trabajo en la ciudad en el que paseaba a un anciano de noventa años por Main Street por las tardes, por el que le pagaban quince céntimos por noche, y nunca, nunca esbozaba una sonrisa. También estaba Tony, el mediapunta de Somerville, Massachusetts, que una noche se emborrachó con medio barril de cerveza, arrancó un pequeño árbol de raíz y se lo llevó a la cama.

En el margen inferior de la hoja de calificaciones de Peter, el decano escribió: «Un buen estudiante y un buen ciudadano», y Peter lo envió a casa, junto con una copia del periódico escolar con sus propias historias anotadas a lápiz. También enviaba a casa fotografías suyas para sus amigas de Galloway, y hasta llegó a invitar a una de ellas al baile de primavera, a la que mandó de vuelta a casa muy impresionada. Su relación con aquella pobre muchacha era absolutamente nula.

Allí estaban las taquillas con olor a linimento, las aulas mohosas, los humeantes aromas del comedor, el gélido salón de actos, el olor de la biblioteca a volúmenes encuadernados y a barniz, los olores siempre vegetales y a hiedra del campus: todos los olores y sensaciones de una escuela preparatoria para muchachos, y junto a ellos, la incesante charla y actividad y ansiosa excitación de los ajetreados horarios, y el regocijo y las risitas constantes. Era divertido y maravilloso sentarse y hablar de lo realmente «loco» que estaba cierto profesor en su vida privada, de cómo una vez se había registrado en un hotel como «Apollo Goldfarb» y en otra ocasión como «Arapahoe Rappaport». Resultaba asombroso descubrir lo realmente divertidas que eran tantas cosas. Era divertido gritar y bromear en el comedor, y ahogarse de risa en clase de francés cuando Mac pronunciaba mal deliberadamente *Monsieur le Coq*, sin jamás, jamás esbozar una sonrisa, aquel ingenio triunfante, aquel héroe de trescientas almas gozosas.

Era divertido ver a Rocco, el corpulento escolta italiano de Bridgeport, Connecticut, conversando seriamente con el pequeño Rodney Mason, presidente del Philolexian Club (seguramente sobre los exámenes) y ver que en el periódico escolar lo describían así: «Se vio a Buddies Moose Rocco y Rod Mason hablando sobre los viejos tiempos en el patio», lo que convulsionaba a toda la escuela. «Flash Mason and The Moose» era lo más divertido que se había oído nunca, era oscuro y demoníaco con un regocijo furioso, y en los viejos dormitorios, por la noche, en los chirriantes pasillos, había siempre una alegría perversa, voraz y melancólica.

Durante las vacaciones de Pascua Peter recibió una carta de uno de los más grandes locos ingenios de la escuela, una carta que decía así:

> Estimado Hashoodfludnistnizaaflem,
>
> Se me ha ocurrido escribirle una careta porque acabo de encontrar su desvestido entre *mis cosas*. Como me están faltando, iba a pedirle un poco a Rod el Relámpago. He oído que el Alce está considerando seriamente *agarrar* el papel de tonto en la producción de Pine Hall de *¡Oh, lo salvaje!*. Suena bien, pero preferiría verle en *El abanico de Lady Windemere* de Oscar Wilde. Mientras escribo esto, suenan los acordes de Guy Iturbi Ignaez Lombardo. Decir que sus secciones de occarino y glackenspiel han mejorado sería quedarse corto. ¡Cuidado con Blue Barron y Leo Reisman! Salude de mi parte a Kensington Kaplan. Espero que esto le llegue a usted, Rodney Martin.
>
> (firmado) CUNNY KEANE, Rastreador de Cargas Perdidas

Había en todo un alegre espíritu diabólico que impregnaba las mil cosas maravillosas que había que hacer, las fiestas y bailes semanales, las fascinantes perspectivas de nuevos estudios, idiomas, conocimientos... perspectivas que parecían semejantes a las colinas de pinos azules y sombras grises que se veían al otro lado de las ventanas de las aulas.

Y Peter daba largos paseos solitarios por el bosque con su ejemplar de Thoreau en el bolsillo trasero, recorría pensativo los campos de abedules y los pinares, se detenía en los arroyos helados y contemplaba la luz rojiza del atardecer dominical desplazándose sobre la nieve azul, y regresaba luego al ruidoso comedor arrebatado por el hambre y la alegría.

Aunque a veces echaba de menos su casa, había sido un «gran año», y solo se dio cuenta de ello en la medida en que presagiaba otros «grandes años» de alegría y éxito en la universidad, y solo había disfrutado aquel en la medida en que apuntaba al futuro. Estaba rebosante de confianza, vigor y salud juveniles, tenía las mejillas suaves y sonrientes, le brillaban los ojos y el mundo entero parecía entonar un canto gozoso.

En primavera, cuando llegó la graduación, el crudo invierno de Maine dio paso a un mayo dulce y agradable, increíblemente suave, fresco y verde, lleno de canciones matutinas y fresca sombra dorada en los patios del campus. La mañana de la graduación, Peter abrió la ventana, miró al exterior y sintió ganas de cantar. Todo lo que había hecho aquel año le parecía excelente y maravilloso, todo era sol, paz, canto de los pájaros y desbordante alegría juvenil. Las campanas repicaban con luz dorada, los muchachos paseaban por el césped con sus deslumbrantes atuendos blancos entre las orgullosas visitas de sus familias y amistades, se oían suaves murmullos de voces en el aire de la mañana, risas y algo alegre y maligno que prometía de nuevo la noche, la oscura y maravillosa noche que había sido su alegre compañera durante todo el año, y que también prometía todo un verano dorado y oscuro, en casa otra vez, en casa otra vez.

Cuando Peter volvió a casa, recibió un aluvión de ofertas de becas procedentes de algunas de las universidades más importantes del Este y dos del Sur. Definitivamente estaba «de moda», era el «sorprendente *back* de Massachusetts» del que todo el mundo hablaba en las oficinas de atletismo y vestuarios de los entrenadores. Iba a hacerse famoso, a ser la figura oscura y veloz de pies vertiginosos a la que se ve en los noticiarios al galope cruzando las rayas de tiza en los magníficos estadios otoñales de Estados Unidos, lugares repletos de multitudes, cuando el júbilo recorre el país.

Aquel verano, en casa, se puso sus viejos vaqueros azules, fue a nadar al arroyo del pinar con sus amigos, y pasó el rato leyendo a Jack London y a Walt Whitman, pescando, jugando al béisbol y bebiendo cerveza con los muchachos.

Y fue también ese verano cuando conoció a Alexander Panos, que se convertiría en un gran amigo de su juventud, camarada y confidente en las primeras glorias de la poesía y la verdad. Panos fue el primer muchacho que conoció Peter que se interesaba por los libros y las cosas por sí mismas, que hablaba de «ideales», «belleza» y «verdad». Una de las primeras cosas que hizo el joven Alex fue leerle la «Oda a una urna griega» de Keats mientras Peter nadaba en Pine Brook, y su amistad germinó en una primavera de asombro y conocimiento.

El muchacho era griego y vivía al otro lado del río, en una casa vieja y destartalada, con una enorme familia compuesta por hermanas, hermanos, padres, tías y una anciana abuela que aún añoraba salvajemente regresar a la isla de Creta. Era un hogar ruidoso y turbulento en el que día y noche resonaban fuertes discusiones y emociones; había lágrimas, rabietas, reproches, furias, tiernas reconciliaciones, risas, música (discos griegos en el tocadiscos, en la radio, en el piano y en una mandolina), había grandes celebraciones en los días festivos, y una terrible y desgarradora pena cada vez que moría algún pariente en Galloway, donde la mayoría de las familias griegas estaban casi todas emparentadas entre sí, por lo que siempre había un funeral en alguna parte. La madre era medio rusa, y toda la familia fervorosamente practicante en la fe ortodoxa griega. Los niños y los adultos eran todos iguales, de pelo negro rizado, bocas eslavas anchas y expresivas, ojos oscuros brillantes y tez aceitunada. El propio Alex representaba en su apariencia el mismísimo sol y cenit en su fogosa mirada romántica. La casa de los Panos podía verse desde la casa de Peter, al otro lado del río; él la había visto con frecuencia en el pasado, desvencijada y lúgubre, pero no podía saber que allí vivía uno de los grandes amigos de su vida.

Lo extraño era que el joven Alex había conocido a Peter cuando eran niños. Peter no lo recordaba, hasta que Alex le contó la historia:

–¡Oh, te recuerdo bien, nunca lo olvidaré! –exclamó emocionado–. Fue durante la época de la batalla greco-irlandesa del arenal, ¿te acuerdas?

–¡La batalla greco-irlandesa! ¡Claro que me acuerdo! Aquello duró casi tres años: tirachinas, puñetazos y piedras. Claro que me acuerdo.

–Bueno –continuó Alexander Panos con una sonrisa triste–, pues fue entonces cuando te conocí a ti y a tu hermano, tu hermano mayor, supongo.

–Sería Joe.

–Joe... sí, se llamaba así, Joe. Verás, un día volvía a casa del colegio, cuando un grupo de chicos irlandeses me rodearon en el arenal y empezaron a empujarme y a pegarme. Tu hermano Joe iba contigo, llevabais cañas de pescar, supongo que habíais estado pescando.

–¡Oh, ahora me acuerdo de ti! Tú eras ese griego de pelo rizado al que empujaban aquel día... ¡sí!

–Exacto, Peter. Ya te habías olvidado, y seguramente tu hermano Joe tampoco se acordará, pero yo sí me acuerdo, ¡oh, cómo me acuerdo!

–Y Joe detuvo la pelea –recordó Peter triunfante.

–Así es. ¿Te acuerdas que estaba llorando?

–Sí.

–Y tu hermano Joe se quedó mirando a los niños que huían y los insultó, y tú... te acercaste a mí y me preguntaste si estaba bien.

–¿Eso hice? No lo recuerdo.

–¿Recordamos alguna vez nuestro verdadero yo? Yo me acuerdo, me acuerdo –dijo el joven Alex con una sonrisa triste–. ¡Oh, Dios!, después de aquello, jamás podría olvidaros a ti y a tu hermano, pero es extraño que no os haya vuelto a ver hasta este verano. Nos mudamos. Dios, eso fue hace muchos, muchos años.

–Ya lo creo –se rió Peter–. Yo debía de tener once años y Joe unos catorce.

–Yo era el niño griego de pelo rizado del arenal –dijo Panos, sonriendo afligido–. No tuve ocasión de decírtelo el otro día, y hasta que no te volví a ver no supe si eras el mismo, pero lo eres. Sigues teniendo los mismos ojos. Eso era lo que recordaba: tus ojos, cuando te acercaste y me preguntaste si estaba bien. Te parecerá una tontería –sonrió tímidamente–, pero así es como te recordaba. Era yo, el niño de pelo rizado del arenal.

–Bueno, ¡que me parta un rayo! Ya verás cuando se lo cuente a Joe.

–¿Y dónde está Joe ahora?

–Lleva fuera más de un año, trabaja por todo el país. Recibimos una carta suya desde Dakota del Sur el mes pasado.

–¿Sabes? –dijo el joven Alex con tristeza–, así es exactamente como me imaginaba a tu hermano, el que echó a aquellos niños, me imaginaba que sería así cuando creciera: que viajaría por todo el país. A veces tenía extrañas ensoñaciones sobre vosotros dos.

–Es un gran tipo –exclamó Peter sonriendo.

–Ya lo supe entonces –dijo Alex con tristeza–. Ya entonces supe que era genial, y ahora sé que será un gran hombre. Y tú también.

–Y todo porque ahuyentamos a esos niños –se rió Peter.

–Fue la forma en que lo hicisteis –dijo Panos con gravedad–. Tu hermano maldecía porque le enfurecía la injusticia y a ti te recuerdo por la forma en que me miraste. Nunca olvidaré los ojos compasivos de aquel muchacho.

–Y pensar –dijo Peter, avergonzado– que ni siquiera recordaba ese momento. Fue hace mucho tiempo.

–Mucho –repitió Alexander con tristeza.

Aquel era el joven Panos. Recordaba el incidente del arenal con todo su corazón y toda la conmovedora intensidad de su naturaleza, más de lo que Peter y Joe habrían podido imaginar. En su habitación de la destartalada casa de los Panos escribía poesía en resmas de papel y las regaba con sus lágrimas, y se paseaba por la desordenada habitación rumiando, y volvía a llorar cuando oía un concierto de violín o canciones como «April in Paris» o «The Boulevard of Broken Dreams», o cualquier melancólica y angustiosa canción griega en el tocadiscos, se extasiaba leyendo a Byron y a Rupert Brooke y a William Saroyan, a veces abría la ventana y aullaba de alegría a los asustados transeúntes.

Siempre que iba al centro, a Daley Square, caminaba muy erguido, a veces con lágrimas en los ojos porque «nadie lo entendía». La gente le miraba maravillada, porque era el espectáculo más extraño y ajeno que podía verse en toda la ciudad, con excepción de una mujer mahometana que vivía en el barrio de los cafés griegos de Commerce Street y a la que se veía lamentarse a Alá por las calles cada atardecer, una mujer con la que el joven Alexander mantenía una relación de lo más cordial.

Tenía dieciocho años, y en el instituto había alcanzado un alto rango en la brigada de la escuela; con sus botas lustradas, su fusta y su gorra con visera, tenía el aspecto de un joven oficial cosaco muy elegante, y además era un estudiante excepcional. Se había enamorado de una chica en la escuela y rondaba la casa de la pobre muchacha en angustiosos paseos nocturnos para dedicarse luego a contemplar las aguas del canal de Galloway a las tres de la mañana porque la familia de ella no quería que saliera con un griego. Al fin un día la detuvo en plena calle y le profesó su amor con voz quebrada y voluptuosa, mientras la gente lo miraba con la boca abierta y la pobre muchacha no sabía dónde meterse con una sonrisa congelada.

Llevaba la ropa siempre raída, desaliñada, oscura y pasada de moda, pero con gran dignidad, como si se sintiera orgulloso y noble a pesar de su pobreza. Su «pobreza» era una fantasía romántica sin ninguna base real. Rondaba la biblioteca de Galloway, iba a todas las películas y aplaudía emocionado cada vez que algo le divertía o impresionaba, escribía airadas cartas al director del *Galloway Star* protestando por diversas injusticias que habían llamado su voraz atención. Merodeaba por la orilla del río en las noches lluviosas y se escandalizaba a sí mismo por pensar en el suicidio y la muerte; en las bodas griegas iba por ahí besando a todas las damas de honor bulliciosamente alegre, y en los funerales griegos sollozaba junto a sus afligidas tías. Era una persona asombrosamente alegre, parecida a nadie en aquella ciudad de negocios, y hacía alarde de su extrañeza e impulsividad con una nerviosa alegría, llegando a veces a grandes extremos para asombrar a la gente por la calle, como llevar una guirnalda en el pelo o andar por ahí con quince o diecisiete libros bajo el brazo y tambaleándose por su peso. No pertenecía a este mundo.

Peter estaba maravillado y encantado con él porque era un poeta como «Marius». Peter había leído *Los Miserables* y Marius era su personaje favorito. Marius era el soñador sensible y apasionado que los muchachos norteamericanos amaban siempre en la literatura europea, de modo que aquel verano, en los bares de Rooney Street y los bailes del lago a la luz de la luna con la pandilla, entre las frescas fuentes de soda y las hamburgueserías, en el soñoliento arroyo y la bulliciosa Daley Square al mediodía, en las cafeterías y el cine y la vieja estación durante las noches lluviosas, en todos aquellos sencillos lugares casi domésticos del mundo de Galloway y del mundo norteamericano en general, era una alegría estar con un Marius, un verdadero poeta ardiente y romántico como surgido de las páginas de una historia fantástica, era mejor que un espectáculo, una auténtica diversión.

Peter y sus viejos amigos Danny, Scotcho y Berlot hablaban de Alexander:

–¡Ese loco hijo de puta de Alex!

–¡Qué tipo! ¿Le visteis el sábado por la noche cuando saltó sobre la mesa y empezó a recitar poesía?

–Sí, le da todo igual.

–¡Qué loco feliz!

–Y luego se puso a cantar esa canción sobre París, «The Boulevard of Broken Dreams".

–¡Y grita por todas partes!

–Todo el mundo le mira, pero a él no le importa nada, sigue recitando poesía y gritando como un loco.

–Yo le di un puro el domingo por la noche y casi se ahoga. Tendríais que haberle visto fumar. ¡Ja, ja, ja!

–Pero es un buen chico, ¿sabéis?

–Sí, Alex es un buen chico. Un poco loco, pero el mejor chico del mundo.

–Tiene corazón, ¿sabes?

–Sí.

–¿Dónde anda ahora?

–Oh, seguramente en casa escribiendo poesía. Pero no os preocupéis, ¡escucharéis hasta el último verso el sábado por la noche!

–¡Ese loco hijo de puta de Alex!

Un día de aquel verano, Alex llevó a Peter a su casa y se lo presentó a su madre, diciéndole en griego que era un querido amigo suyo y un buen hijo de su madre, tras lo cual la afligida anciana cogió de la mano al joven Martin y se quedó mirándolo con lágrimas en los ojos, como si lo recibiera en la familia, mientras algunas de las hermanas de Alex le miraban desde atrás con aire alegre y a la vez afligido, y toda la destartalada casa parecía rumiar a su alrededor en un oscuro éxtasis; algo soñaba alocadamente en los rincones, algo melancólico y apesadumbrado acechaba hasta en los olores de la cocina y en los viejos muebles de la húmeda habitación delantera y en el ladeado porche donde los niños charlaban y se gritaban entre sí.

Un día, Alex se detuvo en la acera cuando pasaban junto a un niño tullido en silla de ruedas y se echó a llorar. Peter le preguntó qué le pasaba.

–¿No ves la fraternidad humana en los ojos de ese niño? ¿No la ves? –se atragantó convulsivamente.

Y Peter, el joven norteamericano, el muchacho serio, de modales sencillos, discreto y deportista, no pudo más que quedarse de pie, impresionado por la maravilla del corazón de aquel ser humano y, al mismo tiempo, profundamente avergonzado de que todo fuera en él tan expresivo y atormentado, y de algún modo tan irreal.

–¡No lo entiendes! –insistía Alex.

–Claro que lo entiendo, es solo que... no es necesario demostrar los sentimientos de ese modo, la gente pensará que estás loco.

–¡Que piensen lo que quieran! –exclamó Alex con orgullo–. Haré siempre lo que me dicte el corazón y al diablo con lo que diga la gente.

–También hay otras personas que sienten ganas de llorar cuando ven cosas así –respondió Peter, molesto–, pero no van por ahí alardeando.

–¡Alardear! ¿Tienes la crueldad de decirme que estoy alardeando? No lo entiendes.

–¡Claro que lo entiendo!

–Tengo sentimientos que otras personas no tienen. ¿Acaso tengo que negarlos? ¿Tengo que negarlos? –exclamó Alex.

–Pero hay otras personas que tienen esos mismos sentimientos. Yo también los tengo.

–No, no, no. No como yo, Pete. No como yo.

–¡Y una mierda! –murmuró el joven Martin.

–¡No, no, no! Y no pretendo insultar, ¡pero nadie en el mundo puede sentir lo que yo siento cuando veo a un niño tullido, o a una anciana enferma, o a alguien muerto en un ataúd! ¿No lo entiendes? La fraternidad humana se me aparece en todo su tremendo esplendor y, de pronto, la vida cotidiana ya no significa nada para mí. Solo veo el alma del mundo entero, ¡nada más! ¡Qué me importa lo que haga la gente! ¡Oh, Pete! ¡Pete! Si supieras lo que ocurre en mi alma.

Discutían a menudo porque existía una gran brecha entre sus personalidades, orígenes y educaciones que podría haberlos separado antes de que su amistad creciera, pero Peter siempre fue consciente, y con asombro, de la fuerza esencial del sensible corazón de Alex. Sabía que era un chico generoso y de buen corazón, y Alex siempre fue consciente de la ternura y comprensión del propio Peter, y siguieron juntos. En su amistad había también gran exuberancia, afecto y pura alegría, eran jóvenes y tenían esperanzas sobre todas las cosas. Se emborrachaban con la pandilla y todo seguía su curso.

Aquel verano Peter vio muy poco a su hermano Francis, que había empezado a pasar más tiempo en Boston con sus nuevos conocidos tras su primer año en Harvard. Joe, obviamente, estaba fuera, y su único contacto con él era a través de la escritura. Una de las postales de Joe de aquel verano decía:

> Hola, socio, me alegra saber de ti y que estés bien. No seas tan agarrado con tus cartas, usa más papel y escribe más de un párrafo. Cuéntame todo sobre los muchachos y las novedades. Adiós, Joe.

Llevaba un matasellos de Sundance, Wyoming, donde Joe trabajaba en un rancho.

En septiembre, Peter hizo las maletas de nuevo, se despidió de su familia –esta vez con más ánimo y confianza que cuando se fue a la escuela preparatoria el año anterior– y comenzó su primer año de universidad sintiendo que todo se abría ante él, que era cada vez más fuerte y más «experimentado» en los caminos del mundo. Se embarcaba ahora en una gran aventura, una gran universidad en una gran ciudad: iba a ir a la Universidad de Pensilvania.

## 5

¿Y qué dice la lluvia por la noche en una pequeña ciudad, qué tiene que decir la lluvia? ¿Quién pasea bajo las ramas goteantes de melancolía? ¿Quién está allí bajo el sordo chapoteo de millones de agujas, escuchando la grave música de la lluvia en medio de la noche, lluvia de septiembre, lluvia de septiembre, tan oscura, tan mansa? ¿Quién está ahí escuchando la lluvia que cae constante alrededor, meditando y escuchando y esperando, en la oscuridad de la noche bañada por la lluvia y teñida por la lluvia?

¿Qué piensan los niños cuando llueve sobre el tejado durante la noche, sobre el aguilón y la torre? ¿Qué escriben los niños en sus diarios? ¿Qué escribe esta noche el pequeño Mickey?

«Hoy llueve. No he ido a la escuela. He estado en mi cuarto todo el día. Ole Charley y yo hemos jugado en mi cuarto. Jo, cómo llueve.»

¿Cómo aguijonea la lluvia suavemente las aguas y desciende con el viejo río en la oscuridad? ¿Quién camina junto al río escuchando la lluvia? Alexander Panos camina por la ciudad de noche, bajo la lluvia.

«Y sé que moriré joven, sé que moriré...»

En su habitación, a la luz blanca y febril de la bombilla, en la habitación repleta de libros y papeles, escribe sobre su escritorio, escribe a Peter, que está en Pensilvania, y la lluvia repiquetea en el cristal de la ventana, la lluvia baña el cristal y desciende con suavidad, como lágrimas.

«Pete, viejo amigo, no pienses que estoy loco, pero sé, sé que moriré joven, sé que moriré. Y sin embargo no estoy triste, no, no estoy triste... Esta noche llueve aquí en Galloway y vuelve el ensueño nostálgico de las viejas canciones: "April in Paris", Peter, y "April showers", "These foolish things", "In my solitude"... ¿Por qué vuelven siempre a mí estas canciones, y tantas otras? "Jalousie" y "Dark eyes" y aquella de "The boulevard of broken dreams". Las viejas canciones regresan para atormentarme con su tenue melodía sobre el repiqueteo de la lluvia.»

El zumbido del golpeteo, la calma, el sopor del agua que cae, y todos los miles de pequeñas huellas de lluvia sobre la vasta y titilante oscuridad, y las viejas y demacradas casas esperando bajo los árboles, con sus aleros llorosos y goteantes, y los inmensos olores a putrefacción marina de la lluvia alrededor... y el río que crece lentamente...

–¡No olvides cerrar la ventana antes de acostarte, Ruth!

–¡Está todo mojado, mamá!

–Vaya, cómo llueve.

Lluvia brumosa que cae sobre Galloway, Galloway sumida en la noche, las farolas que gotean, la lluvia que cae en la oscuridad, salpicando la calle, inmensa lluvia con millones de destellos por todas partes, y el viejo vagón bajo la lluvia, el trapo empapado en barro, la lata que tintinea en el callejón, la ciudad que duerme bajo la lluvia, y el viejo río oscuro, ¿qué dice? ¿Qué dice?

El anciano Ernest Berlot, el barbero, tendido en su cama escucha la lluvia que salpica y se estrella en el patio, que tamborilea y ruge, inmensa, inmensa, y Dios, qué extraño, se acuerda de tantas cosas, y Dios, qué triste y viejo se siente.

La lluvia salpica, salpica, oscura y húmeda, sobre todos los charcos y adoquines y cunetas, en el inmenso y viejo silencio en la ciudad, en todos los pensamientos ahogados por la lluvia, mudos y oscuros.

–Siempre pensé que Bob era un buen tipo, ¿sabes? A pesar de todo, ¿sabes?

–Dame otra taza de café ya que estás ahí, ¿quieres, Jimmy?

–Sí. ¡Eh, caramba! Ahora sí que cae de verdad. ¡Mira cómo cae!

–Eso es llover.

–¡Caramba!

Toda la vida es suave y oscura, y la enorme y envolvente lluvia cae por doquier, en una oscuridad cálida y azul.

Cae sobre la tierra fangosa bajo los pinos, sobre los fondos pantanosos de la tierra lavada, sobre la espesura secreta de los bosques húmedos por la noche, sobre las zanjas ocultas y melancólicas, sobre las alcantarillas que gotean, sobre el misterio y la oscuridad de los bosques encantados por la lluvia y los pesados árboles colgantes de la noche, sobre la tierra encharcada y los oscuros helechos al final del camino.

Cae la lluvia soñolienta sobre prados cubiertos de césped, verdes y húmedos, cae lavando viejos muros de piedra, y llorando sobre el mármol, y sobre las flores y las coronas, se filtra y cuela hasta en los secretos más profundos.

También cae sobre las autopistas. George Martin vuelve a casa conduciendo en la medianoche silenciosa por la lluvia y sus luces se expanden sobre la lluvia inclinada, sobre el asfalto que brilla mojado, y la lluvia se clava en el limpiaparabrisas se desdibuja y hace clic, se desdibuja y hace clic, se desdibuja y hace clic... ¿Qué maravilla y extrañeza hay en su corazón? ¿Qué le produce la repentina visión de la ciudad desierta y desdibujada por la lluvia, con sus luces que brillan en la oscuridad, sus calles vacías, sus casas rodeadas de árboles? ¿Qué le espera allí?

Todos los pensamientos, todos los corazones se derriten suavemente, y hacen preguntas y esperan y escuchan toda la noche.

El río se hincha e inclina oscuramente a través de orillas replegadas, crece suavizado por la lluvia.

No para de llover.

## 6

Aquel otoño, Francis comenzó su segundo año en Harvard. Era un estudiante brillante que se desenvolvía con soltura en todos los cursos. A veces se retrasaba un poco en sus deberes, pero no le costaba recuperar el tiempo perdido con algunas noches de trabajo y avanzaba hacia su licenciatura con aire despreocupado y bastante solitario. No tenía ningún objetivo en mente. Al igual que la mayoría de los estudiantes de la universidad que volvían a casa cada día, se relacionaba con los demás menos de lo que le habría gustado y a menudo, cuando paseaba por el campus, tenía la molesta e incómoda sensación de no «pertenecer» a ningún sitio. Todas las noches regresaba a casa por caminos dolorosamente tortuosos, cogiendo el metro hasta North Station en Boston, luego el viejo y humeante tren de línea hasta Galloway y, por último, el autobús desde la estación hasta la casa de su familia. En aquellos viajes diarios llevaba consigo sus libros, pero se sulfuraba sin remedio y cuando llegaba a casa lo hacía siempre cansado y de mal humor.

Le parecía representativo de lo poco interesante que era su suerte que, de entre todas las personas que podía haber conocido en Harvard, solo se hubiera encariñado con él un estudiante que viajaba diariamente a su lado. Aquel estudiante tenía la costumbre de sentarse junto a Francis y conversar animadamente hasta bajarse en un pueblecito rural. Era un tipo extraño y anodino, llamado Walter Wickham. Se tambaleaba bajo el peso de los libros e iba siempre vestido con el mismo traje ajustado, los mismos zapatos negros, el mismo sombrero maltrecho, y siempre con la misma expresión de un absorto entusiasmo y afán.

Francis quería conocer a los hombres «menos cuestionables» de Harvard –así los llamaba él–, los que parecían realmente hombres de Harvard, los que hablaban, actuaban y vivían como tales. Se los veía por todas partes en el campus, en las aulas, en las calles de Cambridge, elegantes, desenfadados, bien vestidos, un poco altaneros y selectivos, siempre con aspecto afable y sereno, parecían sentirse mucho más ostentosamente pertenecientes a aquel lugar de lo que él podría sentirse nunca.

Quería encontrar algún modo de ganar dinero para poder vivir en el campus. A veces casi deseaba ser jugador de fútbol americano como Peter para recibir los distintos beneficios derivados de esa condición. Su padre le pagaba la matrícula, pero el resto era ya demasiado para el presupuesto de Martin. Aparte, economizaba y ahorraba para ir a visitar a Wilfred Engels a Nueva York.

«Hay un proverbio que dice que hay que llevar los zapatos viejos con elegancia», se decía a sí mismo pensando en el joven Samuel Johnson, de quien se decía que había tirado por la ventana en Oxford un par de zapatos nuevos que algún alma caritativa le había dejado en la puerta. «Tal vez algún filántropo de un clan cervecero del Medio Oeste me deje una lata de cerveza en la puerta, o un barril en el que pueda ir de un lado a otro.»

Le divertía pensar que no era más que un indigente en lo que universalmente se consideraba una universidad de ricos. Y cuando Wickham se abalanzaba a su lado en el tren y dejaba caer los libros sobre el asiento de aquel modo tan poco elegante, torpe y propio del instituto, Francis no podía evitar sonreír, de vergüenza un poco, pero sonreír al fin. Wilfred Engels era su único contacto con «gente interesante», pero la residencia de Engels en Nueva York era aún indefinida y Francis no era lo bastante audaz como para buscar a la gente que había conocido en aquellas fiestas.

Mientras tanto, Peter se había roto una pierna en un partido de primer año contra Columbia aquel mismo otoño. Durante varias semanas anduvo cojeando por el campus de Penn con una muleta y una escayola en la parte inferior de la pierna. Aunque tenía un aspecto un poco demacrado por las molestias de la lesión, empezó a disfrutar enormemente de la vida universitaria y de su nuevo tiempo libre.

Alexander Panos acudió alegremente desde Galloway a visitarle, y cogieron un tren a Nueva York para pasar el fin de semana, donde pasaron juntos ávidos días y noches explorando la gran ciudad. Bebieron cerveza en los bares de los estibadores, hicieron guardia en el puente de Brooklyn a altas horas de la noche, visitaron museos y teatros, viajaron en el transbordador a Staten Island y recitaron poesía al amanecer en las mugrientas calles. El ardiente joven griego de Galloway, más feliz que nunca en su vida, se encaramaba a los pretiles de los parques lanzando grandes gritos al sol naciente, mientras Peter sonreía a su lado.

Un sábado por la noche, mientras cruzaban el empedrado bajo las oscuras estructuras de la Tercera Avenida, Peter cojeando y ayudándose con unas muletas, un hombre desaliñado salió tambaleándose de entre las sombras de un portal extendiendo una colilla en un gesto que reclamaba que alguien le diera fuego. Y en ese mismo instante vieron a dos hombres que paseaban cerca y que resultaron ser, contra todo pronóstico, Wilfred Engels y Francis Martin. Francis tenía el aspecto oscuro y reconcentrado de la noche neoyorquina.

–¡Qué locura! –exclamó Peter–. ¿Qué hacéis aquí?

–Por lo que veo, has hecho un nuevo amigo –rió Engels, acercándose encantado.

Peter estaba apoyado en las muletas tendiendo su cigarrillo, al que el desaliñado desconocido se inclinaba solícito, nervioso, tembloroso, murmurando incoherencias:

–¡Qué muchacho más guapo! Lástima, lástima que te hayas hecho daño. Te has hecho daño en la pierna, ¿eh? –dijo agarrando el brazo de Peter con una mano larga, huesuda y temblorosa.

–Bueno, ¿cómo estás, futbolista? –saludó Engels, tendiendo alegremente la mano a Peter–. Ya veo que te has convertido en un mártir de la gran causa americana a favor de los estadios de hormigón.

Luego dio un fuerte apretón de manos a Peter y estrechó también la mano de Alex Panos, que estaba sonrojado y encantado de conocer por primera vez a un «auténtico y sofisticado neoyorquino». Francis, algo contrariado, se quedó mirando en silencio.

El vagabundo siguió mirando fijamente a Peter durante el aluvión de saludos y conversaciones, y prosiguió con sus incoherencias:

–Aunque te hayas hecho daño... ¡Ojalá fuera tú! En serio. Un muchacho guapo, joven, tienes toda la vida por delante. Y tienes salud...

–Vamos –exclamó Peter, apretando el hombro del hombre y sonriendo–. ¡A mí no me parece que estés enfermo! ¿Por qué estás tan triste? Te has tomado un par de copas y estás un poco borracho, ¿verdad? Tienes casi tanto dinero como yo, o sea, nada, ¿o me equivoco?

El hombre dio un respingo, como si le hubiera insultado, pero aun así no quisiera avergonzar a Peter.

–No te estoy robando –exclamó angustiado–. Solo quería fuego. ¡No soy un vago, no soy un vago!

Luego miró a todos a su alrededor y se dio ansiosamente la razón a sí mismo, sin dejar de agarrar el brazo de Peter.

–No es eso lo que quiero decir –dijo Peter–. Me refiero a que hablas como si yo fuera un millonario o algo por el estilo. No tardaré en estar en el Bowery contigo, no te preocupes.

El hombre estaba rabiosamente excitado. Le estaban prestando más atención de la que había tenido en años. Se quedó de pie junto a una viga llena de hollín, sonriendo con sus dientes amarillos y rotos, mirando arriba y abajo la calle con expresión de alegría idiota, contemplándolos bondadosamente y ladeando la cabeza, con el ferviente entusiasmo de un viejo amigo.

De pronto se irguió y exclamó:

–¿Tengo salud? ¿Es eso lo que has dicho?

–A mí me parece que estás bien.

–De acuerdo –exclamó, golpeando a Peter en las costillas y riendo salvajemente–. Tú lo has querido.

Y de repente se subió el pantalón y levantó el pie para que todos lo vieran. Tenía una venda sucia que le cubría el tobillo y, por encima, una espantosa llaga rodeada de carne negra como el carbón, brillante e hinchada, que le llegaba hasta la rodilla. Lo sostuvo allí, balanceándose ebrio y sonriendo con inquisitiva picardía.

–¡Cielo santo! –exclamó Wilfred Engels con horror.

–¡Tiene un aspecto terrible! –dijo Peter–. ¿Cómo te lo has hecho?

–Metí el pie en una alcantarilla en la Segunda Avenida la semana pasada. Está empeorando, ¿no?

–¡Está todo infectado! Tienes que ir a Bellevue a que lo corten.

–¿Cortar? ¿Qué quieres decir con cortar? –preguntó el hombre asustado.

–Quiero decir la infección –respondió Peter con una especie de alivio nervioso–. Ve abajo ahora mismo. Aquí tienes cinco centavos para el metro.

–Tengo cinco centavos –exclamó indignado el pobre hombre–. ¿Tú crees que lo arreglarán? –preguntó ansioso.

–¡Claro! ¡Pero ve ahora mismo!

Engels y Francis se habían alejado al otro lado de la acera.

–¡Venid, venid! –gritó Engels a Peter y Alex–. No tiene sentido quedarse ahí, vamos a tomar algo.

–¡No te preocupes por mí! Ve con tus amigos –exclamó el hombre, agarrando de nuevo el brazo de Peter y empujándolo ligeramente hacia delante y hacia atrás–. No te preocupes por mí, no soy nada, en un par de días me habré muerto.

–No –exclamó Peter–. Coge esta moneda y vete a urgencias, te la limpiarán. Toma también esta otra. ¡Come algo! Necesitas comer algo, un poco de energía, ¡o esa cosa acabará contigo! No puedes ir por ahí de ese modo.

–Peter, ¿nos vamos? –le llamó Francis–. Por favor, vámonos ya.

–Ahora ve y haz lo que te hemos dicho –insistió Peter, metiéndole una moneda en el bolsillo lateral–. ¿No es cierto, Al? –preguntó–. ¿No es eso lo que debería hacer?

–Por supuesto –respondió Panos con voz grave, triste y profunda. Había estado observando todo en silencio.

–¿Crees que debería?

–Ahora mismo, hombre, ¡ahora mismo!

Y Peter se puso en marcha con sus muletas. Al poco rato, el viejo vagabundo se alejó calle abajo, pasó bajo una farola, dobló la esquina y desapareció.

–Ahí va –dijo Peter–, de vuelta al bar. Se beberá mis treinta centavos. No tendría que habérselos dado. Dios, ¿te das cuenta de que ese hombre estará muerto en un par de días, tal como ha dicho? –Los muchachos se miraron con gravedad–. ¿Le habéis visto? Ya parece muerto, se le nota en las ojeras. Pobre hijo de puta.

–Entiendo perfectamente lo que quieres decir –dijo tristemente el joven Panos.

–Es horrible –exclamó Engels, acercándose–. No deberías haberle tocado, Dios sabe lo que tiene.

–A ese hombre lo encontrará muerto la policía en un par de días –musitó Peter–. Lo encontrarán tirado en la acera todo negro hasta los ojos.

–¡Ah! –dijo Francis–. No entiendo cómo alguien puede abandonarse de ese modo.

–Las calles están llenas de hombres así –dijo Engels–. Pero al menos –continuó– has hecho tu buena acción del día, Peter. ¡Oh, buen samaritano del fútbol americano! –concluyó riéndose entre dientes, apretando el hombro de Peter.

–Hace falta dinero para ser un buen samaritano –dijo Peter.

–¿Cómo puede un hombre abandonarse así –dijo de nuevo Francis–, tambaleándose por las calles, bebiendo, con una pierna en ese estado? Todo le da igual.

Cogieron un taxi hasta un bar de la parte alta de la ciudad y se sentaron frente a la limpia barra de caoba, bajo las tenues luces que brillaban tras los relucientes expositores de botellas.

Alrededor se oía un murmullo de voces absortas, música suave, olor a cuero limpio, whisky y soda.

–En fin –dijo Engels con jovialidad–; eso ha sido un pequeño contacto con las profundidades más abisales, ¿no es cierto? Ya veo, Peter, que ese es el tipo de cosas que a ti y a tu joven amigo os gusta explorar en Nueva York.

Luego pagó las bebidas, igual que había hecho con el taxi, e hizo un gesto con la mano al camarero para que se retirara.

–¿Qué te parece, Francis? ¿Te atraen a ti ese tipo de cosas? ¿Deberíamos unirnos a los chicos en esas incursiones por las zonas de mayor interés cultural de la ciudad? Dime –preguntó tocando la rodilla de Peter y mirándolo con gravedad–, ¿adónde pensabais ir esta noche, por ejemplo? ¿Qué pensabais a hacer?

–No pensábamos hacer nada especial...

–¿Qué? ¿Nada de tabernas frente al mar con serrín en el suelo? ¿Nada de cine nocturno en Times Square? –se rió, muy divertido–. ¿Qué dices, Francis? ¿No te parece muy auténtico?

–No sé –dijo Francis, frunciendo los labios. No estaba muy seguro de si Engels estaba siendo irónico. Los dos muchachos sonreían tontamente, completamente avergonzados por las bromas de Engels, que parecían tan urbanas, inquietantes y divertidas.

No era extraño que los chicos de Galloway estuvieran impresionados por Engels aquella noche: los tres, el malhumorado y desaliñado Francis, el descarado, asombrado y entusiasta joven Peter, y el vorazmente excitable joven Alex Panos. Allí estaban sentados en una coctelería, en la excepcional gran ciudad de sus sueños juveniles: Nueva York, el increíble y milagroso lugar que había ocupado sus corazones desde la infancia, el final del camino de sus aspiraciones juveniles y planes secretos. De algún modo, Engels era un hombre que pertenecía a ese lugar y parecía comprenderlo y poseerlo todo.

Tras aquel fin de semana, Francis decidió vivir en Nueva York en cuanto terminara sus estudios. Algún día, como Engels, él también tendría un apartamento, con amigos y socios que vendrían a tomar cócteles y cenar todos los sábados por la noche.

Hablarían de novedades literarias, obras de teatro y exposiciones de arte, intercambiarían chismes, conocerían a gente nueva, discutirían nuevas ideas y participarían en las mil emociones que componen la brillante agitación y el estilo de vida de Nueva York. Aquello no era más que un atisbo de los deseos de su corazón.

## 7

Peter volvió a casa aquel diciembre para pasar la semana de Navidad.

Se sentó en el tren bien despierto al amanecer y apoyó la cabeza en el respaldo del asiento con la cara vuelta hacia la ventanilla en actitud de grave atención. El expreso con destino a Boston avanzaba a toda velocidad hacia el este en el gélido amanecer de Rhode Island, y de pronto sintió que se agolpaba en él una nueva alegría, algo extraño, exultante, algo que provenía de la escena que contemplaba al otro lado de la ventanilla, donde el sol acababa de aparecer en el horizonte gris y emanaba una fría luz rosada sobre los campos nevados y las granjas solitarias y sobre los bosques de abedules desgarrados que se veían por doquier, un paisaje que se apartaba frente al avance del tren, remoto y espléndido a merced de los destellos y fulgores de la nieve arrastrada por el viento y el vapor que la locomotora lanzaba junto a su ventanilla. Se dio cuenta entonces, casi con un sobresalto, de que para él no había nada más hermoso que aquellas extensiones de nieve y esos bosques teñidos de rosa al amanecer. Todo pertenecía a su Nueva Inglaterra; estaba redescubriendo su tierra, de la que parecía haber estado alejado demasiado tiempo.

Las cálidas lucecitas de las cocinas se encendían en las granjas dispersas allá afuera, bajo los altos e inmensos cielos, brillando a través de la pálida niebla sobre la nieve, titilando como mensajes, llenándolo de la maravilla y el deleite de volver a casa, recordándole el acogedor calor y la comodidad en las mantas al amanecer, las ventanas que traquetean al viento y la casa llena de olores a avena, tostadas y café en las mañanas de invierno de Nueva Inglaterra.

¿Qué era aquello a lo que regresaba? ¿Qué había dejado atrás hacía solo unos meses como si fuera cualquier cosa? Ahora regresaba con todo el impacto del descubrimiento, rumiando en el aire helado. Quería recuperarlo para sí y para siempre. Era su tierra, su propia tierra.

El silbato de la locomotora aullaba a través de los bosques nevados, una y otra vez, y cada vez que sonaba le embargaba una alegría indescriptible y la nostalgia del hogar. Todo estaba allí, los salvajes y toscos bosques de abedules y los ordenados campos rodeados de muros de piedra, con las granjas de aspecto solitario que se alzaban desoladas junto a sus leñeras y pozos y graneros, proyectando largas sombras sobre la nieve, y él sabía que los granjeros se levantaban y se calzaban junto al fogón de la cocina, sus esposas vertían agua en la cafetera, las gallinas se despertaban y se acicalaban en cálidos y herrumbrosos gallineros mientras el gallo cantaba sobre la nieve.

Era la mañana de un día de diciembre de 1940, tenía dieciocho años, era una estrella del fútbol americano en Penn y regresaba a casa por Navidad.

Tras los primeros meses de su primer año en el campus, en los que siempre oscurecía y la suave luz dorada brillaba en las ventanas de las bibliotecas y las aulas, tras sus andanzas por Nueva York y Filadelfia, ahora regresaba a algo salvaje y auténtico, a la nieve profunda y los cielos crudos y grises, a un vuelo de pájaros oscuros sobre los pinos, a arroyos cerrados por el hielo y niños que patinaban y gritaban en el aire helado, a viejas estufas de leña en salones y hombres con botas y chaquetas, a la Nueva Inglaterra de pueblos y bosques y tormentas de nieve y profundas noches centelleantes de estrellas. Ahora se daba cuenta, con fuerte convicción, de que nada de lo que le enseñaran en la universidad podría tocar jamás la salvaje alegría de su corazón, el simple y poderoso conocimiento de las cosas, la alegría y el asombro infantiles que sentía ahora mientras el tren le llevaba de vuelta al verdadero paisaje de su alma. Deseaba no tener que abandonar nunca más Galloway. Nada de lo que la universidad le había enseñado podía igualar para él el poder y la sabiduría de su propia gente, que vivía y respiraba en esta tierra escarpada, alegre con las noticias de las ciudades, sencillas, hogareñas, genuinas y familiares, que veía pasar de nuevo a su lado.

Inquieto, febrilmente feliz, Peter caminó por el tren a medida que avanzaba a toda velocidad en la última vuelta de Providence a Boston. Los vagones estaban iluminados por la luz del sol, los hombres estaban despiertos y leían los periódicos matutinos, el paisaje nevado y resplandeciente se extendía afuera... y fue entonces, con un choque de extrañeza y medio recuerdo, medio presciencia, todo medio sueño y medio realidad, cuando vio a su hermano Joe sentado despreocupadamente solo en el otro extremo de un vagón.

Joe, moreno, feroz, pensativo y atento, miraba la ventanilla, con una pequeña media sonrisa de anticipación en los labios, harapiento como un vagabundo, con el pelo largo y la ropa de trabajo sucia y una bolsa de lona hecha jirones a sus pies. También él regresaba por fin a casa tras sus trepidantes andanzas, y lo hacía increíblemente en el mismo tren que Peter, en el mismo mundo nevado de la mañana.

Joe alzó la vista con desenfado, echando humo por las fosas nasales, sumido en sus pensamientos y se quedaron mirando en silencio. Joe frunció el ceño con sorpresa e incredulidad y el corazón de Peter latió con fuerza y se acercó a toda prisa.

Joe soltó un grito de asombro.

–¡No puedes ser TÚ!

Se agarraron de las manos y abrazaron y ruborizaron entre lágrimas de vergüenza y alegría, y los pasajeros del vagón se volvieron y sonrieron.

–¡No me habías dicho que volvías a casa por Navidad! Dios, Joe, ¿dónde has estado?

–Siéntate, siéntate –exclamó Joe y propinó a Peter un manotazo en la espalda que le hizo tambalearse en el asiento. Peter le devolvió un puñetazo alegre y le empujó de un lado a otro–. Qué casualidad encontrarte en el tren. Me acabo de subir en New London hace un par de horas. He venido a dedo desde Nueva Orleans, pero anoche gané algo de dinero en una mierda de partida en New London.

Con un movimiento ágil y ansioso encendió el cigarrillo de Peter y el suyo propio, inhaló humo con fuerza, lo expulsó por la nariz en dos potentes columnas, impaciente y absorto y febril de excitación.

–¿Qué ha sido de ti? –preguntó Peter con los ojos brillantes.

–¿Te refieres a todo el viaje? ¿A este año y medio? Dios, ¡he estado en todas partes!

–Vaya.

–Estoy cansado, Pete, quiero descansar, estoy harto de dar vueltas. ¡Espera a que se entere la familia! ¿Y *tú* qué? ¿Qué es eso que he oído de tu pierna? Mamá me escribió que te habías lesionado.

–Contra el Columbia Frosh –se rió Peter–. No fue nada, solo un pequeño hueso roto, ya está bien, como nueva.

–¿Y el año que viene? ¿Podrás jugar el año que viene?

–Te digo que está como nueva.

–¿Estás seguro? –exclamó Joe, ansioso.

–Claro que estoy seguro.

–Más te vale –respondió Joe, atento y preocupado.

–Apuesto a que has estado en todas partes.

–Ah, ¡ya te lo contaré luego! Ahora mismo vamos a Boston a tomar unas cervezas, ¿eh? Ya te he dicho que me he ganado unos cuantos shekels en New London. ¡Esto merece una celebración! –Se humedeció los labios y volvió a fijarse en Peter–. Deberíamos ir a Galloway a eso de las once y sorprender a la vieja, ¿eh, Petey? Espera a que nos vea entrar a los dos, ¿eh? Y al viejo también –dijo golpeando de nuevo a Peter con júbilo mientras el tren se apresuraba hacia Boston y el día enloquecía de alegría.

En pocos minutos el tren se detenía en la gran South Station. Recogieron sus cosas con alegría y se apresuraron a cruzar la enorme bóveda oscura y humeante, junto a la multitud que inundaba el inmenso pavimento de mármol de la estación y salieron luego a la avenida Atlantic, repleta de taxis pitando y maniobrando para recoger a los pasajeros que salían a raudales, atestada de pesados camiones que retumbaban sobre el asfalto, y de los silbatos de la policía, y de coches y autobuses que zumbaban sobre la sucia nieve con sus cadenas en los neumáticos. El aire helado de Boston, con su humo y su brisa marina, hizo que Peter sintiera escalofríos.

Se apresuraron por las estrechas y atestadas calles en dirección a North Station, pasando por media docena de bares en el camino y bebiendo cervezas en todos ellos. Llegaron casi tambaleándose a North Station, compraron sus billetes y subieron exultantes al polvoriento y traqueteante tren regional con destino a Galloway. Recorrieron la campiña nevada, junto a largas extensiones de bosques y campos y estanques helados, y al fin, casi de repente, sobre todo para Peter, que estaba medio borracho y parloteaba con impaciencia, se vio cruzando el puente sobre el río Concord mientras el revisor decía:

–¡Gallo-way! ¡Gallo-way!

Todas las sensaciones de Peter se encresparon maravilladas en su alma y una película de llanto le cubrió los ojos. Había llegado a casa y su hermano Joe estaba milagrosamente a su lado. El silbato de la locomotora aullaba a las puertas de Galloway. Años atrás, de niño, lo había escuchado desde su habitación todas las noches, mientras soñaba con viajes y grandes logros personales, y sabía que ahora el sonido del silbato atravesaba los tejados de su ciudad natal, cruzando el río hasta la casa de su familia en la vieja carretera, y sabía también que nunca envejecería ni se cansaría de él.

Borrachos y divertidos, salieron a pie de la estación y enseguida estaban subiendo la colina por el arcén helado de Galloway

Road, charlando alegremente. Allí estaba, la gran casa protegida del viento, su hogar. Joe echó a correr y cruzó el césped cubierto de nieve, saltando por encima de los arbustos y acercándose por el lateral de la casa hasta las ventanas del salón, donde se agachó furtivamente y echó un vistazo. Peter le siguió.

–¡Agáchate! –susurró Joe–. Las estoy viendo, a mamá y Rosey. Sabía que estarían ahí. Míralas, tejiendo como locas.

Peter se asomó y vio a su madre y a Rosey sentadas en sus viejas sillas de mimbre marrón, meciéndose adelante y atrás, agitando las manos rápidamente sobre la aguja y el hilo. Oyó el murmullo de sus voces y vio una mancha de luz que caía sobre ellas, iluminando sus rostros meditabundos, plácidos y de ojos azules con un alegre resplandor de mañana de invierno que le produjo una punzada de alegría. Las brillantes cortinas de cretona, el tablero reluciente de la mesa de caoba, el linóleo liso y limpio del suelo, los cojines de alegres colores del sofá de mimbre, todo era tal como había esperado. Kewpie, el gato, dormitaba sobre un viejo jersey en un rincón.

Cuando Joe golpeó la ventana, ellas alzaron la vista con ese aire inquisitivo e implacable que tienen las mujeres cuando están en casa y alguien llama a la puerta. Al ver quién era, se dirigieron entre sí una rápida mirada de estupefacción. Se levantaron de sus sillas con un grito y corrieron hacia la puerta. Joe subió corriendo los escalones. Un segundo más tarde ya le estaban asfixiando a besos, gritaban:

–¡Es Joey, es Joey! ¡Ha vuelto! ¡Dios mío!

Peter fue tras él hacia el calor y el aroma del guiso de carne con verduras que inundaba la casa. Le dio un hambre furiosa y una alegría salvaje.

–¡Petey! –gritó Rose de alegría–. ¡Los dos juntos!

Agarró a Peter entre sus poderosos brazos y lo besó violentamente en la mejilla.

–¡Mi Petey también está en casa! –gritó la madre–. Oh, esto es demasiado, mis dos niños juntos, mis chicos están en casa.

Y cuando Peter la besó, ella echó los brazos alrededor de sus hijos y los abrazó con todas sus fuerzas.

–Tengo hambre, mamá –gritó Joe entre carcajadas–. ¿Qué es eso que huelo? ¿Qué hay para cenar?

–¡No puedo creerlo! –exclamó la señora Martin fuera de sí de alegría–. Esperaba a mi Petey desde la universidad, me había dicho que iba a venir, pero tú, Joey, no me habías dicho que vendrías a casa. ¡Ha vuelto a casa por Navidad, Rosey!

–Joe, perro inmundo, ¿dónde diablos te habías metido? –gritó Rose a modo de estridente saludo–. ¡Y no nos vengas con tus mentiras!

–¡Qué más da, tengo hambre!

–Tiene hambre otra vez. Siempre tiene hambre. Aléjate de mí, viejo vagabundo. No puedo más.

Y ambos soltaron su carcajada aguda.

A continuación fueron todos a la cocina y la madre, con expresión sofocada y ansiosa, secándose las lágrimas de los ojos, abrió la nevera y empezó a sacar enormes cantidades de comida.

–Aquí tengo unas buenas sardinas de Maine –dijo–; hay tocino, huevos, jamón... y hasta una hamburguesa bien magra que compré ayer, y leche, y también lechuga y tomates. ¿Queréis una buena ensalada? Queda un poco de cerveza si quieres, ensalada de frutas, piñas, melocotones. Y mirad, ¿os apetecen judías? Son del sábado, pero aún están muy buenas. Hay mantequilla de cacahuete, mermelada...

–¡Para, mamá! –gritó Joe, corriendo y abrazándola–. No queremos nada de eso. ¿Qué tal una taza de chocolate caliente?

Rose estaba de pie, junto a su madre mirando ansiosamente en la nevera.

–Tengo un buen queso que acabo de comprar en Wietelmann –continuó la madre, ajena a todo lo que ocurría en el mundo excepto a que sus hijos se habían estado muriendo de hambre fuera de casa–. Ah, y si queréis picar algo antes de cenar, puedo freíros un poco de este buen solomillo... y me quedan unas cuantas chuletas de cordero, por si os apetecen. Solo tenéis que decir lo que queréis. Y aquí hay también unas buenas puntas de espárragos enlatados y aceitunas. Ah, y tengo un montón de jarabe de arce de Vermont. ¿Queréis que os haga unas tortitas? –Y mientras decía aquello iba sacando toda la comida de la nevera y la iba amontonando en la mesa de la cocina.

–No, no –exclamó Joe–, ¡prepáranos una taza de chocolate caliente! No tenemos hambre, era solo una broma, ya hemos comido en Boston.

–A menos que queráis un buen tazón de sopa de guisantes –dijo la madre con ansiedad–. La hice el viernes pasado, está muy buena. ¿O tal vez os gustaría probar un poco del guiso que está en la lumbre?

–No, no, mamá. ¡Una taza de chocolate caliente! Rose, dile que no tenemos hambre.

Pero Rose no se dejó disuadir fácilmente. Cruzó la cocina con paso de elefante, haciendo temblar toda la habitación, abrió un estante de platos en la despensa y dijo.

–Con ese chocolate vais a comer algo. ¿Qué tal un par de sándwiches de rosbif?

–Sí –dijo la madre–, eso es, del asado del domingo. O también hay... –Hizo una pausa mientras sacaba un gran asado de ternera de la nevera y lo apilaba junto a todo lo que había sobre la mesa, luego empezó a frotarse los labios meditativamente–. Rose –dijo al fin–, ¿qué más hay?

–¿No te parece bastante? –preguntó Joe–. ¡Eh, mamá! –y se inclinó sobre ella besándola de nuevo–. Ya es suficiente, ¿me oyes?

Ella se secó una lágrima y sacudió la cabeza apenada

–Oh, Joey, me has tenido tan preocupada tanto tiempo. ¿Dónde has estado?

–Estaba trabajando en ranchos, barcos, ese tipo de cosas. He trabajado duro y me he hartado de comer y he visto los lugares más maravillosos. Mírame. Mira qué moreno estoy.

–¿Y tú, Petey? –se lamentó en voz baja, volviéndose hacia Peter con una mano todavía aferrada al brazo de Joe–. Ay, tu pierna, tu piernecita.

–No es tan pequeña –replicó Joe con una sonrisa irónica–. ¡Y ya está bien! Una gran estrella en el equipo de Penn, mamá, ¡un futuro jugador profesional es lo que es! ¿No es así, Peter?

Y Peter se puso a bailar por la habitación para demostrarle a su madre que tenía la pierna bien curada.

–¿Ves, mamá? –exclamó–. No es nada, está como nueva. Te lo he dicho en mis cartas un millón de veces... ¿verdad, Rose?

–Se encuentra bien –dijo Rose, acercándose a Peter y abrazándolo–. Ya está curado, el pequeño haragán.

–Dios mío, estoy tan contenta que no sé qué hacer –suspiró finalmente la madre. Cogió un delantal de un gancho y se lo puso–. Nunca había sido tan feliz en toda mi vida. Sabía que algo iba a suceder, Rose, te dije que sentía algo, recuerdas cuando te dije que había tenido un sueño, yo...

Y se quedó callada, sacudiendo la cabeza, pensativa e inescrutable en sus propios y graves pensamientos alegres, y comenzó vigorosamente a cortar pan y a preparar el almuerzo.

–¿Lo ves? –dijo Rose, dándole un codazo a Joe en las costillas–. Mírala...

–Ah, mamá sabe, mamá sabe... –dijo Joe, riendo entre dientes, y luego se golpeó la rodilla con una sonora palmada–. Vamos a celebrarlo a lo grande –gritó–. Eh, Rosey, en Nochevieja nos vamos a emborrachar con un buen litro de buen whisky escocés, ¿eh? ¡Haremos que el viejo se enfade de nuevo! Ja, ja, ja.

Luego se echó hacia atrás en la silla y emitió un sonoro suspiro de felicidad.

–De nuevo en casa, ¡qué maravilla! ¡Que venga la comida! A partir de ahora me sentaré y me lo tomaré todo con calma, como cuando era niño. Se acabaron los albergues de mala muerte, los barracones, la ruina y el gorroneo... ¡No, señor! Ya estoy en casa otra vez.

Al instante su madre había preparado una pila de gruesos bocadillos de ternera asada, y Rose le siguió con una tetera de humeante chocolate caliente. Los cuatro se pusieron a comer y beber eufóricos, en un clima que hizo que los dos hermanos se dieran cuenta más que nunca de que habían llegado a su hogar.

8

Más tarde, Peter subió al desván a buscar algunos libros viejos que tenía en un baúl. Allí arriba, para poder estar solo y estudiar mejor, Francis se había montado un estudio junto al tabique del desván, en la parte trasera de la casa, donde el aguilón sobresalía del tejado inclinado.

Rose le había dicho que Francis no estaba, pero Peter se asomó y se sorprendió al encontrarlo sentado ante su escritorio, pasando las páginas de un libro de bolsillo. La pequeña habitación de techos inclinados estaba cargada por el calor de un radiador cuya válvula silbaba sin cesar, cálida y con un ligero olor a vino.

–¿Cómo está usted, Mr. Bones? –dijo Peter.

Francis alzó la vista con indiferencia:

–Anda, ¿qué haces aquí?

–¿No sabías que venía a casa por Navidad?

–Sí –respondió Francis vagamente–, pero no que fuera tan pronto.

Peter se sentó, encendió un cigarrillo y al instante se levantó bruscamente:

–¿Qué es ese libro? Está en francés –cogió el volumen y hojeó el título–: *Les faux monnayeurs*. ¿Qué es?

–Una novela de André Gide.

–¿De qué va?

–¿De qué va? No sé, supongo que de la falsedad de las personas en particular, y de todo en general.

–¿De dónde lo has sacado?

–Lo conseguí aquí en Galloway, en la biblioteca pública.

–Ah, sí –exclamó Peter–, ahora me acuerdo: tienen una estantería de literatura francesa al fondo, junto a los libros de cocina.

Francis había sacado una botella de vino de un cajón del escritorio y se puso a limpiar unos vasos.

–Anda... vino –dijo Peter–. Mírale.

Francis observó a Peter con curiosidad. Se aclaró la garganta y dijo:

–La verdad es que fue una sorpresa encontrarme a Gide ahí, junto a los libros de cocina, entre toda la moralina francesa de los Zola, los Dumas y los Victor Hugo.

–¿En serio? –preguntó Peter con una sonrisa tímida y confusa.

–Pues sí, sí. Aunque obviamente no es para echárselo en cara a los padres de la ciudad de Galloway.

–¿Por qué?

–Bueno –dijo Francis con ironía–, no sé exactamente por qué, pero quizá podría decirse que incluir al célebre *monsieur* Gide entre los respetables y honrados escritores franceses constituye... en fin, ya sabes.

–Ya –dijo Peter–. ¿Y por qué era famoso ese tal Gide? ¿Qué hizo?

Francis volvió a aclararse la garganta.

–Bueno... para empezar fue famoso por su monstruosa perversidad de carácter, su monstruosa opinión de la Europa burguesa. Ah, y algunos de los pedagogos más importantes de las letras francesas lo consideran un... un tremendo rebelde...

–¿En serio?

–Y en algunos círculos también un corruptor de la juventud francesa, por sus inclinaciones contranatura.

Y con una especie de alegría solitaria y desconsolada, Francis empezó a reírse como si se sintiera un poco abrumado por el sonido de sus palabras. Descorchó la botella de vino con una galante floritura y sirvió a Peter un vaso.

–Toma, prueba un poco, no es precisamente lo mejor, pero no está mal.

Peter bebió un buen trago y asintió con entusiasmo.

–Y ese Gide... ¿por qué lo lees? Me refiero a todo el asunto de la subversión y todo eso. Quiero decir... ¡ya sabes!

Francis sonrió.

–¿Qué quieres decir?

–¿Y yo qué sé? ¿Sobre qué escribe?

–Sobre la gente.

–¿Y es que son todos falsos? ¿Crees que todas las personas del mundo son falsas? ¿Te parece que el mundo es falso?

–¿Si me parece a mí?

–¡Sí! ¿Cuál es tu filosofía? ¿Tienes una? –soltó Peter, ruborizándose.

Francis se aclaró la garganta, echó un receloso vistazo por la ventana, frunciendo un poco el ceño de asombro, aunque también complacido.

–Por ejemplo –exclamó Peter, alzando rígidamente un dedo–. Dame un «por ejemplo». Hay un tipo en Penn que no hace más que sentarse a tomar café y hablar de filosofía y siempre está diciendo «por ejemplo» cuando quiere demostrar lo que quiere decir. Es bastante inteligente.

–Bueno, uno no se saca «por ejemplos» de la chistera. A ver, dame un ejemplo, por ejemplo.

Peter soltó una carcajada y se tiró en la silla.

–¡No, espera! –exclamó–. Siempre he querido saber lo que piensas. Este año vamos a estudiar filosofía. Yo tengo muchas ideas, pero nunca consigo ordenarlas de forma lógica. Mi filosofía es que no se puede explicar el mundo. Es demasiado grande, demasiado absurdo, a veces gracioso y la mayor parte del tiempo extraño.

–En primer lugar –dijo Francis, frunciendo los labios–, no creo en los misterios. Obviamente que hay un misterio en tu idea de lo extraño. En cuanto a que el mundo sea divertido, no sé. Tal vez lo sea, si es que lo son las pesadillas.

–¿Es eso lo que dice Gide? –preguntó Peter sombrío, con repentina curiosidad.

–Supongo que no, tal vez se dé por sentado. Es el típico intelectual europeo. Le interesan la verdad y la estupidez del mundo... y su enemigo es la sociedad, supongo.

–¿Te refieres a la alta sociedad?

–No, a la gente. A todo el mundo.

–¿De modo que todo el mundo es falso?

–Yo no he dicho eso. Él solo opina que los hombres se han organizado de una manera demencial que es casi imposible de desenredar y que muchas veces resulta insoportable para las personas sensibles.

–¿Te parece?

–Y, por último, y por encima de todo, está la pesadilla con todos sus nítidos contornos –musitó Francis con una sonrisa–, a todas horas, imprevista y enorme.

Francis se levantó para cerrar la ventana, que estaba abierta unos centímetros en la parte inferior, regresó y volvió a sentarse suavemente en la silla, donde permaneció un momento en absoluta languidez, con sus delgadas manos caídas como si le hubieran roto las muñecas. Miraba ausente el día soleado en el que centelleaba la nieve.

–Te pongo un «por ejemplo» –exclamó Peter–. Coge el día de hoy. Mira toda esa nieve de ahí fuera y los carámbanos en las casas y el sol y los niños que se deslizan por la colina pasándoselo en grande. Mira la carretera, por ahí vienen Charley y Mickey de la escuela, ¿los ves? Charley en la bici, Mickey caminando a su lado. Vienen desde la escuela y tienen hambre, están listos para una gran comilona. Y mira a esa chica tan guapa de ahí abajo deslizándose con su hermano pequeño en el trineo. Fíjate en todo eso. ¿Qué te parece?

–¿Qué me parece? –se rió Francis–. ¡Yo qué sé!

–Quiero decir, ¿te parece agradable?

–Pero eso no viene al caso.

–No, es solo un «por ejemplo» –exclamó Peter, casi frustrado–. ¿Entiendes? Es otra filosofía. Si no tuvieras ojos, ni sentimientos ni sentidos, todo eso seguiría ahí fuera, pero no lo sabrías, estarías sentado aquí, todo eso estaría ahí fuera y tú no tendrías ni noticia. No podrías disfrutar de nada.

–Tampoco estaría tan mal –murmuró Francis débilmente.

–¡Por favor! –rió Peter salvajemente.

–Bueno, te planteo otra filosofía. Coge ese día de ahí fuera y conviértelo en una noche, una noche fría: no es de día todo el tiempo, ¿verdad? Eso es solo la mitad de la jornada... la otra mitad es noche, ya lo sabes. Y así, tenemos nuestra conciencia de esa noche y por lo tanto de la brutalidad necesaria y natural de las cosas, ¿verdad? ¿No te parecería mejor, entonces, que no tuviéramos conciencia en absoluto?

–¿Qué quieres decir? –preguntó Peter–. La noche puede ser agradable, puedes salir y dar un buen paseo, tomar el aire...

–Me refiero a la noche que es una negrura helada. En la que no se puede vivir. La de ahí. La *de verdad*.

–¿Qué quieres decir? –preguntó Peter, un poco avergonzado por el tono de Francis.

–Esa noche de invierno... despiadada e implacable, la que te mata, la que no tiene en consideración nada humano ni más intención terrenal que destruirnos a todos por completo. Háblame de esa. Cuéntame qué nos dicen de ella esos hermosos sentidos tuyos.

–Bueno, no sé –murmuró Peter, un poco confuso.

–Nos hablan de nuestro crimen.

–¿Qué crimen?

–Pues el nuestro. Nos lo explican de muchas maneras: el pecado original, la evolución darwiniana, el inconsciente freudiano, lo que sea... Pero nuestro único crimen proviene de esa conciencia que decías tú, ¿no es así? Sin ella, supongo que seríamos poco más que un nutrido grupo de inocentes zoquetes. Tal vez sería lo mejor.

–¿Y qué pasa cuando ese zoquete es, al mismo tiempo, un hombre sensible? –exclamó Peter, astuto, sonrojado y atento.

Francis asintió, sonriendo, casi con impaciencia.

–Nos atacamos de manera espontánea, gruñimos, nos arañamos. Eso es lo que llaman crimen, o pecado, eso es lo que somos: pecadores. Pero nuestro único crimen es nuestra inocencia. Nuestra única responsabilidad está ahí y no es una responsabilidad. Es una escenografía perfecta para los dioses, para la noche, y desde otro punto de vista también una escenografía perfecta para la intransigencia.

–¡Cuántas cosas! –exclamó Peter, asombrado–. ¿Cómo puedes creer en todo eso?

–¿No es verdad que todo lo que te han contado de pequeño ha resultado ser al final un montón de patrañas? Te hablaron de Dios en cuanto dudaste de Papá Noel, alguien lo hizo. Sin embargo, ya deberías saber que Dios no existe, no al menos uno que nos consuele y vele por nosotros. Tal vez incluso, en vista de la sofisticación de los tiempos modernos –prosiguió– uno se vea casi obligado a admitir que tiene que haber un demonio, incluso a pesar de que no haya un Dios. Ciertamente, la brutalidad de todos los bandos es tan evidente que la divinidad debe estar escondida en alguna parte. Es una fuerza, un poder de persuasión. Y luego nos hablaron del amor, ¿no es cierto? Pero ya deberías saber que no se puede amar en medio de tanta noche helada y tanta infelicidad.

–No sé... –murmuró Peter, un poco asustado.

–Seguramente en algún momento habrás pensado que el amor es solo una palabra que nos hemos inventado para describir ese juego entre la adulación y el engaño que nos hace sentir bien por un instante. Y luego está la justicia. Inscriben esa palabra por todo el mundo, en todos los frisos de los tribunales. Sabrás ya, o te estarás dando cuenta en este momento, que la justicia no es la principal preocupación de los hombres en este mundo. Los hombres son demasiado infelices para eso. No se les puede culpar, no es posible la fe, la vida es demasiado corta, no hay tiempo. La negrura helada no dura mucho, solo lo bastante para asfixiarnos y congelarnos hasta la muerte.

–¡Pero yo no creo que sea así!

–¿Por qué no, si es la verdad?

–No lo sé –dijo Peter–. ¿Por qué creer a esos tipos? –preguntó de pronto socarronamente.

–¿Qué tipos? –gritó Francis con una carcajada asombrada.

–A ti qué más te da lo que diga Gide... o tipos como Engels.

–¿Quién habla de ellos?

Peter se quedó mirando obstinadamente por la ventana, como si temiera perder su poder de persuasión si Francis le devolvía la mirada y empezaba a reírse con su extraña manera despreocupada.

Pero Francis se había cansado de la conversación y se limpiaba las manos con una toalla en el lavabo de manera enérgica y absorta, mientras Rosey, abajo, los llamaba para que bajaran a comer.

Una extraña conversación que Peter no olvidó nunca.

## 9

Llegó la semana de Navidad y el joven Charley no tenía más que problemas.

A sus catorce años, estaba en noveno curso en una escuela donde sus notas estaban algo por debajo de la media, aunque no por falta de inteligencia. Era un chico peculiar y tranquilo, mucho menos interesado en aprender de los libros que de los viejos automóviles oxidados del desguace o de las innumerables máquinas que le rodeaban. En casa era el hijo pequeño autosuficiente, discreto y casi solitario al que solía encontrársele en algún rincón oscuro de la casa, el sótano o el garaje, jugueteando pensativo con algún artilugio que le había llamado la atención. Entre sus amigos del vecindario era siempre, por consentimiento silencioso e inescrutable, el líder de la pandilla, algo que se debía, sin duda, a su poderoso aire de concentración y a la manera que tenía de asumir todo tipo de responsabilidades en las innumerables circunstancias que se presentaban en el juego. Al igual que su hermano mayor, Joe, tenía los mismos gestos característicos que denotaban una enorme seguridad en sí mismo: solo respondía a las preguntas tras humedecerse los labios con solemnidad, caminaba con paso decidido hacia su objetivo y miraba a la gente con la misma expresión tranquila, llana, de ojos azules y absoluta serenidad, como si nada pudiera perturbarle o desconcertarle. Pero a diferencia de

Joe, a quien admiraba por su tranquilidad, el joven Charley era mucho menos gregario y vivaz.

Tenía problemas y, para colmo, estaba solo, sin nadie que le contuviera en sus tribulaciones. Pero eso era justo lo que quería él. Una semana antes, en compañía de otros chicos con tirachinas, había roto una ventana de la casa de un viejo tacaño muy conocido en el barrio por su carácter solitario e irritable. El viejo había presentado una queja formal a la policía insistiendo en que el culpable, ese «pequeño macarra» fuera detenido y castigado lo antes posible. Charley se enteró y se asustó. Todos sus amigos pasaron inadvertidos, no abrieron la boca y anduvieron durante días con aire reservado y culpable.

Pero un eficiente policía motorizado, conocido en todo Galloway como Tooey Warner, fue el encargado de investigar el origen del acto vandálico, y ahí se acabó todo. El temible policía estuvo varios días intimidando a los muchachos del vecindario hasta que descubrió que Charley había cometido el acto, o al menos había sido el cabecilla de la banda. Aquella misma tarde, cuando Charley volvía del colegio, el mismo día que llegaron a casa sus hermanos mayores, Tooey Warner se subió a su moto, se detuvo en la acera con un chirriante derrape y se quitó los guantes.

–¡Eh, tú! ¡Ven aquí! –gritó y cuando Charley se acercó hasta él, el policía le cruzó la cara con el guante de un vil manotazo–. Vamos a comisaría, listillo. Sube. Arrancó el motor con un rugido espantoso y se puso las gafas.

–¡Pero, un momento, señor Warner! –exclamó Charley aterrorizado–. No lo hice a propósito, solo tiré por encima de unos árboles y le di sin querer a la ventana. De verdad. Estoy dispuesto a pagar por ella.

Pero Tooey Warner nunca sentía que su trabajo había terminado hasta que no arrancaba lágrimas de arrepentimiento a sus malhechores. Volvió a golpear a Charley en la cara con su guante, haciéndole sangrar esta vez con el pequeño botón de acero que tenía en la muñeca. Era el policía más escrupuloso y brutal del cuerpo. Aunque no podía decirse que mostrara la misma intrepidez con los transgresores adultos de la ley, era bien sabido que los muchachos eran su especialidad.

–Lo digo en serio, señor Warner –exclamó Charley, un poco lloroso, comprendiendo que de algún modo se esperaban lágrimas de él–, no tenía intención. Puedo pagar los daños si me deja...

–Pero, ¿de dónde vas a sacar el dinero, pequeño gamberro? ¿Sabes lo que has hecho? ¡Los daños son nueve pavos! –Y el policía zanjó la frase con otro fuerte golpe en la cara de Charley.

–Puedo pagarlo –dijo Charley, sombrío, en voz baja.

Tooey Warner lo miró con un severo estado de rabia reprimida, tembloroso y de vitalidad elemental. Aquel día tenía mucho que hacer, le acosaban por todas partes su trabajo y su mujer y el odio de casi todas las personas de la ciudad, y de pronto, suspirando, con el pecho casi hundido, sus ojos perdieron su fuego y se volvieron pétreos, volvió a convertirse en un policía aburrido y sacó una libreta. Se encajó temporalmente el guante bajo el brazo y se puso a garabatear con lentitud. Le llevó un buen rato. Luego cerró la libreta y miró directamente a Charley a los ojos.

–Escúchame bien, pequeño bastardo... ¡Viernes por la tarde! Si vas a casa del viejo Bennett con esos nueve pavos, estaré allí para comprobarlo, y si no, te espera una paliza, te la daré yo, personalmente. A mí me da igual. Sois todos iguales, pequeños gamberros. ¡Otro truco como este y te enviaré de cabeza al reformatorio, acuérdate bien! En fin –dijo poniéndose las gafas de nuevo–, como que hay Dios, que te voy a poner una multa, ¿me oyes?

Charley se preparó para recibir otro golpe, pero sin más preámbulos, Tooey Warner se volvió a poner los guantes, palmeó enérgicamente la visera, dio un violento puntapié a la palanca de arranque y, con las piernas magníficamente enhiestas, como un jinete sobre un famoso caballo, salió rugiendo con esa explosión de gloria siniestra que durante mucho tiempo fue la viva imagen de la perdición y el infortunio para todo muchacho de Galloway con edad suficiente para caminar.

Charley se daba cuenta de que le iba a costar mucho reunir el dinero y cumplir con el plazo. Lo último que se le pasaba por la cabeza era pedir ayuda a sus padres. El primer día de trabajo en el vertedero de la ciudad, después del colegio, se dio cuenta de que, al ritmo que llevaba, no le iba a dar tiempo a reunir una cantidad suficiente de chatarra (accesorios metálicos, trozos de plomo y latón, viejos cacharros de aluminio y cosas por el estilo) para venderla a aquellos chatarreros, famosos por su tacañería, y cumplir con el plazo. Tuvo que empezar a hacer novillos en el colegio para dedicar todo el día a su tarea, lo que le supuso un problema de ausencias con el director del colegio. Tenía muchos problemas.

Callado y autosuficiente, decidió que se preocuparía de todo aquello más tarde y se concentró en lo primero de todo: reunir chatarra en el vertedero. Solo tenía cuatro días para conseguirlo. Fue una tarea ardua y agotadora, en pleno invierno, sobre empinadas laderas nevadas golpeadas por fuertes vientos durante todo el día. Charley buscó y revolvió entre los guardabarros oxidados y viejos chasis, los bidones de aceite, las latas de conserva, las cajas vacías de tomate y las botellas de whisky que cubrían el inclinado suelo del vertedero, una superficie que en realidad parecía más una manta que un suelo, con sus innumerables capas mullidas de vieja basura y ceniza, bajo las que correteaban las furtivas ratas del vertedero en sus madrigueras.

Trabajó allí con una energía furiosa, arrancando masas informes de basura para despejar zonas enteras de nieve y poder ver lo que había, hasta que se le pusieron las manos en carne viva y se cortó y quemó la cara con aquellos fuegos perpetuamente humeantes. Se encontraba solo en las laderas desiertas. Ni siquiera los mugrientos chatarreros se habían animado por el frío invernal, y el aire a su alrededor estaba viciado por el olor a caucho quemado, las exhalaciones rancias que salían en forma de vapor de secciones enteras de la vieja basura y la putrefacción general de la humedad invernal en un vertedero que quedaba junto a un río que recibía las aguas residuales y desechos de las fábricas de tintes durante todo el año. Era un tramo del Merrimac situado a cierta distancia de las cataratas de White Bridge y aproximadamente una milla por debajo de donde fluía tan plácido, amplio y cristalino frente a la casa de los Martin en Galloway Road. Tal era el destino de Charley.

En la orilla, junto a unas grandes rocas, erigió un ingenioso refugio donde almacenaba la chatarra del día, antes de transportarla al anochecer al patio trasero de un joven amigo, no lejos del vertedero, un lugar que también utilizaba para cambiarse. No podía llegar a casa a comer a mediodía todo sucio del vertedero, cuando se suponía que había estado en la escuela por la mañana, de modo que se le ocurrió preparar un fardo de ropa y zapatos viejos, toalla y jabón, que se llevaba todas las mañanas de casa junto con sus libros de texto, y cada mediodía, después de su jornada matutina, se cambiaba en el refugio, se lavaba con nieve derretida al sol en un cubo, y regresaba a casa a comer con aspecto limpio y erudito. Luego, a la una en punto, volvía al vertedero para su jornada de la tarde, se cambiaba de nuevo a su ropa de trabajo, escondía la bicicleta en el refugio y recomenzaba su búsqueda en aquellas lamentables condiciones.

Al tercer día ya estaba desesperado. Solo había reunido chatarra por valor de dos o tres dólares como mucho, y su último día de gracia se acercaba a toda prisa y sin remedio. A la una en punto cruzó a toda prisa el puente de la calle Rooney en bicicleta rumbo a otra desesperada tarde de trabajo. El aire claro, nítido y prístino hacía brillar la nieve y los carámbanos, era el tipo de día que él solía disfrutar. De repente, oyó que alguien le llamaba desde el puente. Era su hermana Liz. Estaba de pie, con las manos en los bolsillos y una expresión de inconfundible severidad en su sonrosado y joven rostro.

–Charley Martin, ¡dime por qué no estás en clase!

–¿Eh?

–Y no me vengas con cuentos –añadió, y luego se quedó allí, alta y tranquila, observándole con un aire de severidad fraternal. No resultaba muy convincente, sin embargo, porque llevaba una gabardina juvenil de medio cuerpo sobre un pantalón azul brillante y parecía una alegre y encantadora estudiante de secundaria, casi sin autoridad.

–¿Y tú qué? –gritó Charley, riéndose entre dientes.

–Olvídate de mí. Quiero saber qué haces fuera del colegio.

–Ah, Liz, es una gran historia. No querrás oírla, ¿verdad? –dijo riéndose con fuerza–. ¿Y tú qué haces en pantalones? No los llevabas esta mañana en el desayuno.

–Ya te he dicho que te olvides de mí –respondió despacio y entre dientes, clavando sus ojos verdosos en él–. Quiero que me cuentes tu larga historia. ¿Adónde ibas? Cuéntamelo.

Liz agarró la bicicleta y la sacudió con rabia.

–Al vertedero de allí.

–¿Y para qué?

–Estoy recogiendo chatarra para poder venderla. Necesito dinero.

–¿Y para qué?

–Porque sí.

–Dime para qué.

De modo que a Charley no le quedó más remedio que contárselo todo. Aparte, confiaba en Liz y la quería. Pero mientras le contaba sus problemas con el policía, no pudo mantener la compostura. Ella estaba tan seria, tan solemne, que le dio un poco la risa hacer aquello frente a su compañera de aventuras.

A ella le brillaron un poco los ojos, con una gravedad contagiosa, pero le dijo:

–Escucha, jovencito, no es para reírse, esos polis son duros. Te vamos a sacar de esta. ¿Cuánto dinero llevas hasta ahora?

–Solo unos dos pavos, Liz –y se dio la vuelta para reírse.

–¡Para ya! No vamos a pasarnos aquí todo el día charlando con este frío –exclamó ella bruscamente, y bajó la cabeza un momento, con un rápido movimiento de reflexión, mientras Charley apoyaba la barbilla en la mano con expresión aburrida–. Y no te hagas el listillo –soltó Liz, notando su pequeño gesto de paciencia masculina–. Te crees que lo sabes todo, ¿verdad? Bueno, escúchame: esta tarde te conseguiré el dinero en el banco y tú se lo darás a ese viejo idiota directamente, ¡esta noche! Eso es lo que va a hacer usted, señor Martin.

–¡Qué va! –exclamó Charley, sorprendido–. Yo mismo conseguiré el dinero con la chatarra.

–No digas tonterías. Solo llevas dos dólares, idiota, ¡y ni siquiera los tienes todavía! Nunca lo conseguirás.

–Yo creo que sí.

–¡No me vengas con esa actitud de *cowboy* o te rompo la cabeza –gritó, sacudiendo la bicicleta con furia–. No irás más a ensuciarte en ese vertedero asqueroso, a lo mejor hasta acabas pillando una enfermedad.

–Ya he hecho mis cálculos –respondió Charley en voz baja, volviendo al tono de voz que empleaba siempre que mantenía juiciosas conversaciones consigo mismo–, y creo que puedo hacerlo sin problemas.

–¿Qué te he dicho sobre lo de hacerte el *cowboy*? –exclamó Elizabeth, pateando el malecón para quitarse el frío–. Vas a volver al colegio ahora mismo. Yo te escribiré las notas de las faltas, ¡y ya está!

–No.

–Harás lo que te diga –dijo finalmente.

–No puedo.

–De acuerdo entonces –dijo con la nítida firmeza de una mujer que ha tomado una decisión–: Si eso es lo que quieres... Baja de la bici y déjame.

–¿Por qué?

Liz sacudió la bicicleta con decisión.

–Porque sí. Me vuelvo a casa de Dotty Beebe a ponerme ropa vieja. Nos vemos en el vertedero en diez minutos.

–¿Qué? –aulló Charley.

–¡Escucha! –siseó Elizabeth entre dientes, agarrando con fuerza la solapa de la cazadora de Charley–. Ya he tomado una decisión y esta vez vas a mantener la bocaza cerrada.

–¡Pero no irás a buscar chatarra! –exclamó incrédulo.

–Eso es lo que voy a hacer –repitió ella en un tono monocorde–. Ahora calla y bájate de la bici.

Charley se bajó y se quedó rascándose la cabeza. Ella se montó en la bicicleta con aire de autoridad y dijo:

–¡Listo! Nos vemos allí, al otro lado del puente, dentro de diez minutos. No faltes.

Y se fue pedaleando. Charley cruzó el puente y esperó a su hermana totalmente desconcertado. Liz; su extraña, salvaje e impredecible hermana.

En quince minutos estaba de vuelta, vestida pícaramente con un peto y una chaqueta de cuero marrón, zapatos y un par de guantes de trabajo que le había tomado prestados al hermano de su amiga mientras él estaba en el colegio. Cruzaron el campo enseguida.

En cuestión de minutos, los dos estaban hurgando y rebuscando entre los montones de chatarra, llamándose con entusiasmo cada vez que encontraban alguna chatarra que les parecía valiosa y arrojándola al montón del refugio de Charley, junto a las rocas, con una sensación de creciente eficacia. Ella encontró una vieja sartén de aluminio oxidado, una magnífica tetera de hierro con el mango medio roto y una vieja rejilla negra de chimenea. Él, que tenía buen ojo para los grandes detalles, encontró una enorme plancha de metal que retumbó como un trueno cuando bajó con ella al refugio.

Liz, la extraña e impulsiva Liz, se lo pasó en grande. Para ella, estar rebuscando en el vertedero de la ciudad con su hermano pequeño, con la burda ropa de trabajo de un hombre y haciendo novillos en el instituto en una fría tarde de diciembre, era una aventura fantástica y maravillosa que estaba convencida de que ninguna otra chica habría podido apreciar. Además, odiaba a «la mayoría de las chicas» y las estrictas convenciones por las que solían regirse. En su orgullosa y exultante opinión, lo único que había que hacer era ser original, diferente y hasta chocante. Hacía tiempo que se había declarado una marimacho empedernida. Creía ferozmente en todo lo que creen ese tipo de muchachas americanas: superar a los mocosos en sus peleas, carreras y escalada de árboles. No sentía más que desprecio por las niñas que se rendían y recurrían a artimañas femeninas. Quería ir por el mundo como le diera la gana.

Aun así, todo en ella sugería ya profundidades de una ternura encantadora, infinita y femenina. A los dieciséis años ya era relativamente alta, de porte erguido, con una frondosa cabellera morena y unos ojos de un verde luminoso. En la forma en que saltaba por la ladera de la colina con una graciosa y delicada flexión de rodillas, agitando tímidamente las manos en el aire para mantener el equilibrio, en la forma en que se detenía a veces para observar con esa paciente, silenciosa y voluptuosa melancolía que tienen las mujeres, en todas esas cosas se veía ya la elocuencia de un porte y unos modales verdaderamente maravillosos. Era la hermana de Charley y su mejor amiga.

Pero en aquel momento, ni Elizabeth ni Charley pasaban desapercibidos. Mientras cavaban, rebuscaban y arrastraban trastos hasta el refugio, mientras se llamaban a gritos alegremente entre sí, un joven que acababa de llegar en un viejo sedán Chevvy de 1928 al que habían quitado el asiento trasero y las ventanillas para hacer sitio a cargas de todo tipo, estaba de pie en lo alto de la colina observándoles con aire perplejo y divertido.

Era su hermano Joe. Llevaba todo el día trabajando en el viejo Ford que estaba en el granero de los Martin y había decidido que algunas piezas del viejo coche necesitaban reemplazo, por lo que había pedido prestado el desvencijado Chevvy a un amigo para ir hasta el vertedero y ver qué podía encontrar entre los restos que allí se arrojaban con regularidad. Joe estaba ahora de pie, observando atentamente a los dos adolescentes y tratando de averiguar en qué andaban.

Algunos escolares, cuyas sombras se proyectaban a lo largo de la ladera a la luz oblicua de la tarde, se habían detenido también de camino a casa desde la escuela. También ellos estaban de pie en la colina, observando a Charley y Liz con curiosidad inmóvil y melancólica.

De pronto, uno de ellos, con una despreocupada e increíble naturalidad, cogió algunas piedras y empezó a tirárselas a Charley y a su hermana. Todo sucedió tan deprisa que al principio no entendieron lo que pasaba, pero cuando el constante golpeteo de piedras a su alrededor les informó del propósito de aquel canalla, empezaron a gritarle enfadados. Pero el colegial los observó tranquilamente desde su ventajosa cima y siguió tirando más y más piedras. Sus compañeros se alejaron entre avergonzados y asustados.

Charley cogió algunas piedras y empezó a lanzarlas furiosamente hacia el muchacho, pero solo sirvió para que el pequeño bribón se esforzara aún más, tal vez por una especie de fría desesperación. Procedió a intensificar su ataque con empeño y llegó a darle una pedrada en la pierna a Charley. Charley soltó un aullido de rabia y se lanzó cuesta arriba sobre montones de basura que cedían y resbalaban bajo sus pies, pero estaba decidido a atraparlo y justo cuando llegó a un tramo de terreno lo bastante plano y empezó a correr hacia su verdugo en medio de una lluvia de piedras, una de ellas le golpeó de lleno en la frente y cayó de rodillas.

Cuando Liz vio caer a Charley, soltó un aullido que fulminó el corazón del pequeño demonio. Subió la colina a una velocidad espantosa, a grandes zancadas de antílope, terriblemente furiosa, y el muchacho, presintiendo el inminente fin de su ventaja, decidió huir, pero justo en ese momento Joe se abalanzó sobre él, lo agarró del brazo y lo sacudió.

–¿Pero qué haces, pequeño bastardo chiflado? –gritó Joe.

Charley se había puesto en pie de nuevo, con esa impredecible obstinación que le era propia, y recorrió el resto del camino colina arriba con la sangre resbalándole por la cara, en un silencio sombrío, enseñando los dientes. Con una frenética embestida, el muchacho se soltó de Joe y empezó a correr a toda velocidad por el campo.

Liz se había acercado y Joe y ella se quedaron clavados en el sitio, fascinados, mientras Charley salía corriendo en persecución del muchacho. En medio del terrible silencio que siguió a continuación, pudieron oír el ruido de los pequeños pies corriendo sobre los escombros, frenéticos e imperiosos, hasta que Charley se zambulló en un largo placaje volador y lo tiró al suelo.

–Creo que será mejor que me acerque –dijo Joe.

Charley arrastró al chico por el cuello de la camisa. Por un momento pareció que iba a estallar una violencia indescriptible, pero no ocurrió nada de eso. Charley se limitó a sujetar a su adversario por el cogote y a mirarlo fijamente sin decir palabra. El muchacho, mientras tanto, torcía el cuello para apartar los ojos del rostro ensangrentado de Charley, pero cada vez que intentaba apartarse de un salto, o simplemente mirar hacia otro lado, Charley le apretaba y le acercaba aún más, hasta que finalmente, con un movimiento lento, vacilante, casi hipnotizado, al pequeño granuja no le quedó más remedio que volver la cara hacia Charley y mirarle con temerosa torpeza.

–Mira lo que me has hecho –dijo Charley en voz baja. El corte de la frente tenía mal aspecto, pero no era más que una pequeña herida–. ¿Ves lo que me has hecho? –repitió.

El muchacho se apartaba convulsivamente, pero era en vano. Una y otra vez se encontraba cara a cara con su temible víctima.

Liz y Joe se acercaron y esperaron nerviosos a ver qué ocurría. De pronto, Charley arrojó al otro muchacho con asombrosa rapidez y le propinó una tremenda patada en el trasero. El chico cayó de rodillas por la fuerza de la patada, pero casi al instante se puso en pie corriendo, con un esfuerzo tan frenético que volvió a caerse de nuevo sobre sus rodillas, se arrastró un instante con furia, se levantó, resbaló, todo en un éxtasis desesperado, y finalmente echó a correr a toda velocidad por el campo. Charley, por su parte, prefirió dejarlo estar. Se quedó inmóvil, con una compostura casi triste, y contempló la retirada del muchacho con una mirada tranquila y malévola.

Joe sacó unas tiritas del coche, le limpió el corte y le vendó la cabeza.

–En fin –dijo–, no tengo ni idea de qué hacéis vosotros dos aquí, ¡pero nunca he visto una bota mejor puesta ya sabéis dónde!

Volvió a examinar el corte de Charley con cuidadosa gravedad, y Elizabeth lo contempló ansiosamente.

–¡Listo! Supongo que de momento aguantará. Te pondremos un pañuelo alrededor de la cabeza y ya verás como te pareces al capitán Kidd. ¡Vamos! –dijo, cruzándose de brazos–. Lizzy, ¿De qué va todo esto? ¿Por qué no estás en la escuela?

Le explicaron todo.

–¿Qué? ¿Nueve pavos por una ventana? –dijo Joe–. ¡Ese viejo está como una cabra! Alguien debería pegarle un tiro a ese Warner, es demasiado duro con los chicos. Hace años que se lo viene buscando.

Joe caminó hasta el borde de la colina y recorrió todo el vertedero en silencio. Volvió reflexivo.

–Mirad, idiotas, ya que habéis empezado con esta locura, será mejor que la acabemos. En primer lugar, tarados, no estáis buscando en el lado correcto del vertedero, es en el otro lado donde los camiones de la ciudad descargan todos los días restos de vehículos con buenos parachoques, y a veces también buenas piezas de motor. Yo también estoy buscando un filtro de aceite –añadió pensativo. Ellos atendían a cada una de sus palabras con impaciencia, si alguien sabía lo que había que hacer, ese era Joe.

Dio la vuelta al Chevvy, encendió un cigarrillo, saltó de repente al interior y exclamó:

–Vamos, ¿a qué estáis esperando?

A continuación se lanzaron sobre los escombros hasta el otro lado del vertedero, brincando y dando volantazos como locos. Los tres sonreían con astuta complacencia, como si de pronto hubiera brotado algo salvajemente divertido en el aire.

Joe aparcó el coche junto a la orilla del río.

–Muy bien –dijo caminando hacia el vehículo achatarrado más cercano, donde evaluó en un segundo la situación general y se lanzó a la acción. Primero se inclinó sobre una especie de vieja barra oxidada que sobresalía de una maraña de basura y la arrancó de sus amarras, en un furioso alarde de destreza. Con ella empezó a hacer palanca sobre un único faro que había en la parte delantera del cacharro hasta arrancarlo de cuajo.

–¡Cincuenta centavos! –gritó. Tiró el cigarrillo y miró a su alrededor con autoridad–. Charley, coge ese trozo de hierro y saca el neumático de la rueda delantera –ordenó–. Hay otro neumático en ese viejo Nash de ahí. Y tú, Liz, llévalo todo al coche junto con las cosas que ya habéis recogido esta tarde.

Una vez despachadas las órdenes, Joe regresó a su trabajo con un vigor sensacional, esta vez sobre un viejo Graham destrozado.

De aquella forma, bajo su supervisión, y a medida que la oscuridad se iba haciendo cada vez más profunda, lograron por fin amontonar una cantidad más que suficiente de chatarra y trastos para satisfacer las pobres necesidades de Charley. El niño estaba perplejo y feliz. Era como si el mundo hubiera regresado de nuevo a él para reclamarlo tras el desastre y el aislamiento, y arroparle en la más dulce y segura intimidad fraternal.

–¡Mira todo lo que tenemos! ¿Cuándo vamos a venderlo, Joe? –exclamó con la mirada brillante.

–Ahora mismo, socio –respondió Joe muy serio.

Charley se alejó dando saltitos con excitación voraz, y Elizabeth lo observó con melancólica satisfacción.

Anochecía, y conforme el viento se levantaba arrojando una nieve fantasmal sobre los campos turbios y un millar de ventanas brillaban en las fábricas de Galloway al otro lado del río, los dos hermanos y su hermana cargaron todo en la parte trasera del Chevvy y se alejaron dando tumbos por un viejo camino de tierra que se alejaba del río y se internaba en el bosque.

El chatarrero era una persona bastante idiota llamada Zouzou, que vivía en una vieja granja destartalada en una bifurcación de los caminos que salen de Galloway hacia Norcott, New Hampshire. Zouzou no podía tener mucho más de treinta años, pero debido a la idiotez de su naturaleza, y quizá también como consecuencia de aquella vida terriblemente aislada de chatarrero ermitaño, su aspecto era de una extraordinaria decadencia. Su piel era como un pergamino marrón arrugado, apenas tenía dientes y una barbilla senil, puntiaguda y sin afeitar que siempre babeaba temblorosa por una excitación demente. En la forma como caminaba y se movía había una energía extraña y desordenada, como en los últimos y temblorosos bríos de un anciano.

Cuando llegaron a la granja de Zouzou, estaba completamente a oscuras, excepto por una tenue luz que ardía en la ventana trasera de la cocina. Charley los condujo allí y llamó a la puerta. Al instante, abrió el propio Zouzou y emitió una risita sin sentido. Tras él pudieron ver una mesa de cocina desordenada sobre la que estaba su cena. Una lata vacía de alubias junto a la sartén en la que las había calentado y de la que evidentemente había estado comiendo con un enorme cucharón de algún tipo. En la pared, junto a la mesa, había una anilla atornillada a la madera a la que, al parecer, Zouzou había atado irrevocablemente un trapo. Era el trapo más sucio que los Martin habían visto jamás.

Charley indicó a Zouzou el propósito de su visita, y el bobo cogió inmediatamente su lámpara de aceite y salió al patio para ver lo que tenían. Tras un somero examen de la carga, se volvió hacia Charley, mientras Elizabeth y Joe permanecían en la oscuridad, fuera del alcance de la luz, y pronunció una frase en jerga que, aparentemente, entendió el joven Charley.

–Dice que metamos el coche en el granero. Ya lo tenemos.

Joe condujo solemnemente el coche hasta el viejo granero destartalado, y allí, a la luz de su lámpara de aceite, Zouzou descargó los trastos sobre el suelo. Gruñía algo parecido a «¡Oui!» cada vez que encontraba algún objeto particularmente de su agrado. Finalmente, tras examinarlo todo, Zouzou se sentó en el suelo frente al enorme montón y empezó a palpar reflexivamente una mazorca de maíz.

–¿Y ahora qué? –quiso saber Joe.

–Está pensando –dijo Charley con un toque de impaciencia–. Dale tiempo para pensar.

Finalmente, tras varios minutos de fumar en pipa y chasquear los labios diciendo «¡Pa! ¡Pa!». Se levantó y los dejó esperando en el granero.

–¿Qué ha dicho, por el amor de Dios? –gritó Joe estupefacto.

–Que volverá enseguida –dijo Charley, sumido en sus pensamientos. Un segundo más tarde Zouzou estaba de vuelta con algo de dinero en la mano, que le tendió a Charley a una distancia prudencial, con mirada sospechosa. Charley cogió el dinero y lo contó. Eran diez dólares y once centavos. Cuando por fin miró a Zouzou y asintió con un mudo movimiento de cabeza, Zouzou estalló en una salvaje carcajada de felicidad.

–¡Hokay! –gritó Zouzou, y cogiendo su lámpara les hizo señas para que salieran del granero–. ¡Gingale! ¡Gingale! –gritaba.

–Quiere que tomemos un poco de *ginger ale* en su casa –explicó Charley con impaciencia.

Pero, de pronto, Zouzou sacudió la cabeza en un movimiento de atención demencial y alzó la mano para imponer silencio. Lo único que se oía era el silbido del viento a través de los nichos del granero, el roce de las ramas en lo alto y el suave susurro de la nieve bajo la puerta. Y, sin volver la cabeza ni relajar su tensa mirada de loco, dijo algo alegremente a Charley.

–¿Qué es eso? –preguntó Joe–. ¿Qué pasa ahora?

–Dice que le está llamando su hermana –dijo Charley–. Dice que lleva diez años en el cuarto de estar.

–¿Quieres decir que tiene una hermana viviendo aquí?

–No, su hermana está muerta. Siempre nos dice que su hermana está en el cuarto de estar.

–Bueno –dijo Joe, volviéndose hacia Elizabeth–, creo que ya es hora de que nos vayamos.

Charley estrechó con fuerza la mano de Zouzou, y este lanzó unos cuantos «¡Ji, ji, ji!» como para despedirse. Subieron al coche, saludaron a Zouzou y se marcharon, mientras el bobo permanecía en mitad de la carretera agitando alegremente su lámpara.

A Charley, que miraba por la ventanilla rebosante de placer, con la vista apartada de Elizabeth y Joe por miedo a que le sorprendieran con sus ojos risueños, el día le parecía ahora lleno de una extraña y loca alegría... Todos sus miedos y terrores mortificantes, todos aquellos problemas y solitarias desazones, se habían volatilizado.

Cuando llegaron a casa, al cabo de unos minutos, su padre les esperaba en la cocina con su mirada de curiosidad. Los miró extrañado un momento y preguntó qué era todo aquello, se rascó la cabeza, frunció el ceño pensativo y luego regresó a su estudio. Su madre estaba llena de ansiedad y preocupación, pero los miró con astucia y se dio cuenta de todo. Peter y Ruth estaban allí, sonriendo, y Mickey los estudió en un silencio melancólico. Rose dijo:

–Bueno, bueno, bueno, ya era hora.

Francis debía de estar en algún lugar de la casa, rumiando sus pensamientos.

Pero en el ahumado aire del atardecer había algo loco de alegría, algo que reía con un ahogo mudo en la oscuridad.

A Charley le pareció saber qué era ese algo. Se sentó con los muchachos al anochecer, en ese momento en que de pronto saltan y se revuelcan y gritan con diabólico regocijo, sin ninguna razón aparente. Algo había en el aire oscuro, los niños lo habían comprendido a la perfección.

## 10

Cuando llegó la víspera de Navidad de aquel año, los vientos amainaron piadosamente. Del frío punzante que cubría la nieve descendió el silencio y colmó el aire de una helada silenciosa y cerrada. Al anochecer, las enormes y lustrosas estrellas invernales parecían reinar sobre la milagrosa quietud de la noche.

Para el pequeño Mickey todo era milagroso, una verdad sencilla, la verdad de la Navidad, obra del pequeño Niño Jesús, y de Dios, y a la que él, Michael Martin, estaba temblorosa y gozosamente entregado.

El brillo mismo de la luz de las estrellas sobre la nieve reluciente, las lucecitas rojas y azules y verdes de las ventanas de las casas, los carámbanos en los aleros, todas esas cosas en medio del silencio del misterio y la profecía cumplida eran los destellos del altar y el significado divino que llegaban cada año en Navidad. Criado en los mitos y el pensamiento católicos, caminaba en la noche helada y se sentía un santo. Al pequeño Mickey, taciturno, soñador, lleno de regocijo infantil, le parecía estar envuelto en un silencio de piedad, mientras todos los demás reían y gritaban y hablaban y se divertían. «¡Como si ya fuera Año Nuevo!» pensaba sombríamente, casi con desprecio.

Al anochecer fueron a patinar al estanque, a un kilómetro y medio de Galloway Road, todos juntos, Peter, Charley, Liz y sus amigas, los amigos de Peter, Joe y algunos de sus amigos, había chicos y chicas por todas partes, bailando como sombras junto a la crepitante hoguera y dando vueltas y zigzagueando. Algunos cantaban y gritaban; otros, como Peter y sus amigos Danny y Scotcho y Ernest Berlot Jr., bebían brandy en sus petacas; otros, como Liz y su novio Buddy Fredericks, patinaban en bonitos valses con los brazos entrelazados. El aire helado de la noche estaba cargado de gritos, murmullos y chillidos.

Pero Mickey patinaba al borde del estanque, solo, pensativo, mirando a la estrella polar, deslizando un palo frente a él como Dit Clapper, la estrella del hockey, meditando tenazmente sobre la Navidad y todo lo demás, y de vez en cuando, cuando no había nadie cerca, cantando «Noche de paz, noche de amor» en voz baja y aguda como los niños del coro de la misa del gallo. En una ocasión, Charley se acercó tambaleándose sobre unos patines para enseñarle el gran cinturón vaquero con tachuelas que Joe le había comprado por Navidad.

–Pero se supone que no se pueden mirar los regalos hasta medianoche –exclamó Mickey, asombrado.

–¡Joe me dijo que podía traerlo a patinar esta noche!

–No se puede –se burló Mickey–. ¿Es que no sabes nada sobre la Navidad? No se te habrá ocurrido abrir mi regalo, ¿verdad?

–Ni siquiera sé dónde está –se rió Charley con furia–. ¡Rosey te estaba buscando! Buscaba tus regalos para envolverlos. Lleva todo el día envolviendo regalos, los tiene en montones sobre la cama y les está poniendo lazos. ¿Sabías que ahora hay una gran fiesta en casa? El señor Cartier y la señora Mulligan y la señora Cartier y el señor Mulligan y todos los padres están en la cocina preparando bebidas y tocando el piano y cantando. Es una locura.

–Los he envuelto yo mismo –murmuró Mickey– y luego los he escondido. Nadie puede verlos hasta medianoche. Están escondidos en el sótano.

–¿Qué?

–¡Mis regalos!

–¿Qué me has comprado, Mick, qué me has comprado? Apuesto a que nunca adivinarías lo que te he comprado yo.

Se habían comprado mutuamente cuchillos de explorador, y ambos pensaban que iba a ser una gran sorpresa. Por otra parte, los dos querían cuchillos de explorador.

A las once en punto, Peter, su hermano mayor Peter, se hallaba de pie en la orilla con los patines al cuello; su hermano Peter, aquel héroe de héroes, capitán de capitanes para todos los jóvenes jugadores de fútbol que patinaban en ese momento en el estanque con sus «G» de Galloway sobre sus pesados jerséis de lana y asentían y se sonrojaban cada vez que Peter miraba en su dirección, aquel insondable jugador de fútbol de la olímpica Penn... allí estaba, junto a la rugiente hoguera, llamándoles con las manos ahuecadas:

–¡Eh, Mick! ¡Eh, Char-ley! Venid... Nos van a llevar a todos a casa.

Subieron todos a un coche destartalado que pertenecía a Ernest Berlot junto a los salvajes amigos de Peter, que ahora estaban un poco borrachos. Querían que Peter se uniera a ellos para seguir festejando en los salones de Rooney Street, y regresaron a toda velocidad por Galloway Road, Joe y Liz cantando disparatadas canciones, Mickey sentado en el regazo de Peter en el asiento delantero, y otros chicos de la calle montados en el estribo y gritando al viento. Berlot, el conductor, tocaba el claxon de forma salvaje e insistente.

Cuando divisaron la casa de los Martin, el corazón de Mickey se llenó de gozo al ver las suaves luces de las ventanas y el rulo de humo que salía de la chimenea. Sabía que la Navidad era siempre maravillosa. Aquella noche, todas las habitaciones de la casa de los Martin estaban iluminadas de una forma u otra. Cuando aparcaron frente a la entrada, pudieron oír un coro de voces cantando en el cuarto de estar y grandes carcajadas de adultos, los mayores que estaban celebrando allí la Navidad, se lo estaban pasando en grande. «¡Como si fuera un sábado por la noche!», volvió a pensar Mickey, sombrío.

Los niños se rieron y asomaron desde el porche delantero para ver al señor y a la señora Martin, a los Cartier, a los Mulligan y a otros invitados que estaban reunidos alrededor del piano con copas en la mano. George Martin, más borracho que un lord, era el que cantaba más fuerte de todos, mientras la madre estaba al piano tocando con la cara radiante y ruborizada de calor. A Mickey le ponía contento, pero le entristecía a la vez, ver a su madre riendo y tocando el piano de aquella manera. En Navidad, siempre le gustaba sentarse a su lado en el sofá. Ella le daba un poco de su vino de oporto con nueces y contemplaban las cálidas y suaves luces del árbol, rojas, azules y verdes, y escuchaban a Scrooge en la radio. Le gustaba escuchar a Scrooge todos los años. Le gustaba tener la casa en silencio y escuchar a Scrooge y las canciones de Navidad en la radio, y a todo el mundo abriendo los regalos de Navidad después de la misa del gallo.

Le gustaba ver a su madre poniendo espumillón y nieve de algodón y bombillas y adornos en el árbol de Navidad, y a Rosey ayudándola, y tener un gran pavo asándose en el horno inundando la casa con su delicioso aroma, y ver a Liz tirada en el suelo leyendo tebeos, y a Joe y Charley, y a Ruthey y Petey todos allí, toda la familia reunida en la tranquila casa en Navidad.

Entraron todos. Se cantaba alrededor del piano, el corpulento señor Cartier bailaba como un loco con el sombrero de su mujer puesto hacia atrás. Aquello fue demasiado para Mickey, que tuvo que sentarse en un rincón y reírse a carcajadas. Por un momento le inquietó ver que el árbol de Navidad temblaba un poco de un lado a otro, pero estaba bien sujeto al suelo –Joe había hecho el trabajo él mismo– y pensó que no se caería. Se acercó y echó más espumillón en las ramas.

Ruthey susurraba a la señora Mulligan:

–Esa de ahí arriba, en lo alto del árbol, es la estrella azul de Mickey. Todos los años tenemos que subirnos a una silla y ponerla, ¡o si no! Ya sabes, ¡menuda se arma, si no!

Mickey lo oyó, pero no prestó atención, se quedó de pie ante el árbol con las manos entrelazadas a la espalda. Entonces su madre se acercó a toda prisa y lo abrazó diciendo:

–¡Oh, mi pequeño Mickey! ¡Cómo le gusta su árbol!

–¿Dónde está tu regalo para mí? –preguntó Ruthey–. ¿Dónde has puesto todos tus regalos?

–En el sótano.

–¡Bueno, ya es hora de subirlos! Súbelos y los pondremos bajo el árbol con todos los demás.

Mickey bajó las escaleras y subió al instante con una pila de paquetes envueltos toscamente a su manera.

–¡Qué bien los has envuelto! –exclamó Ruthey–. Pero déjame que les ponga unos lazos. ¿Este es el mío? ¡Oh, creo que sé lo que es!

–¡No, imposible! –afirmó Mickey con severidad–. ¿Cómo vas a saberlo, si no lo has visto?

–Puedo adivinarlo, ¿no? Tiene el tamaño de un frasco de perfume.

–¡Ja, ja, ja! –se rió él con fuerza. Ella estaba segura de haber dado en el clavo, pero él se golpeó la frente con incredulidad–: ¡Ay, ay, estás completamente loca! No te acercas ni de lejos.

–¿Tan lejos estoy? –murmuró Ruth con inseguridad, dándose cuenta de que su hermano se tomaba el asunto muy en serio, y en un arrebato de ternura le besó en la mejilla. Sabía lo importante que era todo aquel tema de la Navidad para el apasionado Mickey, y al comprender sus sentimientos sintió de pronto un deseo de proteger sus pequeñas devociones.

–A medianoche –le dijo suavemente– dentro de media hora, mamá, tú y yo iremos a misa del gallo y cuando volvamos abriremos los regalos. Y apuesto a que estás a un millón de kilómetros de adivinar lo que te he comprado.

–¡Oh, pues que sepas que tu suposición estaba a mil millones de kilómetros! –exclamó Mickey con una amplia sonrisa.

–Bueno, yo te digo que te vas a llevar una gran sorpresa. Nunca adivinarás lo que te he comprado. Ahí está, debajo del árbol.

–Déjame ver.

Ella le entregó un gran paquete. Él lo sopesó juiciosamente entre las manos, lo puso boca abajo para ver si sonaba o hacía algún ruido revelador, lo sacudió, lo sostuvo a la luz, puso la oreja contra él con una astuta mirada misteriosa. Quería que Ruth pensara que tenía sus propios métodos secretos para averiguar esas cosas, pero finalmente admitió:

–No sé lo que es.

–No eres mucho mejor adivinador que yo –se rió Ruth y volvió a besarle.

Luego se produjo un nuevo alboroto en la casa cuando el señor Cartier gritó:

–¡Alubias! ¡Es hora de comer alubias! ¿Dónde está la olla? George, lo siento de veras, sé que las tenías reservadas para la comida de Navidad, pero tengo que probarlas.

Se dirigieron a la cocina, y el señor Cartier empezó a comerlas.

–Bueno –dijo Martin–, si quieres compensarme, pregúntale a Santa Claus si tiene una mujer que sepa hacer unas alubias como las de Marge y ¡eso es lo que comeremos!

La ruidosa algarabía se agitaba y arremolinaba, como si hasta las ventanas traqueteasen.

Joe y Rose abrieron otra botella de whisky, y Peter entró apresuradamente en la cocina con helado y *ginger ale*. Le dio un vaso a Mickey y le enseñó a hacer un refresco de helado. Fuera, en el cuarto de estar, Liz bailaba con Charley tratando de enseñarle el *jitterbug* y, de pronto, Liz levantó a Mickey y lo hizo bailar por toda la habitación, y él se puso a saltar para demostrarle que podía hacerlo mejor que Charley.

Era casi la hora de la misa del gallo, pero todos lo estaban pasando tan bien y todo era tan loco y divertido que Mickey casi no quería ir a la iglesia.

Finalmente, su madre fue a buscar los abrigos y, acompañados por Ruth, salieron a pie en medio de la noche helada y tranquila.

Mickey era feliz de una manera atronadora. En todas las calles empezaba a salir la gente de sus casas, a pie o en coche, todos en la misma dirección. A Mickey le asombraba que la noche entera estuviera llena de voces y del crujido de los pasos sobre la nieve, a pesar de ser casi medianoche. Y una y otra vez alzaba la vista para contemplar las estrellas, que parecían tocar los tejados de las casas, heladas, brillantes y temblorosas, y se cernían sobre las chimeneas nevadas y sobre el sueño de los niños más pequeños que él, que creían que Papá Noel estaba a punto de bajar por aquellas chimeneas.

De la puerta abierta de la iglesia brotaba una cálida luz dorada sobre la nieve. Se oía el sonido del órgano y los cantos.

En el interior de la iglesia se percibía el agradable olor de los abrigos recién salidos del frío nocturno, mezclado con el incienso y las flores. Los hombres se tocaban el sombrero con devoción, se sonaban la nariz, miraban a su alrededor y asentían con la cabeza; las mujeres se ajustaban el sombrero y los velos con movimientos bruscos.

Mickey contemplaba con temeroso asombro el hermoso pesebre situado a un lado del reluciente altar blanco, que representaba al Niño Jesús en el pesebre, la madre María inclinada sobre él, silenciosa e inmóvil, a san José de pie, recogido, todo ello bañado por la suave luz azul que provenía de la enorme estrella. Los tres Reyes Magos permanecían aparte, con devoción concentrada, congelados en una especie de dolorosa intensidad, como si supieran que el mundo entero los miraba y que debían proteger el momento y al pequeño Niño Jesús que yacía en el pesebre en un halo de silenciosa luz milagrosa.

Los niños del coro, que se habían reunido en silencio a cada lado del altar, empezaron a cantar con sus vocecitas agudas.

–Cantan como los ángeles –susurró extasiada la madre a Ruth, mientras se enjugaba los ojos con el pañuelo–. No puedo evitarlo, me pongo a llorar en cuanto oigo esas dulces vocecitas...

Tres niñas, vestidas con el uniforme de la congregación, salieron y se pusieron frente al altar y se llevaron una trompeta a los labios, mientras un rumor de risitas se extendió suavemente entre los bancos, y en tonos claros, aunque a ratos desafinado, empezaron a tocar «Blanca Navidad». Las voces de los niños del coro y la repentina y suave inclusión del acompañamiento del órgano convirtieron la interpretación de las niñas en un gran éxito, y cuando regresaron apresuradamente a sus bancos delanteros todo el mundo sonrió benévolamente en su dirección.

Al fin salió el sacerdote seguido de su séquito, y todos se levantaron para el comienzo de la misa.

Junto a Mickey, durante toda la misa, había un hombrecillo enjuto que desprendía un fuerte olor a alcohol. Permanecía de pie, rígido y sin moverse, con las manos pegadas al banco de enfrente, o sentado en una postura erguida y rígida, sin mover un solo músculo, como si temiera que el menor movimiento delatara que había estado bebiendo. Cuando se arrodillaba, lo hacía con lenta y dolorosa dignidad hasta el reclinatorio y clavaba los codos sobre el banco, sujetándose firmemente con las manos, en un movimiento furtivo y al mismo tiempo particularmente devoto. Mickey no podía apartar los ojos de las grandes y poderosas manos oscuras del hombre mientras las extendía sobre el banco y se aferraba a la madera, de aquellos grandes nudos de músculos y venas y de las grandes cuentas negras del rosario que se enrollaban delicadamente alrededor de las manos y colgaban golpeando suavemente contra el respaldo del banco. A Mickey le pareció extraño que un hombre así estuviera en la misa del gallo. A pesar de su baja estatura, parecía ferozmente poderoso y fuerte, casi salvaje, sus ojos eran oscuros y autoritarios y los tendones de su cuello quemado por el viento sobresalían como pilares. A Mickey le parecía un ermitaño salvaje de una cueva de montaña con todo su silencioso aire feroz.

Cuando llegó el momento de comulgar, el hombre se volvió hacia la mujer grande que estaba a su lado, le hizo un gesto con la cabeza y, al instante, salió del banco toda una fila de niños seguida por la mujer. El hombre cojeaba como el granjero francocanadiense de piernas arqueadas que era y todos marcharon lentamente hacia el altar, donde ordenó la procesión de su familia a lo largo de la barandilla mediante una serie de señales casi invisibles. Mickey observó maravillado cómo el hombre y su familia se arrodillaban ante el altar.

La campanilla tintineó cuando el sacerdote alzó el copón. Todos en la iglesia bajaron la cabeza, pero Mickey la alzó ligeramente y se emocionó al ver el vasto mar de cabezas inclinadas por todas partes, hasta que divisó la mirada de otro niño que miraba a su alrededor, y ambos la retiraron rápidamente.

Mickey se estaba cansando un poco de la misa. Quería volver a casa, abrir los regalos y ver qué le habían regalado por Navidad, pero empezó a rezar otro rosario por miedo a no haber rezado lo suficiente. Fue entonces cuando su mirada se detuvo de nuevo en la escena del pesebre junto al altar, y le recorrió un escalofrío de sorpresa. Por un momento había imaginado que él mismo yacía en el pesebre, que él mismo era el Niño Jesús y que la Virgen María era su propia madre. Aquel extraño sentimiento fue creciendo en él mientras mantenía la mirada fija en la hermosa escena, hipnotizado por el asombro. La escena casi pareció cobrar vida para él y sintió que crecía un rubor de placer en las mejillas de María. En ese preciso instante, una nota lúgubre y grave del órgano llenó la iglesia y, con una rapidez inexplicable, los ojos de Mickey se colmaron de lágrimas.

Se dejó llevar por una temible emoción de tristeza, como las que sentía cuando estaba solo en su habitación en mitad de la noche.

Entonces miró de nuevo al pesebre del altar y entendió que él también debía sufrir y ser crucificado como el Niño Jesús que estaba allí y que había sido crucificado por su causa, mostrando así su culpabilidad pero también lo que le iba a suceder a él, pues también él, Michael Martin, era un niño con una madre santa, por lo tanto él también sería arrastrado al Calvario y el viento empezaría a soplar y todo se oscurecería. Aunque todo eso ocurriría algún tiempo más tarde de que él fuera un vaquero en Arizona, en el Tonto Rim.

Y entonces pensó en su hermano Charley. ¿Acaso le había hecho daño aquella vez que le tiró un trozo de teja y le dio en la nuca y Charley corrió a la cocina llorando?

«¡Charley! ¡Charley! –pensó el niño con angustia–. ¡No quería hacerlo, de verdad! ¡No lo sabía! ¡Perdóname, Dios! ¡Jesús! ¡san José! ¡Charley, perdóname! ¡Como papá te perdonó a ti por romper esa ventana! Charley, ¿te gustará mi regalo de Navidad? ¿Hará que me quieras? Es un buen cuchillo de explorador, lo compré con el dinero que he ahorrado desde octubre.» Esos eran los nerviosos pensamientos del pequeño Mickey. Suspiró de pronto.

Los monaguillos cantaban nuevamente, con un tono vigoroso de conclusión, la Misa casi había terminado. Esos monaguillos eran unos pecadores y unos hipócritas, conocía a algunos de ellos, sobre todo a Mulrooney, el del fondo, el que parecía tan inocente, que mataba serpientes en el río friéndolas en latas y hacía explotar ranas con pajitas, y también al rubio Bailey, que vendía periódicos y había pegado a Raymond un día en el patio de la escuela y le había hecho sangrar la nariz. Pero ellos también se iban a salvar. Aunque podían hacer lo que quisieran, él tenía pensado ir al Oeste, muy pronto, ojalá.

De repente, Mickey se preguntó si todos los demás creían en Dios como él. De niño le habían contado lo de Papá Noel –que era amigo de Dios, decían–, pero ahora sabía que todo aquello no era más que un montón de cuentos. ¿Estaba Dios realmente en todas partes y no sentado en el cielo mirando hacia abajo? Todos en la iglesia andaban bajo la mirada de Dios como si hicieran cola después del recreo, y bostezaban, y tosían, y se ponían nerviosos. Los pequeños ruidos del mediodía y el olor de los almuerzos y las cáscaras de naranja y el crujir de los zapatos en la grava del patio del colegio: ¡eso no era Dios! Y el cura diciendo que la gente no daba suficiente para la parroquia, y la forma en que la gente arrojaba su dinero en la cesta, casi con rabia, ¡eso no era Dios! ¡Todo ese jaleo, esas toses y ese sonarse la nariz en la iglesia, eso no era Dios!

Sin embargo, todos los hermosos cantos y el órgano en la iglesia, eso sí, era la música de Dios para Dios. Le gustaban también «Home on the range» y «Bury me not on the lone prairie». Estas canciones le hacían imaginar a los vaqueros cruzando la pradera en sus *mustangs* bajo un gran atardecer triste y le hacían llorar por la muerte de los animales en el rodeo de Montana.

Ahora, en un minuto, sería la hora de volver a casa, de caminar en plena noche entre toda la gente que fumaba y reía y regresaba a sus hogares para abrir los regalos y comer y celebrar, y cruzar el campo, bajo las estrellas, entre las sombras de las casas donde dormían los niños pequeños. Tal vez este año vería por fin al Ángel caminando sobre la nieve.

## 11

En Nochevieja la nieve volaba en grandes y suaves copos sobre Galloway. En Daley Square, la nieve caía sobre una gran multitud apresurada por llegar a las mil y una celebraciones que había en teatros, clubes nocturnos, bares y fiestas privadas de toda la ciudad. Todo el mundo parecía sumido en un silencio alegre y ensordecido bajo una nevada que no daba tregua, lo que confería a la noche una excitación misteriosa y emocionante que se respiraba por todas partes.

Peter y Alexander Panos estaban sentados en la cafetería de la plaza, junto a la gran cristalera que daba a la calle, los dos presa de una alocada expectación, esperando a que llegaran los demás. Discutían excitados. Habían quedado con la pandilla de Peter frente a la cafetería, y pensaban ir todos juntos a un salón de Rooney Street para reunirse con algunos amigos de Alexander. Había un baile en el Admiral Ballroom al que Peter quería ir, había también una fiesta en otro sitio, y toda la noche palpitaba y se desenvolvía nerviosa, feliz. Durante el poco rato que estuvieron solos en la cafetería, Alexander se dedicó a informar a Peter de lo que había hecho durante la semana y a preguntarle por sus actividades, como si no le hubiera visto en años o solo les quedaran unas pocas horas juntos en la Tierra.

–¡Tiempo! ¡Tiempo! –exclamó Alexander–. Ese es mi mayor

enemigo. Hay tantas cosas que aprender, que hacer, ¡y el tiempo pasa tan deprisa! Debería terminar mi trabajo sobre Byron en una semana. ¡Cuánto he trabajado en él! Después de eso, Pierre, voy a embarcarme en un profundo estudio de la filosofía. ¡Deberías ver mi habitación! Ayer leí y escribí dieciocho horas seguidas y en ese tiempo me bebí dieciséis tazas de café y me fumé tres paquetes de cigarrillos. El lugar es literalmente un campo de batalla, papeles esparcidos por toda la cama, las sillas y el suelo –dijo Alexander dedicándole a Peter una mirada melancólica y extendiendo ambas manos con impotencia–. Pero Byron, ¡ese ultramaravilloso Byron! *Ya es hora de que este corazón se aquiete, pues ya ha dejado de agitar a otros...*[1] ¡Oh, Dios!

–Me pregunto cuándo va a llegar esta gente –dijo Peter distraído.

–¿No ves lo absurdo del comentario? –exclamó Alexander. Se quedó pensativo un rato, y pareció cambiar de rumbo–: Estudiaré filosofía tan a fondo como me lo permita el tiempo. ese es el problema de las escuelas de arte dramático: ponen el énfasis en el arte y la actuación y atienden muy poco a la filosofía y a la historia, ¿entiendes?

En aquel momento asistía a una escuela de arte dramático en Boston, y andaba de un lado para otro con exóticas muchachitas en pantalones anchos que querían ser como Luise Rainer. Estaba en su época dorada.

–Tenemos que ir ya a una licorería –dijo Peter con ansiedad.

–Sí, oh, así es, Pierre. Ah, se me olvidaba contarte. Esta semana conocí en Boston a un noruego de verdad que asistió a uno de nuestros ensayos. Me habló de un hermano suyo de Oslo que murió y ha dejado un montón de escritos sin publicar. Imagínate... y tendrías que haber visto a ese noruego; era un hombre sencillo, casado, con tres hijos en Kristiansund –dijo Alexander esbozando su gran sonrisa perversa, sacudió la cabeza con triste-

1. *Tis time this heart should be unmoved, / since others it hath ceased to move...* Primeros versos del célebre poema de Byron «On this day I complete my thirty-sixth year». *(N. del T.)*

za y miró a su amigo–. Un hombre corriente, Pete, pero en su sencillez había un toque de grandeza. ¿Comprendes?

Esperó ansioso la reacción de Peter. Peter asintió y exclamó luego:

–¿Dónde está esta maldita gente? Aquí estamos con mil cosas que hacer, es Nochevieja, son las once, y ellos haciendo el tonto y haciéndonos esperar. Apuesto a que Danny se ha puesto a cantar en medio de la calle y no pueden meterlo en el coche. ¡Menuda panda!

–Así es, Peter –se hizo eco Alexander lentamente, enarcando una ceja–, menuda panda.

–¡Ya estás otra vez! –rió Peter, golpeando a Alexander en el hombro–. Un noruego te cae muy bien y dices que es un hombre corriente. Pero como mi pandilla no son intelectuales, entonces no te gustan.

–Pero sí me gustan –corrigió Alexander grave y lentamente–. Ernest Berlot me gusta mucho y estoy intentando ayudarle intelectualmente todo lo que puedo. Le estoy haciendo leer las obras de August Strindberg. Ernest aprenderá...

–¿Berlot está leyendo a quién? –exclamó Peter con una carcajada de asombro–. ¿Me estás diciendo que le has hecho leer teatro?

Era demasiado para creerlo.

–¿Por qué no? –replicó Alexander–. Le encanta Strindberg. Sus obras son buenísimas. Él mismo me lo dijo. Me dijo: «Alexander, estas obras son buenísimas». Lo dijo así, con esas palabras.

–Pero si te está tomando el pelo, no seas chiflado –exclamó Peter–. Ese no leería un libro ni por cincuenta dólares.

–¡Oh, no! Le vi yo mismo cuando fui a su casa la otra noche. Estaba sentado en el cuarto de estar leyendo a Strindberg cuando llamé al timbre, lo vi por la ventana. Llevaba gafas y leía con mucha atención. Cuando llegó a la puerta me dijo: «Al, estas obras son muy raras, pero las voy pillando sobre la marcha». No me hables de Ernest Berlot. Ahora lo conozco tan bien como tú. En cuanto a los otros, no soy precisamente su opuesto. Scotcho es un buen chico en el fondo. En cuanto a Danny, sabes que no tengo nada contra él, es solo que es un poco engreído por eso de que tiene que trabajar muy duro, se da demasiada importancia. Por cierto, esta semana he escrito más poesía –dijo rebuscando en vano durante unos instantes en todos los bolsillos.

–¡Por Dios santo! ¿Dónde está esa gente?

Francis Martin, que había ido a pasar el rato a uno de los cines de Galloway a primera hora de la tarde, entró tranquilamente en el local para tomar una taza de café. Acababa de ver una película muy mala que esperaba mucho mejor y aquello le había dejado de un malhumor terrible. Cuando Peter le saludó desde el otro lado de la cafetería, pareció no querer responder al saludo y se acercó despacio.

–Ven con nosotros, Francis, va a ser una gran noche.

Alexander extendió su enorme manaza hacia Francis, con una gran sonrisa.

–No te había visto desde Nueva York –exclamó–. ¿Cómo te va? ¿Te ha gustado la película?

–¿Te refieres a la de ahí enfrente? Pésima –dijo Francis, y se sentó a la mesa, casi tímidamente, en el borde de una silla.

–¿Qué tiene de pésimo?

–¡Menudo argumento! ¡Como si a nadie se le hubiera ocurrido antes que un rico holgazán puede ser tan caballero como un hombre hecho a sí mismo! ¿No es increíblemente significativo? ¡Bah, Hollywood! –exclamó contemplando por la ventana cómo se apresuraba la gente.

–¿Qué planes tienes para estos días? –preguntó Alexander con impaciencia.

–Huir, me largo de Galloway. Estoy cansado... harto.

–¡Maravilloso! –gritó Alexander con una voz chillona que atrajo la atención de toda la cafetería, incluso de la gente que entraba y salía por las puertas giratorias.

–No te lo he dicho, Pete –dijo Francis–, pero un amigo me está echando una mano para conseguir trabajo en una tienda de música de Boston. Puede que a partir de ahora pueda vivir en Cambridge...

–Y más tarde, ¡París! –gritó Alexander, extendiendo los brazos–. Y algún día todos recordaremos Galloway y sentiremos nostalgia de nuestra juventud en este lugar. Hasta recordaremos esta noche en la cafetería, en vísperas del año nuevo de 1941, y todo este tiempo perdido y antaño odiado. Ah, si al menos pudiera encontrar el poema que escribí anoche... –Volvió a rebuscar furiosamente entre sus bolsillos.

–Si alguna vez fuera a París –dijo Francis, inesperadamente pensativo– creo que sería muy feliz...

El coche de Berlot se detuvo al fin frente a la cafetería y Berlot se apeó con una gran sonrisa, haciéndoles señas con la mano. Los dos muchachos arrastraron consigo al reticente Francis y subieron al coche, que arrancó al instante.

–¡Llegáis tarde! –gritó Peter alegremente a la comitiva general, formada por Berlot, Danny Mulverhill y Scotcho Rouleau, los tres jóvenes que habían llevado a los patinadores de vuelta a casa en Nochebuena. Alexander y Francis se sentaron aburridos en la parte de atrás.

–¿Sabes por qué llegamos tarde, Zagg? –gritó Berlot, enrojecido por el alcohol, ansioso por la gran noche–. Este tarado de aquí, Danny, tuvo que ponerse a discutir con Richman en el cine. ¡Je, je, je! Cuéntales lo que estabas diciendo, D. J.

–D. J. no hablará –dijo Danny solemnemente.

Berlot, Danny y Scotcho eran acomodadores en el cine Monarch, no lejos de la plaza.

–¡Dos borrachos discutiendo sobre Wall Street, eso es lo que eran! ¡Je, je, je! ¡Imagínatelo hablando con su jefe! Richman realmente cree que D. J. sabe de lo que habla.

–Le dije que Consolidated Niblick iba a subir varios puntos antes de que la nieve dejara de caer –gruñó Danny solemnemente. Era un gran personaje, Berlot estaba loco por él, y también Scotcho, y Peter. Pero Alexander le odiaba por alguna razón.

–¡Eso es! ¡Eso es! ¡Antes de que deje de caer la nieve, Consolidated subirá! ¡Eso es lo que le dijo a Richman! –exclamó Berlot, tan excitado que el coche se desvió de su trayectoria por un momento, derrapó en la nieve y provocó un alboroto en el tráfico de la calle principal–. ¡Je, je, je! Diles qué más has dicho, D. J.

–¿Quién es Richman? –preguntó Francis en voz baja.

–Es el dueño del cine Monarch –explicó Peter.

–El principal negocio de Richman son todas las viejas lavanderas de la calle Back Middle –intervino Danny con los ojos muy abiertos y solemne, mirando fijamente a Francis, a quien solo conocía un poco–. Todos los lunes pone Buck Jones y Roy Rogers y grandes clásicos del Oeste, y todas las viejas lavanderas de Back Middle Street acuden en masa con sus cacharros y sus escobas para ver las películas.

–¿En serio?

–Claro. ¿Sabes lo que hacen? Miran la película como borregas y cada vez que Buck Jones dispara al villano se les cae la mandíbula.

Francis dirigió una mirada de curiosidad a Peter.

–¡Claro! –exclamó Berlot–. Pone la entrada a diez céntimos y llena el local de viejecitas. ¡Y así es como se ha hecho millonario! ¡Está claro!

Berlot había dado tres vueltas a la plaza durante la charla. Apagó el motor y se echó hacia atrás con el sombrero sobre los ojos.

–¿Por qué paráis aquí? –gritó Scotcho, sentado entre sus dos compinches en el asiento delantero. Creía que íbamos al garito de Rooney Street a ver a los intelectuales de Alexander.

Los intelectuales de Alexander eran unos jóvenes de Galloway que asistían al Boston College, tres irlandeses bastante adustos que leían a santo Tomás de Aquino y expertos en matemáticas. Habían quedado en un bar de la calle Rooney.

–¿Por qué has aparcado aquí? –volvió a gritar de pronto Scotcho a Berlot, que se volvió y le miró fijamente bajo la caída de su sombrero con grave sorpresa.

–¿Por qué? –preguntó Berlot–, para echar un traguito.

–¡Pero llegamos tarde! Aunque a mí me da igual.

–Llegamos muy tarde, Ernest –dijo Alexander desde el asiento trasero–. Son buenos chicos y deberíais conocerlos.

–Antes nos tomaremos un traguito –dijo Berlot, y sacó la botella, la descorchó y dio varios tragos tranquilamente–. ¡Tengo que ponerme al nivel de ese borracho de D. J.! Me lleva diez tragos de ventaja.

Así que los tres bromistas del asiento delantero se pusieron a mirar en silencio por la ventanilla a la gente que pasaba por la calle.

–Eh, ahí va Beansy –dijo Berlot en voz baja.

–¡Que no nos vea, o no nos lo sacaremos de encima!

–El bueno de Beansy –rió Berlot–. ¿Sabes lo que le hizo Blowjoe Gartside una vez, Pete? Tú estabas en la universidad, el mes pasado. Cogió a Beansy y lo colgó de la valla de la puerta del bar de Mulvaney, estaba muy borracho. ¡No es broma! Beansy estaba tan borracho que no podía hablar, no podía caminar, estaba completamente ciego. Tenía una botella de algo de lo que me dio un trago. ¿Sabes lo que era? Esmalte. ¡Esmalte mezclado con alcohol! ¡Te lo juro por la Biblia en nombre de mi madre!

–Así es Beansy.

–¿Sabes que su madre lo tira por las escaleras cuando llega borracho a casa? Deberías verla, es una mujer grandota, pesa cien kilos y trabaja en las fábricas de seda. Cuando él llega a casa borracho, ella sale y cuando él llega a lo alto de la escalera, ella simplemente le arroja, ¡zas! Beansy tiene que ir a dormir la mona a la estación. ¡Y escucha! En otra ocasión, el invierno pasado, creo, estaba tan borracho que acabó metido en la nieve. Se cayó del coche, en la autopista. Esa noche yo estaba borracho en el asiento de atrás. Me desperté a las seis, ¡y no estaba Beansy! Salí del coche, y todo lo que pude ver fue una gran joroba de nieve en el suelo. Era Beansy, ¡muerto y enterrado! –dijo Berlot asomándose para mirar la calle–. ¡Allá va! Hacia Rooney Street y Middle Street a ver qué consigue en los bares. Nunca consigue nada. A medianoche estará todo el mundo besándose y Beansy estará solo.

–Las once y cuarto –dijo Scotcho con nostalgia–, dentro de cuarenta y cinco minutos será 1941. Imaginaos.

–¿Sabéis que Beansy se cree un ídolo? –dijo Danny, volviéndose hacia todos. Una vez lo sorprendí en el baño de hombres del cine, admirando su perfil con otro espejo que lleva siempre, para verse de lado. Nochevieja y ni se acerca a una chica. Les tiene miedo. Me dijo una vez que las mujeres llevan alfileres de sombrero en las medias para apuñalar a los hombres.

–¿Quién es Beansy? –preguntó Francis con suavidad, Alexander estaba sentado a su lado, sombrío de cansancio.

–¡El que pasó hace un momento!

–Ey, Francis –gritó Peter– ¿sabías que el viejo de Berlot y papá eran grandes amigos en los viejos tiempos?

–Solían salir juntos hasta el amanecer –explicó con entusiasmo el joven Berlot–, iban a New Bedford a pescar y se emborrachaban en mitad del océano. ¡Je, je, je!

–Os lo digo en serio –exclamó Alexander, cuya paciencia se había agotado hacía tiempo–, estáis haciendo esperar muchísimo a esos tres. ¿Por qué no cumplimos con nuestros planes para esta noche, como se suponía que íbamos a hacer?

–De acuerdo, vamos a ver a esos intelectuales –dijo Berlot arrancando el coche y conduciendo lentamente por la calle.

–¡Mira! Ahí están los griegos delante de la YMCA ¿Queréis saber lo que están pensando esos tipos? Que todas las mujeres que pasan se están enamorando perdidamente de ellos –tras decir eso, Danny se inclinó hacia delante para mirar con grotesca estupefacción a los grupitos de jóvenes que merodeaban frente al edificio de la YMCA–. Por eso están ahí de pie con esa mirada ensoñada y fuman sus grandes pipas, ¡seguro! ¡Eso es lo que piensan! Mira cómo se ponen de perfil para que las mujeres no pierdan detalle. Míralos balanceando esas cadenas... ¡Eh, Zoot!

–Ahí está ese loco de Remo –dijo Berlot, deteniendo bruscamente el coche en medio de la calle y obligando a otro coche a dar un volantazo.

–Juega bien al baloncesto, ese loco de Remo.

–¡Bebe y sale tanto que dentro de un año estará en Shrewsboro con los locos! –dijo Berlot y sacó de repente la cabeza por la ventanilla para gritar–: ¡Eh, Remo! ¡Estás loco!

Los chicos que estaban frente a la YMCA miraron a su alrededor y saludaron burlonamente al pasar el coche, pero un segundo más tarde Berlot volvió a parar en el arcén y buscó a tientas la botella en la guantera.

–¿Por qué paras otra vez? –exclamó Scotcho.

–¿Quieres que me baje y empuje? –preguntó Alexander.

–Ah, tranquilo, Alexander –dijo Danny con voz tranquilizadora–. Hombre, ¿no ves que es Nochevieja? ¿No ves que la vida es dura, que te espera toda una vida de preocupaciones? ¿Por qué hay que tener siempre tanta prisa?

–¡El Príncipe de Creta nunca debe tener prisa! –añadió Scotcho, enfático.

–¿El Príncipe de Creta? –repitió Francis en voz baja.

–¡Claro! Alexander es el Príncipe de Creta –explicó Danny, volviéndose para mirar fijamente a Panos, poniendo en blanco sus grandes ojos con asombro burlón–. ¡Qué buen chico eres! –exclamó de pronto con una carcajada, y bajo el influjo de alguna poderosa alegría secreta empezó a cabecear y a ahogarse con una risa incontenible.

–¡Bah, no tiene sentido! –suspiró Alexander. Lanzó un aullido bienhumorado y extendió los brazos con impotencia, lo que provocó que los muchachos del asiento delantero le ofrecieran al instante la botella. Era la gran oportunidad que habían estado esperando y le instaron a gritos a que bebiera más y más, cosa que hizo de inmediato a tragos prodigiosos y salvajes, mientras todos le vitoreaban.

–¡Ahí lo tienes! Eso es –exclamó Danny, fuera de sí, inclinándose solícito sobre Alexander desde el asiento delantero y acariciándole el pelo con entusiasmo–. ¡Bebe! ¡Porque mañana puedes estirar la pata! ¿Sabes una cosa, Al? La vida es dura, no hace falta que te lo diga. El mundo está lleno de penas, de viejas yendo como pueden a la fábrica para el turno de noche, o al Monarch para ver una película, de ancianos que friegan suelos. Oh, Al, si yo fuera tan inteligente como tú me expresaría mejor. ¿Sabes? –continuó, volviéndose hacia Francis Martin con aire sincero–, tú no nos conoces y nosotros a ti tampoco, lo único que sabemos es que eres el hermano de Zagg y eso nos basta. Lo que intento decir es que no somos la panda de idiotas que parece que somos, ¿entiendes? Yo trabajo en una fábrica, Francis, desde las tres de la tarde hasta medianoche, por la mañana voy al instituto para tener un poco de educación. Trabajo duro y estos chicos también. Así que seamos todos amigos, es Nochevieja, maldita sea. Si fuera lo bastante inteligente, como tú o Alexander, me expresaría mejor, ¿sabes? De modo que acepten mi más afectuoso... ¡caballeros, todos ustedes!... a todos ustedes, malditos caballeros, les deseo el mejor de todos los malditos años nuevos de esta loca tierra de mierda. ¡Salud!

Y bebió un tremendo trago de whisky, y balbuceó y tosió y se atragantó, se le llenaron los ojos de lágrimas y Scotcho soltó una carcajada histérica.

–¡Vamos! –gritó Berlot, tirando la botella vacía por la ventanilla y pisando el embrague. El coche se movió hacia delante con un gran salto y salieron al fin hacia los bares de Rooney Street.

Cuando subieron al piso de arriba del bar, Scotcho y Berlot separaron inmediatamente a dos chicas que estaban bailando juntas y las pusieron a bailar como locas. Francis y Alexander tomaron la retaguardia de forma más o menos decorosa, pero en cuanto Francis se dio cuenta de lo que venía a continuación –aquella sala de baile rugiendo y temblando con el ruido de los pies, los obreros francocanadienses retozando con sus mujeres con ese aire de rigidez y compostura de los obreros en días festivos, la medianoche acercándose y todo volviéndose cada vez más ruidoso– decidió irse a casa y meterse en la cama. Sin decir palabra a nadie, bajó las escaleras, se enrolló la bufanda al cuello y empezó a subir por la estrecha calle nevada.

Y mientras caminaba hacia casa a paso firme, a su alrededor, a lo largo de Rooney Street, en los canales, la ciudad emitía amplios sonidos de fiesta que aumentaban a medida que se acercaba la medianoche. Había dejado de nevar de pronto, se había levantado viento y alzaba la nieve fresca y limpia por las calles, una brecha ocasional en las nubes revelaba repentinas estrellas centelleantes. Ahora hacía más frío.

«Qué impresionante la galería de idiotas con la que desfila mi hermano», pensó haciendo una mueca. «¡Amigos! ¿Se cree que todo el mundo es amigo suyo? ¡Menudo caos! Por todas partes, no hay nada más que caos.»

Caminaba absorto en sus propios pensamientos, sorteando de vez en cuando las aglomeraciones de gente, pasando frente a tabernas, restaurantes y *diners* en los que ya empezaban a tocar trompetas de papel y a agitar cascabeles en un frenesí de alegría.

Giró con decisión por una estrecha calle lateral y avanzó a grandes zancadas junto a los edificios de viviendas. Había luces encendidas en algunas ventanas y Francis oía todo tipo de sonidos alegres en el interior. «Feliz Año Nuevo», sonrió. «Despedid al viejo año, idiotas. Que empiece el nuevo: más estupidez, más miseria brutal, más absurdidad, más caos. Pero, por Dios, no os salgáis de la fila o el inmediato superior os matará a latigazos. Cuidado con el presupuesto. Hay responsabilidades que cumplir. Amad a vuestra mujer y a vuestros hijos, promoved la raza subhumana. Acatad el látigo de vuestros superiores. No os rebeléis, hagáis lo que hagáis. ¡El látigo y no la muerte! En cuanto a mí, damas y caballeros, abandono el barco que se hunde.»

Se detuvo en el puente sobre las cataratas del Merrimac, que se precipitaban en un vapor espumoso bajo las estrellas. Sintió escalofríos.

«¡Dios!», se estremeció. «Qué horrible sería estar en esa agua. Cómo se sacuden esos malditos témpanos en las rocas.»

Se detuvo junto a la barandilla y miró hacia abajo con desazón.

De pronto, un coche cruzó el puente a toda velocidad y pasó junto a Francis, alguien se asomó por la ventanilla y gritó:

–¡No saltes, amigo, no saltes! ¡Feliz Año Nuevooo!

Y antes de que Francis pudiera mirar a su alrededor, el coche viró enloquecidamente en el cruce y salió disparado hacia el centro.

Apuró el paso pensando y consumiéndose, y al fin se vio subiendo por Galloway Road hacia casa, con los sonidos de la ciudad festiva desvaneciéndose a lo lejos.

–Qué clima ridículamente frío –resopló–. El Sur, eso es lo que quiero: el Sur de Mann, o el de Gide, o el de Goethe, el Sur mediterráneo, el veneciano. Me acuerdo del poema que escribiste sobre eso. ¡Qué tímido y estúpido era yo! Me pregunto cuántos tipos como yo se habrán consumido de preocupación, cuántos habrán escrito poemas en todas esas miles de caóticas ciudades norteamericanas hasta que por fin se marcharon. ¿Y cuántas chicas? Me pregunto dónde estarán todas esas chicas que leen a Willa Cather, a Edna Millay, a Gertrude Stein. Esas son las personas que me interesan, a las que salva su sensibilidad. ¿Qué significa el resto, por el amor de Dios? Esas grandes hordas como hormigas, afanándose en un hormiguero absurdo.

Francis se detuvo en mitad de la carretera y miró la gran casa de los Martin. Recordó su infancia mientras la contemplaba. Era la casa en la que había nacido y crecido y, sin embargo, ¿qué prueba había, en medio de la desolación invernal de la noche, de que alguna vez le hubiera ocurrido algo en ella? «Mirar esa casa me hace tener la certeza de que nunca pertenecí a ella. ¿Dónde está mi sol veneciano, mi futuro, mi Riviera, mi plaza de mármol? ¿Dónde estaré cuando me haya librado de todo esto para siempre?»

En la casa de los Martin, en el secreto aislamiento de la medianoche, en la alegre y asfixiante excitación nocturna en la que no están presentes ni el padre ni la madre, en los oscuros y espeluznantes pasillos de la casa, en el sonoro regocijo de los desvanes, los rincones oscuros, bajo la cama, tras de la puerta, tras el sofá, mientras el viento gime y los cristales de las ventanas tiemblan y algo acecha arrastrándose en medio la oscuridad, entre todas esas cosas se encontraban ahora los niños Martin, escondiéndose, corriendo por los pasillos, gritando, arrastrándose a cuatro patas, bromeando, riéndose a carcajadas, diciendo:

–¡Te pillé!

Porque era medianoche y la casa estaba oscura, aislada, excitante, e iba a ser suya toda la noche.

–¿Dónde está Joe? ¿Dónde está Joe? –gritaban los niños Martin en la oscura casa enloquecida por el viento de medianoche.

–¡Está escondido en el ático, seguro!

–¡Vamos a por él! ¡Está escondido en el ático! ¡Vamos a por él!

Y todos se apresuraron a subir al desván en busca de su loco hermano mayor Joe, los alegres niños Mickey, Charley, y hasta

Lizzy, que los acompañaba, pero cuando llegaron allí, no estaba escondido, sino sentado ante un viejo arcón sacando un montón de ropa vieja.

–¡Mirad todas estas cosas! Nunca había visto tanta basura. ¿Quién va a querer este vestido viejo? ¿Quién quiere este viejo sombrero de paja?

–Oooh, ¡déjamelo a mí!

–¡Juguemos un poco más al escondite, Joey, por favor, Joey! ¡Eh, Joey! ¿Joey?

–Espera, quiero ver qué más hay en este viejo baúl.

–¡Eh, mírame! ¡Soy Zouzou! ¡Soy Zouzou el chatarrero! ¡Arre, arre, caballo!

Y el viento soplaba en los hastiales del desván, algo crujía en un rincón oscuro, y la casa era espeluznante y rica en oscuridad y todo era fabuloso.

–¡Mirad esto! –exclamó Lizzy, sacando un viejo vestido de 1910, y empezó a ponérselo, con el sombrero y los zapatos de ala ancha, y paseó pateando el suelo, muy solemne, y los niños se revolcaron por el suelo de risa, y Joe se rascó la barbilla, y el viento golpeaba contra el desván, las vigas crujían.

Un niño, un niño, escondido en un rincón, espiando, envuelto en velos, en mortajas y misterio, todo ternura, todo serio, todo inocente con su amor a estrenar, más dulce que un pájaro, tan puro con sus hermosos ojos brillantes y sus labios sonrosados y su pequeña risa alocada y su sonrisa resplandeciente, un niño retorciéndose y temblando de fantasía y conocimiento, capaz de llorar, ignorante de los pájaros del crepúsculo que vuelan tan cerca con sus ojos desolados, pero ahora no, oh, aún no, y el niño, sin saber, pero más sabio, con un conocimiento divino, grita: «¡Te pillé!».

Francis entró en la casa, subió a su habitación del ático y se acostó en su cama, en su rincón oscuro, para meditar. Y por toda la casa, arriba, abajo, por todas partes, se oían ruidos extraños, tintineos y chasquidos inexplicables, crujidos y correteos, gritos y jadeos, y algo que se escondía y jugaba en la oscuridad, alborotos y golpes por todas partes.

¿Qué era eso? Dios mío, ¿qué estaban haciendo? Él no había sido esa clase de niño. ¿Le estaban pinchando acaso?

No, no había sido esa clase de niño, había sido uno (pensaba ahora Francis, sombríamente) enfermizo e introvertido, un niño dado a largos y profundos aislamientos y ensueños solitarios durante los cuales imaginaba ser un héroe, un príncipe, un gran boxeador, un guerrero y un dios. Obviamente, a causa de su delicada salud no había podido participar en las actividades comunes que le rodeaban: pero tampoco luego, cuando ya gozó de una salud normal, le habían interesado mucho ninguna de las cosas que hacían los niños.

«Mi madre cree que para mí fue un duro golpe ser enfermizo –pensaba mientras miraba el techo oscuro–, pero, cielos, cuanto más lo pienso más me doy cuenta de que en realidad fue una bendición para mí. ¿De qué otra forma podría haber disfrutado de aquellos momentos de contemplación en mi niñez mientras los demás niños estaban en el campo y la calle compitiendo con sus estúpidos juegos? Para mí estuvo bien así. Aprendí lo raro, hermoso, lo delicado, lo superior. Es la misma historia de muchos grandes hombres. Si quiero ser grande, he de conocer los secretos...»

Y nada había más lejos de su mente que las ingenuas y absurdas esperanzas, la confianza sentimental que su familia depositaba en él con respecto a un futuro maravilloso para él –en los momentos en que lo consideraban el «raro» de la familia, alguien que tenía «algo en la cabeza» y que seguro algún día los sorprendería a todos con alguna fantástica hazaña que haría que se sintieran orgullosos de él–, nada había más lejos de su mente que esas cosas.

«Me siento como si estuviera perdido en un país extranjero, desconocido y hostil –pensó–. Como la otra noche, cuando el viejo alzó su copa hacia mí, ¿cuándo fue, la noche de Navidad? "Brindo por ti, Francis, esperemos lo mejor", dijo, con esa mirada triste y sentimental. Me odia y se avergüenza de odiarme, y sabe que yo también me doy cuenta. Porque no conseguí trabajo nada más salir del instituto, como el resto de los pobres cretinos de por aquí, porque no escucho sus estúpidas historias, porque soy reservado. ¡Oh, cómo le enfurece eso! ¿Qué dijo Gide sobre los padres burgueses? Pero realmente le saca de quicio. Aun así, cómo me hubiera gustado devolverle el brindis la otra noche, con una reverencia formal... Ah, pero esas cosas no se hacen por aquí.» Esbozó una sonrisa en la oscuridad.

(Alguien dijo «¡Uuuuuu!» por debajo y un piececito repiqueteó lentamente, y a continuación se oyeron lamentos como si pretendieran burlarse aparatosamente de todo el dolor).

Francis se volvió en la cama y se quedó mirando la pared. «¡Oh, menuda estúpida pandilla la de esta noche! Esa pandilla de Pete, ese horrible griego suyo y ese horrible Danny con su discursito sentimental. Mi silencio también le molestó. Eso es lo que más odia de mí el viejo, ese silencio... Y toda esa gente con gorritos de papel. La víspera de Año Nuevo... qué horrible pensar que va a ser otro año entero igual... ¿Cómo hace la gente para seguir viviendo?», pensó con el ceño fruncido. «Me pregunto cuándo me sobrevendrá la próxima depresión. Baudelaire estuvo deprimido toda su vida. Hay tantas cosas que enferman hoy en día que Baudelaire no sabría ni por dónde empezar.»

(Una puerta crujió al abrirse lentamente en la planta de abajo y a continuación corrieron unos piececitos dando tumbos, hubo una pausa, un silencio, un silbido ahogado, una espera vigilante, otra pausa, otro silencio, y de golpe la canción se invirtió y hubo gritos y galopes y risas locas... en toda la casa, en toda la casa).

Y tanto si se daba cuenta su familia como si no, estaba a punto de liberarse.

«Eso es lo que me ha emocionado tanto esta noche al volver a casa –reconoció felizmente–, la idea de la libertad, de dar por fin un paso decisivo. Un simple trabajito en Boston, quizá algo mucho mejor más tarde, y abandonar esta ciudad y esta casa y marcharme siendo yo mismo, el viejo F. Martin, una idea de libertad. Eso es lo que me agitó maravillosamente.» Se sentó en el borde de la cama. «Se acabó mi padre presidiendo la cena, con esa foto de boda provinciana de él y mi madre colgada en la pared como una espada de Damasco, como si fuera una novela de Julien Green, un sombrío recordatorio para todos los niños del destino que les espera.»

(Hubo un silencio repentino al cesar el viento, y alguien hizo callar, otro silencio, el chillido de un ratón...)

De pronto se sintió terriblemente solo. Se tumbó en la cama y volvió a ponerse de lado. Oyó el crujir de las ruedas de los coches sobre la nieve en el camino de entrada y las voces. Eran sus padres y Ruth y Rosey que volvían de la fiesta en casa de los Cartier. Se acercó a la ventana para mirarlos con solemnidad desde su oscura guarida.

–Hemos pasado todos una velada estupenda –susurró con sorna.

(Abajo, el revuelo de piececitos en las habitaciones y los chasquidos de silencio, mientras los pequeños cuerpos se metían bajo la manta sofocados de regocijo y esperaban sin aliento, enloquecidos).

Francis se recostó en el sofá y, de pronto, un instante después, se quedó profundamente dormido con la ropa puesta. Soñó en la oscuridad con pasillos llenos de formas humanas hasta que, de repente, se oyeron ruidos en el exterior. Francis alzó la cabeza y parpadeó al ver la luz gris de la ventana. Le extrañó haber dormido durante horas. Escuchó atentamente las voces y los cantos que se oían en el camino. Reconoció la poderosa voz de Peter entre todas las demás. Se levantó, cruzó sigilosamente el ático hasta el frontón de la casa y miró hacia la carretera. Vio el coche de Berlot aparcado frente a la casa, y a Scotcho sentado desconsoladamente en el estribo como si estuviera enfermo, y a Berlot y a Danny sosteniendo a Peter entre los dos y paseándolo de un lado a otro por la nieve, mientras cantaban y gritaban a coro. El viento del amanecer arremolinaba la nieve a su alrededor.

Francis odiaba las escenas y temió una a pesar de su soñolencia. Regresó a su habitación, se puso el abrigo y bajó las escaleras de puntillas. Cerró la puerta sin hacer ruido y caminó por la nieve hasta el coche.

–¿Qué le pasa a mi hermano? –preguntó medio dormido.

–Está borracho –gritó Berlot en la helada quietud–. ¡Je, je, je! ¿Sabes lo que ha dicho hace un minuto? Dijo: «Señores, si son tan amables de permitirme rogarles su indulgencia, me gustaría en este momento entregarme a los más bajos... no, a los más viles instintos». ¿Cómo lo dijo? «¡Permítanme, caballeros!» ¡Algo así! Y luego sacó la cabeza por la ventanilla y puaj... ¡Je, je, je! ¡Así es Zagg, así es el bueno de Zagg!

–Por Dios, muchachos –gemía lastimeramente Peter–, por Dios, muchachos, por Dios, no quiero que mi madre me vea así, estoy muerto, no puedo más...

–¡Está bien, Zaggo! –exclamó Danny, arrastrando a Peter una vez más y despeinándole furiosamente–. Un poco de aire fresco te reanimará. Cálmate.

Le dio un par de bofetadas en la cara y se volvió para reírse a carcajadas de lo absurdo de la situación.

–Vuelve en ti, hombre –exclamó con una mirada estupefacta de ojos saltones.

–Tu hermano Francis te pondrá a salvo en la cama –dijo Berlot para tranquilizar a Peter mientras lo conducía hacia el porche–. Maldito viejo Zaggo, ¡qué borracho estás!

Peter resbaló y se quedó tendido sobre la nieve.

–¡Despierta ya, hombre! –gritó Danny mientras cogía un puñado de nieve y lo arrojaba sobre el soñoliento y desconsolado Scotcho, quien ni siquiera se molestó en alzar la vista–. Dios, caballeros, ¿es que soy el único lúcido en esta crisis? ¿Debo soportar todo el peso de la catástrofe? ¡Nuestra nave del estado se está yendo a pique! ¡El timón da vueltas sobre su clavija! Eh, Francis, ¿cómo se llama la cosa esa sobre la que gira el timón? Oh –aulló, corriendo de repente por la carretera con los brazos extendidos–, llega el amanecer y extiende Alexanders de rosados dedos por todas partes... ¡por todas partes!

–El Ratón está hecho un gran poeta esta mañana –dijo Berlot con admiración–. Hemos estado en todos los antros de aquí a Boston.

Francis cogió a Peter del brazo y le ayudó a subir los escalones del porche, tras lo cual, entre efusivas despedidas, cantos y declamaciones, la pandilla regresó al coche y se alejó rugiendo carretera abajo.

Francis llevó a Peter a la casa dando tumbos, con el cielo ya gris y los primeros pájaros de invierno cantando en los altos setos nevados. Lo condujo escaleras arriba resbalando y cayendo de rodillas y gruñendo y provocando repentinos y sonoros golpes contra los muebles. Tras interminables intentos, lo puso a salvo en el dormitorio que Peter compartía con Joe. Bajo una colcha de retazos que la madre había hecho con sus propias manos, Joe roncaba plácidamente. Peter tiró la ropa por toda la habitación y se metió como pudo en la cama. Joe se dio la vuelta resoplando y al cabo de un instante los dos estaban profundamente dormidos.

Francis salió al vestíbulo y se detuvo un momento en la oscuridad gris. A su alrededor, en todos los dormitorios, se oía la lenta y rítmica respiración profunda de toda la familia dormida, como un sueño único y misterioso, ese silencio extraño que reina en una casa dormida en las horas del amanecer, la taciturna presencia humana del silencio y el suave reposo incomprensible en la furia de la vigilia. Se frotó los ojos adormilado y se apoyó en la pared, como si de pronto hubiera olvidado dónde estaba y qué hacía. Se encontraba en un estado de letargo incomprensible, apenas despierto, y, sin embargo, era consciente de cierto regodeo en suspenso y sin aliento, mientras permanecía allí, en el oscuro vestíbulo, escuchando y mirando a su alrededor con una especie de soledad maravillada y enloquecida. La vieja y desgastada alfombra del vestíbulo, el baúl del rincón, las puertas familiares que conducían a los dormitorios, todo en penumbra bajo la luz gris, y los cálidos olores de las sábanas y almohadas, la suave respiración y el silencio, todo le rodeaba en una especie de profunda concentración. Dio un paso adelante y se regodeó en el fuerte chirrido que provocó.

«¿Qué hago aquí? –pensó de pronto–. ¿Quién soy?»

Mecánicamente abrió la puerta del ático y subió lentamente la estrecha escalera. En su habitación miró vagamente a su alrededor como si nunca antes hubiera visto la habitación, no esta habitación, y se quedó mirando por la ventana el gris y nevado amanecer, paseó un momento, se detuvo frente al espejo.

«Francis Martin, Francis Martin, Francis Martin», siguió pensando, se pasó la mano por el pelo y se quedó boquiabierto mirándose en el espejo.

Un momento después estaba de nuevo en el sofá, profundamente dormido.

(Los pequeños también dormían).

## 12

George Martin estaba a punto de perder su negocio. Cuando comprendió que la quiebra era una posibilidad real, de pronto no quiso hacer nada al respecto y se quedó parado, observando con una mezcla de horror y placer.

A los cincuenta años estaba experimentando esa segunda inquietud de la madurez que puede llegar a ser tan intensa como la primera inquietud de la juventud, esa inquietud salvaje y abierta a las acechanzas de la primavera, sujeta a solitarios y fútiles antojos, como el impulso de salir del caparazón de la monotonía y la soledad que los hombres experimentan tantas veces, pero que nunca conquistan mediante la paz y paciencia como, en cierto modo, suelen lograrlo las mujeres. De repente quería saber lo que se sentía al perder su negocio, pensaba en la ruina y la humillación y el exilio como si hubiera algo emocionante en todo aquello, quería saber «cómo era».

Cuando la gente le comentaba lo irremediablemente retrasado que estaba en sus pagos y en las letras de la hipoteca de su costosa maquinaria de impresión, que había ido costeando poco a poco a lo largo de los años, o cuando le hablaban de las ganancias que perdía a causa de su negligencia y al mucho tiempo que dedicaba al juego, exclamaba:

–¡Bah, qué más da! No hay que ponerse nervioso, no va a

pasar nada, puedo volver a levantar este negocio como lo levanté de la nada hace veinte años. ¿Es que me han tomado por idiota?

Pero la gente le contestaba que, si seguía pasándose el día jugando a los caballos y apostando y descuidando su negocio, sin duda no podría volver a levantarlo.

–Supongamos que el negocio se fuera al garete –respondía Martin acaloradamente–. Estoy harto de este lugar y de todo lo que hay en él. Llevo veinte años dejándome la piel aquí y nunca he ganado más de seis mil, ¡y eso que fue un gran año! ¿Y qué he sacado en claro? Obviamente, no he ahorrado mi dinero como han hecho otras personas, pero he trabajado muy duro.

–Pero siempre has vivido bien –le decían.

–¿Que he vivido bien? –resoplaba Martin–. Estoy asqueado de todo esto, ¡ya estoy harto! Por Dios, ¡ojalá pudiera hacer las maletas y dejarlo todo, dedicarme a las apuestas o algo así, ¡eso es lo que me gustaría!

–Pero tienes mujer e hijos –sonreían–. No puedes hacer eso.

–Conozco a algunas personas que lo harían, pero yo no, ¡yo no! –exclamaba Martin con tristeza–. Tendré que aguantar y buscar nuevos negocios, eso es todo, aguantar como he hecho siempre.

Pero lo cierto es que deseaba escapar de su vida como George Martin. Llegado a su mediana edad, el desenfreno y la desesperación se habían apoderado de él y le causaban un vértigo aterrador, se sentía como un niño pequeño que se balancea de una rama muy alta solo para ver qué se siente al «arriesgarlo todo». Le había invadido un tremendo deseo de volverse aún más triste y solitario de lo que nunca había sido, y se daba cuenta de que aquello le aguijoneaba más que ninguna otra cosa, era aterrador.

Incluso cuando apareció por el taller un hombre al que conocía por ser especulador hipotecario con un pretexto poco convincente, siguió hablando de echar todo por la borda con un regocijo salvaje e irreprimible.

El joven y leal Edmund quiso advertirle:

–¿No te puso Jimmy Bannon al tanto de que ese tipo andaba husmeando por aquí esta mañana? No deberías haber hablado con él de esas cosas.

–Lo sé, lo sé –dijo Martin con tristeza–, y también sé quién lo envió aquí, ya conoces a esa panda.

Y de pronto se echó a reír a carcajadas, porque le agradaba pensar que, al jugar con la idea de renunciar a su negocio y librarse de sus preocupaciones y cargas, también lo hacía con las ávidas emociones de aquella pequeña banda de hombres ansiosos por arrebatarle el terreno, tanto con fines de lucro personal como de rencor. Los conocía a todos y no le gustaba ninguno. Conocía los negocios turbios que algunos de ellos habían realizado en el pasado, pero no les daría la satisfacción del rencor por su parte. Todo aquello le daba escalofríos.

Poco después no alcanzaba a comprender la desmesurada locura que se había apoderado de él, miró a Edmund mientras trabajaba en silencio en la rotativa y se dio cuenta de que también había estado jugando con su lealtad de trabajador, pensó en su desprevenida esposa y en su familia, pensó en lo que pensaría de él su hijo favorito, el pequeño Mickey, pensó en todo lo que había invertido en su negocio, en su juventud y en el talento y la diligencia de toda una vida. Pensó en los viernes, cuando algunos de los niños, como Ruth, Lizzy, Charley y Mickey, venían a ayudarle a doblar los periódicos semanales, y en los pícnics que hacían en la tienda, y hasta empezó a mirar a su alrededor y a rememorar a través de cada objeto todas las escenas del pasado que evocaban en su memoria. Se sintió extraño.

Se daba cuenta de lo raro que le parecería levantarse por la mañana y no conducir hasta allí y aparcar el coche junto al canal y las vías del tren, desayunar en el establecimiento de Al, y luego entrar en la oficina, a su desordenado escritorio y sus galerías de tipos, y dar los buenos días a Edmund y al viejo John, y ver luego a Jimmy Bannon entrar a las once todo nervioso, aturdido y torturado, y trabajar allí los cuatro con alegría. Pensó en su pequeño taller con un grave sentimiento de consuelo, asintió con la cabeza diciendo: «¡Ah, sí, ah, sí, claro!». Estaba lógica y firmemente convencido de que el trabajo de toda su vida se encontraba allí, en aquel pequeño y familiar almacén junto al canal. Y sin embargo, mientras paseaba por la planta, seguía pensando en dejarlo todo.

Hasta cuando sonreía a la vista de un nuevo archivador de acero que había comprado hacía solo tres meses, su sonrisa se congelaba de pronto, y pensaba en «cómo serían las cosas» en aquel oscuro futuro inminente de una tristeza amarga y orgullosa.

De algún modo, eso era lo que deseaba: esa tristeza, esa libertad para enorgullecerse del fracaso y la soledad. Creía que así descubriría cosas que no había experimentado antes. A los cincuenta años era eso lo que quería, que su nuevo yo se ocupara de cosas nuevas y desconocidas. Se regocijaba en esos descabellados pensamientos aun cuando estaba firmemente convencido de que todo era una locura. Pensaba para bien en toda la alegría, la confianza y la lucha que su negocio le había aportado, en tiempos difíciles y en tiempos más fáciles, pensaba en todos aquellos aspectos alentadores... pero luego, sencillamente, resolvía que, de algún modo, estaba harto de la alegría y la confianza, que deseaba volver a sentir amargura y rabia, y una oscura soledad, como en su juventud.

«Maldito imbécill –pensaba con desprecio–, ¿acaso quieres ser joven de nuevo y andar por ahí regodeándote en la desdicha? ¿No es más que eso?» Y se reía sarcásticamente de sí mismo.

Diez veces al día pensaba en algún aspecto nuevo de su deseo de dejarlo todo, y cada vez era más alocado que el anterior, lo único que sabía es que quería abandonar, sin más.

–Dios, ¡lo único que quiero es que me dejen en paz! –gritó de pronto en la tienda, pero ni Edmund ni el viejo John le oyeron con el ruido de la maquinaria.

«Lo sé, lo sé –seguía pensando Martin con disgusto–. Es como toda la porquería del mundo. No soy mejor que los demás, nunca lo he sido. Tengo el mismo impulso loco y obstinado que hace que la gente haga cosas tan horribles... y ahí estaba yo diciéndome que no podía entender todas esas matanzas y guerras y robos y golpes bajos. ¡Qué risa! Soy tan malo como cualquier otro.»

«¿Y por qué habría de aguantar? –pensaba cada vez más iracundo–. No tengo por qué hacerlo. Caramba, ya lo he decidido, con mala racha o sin ella, eso es lo que voy a hacer y Dios puede odiarme todo lo que quiera.»

Se iniciaba así su caprichoso camino hacia la infelicidad y la amargura y la ira. ¡Qué poderosa, obstinada y magnífica estupidez sentía Martin al pensar en abrir las manos con dramática rigidez y dejar que su negocio se fuera al garete! ¡Qué emoción le producía sorprenderse a sí mismo y hacer lo inesperado, lo que haría que lo tacharan de tonto y provocaría su humillación! ¡Sentir que podía experimentar con la sangre de su propia vida, hasta con la oscura emoción de prometerse a sí mismo algún esfuerzo bueno y misterioso para más adelante, en aquel extraño futuro de humillación!

En el momento en que su mujer se enteró de la situación y hablaron de qué hacer, se dio cuenta perfectamente de hasta qué punto se había dejado llevar por caprichos y fantasías como un colegial. Veía con claridad que no había más remedio que salvar sus asuntos lo mejor que pudiera y seguir con sus negocios como siempre. En presencia de su mujer, la vida era tan sencilla como el beber y el comer, tan profunda como la noche y el día, y todos los salvajes humores y caprichos que había tenido un día antes le parecieron entonces un puro morbo innecesario a la luz del sol de la tierra, su tierra.

–No, no, no puedes hacer eso, George –protestó ella con firmeza, en voz baja, con lágrimas de dolor–, simplemente no serviría de nada.

–¿Crees que no lo sé, Marge? –gritó él, angustiado–. Pero, Dios mío, estoy tan cansado, tan cansado de todo este asunto que no puedo soportarlo más.

–Son tus nervios –dijo ella en voz baja–, no es más que eso. Lo único que necesitas es descansar. Así te darías cuenta de lo equivocado que estás. George, no quieras acabar tus días trabajando para otro sin estar seguro de nada. No sabes lo que puede pasar más tarde, en caso de que enfermes o algo así... ¡y después de todo el trabajo que le has dedicado, George!

–Lo sé, lo sé, yo también pienso en los niños –exclamó–. Tienes toda la razón. Estoy de acuerdo contigo al cien por cien. Pero si supieras lo que siento, si lo supieras.

–Lo sé, lo sé –dijo ella despacio–; estás nervioso y te sientes solo y quizá estés al borde de un cambio de vida. No te rías, no es tan descabellado como parece, George –protestó con tristeza.

–Ah, Marge –se rió él, acercándose y besándola–, a veces tienes las ideas más disparatadas... pero te reconozco una cosa: aunque digas tonterías, al final tienes más cerebro que yo.

La miró con amor, pero luego volvió a quedarse pensativo, inquieto y lleno de desazón.

–Son tus nervios, George, necesitas descansar –dijo ella con firmeza–. Estoy convencida de eso. Lo que necesitas es un buen descanso y tiempo para pensar... tal vez ni siquiera deberías pensar, solo descansar.

–Sí, «relájate, relájate», es lo que me dice el viejo Joe Cartier –exclamó con cierta ternura–. Bueno, no puedo, ¡eso es todo! No sé qué me pasa, pero no puedo aceptar las cosas como vienen. Tienes toda la razón, ¡estoy loco! A veces me pregunto cómo has podido soportarme.

–Oh, no eres ninguna ganga, en eso coincido.

–Así que no soy una ganga, ¿eh? –dijo sonriendo tontamente–. Bueno, vaya, por una vez estoy de acuerdo contigo. No lo soy. Y he estado a punto de demostrarlo –abrazó a su mujer y la miró con tristeza–. Mira, Marge, ve a ponerte tu mejor sombrero y cojamos el coche y vayamos a algún sitio, ¿te parece?

Entonces la recordó como la bonita chica francesa que fue en aquel pícnic de hacía tanto tiempo, con su mirada anhelante, tranquila y valiente, la gran amiga y compañera de su vida. Pensar que casi se había olvidado de ella, de todo lo que significaba para él, en un estúpido ensueño tan alejado del verdadero núcleo de su vida, fue suficiente para que se le encogiera el corazón de vergüenza.

Ella fue y se puso su mejor sombrero, sonrojada por el placer de la ocasión, y los niños se quedaron con la boca abierta al ver a papá y a mamá salir de casa cogidos del brazo, vestidos de gala y sin ningún propósito en particular, solo para tomar unas cervezas y charlar y estar juntos, sin películas ni fiestas ni nada por el estilo, solo para estar juntos. Y aquella noche Martin fue como un hombre que se da cuenta, en presencia de una mujer, de que la tierra no está loca, y sonríe.

Al día siguiente todo se hizo añicos. La banda que, como buitres, había estado vigilando cada uno de sus movimientos, compró su hipoteca, hizo algunos trámites y se sentó a esperar a que Martin tuviera que abandonar su negocio. Era la «famosa jugada del exprimidor», como la describió Edmund con solemnidad, y no había nada que se pudiera hacer al respecto.

–Bueno, ya está –dijo Martin cansado–, tendría que haber tenido más cuidado. Eso es todo.

Y la codicia y el rencor del que hicieron gala aquellas personas fue suficiente para amargar el alma de Martin, la gran culminación de sus peores temores acerca de la corrupción de los hombres corrientes. Aunque no dejaba de ser, al mismo tiempo, el misterioso acto real que realizaba los deseos que había tenido desde el principio y cerraba la puerta irrevocablemente a todo aquel incierto asunto: le tenían donde querían, y allí era donde él había querido estar realmente, en secreto, no importaba lo que intentara decirse a sí mismo.

Lo que le dejó helado, al comprender lo enloquecidos que podían llegar a ser los hombres, fue algo inesperado: dos de los maquinadores de aquel sórdido plan habían sido íntimos socios suyos en el pasado, dos hombres en los que siempre había confiado con toda naturalidad, como se confía en la luz del sol, dos hombres a los que incluso había respetado por su tranquilo y digno modo de vida, sus encantadoras familias, su urbanidad, su sentido común y su simpatía. Jamás habría podido imaginar que estuvieran implicados en un plan contra él o contra nadie.

–¡Wally y Jim! –exclamó asombrado–. Tiene que haber una confusión.

–¡No, no! –se quejó el tullido Jimmy Bannon, agitando el dedo frente a Martin con grotesco arrebato.

–¡Wally y Jim! –exclamó el viejo, estupefacto–. ¡Qué sabréis vosotros de esos dos!

Era una locura, una locura. Se oscurecieron las ventanas, el mundo había enloquecido y retumbaba de fatalidad, todo trastornado y enfermizo.

–No creo que puedas hacer nada, George, si esos tipos deciden echarte –dijo Edmund con gravedad.

–¡Y eso es lo que van a hacer! –aulló Jimmy Bannon, volviendo la cabeza con tristeza.

Al fin había perdido su negocio. Ahora que todo había terminado, quería estar solo, pensar un poco, subirse al coche y conducir por desiertas carreteras comarcales.

Aquel día, sin dejar de conducir, no paraba de mirar las granjas entre los campos, los árboles y los muros de piedra, bajo el hermoso sol de verano y la sombra del atardecer no dejaba de preguntarse qué estarían pensando allí los granjeros, si sus vidas se parecerían en algo a la suya, si tendrían problemas, miedos y una soledad tan espantosa como la suya, y si habrían conocido a hombres a los que apreciaban y respetaban y que, de repente, se habían vuelto en su contra y habían hecho del mundo un lugar terriblemente solitario. La gloria burdeos del sol creaba una sombra verde y profunda junto al pozo, junto al muro de piedra, junto a la vieja y polvorienta puerta del granero rojo, un mundo de sol que doraba la hierba y brillaba en los campos, creando motas de sombra en los bosques de aquella tierra vespertina. Era extraño, muy extraño.

Pero cuando regresó a Galloway y vio la ciudad bullir en el ajetreo del comienzo de la noche del sábado, con las compras y las salidas, cuando pasó por las peluquerías y vio a los hombres afeitándose, cuando los vio en los bares, con los pies en la barandilla de latón y el sombrero echado hacia atrás, y a los niños corriendo entre las sombras y gritando de alegría, cuando vio a toda la multitud arremolinándose bajo las luces de Daley Square, de pronto se sintió alegre y casi feliz.

Casi le hacía reír pensar en lo que habían hecho Wally y Jim.

–Esas cosas pasan, ¿no? –se rió–. ¡Pues que se lo queden todo, eso no va conmigo! Que estén tan locos como quieran, ¡por Dios, todavía me queda mi honestidad y mi alma! Tal vez esté arruinado, pero aún conservo mi alma.

Cogió a sus dos viejos amigos, Joe Cartier y Ernest Berlot, y se fueron a su club favorito de Rooney Street a pasarse la noche bebiendo. Martin llevaba algo de dinero encima e insistió en gastarse hasta el último céntimo en sus dos viejos camaradas, que tuvieron la bondad de beber con él cuando necesitaba su fiel y buena presencia.

–¡No estéis tan melancólicos! –les gritó toda la noche–. ¡Bebed! ¡Pasadlo bien! ¡Sed felices! No os preocupéis por mí, puedo encontrar trabajo en cualquier sitio y ganarme la vida igual que siempre. ¡Billy! ¡Otra ronda de bebidas! –aulló.

–Está bien, muchacho –rumió el viejo Joe Cartier–, supongo que es inevitable que ocurra lo que tiene que ocurrir, no sirve de nada lamentarse.

–Así es –dijo el viejo barbero Berlot con una sonrisa burlona–, recuerda lo que perdí yo en mi época. Me habría podido pasar llorando durante quince años si eso es lo que hubiese hecho.

–¡Exacto! –gritó Martin–. Puede que estemos arruinados, ¡pero tenemos nuestra honradez y nuestra alma! No creo que ninguno de nosotros tenga que preocuparse por lo que ha hecho en su vida –y se agarró a sus hombros melancólicamente.

Más tarde, esa misma noche, lloró al escuchar cantar a un joven irlandés con su dulce voz de tenor todas las viejas canciones de su juventud.

–¿No es curiosa la forma en que empezamos a vivir? –exclamó afligido–, ¡pensando que el mundo entero es un bonito lugar que solo espera que nos abramos camino! Es el hermoso sueño de la juventud, previo a aprender cómo pueden llegar a ser algunos hombres, cómo se pueden romper las cosas. Pero, por Dios, muchachos, que si tuviera que vivirlo todo de nuevo, ¡lo haría! ¡Vaya si lo haría! ¡Porque es una vida dulce cuando te pones a ello! Escuchad a ese chico: ahí tenéis toda la dulzura y la belleza de la vida reunidas en una hermosa canción, ¿qué más se puede pedir? Al menos nosotros tenemos eso, tenemos la belleza y unos cuantos dulces recuerdos, y esos pobres niños que hemos traído al mundo, que confían en nosotros, nos quieren y creen tanto en nosotros. Es una vida dulce. Olvidemos todo lo demás, digo, porque es una vida dulce y Dios es bueno con nosotros al final.

A las cuatro de la mañana, los dos viejos amigos se lo llevaron a casa murmurando, agotados y borrachos, lo ayudaron a subir a su casa, lo desnudaron a tientas mientras su mujer se apresuraba a preparar unos calmantes, lo dejaron en la cama, se miraron con impotencia y luego se marcharon de puntillas a sus casas.

Y el pequeño Mickey, a quien todo aquel ruido y agitación de la casa habían despertado de un dulce sueño profundo, se quedó en el umbral de la puerta y miró temeroso a su padre, que yacía farfullando y borracho en la cama.

Sin embargo, el lunes por la mañana el gran hombre se levantó temprano, se afeitó, se vistió y desayunó en un silencio meditabundo, grave y con el ceño fruncido. Mickey observaba a su padre: el cuello de su camisa blanca y limpia, apretado y pulcro contra la carne rubicunda de su cuello, los ojos tristes y pensativos, el rostro absorto y decidido por la mañana, los movimientos primorosos y solemnes que denotaban un nuevo propósito y muchas angustiosas consideraciones. Su mujer le hablaba de cosas sin importancia y él la miraba con su agonizante ternura meditabunda. Luego salió silenciosamente de la casa, sin decir palabra, se subió al coche y se marchó.

Aquella mañana consiguió un trabajo fijo y bien pagado en una imprenta del centro de la ciudad, volvió a casa y le dijo a su mujer que a partir de ese momento todo volvería a ir bien.

De modo que George Martin, en el espacio de una semana, perdió un negocio valorado en veinte mil dólares, sacó sus últimos ahorros del banco para hacer frente a la mayoría de sus deudas y evitar el deshonor de una bancarrota total y se convirtió en empleado de la empresa de otro hombre tras veinte años trabajando por cuenta propia.

Aun así, la conmoción de aquel cambio realmente asombroso fue recibida entre los Martin, jóvenes y viejos, con calma, alegría y hasta regocijo. Siempre habían estado absortos en la vida y nunca habían sido muy conscientes de las sutilezas de su «posición» en la comunidad, por lo que no se habían percatado del delicado e invisible pero también definitivo cambio que se había producido en el estatus de la familia. No era improbable incluso que tuvieran que marcharse de la casa grande y buscar un lugar más barato para vivir. Pero solo pensaban en el humor y el patetismo de la situación y en el disgusto de su padre. Le rodearon riendo, y enseguida se preocuparon todos de la sencilla cuestión de ganar más dinero.

Aquel verano, por las tardes, se sentaban a charlar en el cuarto de estar:

–Ahora sabrás lo que se siente al tener que levantarte por la mañana y correr para no llegar tarde al trabajo –le dijo provocadoramente Ruth a su padre.

Y todos se reían con ganas, las carcajadas se oían por toda la casa, los niños sentados en el borde del sofá miraban y escuchaban embelesados, la madre preparaba limonada para todos en la cocina mientras el padre estaba sentado en su sillón, sonriendo.

–Ah, ¿qué quieres decir? –resopló, guiñando rápidamente un ojo a los niños–. Un momento. ¿Qué te hace pensar que me resultaba tan fácil trabajar por mi cuenta? Recuerdo lo mucho, muchísimo, que te cansabas doblando aquellos viejos periódicos para mí en la oficina, ¡tenía que llevarte a casa en brazos, pequeña chispita!

Ella se sentó en el reposabrazos del sillón y se burló de él:

–¡Ahora sabrás lo que se siente al fichar en el último minuto! –exclamó golpeándole el brazo y haciendo una mueca irónica.

Los niños chillaban de risa.

–Pues tendré que fichar, ¡qué le vamos a hacer! –exclamó el viejo sonriendo, y trató de pensar en algo gracioso. Entonces entró la madre con la limonada, y todos se quedaron allí sentados hasta bien entrada la noche riendo, discutiendo, gritando, casi celebrando aquel nuevo y extraño giro en la suerte de la familia, de alguna manera tan emocionante y maravilloso, porque les hacía estar todos juntos, allí sentados, «celebrando fiestas todo el rato», como decía Mickey, encantado.

Joe se enardeció con una nueva idea al calor de todo el entusiasmo.

–¿Sabes, papá? Estuve ahorrando mucho dinero durante mi viaje y se lo envié a mamá. Ahora me va a venir bien. Conozco a un tipo que quiere vender su gasolinera. Es un pequeño lugar en la calle Kimball, dos surtidores y un puesto de engrase. ¡Me lo voy a quedar! ¡El lunes cerramos el trato, el lunes!

–Seré tu ayudante, Joey –gritó Charley–, tirando del brazo de su hermano mayor–. Iré después de la escuela. ¡Trabajo muy bien! Sabes que soy muy bueno.

–Claro que sí.

–¡Mamá! –gritó Charley. Tal vez pueda dejar la escuela ahora y trabajar para Joey, ¿eh? Ya no tengo que ir a la escuela, ¿vale? Quiero empezar a trabajar.

–Ni lo sueñes –dijo la madre, mirándolo fijamente.

–Y yo –dijo Mickey. Frunció el ceño pensativo y sonriendo a continuación tímidamente–: voy a empezar a repartir periódicos.

–Oye –dijo el viejo, mirando a Ruth y guiñándole un ojo–, tal vez sea esa la solución a todos nuestros problemas. Mickey va a repartir periódicos.

La familia soltó una carcajada. Cualquiera que pasara por la calle podría haber pensado que en casa de los Martin se estaba celebrando una gran fiesta. En el seno de una familia así, tanto si los acontecimientos eran felices, buenos y maravillosos, como si eran desafortunados, y hasta calamitosos, nunca podían sentirse desanimados o tristes, solo entusiasmados y dichosos y, al final, todos juntos. Juntos no había más que motivo para el regocijo, la mera fuerza y alegría de su numerosa presencia era en sí misma un entusiasmo desbordante, se miraban y se reconocían de esa manera natural, poderosa y callada que tienen los hermanos y hermanas, los padres y los hijos.

La gran Rosey, por ejemplo, hermana mayor y celosa guardiana de sus vidas, estaba sentada junto al joven Peter en el sofá, riéndose a carcajadas y lanzando alguna que otra pulla cuando alguien se burlaba. Peter, sentado a su lado meditabundo, pero observándolo todo con profundo placer y consuelo, estaba asombrado de aquella muchacha tan grande; su volumen y trascendencia, sus carcajadas y gritos y enormes movimientos le hacían alegrarse de que estuviera allí y fuera su hermana. No lograba saber por qué. Era su presencia, el gran y consolador misterio de que estuviera a su lado, y de que toda la familia estuviera allí con él, y él con ellos. Sentir ese afecto desconocido, pero tan abrumador por sus hermanos, hermanas y padres, verlos allí en la habitación con él y reír con ellos, en eso consistía la gravedad, la alegría y el asombro.

El padre era consciente y estaba agradecido de aquellos vínculos: se preguntaba si alguna vez debería haber lamentado algún error en su vida, alguna decisión o error de cálculo, cuando todo era igual, seguía unido, todo daba lo mismo y estaba igual de bien si el corazón de su familia seguía vibrando al unísono.

Nadie se sentía realmente abatido: la propia madre hablaba de volver a trabajar en las fábricas de zapatos si era necesario. Hasta la joven Lizzy quería dejar ya el instituto y conseguir un trabajo.

–¿Qué tiene de horrible dejar la escuela? –murmuró con orgulloso desdén–. ¿Qué me importan a mí la historia y los libros? Quiero ganar dinero y pasármelo bien –exclamó.

–Quiere ganar dinero para ir a Hollywood y ser una gran actriz –pinchó Rosey, acariciando burlonamente la cabeza de Lizzy–. Miradla. ¿No es una belleza deslumbrante?

Elizabeth le sacó la lengua.

–Miradla –gritó Rosey–. ¡Es toda una dama! Igual que Greta Garbo. Se va a ir a Hollywood y se va a convertir en una gran actriz, y luego vendrá por aquí en un coche de lujo vestida de punta en blanco y nos mirará a todos por encima del hombro.

Acarició alegremente la cabeza de su hermana pequeña.

–¿Eso es lo que harás, Liz? –rió Joe con cariño–. ¿Ni siquiera vas a saludarme cuando seas famosa? ¡Después de todas las veces que te dejé jugar al béisbol con los chicos! Cuando todas las otras chicas jugaban a las casitas, Liz ya estaba lanzando en el campo. ¡Ja, ja, ja!

Nuevas carcajadas, y Elizabeth frunció el ceño y miró a su alrededor con enfado.

–¿Me invitarás a un café cuando nos veamos a la salida del Ritz? –preguntó el viejo con gran inocencia. Todos volvieron a reírse a carcajadas y a darse palmadas en las rodillas, y Liz salió de la habitación con paso feroz. Pero al minuto estaba de vuelta contoneándose alegremente y burlándose de Joe y Rosey.

Así era todo: una convocatoria de resoluciones y excitaciones. Pero también estaba su opuesto:

–No tiene sentido que me quede en casa ahora que he conseguido este trabajo en Boston –le dijo Francis a Peter. Y añadió, con una sonrisa irónica–: De todos modos, no veo qué sentido tiene alborotar la casa, ¿y tú?

–¿Alborotar la casa? ¿De qué estás hablando?

–Oh, es solo la sensación que tengo. Una tontería, no tendría que haberlo dicho –sonrió un poco melancólico–. Me lo paso mejor en Boston.

Ese otoño empezaba otro curso en Harvard.

Por las mañanas, George Martin acudía al trabajo con su hija favorita, Ruth. Ruth, la pequeña y elegante Ruth, que siempre había sido tan alegre y leal, tan querida por él y un consuelo para su corazón, la que le conocía quizá mejor que nadie en la casa y que en definitiva era como la gran amiga fiel, ella y él iban a trabajar juntos a la misma imprenta, lo hacían a pocos metros el uno del otro en la linotipia y en la plegadora, levantaban la vista de sus tareas de vez en cuando e intercambiaban alegres miradas de placer porque ahora trabajaban juntos.

Y para el atribulado padre era una alegría y un gozo ver a su Ruthey allí, trabajando a su lado por la mañana, prueba suficiente de que no estaba solo ni había sido despreciado en el mundo, como había sentido hacía no tanto con tristeza, prueba de que el sol brillaba en la tierra incluso después de lo mucho que se había dicho a sí mismo que todo era error, miseria y locura, que todo estaba dicho y hecho, o era mero capricho y accidente.

# Tercera parte

## 1

Aquel verano, Tommy Campbell, el compañero de infancia de Peter en su aventura del río, Tommy, el del pelo pajizo, el muchacho vigoroso e inteligente, se presentó con el uniforme del ejército de los Estados Unidos.

Ocurrió en un atardecer silencioso y veraniego, bajo la luz rojiza del mes de junio de Nueva Inglaterra. Peter y Alex Panos estaban sentados en el porche con las sillas apoyadas contra la pared de la casa, charlando. Peter acababa de terminar su primer año de universidad.

Vieron una figura que subía a grandes zancadas por la carretera a medio kilómetro de distancia, observaron el suave polvo que levantaba en el camino al andar y comprobaron que era algún joven soldado de aspecto triste y solitario. Alexander comentó:

–¡Mira ese soldado que sube por la carretera, triste y perdido en sus letales pensamientos!

Pero no lo habían reconocido. Cuando llegó a la altura del seto, el joven Tommy Campbell gritó:

–¡Eh, civiles! ¡Que no os enteráis!

Los dos muchachos se quedaron boquiabiertos.

–¡Me voy a Mandalay, idiotas! –gritó Tommy, pavoneándose por el sendero–. ¡Será mejor que me echéis un último vistazo porque no me vais a ver en mucho tiempo!

Y se quedaron asombrados porque al final se había «salido con la suya», y es que Tommy siempre había presumido de que algún día daría la vuelta al mundo y se convertiría en un «aventurero». Ahora sí que lo parecía. Les dio las manos con entusiasmo, les apretó los brazos con un fuerte apretón varonil, se rió y les dijo que se iba a Filipinas en unas semanas.

–Se acabó el azadón para mí durante un tiempo –dijo alisándose la manga y apoyando el pie en la barandilla del porche con aire despreocupado, elegante y soldadesco–. Vosotros podéis quedaros en casa leyendo libros y yendo a la universidad; eso ya no es para mí. Tampoco quiero ir al club 4-H, eso es para las chicas. Quiero ver los trópicos, quiero ver pigmeos y pájaros raros.

–¡De modo que es ahí donde ha estado todo este tiempo!

–Así es, maniobras en las Indias Occidentales. ¿No lo leísteis en los periódicos, en Martinica? Ahí es donde he estado. ¿En qué andabais vosotros? Me refiero a estos días –dijo sonriendo con socarronería.

Y no pudieron decir nada, absolutamente nada.

Aquella noche los tres muchachos se divirtieron de lo lindo charlando sobre todo lo imaginable y sopesando la deriva y posibilidad de sus respectivas fortunas en este mundo. Resolvieron todos los problemas de la existencia y el universo y se frotaron las manos en espera de otros nuevos. Se sentaron en el cuarto de Peter entre montones de libros y papeles y cartas, fumando un cigarrillo tras otro, bebiendo café a destajo, riendo a carcajadas, hablando de mujeres, política, libros y todo lo referente al alma humana. Cualquier tema parecía diseñado para ellos en aquel pequeño dormitorio lleno de humo, con la colcha de retazos, las imágenes de fútbol americano en la pared y las brillantes cortinas de encaje meciéndose con la brisa de la tarde de verano.

Decidieron alegremente ir a dormir al bosque de Pine Brook aquella noche. Peter bajó con sigilo a un viejo arcón y sacó algunas mantas al porche, donde las escondió bajo la hamaca. Luego volvió a subir y bebieron más café y siguieron charlando hasta las dos de la mañana, cuando decidieron partir con las mantas.

–Jamás olvidaré esta noche –dijo Alexander, sorbiendo con

júbilo su café–. Jamás la olvidaré porque, como veis, es muy importante, ¡lo digo en serio! Pensadlo bien. Tommy se va a Oriente, nos estamos despidiendo de él. ¿No lo ves, Peter? Después de todos estos años que conoces a Tommy, has jugado con él desde niño, después de todos los sueños de juventud. Es una despedida, para todos nosotros, ¡y bien triste! Estamos en el umbral de una nueva era, y solo Dios sabe lo que va a pasar. ¡Sea lo que sea, será sumamente importante para la humanidad! ¿Y cómo nos irá a cada uno de nosotros en la gran convulsión de los tiempos, qué aportaremos cada uno? ¿Cuál será nuestro legado a la gran hermandad de la humanidad?

–Sabes, Alex, esa es una cosa que siempre me ha sorprendido de ti –dijo Tommy con una sonrisa entusiasta–. El año pasado estuve a punto de escribir una obra sobre ese tema, con un personaje como tú que defendiera la hermandad de los hombres, pero como antítesis necesitaba a otro personaje que representara la voz de la necesidad y la filosofía práctica. ¿Ves el conflicto?

–Claro que sí, Tommy, es la historia de mi vida: percibir ese conflicto y ser torturado por él –dijo Alexander, asombrado por las palabras de Tommy.

–Te creo –sonrió bonachón el granjero–, pero así es como yo lo veo, es la pura verdad: Nunca tuve tiempo de escribir esa obra, tenía que arar en primavera y mi padre necesitaba una nueva valla para el prado. Como ves, el conflicto se resolvió solo. No tuve que escribir la obra, todo estaba ahí. Arar en primavera y poner una valla nueva, contribuir a sembrar el grano y criar el ganado para los ciudadanos del mundo, en otras palabras, la hermandad de los hombres en acción.

–Sí –respondió Alexander vagamente, aunque estaba a un mundo de entender de qué le hablaba–, sí, ya veo.

Y se calló, como solía hacer, para estallar momentos después en estridentes y exuberantes carcajadas cuando cambiaron de tema. Y así siguieron durante horas, con Peter yendo y viniendo a preparar más café y sacando tarta de la despensa. Al fin estaban listos para irse a dormir al bosque.

Justo cuando se disponían a salir de la habitación de Peter, se oyó de repente un ligero golpe en la puerta y la señora Martin apareció en el umbral con una sonrisa socarrona en la cara. La miraron, estupefactos.

–Sé lo que estáis tramando esta noche, pequeños diablos –dijo, señalándoles con el dedo y sacudiendo la cabeza–. No creáis que no me entero de las mantas que habéis escondido en el porche, ¿habéis oído?

Los tres chicos se cruzaron una sonrisa avergonzada.

–Sí, sí –continuó ella–, ya lo sé. Pensabais dormir en el bosque, en mitad de la noche, donde podéis resfriaros con la niebla y os pueden picar arañas y serpientes. No me engañáis –sonrió con astucia.

–¡Pues no! –protestó Peter con asombro–. ¡No exactamente! Solo íbamos a bajar a Pine Brook... y a bañarnos esta mañana, bien temprano por la mañana... y...

–¿Ir a nadar a estas horas de la noche? –preguntó sentándose en el borde de una silla y chasqueando la lengua casi lúgubremente–. Oh, no, no. Es peligroso dormir en el bosque así. Nunca se sabe qué clase de bichos y serpientes hay, sobre todo cerca del agua.

–¡Eh, mamá! –gritó Peter alegremente–. ¡Mira a Tommy! Es un soldado, a partir de ahora va a dormir en las selvas de Filipinas y todo eso. ¿Qué te parece? ¿Eh?

Los chicos rieron entusiasmados:

–Lo sé, lo sé –respondió la señora Martin–, pero no está bien igualmente. Tenéis una casa calentita, ¿para qué vais a dormir en ese frío bosque? Aquí hay una buena cama y también hay otra supletoria en el desván, los muchachos pueden dormir aquí, hay sitio para los dos. No pasaréis frío y estaréis cómodos, y antes de ir a nadar podéis llevaros unos bocadillos y una botella de leche si queréis. ¿No os parece mejor idea?

–Pero, ¿qué pasa con la selva, mamá? –exclamó Peter riendo.

–Yo no sé nada de selvas –dijo ella con un repentino y triste aire ausente–. Ni tampoco de ejércitos, ni mucho menos de las guerras que entablan. Si para Tommy va a significar dormir en la selva, tiene menos sentido que vayáis.

Y de repente les pareció que tenía toda la razón. La miraron embelesados mientras pensaban en sus cálidas camas acolchadas, su casa limpia, su comida en la nevera, sus radiadores calientes en invierno y todas las cosas de una granja. Recordaron lo agradable que era regresar a esas cosas tras una noche de borrachera y cansancio, lo realmente dulces que eran, y cómo nunca habían pensado en ellas.

–Sí –continuó ella–, todos deberíais estar agradecidos por tener casas agradables y confortables, aunque solo fuera eso lo que tuvierais en este mundo, deberíais estar muy agradecidos y hacer uso de ellas y disfrutarlas mientras podáis. ¿No os parece?

Y pensaron en «guerras y ejércitos» y en hombres que eran todo lo contrario de la señora Martin, con sus endebles tiendas de campaña y trincheras y cañones y comida de caldero y sangrientas batallas, y esbozaron una mueca.

–Ahora –dijo ella–, tal vez deberíais hacer lo que os digo y comprobaréis que la vieja no es tan tonta. Dormid aquí y luego os levantáis temprano por la mañana y os vais a nadar cuando salga el sol y todos los pájaros canten y se esté a gusto.

–De acuerdo, señora Martin –dijo Tommy Campbell, acercándose jovialmente a la madre y rodeándola cariñosamente con el brazo–. Tiene usted toda la razón. Lo haremos, no nos escaparemos, ¡lo digo en serio! Pero con una condición, y es que si hay pudin de caramelo en la nevera...

–Bueno, ahora mismo no hay, pero pensaba preparar un poco para el domingo, si quieres venir a hacerle otra visita a Petey...

–¡Ja, ja, ja! –gritó Tommy alegremente–. Era solo una broma, señora Martin. Vendré, aunque no haya pudin de caramelo. ¿Recuerda cuando nos hacía pudin de caramelo a Pete y a mí los días de lluvia, cuando hacíamos dibujos en su habitación? ¡Caramba, eso fue hace mucho tiempo!

–Sí –dijo la señora Martin casi temblorosa–, me acuerdo, y ahora mírate, hecho todo un soldado. ¿Por qué te alistaste en el ejército? Me parece que habrá tiempo de sobra para eso más adelante.

–Ya me conoce, Sra. Martin, siempre estoy de un lado para otro.

–Bueno, pronto iré a ver a tu madre y tendré una larga charla con ella. Buenas noches, chicos, y recordad lo que os he dicho –se volvió y los miró con severidad–: ¡nada de escaparse de casa!

Pero cuando salió de la habitación, Tommy se inclinó hacia los demás y les susurró:

–Cuando salga el sol y todos los pájaros canten. Pero ¿qué pasa con los murciélagos y la niebla nocturna? –se rieron por lo bajo–. Pero hagámosle caso, estoy muy cansado. Durmamos un poco y vayamos a nadar al amanecer.

De modo que esa noche durmieron en la casa. La señora Martin había hecho uso de sus últimos poderes benévolos para proteger el bienestar de Tommy Campbell de los misteriosos gustos de su generación, aquellos chicos que iban a la guerra y a la muerte. Ella quizá no lo sabía; ellos no podían saberlo, pero lo que sucedió aquella noche Peter lo recordaría más tarde con una pena angustiosa.

Al amanecer, adormilados pero alegres, los tres jóvenes cruzaron los húmedos campos cubiertos de rocío y se adentraron en el bosque, hacia el arroyo entre los pinos, donde habían nadado de pequeños. Y justo cuando llegaron allí, el sol empezó a salir, la niebla se agitó sobre las laderas y sobre el plácido arroyo, los pájaros se asomaron entre los pinos, las últimas estrellas temblaron, y una gran luz empezó a inundar el mundo.

El joven Panos aulló con indescriptible deleite, ahora todos estaban despiertos, extrañamente extasiados, y cada uno empezó a cantar, a balbucear y a pasearse por el bosque lanzando palos, el propio Alexander cantaba con una voz chillona que podría haberse oído a kilómetros de distancia en la profunda quietud. Incluso corrió tropezando hasta la cima de una pequeña colina, gritando alegres aleluyas y alzando los brazos al cielo, mientras Peter y Tommy lo observaban, asombrados.

Peter, por su parte, no dejaba de mirar al cielo y gritar «¡Espacio!» o de bajar al agua con un alarde de destemplanza y decir: «Lucidez», o de dar pisotones en el suelo y repetir una y otra vez:

«Solidez, solidez, solidez», aunque no tenía ni la más remota idea de por qué disfrutaba haciendo esto. Tommy Campbell, se echó al hombro el uniforme en la cálida mañana, empezó a cantar con voz aguda y quebradiza «On the Road to Mandalay», que resonó y volvió a resonar en el bosque, sobre todo cuando Panos se unió con su estruendosa voz en el estribillo. Se sentían maravillosamente tontos y felices, se dejaban llevar por cualquier cosa que se les ocurriera.

–Porque sale el sol –aulló Alexander–. Solo porque sale el sol. Hemos venido solo por eso.

–¡Hemos atravesado el bosque! –gritó Peter triunfante.

–¡Sí! ¡Por el bosque! –berreó Alexander–. ¡Oh, escuchadme! ¡La belleza es verdad y la verdad es belleza, y eso es cuanto necesitáis saber!

–¡Las cámaras de la belleza! –gritó Tommy Campbell, señalando los rayos de luz que caían entre los pinos.

–¡La catedral de Dios! –gritó Alexander con las manos juntas en un gran alarido que se extendió por los campos, y todos rieron salvajemente.

Luego, cuando salió el sol en todo su esplendor sobre las colinas, inundando de luz todo el cielo y dorando las pequeñas nubes del amanecer que se alineaban hermosamente sobre sus cabezas, los muchachos se quedaron en silencio, asombrados, y permanecieron un rato en las dos pequeñas colinas observando, Panos y Campbell en una de ellas, y Peter solo en otra, todos ellos reflexivos y meditabundos. Fue un pequeño y extraño momento de meditación en la profunda quietud de la mañana, con el único sonido de un caballo de granjero que relinchaba débilmente a lo lejos y daba tumbos por el camino, y alguien que silbaba, y también el sonido de la puerta de un granero al cerrarse.

Regresaron a casa cansados, tras un rápido y tembloroso baño en el arroyo, donde Alexander chapoteó prodigiosamente, gritando: «¡Mumbo Jumbo, Dios del Congo, y todos los demás Dioses del Congo!». Una vez concluidas sus meditaciones tan caprichosamente como habían comenzado, charlaron excitados durante todo el camino de vuelta a casa; Alexander se puso una flor en la oreja, Peter masticaba el tallo de una larga brizna de hierba y Tommy caminaba como un profeta, cargando una enorme rama de un árbol podrido. Vieron por casualidad a dos ancianas con velo que se dirigían penosamente por la carretera, seguramente a la iglesia de Norcott, dos ancianas vestidas de negro fieles a alguna novena interminable. Peter las señaló con aire de profeta, y dijo: «Arrepentíos». Alexander se puso a bailar una pequeña danza que pretendía representar el miedo, y Tommy Campbell alzó su enorme rama de árbol y la agitó tres veces en señal de solemne bendición.

Se dirigieron a casa con ansia, hambrientos. Alexander gritó de pronto:

–¡Allí arriba!

Todos se detuvieron. Alexander señaló al cielo y dijo:

–¡Gloria!

Miraron al cielo.

–¡Aquí! –gritó Tommy Campbell, señalando el suelo a sus pies–. Muerte.

Alexander se arrodilló en el suelo y cogió con ternura la flor de su oreja, la depositó en el suelo y la cubrió con un pequeño ataúd de tierra, todo su cuerpo se echó a temblar repentinamente a causa de algún sentimiento espasmódico.

–Lo que queda de la vida –dijo lastimeramente–, lo que queda de la vida, una florecilla. Florecilla inmortal que nos veneras y todo lo que significa esta mañana. Llorad por la florecilla, llorad por los pétalos de su corazón, llorad por nosotros, llorad por nosotros.

Se arrodilló allí, mientras los chicos le miraban sonrientes, parecía envuelto en un éxtasis secreto y clarividente de lo que la vida era para él.

Y después de aquello, siguieron su camino.

## 2

En la cálida noche de verano, suave y agitada por el canto de los grillos, bajo los altos árboles caídos y las sofocantes estrellas de la noche de junio, en el arcén de una oscura carretera, bajo los enjutos postes telefónicos y sus larguísimos cables, la carretera por la que pasan los coches en una fila solitaria con un torrente embrujado de voces y tenue música de radio en el interior, el bar de carretera brillaba entre neones rojos y azules entre los relucientes coches congregados en el blanco camino de grava. En el aire palpitaba la música, el ruido de las risas y los bailes y todos los sonidos poéticos y de algún modo desesperadamente tristes que hacen los norteamericanos por la noche.

Liz Martin iba caminando por la calle con sus pantalones de vestir, su pequeño bolso de mano, mirando a su alrededor entre asustada y con un altivo desdén infantil, una figura solitaria y desconsolada bajo la luz intermitente de los coches que pasaban. Se había bajado en una parada de autobús a un kilómetro de distancia.

Llegó hasta el bar de carretera de neones rojos bajo los árboles y se detuvo allí, con aire pesaroso y atento. La música sonaba débilmente, los coches brillaban oscuros sobre la grava blanca y brillante, los ventiladores zumbaban por sobre la puerta, y las polillas de verano revoloteaban entre los neones.

–Vamos, Liz –se dijo a sí misma–, ¿a qué esperas?

Y se preguntó si había «perdido el valor». Estaba de pie en la calzada, frente a la entrada, tratando de decidir cómo entrar en el local.

Un grupo de gente salió riendo. Tras ellos, una repentina y estridente música de jazz resonó en la noche. El débil tintineo de un piano llegó desde muy atrás. Vio un destello humeante de bailarines apiñados bajo las vigas bajas, figuras sombrías que cabeceaban bajo la luz azul rosada, un resplandor de barra y botellas. La puerta se cerró, la música se convirtió en un pulso amortiguado, el canto de los grillos volvió a intensificarse a su alrededor, la gente se alejó haciendo crujir la grava. Estaba sola otra vez.

–Vamos, Liz –se dijo, atusándose el pelo distraídamente–, no tiene sentido quedarse aquí fuera. Tienes que entrar.

Pero a pesar de que se decía esas cosas, sonriendo porque le parecía idiota estar allí hablando consigo misma, era consciente de lo muerta de miedo que estaba, sabía que era demasiado para ella entrar sola y hacer lo que pensaba hacer. Había venido a preguntar por su hombre, Buddy Fredericks, que no se había presentado a su cita de esa noche. Tocaba el piano ahí adentro. Estaba decidida a averiguar qué le pasaba, por qué no había acudido como todos los viernes. Y con ese aire descarado y petulante pero también adusto que tienen las chicas en esas situaciones, había salido en su busca desde casa, echando humo de indignación e ira. Pero ahora le amedrentaba todo aquel ruido que había adentro, y se apoyó en un coche; y se mordió el labio, y deseó que Buddy fuera como hacía un año, cuando tenía su moto y simplemente iba a buscarla y a dar una vuelta, antes de que empezara a ser músico, antes de que cambiara su moto por un piano.

A su alrededor la noche era como siempre había sido antes con ella y Buddy: fresca, oscura, vasta, misteriosa, el río brillaba a la luz de las estrellas cuando iban a toda velocidad por la autopista y ella se abrazaba a él y cantaban gritando al viento. Así eran antes las noches cuando iban a «su rincón» en la orilla del río y se pasaban la noche comiendo almejas fritas, charlando, cantando, contando historias, besándose, haciendo el amor, pensando en lo que harían cuando estuvieran casados. Los grillos en la bruma, las grandes praderas sombrías, el lejano ulular del tren de Montreal, las lucecitas que brillaban a lo lejos en la oscuridad estival, y siempre el fresco sonido del chapoteo del agua por la noche: así había sido siempre para ella y Buddy. Pero ahora él estaba dentro de aquel lugar ruidoso y alegre con un montón de gente y ella estaba asustada... y celosa.

–Liz –volvió a decirse–, ahora o nunca.

Se irguió, se pasó la lengua burlonamente por los labios, apretó el bolso, se dirigió directamente a la puerta y la abrió.

El calor y la furia del interior la hicieron parpadear. Las numerosas pisadas hacían temblar las vigas y el estruendo que se elevaba hasta el bajo techo era ensordecedor, no se veía más que gente apiñada y empujándose con los codos en una sólida masa húmeda. Había en el aire un sensual aroma a humo de cigarrillo y licor, y fue consciente de que muchos ojos la miraban desde la penumbra.

Casi a ciegas, se dirigió hacia el escenario, al otro lado de la sala. No iba a permitir que nada la desviara de su objetivo. Se abrió paso entre la multitud de bailarines que se arremolinaban, rebotaban, giraban, chocaban, se inclinaban, reían y chillaban, todo en medio de un ritmo estruendoso, acalorado, furioso, casi demencial.

Con un redoble de tambores, la música se detuvo de pronto. Hubo un tremendo aplauso y, por unos instantes, solo se oyó un murmullo de voces, el tintineo de las copas y el profundo rugido de los ventiladores. Entonces sonó el piano, gimió un saxofón, la banda tocó un blues tranquilo, los bailarines comenzaron a moverse y se abrazaron en la pista. Una chica rubia se acercó al micrófono y empezó a cantar.

Liz se acercó al escenario, abriéndose paso con orgulloso desdén entre un grupo de chicas que estaban allí paradas y se quedó mirando severamente al pianista.

Era un joven corpulento y tambaleante con un cigarrillo pegado a la comisura de los labios. Estaba sentado, encorvado, melancólico, con las manos largas extendidas, los ojos fijos en un ensueño distraído, y tocaba en voz baja, sombrío, como para sí mismo.

–¡Eh, tú! –dijo ella.

Él levantó la cabeza, sobresaltado.

–Ven aquí, anda.

–¿Eres tú, Liz? ¿Qué demonios haces aquí?

–No importa. Ven aquí.

–¿Qué quieres decir con ven aquí? ¿No ves que estoy tocando?

–Me da igual que estés tocando –dijo Liz despectivamente–. Ven aquí.

–¡Ah, no seas loca, Liz! –rió Buddy de repente–. Mira... ¡escucha esto! –gritó con entusiasmo, haciéndole señas con la cabeza–. Escucha esto, son los acordes en los que he estado trabajando. Ven aquí, anda ven, no seas loca.

Liz se acercó y se apoyó en el piano, y lo miró con ira, con los ojos a punto de llorar, torciendo el labio con rabia.

–Escucha –le dijo en voz muy baja–, ¿por qué no has venido esta noche?

–Porque tenía que tocar aquí –se rió–. Me han llamado en el último minuto.

–¿Por qué no me lo dijiste? –preguntó ella con ansiedad. Sabía que las chicas que estaban frente al escenario la miraban y se reían, pero no le importaba, no le importaba lo más mínimo todo aquel lugar estruendoso.

–¡No me dio tiempo, loca! –rió Buddy, empujándola ligeramente con una mano grande y fornida–. ¡Ven aquí, ven, escucha estos acordes, atontada!

–Mientes –dijo ella a medias, mirándole ahora con ojos cautelosos y divertidos, sabiendo que todo volvía a estar bien.

–De acuerdo, entonces miento –dijo el chico frunciendo el ceño–. Aquí están los acordes de los que te hablé... espera un momento.

Y se detuvo pensativo mientras la cantante cantaba lentamente el final de su estribillo en el súbito silencio de un tempo suspendido. Luego tocó los acordes con suavidad, abriendo las aletas de la nariz, y se quedó mirando las teclas con gesto sombrío durante los aplausos.

Se levantó –alto y corpulento, encorvado y tambaleante, algo consumido–, llevó a Liz a una mesa de la esquina y le pidió una coca-cola. Era moreno, de ojos castaños y reflexivos, movimientos lentos y perezosos, y una forma de mirar distraída cuando alguien le hablaba que luego se volvía atónita y escrutadora cuando se giraba hacia su interlocutor.

Liz lo miraba ahora con regocijo.

–Ya sé que no mentías. No pongas cara de idiota –gritó alegremente.

–¿Ahora soy yo el idiota? –murmuró él con su aire distraído.

–¡Tú! Ni siquiera te has dado cuenta de que estaba celosa.

–¿Celosa? ¿Por qué?

–¡Oh, no importa! –le gritó en la cara con rabia–. ¡Cómo puedes ser tan grande y tan tonto! Eres tan tonto y tan grande.

Dio una patada al suelo y se enfurruñó.

Y él se rió, enormemente complacido, y se quedó mirándola con amoroso asombro. No solo le gustaba, sino que era la única chica en la que se había fijado realmente. La mayor parte del tiempo iba por ahí absorto en sus pensamientos, como un gran monje melancólico, siempre con la cabeza en algo distinto de lo que tenía entre manos: un muchacho soñador, tambaleante y desmesurado, con una extraña noción de sí mismo y la cabeza llena de música... destinado, de algún modo, a olvidar su vida en un sueño. Había pasado su infancia en una granja y luego, en el instituto, donde había conocido a Liz, unas clases de piano le habían sugerido que se hiciera músico de jazz. Ahora era un buen músico, tenía un genio innato y la originalidad inquieta y exploradora típica del músico de jazz norteamericano. Vestía con estilo y elegancia, con su inmensa chaqueta drapeada de la talla cuarenta y seis, solapas largas, pajarita, llevaba la ropa con una despreocupación felina y una soltura angulosa. Tenía solo dieciocho años. La mordaz, vitalista y brusca Liz era la única chica capaz de despertarlo y hacer que le prestara su asombrada atención.

–Esa cantante –dijo Liz ahora, mientras la música de la gramola volvía a retumbar–; apuesto a que te está poniendo ojitos. Y todas esas chicas frente al piano. Mi piano –gritó–. Maldita panda de golfas. ¿Por qué tuviste que buscar trabajo aquí?

–¡Porque es un gran sitio! ¿Sabes lo que voy a ganar esta noche? Quince pavos.

–Bueno, ¿y la cantante?

–¿Esa? Está casada con el batería. ¿Estás loca?

–Pues la he visto mirándote, hermanito.

–¿En serio?

–¡En serio! ¡No pongas esa cara!

Y se sentaron en la mesita del rincón a mirarse con una especie de placer grave y distraído. Enseguida se cogieron de la mano despreocupadamente y miraron alrededor de la sala con grave curiosidad. Eran jóvenes y se olvidaron un momento el uno del otro.

–¡Buddy! –dijo Liz al final–. No te enfades conmigo por ponerme celosa.

Él sonrió y negó con la cabeza.

–Es solo porque te quiero con locura, Buddy –susurró salvajemente–. Buddy, ¿me quieres tanto como yo te quiero? En serio, ¿me quieres?

–Claro.

–Y vas a ser mi marido –dijo con firmeza.

–Supongo que sí.

–¿Lo supones? ¡Pues no te olvides! –susurró enfurruñada. Y de repente le brotaron lágrimas de los ojos y se quedó mirándolo, estudiando su rostro atentamente, y temblando convulsivamente como si fuera a llorar. Sentía un furioso deseo de que «se fijara» en ella, ese ansia posesiva que era la única pasión dominante de su vida, algo que recordaba de niña, cuando protegía al pequeño Mickey en una pelea, o incluso a Peter en una ocasión, y se los llevaba a casa y les obligaba a jugar con ella. Siempre era aquel despiste medio ensoñado que adoptaban ellos lo que la llevaba a desear poseerlos con furia, a hacer que se quedaran a su lado soñando. Pero luego, cuando se fijaban en ella, siempre se asustaba.

–¡Tranquila, Liz! –le suplicó Buddy suave y rápidamente al oído–. No llores. Sabes que digo en serio cada palabra que digo.

–¡Oh, eres tan tonto!

–De acuerdo, soy tonto –rió él, apretándole la mano a su manera repentina, seria y asombrada.

–Nos casaremos, tendremos hijos y no volveremos a ver a nadie más –sonrió ella con un mohín sombrío–. Eres tan grande y tan tonto que te quiero solo para mí. No quiero otras chicas cerca. No quiero que te miren porque eres mío. Me perteneces. Me perteneces, lo sabes. Buddy, ¡lo sabes!

–¡Cómo no van a mirarme! –gritó riendo–. Estoy sentado ahí arriba, en el escenario. ¡La loca de Liz!

–Nos casaremos, tendremos muchos hijos y no veremos a nadie más en el mundo –dijo ella con sencillez, y luego soltó una carcajada alegre y lo besó rápidamente–. No me gusta este maldito lugar. Ojalá no fueras músico, pero esa es una de las razones por las que te quiero. Te quiero porque eres músico y un gran tonto.

–Genial –sonrió él, distraídamente.

–Vas a ser un gran músico, yo te ayudaré –continuó Liz como si se recitara cosas a sí misma–. Y yo seré una gran cantante como Martha Tilton. Eso es lo que pasará –dijo con firmeza.

Cuando Buddy tuvo que volver al escenario, se levantó lenta y perezosamente, acarició el pelo de Liz a su cariñosa y abstraída manera, le guiñó un ojo y regresó tambaleándose al piano, y ella lo observó con orgullosa y melancólica satisfacción.

El batería dio unos golpecitos y la banda se puso en marcha con un rápido ritmo de swing. Todas las bailarinas empezaron a botar al unísono, se mantenían a distancia, haciendo rápidas tijeras con sus sensuales rodillas, retrocedían de repente para girar y botar, y volvían a lanzarse haciendo tijeras y reverencias. La sala estaba sacudida por el baile y el bullicio, el humo era denso y pesado, las camareras se abrían paso como podían entre la multitud con sus bandejas gritando órdenes, todo el mundo hablaba o gritaba.

El saxofonista, con la cara llena de sudor, tocaba con los ojos cerrados, subiendo y bajando el instrumento, de pie y con las piernas muy separadas. El batería sonreía y movía la cabeza constantemente mientras hacía sonar las escobillas sobre la caja. Alguien parecía borracho al otro lado de la sala, había una maraña de cuerpos en la penumbra, el encargado se acercó corriendo, uno rompió un vaso, echaron a alguien.

Liz observaba todo aquello con el ceño fruncido de disgusto. Solo su Buddy estaba tranquilo y era digno de verse en todo aquel lugar, sentado, encorvado sobre el piano con las manos extendidas, inmóvil, ejecutando suaves tintineos entre la música y el ruido desenfrenados, sonriendo en secreto, sumido en sus pensamientos. Solo Buddy estaba así en todo el lugar, Buddy y quizá tres soldados que estaban sentados en la mesa frente a Liz. Los tres estaban sentados inmóviles, hoscos, un poco borrachos, observaban todo con mirada sombría, sin prestar atención a dos policías militares que estaban en una esquina girando abstraídos sus pesados bastones. Ellos y Buddy tenían otras cosas en la cabeza, oscuras y significativas, aparte de retozar y gritar. Pero por encima de todo, Liz odiaba a las chicas que estaban allí «haciendo el ridículo».

Odiaba toda aquella furia y aquel clamor, quería escapar e irse con Buddy a su casa en la orilla del río, donde cantaban y comían almejas fritas y charlaban de cosas, donde las cosas no eran una locura ni una estupidez, como allí. Ella sabía lo que quería. Ella y Buddy, juntos, solos en aquel mundo soñoliento, solo eso era bueno, solo eso era verdadero y maravilloso y bueno.

Era su primer amor furioso y asfixiante.

Cuando cerró el club esa noche, Liz y Buddy condujeron hasta Bill's, por la autopista, y compraron dos raciones de almejas fritas. Después recorrieron varios kilómetros a lo largo del oscuro río hasta llegar a su lugar en la orilla, bajo un bosquecillo de pinos, donde se sentaron en un lecho de hierba verde, junto al agua.

El río estaba cubierto por la luz de las estrellas, brillante y brumoso, fluía con mucho caudal en su oscuro silencio de marea, todo olor a barro y suaves ondulaciones. Se veían las vías del ferrocarril que brillaban al otro lado del río entre oscuros matorrales; el tren de Montreal aullaba más allá del alcance de sus oídos río arriba, débilmente interrumpido por el aire nocturno. La brisa soplaba suavemente entre los pinos, el agua chapoteaba a sus pies. Era la alegría nocturna y estival de sus corazones. Cuando pensaban el uno en el otro, siempre se imaginaban en la orilla del río por la noche, los rostros oscuros y soñadores y su misteriosa sombra reflejada, hablando en voz baja en la oscuridad perfumada de pinos, suspirando, esperando y besándose con dulzura.

–Escucha –dijo Liz sobre los labios de Buddy, aunque ya se lo había dicho mil veces–, no quiero volver a casa nunca más. Vendremos siempre aquí –añadió simplemente–. Este es nuestro lugar. Algún día, cuando seamos ricos, regresaremos y construiremos aquí nuestra casa. Una casa de doce habitaciones.

–No es mal sitio para una casa –exclamó Buddy, mirando a su alrededor con asombro soñador.

–Déjame esas cosas a mí –dijo ella–. Tú piensa en la música y en cómo convertirte en un gran pianista y tocar con Benny Goodman, que yo me ocuparé del resto.

–¿En serio? Se supone que también tienes que ser cantante. ¿Cómo lo vas a hacer?

–Lo haré –dijo con firmeza–. Haré muchas cosas.

Y se comieron con placer sus almejas fritas, mirando a su alrededor.

–Hoy me he acordado de una gran canción –exclamó Buddy–. Apuesto a que no la recuerdas. Voy a hacerle un arreglo. «She's funny that way».

–¡Oh, ya la conozco! –dijo Liz con desdén–. Mira. Hasta me sé la letra: *I'm not much to look at* –cantó ella–, *nothing to see / just glad I'm living / and happy to be / I've got a man / crazy for me / he's funny that way.*

–Apuesto a que no te sabes el segundo estribillo –gritó él alegremente–: *I can't save a dollar / ain't worth a cent / but she'd never holler / she'd live in a tent / I got a woman / crazy for me /*

*she's funny that way.*[1] Piensa en las hermosas variaciones de acordes que se pueden hacer ahí, hermosas pero simples, ¡simplemente puras!

–¡Y esa letra! –exclamó Liz, besándole–: «Tengo a un hombre loco por mí». Estás loco por mí, ¿verdad, Buddy?

–Déjame terminar mis almejas fritas. En mi caso tendría que ser «Tengo a una mujer loca por mí».

–¿Estoy tan rica como las almejas fritas?

–Tal vez con un poco de salsa tártara...

–¡Vete por ahí! –dijo ella aspirando la brisa con deleite y luego se recostaron utilizando sus brazos como almohadas y contemplaron las estrellas.

–Si miras el cielo el tiempo suficiente, te deja noqueado –dijo Buddy, mirando atónito a las estrellas–. Están tan lejos, ¿sabes?

–¿Y qué esperabas?

–¡Quiero decir que están tan, tan lejos! ¡Muy lejos! Si miras lo bastante hacia arriba es como asomarte en un agujero descomunal, da miedo caerse en él, es como estar borracho.

–Estás loco –dijo Liz con cariño.

–Antes iba a casa de Smitty a poner discos y tocar el piano y luego, a medianoche, salía al porche y me bebía una lata de cerveza. Vivía junto al ferrocarril. Veía esos trenes de pasajeros que iban a Boston y Nueva York y luego a Chicago, bajo las estrellas, y pensaba: «Algún día podré tocar como Teddy Wilson, tendré su mano izquierda». ¡Ojalá!

–Tocarás mejor que él –dijo Liz–. Tocarás en Hollywood, Chicago, Florida y en todas partes. Y yo estaré contigo... Yo seré la cantante, tú serás el líder.

1. «No soy gran cosa / no hay mucho que ver / pero me gusta la vida / y soy feliz / tengo un hombre / loco por mí / es gracioso a su manera.» «No puedo ahorrar un dólar / no vale un centavo / pero ella no se queja / podría vivir bajo una lona / tengo una mujer / loca por mí / es graciosa a su manera.» Se trata del tema «She's funny that way» o «He's funny that way», compuesto por Neil Moret en 1929 para Marion Harris, una de las primeras cantantes blancas de jazz y blues. Hay también una célebre versión de Billie Holliday. *(N. del T.)*

–¡Nadie puede tocar mejor que Teddy Wilson, boba! Mira esa estrella. Es dorada –exclamó asombrado–. ¡El resto son todas plateadas y esa es dorada!

Luego estuvieron a punto de quedarse dormidos por la modorra que les producía el chapoteo del agua y la brisa, y los frescos olores de las flores. La hierba bajo su espalda era como heno caliente en la fría noche. Allí estaban los jóvenes amantes, en la orilla estrellada en plena noche, en la enramada, soñando con trenes y lejanas ciudades de jazz.

–Cuando estemos casados nos despertaremos por la mañana y nos contaremos historias –dijo Liz–. Así es como nos despertaremos. No necesitaremos despertador. Y luego correremos por el pasillo sobre una bonita y gruesa alfombra que nos haga cosquillas en los dedos de los pies y nos ducharemos juntos y bajaremos a desayunar al estilo ranchero. ¡Mmm! ¿Qué comeremos? ¡Hamburguesas con queso! ¡Ensalada de piña! ¡Mmm!

–¿Quieres más almejas fritas, glotona?

–¿Cómo lo has adivinado? –tintineó ella de risa.

–Acábatelas, yo no puedo más. Me estoy quedando dormido. Amanecerá pronto. Siempre sale el sol –dijo soñoliento–, todas las estrellas y el sol son una rueda, una noria grande y lenta que rueda por el universo. Algún día usaré esas cosas para una letra, una bonita canción de amor con una letra distinta, con palabras que no sean las de siempre: amor, paloma, azul, tú, junio, luna, sino otras realmente bonitas. ¿Has oído alguna vez «Black and Blue»? Es un gran blues, una canción de color de Nueva Orleans. *Oh, my sin is in my skin, Oh, why do I feel so black and blue?...*[1] Es un tipo sentado en su choza un lunes por la mañana gris, de lluvia y muy deprimido, ahí está, sentado en su vieja cama desvencijada, sintiéndose fatal.

1. «Mi piel es mi pecado, Oh, ¿por qué me siento tan sombrío y triste?» Se trata de «(What did I do to be so) Black and Blue», tema de jazz compuesto por Fats Waller en 1929 e introducido ese mismo año en el musical de Broadway *Hot chocolates* por Edith Wilson. Louis Armstrong interpretó el tema en numerosas ocasiones. *(N. del T.)*

–Cuéntame algo más –exclamó Liz con impaciencia.

–Eso es todo.

–Pero habrá algo más. La cama desvencijada, ¡cuéntame algo sobre ella!

–Ah, me da mucha pereza.

–¡Está solo en su cama desvencijada! Tienes que contarme historias. ¡Tienes que aprender! –gritó.

–Mañana. De momento me dedico a oír música. Acordes, melodías, acordes... si pudiera tocar los acordes que oigo, sería genial. Todos esos locos acordes llenos de nuevos sonidos y todo tipo de... colores...

Y se quedaron pensativos a la orilla del río.

–¡Caramba, esta vez tu viejo se va a enfadar! –gritó Buddy, incorporándose–. Son casi las cuatro. Ese viejo me va a odiar.

–No importa. Nos casaremos muy pronto y entonces ya no podrán decirme a qué hora tengo que volver a casa. ¡Odio estar en casa! –gritó Liz, sentándose de repente–. Mi padre está deprimido porque ha perdido su negocio y tenemos que ahorrar y escatimar de todo. Odio vivir allí. Quiero irme contigo. Nos casaremos pronto –dijo haciendo un mohín.

–¡Hablas siempre como si nos fuéramos a casar la semana que viene! –rió Buddy, apartándola de un empujón juguetón.

–El mes que viene.

–¿El mes que viene? ¿Estás loca?

–Sí, conseguirás ese trabajo en Hartford y nos iremos a vivir allí.

–¡No sé si podré conseguir ese trabajo! –rió él.

–Pero lo conseguirás –dijo ella en voz baja–. Entonces nos casaremos. Te quiero, te quiero, te quiero. Y estaremos siempre juntos. Quiero vivir en la misma casa que tú, quiero que sea mi casa.

–¡No ganaré suficiente para tener una casa! Volvió a reírse.

–Sí –dijo ella–. ¡Oh, sé sincero, cariño! –gritó ella, haciendo una mueca de dolor.

–¿Cómo, boba?

–Yo conseguiré un trabajo en una planta de defensa en Hartford. Tú tocarás con la banda y yo trabajaré en una planta de defensa. Ganaré cien dólares a la semana.

–Oye –respondió el chico, pensativo–, tal vez yo también podría conseguir un trabajo en una planta de defensa y tocar con la banda por la noche, ¿eh? A lo mejor así sí que ganamos dinero de verdad.

–¡Claro, idiota! –dijo ella con desprecio–. Déjame pensar a mí en esta familia. Tú quédate ahí tumbado pensando en tus acordes locos.

–¡Buuuuuu! –dijo Buddy, soplándole en la cara y luego esquivó la mano de ella, rieron y chillaron y lucharon en el suelo, se tiraron piñas, corrieron por el bosque, solos en medio de su tierra nocturna, en una oscuridad espléndida, bajo la enramada, solos y ocultos en la tierra... felices, jóvenes, no les importaba lo que pudiera pasar.

## 3

Una noche de julio, Peter salía de ver una película con algunos de sus compañeros acomodadores. Eran alrededor de las once de una noche cálida y agradable, y una media luna amarilla acababa de asomar sobre los edificios de Daley Square.

Liz Martin había estado esperando a su hermano Peter desde el escaparate de una tienda de bocadillos al otro lado de la calle. En cuanto lo vio cruzando la plaza, salió corriendo a su encuentro y él alzó una mirada furiosa y preocupada.

–¿Qué quieres? ¿No ves que voy a un sitio?

–Escucha –dijo ella con desdén–, olvídate un segundo de esa tonta pandilla tuya y ven conmigo. Es muy importante. Quiero que me hagas una gran promesa.

Él la miró con curiosidad, nunca la había visto tan sonrojada y encantada, pero se dio cuenta de que estaba muy nerviosa también.

–¿Para qué me necesitas? –le preguntó.

–Tengo que hablar contigo. –Como Peter no se movía, ella lo miró suplicante. Peter vio el terror y la soledad en sus ojos y comprendió enseguida que llevaba horas esperándole durante la proyección de la película.

La acompañó con cierta reticencia avergonzada, emplazó a sus amigos más tarde, y dieron unas vueltas por la plaza.

–Ahora iremos andando a casa –dijo Liz con gravedad– y cuando lleguemos me lo prometerás.

Ella le había cogido de la mano, para su sorpresa.

–Pero no me has dicho qué pasa –dijo.

–Me voy a casar con Buddy –respondió ella con sencillez.

–Te vas a casar con Buddy, de acuerdo. ¿Qué se supone que tengo que hacer yo? –dijo él indiferente.

–Me voy a Hartford esta noche y quiero que me ayudes. Quiero que me lo prometas... ¡ahora!

Y se detuvo en medio de la acera mirando solemnemente a los ojos de su hermano, escudriñando su rostro con impaciencia y nerviosismo en busca de señales de desaprobación.

–¿Ahora mismo? –murmuró Peter distraídamente–. Espera un momento. ¿Quieres decir que te estás escapando y no se lo has dicho a papá o a mamá?

–¡Ahí está! –dijo Liz con ira–. ¡Ahí está! ¡Incluso tú! ¡Incluso tú! Le miró con lágrimas en los ojos.

–¿Qué quieres decir?

–¡Vamos, no seas tan tonto! –gritó.

–Espera un momento –dijo Peter–. Si quieres casarte con Buddy, no hace falta que huyas. ¿Quién te lo va a impedir? Nadie te puede decir nada. Ya sabes cómo es papá, nunca trataría de impedírtelo si es lo que realmente quieres...

–¡Ya lo sé! –espetó ella.

–Ah, la señora misteriosa –suspiró Peter con cansancio–. Tú y tus misterios, siempre igual.

–Tampoco es eso, Petey. ¡No quiero pasar por todo eso contigo! No quiero pasar por todo eso con ellos. No quiero ver a nadie ni hablar de ello con nadie, solo quiero irme. ¿No lo entiendes? ¡Irme, irme, irme! ¿Lo entiendes? –insistió ella mirándole a la cara mientras caminaban con rapidez.

–Claro que sí, pero no tienes que irte así, huyendo. ¿Qué dirá mamá, qué dirá papá? Se preocuparán. ¡Santo cielo!

–Tienes miedo –dijo despectivamente–; tienes miedo de lo que dirán si me ayudas. Y yo que pensaba que no tenías miedo de nada.

–No tengo miedo –gritó él acaloradamente–. Solo pienso en ti. ¡Y en el dinero! ¿Cuánto dinero tienes? ¿Y dónde está Buddy si va a casarse contigo?

–En Hartford. No sabe que voy a ir.

–¡Genial! No sabe que vas a ir.

–Me espera dentro de dos semanas cuando encuentre un apartamento para nosotros, pero yo voy a ir esta noche.

–¿Por qué no viene a buscarte si va a casarse contigo? –preguntó Peter con indignación.

–¡Aún no me lo has prometido! –insistió ella temblorosa.

–¿No he prometido qué?

–Quiero que saques mi maleta de casa.

Se miraron con una especie de loca desesperación. Iban a toda prisa por la calle en dirección al río y a casa, sin pensar siquiera adónde iban. Peter sacudía la cabeza, preguntándose si alguna vez había ocurrido algo tan loco. Había otra cosa que le molestaba, pero no sabía qué era exactamente.

–He escondido mi maleta debajo de la cama, ¿entiendes? –dijo Liz ansiosa–. La grande que pesa una tonelada. Espero que puedas manejarla sin hacer ruido, ¡sin despertar a Ruthey! ¿Me oyes?

–Te oigo –dijo y por primera se dio cuenta de verdad de que su hermana Liz había metido todas sus cosas en una maleta y se iba a escapar de casa esa noche.

–Voy a coger el tren de la una y media. Compré mi billete ayer. ¿Me oyes?

–¡Dios mío, sí, te oigo! –gritó irritado.

–Te esperaré en la esquina mientras lo haces –dijo ella con regocijo, apretándole la mano, casi riendo de placer–. Luego iremos a coger el tren... y Petey, me despedirás con un beso. Tengo miedo –reflexionó de pronto–. Quiero que estés conmigo cuando me vaya.

Y empezó a morderse las uñas furiosamente, buscando ansiosamente una vez más la cara de Peter mientras se apresuraban.

Pero él tenía el ceño fruncido y estaba preocupado.

–Sé lo que estás pensando –dijo–. Estás furioso. Estás furioso porque me escapo y te obligo a convertirte en mi cómplice.

–No estoy furioso.

–Estás furioso porque me voy a casar y ya no soy tu hermana pequeña, ¿no? –preguntó nerviosa.

–¡Estás loca! –murmuró.

–No voy a hacer nada malo, ¿verdad? Tú también lo sabes. Por eso he acudido a ti para que me ayudes, porque no tienes miedo de nada, ¡y a veces eres igual que yo!

–¡Has acudido a mí para que te ayude! –repitió con sarcasmo–. ¡Una maleta! Tú y tus grandes dramas.

–Claro, yo siempre he hecho grandes dramas, ¿verdad? La vez que me contaste en secreto quién provocó aquel incendio del río. Fuiste tú, pero nadie lo descubrió nunca, y yo hice un gran drama de ello, ¿no te acuerdas? Sellé el secreto en una caja, mi caja china, y la quemé en mi altar. ¿Te acuerdas? Esa soy yo y mis grandes dramas. Petey, no estoy loca, ¿verdad? No creerás que estoy loca –preguntó ansiosa.

–Oh, Liz... no, no... pero ¿por qué tienes que hacer esto así? –tartamudeó entrecortadamente–. Quiero decir... bueno, maldita sea, no lo entiendo.

–Grandes dramas –prosiguió aturdida por una mezcla de recuerdo y susto–. ¿Sabes por qué me gustaban los grandes dramas cuando era niña? Porque la gente es tonta, ¡oh, tan tonta! Si mienten, al día siguiente se olvidan. ¡Imagínate! Yo también miento, pero cuando se miente es importante recordar los motivos. Y, Petey, yo siempre guardo secretos. Mataría a la gente que no es capaz de guardar un secreto –gritó casi furiosa, entre dientes–. Por eso no le he pedido a Francis que me ayudara esta noche y eso que esta noche está en casa, estaba allí mismo, en el porche, y ni siquiera se lo he pedido.

–¿Francis? –dijo Peter, sorprendido

–Y tampoco se lo he pedido a Joe. Joe estaba en la casa a las siete cuando salí de allí. ¿Sabes por qué no se lo he pedido a Joe? –dijo en voz baja.

–¡Yo qué sé! –se burló Peter, fingiendo que no sentía curiosidad.

–Porque Joe se hubiera reído y me hubiera hecho cambiar

de opinión a su antojo, y si no hubiera querido, simplemente se hubiera reído de mí. Se hubiera reído de mis grandes dramas. ¡Pero tú te enfadas! No te ríes, Pete, solo finges que te ríes.

Habían cruzado el White Bridge y se habían detenido en medio de la acera.

–¿Y ahora qué? –murmuró Peter con torturada confusión.

–¡Tengo suficiente dinero, no te preocupes! Buddy tiene mucho dinero, tiene dos trabajos en Hartford. Y mira todo lo que tengo yo –insistió ella, poniéndoselo a Peter delante de la cara–. Me alegro de dejar por fin ese maldito trabajo en la tienda de oportunidades. Ahora conseguiré un buen trabajo en una planta de defensa.

Peter se golpeó la frente con desesperación.

–¿Qué pasa contigo? –gritó ella, riendo–. Es como si tuvieras más miedo que yo. ¡Pero guardarás mi secreto! Tiene que haber dos o tres personas en el mundo que guarden tus secretos, y que te los guarden siempre, siempre. Si no, no merece la pena vivir –reflexionó–. Si no hay tres personas así... ¡Las cosas que hay que hacer para vivir! –exclamó, ruborizándose.

Peter se rió esta vez.

–Mi hermano, mi marido y mi hijo –dijo Elizabeth de pronto, y se puso rígida, como si le sorprendiera aquella idea asombrosa–. Siempre creerán en mis secretos.

–¿De dónde sacas todas esas cosas? –preguntó Peter asombrado. Estaba acostumbrado a oír a su hermana hablar sin parar, pero ahora le parecía que nunca la había oído realmente.

Ella le apretó la mano con desesperación.

–Ve a por la maleta. ¡Rápido, Petey, rápido!

Peter sintió la mano de ella, temblorosa y delgada, en la suya y le dio vergüenza.

–Escucha –dijo–, no tengas miedo, no hay nada que temer.

–No lo tendré, mientras tenga a mis tres personas.

Estaban al pie de Galloway Road, junto a la gasolinera de la autopista, la gasolinera estaba cerrada, la esquina estaba oscura bajo aquellos altos árboles tan juntos, con la brisa del río soplando suavemente entre las ramas. Peter estaba allí de pie, abstraído, pero Liz le empujó para que se pusiera en marcha. A mitad de camino, se volvió y la miró, de pie, sola y pensativa, esperando y triste bajo los árboles, tan desamparada en la oscura esquina de la calle, tan sola... y se dio cuenta de que era su «hermana pequeña» y que se estaba marchando de noche con su maleta, alejándose de la casa y del lugar que siempre habían conocido juntos...

Llegó a la casa y vio desde afuera lo oscura y silenciosa que estaba, con todos ya acostados, cruzó el patio en el que siempre habían jugado juntos, el lugar junto al seto donde Liz había guardado su «altar» y quemado sus grandes secretos solemnemente, todos esos pequeños lugares del patio que él conocía tan bien, y cuando vio todas esas cosas, junto a una media luna que parecía tocar el frontón este del tejado, y buscó luego la ventana inmediatamente inferior, que era la del dormitorio de su hermana, se sintió más extraño y confuso que nunca, y también repentinamente angustiado.

–Esto no me gusta –se oyó murmurar una y otra vez–, no me gusta nada.

Entró en la casa sin hacer ruido y subió las escaleras, moviéndose lentamente en la oscuridad, meditando mientras avanzaba a tientas. Sabía lo que tenía que hacer, pero odiaba hacerlo.

Ruth dormía profundamente en el dormitorio de las hermanas. La otra cama pertenecía a Liz, estaba más cerca de la ventana y la tenue luz de la luna caía sobre el liso y limpio colchón cubierto de frondosas sombras... a Peter le pareció que había algo embrujado y ausente en la visión de su cama. Alguien había hecho la cama con esmero aquella mañana, probablemente Rosey o su madre. Estaba alisada con cuidado, con amorosa destreza, se esperaba que Liz durmiera en ella esa noche como lo había hecho toda su vida. Se sintió más indefenso y aterrorizado de lo que pensaba.

Con una sensación de estúpida soledad, sacó la maleta de debajo de la cama y escuchó sin aliento el lento sonido que hacía al arrastrarse en la casa durmiente. Ruth no se movió. Estaba dormida y él pudo ver el leve mohín de su cara, pero se le antojó que estaba realmente despierta, que lo sabía todo y que jugaba al ratón y al gato con él. La miró fijamente.

«Maldita sea», pensó con inquietud.

Salió de la habitación de puntillas cargando la pesada maleta. En el pasillo crujieron las viejas tablas. Se oía el ronquido de león de su padre en la otra habitación.

–¡Petey! –dijo su madre desde la oscuridad–. ¿Eres tú, Petey?

–¡Sí! –dijo.

–Vete a la cama, es tarde.

–Ahora vuelvo, los chicos están fuera –mintió con rapidez.

–No te quedes despierto hasta muy tarde, Petey.

–Vale.

Silbó de forma casual, débilmente, y bajó las escaleras intentando que la maleta no golpeara contra la barandilla. En ese momento alguien entró por la puerta de la cocina.

–Petey –dijo su madre desde la oscuridad–. ¿Va a entrar Liz?

Peter sabía que era Joe quien había entrado en la cocina oscura.

–Supongo que sí –dijo agarrándose la cabeza con angustia.

–Dile que se acueste ya.

–Sí, mamá.

El sonido de su voz en la oscuridad y la suavidad de la casa dormida era tenue y apesadumbrado, y él se sentía fuera de sí con todas aquellas mil pequeñas angustias que le rodeaban por todas partes, las melancólicas penas que acechaban lentamente en la casa y que parecían arrinconarle en la oscuridad.

Se apresuró a bajar las escaleras y colocó rápidamente la maleta tras el sofá con un desesperado levantamiento con una sola mano que casi le hizo torcerse la muñeca. Maldijo de dolor, se frotó la muñeca y se golpeó en un lado de la cabeza como un loco.

Entró en la cocina justo cuando Joe encendía la luz. Se miraron sin decir nada. Peter bebió un vaso de agua y Joe se sentó a la mesa y empezó a leer el *Popular Mechanics* que se había traído de la gasolinera.

–¿Entras o sales? –preguntó Joe.

–Salgo. Los chicos están en la esquina.

–Pásame ese trozo de tarta de la panera antes de salir. Estoy muerto de cansancio, he estado poniendo gasolina una hora seguida antes de cerrar. ¡Menuda noche!

Peter le dio la tarta y se dispuso a marcharse, pero de pronto, avergonzado, se volvió, sacó una botella de leche de la nevera, sirvió un vaso y lo dejó delante de su hermano con una extraña mirada de desamparo.

–Gracias, Jeeves –rió Joe, a la vez que levantaba la vista sorprendido.

Sin decir palabra, Peter bajó al vestíbulo, sacó la maleta de detrás del sofá y se escabulló rápidamente por la puerta principal. Esperó un minuto en las profundas sombras del seto hasta asegurarse de que Joe no miraba por la ventana. Aún podía verlo sentado en la cocina con la cabeza inclinada, leyendo y comiendo el pastel. También él parecía solo y abandonado. Por un momento Peter pensó que iba a echarse a llorar, todo aquello era demasiado para él, no sabía qué hacer ni qué pensar ni qué decir, se sentía deprimido y asqueado.

«Mamá siempre está despierta –pensó desolado–. Pobre mamá. No sé... ojalá Liz... ojalá alguien hiciera algo.»

Aunque el peso de la maleta lo hacía difícil, se apresuró a regresar donde le esperaba su hermana.

En el bar de la esquina pidió un taxi que los llevó a la estación. El tren de Elizabeth salía en media hora, de modo que cruzaron la calle y esperaron a la cafetería. Se sentaron en una mesa junto a las ventanas de cristal, desde donde se podían ver la antigua estación con su torreta al otro lado de la calle, las vías, las luces de señalización, los viejos vagones marrones parados en la oscuridad junto a los mugrientos almacenes de ladrillo rojo, el hotel barato con su neón rojo, la pequeña fonda de la estación junto a las vías... todas esas cosas en las que la gente se fija cuando viaja, y que suelen contemplarse con una sensación de terrible soledad y temor...

Peter se puso a comer un plato lleno de judías con salchichas, y descubrió de pronto que tenía un hambre voraz. Liz pidió tostadas y café, pero al ver lo hambriento que estaba su hermano, le dio su tostada.

–¡Come algo, chica, come algo! –le dijo Peter–. Te vas de viaje, ¡tienes que comer!

–No tengo hambre. Me pregunto qué dirá Buddy cuando me vea.

–¡Dios santo! ¿Ni siquiera lo sabe? –exclamó. ¿Qué vas a hacer cuando llegues a Hartford? Serán como las cuatro de la mañana cuando llegues. ¡Oh, esto es una locura!

–Me sentaré en una cafetería hasta la mañana –dijo ella con sencillez–. Iré luego a casa de Buddy y le pillaré justo cuando vaya a trabajar. Eso es lo que haré.

Peter miraba una y otra vez el reloj como si fuera él mismo quien estuviera esperando el tren, pero Liz se limitaba a beber café y a pensar en voz alta en todos sus pobres planes infantiles de recién casada.

Por alguna extraña razón, Peter tenía cada vez más hambre. Volvió a la barra a pedir unos huevos con bacon, pero descubrió que solo le quedaban veinte céntimos y regresó a la mesa malhumorado.

–¿Y tu comida? –preguntó Liz–. ¿Qué ha pasado? Sé que tienes hambre, te conozco cuando tienes hambre, nunca dejas de comer. Ve a buscar comida. Toma. Coge este dólar y cómprate lo que quieras –dijo sacando un billete del bolso.

–No seas tonta –gritó él.

–Si no vas tú, iré yo.

–Escucha, no me puedo gastar tu dinero, lo necesitas para el viaje. ¿Qué te crees que soy?

–¡Come, maldita sea! –gritó enfadada–. Si no soy capaz de alimentar a mi hermano hambriento, no vale la pena casarse conmigo.

–No tengo hambre.

–¡Claro que sí! Te conozco. Vamos, trae unos huevos con bacon o unas chuletas de cordero de esas que tienen ahí. Tengo mucho dinero. ¿Me oyes? Y le agarró la mano a Peter y le metió firmemente un billete de un dólar en el puño.

–No lo quiero.

–Por Dios, te voy a matar –gritó furiosa, y la gente la miró atónita.

–Lo necesitas –dijo él, a punto de devolverle el dólar, pero entonces vio que tenía los ojos empañados y le miraba afligida, con una conmovedora soledad de corazón que casi le hizo ahogarse de angustia. Deseó que volviera a casa y se quedara, pero no sabía qué decir.

Cogió el dólar y fue a buscar otro plato de comida, sabiendo que a ella le agradaría. Además, no podía ignorar que se moría de hambre. Ella lo miró comer con melancólica satisfacción.

–Dios, qué hambre me das cuando comes así –dijo, fastidiada–. Te deberían dar un trabajo para comer en la ventana de un restaurante, todo el mundo querría entrar.

–No sé por qué tengo tanta hambre –dijo Peter con tristeza.

–¡Oh, mira! –dijo Liz, emocionada–. He comprado un paquete de Camel. ¿Lo ves? Voy a empezar a aprender a fumar esta noche. Voy a fumar en el tren. Buddy fuma Camel. Le gustaré más si yo también fumo la misma marca que él. Voy a hacer todo lo que él hace. Cuando nos levantemos por la mañana siempre encenderé dos Camel, uno para cada uno.

Peter la miró extrañado por encima de su comida.

De repente se oyó el estruendo del tren al acercarse. Cogieron la maleta y cruzaron corriendo la calle, hasta el andén, donde la gigantesca locomotora los sobrepasó en una tremenda llamarada de humo rojo y vapor rugiente y vieron los rostros cansados de los viajeros en las ventanillas de los vagones.

Había llegado la hora, la hora. Liz y Peter se miraron. Él rozó con los labios la suave mejilla de su hermana y subió el maletón a la plataforma del tren. Se miraron una vez más, ella le besó a toda prisa y subió. De repente, el tren se movía, se movía.

Peter sintió un terror solitario: trotó junto al tren mirando a Liz, y ella se quedó allí de pie mirándole tristemente, saludándole con la mano.

A medida que el tren iba ganando velocidad, Peter empezó a correr a su lado. Cuando ya estuvo a buena velocidad, se detuvo y la saludó por última vez: la pequeña Liz se marchaba en plena noche con su gran maletón. Entonces el tren se alejó con estrépito, se hizo un silencio repentino, se oyó una brisa inmensa que movía las ramas por todas partes, el silbato de la locomotora aulló alejándose, las vías brillaron desnudas a la luz de la luna y él sintió que lo embargaba una soledad estremecedora, supo que todos los momentos eran una despedida, que toda la vida era un adiós.

Se marchó luego a casa, bajo los oscuros árboles del hogar, de julio y de la noche.

## 4

George Martin estaba sentado en el oscuro porche de su casa con su hijo Peter, en una noche fresca, ventosa y estrellada de finales de agosto. Los árboles y los setos se mecían suavemente, cabeceando e inclinándose bajo la oscura brisa que avanzaba. Se sentaron pensativos en el porche.

Era la noche antes de que Peter regresara a Penn para cursar su segundo año, y también la noche en que las mujeres de la casa Martin habían empezado a hacer las maletas para mudarse de la vieja casa a un nuevo departamento en un edificio. Los Martin ya no podían permitirse la vieja casa, y ahora que Elizabeth, Francis y Peter iban a vivir fuera ya no les resultaba práctico quedarse allí, por mucho que quisieran.

Era una hermosa noche, plagada de densas y profundas tinieblas, en la que las altas sombras que se cernían, las ramas que se movían, las oscilantes farolas de la vieja carretera contrastaban violentamente con las grandes y robustas estrellas de agosto que se inclinaban sobre los tejados y las copas de los árboles, brillando, apretadas unas junto a otras... El viejo y su hijo estaban sentados en el porche en su última noche juntos en la casa de los Martin.

–Así son las cosas, Petey, hijo mío –dijo el padre con tristeza–. Así son. Tu hermanita se ha casado a los dieciocho años y supongo que la culpa es mía. Y míranos a nosotros –señaló al interior, donde la señora Martin, Ruth y Rosey enrollaban la alfombra en el salón–, aquí nos tienes mudándonos de la casa en la que hemos vivido tantos años, desde hace mucho más tiempo del que tú o Charley o Mickey o incluso la pequeña Lizzy podéis recordar. Y ahí está tu hermanito Mickey en su cuarto preguntándose qué está ocurriendo aquí, pobrecito mío. ¡Ah! –lloró amargamente sacudiendo lentamente su cabeza inclinada–. Es demasiado, demasiado.

–Papá, no te preocupes –dijo Peter con dulzura–. Muchas familias se mudan de un lugar a otro todo el tiempo. Y en cuanto a Lizzy, no es la única chica que se ha casado a los dieciocho, muchas lo hacen. Eso es lo que quería hacer. Ese Buddy Fredericks es un buen tipo.

Miró a su padre con ansiedad.

–El joven Fredericks es un buen muchacho –convino tristemente el viejo Martin–. No tengo nada en contra suya. Pero Lizzy es demasiado joven, demasiado joven para casarse, es solo una niña, mi niña, solo una niña. No lo entiendes, eres demasiado joven, ¡nunca lo entenderás!

Y tras un largo silencio meditabundo Peter dijo:

–Supongo que las cosas son como tienen que ser, ¿no?

–Sí, sí –suspiró su padre con cansancio–, supongo que sí. Y todo por mi maldita estupidez...

–¿Qué quieres decir? –se rió Peter con rabia.

–Mi estupidez, Petey, yo debería saber mejor que nadie por qué esta familia se está desmoronando, y aun así, a pesar de eso, sé que no tengo toda la culpa, uno hace lo que puede...

–¿Quién dice que esta familia se está desmoronando? ¿Quién dice eso? –exclamó el chico, riendo, tratando de animar a su padre, dándole un golpe en el brazo–. Nunca te había oído decir eso. No a ti.

Y su padre se sentó meneando la cabeza en la oscuridad, sin decir nada, y a su alrededor el millón de hojas de los árboles se agitaron y crujieron en medio de la noche, temblando juntas sobre las ramas embriagadas, todas silenciosas y enormes, susurrantes y dulces en las sombras más oscuras.

–Y ahora hablan de guerra –dijo el padre, mirando apenado a los árboles–, hablan de enviar a muchachos como tú al otro lado del océano para que luchen y los maten. De eso hablan ahora, cada semana más. Muchachos como tú y Joe, y tal vez Charley con el tiempo, muchachos como el pobre Buddy Fredericks, todos muchachos, todos vosotros. Ojalá pudiera ayudaros, pero ya no sabéis lo que os espera. ¿Me oyes? ¡No sabéis lo que os espera! No sois más que un puñado de pobres muchachos. Ya estamos todos metidos hasta el cuello. Me gustaría preguntarle a Dios a qué viene todo esto –susurró con voz ronca, cansada, suplicante.

Se quedaron en silencio en el oscuro porche y entonces, por segunda vez en aquel primer año de tristísima comprensión, el joven Peter se sintió abrumado por una tristeza desgarradora que le hizo desear llorar al ver a su padre sentado a su lado, tan cargado de penas y de desconsolado amor y de una soledad mortal. Parecía viejo ahora, repentinamente viejo mientras embalaban las cosas de su casa, cuando se sentaba y pensaba en su hija menor que se había escapado, cuando se lamentaba por la desastrosa manera en que estaba perdiendo su casa.

–Papá –dijo Peter con un sollozo ahogado–, ¡creo que todo va a ir bien ahora, de verdad!

Pero no pudo decir más, no quería que su padre se diera cuenta de que tenía ganas de llorar y, sin embargo, deseaba hacérselo saber de algún modo.

–Sí –repitió el padre–. Todo va a ir bien.

–¡Tienes un buen trabajo! –exclamó Peter–. Y el garaje de Joe va viento en popa, me lo ha dicho él mismo. Todos estamos ganando dinero, hasta Charley, y... tendré un trabajo en el campus este año y enviaré algo de dinero a casa a mamá siempre que pueda, ¿sabes?

–¡No, no, no, no digas eso! –replicó rápidamente el padre–. No quiero que envíes dinero a casa, ¿me oyes? Nos arreglaremos, nos arreglaremos. Petey, hijito –dijo agarrando a Peter por el brazo y sacudiéndole suavemente–, lo único que quiero es que te vaya bien en la universidad y en el fútbol. Eso es lo único que me queda en el mundo. Petey, todo el orgullo que me queda eres tú, está en ti, ¿entiendes? Las cosas pueden ir mal con los otros y, Dios lo sabe, eso me matará y me romperá el corazón una y mil veces, pero si algo va mal contigo, no sé lo que haría. Dios –dijo riendo alegremente y despeinándole con brusquedad–, ¿no te acuerdas de cuando eras un chiquillo y yo te tiraba el balón y te obligaba a cogerlo? Eras un niño tan fornido, de mejillas sonrosadas, regordete, fuerte como un buey, ¡siempre sonriendo, siempre sonriendo! Quiero que sigas sonriendo –continuó con gravedad–, así quiero que sea tu vida. Si algo te va mal, no sé qué haría.

–Pero puedo enviarle a mamá un poco de dinero, ya sabes.

–¡No, no, no! Tú ya tienes bastante con tus estudios y el fútbol. No, no, no –gritó enfadado–. Ocúpate de tu parte de la batalla, que nosotros nos ocuparemos de la nuestra. Yo confío en que lo harás bien, aunque solo sea porque así podré ir decirles a algunos de esos gamberros de por aquí que mi hijo es una gran estrella y un gran muchacho...: aunque solo sea porque quiero que sigas sonriendo toda tu vida como cuando no eras más que un chiquillo regordete de mejillas sonrosadas. Hijito, hijito –dijo con tristeza–. Escúchame. Haz lo que dice tu viejo padre, que sabe más. ¡Estudia! ¡Estudia! Trabaja duro y hazlo bien. ¡Nunca le pasa nada malo a un hombre que no deja de esforzarse! Quiero que tú seas así.

Agarró a Peter y lo miró por primera vez desde que era niño con la tierna mirada de un padre ansioso y suplicante:

–Sé un buen chico, Petey, sé mi buen chico...

Peter balbuceó algo, avergonzado y presa inminente de las lágrimas. Su padre se levantó.

–Voy a ver si puedo ayudar a las señoras a empaquetar –dijo con súbita ironía. Golpeó el costado de la casa con la mano–. Esta vieja casa, caramba, esta vieja casa mía. Recuerdo la primera vez que la vi, hace años. Siempre pensé que era demasiado grande y estaba demasiado lejos de la ciudad –se echó hacia atrás y la miró–. Sí, ahora odio tener que dejarla. Es curioso, nunca pensé que sentiría esto por el viejo antro. Aquí hay unos árboles preciosos, aire fresco –aspiró el aire y miró a su alrededor con pesar. Luego soltó una risita–. Siempre quise irme desde hace años, siempre pensé que sería estupendo marcharme alguna vez. Bueno, pues ya me voy, ¡listo!

–Bueno –dijo Peter tímidamente–, al menos será un cambio.

Miró a su padre con una rápida sonrisa.

–Sí. Creo que voy a entrar y me voy a la cama –dijo Martin y se quedó junto a la puerta, golpeando una y otra vez nerviosamente la pared de la casa–. Vete pronto a la cama y duerme un poco, Petey. Te veré por la mañana, para despedirte en tu gran año. Tu viejo rezará por ti esta noche, Petey –dijo finalmente con voz temblorosa, y se metió en la casa y cerró la puerta mosquitera tras de sí, y Peter se quedó solo en el porche.

Se quedó solo en el porche, su padre se había ido, pero algo triste se había quedado allí, a su lado, rumiando en la oscuridad, algo viejo y triste, algo indeciblemente bueno y amable y maravilloso, su padre, el extraño, grande y melancólico compañero de su vida, de quien nunca antes se había percatado, ahora una presencia tan cercana, inmediata, cariñosa, angustiada, allí, a su lado, hablándole y agarrándole del brazo... su padre.

Y, al darse cuenta de esas cosas, Peter supo que ya no era el alegre muchacho de dieciocho que había sido hacía poco más de un año en la escuela preparatoria, el muchacho de poderoso vigor que comía, bebía y dormía con gran indiferencia pagana, que vivía con deliciosa holgazanería, habituado a vagabundeos sensuales y libertinos, y de grandes apetitos. De alguna manera, sabía que a los diecinueve años algo en él había concluido; unos extraños presentimientos melancólicos se apoderaban de él, cierta pesadez de corazón, una oscura sensación de pérdida y ruina, como si hubiera envejecido a los diecinueve años. De pronto le pareció que la universidad y el fútbol ya no eran importantes, pensó en la guerra, y sintió que un estremecimiento le recorría por dentro y todas las maletas y los estandartes de la universidad y las chaquetas deportivas y los gestos irónicos fumando en pipa y todas las costumbres de la vida universitaria le parecieron ridículos.

Algo oscuro, belicoso, lúgubre y lejano flotaba de repente en el aire.

Peter pensó en su casa. Era la última vez que se sentaría en el porche y miraría hacia Galloway Road, y sin embargo también esto le producía una extraña emoción. Todos aquellos altos y oscuros árboles cantarines, que se mecían con la brisa, agitaban las hojas en un millón de lugares ocultos, se inclinaban junto a la ventana de su dormitorio como lo habían hecho siempre, susurrando suavemente contra la mosquitera de su ventana, esos altos y oscuros árboles cantarines... ya no los vería más, tendría que seguir su camino, le estaban cantando una canción de despedida, los vientos pasaban suavemente entre las ramas y un sonido avanzaba en la noche, era una canción de despedida...

Algo lúgubre, oscuro y lejano se cernía en el aire, a través de los campos... nunca más volvería aquí, esta era la última vez, la última noche, y luego ya no habría más, no habría más. ¿Adónde iría? La voz de su padre que le hablaba en la oscuridad seguía siendo inquietante, audible. Los árboles se mecían y balanceaban, entrelazados por cientos de oscuras ramas en movimiento, y era una canción de despedida. Recordó que los días de su niñez habían estado llenos de abundancia y felicidad, uno tras otro, recordó todos los lugares que rodeaban la casa y el camino, aquellos lugares que conocía tan bien. Y Elizabeth se había marchado lejos de estos árboles, su hermana pequeña, Lizzy, se había ido. Era extraño, ella había oído también estos árboles, había estado bajo ellos y los había oído, desde su habitación los había oído mucho tiempo en la noche agitándose junto a su ventana, y la casa de su padre estaba oscura ahora en medio de la noche, el cielo estrellado se cerraba en forma de bóveda, inclinándose borroso sobre la copa más alta y ondulante... y allí estaba el silencio y la noche, el canto de un millón de hojas temblorosas, los ladridos de los perros a lo lejos, los graznidos en la niebla del campo, los grillos, más grillos aún, el ruido sordo de los bosques lejanos en el viento, un mundo entero meditabundo y triste y susurrante en la noche, la noche estrellada de agosto, y de alguna manera, justo ahí, empezó a presagiar la guerra.

Todo a su alrededor era una canción de despedida y él no volvería nunca más. Era la despedida dulce de sus árboles, la despedida oscura de sus altos árboles sombríos, y él estaba solo en el porche, por última vez. Ahora seguiría su camino y se iría lejos, ya no volvería aquí, los árboles entonaban una canción vasta y dulce, un millón de tiernos susurros para él, solo para él, que había visto lágrimas en los ojos de su padre. Aquella noche habían enrollado la alfombra en la casa, las mujeres habían enrollado la alfombra... ¿y dónde estaba Liz esa noche? ¿Dónde estaba la pequeña Lizzy, su hermana? Todos dormían, y él escuchaba solo la serenata de aquellos viejos y oscuros árboles, la canción de cuna de los árboles de su infancia, y sabía que no quería irse, pero también que no volvería ya, era la canción de despedida de sus árboles, inclinándose sobre él, adiós, adiós...

## 5

Una familia abandona la vieja casa en la que siempre ha vivido, el solar, su espacio, el único lugar en que se ha conocido a sí misma y se traslada a otro, y eso es una tragedia real e innombrable. Para los niños, una catástrofe sentimental.

Los niños echan de menos los muros, las puertas, los techos que vieron durante años y años. El pequeño Mickey Martin se despertó más de una vez la primera noche en el nuevo piso de Galloway al que su familia se acababa de mudar, y se asomó a la ventana para contemplar la calle gris como el hierro, los raíles desnudos del tranvía y la acera vacía, con una sensación de pánico y desesperanza.

A la tarde siguiente, Mickey salió de la escuela y se puso a caminar en dirección contraria, hacia Galloway Road y la vieja casa, sin darse cuenta de lo que estaba haciendo. Al recordar de pronto que ya no vivía allí, Mickey se volvió y cambió de dirección, pero un instante después se sintió terriblemente confundido al no recordar qué camino debía seguir para llegar a casa. Temblando y casi al borde del llanto, se puso a caminar de nuevo hacia Galloway Road, sintiendo que aquello no podía ser, era casi un pecado, y recordando de nuevo, con una terrible y dolorosa conmoción, que ya no vivían allí.

El niño se detuvo en el puente y pensó un buen rato. Estaba

pasmado y confuso, y todos sus pensamientos le asustaban. De nuevo se dirigió hacia su verdadero hogar, pensando: «¡Caramba! ¡Caramba!». Le daba pánico pensar que tal vez nada era real, que vagaba solo por el mundo, que en realidad no tenía hogar y que él mismo era un intruso y un fantasma en el mundo de las cosas normales y corrientes. Apretó el paso y casi le asombró descubrir rostros familiares en las calles, vio que se fijaban en él y oyó que los niños le llamaban. Necesitaba detenerse y hacer algunos cálculos, Dios le estaba gastando una broma, tal vez estaba llegando a este barrio después de un largo y polvoriento viaje alrededor del mundo, como un fantástico forastero sombrío y cansado que buscaba un lugar en el que descansar. Cuando abrió la puerta y entró en la casa se sintió abrumado por una extraña, anhelante y maravillosa gratitud y alegría.

El nuevo hogar estaba situado en un barrio más densamente poblado que el que rodeaba la antigua casa de Galloway Road y compuesto en su mayor parte por viviendas de madera y pequeños chalés muy juntos, con tiendas y comercios cercanos que lo convertían en una especie de pequeño distrito comercial para las casas y granjas suburbanas de los alrededores. Era un cuarto piso, con cuatro dormitorios, salón, una cocina grande y un baño. Había dos balcones suspendidos por la parte delantera y trasera que daban a una calle muy transitada por un lado y a los tejados de pequeñas casas por el otro. Era un edificio cuadrado de madera, encalado y sobrio, un ejemplo típico de construcción francocanadiense en Nueva Inglaterra, espacioso y ventilado, pero extrañamente cómodo y hogareño. Los pesados cables telefónicos pasaban en picado junto a las ventanas, los enjutos postes telefónicos parecían apoyarse en los porches, los pasillos estaban mohosos y crujían... pero, había algo en el aire que se respiraba tras las ventanas que era elevado y lírico, abrupto y poderoso, porque tenía unas buenas vistas, el edificio estaba construido sobre un promontorio cerca del río, y se podía ver la ciudad, toda de ladrillo rojo, humeante, con sus puentes, cataratas, y al otro lado del río los campos, los abedules, los pequeños caseríos y las colinas.

En octubre –el mes en que la familia se mudó y desembaló

todas sus cosas–, los atardeceres siempre estaban cubiertos de grandes nubes septentrionales que se desplazaban doradas por el sol y la calle resonaba con los gritos de los niños, los rugidos de los autobuses y las risas de los muchachos de la esquina de la farmacia. Todo estaba muy animado y la señora Martin decía a menudo:

–Qué bonito y animado es todo esto, me gusta mucho.

Sorprendentemente, ella parecía disfrutar más que nadie. No tardó en instalarse frente al ventanal delantero y, cuando no hacía demasiado frío, se sentaba en la terraza, y desde allí podía verlo todo, la calle de abajo, el río y los puentes, las luces, la gente, los coches que pasaban, y los campos y bosques lejanos que se oscurecían y parecían vastos, impenetrables y punteados por luces solitarias al anochecer. Y enseguida todos se sintieron reconciliados y hasta satisfechos con su nuevo hogar: estaba lleno del antiguo confort, pero con un emotivo e íntimo secreto que la otra casa no tenía.

El alquiler del departamento era además extremadamente razonable debido a una especie de extraño descuido por parte del viejo casero canadiense, un hombre que venía regularmente cada mes, cobraba el alquiler, aceptaba un poco de pan con leche en la mesa de la cocina (una costumbre que la señora Martin conocía bien), daba unas cuantas caladas a su pipa y se marchaba solemnemente hasta el mes siguiente.

El padre tenía su trabajo en una imprenta del centro de la ciudad que le daba un buen sueldo y Ruth ayudaba considerablemente a la familia con sus ingresos y contribuciones, igual que Joe, que sin embargo no ganaba tanto con su pequeña gasolinera como habría querido, debido a su mala ubicación, algo apartada. Pero gracias al bajo alquiler y a los tres ingresos, la familia al menos se mantenía en pie.

Peter, desde Penn, hacía todo lo posible por ganarse la vida. Francis estaba completamente solo en Boston, donde tenía su trabajo en una tienda de discos en la que cada día que pasaba se hacía más indispensable en su sección, mientras continuaba sus estudios en Harvard. Y no era extraño que Francis mostrara esa clase de ingenio y confianza en sí mismo por encima de los tristes y poco entusiastas intentos de Peter en el campus, porque de algún modo todos sabían que Francis era capaz de valerse por sí mismo en ese terreno. Hacía tiempo que habían comprendido que estaba solo en el mundo.

En casa echaban de menos a Francis, quien volvía con poca frecuencia y siempre por poco tiempo, para recoger su ropa y sus cosas en distintos viajes, y cuando lo hacía paseaba arriba y abajo por la casa a su vieja manera silenciosa y meditabunda.

–Bueno, al menos Francis está mostrando algo de cerebro –dijo el padre, sacudiendo la cabeza–. Puede cuidarse solo, de eso no hay duda. Siempre supe que sería capaz, aunque no sé exactamente por qué. Es solo una corazonada que te da con esa mirada suya... siempre ha tenido esa mirada, incluso cuando era pequeño. Y el padre guardó silencio al recordar cómo el pequeño Francis entró una vez en su despacho años atrás, tras venir solo y sin avisar desde la escuela, un niño de ocho años de aspecto enfermizo, tímido y malhumorado, para observar a su padre durante toda la tarde en un ensueño de meditación y asombro infantiles. Recordaba ahora aquel incidente con una sorpresa no exenta de pesar.

La gran Rosey también había empezado el proceso de marcharse de casa, asistía a una escuela de enfermeras en un pueblo cercano de Massachusetts y regresaba solo cuando tenía tiempo. De modo que la madre se ocupaba en solitario de las tareas domésticas, pero como el número de miembros de la familia se había reducido a la mitad, el trabajo no resultaba tan agotador como antes.

Los niños, Charley y Mickey, iban a la escuela y vivían sus ensimismadas vidas infantiles. Regresaban al anochecer entre sombras de ruidosas peleas, gritos y alegría, y lo hacían con las mejillas sonrojadas, comían prodigiosamente, dormían con avidez y volvían a la escuela por las mañanas balanceando los libros con sus correas y discutiendo a gritos.

Algunas veces Mickey había cogido su guante y su bate y había regresado a su antiguo barrio de Galloway Road, donde aún se alzaba la casa con sus torres grises, vacía y con las ventanas abiertas hacia la colina. Había regresado para ir a jugar con su pandilla, pero a ellos ya no parecía importarles que él fuera por allí, se habían formado nuevos grupos, había nuevas conspiraciones que flotaban en el aire, y Mickey era el extraño, el solitario desconocido que regresaba. Cuántas veces había emprendido el regreso hacia su nuevo hogar en el edificio deteniéndose para mirar con nostalgia su vieja casa, con un extraño sentimiento que lo carcomía, mientras el sol brillaba en aquel mundo que se alborotaba con su partida, y las chimeneas humeaban, y los niños gritaban y saltaban, y nada de aquello era ya suyo ni para él.

Y también Francis, cuando regresó a casa un fin de semana desde Harvard por primera vez, sintió de pronto con recelo hasta dónde se había rebajado su familia para seguir subsistiendo. Le parecía que aquel edificio era un escenario de privación espiritual, y hasta de horror. Se había acostumbrado al tranquilo Cambridge con su piedra rojiza y a un ambiente y una existencia más cosmopolitas. Ver a su familia viviendo en lo que bien podría haberse llamado los barrios bajos, aunque no en el mismo nivel que Rooney Street, le sirvió para darse cuenta de lo cerca que había estado de una vida así. Afortunadamente, por supuesto, ese año supuso la primera independencia completa de su joven vida: tenía su beca, su trabajo en la tienda de discos y unos modestos ahorros para mantenerse. Se dio cuenta de lo «afortunado» que era.

Miró en silencio todas las habitaciones. Los dormitorios eran todos dobles, la ropa y las pertenencias estaban colgadas y amontonadas de cualquier manera tras las puertas o en endebles soportes de cartón para armarios, en aparadores y cajas, todo en desorden, y los muebles que su madre no había vendido para financiar la mudanza estaban repartidos por todas partes, de modo que apenas había sitio para moverse, ya que una familia siempre es reacia a desprenderse de sus pertenencias. Aun así, faltaban muchas cosas: la máquina de coser, algunos muebles del salón y cómodas, escritorios, el piano, cosas viejas que tenían su encanto.

Aparte estaban los pasillos mohosos con su olor a cocina, y había que subir cuatro pisos desde de la calle, con su farmacia, su barbería y su pequeño restaurante, las terrazas colgaban entre cables telefónicos y ruidos y no había ningún ático en el que pudiera refugiarse para sus hábitos solitarios.

«La caída de mi padre, podría llamarse así –escribió en una carta a Wilfred Engels aquella noche–, ha causado estragos en el poco encanto que había en el entorno de mi familia. Es bastante triste y a ratos desearía tener dinero para ayudarles. Este año siento por primera vez un impulso definitivo hacia una energía real. Como en ese comentario de los cuadernos de Goethe sobre los caballos, el carro, y el control de las riendas, donde exclama: "¡Eso es el dominio!". Soy consciente de la materialización de ese impulso. Todo está relacionado con mis planes para el invierno, que ya están tomando forma. Hay un tipo en Harvard –Wilson, puede que hayas oído hablar de él– que quiere que le ayude a preparar una antología de poesía impresionista alemana de los años veinte. Paga la NYA.[1] Por otra parte, algunos de nosotros estamos pensando en una pequeña revista, y yo podría ser uno de los editores. Antes, sin embargo, tengo algunas cosas que resolver. Recogeré mis últimas cosas de casa (¿también el cordón de plata?) y supongo que no nos lo podrá reprochar nadie. No logro evocar sentimientos filiales, solo los más humanos y objetivos. Aunque nada se gana, nada se pierde. Me siento un poco extraño mientras escribo esto en el escritorio de mi hermano Joe, repleto de revistas, bujías y herramientas: Siento que algo ha terminado. Me invade un pequeño sentimiento. Me quedo a dormir esta noche, y mañana: el látigo, los caballos, el dominio... y ¡fuera!»

Se retiró temprano, durmió en la cama de Mickey, su madre le puso una manta extra y su padre se acercó preocupado a la habitación para darle las buenas noches. Durante toda la no-

1. National Youth Administration, una institución creada para hacerse cargo de las necesidades de los jóvenes entre 16 y 25 años durante los años de la Gran Depresión. *(N. del T.)*

che se habían esforzado en recordarle que era más bienvenido que nunca en aquella casa, aunque parecían darse cuenta, igual que él, que de algún modo todo había terminado; apenas parecía su hijo.

–Aquí no hay nada que pueda compararse con la vieja casa, o con los lugares donde vives en Boston, pero igual, si alguna vez necesitas regresar una temporada, por lo que sea... en fin... –y el padre calló con impotencia.

–Claro, papá –respondió Francis con sencillez.

–No queremos que te vayas y pienses que aquí no hay sitio para ti, ¡porque lo hay! Con Lizzy fuera y Rosey y Pete también la mayor parte del tiempo, siempre podemos arreglárnoslas. Y sabes también que, dadas las circunstancias, esto era lo mejor que podíamos hacer...

–Sí, por supuesto.

–... y humilde como es, como dicen, bueno, es nuestra casa y es tuya tanto como nuestra. Así que si las cosas se te tuercen alguna vez, y, Dios sabe que no estoy deseando que ocurra nada de eso, pero en fin, siempre puedes volver a casa.

–¡Siempre hay sitio para uno más! –exclamó la madre, riendo–. ¡Y si quieres un rincón para tus lecturas, lo encontraremos!

–Como en los viejos tiempos, Francis –dijo el viejo, sonriendo–, siempre hay sitio para uno más, así como os tuvimos a todos, uno detrás de otro... ¡Ja, ja, ja! ¡Mira la expresión de su cara, Marge! ¿Qué pasa, Francis? ¿Piensas que el viejo se ha pasado de la raya?

–Oh, no, no, no...

–Bueno, sea como sea, nos apañamos lo mejor que podemos, todos juntos –añadió Martin con gravedad–. y supongo que eso es todo.

Francis se sentía extrañamente ruborizado: estaba metido en la cama, su madre le cubría los pies con otra manta y sus dos padres se cernían solícitos, preocupados, sobre él mientras yacía boca arriba. De repente se dio cuenta de que no recordaba nada parecido desde hacía mucho. Le parecía una situación incómoda, terriblemente embarazosa y hasta horrible, de la que no tenía escapatoria alguna, no podía hacer nada aparte de estar allí tumbado, mirándolos. Se sentía desnudo de impotencia.

–En fin –dijo con un esfuerzo por sonar rotundo–, espero... ojalá pudiera... en fin, sí, si se tuercen las cosas, volveré a casa. Será lo más sensato.

–¿Vendrás a casa para Acción de Gracias? –le preguntó su madre.

–Bueno, no. Tengo que ir a un sitio, pero en Navidad, sí.

–Sí, sí, ven a casa por Navidad –dijo George Martin con expresión desencajada. Danos la oportunidad de hacer algo por ti, por favor. Tu padre está un poco deprimido con todo esto, muchacho.

Francis asintió y tragó saliva: se sentía increíblemente avergonzado por la súbita declaración de su padre.

–Pero ha sido designio de un poder superior al nuestro, así que no deberíamos quejarnos.

–Aquí se está muy bien –dijo Francis.

–Oh, sí, y aún lo arreglaremos un poco más, no te preocupes. Es solo que no queremos que pienses que no es tu casa también... En fin, qué demonios, lo sabes, ¿no?

–Claro.

Cuando sus padres le dieron las buenas noches y salieron de la habitación, Francis se dio la vuelta rápidamente en la cama y con furtiva alegría se quedó mirando la pared. De algún modo se sentía fatal, pero ya aliviado, recordando lo que había dicho en la carta a Engels acerca de volar por la mañana, y pensó en su habitación en Harvard y en las cosas que había en ella, y lo que haría cuando llegara al día siguiente. Permaneció despierto y con los ojos muy abiertos mirando la pared durante un buen rato, y de pronto se dio cuenta de que su vista había estado fija todo ese tiempo en un pequeño cuadro que Mickey había clavado en la pared junto a la cama, un papelito con un dibujo que había hecho con lápices de colores, que representaba un bosque con un río y un barquito con alguien dentro. Era un dibujito patético y Francis se puso a mirarlo, sin darse cuenta resopló un poco, como si le divirtiera, aunque sin saber por qué, y luego trató de dormirse.

La tarde de aquel mismo día Mickey había ido directamente de la escuela a la gasolinera de Joe para ver cómo Joe y Charley arreglaban coches. Pero una cosa había llevado a la otra y mucho tiempo después de la hora de cenar sus dos hermanos mayores seguían allí trasteando, manchados de grasa y absortos, y Mickey empezaba a tener mucha hambre y a estar cansado e impaciente.

–Un momento, un momento –dijo Joe–, ya nos vamos a casa. Ve a jugar a la parte de atrás y pásame esa llave inglesa de ahí.

Y Mickey se fue a la parte de atrás de la gasolinera a pasar el rato tirando latas de aceite vacías y encendiendo pequeñas hogueras para quemar las hojas. Cada vez estaba más oscuro y hacía más frío, y Mickey tenía hambre y ganas de volver a casa. Lo cubría todo el cielo áspero y duro de octubre, con sus enormes nubes tumultuosas y sus premoniciones de espantosa oscuridad, y los vientos empezaron a soplar muy fuerte haciendo volar hojas y polvo y Mickey, que iba vestido con su ligera ropa escolar, empezó a temblar y a sentir punzadas de hambre en el estómago y un vago miedo también, como si el mundo se cerniera sobre él infundiéndole un gran terror. Y aparte, el hecho de cargar con sus libros de texto y llevar su ropa escolar le hacía sentirse estúpido junto a aquellos dos hermanos suyos con sus monos sucios, y más aún no tener nada que hacer mientras ellos arreglaban absortos los coches y no le hacían ni el menor caso.

–¿Cuándo nos vamos a casa, Joe? ¡Tengo hambre! ¡Tengo frío!

–Toma diez centavos, enano. Vete a por un bocadillo a la cafetería de enfrente y caliéntate el culo allí. Tenemos que terminar el trabajo esta noche.

Esperó y esperó, y finalmente, mucho después del anochecer, Joe y Charley cerraron la gasolinera y partieron hacia casa en su viejo Ford traqueteante, pero tuvieron que parar en un desguace de la autopista para recoger algunas piezas viejas y eso les llevó otra media hora en la que Mickey tuvo que esperar en el coche muerto de frío, de hambre y de desdicha. ¡Cómo se hace esperar siempre a los pequeños en el coche, sufriendo y soportando la espera en un silencio mudo, mientras sus mayores examinan absortos algún maldito chisme en la noche invernal! Sentado y tiritando, los observaba en la chatarrería, inclinados en solemne cónclave al resplandor de una linterna sobre un viejo montón oxidado, y lo hacía afligido, sin dejar de esperar y esperar.

Pero al fin regresaron, habían terminado y era hora de volver a casa.

–¡A cenar! –gritó Joe, frotándose las manos y arrancando el coche, y se alejaron por caminos llenos de baches, el viejo Ford traqueteaba y saltaba, el frío y viento helado se filtraba por las ventanillas, y sus silenciosos y meditabundos hermanos fumaban gravemente sus cigarrillos.

De golpe, Mickey vio la nueva casa familiar: habían vuelto de la chatarrería por otro camino y, sorprendido, se dio cuenta de que ya estaban en el barrio, vio con un sobresalto el alto edificio de cuatro pisos y sus familiares ventanas y terrazas, e incluso a su madre moviéndose fugazmente en la ventana de la cocina. Era increíble.

–¡Eh! –gritó–. Esa es nuestra casa.

–Ya estamos, genial –murmuró Charley.

–¡Allí arriba se está bien calentito! –dijo Mickey de pronto, mirando con impaciencia la casa y las ventanas, cálidas y brillantes en la oscuridad–. ¡Y habrá comida ahí arriba también! La cena, ¿no?

Los dos hermanos mayores se miraron sonriendo.

–¡Muchacho, yo también estoy cansado! –exclamó Mickey con énfasis satisfecho–. Ya lo creo. Y también tengo una buena cama ahí arriba. Caramba, creí que nunca íbamos a llegar. Esa de ahí arriba es nuestra casa –dijo de nuevo, sacando la cabeza por la ventanilla del coche y mirando hacia arriba mientras aparcaban frente al edificio. Y salió corriendo del coche y subió las escaleras con una alegría salvaje. Aquel era su hogar, su nuevo hogar, y era tan bueno como cualquier otro, allí tenía comida, calor y una cama mullida y agradable, y a su madre, a su padre y a su familia: no podía pensar en otra cosa. Estaba extasiado de felicidad. Estaba agradecido, más agradecido que nunca.

En la casa lo contempló todo con profunda satisfacción, incluso las sillas y las mesas, y no dejaba de mirar a su madre, mientras esperaba la cena en la mesa, con una expresión de risa y felicidad en el rostro. Luego vio llegar a sus hermanos, de vuelta del baño todos rosados y limpios y los vio sentarse a comer. Y fue también a su habitación solo para ver su cama, y aunque Francis dormía en ella aquella noche, seguía pareciéndole la cama más maravillosa, cálida, acogedora y bonita del mundo, y regresó a la cocina henchido de pensamientos felices, observando cómo la escarcha se formaba en las ventanas de fuera, lo oscuro que estaba ahí fuera y lo cálido y resplandeciente que era el interior de su casa.

## 6

Peter Martin estaba sentado en su habitación de la universidad una fría tarde gris, absorto en un texto de física, cuando de repente alzó la vista, sorprendido, y tiró el libro contra la pared por encima del hombro. Una oleada de náuseas se había apoderado de él. Se levantó y se acercó al ropero para mirarse en el espejo.

–Dios, qué asco –exclamó en voz alta, y luego se puso a caminar por la habitación y a frotarse la barbilla con aire pensativo. Llevaba varios días sin afeitarse y sintió con placer la aspereza de su barbilla, y hasta le gustaron su vieja y sucia chaqueta de pana y los pantalones anchos que llevaba, pero sin dejar de experimentar al mismo tiempo la inequívoca sensación de que vivía como un vagabundo. Volvió a mirarse en el espejo. Sobre su imagen vio la botella de whisky medio vacía, encima del ropero.

–¡Menudo imbécil! –murmuró, y guardó la botella bajo las camisas, en el cajón, donde ya no podría impresionar a la asistenta que limpiaba su habitación.

Se acercó a la ventana, que daba a un arco de piedra, y contempló a los estudiantes que pasaban en estridentes grupos parlanchines, y se quedó pensativo observándolos.

–¿Qué es esto? ¿Qué es? Todos se comportan como si supieran a la perfección lo que hacen y por qué lo hacen.

Recogió el libro, ordenó las páginas, lo colocó de nuevo sobre el escritorio y se sentó. Estudió inmóvil el texto durante media hora, haciendo muecas sobre las páginas, suspirando, garabateando con un lápiz a medida que avanzaba. Al final, cerró el volumen con aire decidido.

Ya estaba listo. Eran las tres y media y tenía que presentarse a las cuatro en el laboratorio de física para un examen de recuperación.

Se puso su maltrecho abrigo, salió y recorrió el pasillo arrastrando los pies, como si aún pudiera cambiar de idea. De pronto se detuvo ante una de las puertas, llamó y entró. Dentro estaba medio oscuro. Había alguien tumbado en la cama y en la habitación se percibía un fuerte olor a cerveza.

–Hola, Jake Fitzpatrick –exclamó Peter, pero al no obtener respuesta, tiró de la pierna del chico hasta casi sacarlo de la cama. Fitzpatrick se despertó con un violento sobresalto y miró a su alrededor.

–¿En qué andas? –preguntó Peter, encendiendo la luz con curiosidad.

–Estaba escribiendo un relato... Debo de haberme quedado dormido.

Fitzpatrick, un irlandés esbelto, nervioso, de cabeza rizada y rostro ladeado, sonriente y extrañamente lastimero, miró a su alrededor con asombro y empezó a rascarse la cabeza.

–Era algo muy complejo, además. Sobre un tipo que conoce a una chica en un bar, pero la chica...

–Cuéntamelo esta noche. Tengo que ir a un examen.

–Bueno, sí, nos vemos esta noche.

–¿Qué vas a hacer ahora? –preguntó Peter con envidia.

–Terminar el relato, supongo. Creo que es bueno, ¡muy bueno! –dijo Jake levantándose y acercando un vaso de cerveza rancia a la luz, lo examinó con gravedad, lo agitó un poco para hacer espuma y finalmente se lo bebió–. ¿No vas al entrenamiento?

–Después del examen –suspiró Peter–; saldré justo a tiempo para el partidillo bajo los focos.

Cerró la puerta y regresó por el pasillo a su propia habitación, donde se sentó en la cama y apoyó la cabeza en las manos, y sopesó todo sombríamente.

Sentado donde estaba, y mirando hacia la ventana donde todo era gris y frío y, sin embargo, emocionante, entendió de pronto que no quería ir al laboratorio a poner agua a hervir y medir la presión de los gases. Quería volver con Jake Fitzpatrick y charlar y contarle historias, beber y emborracharse, salir a las calles grises y pasear, mirar a la gente y pensar en ella. Sonrió feliz.

Y justo entonces sonó un timbrazo, el sonido le atravesó los oídos bruscamente, y alzó las manos desesperado, agarrándose la cabeza, y salió corriendo por el pasillo gritando:

–¡Ya voy! ¡Ya voy! –y al llegar al teléfono gritó irritado–: ¡Sí! ¡Sí! ¡Hola!

–Hola –respondió una voz de chica.

–¿Judie? –preguntó.

–Yo muy bien, ¿y tú? ¿Tienes sed?

–Sí –respondió Peter apasionadamente en un ronco susurro.

–Bueno –dijo la muchacha–. Ven a mi casa, no hay nadie, tengo vino.

Sin decir una palabra más, Peter colgó el auricular, bajó las escaleras, salió a la calle, cruzó el campus, se abrió paso entre el tráfico como un mediapunta en plena carrera, entró en el vestíbulo de un edificio de apartamentos y subió las escaleras. En el pasillo, una chica le abrió la puerta.

–¿Cómo se encuentra Hamlet hoy? –le dijo, corriendo tras él por el largo y oscuro pasillo.

–Sediento.

Ella le sirvió un vaso de agua lleno de vino y él empezó a bebérselo, despatarrado en el sofá con los pies apoyados en la pared, una mano colgando hacia el suelo lánguidamente.

–No me llames Hamlet. Hamlet nunca estudió como Fausto en su mazmorra con las cabezas de esqueleto.

Afuera oscureció y de repente se puso a nevar en finas ráfagas y las luces de neón empezaron a brillar. Peter vació su copa de vino, recibió otra ración, vació aquella y, de repente, agarró a la chica por el brazo y la arrastró al sofá con él.

–Tengo que ir al laboratorio a medir la presión de los gases –le dijo al oído–. ¿Dónde está tu tía?

–Ha salido.

–Bien. Solo tenemos diez minutos.

Diez minutos después corría por el campus hacia el laboratorio y subía las largas escaleras, con el abrigo volando tras él, el pelo alborotado, los labios manchados de besos y vino, todo fiebre y excitación.

Y un segundo más tarde ya estaba sentado en un taburete en una larga mesa, solo, frente a una pequeña estufa en la que hervía agua. Tomaba notas en un cuaderno apoyado sobre el regazo, mientras miraba por la ventana las estrechas calles de abajo, que blanqueaban con la nieve. Se sentía muy abatido: no entendía el experimento y lo estaba haciendo todo mal, y en el pequeño despacho contiguo al laboratorio podía ver al profesor de física sentado en su mesa corrigiendo exámenes y dando caladas a su pipa: ¡un hombre que entendía las cosas y tenía un interés seguro y sincero por el mundo, la ciencia y el ser humano! Peter estaba horrorizado.

¿Qué podía hacer en un mundo así? Volvió a mirar malhumorado por la ventana, y sintió de pronto una gran exaltación nerviosa, lo azotó un sentimiento de gran alegría. Allá abajo oscurecía, nevaba con más fuerza, y en las estrechas calles grises, en esos cañones de piedra la gente iba de un lado a otro con pies centelleantes, le parecieron de pronto misteriosos e inquietantes y hermosos. Le pareció maravilloso que la gente fuera de un lado a otro por la calle. Hacía un momento, él mismo había estado corriendo por allí, hambriento de cosas que hacer y resolver. Era el mundo, al que, mientras lo veía desde allí, descendía por primera vez en su vida, asombrosamente, como desde alguna desconocida existencia onírica previa, en la oscura Galloway. Lo veía todo por primera vez con ojos de asombro. Le asombraba la vida, la mera presencia humana en la tierra.

Tras atarse las hombreras en los fríos y sombríos vestuarios del campo de entrenamiento, sacó una carta de su madre. En su lenguaje sencillo, tranquilo y campechano, le contaba que su padre había enfermado y estaba postrado en cama, y que no podría trabajar durante dos semanas. De pronto se le ocurrió la feliz idea de ir unos días a casa, a Galloway, a ver a su padre. No era más que un estudiante de segundo año que intentaba llegar a primer zaguero en el partido contra el Ejército que se jugaría en tres semanas.

Luego, bajo el sombrío firmamento de finales de octubre, a la luz de los focos del campo de entrenamiento, los equipos de Penn se embistieron y enfrentaron sobre el césped quemado. Los entrenadores estaban de pie, con cazadoras y gorras de béisbol, gritando con sus pequeñas voces musicales. Fue un entrenamiento largo, más largo de lo habitual debido a la presencia de algunos entrenadores y periodistas que habían acudido para ver la preparación del gran partido que se iba a jugar contra la Marina ese sábado.

Aquellas luminarias del mundo del deporte se encontraban en la banda, enfundados como podían en sus abrigos de invierno, frotándose las manos, sujetándose las alas de los sombreros ante las repentinas ráfagas de viento y pateando el suelo con impaciente tristeza. Eran los escritores de los grandes periódicos de Filadelfia, escritores de Nueva York y de todo el país, «pronosticadores», «expertos» y «amados columnistas» de Chicago, de la costa, del país de la Big Ten,[1] escritores de Associated Press y United Press, hombres de aspecto triste, sombreros raídos, oscuros y curtidos junto a unos entrenadores no muy distintos de ellos, entre los que se encontraban dos famosos entrenadores de Dartmouth y Brown. Aunque había mucha excitación en el ambiente por el gran partido, en lo que en realidad pensaban todos era en sus cálidas y acogedoras oficinas, el café caliente, la melosa pipa de brezo y charlar junto a la calefacción, cualquier

1. Dentro de la NCAA, la liga universitaria de los Estados Unidos, la Big Ten Conference, fundada en 1896, agrupa a las universidades más punteras del país norteamericano, con grandes dotaciones financieras y una sólida reputación académica. *(N. del T.)*

cosa menos esta desolación y esta planicie que en nada se parecía a sus columnas («Notas de prensa», de Pop Sampson) o a los pulcros dibujos en las pizarras con líneas de tiza en las que se mostraba cómo estaba organizado todo.

Por su parte, los jugadores –Peter entre ellos– estaban mugrientos con sus uniformes rojos y azules, ahora tan oscuros como el barro invernal, todos transpiraban en el frío, algunos con las mangas remangadas, otros sin medias, de modo que sus abultadas pantorrillas relucían embadurnadas de sangre y barro. Resoplaban tristemente y escupían, jadeaban para recuperar el aliento y suspiraban.

–¡Otra vez! –ladró el entrenador.

Uno-dos-tres, slam, ¡zas! Y el pobre lateral quedó por cuadragésima vez más aplastado que una tortilla en la línea de marca por una escuadra de defensas y placadores de cien kilos cuyos nombres eran Bjowrski y Mierczacowicz y el «Gran Alce» Marino de Scranton.

–¡Otra vez! –repitió el entrenador.

Resultaba que esa tarde había cierto fallo en el giro del lateral y era preciso resolverlo a toda costa.

–¡Vamos a corregir esa maldita cosa aunque tengamos que quedarnos aquí hasta medianoche! –gritó el entrenador, señalando furiosamente a los focos, ante lo que todos los periodistas visitantes soltaron una carcajada y los entrenadores sonrieron sombríos.

Peter se encontraba justo en medio de aquellos tremendos encontronazos frontales. Él y otro chico, un extremo, realizaban la misma tarea de bloqueo en cada una de aquellas repeticiones de la jugada, con la tristeza distraída de dos hombres que tratan de derribar una pesada puerta y fracasan una y otra vez porque la puerta es infranqueable. La puerta en este caso era un gigantesco placador llamado Makofskik, un muchacho tan increíblemente descomunal que varias semanas antes, solo para divertirse, había estirado la mano y alzado a Peter hasta el techo en los vestuarios. El trabajo de Peter consistía en «golpearle por abajo» mientras el otro chico le «golpeaba por arriba» para tratar de sacar así a aquel monstruo de la jugada. Sin embargo, en cada penosa repetición, aunque conseguían recuperarse tras el primer golpe y, por tanto, frenarle un poco, él siempre alargaba el brazo por encima de sus cabezas y agarraba con su enorme mano al zaguero que se abalanzaba sobre él y lo detenía en seco. Si no fuera porque eso daba tiempo a otros feroces jugadores para aplastar al pobre tipo y borrarlo de la vista, simplemente lo habría tumbado de espaldas, se habría dado la vuelta y habría seguido avanzando.

Una vez, sin embargo, Peter y su compañero golpearon al gran polaco tan astutamente que se cayó y el acosado zaguero avanzó cinco yardas. En la siguiente jugada, Makofskik estaba como un toro rabioso. Peter se acercaba para «golpearle abajo» cuando apareció frente a su rostro aquella mano como una maza y le apartó generándole la clara sensación de que su cuello se rompía en alguna parte, tras lo cual alguien le corrió por la espalda clavándole los tacos. Resultó que se trataba del triunfante lateral, que había logrado eludir de algún modo la gran mano y había avanzado alrededor de una yarda, una yarda a costa del trasero de Peter.

A continuación, saliendo de entre los tristes montones, los jugadores se levantaron de nuevo con mirada triste, las manos en las caderas, y esperaron órdenes, moquearon y escupieron.

Por fin, sin embargo, el entrenador se apartó un momento y se puso a hablar con los famosos hombres de la banda. A los jugadores les pareció que la sesión de entrenamiento había terminado. Empezaron a hablar un poco y a reír alegremente.

–Oye, Alce, ¿qué ha pasado ahí?

–¿Qué quieres decir?

–¿A qué sabe mi bota?

–No te preocupes, que te voy a dar de probar la mía.

Alguien dijo algo obsceno en susurros y todos se rieron (los jugadores tenían prohibido ser soeces). Se acuclillaron sobre los desiguales montículos de tierra, escupiendo barro y enjugándose la sangre de la boca, todos aquellos grandes y macizos placadores con las manos colgando como bueyes, los largos y espigados extremos de ojos melancólicos mirando al suelo, los regordetes defensas armenios con sus muslos como postes y los compactos mediocampistas con sus enjutos rostros llenos de cicatrices mirando al cielo distraídos. Todos maldecían en voz baja, gemían y suspiraban. Todos esperaban que el entrenador los enviara a las duchas. Pensaban en ello con alegría y consuelo, pensaban en los cálidos vestuarios, el vapor, los masajes con linimento, en una buena cena y en dormir en sus cómodos dormitorios. Todos miraban anhelantes hacia el campo, a las cálidas luces doradas en la cruda oscuridad, esperaban y rezaban para que ocurriera lo antes posible.

Pero en la banda, uno de los periodistas se frotó la nariz con curiosidad cómica.

–Entrenador, ¿qué es eso que he oído sobre los corredores que guarda en secreto para el partido contra la Marina? ¿Es solo un rumor, una oleada de optimismo entre los estudiantes o se trata acaso del verdadero McCoy?

–Sí, entrenador, ¿en qué consiste esa historia que han estado aireando por ahí?

–¿Qué tal una pequeña muestra, *off the record*?

Como respuesta, el entrenador se limitó a esbozar una leve sonrisa y regresó al campo haciendo sonar su silbato.

Los periodistas se dieron codazos.

–¡Perfecto! Ahora veremos un poco de esa velocidad que se supone que tiene en la retaguardia. ¡Esto es lo que les espera a los mediocampistas el sábado por la tarde!

El agotado Peter estaba de rodillas pensando en Judie y en el baile de segundo año con sus luces rosadas y el quejido lastimero de los saxofones, y en su cálida habitación iluminada por la luz de las lámparas, y en los libros, y en todos esos alegres pensamientos de muchacho universitario que llegan con el otoño cuando entendió de pronto que la escaramuza no había terminado en absoluto, y que les pedían la jugada en la que él tenía que dar la vuelta y coger el balón en medio giro. Apenas tuvo tiempo de serenarse antes de salir con el balón y soltar una carcajada. «¡Madre mía! ¡Madre mía!», no paraba de pensar, y todo le parecía absurdo. Cargaron contra él y consiguió zafarse girando en círculos, riendo y, extrañamente, súbitamente enfurecido por la pura y estúpida indignidad de lo que tenía que hacer en este mundo. En un momento dado, casi le pareció que iba a lanzar el balón al aire y largarse de allí, o que iba a ponerse a bailar como un idiota y a hacer muecas al entrenador, a burlarse de todo el mundo y a correr a toda velocidad hasta la oscuridad más lejana, más allá de los focos, hasta desaparecer en medio de la noche y seguir por las calles de Filadelfia, sin quitarse siquiera el uniforme de fútbol, hasta los confines de la noche otoñal.

Pero no hizo nada de aquello, se rebeló contra la tremenda incomodidad de su furioso deseo, retrocedió en círculos, gritó como un loco a todos los que intentaron placarle, se abrió paso en zigzag, esquivándoles (nadie quería molestarse en atraparle), corrió, saltó y giró, y en un momento dado se quedó solo bajo la portería y se detuvo, pensativo, mirando la cálida luz de las ventanas de los vestuarios al final del campo, como si meditara en algo, y sosteniendo el balón en la palma de la mano, como quien estudia una bellota.

El entrenador le llamó con el silbato.

–¡Vuelve aquí, no te saldrás con la tuya dos veces!

Los periodistas aplaudían de alegría en la banda y los jugadores, cansados, moqueaban, escupían, esperaban con las manos apoyadas en la cadera recuperando el aliento.

Finalmente, en el vestuario, recordó la carta de su madre y su deseo de ver a su padre.

Recordó lo que sintió en el laboratorio y en la habitación de Jake Fitzpatrick, recordó también la emoción de los trenes y los viajes y el ir y venir por el mundo. Podía dejar todo esto, aunque solo fuera unos días, y retomar de nuevo esas cosas. Y le sacudió una punzada de soledad al pensar en su padre enfermo en la cama y en los pensamientos y ansiedades que sentiría el viejo ahora que no podía ir a su trabajo en la imprenta de Galloway.

Después de vestirse, Peter fue al despacho y habló con el entrenador.

–Será mejor que vayas a casa, aunque sea un par de días para ver cómo están las cosas –gruñó el entrenador–. Intenta estar de vuelta para el jueves, esto no es una fiesta de pícnic.

Así que Peter regresó corriendo a los dormitorios de la universidad con creciente excitación y felicidad. En cuestión de minutos ya había hecho las maletas y estaba listo para partir. Se marchó con el cigarrillo en la boca, el sombrero echado hacia atrás, cargando con su mochila, jubiloso, pero con el ceño fruncido, concentrado en el viaje, merodeando por el mundo que acababa de descubrir con todos sus secretos y caprichosas vueltas.

Cuando llegó a casa, se encontró a su padre lúgubre y pálido en su lecho de enfermo.

–Ya ves, Petey –dijo el viejo con una sonrisa amarga–, otra más. No tenemos más que mala suerte.

El médico había prescrito que Martin permaneciera en cama al menos dos semanas. Tenía pleuresía y problemas de hígado, estaba febril, irritable, sombrío y atormentado por las preocupaciones.

–No puedo trabajar, supongo que te lo ha dicho tu madre. Creo que Dios me está castigando por haber entregado el negocio, pero volveré al trabajo dentro de dos semanas, no es una gran tragedia...

Y tras decir eso el padre volvió su mirada a la ventana, ausente, pero un instante después le miraba de nuevo ansiosamente, casi con timidez.

–Me parece –dijo enseguida– que estás insatisfecho. ¿Pasa algo malo en la universidad? –Peter hizo una mueca irónica–. Algo te preocupa. ¿Sabes que cuando fui a visitarte el mes pasado te pasaste el día en la cama?

–¿Por qué no? –replicó Peter con arrogancia–. Me paso la noche en vela estudiando.

–Entonces, ¿cuándo vas a clase?

Peter suspiró con lánguido cansancio. El padre se sentó en la cama y clavó en Peter una mirada seria.

–Me juego un dólar a que hay algo en esa cabecita tuya, pero ni tú mismo sabes lo que es. Bueno, adelante, adelante, no me importa. No tengo tiempo para preocuparme por todos vosotros, enfermo como estoy y sin suerte. Haced lo que queráis, pero ya sabes lo que pienso de lo que estás haciendo, Petey, ya sabes lo que rezo por ti.

A Peter le hervía la sangre de indignación. Le entraron ganas de salir de la habitación y de la casa. Se imaginó a sí mismo haciéndolo, dando un portazo, orgulloso por la rabia, noble en su absurdidad.

Su padre hablaba con un nuevo tono de voz, él podía oírlo, pero en su tensa ensoñación, pensaba en otra cosa. No pasó un minuto antes de que hablara de nuevo.

–¿Te acuerdas de cuando manejabas aquella vieja linotipia en el negocio...?

–¿La linotipia?

–Sí. Por Dios –rió Martin con voz ronca–, ¡y se te daba bien además! Estaba pensando que, si pudieras, podrías sustituirme en la imprenta durante un par de semanas. Obviamente, no es más que una idea descabellada. Si no fuera plena temporada de fútbol podrías hacerlo, ¿entiendes? Me refiero a tomarte un par de semanas sin ir a la universidad.

–Ah, claro.

–Sobre todo por la forma en la que estudias –dijo Martin y soltó una sonora carcajada borreguil, para luego rascarse juiciosamente la barbilla–. Está absolutamente descartado, por supuesto, es solo una idea. Ah –suspiró de pronto con desagrado–, pero, ¿quién sabe? Si a ese jefe mío le da por ahí, podría darle mi trabajo a otro, solo porque yo falte un par de semanas. Así son las cosas en esta ciudad –concluyó mirando a Peter con sus francos ojos azules muy abiertos.

Peter no estuvo de acuerdo.

–No lo hará. ¿Green es tu jefe? No es culpa tuya estar enfermo, y eres un buen trabajador. No querrá perderte.

–No soy tan joven como algunos de los trabajadores.

–Tendría que ser un auténtico hijo de puta para despedirte.

–No lo conozco tan bien –dijo el padre–, puede hacer lo que quiera. Lo mejor será que me recupere lo antes posible.

Se miraron en silencio. Y aunque no se dijeron nada más, Peter se sintió muy incómodo. Peter salió de casa, tomó un autobús al centro y paseó con curiosidad frente a la imprenta en la que trabajaba su padre. Finalmente entró y se encontró de bruces con el jefe.

–Hola, señor Green –dijo Peter, sonriendo tontamente, medio esperando que el hombre supiera que era el hijo de George Martin. Pero el impresor se quedó mirando–. Soy el hijo de George Martin, Pete.

–Ah, sí. ¿Cómo está George? ¿Se encuentra mejor?

–Sí. Aunque estará en cama otras dos semanas.

–Lo sé –dijo el impresor.

–Bueno –respondió Peter, pero luego no se le ocurrió nada más que decir, y el impresor, al que habían llamado desde el otro lado de la planta, se alejó apresuradamente indicándole con un gesto que esperara un momento.

Todo el mundo estaba trabajando ensimismado en la ajetreada planta, y Peter se sintió como un tonto allí de pie, más aún porque en realidad ni siquiera sabía a qué había venido.

«No me gusta ese hombre –pensó, observando al señor Green–. No me gustaría trabajar para él.» En otro momento Peter habría abandonado el lugar, pero cambió de idea y esperó nervioso.

El impresor volvió enseguida, y Peter dijo:

–Veo que tiene a alguien trabajando en el puesto de mi padre.

–No –dijo el impresor con su perpetuo ceño fruncido–, pero estoy intentando conseguir a alguien en el sindicato. Puede que consiga un hombre por la mañana.

–Yo solía manejar la linotipia en el taller de mi padre –dijo Peter–. Tenía un negocio. Supongo que ya lo sabe.

El señor Green no hizo ningún comentario, ni de palabra ni con gesto alguno, pero se quedó mirándole.

–Se me daba bien –continuó Peter, afectando ahora un aire despreocupado, y caminando hacia una de las dos linotipias. Un hombre estaba trabajando en la otra y también se quedó mirando a Peter.

–Bueno, este hombre está haciendo el doble de trabajo –dijo el impresor con aire preocupado–. Llevamos mucho retraso con los pedidos. ¿Sabes cómo funciona este tipo de máquina?

–Sí, este tipo de aquí.

–Bueno, ¿quieres sustituir a tu padre? –preguntó Green mirando atentamente a Peter.

Peter le devolvió la mirada con insolencia.

–No sé si sería tan bueno como un hombre del sindicato –añadió con altivez–, pero podría hacer el trabajo.

El jefe no parecía seguro de a qué se refería Peter, pero sonrió de pronto. Peter se marchó.

Se fue a casa a cenar sin decir a nadie dónde había estado, qué había hecho ni qué tenía pensado hacer. A la noche siguiente volvió a pasarse por la imprenta para ver si el señor Green había encontrado un obrero sustituto, y se enteró, con una extraña y grave sensación de alivio y tranquilidad, de que habían contratado a alguien para aquellas dos semanas. Luego hizo las maletas y se preparó para volver a Penn, a sus estudios y al fútbol.

Se sentía enfadado, confuso, totalmente desconcertado. Justo antes de marcharse, no paraba de mirar a su padre postrado en la cama, sin saber qué decir.

–Volveré a casa después de Acción de Gracias –le dijo–. Solo faltan unas semanas, un par de semanas...

–Lo sé –respondió el viejo–. No te preocupes por nada, vuelve a la universidad y a tus obligaciones y al fútbol y a todo lo demás. Estaremos bien por aquí.

Su padre y él se abrazaron torpemente y Peter salió corriendo del piso, avergonzado y apenado. Su hermano Joe le llevó a la estación.

«En fin, ¡ya está!», pensó Peter en el tren.

Al arrancar, vio una cabellera rizada que le resultaba familiar varios asientos más adelante. Era Danny, iba también a Boston. Llevaba una botella de whisky en una bolsa de papel.

–¡Te he estado llamando sin parar en Galloway! –exclamó

Peter mientras se encontraban en el ventoso y rugiente plataforma entre los vagones–. ¿Dónde te habías metido?

–Zagg –dijo Danny con tremenda sinceridad–, llevo borracho tres semanas. Pregúntale a Berlot si no es cierto.

–¿Y por qué, chiflado? –preguntó Peter con indescriptible jovialidad, despeinando la cabeza de Danny de pura alegría.

–He dejado mi trabajo en la fábrica, he terminado mi curso en la escuela de negocios, voy a empezar a trabajar como mecanógrafo en Boston la semana que viene.

–¿Y te emborrachas, Ratón? Pensé que te alegrarías –dijo Peter realmente sorprendido.

–Yo también, Zagg. No sabes cuánto he trabajado para salir de esa fábrica y de esa maldita ciudad. Ahora estoy fuera, ahora soy un hombre libre, y me siento desgraciado, Zagg, me siento desgraciado. Entre la fábrica y mi nuevo trabajo, tengo tres semanas sin nada que hacer salvo disfrutar de la vida, así que me he casado con esta enorme y hermosa botella de whisky, Zagg, ¡mírala! La levantó y lo miró con reverencia. ¿Entiendes lo que digo, Zagg?

Peter sintió de pronto una tremenda tristeza al pensar en su padre enfermo en casa, en su extraña visita a la imprenta, en Joe en la estación, en su madre trabajando en una fábrica de zapatos, en la solitaria desdicha de su vida en la universidad, y ahora en el melancólico Danny. Y todas aquellas cosas se conjuraron, y él y Danny llegaron a Boston una hora más tarde completamente borrachos.

Peter llevaba veinte dólares encima, y en su fuero interno pensaba tomar el primer tren a Nueva York después de que cerraran los bares en Boston, pero fueron al Imperial Cafe de Scollay Square, una gran taberna de dos pisos y media docena de secciones, un ruidoso lugar de reyertas ocasionales, lleno de marineros, estibadores y mujeres. Brindaron extasiados el uno por el otro, jurando que eran los mejores amigos de la tierra, y creyéndolo realmente, prometiendo que no se separarían nunca más.

Por la mañana, la borrachera aún rugía como una marea roja en la cabeza de Peter. Se despertó en una habitación de hotel de aspecto caro. A su lado había una escuálida mujer de mediana edad que roncaba horriblemente. Saltó de la cama con una consternación ciega y se paseó por la habitación golpeándose los muslos, maldiciendo y murmurando. De vez en cuando se detenía para mirar con fascinada repugnancia a la dama de grandes dientes que dormía en la cama. Miró su cartera, en la que solo quedaban ocho dólares, y se sintió desolado, completamente indignado consigo mismo.

«Mi padre está enfermo, mi madre trabaja, me da un poco de dinero. Mi hermano trabaja, mi hermana trabaja. Todo el mundo cree en mí porque estoy en la universidad. Danny es mi amigo. Salgo con él y le abandono por esta cosa de aquí a la que ni siquiera conozco. ¿Qué estoy haciendo? Dios santo, ¿qué le estoy haciendo a todo el mundo?»

Finalmente salió de la habitación de puntillas, abandonando a la mujer a su suerte, y se dirigió a toda prisa a una cafetería donde, con un vaso de zumo de tomate que fue incapaz de beber, se quedó literalmente mirando al abismo.

«No tengo honor. Ni siquiera tengo el honor de un animal. Si tuviera honor, no haría cosas como esta.» Miró a los otros hombres de la cafetería. Todos parecían dignos a la luz de la mañana, honorables y honrados.

Peter se dirigió al tren como pudo y regresó a Filadelfia para ir a la universidad. Sus días en la universidad casi habían terminado. Comprendía ahora que lo que había aprendido, y la forma en que lo había hecho, no se podía aprender en ninguna universidad.

## 7

Era la tarde del sábado. La enorme multitud llenaba el estadio y el rugido oceánico de su júbilo se transmitía por las radios de todo Estados Unidos. Las cámaras de los noticiarios traqueteaban misteriosamente desde lo alto del palco de prensa. En las tribunas, los hombres enfocaban con sus prismáticos la maltrecha explanada como si fueran generales de guerra. En los últimos instantes del último cuarto, los coros de los fieles exalumnos del equipo perdedor elevaron sus cantos, y en el campo sonaron pitidos y tambores apagados, al compás de la fatalidad de ciertas esperanzas y de un destino que parecía ineludible.

El joven Peter estaba sentado en el banquillo, un nuevo mediapunta de segundo año, encapuchado entre los demás en las sombras de aquel día histórico, agarrotado y abrasado por salir corriendo a ese centro del campo que era como el centro del mundo, y poder estar allí entre esos grandes santos que, para su alma, eran equivalentes a los ángeles en las grandes arcadas del día del Juicio Final.

En los últimos minutos del último cuarto, llegó su turno. Se quitó la capucha y salió corriendo entre el eco de los zumbidos y rugidos de la triste conclusión del partido. No se atrevió a alzar los ojos hacia las masas.

Hubo algunas jugadas finales deslumbrantes, misteriosos

reveses y súbitas arrancadas veloces que cruzaron la línea de la Marina, hubo choques, convergencias de cuerpos caídos, pases relámpago, cortos avances. De repente, en el crepúsculo humeante y entre rugidos, se produjeron dos penetraciones profundas a cargo de un extraño Peter fantasmal al que era casi imposible ver. Parecía pequeño y furiosamente difuso en sus zambullidas y esquives entre todos esos cuerpos atormentados, en medio de la penumbra sombría, mientras los tambores retumbaban sombríos.

A cientos de kilómetros de distancia, en Nueva Inglaterra, su padre estaba sentado con los ojos desorbitados frente a una pequeña y maltrecha radio. Allí también había oscuridad en las ventanas, la cruda noche de octubre se agolpaba tras las ventanas y el locutor gritaba a distancia:

–¡Otra larga ventaja de Pete Martin de Penn! Recto por el centro y el lateral, ¡y fuera de límites en la línea de treinta yardas! ¡Primer *down* y diez minutos para el final! Peter George Martin de Galloway, Massachusetts, es un estudiante de segundo año, un metro ochenta, ochenta y dos kilos. ¡Cómo va! Otro de los grandes nuevos defensas de Penn... O'Connell, Singer, Angelone, Martin... un mal augurio, ¿no crees, Bill, para Notre Dame el próximo mes? Esa línea de Penn es como un ariete. ¡La Marina está entre la espada y la pared! Cambio ahora a la derecha, ala única, defensa seis-tres-dos para los mediocampistas ¡Y ahí está la señal! ¡El partido ha terminado! ¡La victoria es para Penn! ¡Fin del partido!

Y tristemente el partido termina, hay grandes movimientos y salidas en la penumbra, una última canción de bandas de música y tambores, el lamento del *alma mater* cantada a coro entre botellas de whisky y sombreros maltrechos, los últimos ecos del enorme estadio oscurecido vaciándose lentamente de toda su nerviosa vida. El partido ha terminado.

Se encienden las luces de Filadelfia. Todo el mundo se va a cenar, habrá bebida en los bares, y fiestas, y alocadas juergas. Y los jugadores de fútbol, mientras se duchan o se peinan o se dejan masajear por algún reconfortante entrenador, piensan en la dulce y tierna muchacha que les espera para el baile.

Es entonces cuando Peter percibe las alegrías de su vida universitaria: siempre el sábado por la noche, cuando termina el partido y la noche despliega su gratificante oscuridad sobre todos.

A la semana siguiente Peter recibió una carta de su padre, desde un pueblo de Connecticut llamado Meriden.

> Hola, veloz Martin. [El sobre también iba dirigido al «veloz Martin», pues el padre quería que el entrenador de fútbol y todo el mundo en la universidad supiera que su hijo era un gran mediapunta veloz]. Seis y media de la mañana y tu viejo está despierto pensando en casa y anhelando un montón de cosas imposibles. Bueno, para resumir, aquí estoy instalado en un nuevo trabajo. Sí, lo has adivinado. Cuando me levanté de la cama y regresé a mi antiguo trabajo en Green's ya lo había perdido. No soy tan joven como antes, y habían contratado a un joven al que parecía irle bastante bien. No hace falta que te diga lo que pienso de que Green haga este tipo de cosas. Ya lo conocía de hace tiempo, cuando trabajaba en la apestosa ciudad. En fin, podría haber adivinado que era un ser inmundo.
>
> Mi nuevo trabajo aquí está bien, lo conseguí a través del sindicato, buenos jefes, buenos muchachos como compañeros. No es una mala ciudad para trabajar. No tengo quejas, salvo la falta de calefacción en la pensión y la mala comida en los comedores. Envío a casa la mayor parte de mi sueldo cada semana. No me queda mucho. De cuando en cuando apuesto 50 centavos a un caballo, o voy al cine. Pero estoy preocupado por ti, Pete, porque eres muy querido para mí, ¡muy querido!
>
> Sé que te sientes solo en la universidad, que hay algo en tu mente que te preocupa. El mundo está hecho un desastre, todos vosotros, pobres muchachos, estáis hechos un lío. Mantén la cabeza alta y espera lo mejor, o lo peor, lo que el destino tenga reservado para ti. Pero sé valiente, no pierdas la alegría, sé un hombre auténtico hagas lo que hagas. Así es como hay que vivir. No te preocupes, no te arrepientas. Trabaja duro y hazlo lo me-

jor que puedas, es lo único que podemos hacer. Tu familia te apoya y te quiere. Da gracias a las fuerzas de la naturaleza que nos unen a todos en esta vida.

Tu viejo y solitario papá.

P. D. ¡Y yo que pensaba escribirte una carta alegre! Bueno, la enviaré de todos modos. Te oí el sábado pasado en mi radio, ¡tan orgulloso, tan orgulloso de ti!

La carta dejó a Peter anonadado: la había sacado del buzón y la había leído subiendo lentamente las escaleras. Ya en la habitación, se quedó sentado con la carta abierta sobre el escritorio, mientras sonaba Beethoven en la radio. Tenía la mirada perdida en la ventana.

«Bueno, ya está», pensó al instante.

Y al contemplar el campus por la ventana, sintió de pronto que le invadía una gran aversión.

–¡Y ahora tengo que ir al entrenamiento de fútbol! –gritó en la habitación y, levantándose de un salto, bajó la persiana y sumió la habitación en una lúgubre penumbra. Se sentó de nuevo frente al escritorio, mirando la carta de su padre.

Permaneció allí sentado un buen rato sin aparentar pensar nada y empezó a sentir un tremendo estremecimiento en las venas, algo parecido a un latido, una dolorosa inquietud en los músculos, los nervios y hasta los huesos.

–Lo que yo quiero es la vida humana, no esto –se dijo con feliz sorpresa.

Se levantó, tan violentamente que tiró la silla hacia atrás, golpeó la mano con el puño, ardiendo de energía y de sentimientos salvajes. Con un movimiento jubiloso y decidido, sacó su abrigo del armario y salió, cerrando la puerta. Apenas sabía lo que hacía.

Había decidido dejar el equipo de fútbol, no iba a jugar más al fútbol, «Así de simple, así de simple», pensaba una y otra vez.

Se precipitó a la calle y fue a un bar. Allí se encontró con

Jake Fitzpatrick bebiendo cerveza y hablando con el camarero. No recordaba haber ido nunca a ese bar en su vida, pero allí estaba. Peter soltó una risita alegre y entró.

–¡Martin! –le llamó Jake, animado–. ¡Oye! ¿Por qué estás tan contento?

–He decidido dejar el fútbol, dedicarme a los estudios y a las cosas humanas –dijo Peter–. Mira cómo me tiemblan las manos. Estoy emocionado. ¡Eso es lo que voy a hacer!

–¿Cuándo?

–A partir de ahora. Soy un hombre libre, un ser humano. Voy a quedarme aquí toda la tarde.

–¿Qué es esa carta que llevas ahí? Ah, ya sé, es tu reclutamiento. Y eso lo explica todo –dijo Jake, riéndose.

Peter se metió la carta de su padre en el bolsillo. Había estado caminando por la calle con la carta en la mano.

–Por esta carta he decidido dejar el fútbol –soltó de repente.

–¿De quién es?

–Es solo una carta –dijo Peter con aire distante–. Bueno, en realidad tampoco me ha hecho decidirme, pero me ha ayudado. Es solo una carta

–¡Bueno, bebe! –exclamó Fitz–. Oye, ¿por qué no vas a casa de Judie y la traes aquí? Me divierte esa chica. Es realmente interesante, está medio loca.

–¡Sí, buena idea! –coincidió Peter.

Se apresuró a salir a la fría noche a buscar a Judie, dando saltitos y con un extraño contoneo nervioso. Un instante más tarde estaba de vuelta en el campus, mirando a su alrededor con enfado, sintiendo una estúpida soledad. Se había detenido, desinflado y meditabundo junto a la entrada de la biblioteca. Había decidido tomarse su tiempo para ir a casa de Judie, al otro lado del campus. El corazón le latía cada vez con más fuerza.

–Lo que voy a hacer –pensó con esfuerzo, tratando de aclararse las ideas– es reflexionar detenidamente. ¡Dios!

Paseó por el campus observándolo con gran curiosidad, como si fuera un visitante, deteniéndose de vez en cuando para mirar algún monumento o punto de referencia con esa curiosidad que tienen los que están de paso, pero pensaba en algo completamente distinto.

Se preguntaba cómo iba a llevar la radio en el tren, tal vez bajo el brazo, tendría que conseguir un asiento para él solo y dejarla a su lado con cuidado para que no se cayera cuando el tren arrancara y se detuviera en las estaciones. Se le pasaron por la cabeza cientos de detalles de ese tipo. Cuando encendió un cigarrillo la mano le temblaba violentamente.

«Eso es lo que quiero hacer. Sé que eso es lo que quiero hacer.»

Media hora más tarde, Peter Martin atravesaba el campus con una pesada radio bajo un brazo y una gran maleta en la otra mano. Se desplazaba entre las sombras, pegado a las paredes y tomando atajos absurdos por donde estaba más oscuro. Lo cierto es que estaba dejando la universidad.

Cuando subió al vagón y acomodó todas sus pertenencias a su alrededor, suspiró enérgicamente:

–Bueno, ¡ya está!

Un estudiante, al que conocía vagamente, se sentó frente a él y lo miró con curiosidad. Peter, acuciado por su soledad, le devolvió una mirada de odio tan fulminante que el pobre muchacho hundió la nariz en el libro durante el resto del trayecto hasta su estación y ya no volvió a levantarla.

En la cabina telefónica Peter sintió de nuevo que volvía a perder los nervios cuando oyó la voz de Judie protestando por teléfono:

–¡Pero, Petey, no dejes la universidad! ¡No dejes el fútbol! ¡No me vengas con que vas a volver a esa horrible ciudad tuya! Estás loco si haces eso.

–¿Por qué estoy loco? –gritó.

–Olvídalo. Solo piensas en ti, ¿y qué hay de mí? ¿Qué piensas hacer conmigo?

–Te escribiré y ahorraré dinero para venir a verte siempre que pueda, eso es todo.

–Seguro –murmuró ella con tristeza.

–¡Está bien, está bien! –gritó él, golpeando la pared de la cabina y finalmente se dieron las buenas noches, Judie casi llorando.

Tras esconderse de la familia durante toda una sombría semana en la que estuvo vagando por Nueva York hasta que se le acabó el dinero, Peter regresó orgulloso a casa como un auténtico héroe, amparado en la sensacional preocupación que había causado a todo el mundo.

Nada más llegar, consiguió un empleo en Galloway. Con el puesto, en una gran gasolinera del centro de la ciudad, y el comienzo de sus aportaciones al presupuesto familiar, supo que empezaba a «compensar» su precipitada decisión. Con todo, se sentía absolutamente preparado a la espera de su padre y de las objeciones que sabía que el viejo pondría a la renuncia a los estudios. Lo esperaba, de hecho, con cierto resentimiento, y cien respuestas premeditadas y despreciativas.

Sin dudarlo un instante, en la primera hora de su llegada a Galloway aquel sábado, Martin fue a buscar a su hijo y se acercó tranquilamente al lugar donde trabajaba. Peter estaba inclinado sobre un motor en el patio de la gasolinera, vestido con un mono nuevo, el pelo peinado hacia atrás y las manos algo sucias por el trabajo.

–Hola, hijo –saludó Martin con una triste expresión de alegría.

Peter no pareció sorprendido.

–Hola, papá, ¿cómo te has enterado de que trabajaba aquí?

Era casi como si hubiera sabido que su padre iba a llegar en ese mismo instante.

–Me lo ha dicho Joe –respondió el viejo con desgana–. ¿Qué haces aquí? No sabía que fueras mecánico... Creía que Joe y Charley eran los únicos mecánicos de la familia.

–*No* soy mecánico –replicó Peter de modo un tanto petulante–, solo estoy lubricando este coche con todas estas pequeñas latas de aceite. Este diagrama me muestra dónde están en un Nash. Se bombea un poco de grasa en la transmisión, y por todas partes; desde abajo, en el agujero de allí. Es un buen trabajo, ¿no te parece?

–Me han dicho que pagan bien –dijo el viejo, mirando con

curiosidad la gasolinera, limpia, espaciosa y bien organizada–. Parece que esta gente sabe lo que hace. Yo solía traer aquí mi Plymouth en los viejos tiempos, pero entonces era muy distinto...

Luego, mientras Peter se inclinó hacia su tarea y su padre se quedó observándolo, hubo un terrible silencio. Todo lo que tenían que decirse se congeló entre los dos.

–Se me ha ocurrido acercarme para ver cómo te iba.

Y una vez más se quedaron en silencio. En ese momento oyeron la radio y se escuchó la voz excitada del locutor, y el rugido de la multitud, y la música de las bandas, las lejanas fanfarrias triunfantes de un gran partido de sábado en algún lugar de Estados Unidos. Peter se quedó embotado por la vergüenza y cerró los ojos en secreto sobre el motor, estremeciéndose al pensar que su padre estaba allí a su lado.

–Me pregunto qué partido es ese –dijo el viejo con una especie de curiosidad malsana.

Peter miró con indiferencia a su padre:

–Michigan-Iowa, creo. No estoy seguro.

–Bueno –dijo el viejo con voz distante, mirando hacia otro lado, demorándose, con las manos en los bolsillos del abrigo–, ¿a qué hora sales?

–Sobre las seis.

–¿Irás a casa a cenar?

–Desde luego –dijo Peter con toda la intención.

–Hay una cafetería al otro lado de la calle –dijo de pronto el viejo–; creo que entraré a comer una hamburguesa o algo así. Tengo un poco de hambre.

Peter le miró por primera vez.

–Yo estoy a punto de terminar con esto. Ve y te acompaño en un minuto. Yo también me tomaría un café.

–De acuerdo, Petey –dijo el padre como si hubieran llegado a un penoso acuerdo–; te espero allí sentado.

Y se marchó al otro lado de la calle. Peter se quedó mirándole fijamente con la terrible sensación de haber clavado a aquel hombre un cuchillo en los ojos de la manera más maliciosa e irreflexiva.

Unos minutos más tarde se dirigió a la cafetería y se reunió en la barra con él, donde, como siempre, había muchas conversaciones y risas, la radio sonaba a todo volumen y la gente entraba y salía entusiasmada.

Se quedaron allí, observando y escuchando.

El hecho de que ni él ni su padre hubieran mencionado aún lo que les quemaba por dentro, la delicada locura de todo aquello, su compleja delicadeza, su tacto viril y su dolor, las cosas ignotas que compartían juntos, le atenazaba y anulaba casi por completo el tono despreciativo que había planeado utilizar. Peter deseaba que su padre hablara primero, que dijera algo, que discutiera con él, que se enojara, que le gritara allí mismo, en la cafetería, delante de todo el mundo.

Sin embargo, cuando los dos se sentaron en un profundo silencio y Peter ya estaba a punto de contarle sus planes para el futuro, la puerta se abrió de nuevo y entró un grupo de hombres que conocían a Martin.

–¿Cómo andáis, muchachos? –saludó Martin jovialmente–. Ya conocéis a mi chico, Pete. ¿Cómo va todo en la fábrica?

Se agruparon por un momento y Peter se dio cuenta, con ira creciente, de que su padre era ahora para ellos un objeto de curiosidad, mientras que antes se habían reunido en torno a él con una genuina cortesía y admiración; así lo había visto hacer desde que era niño.

–Me han dicho que ahora trabajas fuera de la ciudad, George –dijo uno de ellos, con curiosidad, pero sin mala intención, aunque de algún modo se reflejaba cierta ironía en sus rostros mientras escuchaban la respuesta.

Peter se inclinó sobre su taza de café con rabia.

Oyó que alguien preguntaba:

–¿Qué hace por aquí?

–¿Quién? ¿Pete? Oh –rió Martin–, está hablando de libertad.

Era solo una pequeña broma y nadie la entendió del todo, pero por algún motivo, el más joven del grupo soltó una risita. El corazón de Peter retumbó como un martillazo, la sangre se le subió a la cara de un modo vergonzoso, pero con una curiosa exaltación, y se volvió lentamente sobre su taburete, dirigiendo al joven una mirada completamente malévola.

–¿Te pasa algo?

–¿Perdona?

Peter se ruborizó casi al instante, los ojos se le llenaron de lágrimas de vergüenza, pero siguió mirando indignado a la cara del otro, mientras todos lo observaban, y por un momento sintió un impulso salvaje de darle un puñetazo con todas sus fuerzas, de romper todo lo que tenía frente a él en un gran caos furioso.

El malentendido se prolongó en un silencio y luego, como en un sueño, los hombres se alejaron en busca de un reservado. Peter, con los ojos nublados, se quedó mirando estúpidamente al vacío con los músculos tensos y desarmando el puño, estremecido por dentro. El mayor de los hombres seguía de pie junto a su padre, mirando boquiabierto a Peter.

De repente, Martin soltó una risita ronca.

–¡Caramba! ¡No sabes lo tímido que era antes el pequeño Petey! Acuérdate de él cuando era así de alto, Bill, un chiquillo tímido como mi Mickey, que nunca decía una palabra más alta que la otra. Oye, ¿qué mosca te ha picado? –se rió.

Peter se levantó y salió de la cafetería con un terrible sentimiento de humillación. Su padre se reunió con él al instante.

–Qué curioso eso que acabas de hacer –dijo extrañado–, tú no eras así.

–¡Cómo se ha reído ese! ¿Quién es ese imbécil?

–¿Se puede saber qué te pasa? –gritó el viejo enfadado–. Ellos no me han hecho nada. Conozco a esos muchachos muy bien.

–Menudos listillos. ¿No has visto su forma de comportarse, no has visto... no te has dado cuenta de nada?

–¡Sí! –rugió el viejo–. De lo que me he dado cuenta es de que ya no eres el mismo pequeño Petey modesto y alegre de siempre.

–¡Al diablo con el pequeño Petey!

–¡Eso es, eso es, adelante, dilo!

–¿Qué quieres que diga?

Se miraron con un odio encendido.

–¡Dios! –exclamó Peter con temible consternación–. ¿No te has dado cuenta de cómo te miraban y comentaban que ahora trabajabas fuera de Galloway, con ese maldito aire de suficiencia? Papá, esa risa... –insistió desesperado.

–No he notado nada de eso. Me imagino que es esa forma neurótica de ver las cosas que tenéis los jóvenes, se trata de eso, supongo.

–¡Qué quieres decir con lo de neurótico! –dijo Peter entre dientes, con un súbito odio frente al mero sonido de la voz de su padre.

–Eso es lo que os enseñan en la universidad, supongo, eso es lo que aprendéis en Harvard y Penn. No cabe duda de que hoy en día salen chicos muy listos.

Peter se quedó mudo de rabia.

–Ten cuidado, papá, con lo que dices. No puedes decir...

–¿A qué te refieres, hijito? –preguntó el padre dócilmente, con un suave dolor en los ojos pero con los labios curvados de disgusto.

–¡No puedes decir eso! –estalló Peter, descubriendo estúpidamente que no sabía lo que quería decir.

–Ya no te entiendo –dijo el padre.

–¿Qué? –gritó Peter–. ¿Cómo puedes ser mi padre si no me entiendes?

–No, no te entiendo –dijo el viejo con voz temblorosa–. Y no creo que pueda volver a entenderte. ¿Te das cuenta, Petey? ¿Te das cuenta de las cosas por las que tenemos que pasar los padres? Tenemos que perder a todos nuestros hijos uno por uno, porque Dios los hace crecer y los desperdiga por ahí. Pero cuando se alejan ya no estamos allí para ayudarles. Ese es el problema.

–Papá –arrancó Peter con entusiasmo–, tú sabes que yo quería volver a casa para ayudarte, ¿verdad? ¿Recuerdas aquella noche del verano pasado cuando estábamos en el porche y te dije lo mal que me sentía al irme de casa?

–No, no me acuerdo de eso.

–¿No te lo dije? Me fui a la universidad y no podía concentrarme por culpa de todo aquello. Todos los problemas que había en casa –exclamó con un gran suspiro–. Luego enfermaste. ¿Sabes?

Aquel día fui a Green's para ver si me daba trabajo como linotipista –añadió mirando triunfante a su padre–. No lo sabías, papá.

El viejo parecía estar pensando en otra cosa.

–Te cuento esto porque... En la universidad me sentía desgraciado, estaba harto, del fútbol y de todo lo demás. No era solo lo que ocurría en casa. Fui a Green's y pensé en encargarme de tu trabajo durante dos semanas. Ya entonces estaba pensando en dejar la universidad... Mamá hablaba de trabajar en la fábrica de zapatos. Vi a todo el mundo trabajando y arreglándoselas para vivir, vi lo infeliz que era todo el mundo, de repente, lo entendí por primera vez.

–¿Qué pasó en Green's?

–No me quiso contratar –dijo Peter con avidez–, pero hablé con él un buen rato. ¿Ves?, incluso entonces intenté ayudar.

El padre se encogió de hombros.

–Ah, ya está –gruñó Peter de repente–. Supongo que nunca creerás lo que digo. De acuerdo.

Y lanzó a su padre una mirada llena de odio y desconfianza, pero también de furtiva curiosidad arrepentida, porque de pronto se dio cuenta de que le había mentido.

–A mí me da lo mismo, Petey –dijo el viejo, pensativo–. Ya sabes lo que quería que hicieras. Pero es tu vida, no la mía –dijo sin moverse, mirando sombríamente a la nada–. En mi vejez quería un hijo que hiciera grandes cosas. No sabes el orgullo que me daba decirles a los muchachos que estabas en un gran equipo de fútbol universitario. Puede que te haga gracia, pero estaba muy orgulloso de ti.

–¡Ahora ya no estás orgulloso! –se burló Peter.

–Estoy tan orgulloso como siempre, pero ahora no tengo nada que contarles a esos muchachos. Me van a preguntar qué ha pasado contigo, ¿y qué les voy a decir?

–¡Ajá! –insistió Peter con el mismo aire burlón e indulgente–. De modo que eso es lo que más te preocupa: no saber qué les vas a decir a los muchachos. Pues diles a todos que se vayan al infierno de mi parte, ¿quieres?

–No creas que no lo haría, si me apeteciera –dijo el viejo con una mirada desabrida y preocupada–. No, no es eso en absoluto. Eres tú quien me preocupa.

–Pues a mí no me pasa nada –gritó el chico–. Estoy perfectamente bien y sé perfectamente lo que hago.

–Sabes perfectamente lo que haces –resopló el viejo–. ¿No es maravilloso? Tiene diecinueve años y sabe exactamente lo que hace. Sí señor, hoy en día los hacen muy listos, son unos colosos mentales. Aquí tenemos a un Martin que es un coloso mental... no, espera un segundo, tenemos dos, dos colosos mentales Martin. ¡El señor Francis y el señor Peter!

–A mí me importa un bledo lo que sea el señor Francis, no me catalogues: por primera vez sé lo que hago. Déjame en paz –concluyó de repente.

–¿Que te deje en paz? –preguntó el padre–. ¿Por qué dices eso? ¿Es que alguna vez te ha molestado alguien en casa, o te ha dicho lo que tienes que hacer, o te ha presionado, o ha intentado dirigir tu vida? Vosotros siempre habéis tenido una libertad absoluta y todo el apoyo del mundo.

–Todo el apoyo del mundo –dijo Peter ahora con mirada sombría–. ¿Recuerdas el partido de Lawton de 1935?

–¿Y bien? –dijo el padre–. ¿Qué tiene que ver ahora el partido de Lawton de 1935?

–Oh, nada –dijo Peter, agitando la mano, pensativo, encogiéndose finalmente de hombros–. No es gran cosa. Como acabas de decir... –y Peter empezó a sonrojarse, sintiéndose cada vez más estúpido–. Bueno, en realidad no es nada.

–¿Qué, qué?

–Dijiste que era demasiado pequeño para entrar en el equipo de fútbol –añadió casi con picardía, pero con la intención de parecer indiferente.

–¿Eso dije?

–¡Sí! Yo lo recuerdo, pero tú no. Entré en el equipo de fútbol y tardé mucho en conseguirlo, pero lo logré, ¿no es cierto? Al final lo conseguí a pesar de ti.

–Petey, no recuerdo haber dicho algo así. No sé, puede que lo haya dicho. ¿Pero qué más da? Ahora eres un adulto.

–Pues ya no quiero jugar al fútbol –soltó Peter de un tirón, sonriendo.

El padre se exasperó.

–¡Por Dios! ¡Todo eso no tiene nada que ver! ¿Qué clase de tonterías te has estado inventando? Entonces eras un niño maravilloso, te recuerdo con tu gorrita de béisbol y tu guante. Recuerdo la expresión de anhelo y timidez en tu cara, y las cosas que parecías hacer, siempre en la mirada...

–Sí, sí, sí –suspiró Peter, molesto.

–Mira lo que has hecho. Has renunciado a una beca en una buena universidad, a todos los amigos y contactos que estabas haciendo allí, a la carrera que podrías haberte labrado... ¿Y todo para qué? ¡En estos tiempos tan difíciles! Por un trabajo como este en una ciudad apestosa como hay mil ciudades apestosas. Te digo que estoy desconcertado, es la única palabra que se me ocurre.

Peter ya no estaba enfadado ni resentido, sonreía amablemente mientras le hablaba su padre.

–Cuando quiera volver a Penn, volveré, eso es todo. Ahora mismo no me interesa.

–¡No volverás, no después de lo que has hecho! –respondió Martin casi gritando–.¡Si supieras lo que has hecho, Petey! Este mundo es muy duro. Todos los pobres, todas las masas oprimidas, luchan y se pelean por un poco de pan, y tú, un muchacho sin conocimiento de la vida, sin experiencia, un crío que no comprende lo difíciles que son estos tiempos, ¡haces esto como si fueras silbando por la vida!

–¿Silbando? –dijo Peter, complacido.

–¡Oh, es duro, Petey, ganarse la vida!

–¿Quién quiere ganarse la vida? Yo quiero vivirla.

–No haces más que jugar con las palabras, hijito, palabras que has aprendido en los libros.

–¿Sabes que se avecina una guerra? –continuó Peter, exasperado–. Aunque me hubiese quedado en la universidad, me habrían echado, ¡y pronto! Dentro de poco ya nadie va a ir a la universidad. ¿Sabes que Mel Barnes dejó el equipo el mismo día que yo, para alistarse en las Fuerzas Aéreas? No lo sabías, ¿verdad? No te interesa porque no te cuadra con lo que piensas.

–¿Crees que vas a poder hacer lo que te apetezca toda la vida?

–¡Sí! ¿Por qué no?

Martin rió roncamente.

–¡Pobre niño, pobre niño! Ni siquiera sabes lo que te espera –volvió a reír y sacudió la cabeza con tristeza–. El problema con nosotros los Martin es que no nos llevamos bien en el mundo, algunas cosas nos parecen tan miserables que sentimos que tenemos que alejarnos, siempre nos alejamos.

–Oh, olvídalo, ¿quieres, papá? No me preocupa.

–Bueno, tienes tu trabajito aquí –dijo el padre, señalando la gasolinera de enfrente–. Supongo que tendrás trabajo que hacer esta tarde. No te molesto más.

–No me molestas.

–Me iré a casa y me callaré la boca. ¿Irás para la cena, entonces?

–Por supuesto –continuó Peter sintiéndose repentinamente avergonzado y añadió–: Estaré en casa para la cena, papá, y te veré allí.

Pero el viejo ya se había dado la vuelta y Peter lo vio partir con un repentino pesar.

Volvió a trabajar en el engrase con un sentimiento de sombría repugnancia. A las seis, cuando terminó de trabajar, le invadió la depresión y regresó a casa en la tremenda oscuridad ventosa de noviembre, con las grandes ramas crujiendo sobre su cabeza y las últimas hojas volando bajo las farolas.

Esa misma noche, sin venir a cuento, su padre juntó las manos, las mantuvo allí en dolorosa reverencia, y gritó desde la oscuridad del salón:

–¡Las cosas, hijo mío, las cosas!

## 8

Joe Martin estaba en un bar, pasando la tarde del domingo, cuando se anunció por radio la noticia del ataque a Pearl Harbor. Estaba bebiendo con Paul Hathaway, que había vuelto a Galloway por primera vez desde su viaje en camión y lo primero que hicieron, en compañía de otras personas, fue dejar las copas sobre la barra y partir en tropel hacia el centro de reclutamiento de la oficina de correos para alistarse en el acto. Alguien quiso llamar antes a su chica, pero le gritaron:

–¡Vamos, Romeo, que esto no puede esperar!

Pronto se dieron cuenta de que la maquinaria de alistamiento iba a tardar todavía un tiempo, y al final regresaron todos a casa a cenar.

Ese día, George Martin se encontraba solo en su pensión de la ciudad de Connecticut en la que trabajaba, cuando escuchó la noticia en su pequeña radio. Se estaba afeitando y se miró al espejo con exasperación.

–Otra vez, ¡lo han vuelto a hacer de nuevo! No pararemos de oírlo mientras dure e incluso después de que se haya acabado. Primero empezarán a repartir galones, por aquí y por allá, y luego, tras el baño de sangre, a repartir las medallas. Todos los idiotas de este país están a punto de llegar a la cima. Ha llegado su hora.

No le importaba que le oyeran en las habitaciones contiguas.

–Este es el momento en que los idiotas entran en acción. El momento en que los buenos jóvenes, los valientes, tienen que dejarse matar y matar a otros valientes. Ya me lo sé de memoria, ¡pero allá vamos otra vez! Y mis tres chicos, cuatro con el pequeño Charley, que solo tiene quince años... ¿qué va a ser de ellos? ¡Mis chicos! ¡Mis chicos! –gritó con furia y repugnancia crecientes, y dio un portazo en la habitación.

Martin recordó que en realidad había sentido lo mismo en 1917, cuando era joven. Todo volvía a suceder ahora, la misma estupidez, la misma violencia, la misma locura. Parecía más innecesaria, obsoleta y enloquecida que nunca. Esa misma noche escribió a su mujer:

> ¡Pobres norteamericanos! Todos los idiotas de este mundo piensan que somos millonarios que vivimos en mansiones. Nos atacan porque se supone que tenemos dinero y somos arrogantes. ¿Pero a quién atacan en realidad? A unos pobres diablos que se dejan la piel porque sus padres y sus abuelos hicieron lo mismo y les enseñaron la ética del trabajo duro. Y somos hombres pacíficos, los norteamericanos, ¡los primeros realmente pacíficos! Lo único que deseamos es vivir, formar una familia, trabajar y tener una vida agradable y bondadosa. ¿Acaso se puede pedir más que eso? Y no me refiero a la clase media, o como quiera que se llamen, con sus lujosas casas y sus lujosos jardines, como los que tienen en Wildwood Drive, en Galloway, y sus lujosos trabajos en bancos y Cámaras de Comercio. Me refiero a la gente corriente de este país, los pobres diablos que tenemos que trabajar duro para ganarnos la vida y creemos en nuestras familias y en Dios.
>
> Pero ahí los tienes, Marge, ahí están de nuevo. Los grandes bobos se han puesto en pie de guerra, y alguien, en algún lugar, ya ha empezado a revolver la basura que impedirá ver a todo el mundo las cosas tal como son, en Estados Unidos y fuera de ellos. Besa a mis queridos niños de mi parte. Hay un largo camino por delante y todo lo que podemos hacer es esperar, estamos indefensos.

En Galloway, al anochecer, los niños corrían por los campos y gritaban creyendo que los aviones japoneses iban a llegar en cualquier momento. Mickey estaba con ellos y todos hacían «Ra-ta-ta-ta-ta» como ametralladoras, y luchaban furiosamente entre sí.

Peter, en aquella época sombría y obsesiva de su vida, salía a pasear por Galloway a altas horas de la noche, cuando todos dormían, simplemente para disfrutar del silencio. El río continuaba su lento y atronador murmullo a través de la ciudad, la fría y blanca luz de la luna brillaba en los canales helados y proyectaba su resplandor nocturno entre las desoladas viviendas azotadas por el viento de Rooney Street.

Peter era un año demasiado joven para poder alistarse en el servicio selectivo, pero había oído hablar de la marina mercante y lo consideró un posible primer gran paso de su nueva vida. Sin embargo, extrañamente, nunca pensaba en ello en términos bélicos, solo en el gran océano gris que se convertiría en el escenario de su vida.

Y tras sus nocturnas meditaciones a paso ágil regresaba siempre a casa, despertando a su familia al prepararse un té en la cocina, fumar un cigarrillo tras otro o proseguir con su incesante lectura de grandes libros. Por la mañana, con los ojos desorbitados y satisfecho, se iba a trabajar con un mono aceitoso y maldecía en el foso todo el día, con pensamientos sobre mares ignotos, círculos trazados a medianoche y grandes albatros blancos.

Los imponentes acontecimientos mundiales prácticamente no significaban nada para él, no eran lo bastante reales, y estaba seguro de que sus maravillosas y alegres visiones de una existencia superespiritual impregnada de una profunda poesía eran «más reales que ninguna otra cosa».

Empezó a adoptar el mismo hábito de su padre de mirar hacia arriba con asombro cuando alguien le hablaba, pero con una ligera diferencia, torciendo el gesto con furiosa seriedad, moviendo los músculos de la cara con impaciencia y una profunda consideración hacia el interlocutor. En una semana llegó a tal punto que no hacía más que torcer el gesto frente a todo el mundo. A solas, incluso lo practicaba, gravemente y frente al espejo.

Leía todos los grandes libros y se movía por el mundo envuelto en el sombrío manto de sus diecinueve años. Además, estaba seguro de que su vida había terminado, pensaba que iba a morir joven y que sus últimos días los pasaría dando paseos, silencioso, frunciendo el ceño con enigmática grandeza. Pero en aquella época era tan apuesto y robusto como cualquier otro muchacho de Galloway, y cuando alguna chica le sorprendía con un feliz saludo matutino, se ruborizaba al instante y sonreía con torpe dulzura desconcertada. Luego, con el corazón martilleándole, se apresuraba a pensar de nuevo en sí mismo.

Una noche, el melancólico joven griego, Alexander Panos, se encontró con él en la puerta de la biblioteca de Galloway. En la puerta, porque tenía órdenes precisas de no interrumpir el «estudio de todo» del joven Fausto. Peter salió a la hora de cerrar, las nueve en punto, encendió un cigarrillo, frunciendo el ceño sobre el resplandor de la cerilla, y se metió los libros sombríamente en los bolsillos, dispuesto a seguir calle arriba. De la oscuridad salió Alexander, sonriendo tristemente.

–¿Qué llevas ahí? –ladró Peter, casi molesto, como si hubiera percibido su presencia en la oscuridad cercana y no le sorprendiera lo más mínimo.

–Unas cosas que te quiero enseñar –respondió el joven poeta–. Sentémonos en algún sitio. ¿Cómo estás esta noche, Pete?

–Muy bien, muy bien –volvió a ladrar–. Como cualquier noche. Vamos.

Cruzaron el canal cerca del YMCA y Peter miró con odio a los jóvenes griegos que holgazaneaban contra la barandilla haciendo girar sus llaves, pero no repararon en Peter, en quien normalmente se habrían fijado por su fama de atleta.

Peter escupió despreocupadamente en el canal y dijo:

–¿Adónde vamos?

–Podemos ir a la cafetería de Daley Square a tomar un café, o...

–Sí, hagamos eso. Di, ¿cómo era eso que dijiste el lunes por la noche sobre el arte gótico en el puente del canal?

Alexander hizo memoria y señaló hacia la biblioteca.

–Te refieres al puente que está junto a la iglesia griega. Decía que a un lado y otro del canal hay dos iglesias, la catedral gótica de san Mateo y la bizantina griega con su cúpula interior.

Peter asintió absorto

–La inmensidad gótica, ¿entiendes?, junto a la sensibilidad bizantina. Pero, claro, tengo mis prejuicios –sonrió–. ¿Alguna vez te has dado cuenta de lo extraordinaria que es la ciudad de Galloway?

Peter rió sarcásticamente.

–Entiendo que te rías, pero mira, en esta ciudad, solo un canal separa dos escuelas de arquitectura. Y la vista desde el puente de Rooney Street es muy bonita. La gente viene y aparca sus coches en el puente los domingos por la tarde, gente de New Hampshire, Connecticut y Maine, ¡y vienen solo para contemplar el río y el horizonte!

–¡Hum! –dijo Peter, con la cabeza en otra parte.

–Tengo muchas cosas que contarte esta noche –empezó Alexander, fumando con avidez un cigarrillo recién encendido–. Hace dos días que no te veo. ¿Dónde estuviste anoche?

Peter volvió a escupir al canal.

–Salí con Berlot y los muchachos. Nos reunimos con Scotcho y Danny y algunos otros e hicimos la ronda por los garitos. Gartside tenía su coche y recogimos a Grimy Gertie en el Yellow Moon.

–¿Esa horrible pandilla? Pete, no, ¡por favor!

–Sí, así es –dijo Peter despreocupadamente.

–¡No me cuentes los detalles, por favor! Ya me sé el resto –dijo el joven Alexander con una melancolía principesca.

Peter se golpeó las rodillas y rió con placer.

–Vamos, Al, pobre desgraciado, ¿tanto te espanta?

–Te hablo en serio, Pete –tartamudeó Alexander con seriedad–; no tengo nada que objetar, pero una persona sensible como tú... ¿Qué pasa con tu alma?

–Mi alma no es muy sensible –bromeó Peter–, está en la cuneta, donde debe estar.

Pero al instante volvió a quedarse pensativo.

–No tengo nada que objetar a Baco y Venus, pero, Pete, ¡las cosas que haces cuando sales con esa pandilla! ¿No te das cuenta de que debemos aprender a discriminar? ¡Hay cosas mejores y más elevadas que perder el tiempo con zorras chifladas! ¡El mundo está abriéndose a nuevas esperanzas e ideales y tú solo piensas en satisfacer tus instintos más bajos y elementales! ¿No es una tontería? Pete, odio hablar así, sería mucho más fácil elogiarte que estar en desacuerdo contigo, pero piensa, ¡hay una guerra mundial contra el fascismo! Piensa en Tommy Campbell, Tommy con quien vimos el amanecer el verano pasado, ¡ahora está en Manila y los japoneses acaban de invadir Manila! ¿Te duele que hable así?

–No, continúa. Pero aún no hay noticias definitivas sobre Tommy. Tal vez haya escapado en la selva.

–Eso es todo lo que tengo que decir. Por favor, ¡no me malinterpretes!

–No lo hago –rió Peter–. ¿Qué, damos un paseo hacia Daley Square?

–De acuerdo.

Un momento después, tras una oscura reflexión, Peter comentó:

–Al, sobre ese asunto de Grimy Gertie, no vayas a pensar ni por un minuto que esas payasadas me influyen. Ya sabes cuánto he estudiado desde que dejé la escuela, no he parado. Lo único que hago es estudiar –concluyó con fiereza.

–Sí, sí –dijo Alexander–. Lo sé bien, ya casi nunca te veo. Pero quiero que sigas así. Algún día ambos seremos grandes hombres.

En Daley Square, entre la multitud de la ciudad, Alexander empezó de nuevo:

–Oh, Pete, la guerra ha llegado y ha generado cambios muy tristes. Me siento más perdido que nunca, y sé que tú también te sientes así.

Peter fruncía el ceño porque Alexander hablaba demasiado fuerte entre la multitud.

–¿No recuerdas, Pete, la primera vez que te vi, en la orilla cuando éramos niños, a ti y a tu hermano Joe?

–Sí, me acuerdo, me acuerdo.

–Y cuando te presenté a mi madre por primera vez, ¡cómo se dio cuenta!

–¿De qué se dio cuenta?

–De que eras como un hermano, que te veía como a un hermano. Lo supo al instante, nunca tuve que decírselo. Y luego, Peter, recuerda cuando fuimos a Nueva York y nos encontramos con tu hermano Francis y ese Engels. Y también, uno de los mejores momentos de mi vida, cuando por fin conocí a tu hermano Joe el año pasado. ¡Casi lloro cuando lo vi! ¿No te das cuenta de que no logro olvidar aquel día en la orilla hace años? Toda mi existencia y mi fe casi se basan en ese día. No completamente, por supuesto, porque he amado... he amado mucho a Julia Browning, incluso cuando se rió de mí en la calle aquel día. Pete, solo tenía dieciséis años.

–Siempre fuiste un chiflado increíble –se rió Peter.

–Por supuesto, un chiflado de la sensibilidad. Y justo ahora, en esta noche, qué extraño amor siento por la pobre Alice.

–¿La poeta de Boston?

–Sí, ya la conocerás y verás que es una gran mujer. Pero, sobre todo, amo a la pobre María. Si pudieras conocer a María, si pudieras ver sus ojos...

María era una chica de New Hampshire a la que Alexander había conocido en Boston a través de unos amigos, y de la que decía que solo le quedaba un año de vida. Peter, sin embargo, lo dudaba. Todo lo que sabía de la muchacha provenía de Alexander, y sabía que era capaz de inventarse magníficos romances y creer literalmente en ellos.

–Un año de vida, Peter, si supieras la tristeza que hay en su mirada. Quiero casarme con ella, pero ella se niega. Se niega furiosa y me echa de su casa, y yo me voy a llorar al río Charles.

–¿Cómo te vas a casar? No tienes dinero y aún vas a la universidad.

–¡En ese único año podríamos concentrar toda la existencia!

–canturreó alegremente Alexander, mientras la gente se volvía para mirar y Peter fruncía el ceño mirándose la punta de los zapatos–. Pero más que eso, me pregunto ahora: ¿dónde están mis antiguas alegrías? ¿Dónde están? Como aquella mañana de niño en la que miré atentamente mi primera flor, o cuando leí a Homero por primera vez en el instituto. O cuando murió mi tía predilecta y aprendí la lección de las lágrimas a los doce años. ¿Dónde está aquella mañana en que Tommy Campbell, tú y yo fuimos a Pine Brook al amanecer para ver amanecer y cantar? ¿Recuerdas cómo enterré aquella florecilla en la tierra? ¿Fue por Tommy que enterré esa flor?

–Nadie sabe cómo está Tommy –insistió Peter.

–Pero yo lo sabía entonces, ¡lo sabía! ¿No ves, Pete, que la vida no puede ocultarme nada?

–Bueno...

–Y ahora, Pete, ¡todo parece haberse esfumado! Sé que moriré joven, antes de los veintitrés. ¡Qué negrura se cierne sobre mí! Casi tengo la sensación de que eres para mí el último de los seres humanos de la Tierra.

Peter apartó la mirada, sin saber qué decir.

–Peter, recuerda que nunca he sido duro ni insincero, siempre he expresado mis sentimientos sin que me importara lo que la gente pudiera pensar –dijo, y Peter sonrió, frotándose la mandíbula–. Pero hoy en día soy más reservado, mucho más distante de lo que he sido nunca –continuó Alexander, caminando erguido y con aire señorial–. Tal vez se hayan desvanecido los fulgores de la juventud, pero el Príncipe de Creta mantiene siempre su dignidad. «No llores por los poetas, porque cargan con las lágrimas de seis mil años.» ¿Te gusta esa frase? La escribí anoche, mientras hacía un trabajo sobre Bernard Shaw.

Paseando por las calles del centro, se cruzaron con un técnico del equipo de fútbol de una de las universidades de Boston que había pujado por la matrícula de Peter hacía unos años. Era ayudante del entrenador y vivía en Galloway. Saludó a Peter con la cabeza y se detuvo.

–¿Qué tal, Martin, cómo te va? –preguntó el fornido entrenador, también exjugador, de pie frente a Peter con el ceño fruncido y el porte serio que adoptan los futbolistas cuando hablan entre ellos.

–Bien –respondió Peter, frunciendo el ceño. Alexander se mantuvo apartado, esperando indiferente–. ¿Cómo van las cosas en la universidad? –preguntó Peter con desgana.

–Bien. Deberíamos tener un buen equipo el próximo otoño, aunque no sé cuántos hombres perderemos por el alistamiento. He oído que has dejado Penn –añadió con curiosidad.

Peter se encogió de hombros y reactivó las viejas defensas que había utilizado durante meses contra esa pregunta que tanto le habían hecho en Galloway.

–Sí, supongo que se me quitaron las ganas de jugar al fútbol. En cualquier caso, la guerra está destrozando todo en las universidades –añadió con ligereza, y volvió a fruncir el ceño.

–Bueno –sonrió el hombre–, todavía no, o al menos no del todo. ¿Qué pasa, el fútbol universitario era demasiado para ti? Por lo que me han dicho, se te daba muy bien. ¿Qué tal el equipo de allí? –preguntó con profesionalidad, tras el silencio de Peter.

–Bastante bueno –dijo Peter sin darle importancia, contento de que el equipo «de allí» fuera mucho más famoso a nivel nacional que el de aquel hombre.

–En fin –dijo el entrenador, mirando el reloj–, espero que nos veamos y buena suerte.

Y se marchó a paso ligero, mientras Peter lo seguía con una falsa sonrisa que se transformó en una mueca de desagrado.

–Eso es todo, hermano –murmuró para sí.

–¿Qué? –preguntó Alexander con curiosidad.

–Hubo una época en que ese tipo me estuvo llamando todas las noches durante una semana para que fuera a su universidad. Ahora me trata como a un trapo. ¿Te has fijado en su sonrisa?

–¿Qué te importa, Pete?

–No me importa.

Pero Alexander miró afligido a Peter.

–Querido amigo –dijo–, en este mundo hay cosas más importantes que el deporte, por mucho que te diga tu padre. Entiendo cómo se siente al respecto, veo una gran decepción en sus ojos. Ya ves, Peter, que aunque no le caigo bien al señor Martin, puedo entenderlo.

–Sí, sí.

–Y has dejado el fútbol por decisión propia. Al fin y al cabo, mira cómo está el mundo, hay una nueva gran lucha por la libertad y la independencia. Es tu propia mente la que ha decidido lo que debes hacer, tu propia conciencia. Creo que tu decisión de alistarte en la marina mercante esta primavera es una excelente y noble decisión. No tienes por qué hacerlo, sobre todo ahora que hay tanto peligro, con los submarinos y todo lo demás.

–Solo quiero irme al mar –murmuró Peter, lleno de tristeza.

–Nunca olvidaré la carta que me enviaste –exclamó Alexander con una repentina sonrisa lastimera y descompuesta. Le había copiado esa sonrisa a Paul Henreid, el actor de cine.

–¿Qué carta?

–La que me mandaste desde Nueva York, después de dejar la universidad y antes de volver a casa. ¿Te acuerdas? «Estoy agobiado y cansado –escribiste–, y no sé adónde ir. De un golpe he cambiado mi vida, he renunciado a su primera y tosca dirección. Pero aún soy joven, y creo que hay amor en mi corazón.» ¿No recuerdas haber escrito eso desde Nueva York? Me aprendí esas líneas de memoria, ¡son geniales! Pete, nunca sabrás lo que sentí cuando recibí aquella cartita arrugada, ¡nunca sabrás el dolor que sentí! –Alexander se había detenido en mitad de la acera y apretaba el puño con la otra mano–. Subí a mi habitación, golpeé las paredes y lloré amargamente.

De repente, las lágrimas le resbalaban por la cara y Peter, completamente avergonzado, apartó la mirada con furia y miró a su alrededor con gesto sombrío. ¡Qué extraña se había vuelto su vida! Sin embargo, en su corazón había una cálida y abrumadora alegría por lo bien que le entendía su amigo. Quiso tomar la mano de Alex y apretarla cálidamente, quiso darle las gracias y bendecirle de alguna manera, pero se dio cuenta de que nunca podría hacerlo, y se preguntó tristemente por qué. Se limitó a decir:

–Bueno, Al, eso es maravilloso pero, demonios, no hace falta que llores ni nada por el estilo. No...

–¿No qué, Pete? –sonrió el joven griego–. ¿Quieres decir en la calle? Mira, no hay nadie aquí, la calle está desierta, estamos en Commerce Street, ahí está la comisaría de policía, y he llorado, eso es todo. No te avergonzaré más. Recuerda siempre que soy latino, de sangre caliente, medio ruso, eslavo, tengo emociones y las manifiesto. Tú eres un Martin y yo un Panos, así son las cosas. Vamos a tomar un café. Te enseñaré la carta que me ha mandado Alice, otra carta preciosa, y una cita de Barbellion, otra de Saroyan. Tengo un millón de cosas que contarte. Dentro de unos meses, probablemente no nos volveremos a ver en toda una eternidad. Muchos de nosotros aquí en Galloway, tus hermanos y mis hermanos, y los chicos que conocemos, moriremos en esta guerra, muchos de nosotros. Tommy Campbell ha sido solo el primero, ¿no lo ves? Ya no estaremos vagando por ahí, Pierre.

–¿Tan terrible será? –sonrió Peter.

–Acuérdate de lo que te digo: estos pueden ser los últimos meses de nuestra amistad en esta vida.

Así se hablaban, el joven Panos y el joven Peter, ambos de diecinueve años.

## 9

A principios de primavera, Joe Martin se alistó en las Fuerzas Aéreas. Justo antes de ser llamado a filas sintió de repente un extraño y poderoso impulso de ir a ver a la chica que había conocido hacía mucho, en su primera época de camionero, Patricia Franklin. Ella ya no trabajaba en la cafetería de la autopista, pero él no tardó en encontrarla en su casa, y con su prometido, además, un dependiente de una tienda de comestibles llamado Walter. Pero Joe se rió de aquello y se acercó a la ventana de Pat a altas horas de la noche, le tiró piedras y la obligó a bajar a hablar.

Ella bajó envuelta en un abrigo y, en la oscuridad en la que discutieron, le dijo enfática y seriamente que lo de Walter era de verdad. Hasta se rió de Joe, de su incredulidad y de su bochorno, cuando se dirigió con loca determinación hacia el bosque como si fuera a pasar allí la noche.

Había alquilado una habitación en un pequeño hotel de la ciudad. Volvió de nuevo por la mañana para darle a Patricia un ultimátum final y, obviamente, ella volvió a reírse de él. Se marchó furioso una vez más, aunque con la repentina sensación de que aquella chica era la criatura más hermosa que había visto nunca, sobre todo ahora que se reía de él. Le parecía ahora tan hermosa e inaccesible que su corazón estallaba con toda clase de nuevas y extrañas penas, con un doloroso gozo de la humillación que no había probado nunca.

–Siento que moriré si no la consigo. ¡Es la muchacha más espectacular que he visto en mi vida! ¡Y era mi chica! ¿Qué me pasó hace dos años? ¿Por qué lo hice?

Joe recorrió el pueblecito pensando en sus hermosos ojos oscuros, su pelo largo y castaño, su piel blanca y suave, su deliciosa boca dulce, su misma carne, y en lo bonita que estaba cuando se puso aquel abrigo raído y bajó tropezando en las escaleras para hablar con él. De golpe, todo parecía hechizado por su cercanía. Se quedó mirando los árboles con asombro. ¿Qué hacía él allí? Todos en aquel pueblo parecían existir solo porque ella estaba cerca. ¿Estaba ahora con Walter? El corazón se le hundió como una piedra en el estómago y por un momento se encorvó en un repentino desvanecimiento de incredulidad.

Pasó la tarde en la habitación del hotel leyendo periódicos y bebiendo una pinta de whisky. Bah, se iba a ir a la Fuerza Aérea, y ella no era más que otra chica, había millones de ellas en todas partes, y no era más guapa que las demás.

Recorrió la habitación empezando a sentir los salvajes efectos triunfales del alcohol directamente de la botella. «Ojalá Hathaway estuviera aquí –pensó–, me emborracharía con él. O alguno de aquellos rebeldes del rancho, como Red, o Boone Waller. ¡Menudo personaje ese Boone! Creo que le escribiré una carta ahora mismo.»

Y Joe se sentó a la mesa y empezó a escribir una carta al ranchero de Wyoming, pero un minuto después arrugó el papel furiosamente y lo tiró contra el suelo, y sonrió. Se paseó arriba y abajo por la habitación meditando febrilmente. «Maldita sea, esas mujeres embellecen justo cuando nos rechazan. Les brillan los ojos y de pronto parecen Mae West. Se vuelven suaves y hermosas cuando ya no puedes conseguirlas, son como un millón de dólares... y lo peor es que tiene exactamente el aspecto de una esposa. ¡Oh, una esposa!»

Cuando terminó la botella ya era de noche, se levantó, se tumbó en la cama y no tardó en dormirse. Sobre las nueve se despertó al oír un fuerte crujido en el suelo y a alguien respirar de forma casi inaudible.

–¿Quién es? –gritó, poniéndose en pie, medio dormido, tambaleándose y desorientado. Oyó un breve grito ahogado de miedo, el grito de una muchacha.

–¿Joe? –dijo esta.

–¿Patricia? –murmuró incrédulo.

–Joe, ¿dónde está la luz? No veo nada.

Patricia encontró el interruptor y lo encendió, inundando de repente la habitación con una luz deslumbrante que hizo estremecerse a Joe.

–¿Qué pasa? –graznó con voz ronca–. ¿Qué es esto?

–¿Sabes que llevo esperándote desde las seis en casa? –dijo ella con gravedad–. Dijiste que ibas a volver. Se lo dije a Walter y cancelé mi cita con él... bueno, por lo general vamos a bailar al lago por la noche. Le dije que iba a verte y lo entendió.

–¿Qué haces de pie en medio de la habitación? –exclamó irritado–. Siéntate.

–Escucha. Conozco a todo el mundo ahí abajo, el hombre que dirige este hotel es el mejor amigo de mi padre. Les he dicho que subía a ver si estabas.

–¿Qué haces ahí parada como un pasmarote? –sonrió Joe, y mientras decía aquello tuvo la extraña sensación de que era hacía dos años y no ahora, como si se hubiera olvidado en sueños de algo importante.

–Escucha, Joe –dijo Patricia con gravedad–, si vas a contarme lo que querías decirme, o lo que sea, salgamos a algún sitio, no podemos quedarnos aquí.

Joe empezó a ponerse los zapatos sin dejar de bostezar.

–Estás raro –dijo Patricia, casi curiosa.

–¿Te parece? –preguntó él, mirándola con solemnidad.

–No pareces el de esta mañana o el de anoche –dijo ella con picardía.

Joe estaba demasiado dormido y todavía un poco borracho para entender la indirecta, y pasó los siguientes momentos lavándose la cara y peinándose con seriedad, y examinándose la cara en el espejo. Patricia se quedó rígida en medio de la habitación mirándolo, con el labio torcido en una especie de fascinación indignada y molesta, hasta que él estuvo listo para salir, cuando su expresión reanudó su juiciosa blancura.

Joe se volvió de repente y la miró fijamente.

–Espera un momento –dijo, sentándose en el borde de la cama, frotándose la mandíbula y mirando al vacío.

Patricia le miró indignada y algo confusa.

–Quiero decir, esto tiene su gracia, ¿no? –continuó Joe con una sonrisa pícara, tramposa y ladeada en la cara–. Quiero decir nosotros y todo lo demás, y esta discusión y que tú hayas venido.

–Joe, ya te he dicho que no puedo quedarme en esta habitación y que...

–¡Vamos! –exclamó Joe, saltando rígido como un soldado en posición de firmes, pero aún con la sonrisa pícara en la cara–. Espera un momento. Es curioso. Cuando me he despertado casi me olvido de que ahora eres la señora elegante y ya no Pat Franklin.

Y diciendo aquello salió de la habitación distraído, abriendo la puerta y dejándola abierta de par en par tras de sí, pero de repente, con un enfurecido sentimiento de amargura que no pudo ocultar, regresó justo cuando ella lo seguía, cogió su equipo de afeitar de la cómoda, se lo metió en el bolsillo del abrigo y volvió a salir.

–Ya está –murmuró–. Bajo al Ford y me marcho. ¿Quieres que te deje en casa? He traído el cuatro latas.

Ella no respondió y, de repente, Joe se dio la vuelta y regresó a la habitación, donde aún brillaba la luz, y se sentó en el alféizar de la ventana, sombrío. Patricia estaba en la puerta con su abrigo raído, pensativa. Joe se levantó de un salto, abrió la ventana y miró hacia fuera, donde la nieve había provocado un silencio casi temible en la calle.

–Me voy a casa, Pat, no me preguntes por qué he venido –dijo por encima del hombro–. Fue bonito mientras duró, supongo que estarás de acuerdo.

–¿De acuerdo? ¿En qué?

–En que me vaya –casi gritó de repente, y ella se sobresaltó, hasta le tuvo miedo por un momento, y se quedó de espaldas contra la puerta mirándole.

–Sí –dijo al final, en voz baja–, creo que es lo mejor que puedes hacer. Siento que hayas tenido que hacer el viaje.

–Ah, ¡cállate! –gruñó él.

–¡Sí, sí! –rió ella de pronto–. Tienes razón, no debería hablar así, ¿no?

Joe rebuscaba afanosamente en sus bolsillos las llaves del coche y un cigarrillo al mismo tiempo. Tenía lágrimas en los ojos. La quería mucho.

Pat cruzó inmediatamente la habitación, le dio uno de su bolso, encendió una cerilla y se lo tendió. Él se inclinó hacia ella abstraído.

–Es lo más sensato –continuó la muchacha con un tono firme y maternal–, porque al fin y al cabo llevas dos años sin aparecer por aquí y ni siquiera me has escrito una carta, y ahora te vas a las Fuerzas Aéreas y, en fin, como dices tú... eso es todo.

–Sí –dijo Joe–, así es. Por cierto, despídeme de tu madre y también de los demás. Será mejor que me vaya antes de que la tormenta se ponga fea.

Y de pronto, con el estilo de un hombre que se despide impaciente de una mujer, le plantó un beso firme y veloz en los labios, salvo que se quedó en su boca un instante más de la cuenta. Luego se soltó bruscamente y se fue hacia la puerta. Y al instante se abalanzó sobre ella y la agarró por los hombros, mientras ella le devoraba con la mirada.

La atrajo hacia sí y caminó hacia la puerta, con sus costados apretados el uno contra el otro hasta que, al detenerse, se volvieron sin separarse, se acercaron lentamente el uno hacia el otro, y se abrazaron en un beso lento, febril y apasionado.

–Sí –le susurró Joe en el cuello–, ahora sí nos reconozco.

Y Patricia se perdió en el más profundo y amoroso silencio.

Joe y el melancólico Paul Hathaway partieron juntos al entrenamiento básico en un campamento del ejército en Alabama.

De noche, en el tren, mientras todos los reclutas aullaban, cantaban y relataban historias, Joe y Paul iban sentados en silencio, contemplando la tierra ondulada a la luz de las estrellas, y pensando en sus vidas pasadas, en aquel presente enigmático y en el futuro de guerra y tristeza. Paul Hathaway estaba sentado, inmóvil, con el oscuro rostro inclinado desdeñosamente hacia la vasta noche exterior, pensando en su insignificante y desgarrada vida. «No he sido más que un vago toda mi vida –se dijo–, tal vez ahora pueda hacer algo que merezca la pena, algo diferente. Mira esos chicos cantando como si no supieran que les van a volar la cabeza. Dios, no hay nada por lo que cantar. Maldita panda de desgraciados.» Le ardía la mirada, oscura. «Pero también yo he sido un vagabundo toda mi vida, y no hay mucha diferencia. Así son las cosas.»

–Eh, chicos, ¿qué tal una partida de póquer? –gritó alguien.

–Cállate –dijo Paul Hathaway con indescriptible desprecio.

Y Joe leía y releía la carta de Pat:

Querido Joe:

Prométeme que me escribirás y me dirás adónde vas después del entrenamiento. Ya te lo he dicho: donde tú vayas, iré yo. No importa dónde, conseguiré un trabajo y un lugar donde vivir y cuando tengas días libres estaré allí para cuidarte. No quiero estar lejos de ti nunca más, y no quiero que vuelvas a olvidarme como hiciste la última vez. Si lo haces, Joe, para mí será muy fácil dejarme morir. ¿Lo entiendes? Puede que esté loca, pero no te enfades conmigo por quererte y querer seguirte. Tú eres mío y yo soy tuya, y sabes que siempre fui tuya y siempre lo seré. Estoy loca por ti, cariño, por favor, compréndelo. No me queda otra que estar a tu lado, solo a tu lado. Oh, cómo te echo de menos.

PAT

El destino de Joe fue no separarse de Paul Hathaway durante los dos años siguientes en el servicio, gracias a una suerte asombrosa. Todo aquel torbellino de órdenes, destinos y misiones que les esperaba nunca llegó a distanciarles, siempre acababan juntos en el mismo equipo y más o menos en las mismas tareas, para alegría de ambos. Naturalmente, así lo buscaban también los dos compañeros, que contribuyeron a que la situación se desarrollara mediante invisibles intrigas y trabajo en equipo. Tras seis semanas de entrenamiento básico en Alabama, los enviaron a Denver para recibir instrucción en las Fuerzas Aéreas.

Desde allí Joe escribió una carta a Patricia. Ella no tardó en partir en un autobús y cruzar aquel enorme territorio, las colinas del Este, el valle del Mississippi y las Grandes Llanuras: más de tres mil kilómetros de unos Estados Unidos que nunca había visto y que contempló entonces a través de los ojos melancólicos del amor, la tristeza y la grandeza femenina. Cuando llegó a Denver, cansada, perdida y asustada en medio de las ruidosas calles de aquella ciudad nueva y ajena, decidió ser fuerte y esa misma mañana consiguió trabajo como dependienta en unos grandes almacenes, y se instaló en una habitación del centro, en Grant Street, para estar cerca de Joe, tal como había dicho que haría.

Hasta le consiguió una novia a Paul Hathaway. Tras las largas noches de baile y copas en los salones de Larimer Street, preparaba magníficos desayunos para los dos soldados, planchaba sus uniformes mientras dormían, les despertaba con cigarrillos y tazas de café, y siempre los enviaba de vuelta al campamento con una maravillosa sensación de dulzura y alegría. Y todo eso con el más humilde y cariñoso silencio.

–Menuda suerte tienes, qué chica esa Pat –admitía Paul Hathaway de mala gana–. Nunca había conocido a una chica así. Y encima te ha seguido desde el Este.

Un domingo por la tarde hicieron un pícnic en las montañas, Joe Martin todo elegante y guapo con su uniforme, Paul Hathaway grave y apuesto y militar con su gorra de desfile ladeada sobre la cabeza, Patricia, sonriente, bronceada y muy guapa, y la pequeña Bessie, a quien Pat había llevado para Paul. Les hicieron una foto. Una foto que Joe llevó en su cartera durante toda la guerra y muchos años después. Una foto que parecía contener toda la melancólica devoción que Patricia sentía por él, así como aquel legendario Estados Unidos en tiempos de guerra, una foto inscrita en la gran historia del vagabundeo, la tristeza, las despedidas, los adioses y la guerra.

Una noche, Patricia y Joe pasaron por la estación de ferrocarril del centro de Denver, y vieron allí a todas aquellas jóvenes esposas con sus bebés en brazos, jóvenes esposas de soldados que empezaban a recorrer la nación, cansadas y solitarias y arropadas en sueños de amor y recuerdo y devoción desesperada, recorriendo de noche miles de kilómetros en busca de algún pequeño y lamentable hogar, cualquier cosa que las acercara a sus jóvenes maridos, aunque solo fuera por unos meses. Joe y Patricia las miraban con simpatía y desconcierto.

–Ves, Pat, por eso no debemos casarnos ahora, ese es mi verdadero motivo –le dijo Joe con dulzura–. ¿Lo entiendes?

–¡Oh, pero no me importaría, Joe! –dijo ella alegremente.

–Sé que a ti no y a ellas tampoco. Pero, diablos, mira a esos pobres niños e imagínate lo que están pasando solo por... Bueno, no sé.

–Todo por amor, Joe –sonrió.

–Sí.

–No puedes decirle a una mujer lo que no es correcto, Joe.

–Mira a esa pequeñaja de ahí con el bebé. Debe de tener dieciocho años y fíjate lo cansada que está. ¿Adónde irá? ¿Adónde la llevará todo esto? Ya nadie sabe estas cosas.

–No es la primera vez que ocurre algo así. Pero haré lo que tú digas, cariño –susurró Pat.

Aquella vez se sentaron en la estación a observar a las jóvenes esposas y a los jóvenes soldados y marineros que dormían en los bancos, y se pasaron casi toda la noche entre aquellos muchachos de su misma generación, como si sintieran de pronto que no pertenecían a ningún otro lugar.

Joe compró un tercio de whisky y lo repartió entre los soldados, mientras Patricia cuidaba a los bebés de las chicas que tenían que llamar por teléfono o prepararse para volver a embarcar. Y todos se quedaron charlando durante las largas horas de la noche mientras llegaban los trenes que descargaban a más y más gente como ellos, y otros trenes partían, y se decían adiós, y llegaban y se iban más, y todos se parecían de alguna manera, tristes y solitarios, las jóvenes esposas y los soldados-niños y los civiles rumbo al campamento. Aquella noche, en la estación, un muchacho de Carolina se puso a tocar la guitarra y a cantar canciones, y el jefe de estación, recitaba por megafonía con voz hueca, resonante y lúgubre las estaciones de ferrocarril:

–A la una y media saldrá el tren a Rock Island que carga ahora en vía cuatro con paradas en Omaha, Des Moines, Davenport y Chicago, y otras ciudades del Este... llegando ahora por vía dos, tren Union Pacific con destino a Cheyenne, Salt Lake City, Sacramento, San Francisco y otras ciudades del Norte hasta Portland, Tacoma y Seattle...

Los grandes peregrinajes de los estadounidenses en tiempos de guerra acababan de comenzar. Por todas partes retumbaban en la noche grandes trenes llenos de tropas, en Luisiana, en Oregón, en Kansas, en Virginia. ¿Cuántos soldados había en cada uno de esos trenes, y cómo eran sus pensamientos en medio de aquella absoluta y lúgubre intensidad? Las jóvenes esposas viajaban con sus bebés en brazos, meditabundas, esperando y escribiendo cartas, escuchando el largo y lúgubre aullido del tren en la oscuridad exterior. De alguna manera siempre era de noche, y la tierra ondulaba en la oscuridad, los vagones iban sumidos en un sueño exhausto hasta que llegaba la siguiente estación y una voz hueca y melancólica recitaba los nombres de los lugares:

–Santa Fe, Fort Worth, Dallas, Shreveport y Nueva Orleans. –Y–: Boston, Nueva York, Filadelfia, Baltimore, Washington, Richmond y todos los puntos del Sur.

Bajaban del tren y las multitudes de soldados vestidos de caqui buscaban ansiosamente, o esperaban con desgana, o cantaban y gritaban, y solo se veía el triste embotamiento de sus rostros cuando partía el tren, y la vasta e infinita tierra avanzando de nuevo, y otra vez la noche, el traqueteo de las ruedas, y no parar de pensar y pensar, en la noche una vez más. Y parecía que también llovía todo el tiempo, y se escribían cartas sin descanso.

Queridísimo Joey:

Hemos recibido tu preciosa carta y todos estamos muy orgullosos de ti por tu ascenso a sargento. ¡Qué elegante eres yéndote a Florida! Envíame naranjas, Joey, y mándame una foto de las palmeras que hay allí en la soleada Florida. Todos estamos bien y te queremos y rezamos por ti. Da lo mejor de ti, hijito, es lo único que puedes hacer, y cuídate, ten mucho cuidado. Tu vieja mamá reza por ti todas las noches y ruega para que estés sano y salvo pase lo que pase. Aquí tienes un gran beso de toda la familia, incluyendo uno de la vieja comadreja en persona, tu padre.

MAMÁ

[Y con la letra del padre]
¡Hola, sargento! Manda saludos de mi parte a las bellas sureñas de allá abajo.

Así de lastimoso era: todas las certidumbres que los jóvenes conservaban, al estar tan lejos de los lugares que siempre les habían sido familiares, se volvían ahora irreales y fantásticas como un sueño, y también enloquecedoras y dolorosas; igual que los sueños que iban elaborándose a lo largo de aquellos casi cinco mil kilómetros de viaje continental y más de dieciséis mil kilómetros de viaje por el planeta, ahora grises y extraños y penosamente representados en algún pequeño y delirante mapa mental del continente de América y la Tierra misma. Había marineros que soñaban con el mar como si se tratara de un pequeño lago conmovedor, con sus mareas hacia el norte y el sur, el este o el oeste, un pequeño canal o un río gris, repleto de vida en sus orillas, había soldados que soñaban con Estados Unidos como si se tratara de un diminuto lugar repleto de campos misteriosos y carreteras que conducían a una distancia de ensueño que podría hacerse a pie de un estado a otro, o unas islas en medio del Pacífico como los saltos de un charquito en el pequeño y dulce lago de la mente: todas las distancias vastas, oceánicas y terribles comprimidas por necesidad en algo no más grande que un campo, un lago o la palma de la mano.

Y la corneta sonaba en algún campamento del ejército en Dakota, y los muchachos curtidos y quemados por el viento despertaban cada mañana clara y fría frente a las enormes llanuras cubiertas de nieve y las colinas lejanas, los barracones llenos de corrientes de aire, los ásperos pantalones caqui y las pesadas botas militares, clamando, despertaban y se dirigían a los desayunos humeantes, al café caliente, al cigarrillo, y luego al campo de tiro azotado por el viento y al chasquido de los rifles disparando en el aire helado, el grito quebrado del sargento, a la nube de humo y a aquel que se frotaba las manos con una mueca de frío.

Los guardacostas en su pequeño y agitado barco frente a Labrador se despertaban también con el violento chirrido de la embarcación, el cabeceo y aleteo sobre las olas, la salvaje luz del amanecer sobre el hirviente océano, y el cubo de basura del cocinero volando hacia el mar, el acre y nauseabundo olor a tabaco en el comedor, el artillero de Iowa con la cara colorada le echaba kétchup a los huevos, los pequeños cachorros de la mascota aullaban con gritos entrecortados en el viento del Atlántico Norte, el aparejo de la cubierta de popa chirriaba y se tensaba, la bandera crujía al viento, mientras el amplio y lúgubre despliegue de lentos y humeantes barcos mercantes se arrastraba en formación por el horizonte, todos oscuros, bajos y macilentos sobre el mar.

O el gran B-17 aterrizaba en el campo haciendo volar todo con sus hélices, y se veía a continuación a los pilotos caminando por el campo con su equipo abrochado hablando con seriedad y gesticulando, y a los mugrientos mecánicos frunciendo el ceño en el cobertizo con su taza de café y un cigarrillo, y el ruido de los poderosos motores ensordecía el aire de la mañana en discordantes rugidos quejumbrosos por todas partes, mientras relucía el repentino destello de la luz del sol sobre un ala al pasar, y los hombres se quedaban mirando al cielo distraídos y pensativos.

Era como si toda una nación de hombres y mujeres empezara a deambular de un lado a otro a causa de la guerra. Viajaban en trenes y autobuses y sus rostros familiares y desconocidos aparecían de pronto por todas partes. En pueblos lejanos, donde a las once había reinado siempre el silencio, el murmullo de las hojas de los árboles y el rumor soñoliento del arroyo, había ahora multitudes de trabajadores de la guerra que se apresuraban a coger los autobuses para el turno de noche en los inmensos hangares situados a las afueras de la ciudad.

A lo lejos, en un polvoriento campo de Virginia, los hombres trabajaban con sus liliputienses grúas en la gigantesca estructura gulliveresca del Departamento de Guerra, y todo brillaba y se entrelazaba fantásticamente bajo el sol. Sobre los verdes campos se abrían grandes y planos cortes polvorientos a medida que nacían los aeródromos. En las tranquilas ciudades costeras se levantaban los astilleros y, por la noche, las luces y las antorchas encendidas daban forma a enormes cascos. De los enormes hangares que se alzaban en el horizonte salían los increíbles aviones y los enormes tanques. Nada parecía estar haciéndose mientras aquellos hombres y mujeres iban y venían, hablaban, comían, dormían, hacían el amor, «cumplían con sus turnos», bebían, cobraban sus nóminas, discutían, luchaban, se inclinaban absortos sobre los planos, martilleaban el acero, caminaban en círculos absurdos. Sin embargo, los trenes atravesaban a toda velocidad páramos desolados y, de pronto, pasaban por delante de largos muros y vallas pintados de camuflaje que rodeaban terrenos enteros llenos de tanques y aviones, y regresaban velozmente al páramo. Largos vagones de carga transportaban enormes contenedores a través de los puertos de montaña, había barcazas que aparecían en el Hudson majestuosamente cargadas con poderosos cañones y afustes y locomotoras del ejército y flotas enteras de camiones, y por el Golden Gate navegaba el nuevo crucero pesado, chato y largo, erizando las aguas. Y de pronto, en alguna ciudad adormecida de Indiana, aparecía un jeep dando tumbos, se detenía bruscamente, alguien se bajaba con una bandera roja, y los camiones caqui rugían uno tras otro con el halo misterioso de miles de personas que de pronto pasan y se dirigen velozmente a alguna parte.

Era así, y era más que eso, y nadie lo comprendía del todo. Se desarrollaba día y noche en todos los terroríficos circuitos de la tierra y se extendía increíblemente por todo el mundo. Nadie podía entenderlo, y sin embargo todos estaban dentro, y era como el misterio incomprensible de la vida en el mundo mismo, crecido, el misterio fantástico y sin hogar de la guerra, ahora extrañamente embrujado.

Elizabeth y Buddy Fredericks se subieron a un tren y atravesaron la solitaria oscuridad uniendo todos los puntos luminosos hasta Detroit, Michigan, para trabajar allí en las enormes fábricas de la guerra. Viajaron juntos en el tren, el gran Buddy soñoliento y recostado en su butaca, dormitando, despertándose y sonriendo suavemente a Liz, que permaneció toda la noche sentada, tejiendo y con el ceño fruncido.

–Qué viaje largo, ¿eh?

–Sí.

–Pero llegaremos bien, Liz.

–Sí. Y mi bebé nacerá en Detroit.

–Eso espero.

–Vuelve a dormir, cariño. Duerme un poco.

Se mudaron a Detroit simplemente porque allí les pagaban más y porque querían viajar y conocer el país.

En Detroit, Buddy consiguió trabajo en una fábrica de tanques y Liz en una de rodamientos, como controladora de piezas. Alquilaron una pequeña habitación en casa de un amigo en Grosse Pointe Park y se dedicaron a ahorrar, soñar, comer, dormir y amar. Luego, cuando el bebé estuvo en el horizonte, Elizabeth se quedó en casa tejiendo pequeñas prendas, rumiando alegremente y escribiendo cartas a su madre en casa.

Fueron los días más felices de su vida.

Un sábado por la mañana de aquel invierno, el gran Buddy volvió a casa exultante del turno de noche, canturreando en el tranvía. Regresaba feliz, con otra semana de trabajo cumplida y otra paga cobrada, los pensamientos repletos de música. Entonces vio un bar, y le pareció maravilloso, abría a las ocho de la mañana, estaba limpio, el camarero alzaba las persianas y un camionero cargaba un barril de cerveza desde la calle.

Buddy entró, pidió una cerveza, se acercó a la gramola y puso «Body and Soul» de Coleman Hawkins. De repente sintió que amaba a Liz más que nunca, como a una verdadera esposa. Salió del bar a toda prisa y, literalmente, corrió calle arriba, atravesó el patio y subió las escaleras.

Y allí estaba Liz durmiendo con su enorme pijama azul. Puso la radio en el programa matinal de Happy Joe. Subió las persianas para que entrara la luz y se echó en la cama junto a ella. Se sentía bien.

–¡Despierta, despierta, Liz, pequeña! –exclamó, radiante de felicidad, acariciándole el pelo, agarrándole el cuerpo y sacudiéndolo, y finalmente atrayéndola hacia sí.

Ella estaba medio dormida, y hundió la cara en su cuello.

–¿Qué pasa? –preguntó soñolienta.

–¡Vamos, vamos! –susurró Buddy alegremente–. Sal de la cama y vamos a dar una vuelta. ¿No oyes la radio? La he puesto para ti. He encontrado un sitio donde tienen «Body and Soul» de Hawk y es estupendo. Liz, anoche de camino al trabajo pasé junto a la farmacia de la esquina y ¡oí a un tipo tocando una maravillosa trompeta acompañando un disco de Tatum! ¡Me quedé de piedra! Retrocedí y miré dentro y vi un montón de músicos sentados bebiendo y poniendo discos, ¡hasta había un armario de ropa lleno de trajes y corbatas demenciales! ¡Te digo que Detroit está que arde, Liz! Te lo digo en serio, ¡venga, salgamos!

–¡Estás loco! Ni siquiera ha amanecido todavía.

–Claro que ha amanecido, mira. Oh, qué hermosa mañana –canturreó–. Hay nieve por todo Michigan, por todo Ontario, anoche siguió nevando, ¡es genial!

–De acuerdo.

–Ya sé lo que necesitas, un cigarrillo... y algo más también. Mira tu cara y tus labios, todos calientes y secos, estás dormida. Te besaré hasta que vuelvas a tener los labios fríos y húmedos.

–¡Oh, no! –gritó Liz, dándose la vuelta y sonrojándose con el terrible pudor de una joven esposa.

Buddy encendió un cigarrillo, se inclinó sobre ella y se lo puso en los labios con una sonrisa de satisfacción, Liz despertó de golpe.

–¡Ah! –dijo sentándose en la cama–. Querías besarme.

–¡Pues claro! –dijo Buddy con orgullo–. Salgamos a tomar una cerveza.

–Mmm. Dame un beso –dijo Liz, y él la besó.

Happy Joe vociferaba en la radio, era su programa favorito. Al parecer, en el curso de una publicidad de «Ontario Furs», llegaba un tren a la ciudad completamente cargado de pieles, y Happy Joe y su ayudante escenificaban una pequeña conversación en la que se suponía que descargaban las pieles en el andén de carga.

–¡Pásame esa palanca!

–Ahí va, Joe –gritaba el ayudante, y se oían grandes gruñidos y jadeos, y gemidos, y luego–: Ya casi lo tenemos, ¡casi! ¡Sigue empujando! Ya está. Aquí viene.

Entonces se oía un gran sonido de madera al quebrarse y una tumultuosa culminación en la que los dos hombres gritaban extasiados alegres «¡Ooohs!» y «¡Aaahs!» al ver los abrigos de piel.

–Mira este maravilloso abrigo de visón, y solo cuesta trescientos dólares.

–Oh, y mira este, Joe, ¿no es maravilloso? Rata almizclera teñida de marta con mangas acampanadas y todo por trescientos noventa y dos dólares, ¿te lo puedes creer? Ay, ¡creo que me voy a desmayar!

–¡Agua! ¡Agua! ¡Ayuda! ¡Charley se ha desmayado! Acaba de ver el nuevo cargamento de magníficas pieles de Ontario a los precios más bajos de todos los tiempos. ¡Agua! ¡Por el amor de Dios, agua!

A Liz y Buddy les encantaba aquel disparatado programa,

siempre lo escuchaban y para ellos simbolizaba la mañana, el comienzo de un nuevo día maravilloso.

–¡De acuerdo! ¡Ya me levanto! –gritó Liz, saltó de la cama con el pijama de volantes que Buddy se había puesto en su noche de bodas y corrió descalza hacia el baño.

Liz se duchó y regresó a la habitación para pintarse los labios, pero al llegar se encontró a Buddy, tumbado en la cama, roncando, inconsciente. Liz le dio la vuelta, lo desnudó con destreza, lo metió bajo las sábanas y lo acomodó en su sitio. Luego se acercó a la ventana, contempló un rato la hermosa nevada, bajó la persiana que él acababa de alzar tan jubilosamente, apagó la radio, colgó su ropa y se metió en la cama con él.

Se apoyó en un codo, completamente despierta y radiante, incapaz de dormir más, con Buddy ya embarcado en un día entero de sueño. Aquella mañana no quería hacer nada: solo mirar a Buddy mientras dormía, solo pensar y hacer planes, estar a su lado en su nueva, dulce y extraña vida juntos... con eso le bastaba.

Pero diez semanas después, su bebé nació muerto en un hospital de Detroit. Habría sido un niño.

Para aquella pobre muchacha, de solo diecinueve años y horrorizada por los súbitos y dolorosos embates de la muerte, aquella muchacha que yacía en la dolorosa y sufriente oscuridad del hospital, la pérdida de aquella pequeña vida, el dolor y la ansiedad de su joven marido, las noches en el triste hospital, y hasta su mismo vientre se convirtieron en el símbolo de todo lo duro, frío, lúgubre, oscuro y sin esperanza. Nunca llegó a ver al bebé, casi prefería pensar que, en realidad, no había sido un bebé, sino un tumor que habían tenido que extirparle, una enfermedad que debía padecer antes de recuperar la salud. Se comía las uñas y pensaba en todo aquello desesperadamente. Sentía un asco terrible.

Se juró que a partir de ese día su vida sería suave como la seda, lujosa, fácil, cálida, brillante y hermosa. Estaba harta de las jóvenes y simpáticas enfermeras que se preocupaban por ella y se preguntaba cómo era capaces de trabajar en esos hospitales horribles y malolientes.

Se enfadó con Buddy y le espetó:

–Deja de mirarme así. ¿Por qué no sales a ganar algo de dinero? Dinero de verdad, por el amor de Dios.

–Tal vez pueda comprar un coche el mes que viene, eso estaría bien, Liz, podríamos hacer viajes y...

–¡Bueno, cómpralo entonces! Y cuando salga de aquí me voy a comprar toda la ropa que quiera con ese maldito dinero que he estado ahorrando.

Buddy se sentía morir por dentro de pena y desesperación.

–Por Dios, Liz, cálmate, todo irá bien a partir de ahora. He escrito a tus padres y tu madre va a venir a verte.

–¡No quiero verla! ¡No quiero ver a nadie! –gritó ferozmente–, no quiero la compasión de mi familia. Nunca supieron lo que es vivir y creen que estas cosas son normales, que le pasan a todo el mundo, «¡así es la vida!», dicen; casi puedo oír a las viejas de Galloway cotilleando sobre el asunto: «¡oh, no es demasiado triste!». Son todos estúpidos y aburridos, y a partir de ahora tú y yo vamos a vivir, vivir, ¿entiendes? –gritó, apretando los puños,

–Claro que sí, Liz.

–Dejaremos esta asquerosa ciudad y nos iremos a California, ¿entiendes?

–Claro que sí, cariño –dijo Buddy, cogiendo su mano y estrechándola contra su mejilla lúgubremente.

Y entonces la asqueada y endemoniada Liz lloró en sus brazos, lo besó entre lágrimas, lo abrazó, tembló desconsoladamente, le pidió que le prometiera que nunca dejaría de amarla, lo miró desesperada y tristemente a los ojos, y se secó melancólicamente sus pobres lágrimas, pero cuando Buddy se fue, se quedó silenciosa y meditabunda en su cama, sombría a causa de los juramentos y desgarrada por una horrible furia.

## 10

Para Peter comenzó un tiempo incomprensible, brumoso, lleno de culpa y obsesión. Le desconcertaba una culpa innombrable que pesaba sobre él desde que Tommy Campbell se había marchado y perdido en Bataan; su pálido recuerdo era como un rostro en la oscuridad onírica.

También otros –Mike Bernardi, que había jugado al fútbol con él, y el salvaje Ernest Berlot, y el amargado y triste Danny, y su hermano Joe y Paul Hathaway– se habían disgregado y marchado a la guerra. Y un buen número de muchachos seguían en Galloway esperando a que los llamaran, pero el pensamiento de los primeros que habían ido y se habían alistado era como un gemido, un susurro; algo herido y acabado para siempre, algo viril y lamentable.

Obviamente, se burlaba a veces en compañía de otros de la idea de volverse tan majara como para salir corriendo a que lo mataran a tiros. Pero por la noche caminaba por las calles de Galloway, que ahora le parecían vacías, y era como si oyera las voces lejanas y solemnes de esos jóvenes que le acompañaban, como fantasmas, llamándole a su lado. Perdidos, atormentados, casi olvidados, ¿dónde estaban? Se encontraban dispersos por todo Estados Unidos, Inglaterra, Australia, India y Pearl Harbor, pero ¿dónde estaban en la noche real del tiempo y de las cosas? ¿Qué era lo que le parecía tan fantasmal y perdido en el cielo nocturno? Su propia vida se había vuelto fantasmal. Se sentía culpable y viejo. Los muchachos que le habían admirado por ser un héroe deportivo se habían marchado ya, héroes al fin más verdaderos de lo que él podría ser nunca. En cierto modo, los había engañado a todos. Tenía veinte años y así era como se sentía.

Una mañana de julio de 1942 salió de casa con una bolsa de viaje llena de ropa de trabajo, caminando a la fresca sombra de la pequeña valla blanca de la casa de vecinos. Hizo autoestop hasta Boston, deambuló por Scollay Square y compró una cartera de marinero, un cuchillo y una gorra y esperó luego toda la tarde en el sindicato marítimo a que le dieran trabajo en un barco hasta que, finalmente, a última hora del día, se alistó en un gran carguero en el puerto de Boston, en los muelles de la Gran Avenida del Norte.

Pisó una temblorosa pasarela por primera vez en su vida, con una sensación de tremenda dicha, justo cuando la tarde oscurecía sobre las solemnes aguas del puerto, y una extraña luz sombría se cernía sobre los muelles, barcos y estibadores. No había nadie a la vista, nada se movía en todos los muelles, barcos y astilleros, todo parecía embrujado, era como estar solo en el mundo, entre muelles y edificios y proyectos bélicos. Nunca se había sentido tan fantasmagóricamente solo en toda su vida.

El barco era una imponente masa gris «recién llegada de Islandia», eso le habían dicho en el vestíbulo. Estaba allí, entre columnas de humo y gaviotas que sobrevolaban las aguas de la dársena, parecido a una enorme bañera gris, en cierto modo, con insondables superestructuras, el casco inclinado y manchado de óxido y una fina corriente de agua que salía de los sumideros y salpicaba por debajo, la poderosa proa erguida por encima del tejado del embarcadero, enorme y premonitoria de tormentas y extraños mares del norte. Era la primera vez que veía un barco con la increíble certeza de que iba a navegar en él.

Cuando cruzó las combadas tablas de la pasarela en el silencioso destino, sintió una extraña agitación en la boca del estómago, una alegría maravillosa, solitaria y medio aterrada que le advertía que se dirigía directamente a los portales y fauces del mismísimo y terrible mar. A los veinte años se embarcaba en un navío, un gran y orgulloso barco que regresaba de mares e islas sin hogar, con destino a otras tierras y mares, tal vez más extraños y oscuros que los que había surcado. Eso pensó en la desconcertante soledad de la tarde desierta, en ese momento de embrujada penumbra antes de que las luces se encendieran.

Pero de pronto las luces se encendieron, los ojos de buey de la galera brillaron y produjeron pálidos y misteriosos reflejos en las aceitosas aguas. Un guardia apareció de repente en la cabecera de la pasarela, comprobó los papeles de Peter y desapareció inexplicablemente. Peter se apresuró a entrar en el viejo y destartalado navío, mientras algo indeciblemente excitante le atenazaba la garganta.

Allí dentro, en los desiertos y oscuros pasadizos, todo parecía aún más asombroso: sentía por primera vez, el olor a estofado de la cocina, los olores a pintura y cables y aceite y óxido, y todas las mamparas de acero y los ojos de buey, las extrañas y melancólicas entrañas de un barco. Dos hombres pasaron a su lado de repente y como si nada por el pasadizo, subieron por una escalerilla, silenciosos, con la soñadora impasibilidad y la vieja rutina de los marineros. Había ingresado quizá en el grupo de los hombres perdidos de la guerra, dos de ellos acababan de pasar rozándole.

Se encontró en la gran galera, las cocinas del barco, y allí, de pie en medio de grandes calderos de aluminio, enormes ollas y sartenes, y una cocina lo bastante grande como para hervir un centenar de calderos normales de agua, vio a un poderoso cocinero negro, de metro ochenta y cinco, escudriñando unas sopas humeantes. Con una pipa de maíz entre los dientes, rumiaba sobre cubas enteras de caldo, tarareando en un bajo profundo una melodía extraña y lúgubre que Peter nunca había oído, mientras la oscuridad se colaba por los ojos de buey y el mundo exterior se alejaba.

–Eh, hermano, ya veo que te has salido con la tuya –gimió el cocinero con voz grave y rotunda cuando Peter se acercó con su bolsa de mar.

–¿La mía?

–Sí, hermano, tú has robado las gallinas, ¿no? ¿Te crees que puedes correr y correr por ese camino hasta el día de tu muerte? –dijo el hombretón mirando a Peter y entrecerrando los ojos y parpadeando–. Bueno, está bien, porque el viejo Glory está de tu parte, ¡porque hace MUCHO tiempo que ha dejado de correr!

–¿Glory?

–¡Soy YO, hijo! Aquí no hay nadie más que YO –dijo mirando de reojo a Peter.

–¿Dónde fue eso?

–¿Te refieres a dónde me robaron las gallinas? ¡Mmm! –se quejó ostentosamente, volviendo los ojos marrones y apenados hacia arriba, dando caladas a su pipa, haciendo «¡Tsik! ¡Tsik! ¡Tsik!»–. ¡Quiere saber dónde fue eso! ¡HERMANO! Eso fue en Savannah.

–¿Savannah?

–¿No es eso lo que acabo de decir? –preguntó roncamente–. ¿Estás buscando al sobrecargo para alistarte? ¿Es eso lo que quieres?

–¡Sí! ¿Dónde lo puedo encontrar?

–Lo encontrarás en tierra, borracho como una cuba. ¡Aquí no vas a encontrarlo ahora, hijo! Busca tu litera. Vete ya, no eres más que un muchacho. Glory no tiene tiempo para ti –dijo mirando seriamente a Peter–. ¡Vete, hermano! ¡Ve a acostarte! Y luego vuelve aquí, a esta galera, ¡a por tu cena! ¿Me oyes?

Y el gran Glory gimió y canturreó, y se le oía por todo el barco, como la gran voz de una afligida fatalidad.

En el gran comedor, un hombrecillo flaco y decrépito, sin dientes y con una mandíbula de bruja, estaba sentado en una mesa de comedor hablando con un interlocutor soñoliento y desconsolado que llevaba un delantal. Estaban solos en el mar de mesas.

–Comprenderás –dijo el pequeño marinero cuando pasó Peter– que no me gusta la idea de hacer esta travesía en el *Westminster*. Ya sabes lo que quiero decir. Ahora nos tienen fichados. Casi nos atrapan la última vez cerca del estrecho... ya sabes cómo hacen, te rastrean por un tiempo, te ubican, te acechan. Y entonces ¡bum! Es previsible, ya me entiendes. Te digo que ya tienen nuestro rastro.

El hombrecillo se enjugó los ojos con un pañuelo azul y se quedó mirando a Peter con educada curiosidad, mientras el hombre del delantal se limitaba a mirarse los pies.

Todo parecía cada vez más extraño. Peter vagó por los mugrientos pasadizos hasta que encontró una habitación con varias literas vacías. Tiró su saco de dormir en una taquilla, y pensó de repente en casa. Sacó un bloc y escribió una larga carta a Judie Smith, en Filadelfia, y volvió a sentarse en la litera con la cabeza entre las manos.

Al cabo de un rato subió a cubierta. Había oscurecido y a lo lejos, sobre el agua mística de Boston, resplandecía una diadema de luces. De pie en cubierta, en la oscuridad, a Peter se le ocurrió que nada en el mundo podía ser tan casto como un barco amarrado en el oscuro muelle de una ciudad, mientras todo el mundo se agitaba bajo las luces a lo lejos. Las solitarias luminarias de la bahía indicaban dónde estaban atracados y anclados los pacientes cascos, dónde se alzaban, entre sombras envolventes, como las monjas arrodilladas del mar, mientras los jóvenes marineros de guardia ansiaban estar en los bares de Boston junto al resto de la tripulación, pero se veían obligados, como monjes novicios, a la noche monasterial del deber y la verdad.

Una lancha pasó a la deriva, zumbando suavemente, cubierta de luces, y alguien maldijo a lo que pareció un palmo de distancia:

–Maldita sea, ¿cuándo me vas a pasar ese sedal, muchacho, la semana que viene?

El agua gorgoteaba, la lancha se alejó, y a continuación continuó el mismo silencio de siempre.

El *Westminster* zarpaba en dos días. De pronto, los estibadores se arremolinaron en torno a él con cubos de pintura, sopletes y cables. Entraron en acción las grúas y cargaron grandes cantidades de madera, barriles de petróleo, TNT y todo tipo de maquinaria de construcción. El muelle rugió y rugió durante todo el día con una tremenda actividad.

Peter sabía que tenía tiempo para volver a Galloway y despedirse de su familia, pero de repente solo quería zarpar. La posibilidad de no volver nunca era un pensamiento profundo, alegre, a veces casi placentero, lleno de oscuro heroísmo y maravilla, el pensamiento magnífico de su propia muerte. Se aferraba a él con una pizca de horror al darse cuenta de que podía ser estúpidamente verdadero.

Aun así, sus sueños a bordo, mientras se preparaban para zarpar, eran espeluznantes, atormentados por horribles culpas. Soñó que su madre y su padre estaban bajo un cielo demencial y oscuro, tendiéndole los brazos y gritando: «Oh, Petey, ¿qué nos has hecho?». Y parecía que nunca debería haberles hecho lo que les estaba haciendo.

Alex Panos fue a Boston a despedirse de Peter. Se encontraron en la fonda del muelle.

–¡Supongamos que no vuelves nunca! –exclamó Alex desesperado–. ¿No te das cuenta, Peter, de que están torpedeando barcos por montones y que miles de marineros se ahogan todos los días? ¿No podría ir contigo? Todo lo que tendría que hacer es conseguir papeles y resolver trámites burocráticos durante un día o dos, ¡y seríamos compañeros de barco! Peter –añadió solemnemente–, he visto las flores de la muerte en los ojos de tus compañeros. En serio...

–Pero no es así para nada –se burló Peter–. Pasan muchos barcos, la mayoría de ellos lo logran, esta vieja bañera lo hará. Mírala. No tendrá ningún problema. Tengo la sensación... –dijo rumiando mientras lo miraba.

–Conozco esa sensación tuya, me la sé de memoria, viejo amigo. Pero si quieres seguir solo, por mí no hay problema –respondió Alexander encendiendo un cigarrillo con aire melancólico y distante.

–¿Y por qué demonios crees que me alisté en la marina mercante?

–Lo sé, todos sentimos esa terrible tristeza, por Tommy y

todos los demás. Y sé que lo habías decidido. Quieres alejarte de mi influencia, como la llamas tú. Está bien, de acuerdo. Tal vez sea en esta pequeña y sucia fonda de los muelles de Boston el lugar en el que nos veamos por última vez.

–No seas idiota.

–Así es como terminará.

–Cuando vuelva te emborracharé con cien dólares de champán, ¿qué te parece? Seré rico, amigo, ¡estaré forrado!

–Adiós, Peter. Tengo que coger el tren.

–¿Podemos vernos mañana en algún sitio, antes de zarpar? Después de eso ya no podré bajar del barco.

–Así es como acabará todo –concluyó Alex y, misteriosamente, se alejó por primera vez en su amistad con una tristeza ausente. Los dioses que le habían susurrado al oído no habían sido ni engañosos ni juguetones. Esa fue la última vez que se vieron.

Aquella noche Peter desembarcó junto a algunos de sus compañeros. Fueron al sur de Boston en una banda estridente, bebieron enormes cantidades de cerveza y whisky, se enzarzaron en peleas absurdas, corrieron gritando por las calles exultantes de fatalidad, aullaron por alguna legendaria madame bajo una ventana y los bañaron con un cubo lleno de agua caliente, durmieron tirados en los portales, regresaron a los muelles justo cuando el alba se asomaba entre los mástiles de los pesqueros de Mystic Avenue, y durmieron una hora antes de que Glory los despertara con su gemido:

–Siete en punto, y ni un alma en la cocina. ¡Grrr! ¡Arriba, borrachos! Os acostasteis anoche y ahora todos queréis ir al cielo y que os paguen, ¡pero no queréis trabajar, no queréis NADA DE NADA! Ni un alma pelando patatas y cebollas, nadie lavando ollas y sartenes.

Peter había firmado inocentemente como mozo de cuadrilla, y ese fue su primer día de trabajo en la cocina. En el calor humeante de la mañana de julio, entre efluvios de agua de fregar caliente, desperdicios podridos en los desagües, grasa y manteca de cerdo en los sumideros de la cocina, Peter, con los ojos desorbitados, desaliñado y descompuesto, se sintió abrumado por la sensación de que toda su vida no había sido más que una historia de asco y trabajo sucio.

Cumplió con su jornada con fatigado asombro y se acostó temprano. Durante la noche, un tren de pasajeros entró en el gran muelle y quinientos trabajadores de la construcción subieron al barco con sus herramientas y pertrechos. Se preparó todo, se tomaron las medidas de seguridad, los hombres se movían por la sala de máquinas encendiendo las calderas y en cubierta, en el humeante amanecer, recogiendo algunos cabos.

Por la mañana, mientras un viento fresco, casi otoñal, soplaba en el puerto haciendo que las aguas se agitaran y danzaran, Peter se despertó con el brutal y estremecedor pitido del silbato de vapor. Era el grito de partida del *Westminster*. Se apresuró a asomarse a la portilla para ver el muelle deslizándose lenta y silenciosamente, los estibadores parados junto a los estribos, fumando y sonriendo, gritando: «¡Regresad a salvo!» y «¡Todo irá bien!». Los grandes pistones empezaron a retumbar en las entrañas del barco que empezó a temblar y avanzar. Se dio cuenta, como si fuera la primera vez, de que aquel gran barco podía moverse de verdad.

Se sentía alejado de la lúgubre maraña de su joven vida, de sus penas y culpas, de sus padres y amigos y de Alexander y sus tristes sueños, hacia el fresco mar barrido por el viento en una brillante mañana ventosa. Era increíble y maravilloso, como un sueño feliz. Los poderosos pistones hicieron retroceder el barco hacia la bahía, y el timón se puso en marcha con un agitado rugido de agua, un olor a petróleo y algas, el morro del barco giró pesadamente para orientarse hacia el mar, y se deslizó con lenta potencia creciente a través de las redes de las minas, pasando frente a los dos últimos faros de la entrada del puerto de Boston.

Muy por delante del *Westminster* y de su buque gemelo, el *Latham*, dos destructores merodeaban por el horizonte como gaviotas leonadas a poca altura, con sus cañones apuntando como púas arriba y abajo y en todas direcciones, mientras los esbeltos cascos se escoraban y cabeceaban en el mar. En el *West-*

*minster*, unos gigantescos soldados con auriculares y chalecos salvavidas naranjas aparecieron de repente en los puestos de artillería y todos se quedaron casi inmóviles, como si escucharan de inmediato el sonido de la guerra.

Con un temor desconocido, Peter empezó a sentir cómo el gran barco que tenía bajo sus pies se mecía profundamente en las marejadas. Un fuerte viento soplaba del norte sobre las olas. En el puente de mando estaba el capitán, un hombre corpulento, escudriñando su propio mundo oceánico al que Peter se sentía ahora súbita e irremediablemente entregado. Por primera vez sintió miedo, más miedo del que jamás volvió a sentir en el mar. Miró hacia la popa, hacia Boston, que se alejaba en una delgada línea de humo. Ya no había vuelta atrás ante lo desconocido.

Abajo, en la cocina, mientras el sol de la mañana entraba por los ojos de buey, había una actividad que Peter nunca había creído posible. Toda clase de cocineros y ayudantes aparecieron milagrosamente con fantásticos gorros de cocinero y delantales blancos, golpeando las ollas, agitando cucharones y grandes cuchillos, gritándose unos a otros en español y chino y en el dialecto de Harlem. Dos pequeñas cocineras de cuello arrugado parloteaban en la aterradora lengua secreta del Morro. Se freían cientos de huevos y miles de tiras de tocino en los grandes fogones, rugiendo entre charlas y risas en medio de la confusión del vapor, el humo de la cocina, el estrépito de los platos y el tintineo de las sartenes. Y en medio de todo aquel ruido, Glory se paseaba tranquilamente por la cocina con la dignidad y la vasta perspicacia del jefe.

Al atardecer, tras una estridente cena en el comedor junto a cientos de marineros y obreros de la construcción, Peter se puso un chaquetón y subió a cubierta. Ya no había tierra a la vista, solo una larga franja color rojo sangre que iluminaba el barco. Hacía un frío penetrante bajo un cielo hosco, y en el aire había una fría grandeza, una sensación de octubre en el mar.

–Nos reuniremos con un barco explorador frente al cabo Farewell, en Groenlandia –había escuchado Peter decir a alguien en el comedor–. Por lo que nos dirigimos al Norte, supongo...

–¿Qué vamos a hacer allí arriba?

–Vamos a construir una base aérea en algún lugar del Ártico, eso es todo...

Más allá del rojo salvaje del atardecer, rodeando el horizonte hacia el norte, el mar se extendía como un campo hirviente que se oscurecía a medida que se fundía con aquel cielo desconocido y cada vez más bajo. En algún lugar allá arriba estaba el mar Ártico. Peter permaneció de pie en la proa, bajo los poderosos vientos, mirando a lo lejos con una inexpresable sensación de asombro y expectación, confuso por el hecho de que en aquella dirección hacia la que avanzaban lentamente no hubiera ninguna luz cálida ni ningún consuelo ni ningún amigo, solo el Norte, el Norte lejano y blanco, tan despiadado e indiferente como la propia noche del océano.

Se abrió paso hacia abajo, a través de las abarrotadas galerías, hasta el gran comedor. Los hombres, cientos de ellos, habían recogido todas las mesas y extendido mantas sobre ellas, ya habían empezado las partidas de dados y de cartas. Bebían café y charlaban animadamente en grupos bulliciosos, la mayoría fantásticamente ataviados con botas y chaquetas y cazadoras, muchos con barba. La mayoría de ellos ya estaban borrachos y había mucho ir y venir entre los trabajadores de la construcción desde el comedor a las habitaciones de arriba, donde la bebida se practicaba más o menos extraoficialmente. Los jugadores de dados chasqueaban los dedos, gritaban y chillaban, todo el mundo se amontonaba con el dinero en la mano, las partidas de cartas echaban humo, una pesada y hosca curiosidad se apoderaba a veces repentinamente de la sala. Los marineros, armados con cuchillos, estaban en medio de todo con sus fajos de dinero; un marinero de cubierta descalzo dominaba el lugar con una asombrosa carrera de lanzamientos que levantaba rugidos de excitación. Había hasta un primer oficial y otros oficiales que observaban curiosos desde la escalera. El viejo Glory estaba sentado en un rincón con algunos de sus compinches, dando caladas a una pipa de mazorca, observándolo todo con sus grandes ojos marrones y lúgubres. Alguien sentado en la escalera rasgueaba una guitarra.

Solo la mitad de los hombres llevaban puesto el salvavidas, a la otra mitad no parecía importarle en absoluto.

Había hombres por todas partes: en la barbería de cubierta, donde la loción de afeitar se acabaría en un mes, en las entrañas del barco, en la sala de máquinas y en el castillo de proa, hombres jugando en el comedor, comiendo en la despensa de la cocina, hombres charlando en los camarotes, oficiales discutiendo en el puente, marineros jóvenes jugando a las cartas y leyendo en las literas, soldados en los cañones o en sus camarotes escuchando discos, capitanes y oficiales consultando mapas, hombres meditando solos en sus literas, hombres en cubierta mirando fijamente la oscuridad. Todo un mundo de hombres, ochocientos en total, hombres que hablaban, apostaban, fumaban, leían y bebían mientras el gran barco oscuro avanzaba por la noche hacia el furioso Norte. El *Latham*, el barco gemelo, era también un brillante mundo plegado de ochocientos hombres que se movía a una milla de distancia en un mar cada vez más oscuro.

Día tras día los barcos se dirigían más al norte, pasando por las costas de Maine, Nueva Escocia, Labrador, Terranova, a través de las nieblas, sobre los fantasmales Grandes Bancos, adentrándose en los espacios oceánicos. El aire se volvió más frío y los vientos más fuertes, algo añejo y gris penetró en el mar, el agua de los imbornales se congeló, los atardeceres descendían fabulosos con sus colores gélidos y feroces. Por fin navegaban por aguas de Groenlandia, frente al cabo Farewell. Se les unió otro buque escolta y siguieron avanzando más allá de Islandia, hacia el mar Ártico y las tremendas tormentas de la costa rocosa con sus dientes de sierra, Groenlandia central.

Se veía la inmensa y hermosa puesta de sol del Ártico a medianoche, cubierta de nubes, los icebergs enormes como colinas a una milla de distancia, con las aguas estrellándose lenta y pesadamente sobre ellos, las marsopas con sus sonrisas de Mona Lisa divirtiéndose y zambulléndose en grupos, y el frío amargo y la grisura del Polo Norte por delante. Era el Norte fantástico de las almas de los hombres, el lugar de la increíble soledad y desolación final, el hogar de Thor y los Reyes del Hielo, el hogar de las ballenas y las aves polares, de las rocas escarpadas bañadas por aguas a miles de kilómetros del hombre, el último lugar imaginable.

Por fin, en agosto, viraron hacia las costas de Groenlandia. Una mañana, Peter se levantó, miró por el ojo de buey y vio los escarpados acantilados marrones del Norte estival, que se alzaban abruptamente a menos de diez metros de donde se encontraba él. Estaban remontando un fiordo, setenta kilómetros tierra adentro entre quietudes, peñascos, auroras boreales, repentinos esquimales en *kyaks* a la deriva con sonrisas de tierna bienvenida pasmada, ochenta kilómetros más cerca de casi cinco mil kilómetros de vasta nieve interior, ochenta kilómetros por debajo de las poderosas cordilleras que rumiaban sin haber sido vistas por el hombre y para siempre inertes.

Estaba absorto, todo tan alejado de lo que había esperado que fuera su «aventura del mar», tan lejos de los archipiélagos y las Polinesias, las perlas de coral y los encantos del mar, la corona de flores y el cuerno, los cabos perdidos, las lagunas imposibles y los jardines del Sur. Era esto, sin embargo.

Pensó en Galloway con una sonrisa.

El barco permaneció en la Groenlandia ártica durante casi cuatro meses, tierra adentro sobre las aguas de los fiordos, mientras los obreros descargaban camiones y pequeñas grúas y motores de un carguero y los remolcaban a tierra, y volaban rocas, y nivelaban el suelo original, y apilaban madera y creaban una pequeña ciudad en bruto sobre aquel yermo rocoso. Tomaron las medidas de una vasta llanura para construir un aeródromo y empezaron a dinamitar. Entretanto, el *Westminster* y el *Latham* permanecieron anclados, alimentando y alojando a los trabajadores hasta que terminaron de construir sus propias cocinas, comedores y dormitorios en tierra.

La operación resultó ser una conquista sorprendente y bien coordinada de aquel páramo rocoso en los confines de la tierra desolada, una acción repleta de previsión, vigor y determinación, típicamente americana por su rapidez, aunque nadie pareció pensar en ello. Los trabajadores estaban demasiado absortos para pensar, y los ociosos marineros demasiado aburridos como para preocuparse después de haber bajado a tierra una o dos veces los primeros días para explorar la costa desierta.

Durante un tiempo hubo un comercio disparatado con los esquimales. Se intercambiaban lanzas, arpones y pieles apestosas por un puñado de naranjas o un gorro de aceitero. Peter adquirió un arpón a cambio del jersey que había llevado en el equipo de fútbol de Pine Hall, le alegraba que un esquimal estuviera encantado de llevar el famoso número dos de la promoción de los cuarenta, pero con el tiempo todos se aburrieron también de comerciar, y rehusaron ya interesarse por nada.

Pasaron meses en los barcos, jugando a las cartas y leyendo, comiendo y durmiendo, hablando y discutiendo, bostezando y mirando al vacío, haciendo el poco trabajo que había y volviendo a bostezar.

–¡Eh, Kenny! Se me acaba de ocurrir algo. ¿Alguna vez has subido a un mástil?

–¿Qué?

–Un asta de bandera... ¿alguna vez te has subido a un asta de bandera?

–Escucha, escucha...

–Porque si lo has hecho deberías haberte quedado allí, serías la bandera perfecta con esas orejas.

Llegó la nieve. Los hombres iban y venían a remo entre los dos barcos, se visitaban, apostaban y charlaban interminablemente. En el *Latham* se reunieron a tomar café, barbudos y aburridos, y alguien dijo:

–Pensad lo que queráis, pero yo os digo que cuando salgamos de aquí no vamos a volver a casa, sino que iremos a Inglaterra a cargar, directamente desde aquí, y luego a Arcángel, en Rusia, y luego de vuelta al Reino Unido para cargar justo a tiempo para la invasión armada a Japón, la gran explosión en la primavera. Alrededor de Buena Esperanza y hacia Australia y luego a Japón, seremos miles de barcos...

–Bah, estás loco.

–No, Japón no, ¡será Turquía! Iremos navegando con las flotas del Mediterráneo hasta Turquía, luego los ejércitos avanzarán hacia el norte y, mis buenos muchachos, tendréis suerte si volvéis a casa. Eso es lo que dicen ahora. Rompeos la cabeza todo lo que queráis, pero no os servirá de nada. Aún falta mucho para que volváis a casa...

–Lo que yo pienso es, si no es Turquía, si no es Turquía a ver...

–Si no es Turquía, será Quiatur.[1]

A más de cuatro mil kilómetros de casa, todos estaban hechizados, perdidos en su miedo de no regresar jamás, abandonados en mitad de la nada, desamparados entre las rocas del fin del mundo, olvidados entre la nieve, como condenados a las puertas de un continente mal llamado imposible. ¿Y dónde estaba su hogar? ¿Y sus afligidas familias? ¿Y los suaves y dulces lugares de verano que habían dejado atrás, tal vez para siempre? Todos lo pensaban, pero nadie era capaz de decirlo.

A veces Peter se imaginaba todo el océano Ártico como una especie de estuario, toda Groenlandia como un terreno, un parque, cada montaña una loma, cada vado escarpado un arroyo, y todo el mundo en guerra como una dulce patria.

Al fin zarparon rumbo a casa en noviembre, izaron el ancla y la gran cadena, y apuntaron lentamente a las desembocaduras de Groenlandia y a los mares de nuevo, deslizándose entre montañas desoladas, pasando por rocas lavadas desde la eternidad y saliendo a las olas negras.

Una noche, en plena oscuridad, Peter dormitaba en su litera cuando el timbre de alarma sonó con estrépito y el terror se apoderó de todos sus corazones.

Sumido en una incredulidad soñolienta, esperando que todo se detuviera de algún modo, Peter aguardó y escuchó el repenti-

1. El doble significado de la palabra inglesa *turkey* (el país, Turquía, y el animal, pavo) origina un conocido chiste malo: «If not Turkey, chicken» «Si no es Turquía/pavo, será pollo». *(N. del T.)*

no estruendo de las cargas de profundidad y el salvaje revuelo de muchos pies corriendo sobre cubierta.

–¿Por qué corren todos esos idiotas? –se burló en la oscuridad, y se dio la vuelta.

De repente, el espejo de la puerta de su taquilla cayó sobre la cubierta. «¿Qué hago aquí abajo?», pensó incorporándose. Un gran rugido sostenido, lejano, y el sonido de los lamentos y gritos que se oían sobre él le hicieron correr escaleras arriba con el salvavidas puesto. «Por favor, Dios, por favor, Dios», pensó. Allí, en medio de la noche oceánica, a una milla de distancia, el *Latham* ardía y se hundía en el mar helado. Todos se acurrucaron, contemplando el maligno resplandor rojo sobre unas aguas que parecían arder tan tranquilas.

–¡Han alcanzado al *Latham*! ¡Han volado la dinamita!

–¡Se está hundiendo!

–¡Eh, Chuck! ¿Dónde estás, Chuck?

–¿Este es el bote número cinco? ¿Este es el bote número cinco?

–¡Todo el mundo tranquilo! ¡Preparados! ¡Tranquilos! Por el amor de Dios.

El humo rojo se encendió lentamente a lo lejos.

–¡Mirad!

–¡Alguien ha soltado las amarras de un bote, hemos perdido un bote!

–Ay, Dios, Dios.

–¡Se está hundiendo!

Todo era terror, pesadilla, un sueño maligno, estaban acurrucados en el pozo de la noche y se decían «¿Quién es este?» y vagaban dando tumbos por la cubierta, tratando de aplacar sus corazones y rezaban.

–¡Tienen el submarino! –aulló alguien en alguna parte.

–¡Ey! ¡¿Has oído eso?! ¡Tienen el submarino! ¡El jefe dice que las corbetas tienen el submarino!

–¡Han hundido todos los submarinos! ¡Han hundido todos los submarinos!

El resplandor rojo se había desvanecido y el *Latham* había

desaparecido de la vista mientras se agolpaban hablando y gritando. Los hombres estaban esparcidos y perdidos a una milla de distancia sobre las aguas terribles, aquello era demasiado, no se podía comprender, no se podía creer, nadie sabía qué pensar en absoluto. Incluso cuando sonó la señal de «todo despejado», permanecieron en cubierta mirando ansiosamente las aguas, hablando y paseando arriba y abajo, esperando. Algunos de ellos se quedaron en silencio pensando en los hombres del *Latham*, en sus rostros familiares y conocidos durante meses, meses de soledad, de privaciones, de charlas cariñosas y sin propósito, esos mismos rostros que ahora se ahogaban en las aguas negras de esa noche increíble. Era demasiado para creerlo.

Y entonces amaneció y los barcos restantes del convoy, las dos corbetas canadienses, un destructor, el carguero y el *Westminster*, se aparecieron unos a otros en medio del vendaval, entre columnas de humo negro, avanzando implacablemente, toda una congregación de amigos fantasma apareciendo entre la grisura. Todo había terminado ya, el *Latham* había desaparecido.

En medio de las aguas baldías, aquellas aguas sin hogar, se encontraban sobre cubierta atenazados por una soledad y un terror que nunca habían probado antes, entre ellos y las profundidades solo se interponía el pobre casco del barco. Ahora sabían que la tierra era su hogar, como todos los hombres lo comprendían realmente ahora que estaban en el mar.

Una luz brilló sobre las sombrías olas, una luz parpadeante, cálida y suave, procedente de una de las corbetas que enviaba su mensaje de «todo en orden» al *Westminster*. Vieron la calidez y la belleza, la inteligencia benévola de aquella pequeña luz... ¿por qué no la veía también el *Latham*?

Peter no podía comprenderlo. Se apoyó agotado en la barandilla sobre los codos, contemplando el costado del barco por donde se precipitaba a través de las aguas espumosas, incapaz de comprender.

El mundo había enloquecido a causa de la guerra y la historia. Fabricaba grandes barcos de acero capaces de surcar el mar, y a continuación fabricaba torpedos para hundir esos mismos barcos. De pronto creyó de algún modo en Dios, en la bondad y la soledad.

Pensó en lo que haría si torpedeaban el barco como el *Latham*. Al principio imaginó que sobrevivía con facilidad. Sus compañeros perecían y se ahogaban porque era posible, pero él sobrevivía porque le parecía imposible morir, se aferraba a algún pobre soporte en el mar y lo encontraban y rescataban. Pero cada día que se imaginaba la escena se iba volviendo cada vez más difícil, cada vez tenía menos suerte, y finalmente estaba indefenso, era succionado por el remolino de la estela del barco que se hundía y cegado para siempre en el mundo acuático. Ninguna ensoñación podía disipar el único horror asfixiante de ese pensamiento: miraba a su alrededor dentro del cuenco de una noche cósmica y acuática, caía en ella para siempre, se asfixiaba y retorcía suplicante, abría la boca para gritar donde ya no había ningún sonido.

Cuando tuvo este último pensamiento impensable, Peter resolvió coger una cuchilla de afeitar y guardarla en el bolsillo de su reloj, envuelta cuidadosamente en un paño, para el momento, la noche, en que se encontrara flotando solo en esa inmensidad marina del Ártico. Mejor que ahogarse, mejor que hundirse con un chaleco salvavidas anegado, o rodar entumecido y apoyar suavemente la cara en las aguas, o colgar suspendido de una ceiba sobre los valles oceánicos... mejor que eso sería cortarse las venas y fallecer mareado y absorto en su propio charco de sangre. Empezó a examinarse las muñecas, a buscar las venas azules que latían en ellas, los diminutos trazos capilares, las cuerdas que palpitaban, las suaves, delicadas e infinitesimales fuerzas vitales que transportaban aquella pobre energía suya que acabaría derramada de un solo golpe en la inmensidad.

Yacía en su litera pensando en cosas así, hasta que de pronto, cerca del amanecer, se oía el casero ruido de las puertas del horno y las ollas en la cocina, empezaba a oler a tocino friéndose en el fogón y a avena y huevos fritos, toda la peculiar preparación viril de la comida en el océano... y entonces recuperaba el sentido común.

Una noche, en plena furia de una tormenta islandesa, Peter estaba con su amigo Kenny, un joven lavaplatos de encanto solitario que se comportaba siempre con un hermoso aire aristocrático entre los sórdidos vándalos de la cocina y que –Peter supo más tarde– era el hijo casi alcohólico de una vieja familia pudiente de Nueva York. Estaban de pie en la proa del *Westminster* gritando y chillando y cantando, enfundados en sus abrigos bajo las ráfagas de viento, esquivando las salvajes ráfagas de agua que se abatían sobre ellos, henchidos de destellos salvajes y de la repentina alegría de regresar a casa. Kenny se puso a gritar:

–¡Esta no es noche para hombres ni bestias! ¿Qué te parece, Patapalo? –dijo cojeando sobre la cubierta, escupiendo, y cerrando un ojo.

–¡Así es, Tuerto, así es! –respondió Peter–. Jamás ha dicho nadie palabras más verdaderas que las que acabáis de decir esta noche.

Se dirigieron cojeando y tambaleándose hacia la cubierta de popa, hasta el timón de emergencia (un equipo que había quedado ya obsoleto en aquel viaje) y lo agarraron desesperadamente fingiendo luchar furiosamente con la tempestad.

–A toda máquina hasta donde descansa mi padre –gritó Peter en medio del vendaval–. Tiene los ojos de perla y los huesos de coral.

–Sí, Patapalo, ese es el destino de todos los hombres de mar, auténticos perros marinos.

Diez minutos después, en los dormitorios vacíos, empezó una tremenda pelea de almohadas organizada por Kenny, en cuya melancolía se veía cierta predisposición a la locura. Peter y Kenny y media docena más se arrastraron en la oscuridad, voraces de suspense, locos de alegría, rieron salvajemente, se lanzaron y empezaron a sacudirse con almohadas hasta que las plumas empezaron a volar, se escondieron tras las literas y se abalanzaron unos sobre otros, lucharon y rodaron y arrojaron colchones enteros en medio de la oscuridad del barco, se persiguieron unos a otros por todas partes, sobre las atronadoras aguas de la noche tormentosa, en mitad de una guerra terrible, ni siquiera habían pasado siete días desde el desastre del *Latham* y la muerte de cientos de sus compañeros.

El barco se acercó a aguas norteamericanas. Todo el mundo se había dejado una barba poblada y anticipaba la esperada paga de mil dólares y hacía listas de compras y discutía y se sentía mejor de lo que se había sentido en meses. Peter merodeaba por la cubierta, oteando el horizonte en busca de señales de tierra, la que fuera. Ahora quería que nadie creyera que iba a morir y no volver nunca, no deseaba volver a herir a nadie de ninguna manera, estaba enamorado de la vida y no quería abandonarla nunca más. Pensaba extasiado en pueblos y ciudades, en calles con casas, en las ventanas de las casas y las luces de las ventanas, en gente que caminaba por las calles vacías, en las cosas dulces de la tierra. Pensaba en las cosas que no había visto en seis meses de páramos rocosos de Groenlandia y mar: «piernas de mujer», puertas y luces de neón, las cosas de la tierra y de la vida de los hombres. Temía el día en que tuviera que volver a hacerse a la mar. Quería volver a ver a su familia, la casa de su madre, el rostro de su padre.

Una mañana plomiza, mientras las nubes del Atlántico se agitaban en el cielo, de repente se acercaron a las costas de una pequeña ciudad gris y solemne. Peter se apoyó en una barandilla contemplando ávidamente los promontorios rocosos, el faro, los prados marrones de invierno, carreteras, árboles y casitas barridas por el viento frente al mar y los campanarios de las iglesias, y un hombrecillo que bajaba absurdamente por una carretera en bicicleta: un pequeño puerto todo repleto de presencia humana. Era Sidney, Nueva Escocia. Para Peter era la tierra de nuevo, la tierra que había sido su hogar, el dulce y triste lugar real de la vida, de nuevo. La tripulación se deleitó la vista y sintió que regresaba una profunda y reconfortante alegría.

Una lancha se acercó al *Westminster* lanzándose furiosamente con un absurdo hombrecillo con un bombín y vestido como un ciudadano de las mañanas del mundo, aferrado precariamente a un puntal y llamando al barco con patética impaciencia. Todos se lo quedaron mirando. Hacía tanto tiempo que no veían a un hombre así, que estaban encantados de verlo, tan solemnemente divertido. Cansados y barbudos, le observaron con gravedad mientras saltaba furiosamente de la lancha a la escala de gato sobre metro y medio de agua agitada, sin ningún problema, arriesgando alegremente el cuello y el pulcro traje negro por el bien de los asuntos de la mañana. Subió por la escalerilla con toda la agilidad de alguien entusiasmado y ocupado con el comercio en la pequeña ciudad portuaria.

El capitán del *Westminster* estaba en la escalerilla. El hombrecillo le mostró su tarjeta.

–MacDonald Company, señor, proveedor naval, a su servicio, señor –dijo enérgicamente.

–¿Proveedores de barcos? –gruñó el viejo. No quiero ningún maldito proveedor de barcos. ¿Dónde está el práctico por aquí?

–Ahí llega otro –dijo el primer oficial, mirando con incredulidad otra absurda lancha que cabeceaba hacia el barco.

–¿Y ese quién es? –preguntó el capitán–. Supongo que será Angus Mahoney and Company, que viene a pulir el metal. Fuera de mi barco, maldita sea, y la próxima vez esperen a que se haya despejado antes de subir. ¡Fuera! –rugió–. ¿Qué clase de lugar es este? Ni siquiera puedo buscar un práctico y entrar en puerto antes de que venga un cualquiera... ¿Y quién es ese que viene ahora? ¡Fuera de mi barco! –gritó, volviéndose de nuevo hacia MacDonald and Company, que enseguida se inclinó, sonrió a todo el mundo con gesto amistoso, como diciendo «En fin, gajes del oficio», y bajó corriendo por la escalerilla, con tarjeta, maletín y todo, lleno de alegre entusiasmo, sin sentirse ofendido ni humillado en absoluto, y dio otro espectacular salto sobre la bahía hasta la pequeña lancha que se balanceaba, saludó enérgicamente y regresó a tierra dando bandazos y sacudidas, con una mano agarrada al puntal y la otra sujetando su bombín bajo el viento del Atlántico.

Resultaba tan divertido, tan patético, tan humano. A Peter le entraron unas ganas absurdas de bajar corriendo por la escalerilla y zambullirse en «todas esas cosas», fueran lo que fueran, la tierra, los puertos, las alocadas calles, los hombres y sus asuntos lamentables, sus furiosos esfuerzos sin sentido, su alocada manera de buscar cama y comida, con sus bombines.

Llegaron a casa por Navidad. En Boston, en las misteriosas calles nevadas, se alejaron casi reptando, barbudos, con aspecto feroz, con sus arpones y pieles y carteras llenas de dinero. Salieron reptando de nuevo al mundo, de vuelta a las calles de la vida sin ni siquiera un «adiós» ni un «hasta otra», cada uno en busca de su propio placer feroz y secreto, cada uno ensimismado en su propia fantasía esperanzada.

En Galloway, las cosas habían cambiado en la familia de Peter. Ruth se había alistado en el cuerpo femenino del ejército y habían trasladado a Rosey a un hospital militar en las afueras de Seattle. Y con Joe en las Fuerzas Aéreas, Liz fuera, Peter comprometido con la marina mercante y los viajes regulares de guerra y el padre aún forzado a trabajar fuera de casa, los progenitores Martin habían resuelto intentar reunificar el hogar de algún modo. El viejo podía conseguir un trabajo de linotipista en Nueva York si lo deseaba, y la madre estaba convencida de que ella también podría conseguir un empleo en las fábricas de calzado de la ciudad. Así que planearon mudarse a Nueva York y llevarse con ellos a los niños, Mickey y Charley.

–Caramba –exclamó la madre cuando tomaron la decisión en torno a la triste mesa de Navidad–. Nací en una granja de New Hampshire y voy a acabar viviendo en Nueva York. Así será más fácil para todos venir a casa cuando estén de permiso, ¿no? Nueva York está cerca de todo, ¿verdad, Petey? Quizá hasta Liz pueda venir a visitarme ahora.

–En fin –frunció el ceño el viejo–, tal vez valga la pena intentarlo. ¡Por Dios que puede valer la pena! –exclamó, sacudiendo la cabeza–. Ya veremos, ya veremos, tendremos que hacer algo. Tal y como estamos ahora, no tiene ningún sentido.

Alexander Panos se había ido de Galloway. Se había alistado en el ejército en octubre. Peter visitó a su familia y le contaron que había rechazado la oportunidad de un puesto de oficial con estas palabras: «Quiero estar entre las filas de los humildes».

Peter recorrió las calles de Galloway por la noche por última vez, las calles vacías y nevadas, todos sus amigos se habían marchado, en su casa se respiraba un ambiente sombrío y concluso, la guerra suspiraba a lo lejos. Todo llegaba a su fin en Galloway, algo nuevo se acercaba. Estaba listo para lo nuevo y harto de los viejos fantasmas desaparecidos de la vida.

Judie Smith vivía ahora en Nueva York, en un apartamento propio, a la espera de que Peter se reuniera allí con ella. Se habían escrito largas cartas y algo parecido al amor palpitaba en la mente de Peter cuando pensaba en ella, su querida, salvaje y alegre Judie de los días de la universidad. La añoraba después de toda la tristeza del mundo.

El *Westminster* se hundió ese mismo invierno. Peter viajaba en un carguero rumbo a Inglaterra cuando se enteró. Lo torpedearon en plena noche, en febrero, en algún lugar del Atlántico Norte, con una pérdida de más de setecientas vidas, incluyendo las decenas de tripulantes que habían viajado con Peter a Groenlandia. Y aquella gran nave, la cocina de Glory, y el propio Glory, y el comedor donde habían comido y apostado, los camarotes donde habían hablado y jugado a las cartas, las literas donde habían dormido y soñado dulcemente, y el dormitorio donde habían retozado con loca alegría, todo aquel viejo y melancólico barco estaba ahora en el fondo del mar, hundido para siempre en la noche del naufragio. Los peces vagaban ahora por la despensa, el viejo Glory resplandecía en los balcones de coral.

Alexander había estado en lo cierto, el verano anterior, en los muelles de Boston, cuando había visto las flores de la muerte en los ojos de los compañeros de Peter.

## 11

Francis, que terminaba por aquel entonces su formación en Harvard en la primavera de 1943, se quedó completamente sorprendido cuando suspendió estrepitosamente el examen de aptitud mecánica para la formación de oficiales en la Marina. Al principio no entendía qué había ocurrido. Había superado todo con nota, el examen físico, el test de inteligencia y hasta unas entrevistas locuaces, casi amistosas, con una junta de oficiales educados e ingeniosos. Uno de esos oficiales se acercó a Francis, que esperaba sentado su destino en una antesala.

–Vaya, Martin, lo lamento, ¡y no sabes lo que me sorprende! Pensé que ibas a pasar todo sin esfuerzo, eso fue al menos lo que me pareció.

–Bueno –sonrió Francis con ligereza–, ¿y qué significa eso? ¿Que me rechaza la Marina?

–Oh, no. Solo significa que te trasladarán a V-6.

–¿Y eso qué implica?

–Serás un soldado raso en prácticas en uno de los centros, probablemente Newport o los Grandes Lagos. Tus posibilidades de promoción ahora dependen de lo bien que te vaya como soldado raso. Lo primero será el campamento de instrucción.

–¿Campo de instrucción? –Francis se dio cuenta de lo que

había pasado y se enfureció de repente–. ¿Soy un graduado universitario y no puedo ser oficial?

–No si no puedes pasar un test de aptitud mecánica –dijo el joven alférez con un aire un poco más distante que hacía un segundo–. A muchos les pasa eso... tienen un cociente intelectual muy alto, como tú, pero no saben distinguir un tornillo de una tuerca, y eso es algo que tampoco se puede remediar. Pero me ha sorprendido mucho –sonrió.

–Sí –respondió Francis con frialdad–, supongo que estoy destinado a cosas menores.

Le dijeron que esperara un par de semanas antes de que lo llamaran para la instrucción.

Todo había sucedido tan rápido, el abrupto final de sus estudios en la universidad, el repentino rechazo de la Marina, que Francis se quedó atónito. En cuestión de días, toda su vida pasó de la tranquila y absorta rutina del campus, con una destacada posición académica y social, a la de un «recluta» de la Marina a la espera de uno de aquellos rudos campamentos a la intemperie con cientos de estridentes futuros marineros. Era demasiado para Francis, se sentía alternativamente divertido, enfadado y asqueado.

Se fue a Nueva York y pasó las dos semanas de libertad que le quedaban viviendo en Greenwich Village con Dora Zelnick, aquella intelectual pequeña y maternal a la que había conocido en la universidad, en su apartamento de la calle Ocho. Vio mucho a Wilfred Engels y asistió a innumerables fiestas en las que todo el mundo se emborrachaba y enfurecía y discutía toda la noche, y luego se le acabó el tiempo y tuvo que regresar a Boston para presentarse en el servicio activo. Nunca se había sentido tan enfadado en toda su vida. Irónicamente, ese mismo día le mandaron de vuelta en un tren a Nueva York, y de allí a Chicago, a la base de instrucción de los Grandes Lagos.

Era una llanura azotada por el viento, con barracones de madera gris azulada por todas partes y polvo que se arremolinaba entre los edificios con vientos que soplaban desde el lago. Francis, acurrucado miserablemente en un chaquetón azul, polainas color canela en las piernas y un gorro azul calado sobre la frente, deambulaba solo al anochecer, desanimado y perdido, sin saber qué hacer con su vida. Había una biblioteca en uno de los edificios de madera al final del campamento: a menudo deambulaba por allí.

Por la noche, en el frío suelo de los barracones, los chicos montaban sus hamacas y escribían cartas a casa sobre los sacos marineros, y el jefe les reñía con voz ronca y estruendosa, y finalmente se apagaban las luces y todo el mundo parloteaba y se reía a carcajadas. Entonces alguien se daba la vuelta en su hamaca, aullaba de miedo, forcejeaba desesperadamente y caía al suelo, mientras todos reían y gritaban. A las dos de la madrugada, alguien llamaba a Francis con un golpe en las costillas y le decía: «Guardia nocturna, Martin», y Francis bajaba de la hamaca, se vestía de nuevo, se enroscaba de nuevo las polainas en la oscuridad, y paseaba de acá para allá entre «marineros» dormidos durante dos horas con una porra y una linterna. Luego daban las cuatro, le relevaban del servicio, y él se quitaba todas sus intrincadas polainas y jerséis en la oscuridad, luchaba por meterse en la hamaca a dos metros del suelo y se balanceaba como loco intentando dormir. Luego amanecía, azotado por el viento, amargo y gris, y Francis volvía a bajar de un salto junto al resto, se ponía de nuevo las polainas y se arrebujaba en el jersey, enrollaba la hamaca, aireaba las mantas y se apresuraba a salir mientras el jefe rugía y daba palmas. Después le esperaba la larga fila ante el comedor, el crujido impaciente de las botas sobre la grava y algún chico le decía a Francis: «¡Ah, ojalá nos dejaran fumar antes del desayuno, quédate quieto un momento mientras me agacho y echo un pitillo!».

Luego era la marcha y el cadencioso «¡Un, dos! ¡Un, dos! ¡Un, dos!» marchando y girando en formación sobre la tierra helada del patio de armas, mientras alguien gritaba histéricamente entre las confusas compañías que se entrecruzaban, y solo se sentía el azote de las banderas, el humo y el polvo en el viento.

Al tercer día, Francis comprendió que ya no podía soportar más aquello. Lo comprendió con toda la concentrada fuerza de una aversión profunda e incalculable. Tan tremendo era su odio hacia su nueva posición en el mundo que se sentía literalmente ciego, chocaba con la gente, a veces se sorprendía temblando de rabia, y en cierta ocasión, cuando se miró en el espejo y vio el absurdo corte de pelo que le habían hecho (no le quedaba pelo, solo una pelusa densa con un mechón que sobresalía de la parte superior de la cabeza), montó en cólera, le pegó una patada a la pared y estuvo a punto de romperse un dedo del pie.

Una noche hubo un simulacro de ataque aéreo. Francis recibió la orden de montar guardia con fusil, bayoneta y casco frente a un refugio de sacos de arena, donde permaneció una hora en completa oscuridad mientras las sirenas aullaban y los aviones chirriaban en el cielo negro. Un oficial se acercó con una linterna. Francis lo miró con curiosidad.

–Maldito seas –le gritó de repente–. ¿No te das cuenta de que debes ordenarme que me ponga a cubierto?

–¿Eh?

–¿No sabes lo que tienes que hacer, idiota?'

–Bueno, a ver, no estaba exactamente seguro...

–¡Será mejor que te dirijas a mí utilizando «señor» o te reportaré en el acto! ¿Cuánto tiempo llevas en el campamento? ¿Cómo te llamas?

Francis se quedó atónito y de repente le entró el pánico. Con una sensación de irrealidad, pensó en gritar: «¡No es asunto tuyo quién soy y me importa un bledo quién eres tú!». Tiró el fusil al suelo en la oscuridad, temblando de terror, y se alejó a toda prisa.

–¡Alto! –gritó el oficial con un tono de voz agudo, claro y casi alegre. En ese momento, un destacamento de bomberos bajó corriendo por el oscuro sendero con equipos contra incendios en dirección a un supuesto «impacto directo» en el curso de las maniobras, y en la confusión resultante el oficial desapareció requerido por algún asunto más grave. Francis, ufano y casi enloquecido en la oscuridad, deambuló durante media hora disfrutando de una extraña libertad, charlando con los guardias que le creían miembro de las unidades de extinción de incendios. Finalmente, tras el simulacro, cuando las luces del callejón volvieron a encenderse, encontró el camino de vuelta a su barracón.

Al día siguiente, su compañía recibió un formulario en el que se les preguntaba, entre otras cosas, qué opinaban de la biblioteca del campamento. Francis cogió su bolígrafo con una mirada de alegría y escribió: «Como individuo de este grupo, sin la oportunidad de ejercer mis propias prerrogativas, me imagino que mi opinión no tiene la menor importancia. Sea como fuere, creo firmemente que la selección de libros representada en la biblioteca del campo constituye algo parecido a un fraude intelectual». Firmó con su nombre. Nunca supo nada del oficial bibliotecario.

Cuando se dio cuenta de que no podría soportar ni un segundo más la vida militar, por leve que fuera en ese momento, tuvo la profunda convicción de que estaba obligado a tomar la decisión más importante de su vida.

«Si me rebelo abiertamente –pensó temeroso–, ¿no les resultará terriblemente fácil destruirme? Estoy atrapado entre la estupidez y el peligro. Debería encontrar alguna forma de autoconvencerme de que la estupidez de someterme no es al menos una amenaza para mi vida, pero simplemente no puedo hacerlo. Creo que el sometimiento es más peligroso para mí que las consecuencias de no someterme.» Y al pensar aquello sonrió feliz por primera vez desde que llegó al campamento.

«Solo se puede hacer una cosa –meditó ansiosamente–, encontrar alguna manera de salir, como sea...»

Aquel día ocurrieron dos cosas que dieron un tremendo impulso a sus planes de escapar «como fuera» de la vida militar. Alexander Panos, con quien Francis nunca había intercambiado más de una docena de palabras en Galloway, le escribió una carta desde un campamento militar en Virginia, impulsado por su propia soledad en el torbellino de la vida militar.

Querido Francis:

Te escribo a ti, el hermano del mejor amigo que he tenido, desde esta noche desde la cabina de Camp Lee. Si te sueno un poco borracho y sensiblero, por favor, perdóname por existir. Estas pocas cosas que tengo que decirte son importantes para mí, pesan mucho en mi corazón. A pesar de la cerveza que he bebido esta noche, te escribo a ti, hermano desconocido de mi amigo. En este momento me han asignado al cuerpo de guardia y, como seguramente sabrás, tengo por delante dos horas de guardia y cuatro de descanso. El cuerpo de guardia está dividido en dos por una alambrada. Los guardias duermen de un lado y los prisioneros del otro. Acaba de llegar el subteniente de la guardia con el cabo y estaban enzarzados en una estúpida conversación sobre la posibilidad de que los prisioneros escapen, cuando, sorprendentemente, uno de los prisioneros gritó, citando a Thoreau: «Vosotros sois los prisioneros, no yo». ¡Cómo describirte lo que he sentido! Y tener que ser un guardia en esta horrible cabina con la alambrada entre nosotros, sin poder hablar con las víctimas que han infringido alguna estúpida ley... ¿no son, acaso, nuestros hermanos? Francis, cuando me alisté en el ejército rechacé deliberadamente la oportunidad de ser oficial (como sabes, fui mayor en la brigada del instituto de Galloway) porque quería sufrir con las masas y estar entre ellas, humilde y paciente. Pero desde entonces, Francis, me siento engañado, ¡engañado! ¡Deseo con todas mis fuerzas que exista Dios!

La apasionada carta terminaba así. Francis pensó que era uno de los textos más impresionantes que había leído nunca. Lamentó enseguida no haber entablado amistad con el joven griego en años anteriores.

«Se siente engañado –pensó excitado–, pero yo no les daré la oportunidad de que me engañen, no esperaré a saber si existe un Dios que castigue a los monstruos de este mundo...»

La segunda cosa consistió en lo siguiente: charlando con otros dos marineros al ponerse el sol sobre la vasta extensión de barracones, uno de ellos se inclinó de pronto y dijo con asombrado tono de confidencia:

–No hay que quejarse nunca de los dolores de cabeza. Si te duele la cabeza, tómate un par de aspirinas y olvídalo.

–¿Por qué?

–Había un tipo de mi unidad que tenía constantemente

dolores de cabeza e iba al médico a por aspirinas y se quejaba. Y de repente, ¡paf!

–Qué...

–Se lo llevaron a casa, recién licenciado de la Marina. Le pusieron en observación durante una semana y le dieron la baja. Y eso fue todo, hermano.

Con una convulsa sensación del júbilo más voraz, Francis se dirigió al instante a la consulta médica, palpitante de excitación, insensatez y esperanza salvaje. «¡Sería fantástico!», no dejaba de pensar. Se quejó de dolor de cabeza, le dieron tres aspirinas para tomar intermitentemente y anotaron su nombre. Regresó a su barracón y se tragó las tres con la esperanza de que le pusieran nervioso o le provocaran un auténtico dolor de cabeza. Al día siguiente regresó dos veces más a por aspirinas y el médico tomó nota en todas las ocasiones. Francis se tragó todas las aspirinas que le dieron, apenas comió, durmió menos por la noche para crisparse los nervios y empezó a beber innumerables tazas de café solo. Finalmente, con el corazón palpitante por el miedo a que nada de aquello funcionara, empezó a tener los nervios de punta y a sentir, o imaginar que sentía, dolores de cabeza muy reales. Mientras tanto, seguía entrenando junto a unos compañeros que le parecía que se divertían como idiotas. Todo le resultaba tan horrible que empezó a sentir cierto placer morboso por estar allí y hacer lo que estaba haciendo.

Volvió el tercer día a por aspirinas y, por fin, el ayudante del médico le miró con curiosidad.

–Debes de tener unos dolores de cabeza muy fuertes. ¿No te calman las aspirinas?

–No, me sigue doliendo la cabeza.

–¿Alguna vez te había dolido así, compañero?

Francis respondió con indiferencia:

–Sí, siempre.

Fue convocado ante un médico examinador, un capitán de corbeta, que le interrogó seriamente durante quince minutos, tomó notas y le hizo una encefalografía con unos complejos dispositivos y cables, en la que se reveló que al menos no tenía lesiones en el cráneo ni defectos de ningún tipo. Entonces llamaron al psicólogo. Francis estaba preparado.

Se sentaron en un despacho con vistas a los grises edificios del cuartel, el psiquiatra tras su escritorio y Francis en una silla frente a él. Francis había comprado a propósito un paquete de cigarrillos para la entrevista y antes de que el psiquiatra empezara a interrogarle, ya se había fumado tres en cadena. Por alguna extraña razón, esperaba que todo aquello, no solo el hecho de fumar compulsivamente, sino el de tener la desfachatez de hacerlo sin pedir permiso al oficial al mando, despertara las sospechas del médico. Pero el psiquiatra, que parecía haber pasado una mala noche, no prestó demasiada atención a nada de lo que hacía Francis, incluidos los violentos temblores convulsivos, y al rato Francis abandonó su fingimiento para evitar exagerar demasiado. Hasta se olvidó de fumar cuando la conversación se puso interesante.

Tras las preguntas rutinarias, sobre mojar la cama y otras cosas, el psiquiatra preguntó:

–Ahora dígame, ¿qué es lo más gracioso que ha visto en su vida?

–Ah... veamos. Bien. Lo más gracioso que he visto en mi vida sucedió en Boston. Iba por la avenida Commonwealth y un coche atropelló una paloma. Fue a primera hora de la mañana.

–Atropellaron a una paloma –repitió el psiquiatra sin curiosidad ni sorpresa–. ¿Y por qué le hizo gracia? –preguntó sin dejar de tomar notas.

–Por el ruido –respondió Francis con aire embelesado–, por el chasquido húmedo que hizo, porque el coche iba muy deprisa y la paloma no tuvo oportunidad ni de hacer cucú –dijo sonriendo mucho, pero el doctor miraba por la ventanilla con una especie de melancolía–. Su sonido –insistió Francis– me pareció muy gracioso –y se sorprendió a sí mismo añadiendo–: en cierto modo –porque en realidad había visto esa escena y le había parecido horrible–; lo que hizo la paloma, quiero decir –concluyó con severidad.

–Muy bien –continuó el médico– y ahora dígame, ¿qué es lo más extraño que ha visto en su vida?

Francis reflexionó profundamente. Estaba fuera de sí de excitación y hasta de felicidad, nunca se había sentido tan absorto y complacido en toda su vida.

–¿Nunca ha visto nada extraño? –le preguntó el médico.

–Mmm. No particularmente –ensayó Francis, estudiando atentamente el rostro del hombre, y poniéndose ansioso cuando no vio en él ningún indicio del éxito de su respuesta. Entonces se lanzó–: bueno, supongo que podría recordar algo.

Esperó un poco.

–¿Podría?

–Sí, puedo, quiero decir, de hecho, lo recuerdo –dijo haciendo una mueca arrogante frente a la cara de aquel hombre; jamás en su vida se había permitido aquellas maravillosas libertades con nadie–. Una vez vi a una mujer que compró un montón de comestibles, es decir, los sacó de los estantes y los puso todos en un pequeño carrito –y aquí Francis se inclinó hacia delante con impaciencia–, en un pequeño carrito con cables, y lo hizo rodar como un cochecito de bebé por el suelo –Francis miró con interés al doctor y añadió–: en realidad, estaba en una gran tienda de mi ciudad natal, Galloway, en River Street –y volvió a sonreír con una expresión de astuta satisfacción.

El doctor parecía aburrido.

–¿Dice usted que el pequeño carrito llevaba cables?

–Sí –dijo Francis pensativo y de repente se le ocurrió algo–. Y no me atreví a tocar los cables porque... bueno, por la electricidad. La electricidad que había en los cables.

Vio un destello de interés absorto en el rostro del médico mientras se inclinaba para tomar nota, y de repente Francis se sintió confusamente perturbado por algo, no sabía muy bien qué.

Le decepcionó mucho que el médico diera por terminada la entrevista. Le disgustaba tener que salir de la consulta. Le dijeron que bajara a la otra oficina, donde le esperaba el ayudante del médico, que sin duda ya empezaba a comportarse como su guardián, pero Francis se paseó por el pasillo sonriendo y fue en ese momento cuando experimentó la sensación más triste de su vida. Se detuvo, a la escucha.

En uno de los despachos, a través de las endebles paredes del barracón, alcanzó a oír una entrevista entre un médico y un paciente. Al sonido de sus voces se unió una serie de fuertes golpes que hicieron temblar las paredes.

Oyó que alguien gritaba:

–Pero eso no es todo. También está este, ¡este es el más difícil!

–Ya veo –dijo la otra voz con gravedad.

Y se oyó un gran golpe que sacudió el suelo.

–Muy bien –dijo la voz grave.

–Puedo hacer muchísimos más. ¡A veces me levanto por la mañana y me siento tan bien que podría estallar, estallar, estallar! ¿Sabe qué?, me encanta hablar con un hombre que está realmente interesado en las acrobacias, que muestra interés. ¡Pájaros! ¡Pájaros! Antes había muchos pájaros en mi patio, sobre todo gorriones. Pero un momento, se me acaba de ocurrir este otro...

–No será necesario...

Y tras un breve y casi electrizante silencio, se oyó un gran estruendo en el suelo, un grito de sorpresa, algo, un vaso o un frasco, que caía al suelo y se hacía añicos, y alguien soltaba una risita idiota.

–¿Se ha hecho daño? –dijo la voz grave sin verdadera consternación.

–Diablos, no, doctor, normalmente puedo hacerlo, ¡pero esta vez he fallado! Desde lo alto de su escritorio puedo hacerlo mucho mejor...

–No, no. Es suficiente, de momento está bien.

–¡Por Dios, me gusta que la gente muestre interés!

–Sí y mañana seguiremos un poco. Ahora creo que es mejor que regresemos abajo, ya es hora de comer.

Francis, horrorizado, se apoyó contra la pared y observó temeroso cómo se abría la puerta. Apareció primero un tipo pequeño, lúgubre y abatido que miraba temeroso a su alrededor con ojos enfermizos, las manos apretadas contra los costados, la cabeza gacha y la mirada perdida con una furia increíble. Tras él iba un teniente alto y corpulento, que llevaba un maletín y le arreaba con una mano hasta que desaparecieron por las escaleras. Era una de las imágenes más asombrosas que Francis había visto nunca.

«¿Ese era el acróbata? –pensó aterrorizado–. ¿Y yo? ¿Soy yo un acróbata? –se preguntó salvajemente.»

Pero Francis había decidido fingir que estaba loco. En un remolino de miedo y confusión, se preparó para pasar esa noche sus primeras horas en la «sala de aislamiento» del hospital.

Habían enviado sus ropas y pertenencias al cuartel de su compañía. A Francis le pareció que había algo definitivo en aquella decisión, y se alegró. Pero mientras le conseguían un pijama, unas zapatillas y un albornoz, y él esperaba en el despacho de la sala, de repente fue consciente de que alguien le miraba de cerca. En un extremo del despacho había una ventana o tabique, con una rejilla de alambre, que daba a una larga habitación con una hilera de camas. En esa ventana se veía ahora a un joven moreno, peludo, de mirada fija, en bata de baño, cuyos ojos estaban fijos en Francis y cuyas manos, enormes y peludas, estaban asidas al biombo. Francis volvió a mirarle a los ojos. Eran como dos pozos de agua iluminada. De pronto, el joven peludo abrió la boca y empezó a farfullar y a reírse con una alegría idiota. Francis miró imperiosamente por encima del hombro de aquel tipo y se fijó en los demás que estaban adentro. Parecían menos delirantes, estaban tranquilamente sentados jugando a las cartas, leyendo y charlando. Se volvió hacia el empleado que escribía en el mostrador y dijo:

–Oiga, no me va a meter ahí a pasar la noche, ¿verdad? Eso parece *El Infierno*.

El empleado lo miró con amabilidad, con verdadera simpatía, casi con el tipo de afecto que sin duda se desarrolla tras muchas experiencias de ese tipo. De repente, Francis se dio cuenta de que, dijera lo que dijera, siempre habría un muro de simpatía y afecto que lo separaría de aquellos asistentes para quienes, a partir de ese momento, ya no era más que otro paciente trastornado hasta que los poderes del lugar demostraran lo contrario. Le observó con frialdad.

–Solo unos días. Te llamas Francis, ¿verdad? Solo unos días, Frankie.

–Pero ese tipo de la ventana es un perturbado, cualquiera puede verlo. ¿No hay ningún peligro?

–Ese es Jeepo. Jeepo está bien, no le haría daño ni a una mosca, estarás perfectamente.

–Hola, Jeepo –dijo Francis, volviéndose y mirando al pobre idiota que seguía allí, sonriendo alegremente. Quería ver si podía fiarse.

Jeepo emitió un delirante grito de felicidad. Francis comprendió de pronto, con secreto horror, que la locura era el único acceso a una felicidad ininterrumpida y sin obstáculos, lo entendió al instante.

–No es seguro –dijo Francis volviéndose hacia el asistente–. ¿Cómo puede evitar que enloquezca o intente matar a alguien?

–No te preocupes, Francis, ya nos hemos ocupado de eso: no hay nada ahí dentro que pueda usarse como arma y vigilamos a todo el mundo las veinticuatro horas del día y de la noche. Además, Jeepo sale mañana para Washington. El cabrón da miedo, pero es inofensivo –sonrió el empleado–. Me llamo Bill, Francis, Bill a secas.

–¿Qué hay en Washington? –preguntó Francis con curiosidad.

–La última parada, Francis, la última parada –sonrió Bill y volvió a centrar su atención en el informe que estaba rellenando–. Mira lo que estoy escribiendo aquí, Francis: «El paciente muestra una curiosidad y un estado de alerta excesivos». Es una buena señal para ti. Te pondrás bien. Te cuidaremos bien.

Francis decidió no hacer más preguntas.

Por la mañana, tras pasar una noche sorprendentemente agradable disfrutando de su intimidad contemplativa por primera vez desde hacía semanas y durmiendo profundamente, Francis se despertó, tomó un buen desayuno, fumó un cigarrillo y echó su primer vistazo a los médicos del lugar. Notó ciertas cosas con sus ojos meditabundos, vigilantes y suspicaces.

En primer lugar, el jefe, un apuesto capitán de corbeta de unos cuarenta años, tenía el aspecto, mientras iba de aquí para allá en el desempeño de sus funciones, más de organizador que de médico: un ejecutivo, un hombre eficiente. Al mismo tiempo, había un cierto pavoneo en sus modales que a Francis le recordaba a algunos de los pequeños «señores» de Galloway, aquellos concejales, hombres de negocios y medio políticos que siempre se veían en Daley Square a mediodía. De pronto recordó el desprecio que su padre sentía por ese tipo de hombres. Lo estudió detenidamente. Además, esa misma tarde, tuvo una entrevista con él y observó su desinterés general. Comprobó también, a lo largo del día, que las pocas mujeres que había allí, las enfermeras, las trabajadoras de la Cruz Roja y las bibliotecarias que venían con libros, parecían adorarlo y aprovechaban cualquier oportunidad para estar con él y dorarle la píldora.

Luego observó a los otros médicos, que parecían más competentes, menos donjuanescos y, en cierto modo, más profesionalmente humildes. Sobre todo a uno de ellos, un joven corpulento de origen italiano, obviamente neoyorquino, que aparecía en la guardia de la tarde con un despistado ejemplar del *New Republic* bajo su cuaderno de notas. Francis observó con interés a aquel doctor Gatti, que tenía un aspecto amable, distraído y casi simpático. Se dio cuenta de que Gatti anotaba todos los datos importantes, mientras que el médico jefe, Thompson, hacía las preguntas rutinarias de forma aburrida y proseguía con impaciencia, mirando el reloj.

Francis también se dio cuenta de que el jefe de enfermeros, Bill, a pesar de su mirada sentimental y de su voz siempre suave, amable y persuasiva, también podía llegar a ser muy cruel y hasta sádico en ocasiones. Francis lo había notado al principio en sus ojos, algo inexpresivos y ausentes, y en la forma de su mandíbula, gruesa y pesada. Esa misma noche, Francis lo había visto golpear a un paciente testarudo cuando trataban de calmar a la pobre criatura de un brutal ataque maníaco-depresivo. El resto de los asistentes habían sujetado los brazos y las piernas del muchacho, y Bill, fuera de sí por la rabia, empezó a darle puñetazos, golpeando sin querer de vez en cuando a los asistentes, que gruñían:

–¡Mira lo que haces, por el amor de Dios!

Finalmente consiguieron calmar al joven y mientras le curaban los moratones, le obligaron a beber paraldehído y lo encerraron en una de las celdas acolchadas. Bill se echó a llorar un rato y dijo afligido:

–Dios, odio hacer estas cosas, nadie quiere a estos muchachos más que yo, pero ¿qué demonios puedo hacer?

Los demás asistentes le consolaron.

Francis se paseaba observándolo todo con gran horror. Hubo un compañero que se le acercó y le dijo:

–Te conozco, no te hagas el inocente conmigo.

–¿De qué hablas?

–Eres del FBI, pero a mí no me engañas ni por un segundo, es más, no me importa: no tienes nada contra mí –dijo sonriendo a Francis.

–No tienes de qué preocuparte –respondió Francis con gravedad–, no estoy aquí para vigilarte a ti, sino a otra persona. Puedes estar tranquilo.

De pronto se preguntó por qué había dicho semejante tontería.

Solo trabó amistad con un paciente de su pabellón, un muchacho de veinticuatro años, alto, delgado y de aspecto sensible, que sonreía continuamente y se comportaba de la manera más gentil y refinada. Se llamaba Griggs. Griggs le dijo a Francis que era objetor de conciencia pero que no se había atrevido a anunciarlo a las autoridades competentes. Era muy nervioso, aunque también dormilón, y se pasaba la mayor parte del tiempo leyendo un libro o con la mirada clavada en él durante horas. Francis lo consideraba muy inteligente, pero notaba algo indefinido e inconsecuente en su manera de razonar, por brillante y provocadora que fuera.

–El problema del mundo –dijo Griggs, pasándose distraídamente una larga y huesuda mano por el pelo– no es ni la guerra ni la ignorancia ni nada por el estilo, en realidad es... bueno, nunca lo adivinarías, es el hígado, el órgano que está aquí abajo –dijo palmeándose el costado.

–¿El hígado?

–Sí. Verás, la gente come demasiado, mantiene un flujo continuo y descuidado de alimento todo el día y nunca le dan al hígado la oportunidad de expulsar la bilis. Si lo hicieran, nunca envejecerían ni les saldrían canas, sus senadores y congresistas en Washington no serían esa panda de viejos petulantes, no habría guerras. Todo empieza en el hígado. El hígado es el enemigo.

–Un interesante concepto –dijo Francis.[1]

–Oh, es algo más que interesante –dijo Griggs gravemente, con cierto reproche en el tono–, se trata de la mismísima fuente de la juventud. Yo mismo he experimentado matándome de hambre con una dieta de ayuno controlado, y ya habrás observado la inusual juventud de mis ojos y movimientos.

Aquello era casi cierto, salvo por el hecho de que era un saco de huesos con un rostro demacrado y ojeroso.

–Espero ir rejuveneciendo a medida que pase el tiempo, hasta que al fin, cuando tenga cincuenta años, pueda jugar al fútbol.

Durante días abrumó a Francis con sus observaciones, pero un día se quedó callado, el siguiente se lo pasó mirándole sentado en su silla, y el tercero, se sumió en el más profundo silencio y se negó incluso a mirar las bandejas de comida que le traían. Se lo llevaron a una celda acolchada. Francis estaba aterrorizado, sobre todo por lo desastrosa que había resultado su única elección de un amigo en el pabellón.

Francis no tardó en tener muchos momentos de pánico en los que su único pensamiento era: «¡Me han cazado, me han cazado!». Y se atormentaba, preguntándose «por cuánto tiempo, por cuánto tiempo...». Ya habían pasado cuatro semanas.

Un día estaba tumbado en la cama con las zapatillas puestas y uno de los jóvenes asistentes le recordó que eso iba contra las

1. Más que un concepto, en el original es un (intraducible) juego de palabras a partir de *liver* («hígado»): «The liver is the killer». *(N. del T.)*

normas. Francis no se movió, de repente tuvo una sensación del placer más intenso.

–Coge un trapo del rincón, Francis, y limpia la suciedad de tu colcha. Y no vuelvas a hacerlo.

Francis no se movió, se limitó a mirar distraídamente y a tararear una melodía.

–¡Francis!

Francis sintió que una placentera indignación le ruborizaba las mejillas.

–Francis, no querrás que te encierre en una celda de aislamiento, ¿verdad? Levántate de la cama ahora mismo y haz lo que te digo.

–De acuerdo –dijo Francis, levantándose–, llévame, enciérrame si quieres.

El joven asistente se sobresaltó, empezó a sonrojarse, y el resto de los pacientes, que estaban mirando, se quedaron asombrados.

–¡Vamos! –incitó Francis, desde la puerta–. Enciérrame, Red.

Red se quedó confuso un instante, pareció sopesar sus opciones con no poca vacilación, pero la mirada de insufrible arrogancia y placer de Francis le irritó e hizo que se decidiera en caliente.

–Muy bien, listillo, te encerraré.

Recorrieron juntos el pasillo, Red encontró una celda de aislamiento vacía, Francis entró, Red cerró la puerta con llave y se asomó a través del pequeño mosquitero un poco desolado ahora. Francis se limitó a sentarse en el suelo, sobre un colchón, con las piernas cruzadas debajo de él, y miró a su alrededor con intenso placer. De pronto se dio cuenta de que allí su intimidad sería preciosa e inviolable.

–¿Qué vas a hacer, Francis? –dijo finalmente Red–. ¿Vas a hacer lo que te digo o te vas a quedar ahí dentro?

Francis sonrió feliz. Llevaba tanto tiempo deambulando en albornoz que su severa taciturnidad acostumbrada había desaparecido por completo.

–No te preocupes, amigo –respondió–, simplemente me quedaré aquí contemplando a Visnú.

Red se marchó y, un minuto más tarde, la cara más afligida, desconsolada e infeliz del mundo miraba a Francis a través de la ventana: era Bill, el jefe de enfermeros, lloraba de verdad, unas grandes lágrimas le brotaban de los ojos y se deslizaban por sus mejillas. Durante medio minuto se quedó mirando a través de la ventana, en el más profundo silencio, hasta se sonó la nariz lentamente, se enjugó los ojos y, finalmente, en voz baja, suplicante, casi inaudible, dijo:

–Francis, querido, pero ¿qué has hecho?

Francis se quedó atónito.

–Francis, no sé qué decir, estoy aturdido, jamás esperé que fueras a hacer algo así, ¡tú no, tú no!

Francis se lo quedó mirando.

–Un chico tranquilo y agradable como tú, ¿por qué? ¿Quién lo iba a pensar? Dime, por favor, dime.

Hubo un largo silencio. Los ojos de Bill volvieron a llenarse de lágrimas. Francis comprendió su miedo instintivo a la situación, al sentimentalismo de Bill, que de algún modo parecía ominoso. Se levantó con rapidez y accedió a regresar y limpiar la suciedad de su cama. Bill le rodeó cariñosamente con el brazo y le condujo de vuelta a la sala como una madre reconfortada. Francis estaba convencido de que había hecho lo correcto en el momento justo, «o –pensó–, algo habría explotado, con seguridad».

Aquella misma tarde ocurrió algo que Francis llevaba mucho tiempo esperando: una entrevista con el joven doctor Gatti. Se había preparado para la ocasión.

Gatti ya sentía por Francis curiosidad a causa de los informes que había leído.

–Te tienen aquí como un caso de demencia precoz –dijo afablemente después de conversar un rato en su despacho–, pero yo no lo creo en absoluto, no después de hablar contigo así.

–Espero que no –dijo Francis educadamente–. Por cierto, supongo que el diagnóstico lo hizo el doctor Thompson, ¿es así?

–Sí, ¿cómo lo has sabido? –sonrió el doctor.

–Me imagino que no perderá mucho tiempo con los diagnósticos más recientes y complejos, suponiendo, por supuesto, que entienda el significado de los antiguos.

–¿Tienes idea de lo que se entiende por demencia precoz? –sonrió el joven médico.

–Leí la definición en algún texto antiguo. Pero me gustaría saber una cosa: me pregunto si me están haciendo pasar por todo esto para convencer a alguien, a mí mismo tal vez, de que debo estar loco por no someterme a la disciplina absolutista de la vida militar.

Francis había concebido y memorizado aquella frase hacía semanas, la misma noche en que vio por primera vez a Gatti con su ejemplar del *New Republic*. Ahora las recitó con un extraño y exaltado nerviosismo. Fue una suerte que estuviera nervioso, de lo contrario las frases habrían sonado dementes y memorizadas a conciencia.

El joven médico estaba abrumado por la curiosidad. El hecho de que estuviera entrevistando a Francis en calidad de psiquiatra y que además fuera su oficial al mando parecía olvidado por ambas partes y, de hecho, cuando lo pensó Gatti, se mostró dispuesto a pasar por alto el asunto.

–Pero esa es una forma muy amarga de verlo –dijo, encendiendo un cigarrillo y sentándose en el borde de su escritorio.

–Porque es un mundo amargo, ¿no le parece? –murmuró Francis.

–Sí, pero no es eso lo que nos interesa ahora. Ahora mismo nos preocupa tu incapacidad para adaptarte a una situación determinada. Ya hablaremos de filosofía más tarde... Por lo pronto, me inclino a suponer que los dolores de cabeza que mencionaste eran totalmente inventados...

Francis guardó un profundo silencio.

–Que los hayas tenido o no solo me interesa en la medida en que muestra tu retracción de la realidad que te rodea, ya sea psicológica o psicosomáticamente. En cualquier caso, es una retracción y revela una tendencia neurótica básica. ¿Lo entiendes? Me refiero a los términos. Supongo que sí.

–Los términos, sí –respondió Francis. Estaba muy ocupado

considerando la ingenuidad con la que el joven médico acababa de mencionar la «filosofía», como si fuera un joven estudiante–. Me dolía la cabeza –continuó Francis casi afablemente–, porque me perforaron y empastaron los dientes, doce caries en total, el segundo día que llegué aquí. Pero estaba exagerando, siempre he sido un poco... ¿cómo se dice? –preguntó inocentemente.

–¿Hipocondriaco?

–Sí. Por cierto –sonrió–, se me ha ocurrido otra cosa. ¿Le molesta que le hable así?

–¡Oh, no! –exclamó rápidamente el médico–. En realidad, cuanto más hables, mejor. Se supone que debo hacerme una idea de tus procesos mentales.

Cuando dijo eso, se miraron con curiosidad, una curiosidad simplona y total.

–Pues bien –continuó Francis–, me he estado preguntando cómo puede usted, como liberal, conciliar sus ideas ilustradas con el sistema de disciplina militar que se aplica en las fuerzas armadas. Tendrá que admitirme que la relación absoluta entre oficiales y soldados rasos es un montaje fascista. Nadie puede negar eso, como tampoco me negará que es precisamente ese el sistema que se supone que estamos aniquilando.

Todo aquello sí que lo había memorizado.

–¡Ajá! –rió Gatti jovialmente–. Creo que me lo esperaba. Sabía lo que me esperaba.

Con un gesto de excitado placer se dirigió a la puerta del despacho, que había quedado entreabierta, y la cerró. Al ver aquello, Francis sintió ganas de abrazarse a sí mismo de alegría. Pensó: «¡Entonces sí que es posible ser inteligente!».

Tuvo muchas otras entrevistas con Gatti durante la semana siguiente y, como resultado de ellas, su destino en la Marina quedó decidido de una vez por todas, sin más vacilaciones ni incompetentes incertidumbres. Lo trasladaron de la sala cerrada a las salas abiertas, cambiaron su diagnóstico de «dementia praecox» por «tendencias esquizoides» y le dijeron que no tardarían en darle la baja, una baja médica honorable. El doctor Gatti, que no era ningún tonto, comprendió enseguida que de los millones de hombres que conformaban la Marina, buenos y malos, despreocupados y salvajes, obedientes e indisciplinados, Francis se contaba entre los que no podían prestar servicio alguno porque no eran más que un amasijo de reacciones incalculables. Informó cortésmente a Francis de esta opinión, y Francis se sintió plenamente complacido.

Una noche lluviosa, un empleado se acercó a Francis y le comunicó que tenía una visita esperando.

–Solo tiene media hora, de modo que ¡apúrese!

Francis se quedó atónito y al pasar rápidamente por el vestíbulo, se cruzó con un anciano mojado y andrajoso que, con aire manso y humilde, miró hacia atrás de forma vacilante, agarrando con ambas manos un sombrero empapado. Francis tuvo un presentimiento horrible y cuando se volvió hacia aquel anciano, se dio cuenta de que se trataba de su padre, George Martin.

Había recorrido un largo camino, parecía cansado y angustiado.

–¡Vaya, esto no me lo esperaba! –dijo Francis, más contento de lo que hubiera podido imaginar.

–¡Francis! –gritó el anciano con ansiedad–. Escribí a un médico, ¿el doctor Thompson?, y le pregunté por qué te retenían aquí, me dijo que estabas muy enfermo.

–¡Bah, tonterías! –espetó Francis con enfado y se estrecharon la mano con firmeza.

–A mí no me pareces enfermo, Francis. ¿De qué se trata? Estaba muy preocupado, me he tomado tres días de permiso para venir a verte, esa carta me asustó mucho. Regreso esta noche, solo quería verte en persona, estos pocos minutos que me permiten. Y, caramba, menudo viaje hasta aquí, ¡más de mil quinientos kilómetros, Francis, más de mil quinientos kilómetros! –dijo con asombro–. ¡Pero tu madre y yo estábamos tan preocupados!

Francis estaba tan exasperado que apenas podía hablar. Finalmente le explicó todo a su padre y le aseguró que todo iba a salir bien.

–¡Bueno, menos mal! –suspiró asombrado el anciano–. Como bien dices, tendrían que demostrar que estás loco por no querer luchar en sus estúpidas guerras. Bueno, esa es una manera de decirlo. Dios sabe que Joe y Petey tampoco han pensado mucho en ello, ya están metidos de lleno, y tu hermanito Charley se va a alistar en el ejército el mes que viene –dijo mirándole fijamente–. Pero yo te comprendo, muchacho, te comprendo mejor que nadie en este momento. Has decidido no aceptar nada de todo esto, de modo que aquí estás, y por mí no hay problema, no te preocupes, no me voy a poner a ondear la bandera. Si todo el mundo fuera como tú, no lograrían que nadie luchara en sus estúpidas guerras. Dios sabe –dijo Martin sacudiendo la cabeza– que no soy quién para juzgar. Eres un muchacho peculiar con una mente tranquila. Eres mi hijo y espero que tengas tu propia conciencia. Todo es un caos hoy en día y nadie puede explicarlo, nadie en absoluto. ¿Sabes qué? –sonrió de pronto.

–¿Qué?

–¿Te das cuenta de que este ha sido el viaje más largo que he hecho en toda mi vida? ¡Ese Chicago! Deberías verlo, ¡qué ciudad maravillosa! Esta tarde me lo he pasado como nunca de acá para allá y comiendo en pequeños restaurantes –el viejo se rió alegremente–. Si por mí fuera, esta noche viajaría al Oeste, pero tu madre y yo tenemos un presupuesto limitado, maldita sea. Ha sido un viaje estupendo, hijo. Me han gustado las hermosas granjas de Ohio, Indiana, qué bonita es Indiana...

–Me alegra que hayas sacado algo en claro de este estúpido enredo –murmuró Francis en tono sombrío–. Mira que escribirte algo así... menudo cretino ese Thompson.

–Te creo que es un cretino, Francis.

–¡Te doy mi palabra! –exclamó Francis con furia.

El viejo agarró la mano de Francis y la estrechó entre las suyas.

–No dejes que te desanimen, hijito. Haz caso a tu viejo y tómatelo con calma, espera, estate tranquilo. Sé humilde, hijo, ¡sé humilde! Me tengo que ir, son casi las nueve. No importa lo que pase ni lo que digan –concluyó con triste gravedad.

–Sé humilde –repitió Francis con una mueca en los labios–. ¿Te parece a ti, ser humilde entre idiotas que se pavonean?

–Porque en realidad no importa –dijo el viejo, frunciendo el ceño dolorosamente–; la fuerza de un hombre es equivalente a su humildad. Eso es todo.

–Eso es una tontería –resopló Francis, sonriendo de repente a su padre–. La fuerza de un hombre reside en su voluntad, no hay otra.

–No es así –respondió el anciano con asombro y perfecta seriedad–, la fuerza de un hombre es su humildad. No tener que demostrar su fuerza.

Francis miró a su padre con repentina curiosidad. Por alguna razón pensó en Alexander Panos y en su carta.

–Puede que eso sea cierto, de una manera triste. Pero no para mí. No tengo tiempo para ser humilde.

El viejo se rió entre dientes.

–Bueno, di lo que quieras, pero... Oye, nunca habíamos tenido una conversación como esta, ¿verdad? Me he tenido que recorrer más de mil quinientos kilómetros para tener mi primera charla de verdad con Francis. ¡Dios, menuda familia! –exclamó–. ¡Francis, Francis, Francis! –cantó afligido–. Mientras estés bien, el resto me da igual.

Su padre abrazó a Francis cuando llegó la hora de marcharse y volvió a entristecerse, se le empañaron lo ojos y le tembló la barbilla. Francis lo vio alejarse por el patio y desaparecer, y regresó a su cama meditabundo. Se dio cuenta en un relámpago de lucidez de que su padre había viajado más de mil quinientos kilómetros para hablar con él durante treinta minutos, y que todo había terminado ya. Y recordó el rostro de su padre y su voz y su gran presencia doliente, y le resultó todo muy extraño. Muy extraño y sorprendentemente triste.

## 12

George Martin estaba en las escaleras de una gran estación de ferrocarril de Chicago y miró a su alrededor entre el mar de la noche. Estaba a más de mil quinientos kilómetros de su hogar, en medio de los Estados Unidos, solo, exaltado, sintiéndose extraño. Pensó en sí mismo en las grandes llanuras del continente y en la gran ciudad de Chicago, y le pareció algo fascinante.

Miró a su alrededor, escuchó los murmullos, estruendos y tintineos de la gran ciudad, sintió el humo pegajoso del carbón de los talleres ferroviarios en el húmedo aire nocturno de abril.

«Si tuviera tiempo y dinero –pensó–, esta noche me subiría a un tren y viajaría tres mil kilómetros más hasta California. ¿Cómo será California?»

Luego deambuló lentamente por las calles de Chicago y contempló asombrado los edificios de oficinas de State Street, desiertos, oscuros e impresionantes en la negrura de la noche. Cruzó el puente de un canal y caminó entre las mugrientas tinieblas de South Halsted, vio el Hotel Mills con su luz amarilla y los cristales polvorientos de las ventanas y las sombras que se movían en su interior. Luego, se dirigió hacia el halo palpitante del Loop y se encontró entre la multitud, las luces, la música y el olor a alubias con chile. Caminó... caminó bajo las vías elevadas, junto a tabernas, por viejas calles adoquinadas desiertas y, finalmente, sobre un puente de ferrocarril, donde miró hacia abajo.

Había allí un viejo furgón de madera abandonado a un lado de las vías, y una lámpara de aceite encendida, y seis ferroviarios sentados alrededor de una vieja mesa bebiendo café, comiendo hamburguesas, fumando puros y jugando una reñida partida de póquer. Y en el murmullo respiratorio de la vasta noche de Chicago, por delante del zumbido y el latido del Loop, el suave retumbar lejano de los trenes, la brisa del lago como si fuera octubre, el lejano suspiro retirado, agudo y cercano, se podían oír las voces de los ferroviarios ásperas, roncas, bienhumoradas y risueñas, y el chasquido de las fichas de póquer, el roce de las sillas, los bostezos, los gritos repentinos de risa y sorpresa, y los murmullos bajo la lámpara humeante.

El viejo George Martin, que estaba apoyado en la barandilla sobre las vías, pensativo, escuchando y observando todo con una sonrisa, pensó:

«Recuerdo haber visto algo así hace años en New Hampshire. Fue con mi tío Bob, ¿cómo se hacía llamar? El "revienta ferrocarriles". Solían jugar a las cartas en un furgón de cola como ese, ahora lo recuerdo, fue la noche que pasó el circo por Lacoshua y el tío Bob jugó al póquer con los empleados del circo. Yo estaba miraba desde fuera. Tendría diez años entonces...»

De repente le asaltó un gran deseo confuso de vivir para siempre.

«Estos tipos de aquí... habrán viajado con el ferrocarril por todas partes, hasta Milwaukee, Minnesota, Dakota... deben de haber estado en Iowa y Nebraska, en esos lugares con elevadores de grano... y hasta en Wyoming, el Oeste. ¡Y Denver! ¡Y todas las estaciones de ferrocarril de todas partes, hasta la gran California... y Texas, con sus rediles para el ganado, y hasta Los Ángeles, California, donde hay palmeras junto a las estaciones de ferrocarril! ¡Ja, ja, ja! ¡Qué maravilla! Habrán estado allí, cientos de veces, se habrán tomado sus whiskies y habrán tenido sus amantes, y se habrán casado y habrán tenido sus hijos también, han estado en todas partes, han jugado un millón de partidas de póquer, han cobrado un millón de cheques, y derrochado dinero, y comido y dormido y se han emborrachado y han ido por todas partes. Habrán visto todo este país de arriba abajo. Estos tipos...»

Bajó la mirada y se quedó pensativo. ¿Por qué no había hecho como ellos todo este tiempo? ¿Qué había hecho él, adónde había ido, por qué no podía vivir de nuevo, y hacerlo para siempre, por qué no hacer todas las cosas que había olvidado hacer? ¿Y por qué todas las cosas que había hecho le resultaban ahora tan confusas, particulares y concretas y consumadas, y andrajosas y feas, tan incompletas, tan desconocidas y medio olvidadas ya, y sin embargo tan dolorosas y retorcidas cuando pensaba en ellas? ¿Por qué le parecían tan distintas de las cosas que habían hecho otros hombres? ¿Por qué había nacido en New Hampshire y no en Illinois? ¿Cómo sería ir en un tren hacia el Oeste por las llanuras, por las viejas vías de la Union Pacific, y ver una única lucecita encendida en una choza en medio de la oscuridad de la pradera?

Y se preguntó qué dirían si bajara ahora los escalones, cruzara las vías, se subiera al furgón de cola, llamara a la puerta y les preguntara si podía unirse a ellos para echarles una mano. No, no podía hacerlo. Ya era demasiado tarde.

Se detuvo en las escaleras de la estación de ferrocarril de Chicago a medianoche y se quedó observando a los soldados y marineros que iban y venían con sus mochilas y petates. Pensó en sus hijos.

Joe estaba en Inglaterra, en el lado opuesto del océano de la noche, en Inglaterra, la antigua y desconocida Inglaterra. Peter iba y venía en un barco por el Mediterráneo, frente al norte de África, las costas cartaginesas. La gran Rosey, la amable y apesadumbrada Rosey, estaba en Seattle, trabajando como enfermera en un hospital militar, y ¿dónde estaba Seattle, a qué distancia de la inmensa oscuridad? Ruth estaba en Los Ángeles, pertenecía al Cuerpo auxiliar femenino, y se iba a casar con un soldado de Tennessee, se lo había contado en una carta. Y Lizzy –aquella pobre muchacha feroz– estaba en San Francisco; ¿en qué cadena de luces nocturnas, en qué niebla marina y nocturna se encontraba? Y Francis estaba allí, al otro lado de las esbeltas luces de Chicago, próximo ahora, silencioso en medio los murmullos de la noche, el silencioso Francis. ¿Dónde estaban todos sus hijos?

El viejo se detuvo en los escalones de la estación y empezó a llover, una lluvia de abril, nuevamente. Se detuvo bajo la lluvia y aspiró su aroma, y le recordó a Galloway, a la dulce y turbia lluvia de la noche en su parte del mundo.

Su parte del mundo.

–Señor, señor, señor –suspiró.

Subió al tren, buscó un asiento, se sentó, se puso sus viejas gafas de montura plateada y abrió las páginas de un periódico de Chicago.

Estaba solo en la amplia oscuridad del mundo, pero ahora regresaba a casa, y sus hijos estaban dispersos como luces en la tierra. Había una guerra, él estaba en un tren, ya estaba viejo... Era George Martin.

## 13

Peter regresó de su travesía al norte de África a finales de septiembre de ese año. Su barco, un voluminoso y tosco Liberty ya viejo y oxidado y maltrecho tras un año de incesante navegación, con una brecha en la proa provocada por un viejo torpedo, rodeó los cayos de Florida y remontó la desembocadura del Mississippi hasta los antiguos muelles de Nueva Orleans.

El cielo estaba de un azul glorioso y había flores rojas silvestres en el parque Andrew Jackson, y olor a melaza, marga y pétalos en la suave brisa tropical, los balcones de mármol blanco reluciente, las zonas verdes, el hierro oscuro en volutas de las balaustradas, y hasta el murmullo de las risas femeninas en un pequeño restaurante de patio abierto del Barrio Francés: todo era como Peter había imaginado que sería Nueva Orleans.

Pero él era un marino, por lo que se dedicó a deambular y recorrer South Rampart y Magazine Street con su alma de marino, husmeó y merodeó, inquieto, febril, borracho, en busca de los imposibles éxtasis de tierra soñados en el mar, confuso, melancólico, loco, solitario: era un marino.

Se apiñó en bares llenos de humo con hombres en mangas de camisa sucias y sombreros de paja grasientos, merodeó por callejones con Big Slim y Red y bebió whisky a morro de la botella, se emborrachó hasta enrojecer en los prostíbulos, se sentó en los portales de los muelles a esperar algo, cualquier cosa. Una noche subió a bordo de un antiguo carguero panameño para fumar hachís con unos oscuros y sonrientes latinos, y jamás olvidó la extraña inclinación de la cubierta de aquel viejo barco cuando trató de cruzarla al amanecer tras una noche en un castillo de proa abarrotado de gente: era como si el mundo entero se hubiera inclinado, como la luna, pero solo era el viejo carguero panameño que se alzaba sobre los muelles.

No fue hasta una semana más tarde, cuando se despertó una mañana en una sucia habitación de algún lugar de Dauphine Street, que decidió «recomponerse» de alguna manera. Pensó en ir a ver a su hermana Ruth a California. Le había escrito y contado todo acerca de su matrimonio con un soldado de Tennessee con el entusiasmo, la alegría y la rara sencillez de su alma. «Oh, Petey, no sabes lo que nos costó conseguir el permiso de Luke para poder casarnos. Estuve toda la mañana esperando en la oficina del registro civil de Los Ángeles, pero cuando por fin llegó, todos los chicos aparecieron con él en un camión, incluido su capitán, que resultó ser un tipo estupendo. Trajeron regalos de boda y whisky y de todo, y nos casamos y lo pasamos muy bien, y nunca lo olvidaré mientras viva. Ahora Luke está embarcado pero no sé dónde, hace una semana que no sé nada de él. Supongo que irá al extranjero. ¿No es terrible y triste la vida en estos tiempos? ¿Y tú? ¿Te cuidas fuera de casa?»

Después de la sordidez de las tabernas portuarias, Peter ansiaba ver a alguien dulce como su hermana, hablar y recordar su hogar, hacer «algo sensato» para variar, aunque solo fuera un rato.

«Podría hacer autoestop hasta Los Ángeles», pensó, y de pronto se acordó de su hermano pequeño Charley, que ahora era un joven soldado destinado en Maryland. Podría hacer autostop hasta allí y reunirse con él en algún lugar de Washington, y luego ir a instalarse unas semanas con la pobre y salvaje Judie en Nueva York.

Se pasó toda la tarde sentado en un embarcadero junto a Canal Street contemplando el Mississippi, ese gran río que une a todos los ríos, y pensó en todas las cosas y personas que formaban parte de su vida mientras el viejo sol del atardecer brillaba sobre las aguas.

Y esa misma noche, tras escribir una larga y fatigosa carta a Ruth en California, y una postal al joven Charley diciéndole que se reuniera con él en Washington, enfundado en su vieja chaqueta negra y con el mismo maltrecho petate de lona que llevaba a todas partes, se subió a los grandes camiones que salían a través de Luisiana por la ruta 90... hacia Mobile... y Atlanta... y la gran noche sureña rumbo a Washington.

Hizo autoestop hasta Richmond con la mirada borrosa y aturdido, emborrachándose hasta convertirse en un puro nervio extático, bebiendo con cada soldado y marinero que se cruzaba, hasta que cayó enfermó en Richmond, se subió a un tren y durmió el resto del viaje hasta Washington.

A la mañana siguiente se despertó sobrio, se tomó un buen desayuno en el vagón restaurante y se preguntó qué significaba todo aquello.

«Érase una vez –pensó–, un muchachito alocado que iba corriendo al entrenamiento de fútbol de Galloway sin sacar nada en claro, y regresaba luego a casa para comer con apetito, y pensaba que tenía razón. Todo era tan sencillo y correcto en aquellos días. Yo era un muchachito alocado.»

Sentado junto a la ventanilla, miraba pasar la tierra en octubre, el bosque de Virginia que nunca había visto.

«Hace cinco semanas estaba en Casablanca, hace cuatro meses en Liverpool, ¡hace un año en el Polo Norte! En Groenlandia; ¡quién había oído hablar de Groenlandia! ¿Y antes de eso? Yo era un muchachito alocado, que regresaba corriendo del partido para comer en la cocina de casa de mi madre. Qué buen muchacho era yo. ¿Qué me ha pasado? ¿Es la guerra? ¿Adónde voy yo ahora? ¿Por qué hago estas cosas, por qué resulta todo tan extraño y lejano?»

Aquella noche vio a su hermano Charley en Washington. No lo reconoció a la primera. Habían quedado en encontrarse en la escalinata de Union Terminal, y Peter permaneció allí durante treinta minutos observando a todos los soldados que pasaban a su lado. Contempló la cúpula del Capitolio que se alzaba en el crepúsculo del veranillo de San Miguel, y se maravilló ante la suave y misteriosa luz del cielo que cubría aquella famosa ciudad que aún no conocía. Le sorprendió su antigua tristeza y la eterna tristeza fantasmal de los soldados, marineros e infantes de marina que iban y venían.

De algún modo, había esperado que Washington fuera como el escenario de una gran agitación internacional, con diplomáticos, embajadores y generales extranjeros corriendo con ansiosos séquitos hacia algún lugar indeterminado de una ciudad resplandeciente de luz, toda repleta de voces, grandes preparativos e importantes declaraciones. Pero no era más que un montón de soldados, marineros e infantes de marina que pasaban al atardecer, y también muchachas tristes, y pájaros que cantaban en el parque, y tranvías que tintineaban sombríos en la oscuridad creciente, y luces que se encendían. Algo se había perdido y olvidado, como los atardeceres desvanecidos, y los viejos nombres y el polvo, y el recuerdo de los libros de historia, las canciones de la Guerra Civil y los retratos en daguerrotipo marrón de las familias muertas.

Uno de los muchos soldados que bajaron de un autobús frente a la estación se acercó hacia Peter, sonriendo borrosamente en la oscuridad. Peter le miró y vio que era Charley, su hermano pequeño, Charley Martin.

–No puede ser –dijo con asombro.

–Hola, Pete, ¿no me reconoces?

–Claro que te reconozco, pero... Bueno, que me cuelguen. Hace mucho que no te veía...

–Estoy más alto, por eso no me has reconocido.

Peter estrechó la mano de Charley y lo miró. Había crecido, ahora era casi más alto que Peter, delgado y enjuto, grácil y triste, con un aspecto muy parecido al de Joe Martin, excepto por la tristeza, la gracia, la expresión pensativa de su rostro y sus movimientos lentos.

–¡Sí que pareces un soldado! –sonrió Peter–. ¿Has ido ya a casa para que te vea todo el mundo?

–Todavía no. Pero me darán un permiso el mes que viene.

Peter no tenía ni idea de qué decir o qué hacer ahora que se encontraba ante aquel hermano dulce y triste, tan extraño y tan callado.

–¡Vaya! Mira, ¿fumas? Toma un cigarrillo.

–Tengo los míos, pero te acepto uno –dijo Charley, humedeciéndose los labios con gravedad y cogiendo un cigarrillo con dedos temblorosos.

Al ver cómo temblaban los dedos de Charley, Peter estuvo a punto de echarse a llorar. Una vez más le asaltó la atormentada pena culpable y confusa que sentía por todo, en todas partes, todo el tiempo, a causa de la guerra. La visión de los temblorosos dedos de Charley, su rostro delgado y tímidamente inclinado, su amabilidad, todo aquello le llenó inexplicablemente con la fuerza de un tiempo perdido y de los tristes cambios.

–¡Charley! –exclamó, empezando a decir algo, pero de pronto no supo cómo seguir, y se calló avergonzado. Permanecieron juntos en los escalones, uno al lado del otro, observando a la gente y a los militares que iban y venían en la gran estación de ferrocarril. Luego caminaron sin rumbo por la calle, junto a un parque, hacia los semáforos y el tráfico.

–¿Y también bebes? –preguntó Peter, adoptando un aire bruscamente tierno.

–Bebo cerveza. La otra noche me emborraché con unos amigos en Hyattsville.

–Que me cuelguen –dijo Peter–. ¿Y qué más? ¿Qué más, Charley?

–¿Eh?

–Qué más cosas.

–Bueno –sonrió Charley–, no sé.

Los dos apartaron la mirada y sonrieron tontamente, pero se dieron cuenta de que se gustaban de algún modo, su relación había cambiado, ya no eran hermano mayor y hermano menor, sino dos hombres que caminaban por la calle, y lo descubrieron con una especie de asombro feliz.

–Bueno, ¿qué te parece? –gritó Peter–. ¿Qué tal una cerveza en ese bar de ahí?

–¡Vamos!

Y entraron juntos en el abarrotado bar, apoyaron los pies en la barandilla de latón y pidieron dos cervezas. Pero el camarero se inclinó y miró al joven Charley con escepticismo.

–Soldado, tengo una licencia de alcohol que me gustaría mantener, así que sé un buen chico y dime cuántos años tienes.

–Tengo veintiún años –dijo Charley con gravedad.

–¡Enséñame tu documentación, tu documentación! –dijo el camarero cansinamente mirando hacia otro lado.

–Está todo bien, yo estoy con él, soy su hermano –dijo Peter.

–Eso no cambia nada, él tiene que ser mayor de edad o pierdo mi licencia, así que quiero ver la documentación.

–De acuerdo –dijo Charley–, no soy mayor de edad, olvídalo, ponme una coca-cola. Luego miró a Peter y se echaron a reír. Peter se bebió su cerveza y Charley su coca-cola.

–¿Cuántos años tienes, Charley? ¿Diecisiete?

–¡No, dieciocho!

–Bueno, ¡que me cuelguen!

No tenían mucho que decir, pero seguían juntos alegremente, en silencio.

Luego deambularon por las luminosas calles, miraron a las chicas, compraron palomitas y se las comieron mientras paseaban, se detuvieron bajo todas las marquesinas de los cines para mirar las fotografías de las películas, siguieron deambulando.

Finalmente, mucho después de medianoche, se sentaron en un banco del parque cuando todos los locales habían cerrado y las chicas y la gente había desaparecido de las calles, y solo los fantasmales jóvenes soldados y marineros pasaban y volvían a pasar vagando sin rumbo en la noche vacía. Peter lo había visto en todas partes. Era una noche templada, suave y descolorida, una noche meridional, con un vasto y cálido amanecer que palpitaba en los márgenes del cielo. En donde estaban sentados, no se movía ni una hoja de los árboles.

El mundo estaba en silencio.

Y esparcidos por todas partes, sobre la hierba y en los bancos, sobre un caos de periódicos y botellas, los fantasmales soldados jóvenes y marineros sin hogar, solos y agotados trataban de dormir, mientras un policía pasaba bostezando en silencio, un taxi aparecía y desaparecía, y las calles vacías chasqueaban y brillaban extrañamente al ritmo de unos semáforos que seguían cambiando del rojo al verde en la vacía desolación.

Frente al parque, en un impresionante edificio tras los grandes árboles, una luz resplandeció toda la noche. Todo estaba en silencio, el único sonido era el clic de los semáforos y el de un tren que se alejaba a orillas del Potomac, y la luz silenciosa brillaba en el edificio tras los grandes árboles al otro lado de la calle.

–Bueno –dijo Peter–, me imagino que ahora verás algo de acción, zarparás en cualquier momento...

–Ya hemos hecho las maniobras. Zarparemos muy pronto...

–Así son las cosas...

–Pronto será de día. Va a salir el sol –dijo Charley–. Entonces tendré que regresar al campamento...

–Y yo volveré a partir...

Un soldado se acercó tarareando una canción a solas y desapareció por el parque con las manos en los bolsillos, arrastrando los pies y mirando a su alrededor, merodeando por la noche vacía, dando patadas a las botellas, suspirando.

–Nadie sabe qué hacer con sus permisos. El mes pasado estábamos sentados justo igual en un parque de por aquí. En serio, Petey, nadie sabe qué hacer con sus permisos. Había unos chavales de doce años, chicos y chicas, estuvieron sentados en la hierba toda la noche, riéndose y cantando y... no sé qué hacían, pero se quedaron allí hasta por la mañana.

–Ya va a amanecer, mira qué gris está junto a esos árboles.

–Sí.

Tras los grandes árboles, al otro lado de la calle, la luz brillaba y ardía en las ventanas...

–¿Qué es ese lugar de ahí enfrente?

–Es el Departamento de Estado o algo así. Sí, el Departamento de Estado, creo que me dijo Tony –repitió Charley mirando con gravedad la sucia fachada del viejo edificio.

# Cuarta parte

## 1

Los Martin de Galloway, desplazados a causa de la guerra, se trasladaron a Nueva York. La madre, entusiasmada con la aventura, comprendió de manera inescrutable, mientras los de la mudanza descargaban los muebles de un camión en las calles de Brooklyn, que ni ella ni su familia estaban destinados a quedarse en la ciudad.

–¡Dios santo! –le dijo a su marido, señalando los altos rascacielos del centro de Brooklyn–. Esos edificios son tan altos que algún día acabarán cayendo. Un buen terremoto y se vendrá todo abajo.

Sabía que una ciudad así nunca podría durar, pero deseaba que así fuera, porque era realmente maravillosa y espléndida, y le complacía verla por primera vez. No obstante, sonreía en secreto, se encogía de hombros y sabía que no podría durar para siempre.

Se mudaron a Brooklyn en el mes de octubre, al caer la tarde el sol brillaba con un dorado rojizo. Cuando se marcharon los de la mudanza, George Martin, su mujer y el joven Mickey salieron al patio trasero de su nuevo apartamento en una planta baja y miraron a su alrededor.

Había una vieja valla de madera, o mejor dicho, dos viejas vallas apuntaladas, una encajada contra la otra y dobladas por la presión de la tierra acumulada por detrás, se asomaban al patio desde el aparcamiento, y justo por encima de ellas destellaban y brillaban los calvos techos de miles de coches aparcados. Más allá de aquel mar de relucientes techos al sol se alzaba una gran estructura lúgubre de ladrillo rojo, aparentemente abandonada, con cientos de ventanas oscuras y polvorientas y aleros curvados de un verde pálido enmohecido. En una gran parte de la pared roja, sin ventanas, había un enorme anuncio en el que se veía a un hombre que se agarraba la cabeza con desesperación. A su lado, una escritura indistinta, borrosa y sucia por el tiempo y el hollín, proclamaba la importancia de cierta medicina que se había olvidado. Pero lo más asombroso de todo era la tosquedad del dibujo de la cara y de las enormes manos, que reflejaban a un artista que no tenía el más leve conocimiento del dibujo y el diseño.

–En fin, ya no podré decir que no se ve nada por mi ventana los días de lluvia, ¿no es así, George? –se rió Marguerite, apretando el brazo del viejo con deleite–. Ese será ahora mi cuadro, ya no tendré que colgar ninguno en la pared.

Los tres contemplaron boquiabiertos el imponente retrato, aquel hombre indistinto, descolorido, enorme, que se agarraba la cabeza con desesperación, mientras a su alrededor, en plena tarde de Brooklyn, zumbaban y rugían los múltiples sonidos de la gran ciudad.

–¡Vaya! –exclamó Mickey, sin acertar qué extraña excitación se apoderaba de él.

–Ese enorme y viejo edificio rojo tiene aspecto de haber sido una fábrica de cerveza, Marge, eso es lo que parece. Probablemente ahora es solo un almacén.

–Sí, y fíjate en los libros que hay en esa ventana de la esquina, parecen de contabilidad. Debe de haber también algunas viejas oficinas.

Miraron los patios de sus vecinos, que eran iguales que el suyo, y las traseras de sus casas, que eran también parecidas, los lavaderos, las viejas vallas, los desagües negros de hollín y todo el sucio aspecto del ladrillo rojo y marrón que por algún extraño motivo parecía limpio y agradable bajo la luz rojiza de la tarde. Y por encima de todo, de la vieja fábrica de cerveza, de los edificios de oficinas que sobresalían a unas manzanas del centro y del humo que brotaba de los tejados, se alzaban las grandes nubes doradas de octubre.

–¡Por Dios! –exclamó el viejo. Solo puedo decir una cosa: ¡Qué grande es! ¡Cuántas cosas debe de haber ahí que este pobre diablo no ha visto nunca!

–El conductor del camión dijo que el muelle estaba a un kilómetro calle abajo –dijo Mickey con entusiasmo–. ¿Vamos a ver los barcos, papá?

–Los barcos. ¿Queréis dar un paseo hasta allí? –preguntó el viejo.

–Iros vosotros dos –dijo la madre, volviéndose hacia la casa–, y yo iré desembalando los platos y preparando algo para comer, cuando volváis tendremos nuestra primera cena en Nueva York.

–Por Dios, de acuerdo. Vamos, Mickey. ¡Vamos a echar un vistazo a los muelles y a los barcos!

Volvieron a entrar en la casa, que estaba tremendamente desordenada con montones de cajas y muebles tal y como los habían dejado los de la mudanza, y se quedaron un rato en silencio en la cocina mientras la madre empezaba a desembalar algunas cajas.

–¡Marchaos, marchaos ya! –exclamó al verlos allí parados–, yo sé dónde está todo y no haréis más que estorbarme. Id a ver los barcos y volved dentro de media hora. Y parad a comprar helado, por qué no, de postre. Y tú puedes comprarte una cerveza, George.

–Muy bien, de acuerdo, vamos, Mick, vamos.

Padre e hijo salieron y empezaron a bajar la calle con asombro. El nombre de su calle era State Street. A medida que avanzaban hacia el paseo marítimo, las casas de ladrillo rojo y marrón fueron disminuyendo en número hasta que ya no había más que almacenes y viejos garajes en los que antaño se habían guardado los caballos. Cuando doblaron por otra calle y giraron de nuevo se perdieron un instante y de pronto se vieron en una altura desde la que se dominaba una gran cantidad de vagones de mercancías, raíles, almacenes de muelle, y el agua brillante de los embarcaderos y, por último, las intrincadas cubiertas, chimeneas y mástiles de muchos grandes barcos grises. Luego siguieron caminando y llegaron a un lugar donde pudieron contemplar el humeante panorama de los muelles y, por increíble que pareciera, vieron al otro lado del río el mismísimo Manhattan, iluminado por la gran luz roja de la tarde.

Era demasiado para creerlo: tan enorme, intrincado, insondable y hermoso en su lejana, humeante, destellante realidad a la sombra del cañón, con la luz rosada brillando en sus crestas más altas mientras innumerables sombras sin fondo colgaban envueltas en poderosos abismos, y millones de pequeñas cosas se movían mientras la vista se esforzaba por ver, y las grandes miríadas de humo se elevaban y expandían por todas partes, desde las brillantes riberas hasta los flancos más altos de la ciudad, al tiempo que, milagrosamente, muy lejos, en la parte alta, unas grandes nubes de octubre se alzaban sobre el Empire State Building.

Entonces, como por un impulso natural, y con gran avidez, sus ojos siguieron la poderosa caída del puente de Brooklyn y el puente de Manhattan, un poco más allá, brillaba como miles de monedas de un centavo, sobre pequeños remolcadores humeantes y las estelas y movimientos de un centenar de botes y embarcaciones, hasta Brooklyn, hasta el abarrotado, complejo, enmarañado e incomprensiblemente revuelto extremo del agua y la misma saliente de Brooklyn.

–¡Ay! ¡Vaya! –exclamó el anciano, ajustándose las gafas y contemplando orgulloso aquella grandiosa estampa, con la boca torcida en una patética sonrisa–. ¡Ya casi ha merecido la pena, ya casi ha merecido la pena, venir a vivir aquí sin un céntimo y sin un solo amigo en el mundo, solo para ver esto!

–Sí –dijo Mickey–, creo que esta es la mejor ciudad del mundo.

–Es la mejor ciudad del mundo –dijo el viejo–, pero no sé lo que es vivir en ella. Igual, cuando uno la ve así –y agitó la mano con gesto taciturno– te quedas sin palabras. Piensa en toda la gente que ha vivido y muerto aquí... Supongo que ellos lo sabrán. Yo, desde luego, no tengo ni idea.

–¡Mira! –exclamó el muchacho, señalando hacia Manhattan–. Ya empiezan a encender algunas luces... ¿Ves por allí?

Y así era: el sol se ponía, dejando tras de sí una enorme luz turgente como un vino oscuro sobre la que se formaban unas largas nubes de un púrpura aterciopelado. Todo estaba en transformación: el río, aquella marea de colores, se convertía en oscuridad; los abismos de las calles, en oscuridad y un resplandor fantasmal de luces; las estructuras piramidales de piedra violácea, con sus ventanas talladas, se convirtieron en un fabuloso brillo de mil estrellas sobre escarpados acantilados negros.

–Deberíamos volver a casa –dijo el viejo con un suspiro.

–¡Quedémonos un rato! Se está iluminando todo. Mira, ¡qué luces!

–¡Sí, Mickey, luces! En Nueva York tienen luces, pero no son para gente como tú y como yo.

–¿Por qué no? Mamá dice que mañana por la noche iremos a un espectáculo y veremos Broadway y todos lo demás y comeremos en un restaurante.

–Sí, podemos hacer eso, con el poco dinero que tenemos podemos hacer algunas cosas así, pero nunca será realmente para nosotros...

–Papá, te preocupas demasiado –se rió Mickey. Tenía catorce años, era delgado y torpe y tímidamente ansioso–. Mamá dice que te preocupaba demasiado venir a Nueva York. ¡Mira qué bonito es! ¿No estás viendo? –exclamó triunfante al ver la sonrisa de su padre–. Hasta tú te das cuenta. Aquí podemos divertirnos y tenemos mucho que hacer. Los chicos de Galloway no me creían cuando les decía que nos íbamos a Nueva York, ¡ahora ya saben que iba en serio!

Y pensó en sus amigos de Galloway y en lo que estarían haciendo ahora al atardecer bajo los árboles.

–Está bien, Mickey, como quieras, tal vez no sea más que un viejo tonto asustado, tal vez no sea más que eso.

Y así caminaron de vuelta junto a los oscuros y sombríos

almacenes y bajo las solitarias farolas, conociendo algo más sobre la ciudad de Nueva York, y sobre Brooklyn, sus solitarias calles por la noche, y regresaron junto a la madre en el apartamento.

La mujer había encendido las luces, barrido el suelo de la cocina, de un linóleo brillante, y puesto la mesa con un mantel blanco y limpio. Había preparado café, sacado los platos, abierto algunas latas y calentado la cena. Se puso un delantal nuevo y floreado para celebrarlo, encendió la pequeña radio, echó un vistazo rápido a sus cartas de la fortuna para ver el futuro inmediato y luego, cuando les vio llegar solos y sombríos y desconcertados, los sentó a la mesa, los besó con encantada comprensión, les llevó la comida caliente y les dijo que vivieran, amaran y habitaran la tierra, aquella tierra, Brooklyn.

George Martin era un trabajador nato. Tenía un nuevo trabajo, en el turno de noche, de modo que aquella primera noche de su llegada a Brooklyn, sin dormir y con apenas unas monedas en el bolsillo para un café y algo de comer, se dirigió al trabajo, a su trabajo en una imprenta de Manhattan, con esa profunda y poderosa alegría que solo conocen los trabajadores. Nada en el mundo, ni la guerra, ni la ciudad, ni la confusión, podía cambiar el hecho de que tenía un trabajo y que debía dirigirse a él de inmediato en medio de aquel vasto complejo de calles y avenidas de Manhattan del que apenas tenía conocimiento y solo una vaga intuición sobre cómo llegar a la imprenta que le había contratado la semana anterior. Pero le habían contratado, tenía que empezar a trabajar esa noche, e iba a trabajar esa noche.

La imprenta estaba en Canal Street, hacia el Este, cerca de la vieja cárcel abandonada de la ciudad, en la parte oscura, sombría y antigua, cerca de calles empedradas, oscuros almacenes y viejas fábricas de zapatos, poco más arriba de Chinatown y el Bowery. No tenía ni idea de cómo orientarse, pero cogió el metro en Brooklyn. Cuando preguntaba cómo llegar, los hombres se levantaban y echaban un vistazo a los mapas del metro, algunos se acercaban para discutir y agitar las manos mientras el tren rugía y se precipitaba en su negro túnel, otros se indignaban con la discusión y se alejaban, solo para volver al rato con nuevas instrucciones. Se agruparon en torno al desconcertado viejo y, finalmente, llegaron a un acuerdo y le dijeron lo que tenía que hacer.

Trabajó aquella noche y regresó a Brooklyn bajo el sucio amanecer, y vio toda la suciedad de las calles a la luz enfermiza del comienzo del día, la vasta ruina de tejados, los kilómetros grises de polvo batido en las aceras, las aterradoras avenidas que desaparecían en la grisura, más callejones, más toneles y aceras, más voluminosas ciudades dentro de la misma ciudad, más escombros y desmesura amontonados y desparramados en ladrillos y vigas, un caos, una lúgubre chatarrería agrietada y decadente sin fin en un mundo gris. Si no fuera porque su mujer y su hijo estaban con él en aquel lugar, habría pensado que era hombre muerto.

–Dejad que os cuente –les dijo a Marguerite y a su hijo al cabo de unos días–. No muy lejos de donde yo trabajo está la antigua cárcel de la ciudad, que está abandonada, un edificio viejo y destartalado que debió de ser un fuerte o una armería, pero que ahora es solo un montón de piedras y ventanas rotas, pero sigue teniendo ventanas... ¿Y sabéis lo que han hecho estos neoyorquinos? Justo al otro lado de la calle han construido un rascacielos tremendo para el departamento de policía y la oficina del fiscal del distrito y todo lo demás, pero para los presos han hecho una cárcel subterránea, justo debajo de la calle, bajo ese flamante edificio, y no tienen ventanas ahí abajo. Lo llaman «Las tumbas».

–¿Por qué han hecho eso?

El viejo Martin paseaba los domingos por la tarde y contemplaba Nueva York. En una cruda tarde de noviembre, cuando la fría luz rojiza del sol caía sobre las ventanas polvorientas y se colaba entre las vigas negras de hollín, vio a tres viejos vagabundos del Bowery, tumbados en la acera contra una pared tratando de dormir, sobre unos periódicos. Se detuvo para mirarlos. Parecían muertos, pero luego se movieron y gimieron y se dieron la vuelta, como hacen los hombres en la cama, no estaban muertos, eran hombres. Pensó en lo que les habría ocurrido para tener que acabar durmiendo en la calle en noviembre y que sus únicas pertenencias en el mundo fueran aquellas mugrientas ropas que los cubrían. Pensó también en lo viejos que eran, en su miradas reumáticas, apesadumbradas, debían de tener unos sesenta años y temblaban clavados contra las inclemencias del tiempo y la miseria, como atravesados por una estaca, desparramados allí para siempre. Tuvo que marcharse, llorando.

En Hester Street se quedó asombrado cuando dieciséis rabinos barbudos salieron de una mísera casa de vecindad. Se detuvo frente a ellos, mirándolos incrédula y fijamente a la cara, y suspiró «Dios santo», y ellos pasaron junto a él sumidos en sus barbudos pensamientos, con las manos entrelazadas tras la espalda, las cabezas ladeadas con tristeza, caminando distraídos entre humeantes hogueras. Eran dieciséis, los contó y no podía creerlo.

Frente a una vieja y ornamentada casa de piedra rojiza en la Quinta Avenida, a punto de ponerse el sol, vio detenerse una larga y elegante limusina, de la que se apeó el chófer, girando enérgicamente para abrir la puerta, mientras un mayordomo salía corriendo de la casa con un sombrero de copa. Tras vagos e incomprensibles tanteos entre las fúnebres cortinas del asiento trasero, vio a una anciana que se tambaleaba en los bordes del estribo, con su diminuto rostro gris perdido entre las dobleces de un enorme abrigo negro de chinchilla. Los dos hombres trataron de sostenerla, pero la mano enguantada de la anciana temblaba y no acertaba a encontrar las suyas. Los dos hombres la condujeron al interior de la casa a paso de caracol, increíblemente solícitos, mientras los peatones pasaban a su lado sin percatarse. Los vio subir juntos los pocos escalones, alguien abrió la puerta desde el interior, traspasaron el umbral tambaleándose y la puerta de la casa se cerró sobre las rojas lomas del sol.

A la hora de cenar, entró pensativo por las puertas giratorias de una cafetería de la parte alta de Broadway. Había visto la cafetería desde fuera, y a la gente comiendo en las mesas, y quiso entrar porque fuera hacía frío y la calle parecía repentinamente desierta. Le empujaron por detrás y literalmente entró tambaleándose, mientras una horda de hombres y mujeres con cara de póquer entraban desde la misma calle hasta entonces vacía y le daban codazos al pasar. Se quedó boquiabierto mientras otra nueva horda entraba, le rodeaba, empujaba y corría hacia las vitrinas y los mostradores. Al final comió un trozo de tarta sentado en una mesa junto a otros tres hombres. Nadie levantó la vista ni dijo una palabra, la mirada oculta bajo las oscuras alas de los sombreros. Cuando terminaron de comer se marcharon, y otros nuevos se sentaron igual de silenciosos que los anteriores.

De vuelta a casa en el metro, se sentó en el asiento duro, estrecho, como una estantería, y miró a la gente con una curiosidad modesta, vergonzante y despojada. Ellos lo miraban a él sin curiosidad, mascando chicle, pensativos, esperando algo, a que pararan en la estación o a que alguien tirara un periódico. Se sentó frente a otra estantería repleta de seres humanos y trató, como ellos, de mirar directamente al vacío o a través de sus caras y sus siluetas, pero no lo consiguió.

Se acordó de un joven negro al que había visto en un baño de hombres en Chicago, y de repente pensó en él por primera vez desde que había sucedido. Aquel joven, borracho, estaba tirado en el suelo, rodeado de botellas, agitando la cabeza y sangrando a causa de una terrible pelea, y decía:

–¡Me voy a Nueva York! He estado por todas partes y me han golpeado y me han arrestado y golpeado y llevado a la cárcel por nada, he estado en todas partes, he estado en todas partes, ¡pero nunca he estado en Nueva York! Y ahí es donde voy a ir... ¡Nueva York! ¡Sí! ¡A NUEVA YORK! Allá es donde voy...

Recordó que todo el mundo hablaba de Nueva York. «He oído que hay mucho trabajo allí, George, todo tipo de trabajo, ¡sin ningún problema!» «¿Nueva York? ¡Ahí tienes un sitio donde pasarlo bien! Mi tío Jerry fue allí un fin de semana y tendrías que oírle hablar de todas las tías buenas con las que se enrolló.» «Me gustaría salir de esta maldita ciudad e ir a algún lugar, a Nueva

York tal vez, hacer las cosas a lo grande. ¡La Great White Way![1] ¡Times Square! Dicen que algunos de esos tipos de Wall Street empezaron como chicos de los recados.» Las películas sobre Nueva York: *Interior, Iowa City. Galán*: «Cariño, sé que la separación será dura, pero debo viajar a Nueva York y averiguar al menos si tengo lo que hay que tener, ¡solo dame la oportunidad de averiguarlo!». *Dama:* «Y si fracasas, Jim, no me importará, te esperaré aquí, siempre» (la espera siempre es triste en Iowa). Nueva York, el único lugar del mundo en que todo es distinto a cualquier otro lugar, solo porque es Nueva York.

Una noche, a principios de diciembre, Martin estaba encogido en su abrigo en plena Union Square cuando contempló atónito cómo un hombre con una bata sucia y hecha jirones daba un discurso a un puñado de hombres temblorosos. Era increíble. Aquel pobre demente parecía un santo de verdad, con su sayo de eremita. Allí estaba aquella pobre criatura lúgubre y desahuciada, con su barba, sus ojos llorosos, azul de frío, la boca temblorosa y gesticulando con sus labios como de caucho, todo él era un éxtasis enfermizo allí, en aquella plaza, bajo las centelleantes torres de la ciudad por la noche.

–Caballeros –gritaba–, vuestros argumentos no me afectan en lo más mínimo, porque mi reino no es de este mundo, no es de este mundo.

–¿Qué clase de periódico llevas en los zapatos? –preguntó un impertinente.

–Yo no leo los periódicos. No sé nada de este mundo. No soy de este mundo. Ese no es mi reino.

–¡Eso puedes jurarlo!

Y se burlaron de él bajo el viento helado.

–¡Tú, el de ahí! –gritó el santo, señalando a un joven que llevaba libros y escuchaba en silencio–. Coge tu pluma, hijo, y escribe contra los males de este mundo. Mi pequeño hijo y hermano, si alguna vez me has tenido en tu corazón, alarga por algún

1. Apelativo con que se conocía Broadway, por entonces ya el flamante distrito teatral, a causa de las luces de los teatros. *(N. del T.)*

tiempo la fatigosa vida de este mundo lleno de miserias, y divulga por él mi historia...[1]

El joven sonrió débilmente porque sabía de dónde venían aquellas palabras, pero igual se sintió conmovido y miró confusamente a lo lejos, casi ruborizado.

–Y usted, señor –gritó el santo, señalando directamente a Martin–, ruegue por la liberación de nuestras almas, en lo más profundo de su corazón, en lo más hondo de su alma, ¡ruegue! A usted se le ha dado el don de rezar en este mundo.

Y George se alejó contrariado, pero nunca olvidó la triste rareza de aquel loco con su barba y sus harapos y su melancólica figura encorvada, ni aquel lúgubre triunfo de su gran grito, en medio de las calles de los hombres: «¡Mi reino no es de este mundo!».

Martin se sentía más solo que nunca en aquel momento de su vida. Comenzó a tener los ensueños de un hombre irremediablemente solo. Toda su vida había dado por sentado que podía caminar por la calle y saludar a la gente y cruzar unas palabras con algún conocido pero ahora lo único que podía hacer era mirar con curiosidad a las personas con las que se cruzaba. Empezó a acordarse, en sus ensueños, de un amigo de la infancia de sus viejos tiempos en Lacoshua. No tenía ni idea de lo que había sido de él desde entonces, pero el recuerdo de aquel amigo perdido, Shorty Houde, le perseguía incesantemente cada vez que caminaba solo por Canal Street en la negra oscuridad de la noche. Recordaba cómo solía encontrarse con Shorty en las calles de Lacoshua, por la mañana temprano, Shorty se acercaba, sin sonreír, pero tampoco hosco, simplemente dando una grave calada a su pipa, se ponía a su lado y se dirigía a él todos los días de la misma forma, apenas sin variaciones:

–¿Adónde vas, Georgie?

–Oh, a trabajar, como siempre.

1. *Hamlet*, acto 5, escena 2. *(N. del T.)*

–¿Vas a ganarte el pan y el techo, Georgie?

–Así es.

–Bueno, en ese caso te acompañaré para pasear un poco por las calles de la vieja y querida ciudad de Lacoshua, ya que yo también me dirijo al trabajo.

Shorty trabajaba en el mismo aserradero que Martin, en el mismo turno, pero nunca lo mencionaba. Y a partir de ahí recorrían juntos la calle desierta sin mediar palabra.

El recuerdo de aquel extraño y sencillo episodio de su pasado colmaba ahora al viejo de un cálido fulgor de nostalgia, y la idea de que alguien se le acercara por las grises aceras de Nueva York o Brooklyn y le dijera «¿Adónde vas, Georgie, muchacho?» era tan improbable, pensó con una mueca, que las oscuras y graves penas de la noche neoyorquina le helaron el corazón y lo encogieron tristemente. Aquellos fueron los últimos y oscuros días de su vida.

Sin embargo, una mañana –el sábado antes de Navidad– se despertó sintiéndose bien y vigoroso y miró por la ventana el sol brillante y el invernal cielo azul y la nieve. Hacía una mañana espléndida en Brooklyn. Se levantó y se afeitó, se puso una camisa blanca limpia y una corbata nueva, y bajó a la tienda de la esquina a comprarse un puro. Y de repente se dio cuenta de que todos los sábados por la mañana desde su llegada un anciano canoso se ponía frente al restaurante y tocaba la corneta a las diez en punto. Martin nunca se había percatado antes, pero aquel día, cuando el sol empezaba a calentar las calles y la gente iba y venía de compras y se apresuraba a sus diversiones del sábado de Brooklyn, el aire resonó con las dulces notas de una vieja canción. Los niños se congregaron alrededor del viejo músico y se pusieron a escucharlo con gravedad mientras él hacía sonar la corneta con la misma gravedad, los hombres salían del restaurante y dejaban caer sus monedas en su taza, y las mujeres hacían una pausa con sus compras y le escuchaban con placer.

De vuelta a su silla junto a la ventana y la radio, Martin se sentó, se encendió aquel puro de profundo aroma, abrió las páginas frescas del *Daily Mirror*, sintonizó la radio un cuarteto vocal y allí se quedó, a gusto, observando de vez en cuando los pies de la gente que pasaba por la soleada acera con una nueva sensación de orden y alegría. Y mientras su mujer se afanaba en la cocina preparándole el desayuno, empezó a oler el bacon, los huevos y el café de la mañana, y pensó: «Bueno, por Dios, no está tan mal al fin y al cabo». Y le entró hambre.

Después de desayunar salió de casa y se dirigió al centro de Brooklyn, y allí, en los alrededores de Borough Hall, vio a otros hombres como él que caminaban por las calles fumando sus puros. Olió el aire penetrante del puerto, vio la clara luz del sol de invierno que caía sobre las concurridas calles, y por un momento casi se alegró de vivir en Brooklyn.

Paseó hasta el puente de Williamsburg, por calles nevadas, y encontró un tren elevado que hacía el recorrido hasta Manhattan.

«Nunca he cogido este tren, voy a hacer la prueba», se dijo absorto, y se subió, henchido del cosquilleo alegre que se siente al salir del trabajo y vagabundear un sábado por la mañana.

Creyó que el tren se metería bajo tierra a la altura del río, pero de repente, cuando se elevó sobre el puente de Williamsburg, se dio cuenta de que lo haría por encima, que se elevaría bajo el sol de la mañana. Y allí aparecieron de nuevo ante sus ojos todas las aguas, tejados y calles de un Brooklyn misteriosamente blanqueado por la nieve.

Bajó del tren en Manhattan y caminó por la invernal Delancey, cubierta de nieve, y por sus lúgubres calles laterales, por East Broadway, por una calle de estilo italiano, hasta llegar finalmente al ancho camino empedrado que bordea los muelles del East River. Y allí vio alzarse el súbito perfil de los cascos de los grandes barcos, como si estuvieran atracados sobre los mismos bordillos.

Siguió caminando, pasó bajo el rugiente puente elevado de Manhattan, contempló incrédulo los monumentales pilones que lo sostenían alzándose desde las sucias callejuelas como las catedrales se alzan desde la tierra, aquellas enormes piedras negras que soportaban el furioso tráfico que pasaba por encima, y vio cómo la luz invernal descendía desde lo alto en grandes puñaladas de humo.

Se paró entonces en la esquina de Charles Slip y Water Street mientras el sol desaparecía tras las nubes y empezaba a nevar de nuevo. Caminó por una calle estrecha, lleno de muda alegría y tristeza porque estaba nevando, el aire blanco por la nieve y repleto de formas, extrañamente silencioso. Llegó a un viejo edificio, se detuvo y leyó el letrero: «Hotel Haven, fundado en 1837».

Entró en una vieja taberna de suelo desnudo, llena de escupideras, una pequeña estufa de leña y una monótona congregación de veteranos que bebían cerveza en la barra. Pidió una cerveza. Un anciano de pelo blanco cantaba una canción con una cerveza en una mano y agitando la otra con un gesto firme, grave y desinhibido de sinceridad y complacida determinación. Los otros le escuchaban sonrientes. Y Martin se dio cuenta de que algunos de aquellos hombres llevaban casi medio siglo bebiendo en aquella misma taberna, lo supo con certeza mientras los observaba. Vivían en alguna parte a la sombra de los puentes, trabajaban también por allí, en viejas empresas portuarias, y algunos de ellos habían empezado a beber en aquella taberna en el Nueva York de 1890, cuando los carros de cerveza se deslizaban ruidosamente sobre adoquines tirados por enormes caballos, habían empezado a beber en esta taberna después de que sus padres, y los padres de sus padres, bebieran también en aquella taberna en el Nueva York de 1840, cuando las calles de los muelles estaban repletas de los foques de antiguos veleros. Martin estaba seguro de ello.

Se quitó el sombrero y escuchó la canción del viejo, y cuando terminó le invitó a una cerveza e hizo que se la llevaran al otro lado de la barra. Alzaron sus copas y brindaron el uno por el otro solemne y respetuosamente cada uno desde su lado.

## 2

Hay muchas formas de viajar a Nueva York, de penetrar en su dramático centro vital –Manhattan– pero solo una revela a fondo la magnitud, belleza y maravilla de la gran ciudad. Los políticos, representantes y líderes mundiales que llegan en avión o en tren, jamás toman este camino. La mejor forma de llegar es en autobús, el autobús de Connecticut que baja por el Bronx, recorre Grand Concourse, llega hasta la Octava Avenida y baja por la Novena hasta el carnaval de luces de Times Square.

Los autobuses que llegan de New Jersey o bajan por las vías que discurren junto al río Hudson no penetran poco a poco en el corazón de la ciudad, sino que emergen de repente, bien desde un túnel, bien desde un puente o desde un parque arbolado. Pero cuando el autobús llega desde Connecticut y pasa por lugares como Portchester y New Rochelle, se comprende poco a poco que no se trata de ciudades propiamente dichas, sino de barrios y suburbios lejanos pero firmemente conectados con la gran ciudad de Nueva York. Y poco a poco esos lugares dejan de ser vagas ciudades para convertirse en continuas e interminables extensiones suburbanas. De ese hecho, tan simple y aterrador, surge una tremenda impresión: ¿cómo será el palpitante centro de esa ciudad si necesita de semejante inmensidad para ser alimentado? ¿Qué tamaño tendrá realmente? ¿Qué aspecto tendrá?

Peter Martin viajaba en ese autobús una noche lluviosa de la primavera de 1944, de regreso de una nostálgica visita a Galloway en la que no había pasado nada y a la que había ido en busca de algo significativo, oscuro, inmenso y maravilloso. Sumido en la tristeza de su corazón, empezó a imaginar que nunca había estado en Nueva York y lo hacía ahora por primera vez en su vida. Hasta había elegido a una anciana que parecía la esposa de un granjero y que iba en el mismo asiento que él con una sonrisa de asombro y deleite, como prueba humana de que llegar a Nueva York por primera vez era un acontecimiento de la más maravillosa importancia. La observó con avidez.

Bajaron por Mamaroneck y todos los lugares luminosos, y en las suaves y lluviosas tinieblas de abril, empezaron a ver enormes bloques de apartamentos con ventanas que brillaban en la noche. A veces veían esos edificios donde no había ciudad que los conectara con nada. Simplemente aparecían, con sus quince pisos de altura y sus mil ventanas brillantes, innumerables coches aparcados enfrente y consultas de dentistas y médicos llenas de luces. El autobús avanzaba y pasaba de vez en cuando por parques oscuros, a veces por un campo, a veces hasta por una granja, y de repente un hotel transitorio al borde de la carretera con su neón rosa, su grava blanca y sus automóviles aparcados, para continuar de nuevo con los enormes bloques de apartamentos resplandecientes en mitad de la noche, algunos de ellos construidos como fortalezas sobre acantilados de roca.

A pesar de que cada vez se veían más y más bloques de apartamentos y se extendían a lo lejos luces incomprensibles bajo la lluvia nocturna, seguían sin estar «ni siquiera cerca de Nueva York», según los conductores de autobús, estaban «solo en Larchmont» o «apenas en New Rochelle», y así sucesivamente. En vez de la deslumbrante vista de los rascacielos de Manhattan en plena noche, no había sino esos mismos innumerables y enormes bloques de apartamentos erguidos en la oscuridad, con sus miles de ventanas, sus miles de coches, sus interminables y monótonos arbustos en sus patios de grava.

Y luego los puentes... unos puentes incomprensibles que

brillaban bajo la lluvia, pasos subterráneos y elevados, subidas y bajadas a lo largo de abarrotadas carreteras, pero ningún deslumbrante rascacielos de Manhattan a la vista. Más bloques de apartamentos –el Broadmoor, y el Cliffview, y las River Towers–, pero ni la menor señal de la tremenda Metrópolis. El viajero en el autobús se iba asombrando cada vez más al pensar en la enorme cantidad de gente que vivía en todos aquellos bloques de apartamentos que se extendían durante kilómetros, en la incontable nación de familias que vivía allí «en absoluto cerca de Nueva York», pero ya indiscutiblemente habitantes y partícipes de aquella descomunal cosa desconocida llamada Nueva York.

Finalmente, los bloques de apartamentos se volvieron tan numerosos y se extendieron tanto en todas direcciones que resultaba evidente que por fin se acercaba algo. ¿Qué era aquello? «Esto es el Bronx.» Peter observó con avidez la sonrisa de fascinación en el rostro de la anciana que estaba a su lado. ¿En qué estaría pensando? ¿En aquel fabuloso joven judío, nacido en el Bronx, feroz como el Bronx, que había escrito aquella obra de teatro de título tan primaveral y, a pesar de eso, tan del Bronx: *¡Despierta y canta!*?[1] ¿Era en eso en lo que estaba pensando? ¿A qué se debía esa sonrisa de fascinación y deleite en su rostro? Ahí estaba ella con su paquete de periódicos atados a modo de bolsa de viaje, sus grandes piernas de pianista y su cómoda y oronda manera de estar sentada y poseer el asiento por completo, su sonrisa de placer porque esto era el Bronx y por fin estaba atravesando el Bronx. ¿Qué estaba viendo esa mujer con los ojos de su cara y con los de su alma?

El autobús cruzó más puentes y, de repente, los bloques de apartamentos asomaron por todas partes y las calles se convirtieron de golpe en explosiones de luz y tráfico y multitudes abarrotadas. «Acabamos de pasar un centro comercial.» Algunas de las

1. *Awake and sing!*, de Clifford Odets, una pieza teatral sobre cómo las desmesuradas cargas económicas en la sociedad capitalista desdibujan los límites entre idealismo y materialismo y ponen en compromiso los valores más elementales. *(N. del T.)*

calles eran más oscuras que otras, apenas relucían bajo la lluvia brumosa, los coches aparcaban apiñados en las aceras de los cañones entre los bloques de apartamentos, y las personas se movían por las aceras, pero las luces no eran deslumbrantes ni numerosas.

De repente, entre los bloques de apartamentos, empezaron a aparecer extrañas casas de vecindad, más oscuras, de ladrillo rojo, con luces en las ventanas que, por algún motivo, eran marrones y apagadas en vez de brillar intensamente. Y en un abrir y cerrar de ojos, surgió una gran calle a lo largo de un kilómetro y medio, increíblemente repleta de luces, coches, tranvías y gente, que también desapareció, pero solo por un momento, mientras otra calle abarrotada de gente se abría paso a toda velocidad. «¡Esto es Nueva York! ¡Oh, aquí está Nueva York!», pensaron alegremente, y la anciana que estaba junto a Peter se recostó cómodamente y empezó a sonreír más complacida, con conocimiento de causa, con un astuto placer y alegría.

Pero nada cambió: los bloques y las ardientes calles atestadas de gente continuaron y continuaron, y desde luego aquello no era Nueva York. «Seguimos en el Bronx.» Y, efectivamente, seguía siendo el Bronx. Los viajeros se inclinaron hacia delante una vez más, la anciana frunció el ceño de perplejidad, y todos miraron hacia fuera a través de los cristales brillantes en busca de aquella Nueva York que no estaba allí. «¿Dónde diablos está?», pensó la anciana en secreto.

El autobús avanzó y finalmente empezó a cruzar unos grandes y oscuros laberintos de puentes. Se veían los pilares y las vigas de acero, las ramas negras de los puentes abatiéndose en la noche, bajo la lluvia, con un fondo de miles de luces dispersas e incomprensibles, montones de andamios ondulantes y puntos de luz por todas partes. ¿Dónde estaban? ¿Qué era eso?

Luego salieron de los puentes y volvieron a pisar tierra firme, rodando a toda velocidad. Más bloques oscuros, una concurrida escena exótica en cada esquina, coches y tranvías y marquesinas de cine, más y más de todo pero aún no... bueno, por Dios... ¡Mirad eso! Un millón de negros en las calles, todos los negros del mundo... ¡fabulosos y fantásticos y agolpándose bajo las luces!

¡Y qué luces! ¡Qué luces! Cada esquina una llamarada de luces y un murmullo de voces y bocinas y chirriantes ruedas de tranvía. Y algo más. Ahora todas las esquinas eran absolutamente cuadradas, las calles pasaban a ritmos regulares y medidos, todo estaba construido en perfectos cuadrados, ¡y cada uno de ellos estaba repleto de lugares exóticos! Era Harlem, eso es lo que era. «Esto es Harlem.» La anciana, que ya no sonreía plácidamente, se inclinó hacia delante en su asiento, mirando boquiabierta todo lo que pasaba y se desvanecía a su alrededor. Hasta apartó la vista un momento para limpiarse las gafas y mirar fijamente a Peter, y luego encorvó su corpachón hacia delante para deleitarse mejor con todas aquellas resplandecientes escenas que se sucedían una y otra vez a medida que avanzaban.

Pero, ¿dónde estaban los brillantes rascacielos de Manhattan?

Los pasajeros esperaron mientras el autobús doblaba bruscamente la esquina de un parque, en una amplia plaza llena de luces de marquesina, y avanzaba a toda velocidad entre los árboles y las viviendas. ¿Qué era aquello? Uno podía sentirlo con seguridad, ¡algo tremendo se acercaba!

Y en un breve y fugaz parpadeo, cuando el autobús pasó el semáforo en verde de la calle 110, vieron el magnífico espacio de Central Park West, extendiéndose durante casi cinco kilómetros hasta las relucientes torres de Columbus Circle. En un instante lo habían visto todo. Habían visto no solo los formidables «áticos» de Nueva York distribuidos a lo largo del gran bulevar del parque, sino también la cuidada magnificencia rectilínea de Central Park, sus muros de piedra y sus amplias aceras para pasear, habían visto un millar de taxis amarillos circulando a toda velocidad por las profundas laderas del cañón junto a las relucientes fachadas de los áticos. ¡Ahí estaba!

Ya tenían una idea de la vistosidad y la ostentación. Ahora descubrirían su increíble inmensidad. Y es que, al bajar a toda velocidad por la Novena Avenida, junto a los escaparates de las tiendas, los mercados de fruta y las viviendas abarrotadas, al ver las hordas de gente moviéndose entre las luces, se dieron cuenta de que aquella calle, como tantas otras de Nueva York, era tan recta como una flecha, lo bastante ancha y larga como para perderse en su panorámica hasta en un día despejado, y concurrida en cada centímetro de su extensión.

Y entonces vieron pasar las calles transversales. Al contemplar cómo esas calles, que se contaban por dos centenares, cruzaban las avenidas aparentemente interminables y se perdían por la curva de la roca de la isla hacia el este, se hicieron una idea de los cientos de miles, tal vez el millón de esquinas de todo Nueva York, todas totalmente cuadradas y medidas, y cada una, así como el espacio que había entre ellas, abarrotada y transitada y repleta de gente y de furia. ¿Cómo era posible?

Pero la tremenda enormidad no se había revelado del todo. A medida que avanzaban por el centro, pasada la calle 59, empezaron a ver gente en multitudes, un mar de cabezas entremezcladas bajo unas luces distintas a las que ya habían visto. Las luces eran ahora de un resplandor diurno, un universo mágico de luces centelleantes y palpitantes con la intensidad de la explosión de un flash. Eran blancas como la dura luz blanca de un soplete, era la mismísima Great White Way. Y todas las calles transversales parecían ahora cañones, cada uno de ellos estallaba en lo alto de la noche con su luz blanca, y abajo estaban las multitudes de Nueva York, ese mar de cabezas, los remolinos de tráfico, los enormes estragos y confusiones y alborotos, repitiéndose en cada manzana una y otra vez.

¿Acaso acababa allí Nueva York?

–¡Oh, no, esto es solo Times Square, donde nos apeamos! Pero la ciudad continúa más abajo, unos diez kilómetros, hasta Wall Street y el distrito financiero y los muelles y los puentes, y a continuación está Brooklyn, ¿entiendes?

¿Y dónde estaban ahora esos resplandecientes rascacielos de Manhattan? ¿Cómo era posible verlos cuando uno estaba enterrado en ellos, cómo era posible no verlos desde lejos?

Peter regresó a Nueva York aquella noche y se dio cuenta con especial asombro de que aquel era uno de los momentos más extraños y tristes de su vida. Aquella última visión de Nueva York, la forma en que se había desplegado en un horror de calles interminables y una extensión y distancia incomprensibles, parecía tan llena de un oscuro misterio y una tristeza tan fantasmal como el mundo mismo, el mundo tal y como se había transformado para él desde el comienzo de la guerra, o desde algún momento incierto en que había empezado a mirar a su alrededor y a decirse a sí mismo: «¡Nadie sabe! ¡Nadie sabe nada!».

Todo lo que había hecho en su vida, todo lo que había visto parecía embrujado ahora por una profunda sensación de pérdida, confusión y una pena extrañas. Había llevado una vida de muchacho en Galloway, había crecido allí, había jugado al fútbol y vivido en la gran casa con su familia, había conocido todas las realidades y las maravillas de la vida. Ahora todo eso había desaparecido, embrujado y fantasmal, ya no existía. Había conocido a jóvenes como Tommy Campbell y Danny y Alexander Panos, había conocido a sus propios hermanos Joe, Francis y Charley, había conocido a miles de jóvenes como él en Galloway que una vez habían recorrido las mismas calles y lugares que él: pero también todo eso se había perdido, todo había quedado desvanecido, embrujado y fantasmal, ya no existía. Y Liz, Ruth y Rosey, sus hermanas, ¿dónde estaban? ¿Cómo eran sus rostros, que él recordaba en sueños atormentados? Y habían estado su madre y su padre en la vieja casa de Galloway Road y en este instante, más perdidos y desvanecidos de lo que nada podría estarlo jamás, en Brooklyn, el oscuro y cercano Brooklyn, a una distancia de metro de donde él se encontraba, y sin embargo más lejos y desamparados que nunca.

Había ido a Galloway como un fantasma y se había quedado allí durante veinte solitarias horas, sentado en la cafetería de Daley Square, paseando por las viejas calles, yendo a visitar el teatro Monarch, Galloway Road, Pine Brook y las tabernas de Rooney Street. Allí era un fantasma, y había dormido unas inquietas horas de pesadilla en el YMCA, entre los airados soldados de todo el país que no tenían otro lugar donde pasar su permiso. Había vagado entre los extraños hombres y mujeres llegados allí para trabajar en las fábricas de municiones en la noche espectral, ya no era Galloway, ya no era el lugar de su niñez, había quedado también embrujado como todo el mundo desde la guerra... o desde el momento en que había comprendido que nadie sabía, que nadie sabía nada.

Se bajó del autobús en la estación y se sentó en un banco a observar a la gente. No sabía qué otra cosa hacer, sentía un hormigueo en todo el cuerpo debido a aquellas intensas y plácidas tristezas, aquellos excitantes pensamientos cargados de expectativas. Había regresado de un largo viaje de cinco meses a Guam y le esperaban varias semanas sin nada que hacer aparte de estar en tierra firme. Lo único que le quedaba era involucrarse en los asuntos, alegrías, tristezas y pasiones de su familia, sus amigos y sus amantes en Nueva York. Todo era nuevo... nuevas estaciones, un nuevo círculo de indecible dulzura y confusión que debía completarse entre cosas y personas, ya había pasado antes por todo eso y sabía que iba a hacerlo de nuevo con el ávido poder de la vida.

Estaba sentado en la estación de autobuses con su petate de lona entre los pies –el mismo petate de lona que había viajado con él por todo el espectral y prodigioso mundo–, un cigarrillo en la boca, el sombrero echado hacia atrás sobre la cabeza.

Se sentó allí pensando y mirando a su alrededor y esperando que todo sucediera de repente: porque era gozoso darse cuenta de que si no había chicas de Galloway en este mundo presente, al menos sí estaba Judie esperándole en este mismo momento en que él estaba sentado en la estación de autobuses. Y si ya no había ningún Alexander Panos en este mundo –estaba tan perdido como una hoja de otoño–, si no Alex ni Danny ni el resto de la banda, al menos sí estaban Kenneth Wood, Leon Levinsky y Will Dennison, y sus otros amigos «esperándole» en la ciudad. Y si no existían ya el padre y la madre que había conocido de niño en Galloway, al menos estaban el padre y la madre que conocería ahora en la ciudad, y que también le «esperaban». Lo más triste de todo era que cuando volvieran a encontrarse, cuando se vieran cara a cara y se completara así algún misterioso círculo de la vida, ¡con qué comprensión se mirarían!

Aparte, él sabía que se encontraría con alguna mujer desconocida; sabía en el palpitar de su sangre que se encontraría con una mujer, una mujer inevitable que también le «esperaba», pensaba: «Ella simplemente aguarda, está allí, y cuando la vea, ¡los dos nos daremos cuenta!».

¿Qué significaba toda aquella emoción, misterio y tristeza de su alma? En aquel mundo, en aquel deambular entre la familia, los amigos y las amantes, sabía que lo triste era la mirada, los ojos de todos aquellos seres humanos, aquellos ojos tan enigmáticos, tan detestables en cierto modo, tan maravillosos y dulces. Nunca cambiaría, siempre sería así. Y qué decir de sí mismo, Peter Martin, de su propia naturaleza tan desmesurada, falsa, compleja, cambiante, traicionera, apesadumbrada por la mera visión de la vida. Había algo completo y sabio, y también brutal que soñaba con la existencia de este mundo, este mundo en el que vagaba atormentado. Había algo silencioso, bello e inescrutable que lo había hecho posible, y él estaba en medio de todo aquello, entre los hijos de la tierra. Y se alegraba.

Se detuvo en la acera, contempló la lluvia y se preguntó: «¿Qué es esta lluvia que cae sobre nuestras casas y nuestras cabezas, qué significa esta lluvia?».

## 3

Entró en Times Square. Se detuvo bajo la fina llovizna que caía de un cielo oscuro. Miró a su alrededor, a la gente que pasaba, la misma gente que había visto tantas veces en tantas otras ciudades norteamericanas en calles similares: soldados, marineros, mendigos y vagabundos, rufianes, jóvenes que fregaban platos en cafeterías de costa a costa, autoestopistas, buscavidas, borrachos, jóvenes negros solitarios y maltratados, pequeños chinos centelleantes, oscuros portorriqueños y todo tipo de jóvenes norteamericanos con chaquetas de cuero: marineros, mecánicos y empleados en talleres...

Era igual que en Scollay Square en Boston, o en el Loop en Chicago, o en Canal Street en Nueva Orleans, o en Curtis Street en Denver, o en West Twelfth en Kansas City, o en Market Street en San Francisco, o en South Main Street en Los Ángeles.

Las mismas chicas caminando en parejas acompasadas, la puta ocasional de zapatos morados y gabardina roja cuyo paso por aquellas aceras resultaba siempre tan provocador, la repentina visión chillona de algún homosexual desmesurado desfilando con un grito afeminado de saludo a todo el mundo: «¡Estoy como una cuba ya lo sabéis, *loquitos*!», y desapareciendo con un gran alarde de caderas.

Y también los silenciosos hombres con sus fiambreras corriendo al trabajo en medio de aquellas escenas tremendas, sin ver nada, sin detenerse por nada, corriendo hacia los autobuses y los tranvías, y desapareciendo. Algún que otro anciano con cara asustada o indignado por tener que soportar la proximidad de aquella «gentuza». Los policías con sus porras que se paraban a charlar con los vendedores de periódicos y los taxistas. Los friegaplatos que se asomaban a las puertas de las cocinas humeantes, tatuados y musculosos. Los ladrones ocasionales y los matones asesinos que pasaban en grupos silenciosos, arrogantes y mascando chicle.

Así lo había visto Peter en muchos lugares durante aquellos años de guerra, pero en ningún sitio de forma tan intensa y fabulosa como en Times Square. Todos los gatos y personajes, los paletos y los espabilados, los ahogados de Harlem, los borrachos callejeros y los abatidos, todos se amontonaban allí, iban de un lado a otro buscando algo, esperando algo, sin parar de moverse.

En medio de todo aquello transitaban también visitantes esporádicos de fuera de la ciudad, familias felices y asombradas, el padre y la madre sonriendo expectantes porque se trataba de Times Square, la hija pequeña aferrada al brazo de su hermano o de su prometido con alegre excitación, mientras el joven miraba desafiante a su alrededor porque le quemaba la simple posibilidad de que le llamaran «paleto», una palabra que seguramente estaba en la mente del millar de rufianes que le rodeaban.

Peter sabía todo eso. Para entonces conocía ya a muchos de los jóvenes vagabundos que rondaban Times Square día y noche. A algunos de ellos los había conocido en otras ciudades, a miles de kilómetros de distancia, pero siempre tenía la certeza de que volvería a encontrárselos en Times Square, en Nueva York, la suma y culmen de todas las plazas y calles populares de Estados Unidos. Aquel era el lugar por el que todos los «personajes» acababan transitando en un momento u otro de su vida de lobos solitarios. En Times Square era posible encontrarse con un marinero noruego con el que se había emborrachado en los callejones de Piccadilly, o un cocinero filipino al que le había pedido prestados diez dólares en el mar Ártico, o un jugador buscavidas con el que había echado una partida en alguna sala de billar de San Francisco. En Times Square podía encontrarse de pronto con caras que había visto con toda seguridad en otros lugares del mundo. Siempre era una maravilla ver un rostro y volverlo a ver inquietantemente en algún otro mercado nocturno.

A Peter le parecía que el curso de su vida cruzaba y volvía a cruzar Nueva York como si fuera el gran patio de su alma. Sabía que todo se hallaba representado dentro de los imponentes límites de Nueva York. Aquello le emocionaba, pero también le mortificaba desde hacía tiempo.

Podía estar de pie en Times Square y ver pasar a un millonario de Park Avenue en una limusina en el mismo instante en que un mendigo de Hell's Kitchen se apartaba de su camino. Podía ver a un alegre grupo de juerguistas del Social Register subiendo a un taxi, y a algún joven cualquiera resentido de la Escuela Pública n.º 16 de pie en un puesto de perritos calientes observándolos, para luego entrar en una película que durase toda la noche y verlos de nuevo en la pantalla; el trío de influyentes hombres de negocios, recién salidos de la cena de la convención, paseando absortos en su elevada conversación, y el joven negro andrajoso de la calle 133 apartándose dócilmente de su camino; el meditabundo miembro del comité comunista rozándose los hombros con el bundista de Yorkville; el intelectual de Greenwich Village despreciando al maquinista de Brooklyn que lee el *Daily News*; el jugador de Broadway atento a los movimientos del viejo granjero con sus paquetes envueltos en papel de periódico y chocando con todo el mundo; el espectador primerizo que trata con desesperación de llamar a un taxi mientras la multitud se arremolina a la salida de la sala de cine; el apacible caballero del traje elegante que se dirige al bar del Ritz, y el apacible caballero que se tambalea y se sienta en la cuneta, para llorar y que acaba siendo detenido por la policía; el joven escritor bohemio que apenas puede pagar el alquiler, siempre discutiendo sobre su arte, y el apuesto cocainómano vestido con elegancia que hace girar su llavero y mira a las chicas de la esquina; el joven sacerdote de Fordham, robusto y de mejillas sonrosadas, acompañado de algunos de sus jugadores de baloncesto en una noche de «diversión sana y decente», y el cadavérico adicto a la morfina que camina a trompicones y sumido en la estremecedora miseria de buscar otra dosis; el vulgar mendigo apestando a cerveza robándole cinco centavos al avergonzado predicador metodista que espera su equipaje frente al Hotel Dixie; el viejo y peludo homosexual que se desliza lascivamente hacia una noche de placer en los baños turcos y la guapa dependienta que regresa del trabajo para cuidar de su anciano padre; la atractiva «estrella» rubia de Hollywood con gafas de sol y abrigo de visón en un Cadillac con su calvo «productor», y las dos chicas de Vassar de Westchester con sus novelas baratas; la joven sirvienta negra con su viejo abrigo y sus medias de algodón, arrastrando los pies de cansancio; el joven y triste soldado, un soldado cualquiera con sus cintas de campaña, solitario y atormentado, y el capitán de corbeta del Tercer Distrito Naval, condecorado por su excelencia, mirando el reloj con impaciencia y saludando luego a su rubia (a la que conoció el mes pasado en el bar del Waldorf) cuando llega en un taxi, diciendo: «¡Aquí estoy, cariño!», mientras el soldado raso Smith observa todo desde la acera, frente al bar White Rose.

Peter también observaba: conocía todas aquellas cosas y se le quedaban grabadas en el corazón, le horrorizaban. Eran solo algunas de las vidas del mundo, pero todas las vidas del mundo procedían de una sola alma humana, y también su alma era como las de ellos. No podía apartar la vista con disgusto y reprobación. Podía alejarse enojado, pero siempre regresaría para mirar una y otra vez.

Mientras se encontraba allí Peter reconoció a tres jóvenes que paseaban por la calle. Era un trío extraño: uno un gamberro, otro un drogadicto y el tercero un poeta.

El gamberro, Jack, era un joven elegante y apuesto de Tent Avenue, que afirmaba haber nacido «en una barcaza en el East River hacía dieciocho años». Iba bien vestido, parecía sereno y tranquilo, casi digno, en sus modales. Solo que nunca podía concentrarse, siempre estaba mirando a su alrededor como si anticipara alguna cosa. Sus ojos eran duros e inexpresivos, casi ancianos en su pétrea tranquilidad carente de sentido. Hablaba con voz rápida, aguda y nerviosa, y no dejaba de mirar hacia otro lado, dando vueltas a su llavero.

El drogadicto, cuyo único nombre conocido era Junkey, era un tipo pequeño, moreno, de aspecto árabe, cara ovalada y enormes ojos azules siempre cerrados con cansancio, con los enormes párpados de una máscara. Se movía con el silencioso sigilo de un árabe, la expresión siempre cansada, indiferente, pero en cierto modo asombrada también, consciente de todo. Tenía el aspecto de un hombre que se siente sinceramente desdichado en el mundo.

El poeta, Leon Levinsky, había sido compañero de Peter en la universidad y ahora era una especie de marino mercante que navegaba por la costa en carboneros hacia Norfolk o Nueva Orleans. Llevaba una gabardina ceñida, una bufanda de Paisley y gafas de montura oscura con aire de intelectual. Llevaba dos volúmenes bajo el brazo, las obras de Rimbaud y W. H. Auden, y fumaba un cigarrillo metido en una boquilla roja.

Avanzaban por la acera, Jack el gamberro pavoneándose lentamente, Junkey arrastrándose como un árabe en la casba, y Leon Levinsky, con los labios fruncidos, meditabundo, absorto en sus pensamientos, parpadeando a su lado con sus pies de Charlie Chaplin, aspirando distraídamente la boquilla del cigarrillo. Paseaban entre las luces.

Peter se acercó y les saludó.

–¡Por fin has vuelto! –exclamó Levinsky, sonriendo con impaciencia–. Por algún motivo he pensado mucho en ti últimamente, supongo que porque tengo mucho que contarte.

–¿Por qué no nos sentamos? –propuso Junkey con cansancio–. Vayamos a esa cafetería y así podremos hablar y vigilar la calle.

Entraron en la cafetería, tomaron café y se sentaron junto a las ventanas, donde Junkey pudo reanudar su pálida vigilancia de la calle Cuarenta y dos, una vigilancia que duraba dieciocho horas al día y, a veces, cuando no encontraba donde dormir, veinticuatro horas seguidas. A Jack le ocurría lo mismo: aquella misma angustiosa vigilancia de la calle, en la que los vigilantes no podían apartar la vista un segundo sin que les invadiera una punzante sensación de pérdida, la angustia de haberse «perdido algo». Junkey se sentaba siempre de cara a la calle, y cuando hablaba, a veces con intensa seriedad, sus ojos iban y venían sin cesar haciendo barridos bajo los párpados. Aunque Peter y Leon Levinsky estaban sentados de espaldas a la ventana, no podían evitar volverse de vez en cuando para ver.

Leon Levinsky tenía unos diecinueve años. Era uno de los jóvenes más extraños y curiosamente exaltados que Peter había conocido nunca. En cierto sentido, no era muy distinto de Alexander Panos, y Peter siempre se había sentido atraído por él por ese motivo. Levinsky era un muchacho ansioso, intenso y de aguda inteligencia, de ascendencia ruso-judía, correteaba por Nueva York en un eterno frenesí emocional, yendo y viniendo por las calles de amigo en amigo, de habitación en habitación, de apartamento en apartamento. «Conocía a todo el mundo» y «lo sabía todo», y siempre llevaba noticias y mensajes de «los otros», llenos de catastrofismo. Rebosaba y bullía día y noche con mil pensamientos y conversaciones distintas y pequeños horrores, delicias, perplejidades, deidades, descubrimientos, éxtasis, temores. Contemplaba el mundo con sus ojos saltones y meditabundos, con sus suspiros, meditaciones durante los trayectos en metro, todo lo cual desembocaba en torrentosas y complejas conversaciones cada vez que se encontraba con alguien. Conocía a casi todo el mundo que Peter conocía, y a unos cuantos miles más que Peter no conocía.

Al igual que el joven Panos, Leon Levinsky también solía aparecer de pronto taciturno y melancólico, o simplemente desaparecía de «escena» durante meses, y eso también le gustaba a Peter. Vivía solo en una pensión en el centro de la ciudad. Anteriormente había vivido con su familia en el Lower East Side, donde había leído miles de libros hasta altas horas de la noche y soñado con convertirse algún día en un gran líder sindical. Todo eso había terminado ya, ese era su «pasado de pobre judío», como decía él.

–Una cosa, Peter –dijo Levinsky sosteniéndose sesudamente la barbilla y mirándole con ojos brillantes–: quería hablarte de ese amigo tuyo Alexander, el poeta del ejército que te envía sus peroratas sobre la fraternidad del hombre. Quería pedirte que no me compares con ese loco sentimental. No te ofendas. De hecho, comprendo y hasta aprecio tu veneración por él, lo que es poco frecuente en una persona como tú, la verdad. Y aparte me siento hasta honrado de que me consideres un Alexander, pero en la actualidad hay cosas mucho más importantes, al menos más complejas e interesantes y esclarecedoras e inteligentes que tu Alexander, ese Rupert Brooke de provincias, ese poeta de la alegría y la belleza del interior...

Pero Peter era unos tres años mayor que Levinsky y escuchaba todo aquello con sonriente indulgencia. El joven gamberro Jack no tenía ni idea de lo que hablaba Levinsky, se limitaba a permanecer sentado y mirar a su alrededor. Junkey, con los ojos sarcásticamente entornados, las comisuras de los labios caídas en una expresión parecida a una máscara desdichada e indiferente, escuchaba todo con seria atención y conocimiento. Era sabio por derecho propio.

Desde que Peter conocía a Levinsky, todo consistía en escuchar sus suaves y torrenciales reprimendas sobre su propia ignorancia y ceguera ante las cosas. Levinsky siempre le estaba instando a «psicoanalizarse» o a «bajar de las alturas» en un constante intento de convencerle para que adoptara su punto de vista, el de Levinsky, por razones que Peter nunca llegaba a comprender.

–Admito que hay cierta dignidad en ti –dijo Levinsky, agitando la rodilla–, pero no veo en ti la tristeza del que comprende las cosas, sino de la incapacidad neurótica de quien no se puede ver a sí mismo con claridad. Una cosa más, Pete, quería preguntarte cuándo puedo ver a tu familia, me gustaría volver a ver a tu padre y a algunos de tus hermanos, sobre todo a Francis. Y ahora –continuó con el mismo aliento, colocando un cigarrillo nuevo en la boquilla– debo contártelo todo –encendió el cigarrillo con avidez–. Han pasado muchas cosas desde que te fuiste. Veo bastante a Judie, tu Judie, y a veces me resulta sumamente encantadora, aunque la mayor parte del tiempo no lo es. He tenido muchas y largas conversaciones con Kenneth Wood, sí, ahora le conozco, le conocí a través de Dennison, y, por supuesto, tengo mucho que contarte también sobre Dennison, pero hablemos primero de Kenneth Wood. En primer lugar quería hacerte algunas preguntas sobre él: le conociste en la marina mercante, ¿verdad? Quiero saber de qué tipo de familia proviene.

Tras varios meses en el mar, Peter se sentía encantado de poder aportar el combustible necesario para la conversación con Levinsky.

–Solo he estado una vez en casa de Kenny y conocí a su padre y a su bisabuela. La anciana tiene casi cien años y aún recuerda historias del viejo Abilene...

–¿Y eso qué es? –preguntó Levinsky, impaciente y curioso.

–Allí es donde hicieron fortuna, hace mucho tiempo. Es un viejo pueblo ganadero de Kansas. Era muy salvaje en aquellos tiempos.

–Bah, olvídate de esas tonterías. Quiero saber cosas de ellos, dame algo inteligente.

–Te lo estoy contando. Su padre es un hombre muy apuesto que trabaja en Wall Street. Su madre se divorció y se volvió a casar con un conde austriaco. ¿Qué te parece?

–Mmm –reflexionó Levinsky–. Entonces todavía tienen dinero. ¿Dónde viven? ¿Qué clase de lugar es?

–Viven en una torre de apartamentos en el East River, muy elegante.

–¿Cómo es su padre?¿Cómo piensa?

–¡Y yo qué sé!

–¡La abuela, la abuela! –exclamó Levinsky–. ¿Vale algo? ¿Qué opiniones tiene? ¡Dame algo de información!

–Oye, ¡qué pesado te pones! –dijo Junkey dirigiendo una brusca y severa mirada a Levinsky–. Dale un respiro, el tipo ha estado en el mar, está intentando relajarse y pasarlo bien, y desde que estamos aquí sentados no has parado de atosigarle –y dicho eso Junkey devolvió su agónica mirada a la ventana.

–Es cierto –admitió Levinsky, profundamente absorto–, pero en cierto modo no viene al caso –y volvió a soltar una risita, pero luego clavó de nuevo en Peter sus ojos brillantes–. Supongo que nunca has oído hablar de Waldo Meister.

–Un poco... no mucho.

–Waldo Meister es un diletante. Parece que es amigo de la familia de Kenneth, amigo de su padre por antiguos asuntos de negocios. Son todos ricos, ¿entiendes?

–¿Quiénes?

–Kenny y su familia, Waldo Meister, y, por supuesto, Dennison, todos esos personajes malvados de familias decadentes.

–¿Qué tienen de malvados?

–Te lo diré, pero antes te cuento... Parece que Waldo es una persona rara y curiosa. Solo tiene un brazo. Es feo, bastante horrible, pero impresionante en cierto modo. Es decir, impresionante para todos menos para Kenny Wood, que de alguna manera supera a Waldo en maldad.

–¿De qué estás hablando? –exclamó Peter, frunciendo el ceño–. Yo navegué con Kenny Wood, es un chico alegre y jovial. ¿A qué te refieres?

–No me vengas con simplezas. Nada es simple, todo es complejo y malvado y también audaz... y eso va por tu Kenny Wood. No empecemos a hablar tan pronto sobre simples norteamericanos comunes, felices y afortunados. Déjame hablar. Waldo es un tipo execrable salido directamente de algún romance finisecular, un Dorian Gray en decadencia, un monstruo y, también, un mago de las tinieblas. Justo estoy utilizando esos símbolos en un poema: un mago malvado rodeado por todos lados de la decadencia de Occidente... despreciado como Filoctetes, aislado, pero hipnótico y convincente... un doctor del horror, un organillero de los ángeles acosado por las vulgares palomas de Occidente.

–¿Qué significa todo eso?

–Nada, me divierto, eso es todo. Sigamos: debido a la locura de su posición en el mundo, este asombroso Waldo Meister se revolvió para endosarle al mundo una locura aún mayor. Como solo hay una persona en el mundo que le reprocha abiertamente su discapacidad física, que le desprecia abiertamente, que se burla de él, que se mofa, ese sencillo muchacho llamado Kenny Wood, Waldo se revuelve y rechaza la compañía de cualquier otra persona que no sea Kenny. Una situación realmente sórdida pero angelical. Son unos ángeles extraños.

–Kenny no se burlaría de un lisiado. ¿Quién es?

–A eso iba. Antes de que Waldo perdiera el brazo en un accidente de automóvil, era íntimo amigo de Dennison, fueron juntos al mismo colegio privado, más tarde a Princeton, conocían a Kenny a través de su padre, que era un tipo dicharachero y estaba en todas partes, y cuando Kenny empezó a beber de joven se iba de juerga con ellos. Una noche regresaba borracho en coche, solo tenía unos catorce años, y se estrelló en algún lugar de Long Island. Una de las chicas de la fiesta estuvo a punto de morir en el accidente.

–Es la primera vez que oigo hablar de ese personaje, aunque estaba al tanto de que Kenny llevaba un vida salvaje, de ese Waldo no tenía ni idea –dijo Peter vagamente.

–¿No ves qué situación tan sorprendente? Kenny es responsable del defecto físico de Waldo y se burla de él, y Waldo acepta sus burlas casi con gratitud. ¡Es la situación más malvada, simbólica y decadente que se pueda imaginar! ¡Increíble! Pero tengo un millón de cosas más que contarte, todo encaja en el cuadro, un gran lienzo de desintegración y horror puro. Justo enfrente de aquí hay un centro de diversión, ¿lo ves? Se llama Nickel-O, ¿ves el gran cartel? Pues ahí, a eso de las cuatro de la madrugada, puedes contemplar la escena final de la decadencia absoluta: viejos borrachos, putas, maricas, todo tipo de personajes, macarras, yonquis, todos los despojos de la sociedad burguesa pululan por ahí sin nada que hacer aparte de estar allí, al abrigo de la oscuridad, por así decirlo. ¿Ves lo brillantes que son las luces? Tienen esos horribles neones azulados que te iluminan hasta el último poro de la piel, el alma entera, y cuando entras allí entre todos esos niños del triste paraíso americano, lo único que puedes hacer es mirarlos fijamente, en una embriaguez de bencedrina, ¿entiendes?, o con esa mirada ciega que surge del exceso de horror. Todos los rostros son azules y verdosos y enfermizamente lívidos. Al final, todos parecen zombis, te das cuenta de que todos están muertos, encerrados en la triste psicosis de sí mismos. Se pasan la noche revoloteando como pueden entre las ruinas de la civilización burguesa, buscándose unos a otros, ¿entiendes?, pero tan embrutecidos por su educación, de alguna manera, o por el mal de su tiempo, que al final solo logran dar tumbos y mirarse indignados unos a otros.

–Una descripción bastante alocada de los Nickel-O, si es que alguna vez había oído una –comentó Junkey con aprobación.

–¡Pero hay algo más! –exclamó Levinsky, a punto de dar un respingo–. Bajo las luces azuladas se pueden ver todos los defectos de la piel, es como si se estuvieran cayendo a pedazos –dijo soltando una risita–, te lo digo en serio. Se les ven manchas monstruosas o grandes pelos que salen de los lunares o cicatrices descamadas, bajo las luces adquieren un tinte verdoso y tienen un aspecto realmente horrible. Todo el mundo parece un *geek*.[1]

–¿Un *geek*?

–Esos borrachos o adictos o lo que sea que se comen las cabezas de pollos vivos en los carnavales... ¿nunca has oído hablar de los *geeks*? Oh, ahí está la clave –exclamó feliz–. Todo el mundo se siente como un *geek*... ¿no lo ves? ¿No percibes lo que ocurre a tu alrededor? Toda la neurosis y la moral restrictiva y las represiones escatológicas y la agresividad reprimida se han impuesto por fin a la humanidad: ¡todo el mundo mutando en un *geek*! Todo el mundo se siente como un zombi, y en algún lugar al final de la noche, el gran mago, el gran Drácula de la desintegración moderna y la locura, el genio tras las bambalinas, el Diablo si se quiere, dirige todo el asunto con su retahíla de maldiciones y hechizos.

1. En el *slang* de nuestra sociedad contemporánea un *geek* es alguien fascinado con la tecnología pero aislado a causa de sus nulas habilidades sociales, en los años cuarenta era una especie de zombi urbano. Ambos comparten la sensación de aislamiento, y de concentrar en sí un simbólico mal de siglo. *(N. del T.).*

–No lo sé, dijo Peter. Yo no me siento un *geek*. No pienso tragarme eso.

–¡Vamos, vamos! Entonces, ¿para qué lo mencionas? ¿Para qué lo niegas? –sonrió Levinsky socarronamente–. En serio, ahora que te conozco, me doy cuenta de que tienes un sentimiento de culpa espantoso, lo llevas escrito por todas partes, y estás confundido, no sabes lo que es. Admítelo al menos. De hecho, tú mismo me lo dijiste una vez.

–¿Admitir qué?

–Que te sientes culpable, que te sientes sucio, casi enfermo, que tienes pesadillas, que de vez en cuando tienes visiones horribles, que tienes sentimientos espirituales de *geek*... ¿No te das cuenta? Todo el mundo se siente así.

–Es cierto que me siento así –tartamudeó Peter, casi ruborizándose–, es decir, culpable, pero no sé, es la guerra y todo lo demás, creo, los muchachos que conocí y que fueron asesinados, esas cosas. Y en fin, ¡diablos! Ya nada es como antes de la guerra.

Por un momento casi temió que hubiera algo de verdad en la descabellada idea de Levinsky, ciertamente nunca en su vida se había sentido tan inútil, necio y afligido.

–Es más que eso –continuó Levinsky con una sonrisa prolongada, indulgente y sarcástica–. Tú mismo lo acabas de admitir. He estado haciendo mis investigaciones y he descubierto que todo el mundo padece la enfermedad. Algunos odian admitirlo, pero al final confiesan que la tienen. ¡Je, je! Y es increíble quién ha descubierto la enfermedad...

–¿Qué enfermedad?

Ante aquella pregunta, Levinsky y Junkey intercambiaron unas sonrisas cómplices y miraron luego al desconcertado Peter.

–Se trata del «gran bajón molecular». Por supuesto, de momento el nombre es puramente fantasioso. En realidad se trata de una enfermedad atómica. Pero tendré que explicártela para que lo entiendas. Es la muerte que reclama por fin la vida, el escorbuto del alma, una especie de cáncer universal. Es como la peste medieval, solo que esta vez lo arruinará todo en serio, ¿entiendes?

–No, no entiendo.

–Con el tiempo lo entenderás. Todo el mundo se desmoronará, se desintegrará, todas las estructuras basadas en la tradición y la rectitud y la llamada moralidad se pudrirán lentamente, a la gente le saldrá urticaria en el corazón, unas grandes ladillas se aferrarán a sus cerebros, sus pulmones colapsarán. Por ahora solo tenemos los primeros síntomas, la enfermedad aún no se ha desarrollado del todo, solo el virus X.

–¿Estás hablando en serio? –se rió Peter.

–Perfectamente en serio. Estoy convencido de la enfermedad, una verdadera enfermedad física. Todos la tenemos.

–¿Quiénes somos todos?

–Todo el mundo; Junkey y yo, y los demás, más que eso, todo el mundo, tú, Kenny, Waldo, Dennison. ¡Escucha! Ya sabes cómo son las moléculas, están hechas de acuerdo a un número de átomos dispuestos alrededor de un protón o algo parecido. Bueno, pues justo ese «algo parecido» es lo que se está desmoronando. La molécula se desintegrará de repente, dejando solo átomos, átomos aplastados de gente, nada en absoluto... todo quedará tal y como era en el principio del mundo. ¿Entiendes?, es solo el principio del fin del mundo genesiaco. Es ciertamente el principio del fin del mundo tal como lo conocemos, y ahora llegará un mundo no genesiaco, sin todo ese cuento sobre el pecado y el sudor de tu frente. ¡Je, je! ¡Es grandioso! Sea lo que sea, estoy a favor. Puede que al principio sea un carnaval del horror, pero estoy convencido de que de allí saldrá algo extraño. Pero eso es lo que yo opino, me estoy desviando de la idea que hemos acordado todos sobre la enfermedad atómica –dijo con perfecta seriedad.

–Escucha, Leon, ¿por qué no retomas lo de convertirte en un líder sindical? –se rió Peter.

–Oh, todo encaja. Pero espera, que aún no he terminado. El Nickel-O se ha convertido en un gran símbolo para todos nosotros, es el lugar donde se manifestó por primera vez la enfermedad atómica y desde donde se extenderá, lenta e insidiosamente, ¡ese lugar de ahí enfrente! –exclamó con alegría–. Verás a los grandes magnates de la industria desmoronarse de pronto y volverse locos, verás a los predicadores estallar de pronto en el púlpito, habrá vapores de marihuana saliendo de la Bolsa. Los profesores universitarios se quedarán repentinamente bizcos y empezarán a enseñarse el culo unos a otros. No lo estoy explicando bien... pero no importa, ya lo verás tú mismo, ahora que has vuelto. Y a continuación –dijo con gravedad–, quería hablarte de Dennison. Por cierto, quiere verte, se ha enterado de que has vuelto, ve a verle mañana. Dennison, debo decírtelo, ha abandonado sus viejos hábitos del psicoanalista y el jiu-jitsu, y ha empezado a participar activamente en la fantasmagoría de la vida moderna.

–¿Qué ha hecho?

–Se ha hecho adicto a la morfina. Se ha mudado a un apartamento nuevo, en Henry Street, justo bajo el puente de Manhattan, un viejo y sucio apartamento sin agua caliente con paredes desconchadas y cochambrosas. Su hermana Mary está allí con él cuidando del bebé. Junkey también vive allí a veces –dijo inclinándose amablemente ante Junkey–, y todo el lugar es una locura día y noche, invadido de gente que acude a por recetas de morfina de médicos sin escrúpulos. Mary toma bencedrina, hay un loco llamado Clint que aparece todo el tiempo con marihuana, y el lugar entero es un manicomio. Hay que verlo, sobre todo a Dennison con su hijo en una mano y una aguja hipodérmica en la otra, es un espectáculo maravilloso.

–En realidad no piensas que sea maravilloso. Por cierto, ¿cómo le va a la mujer de Dennison?

–No, es más que maravilloso, realmente, pero es verdad que he sido un poco malvado contigo todo este tiempo, poco sincero, en cierto modo. La mujer de Dennison se está muriendo... sigue en ese sanatorio de California o algún otro sitio. Debemos tener una conversación larga y seria, a solas. Eso es otra cosa. ¿Adónde vas ahora? ¿Qué haces esta noche? preguntó Levinsky con impaciencia.

–Voy a casa de Judie.

–Pero tenemos que hablar. ¿Cuándo hablamos? Y recuerda

que quiero conocer a tu familia. ¿No puedo ir a cenar allí algún día? Hay tantas cosas que arreglar, están pasando muchas cosas, todo está cambiando... y también quiero que leas algo de mi nueva poesía, y que vengas al Nickel-O conmigo alguna noche para que pueda explicártelo todo en su debido orden.

–Bueno, de acuerdo –aceptó Peter y se dispuso a irse, pero Levinsky se levantó solícito...

–No te irás, ¿verdad? exclamó.

–Sí, iba a ver a mi chica.

–Sabía que ocurriría algo así, algo relacionado con la paz y la normalidad y como quiera que se llame...

Peter le miró con gravedad.

–No importa –se rió Levinsky–. Así que vas a ver a Judie y te olvidarás por completo de la enfermedad atómica que tiene en sus brazos. En realidad estoy totalmente a favor, sigo creyendo en el amor humano al final del túnel. Pero, ¿puedo acompañarte al metro? –preguntó.

–Por mí, está bien –respondió Peter, cada vez más hosco ante aquellas astutas manipulaciones.

Por otra parte, Levinsky había sido así desde que Peter lo conocía, y lo disculpaba de alguna manera.

–Te sientes como un *geek*, ¿verdad? –sonrió Peter–. Pero ya sabes que la gente no quiere oír hablar de esas cosas. Quieren paz y tranquilidad... aunque esas cosas no existan. La mayoría de las personas solo tratan de ser decentes, eso es todo.

Levinsky pareció interesado.

–Que lo intenten –gruñó con una sonrisa maliciosa, una sonrisa que había copiado a Dennison.

–Ya estás imitando otra vez a Will Dennison –se burló Peter.

–Tonterías, ya han terminado mis días como esclavo de Dennison. En cierto sentido, la posición es casi la inversa. Ahora escucha mis ideas con gran respeto, cuando antes era justo al revés. Pete –dijo Levinsky con impaciencia–, espérame un momento mientras hago una llamada. Te acompañaré en el metro por una razón muy concreta: quiero demostrarte que todo el mundo está loco allí. Todo el mundo es radiactivo y no lo sabe.

Y acto seguido salió corriendo. En ese momento pasó alguien por la calle. Junkey, dio un respingo y desapareció casi antes de que Peter se diera cuenta.

El joven gamberro Jack se inclinó hacia Peter confidencialmente.

–Acaba de pasar el camello de Junkey, es al que le compra la droga. A mí no me gustan esas cosas, cuestan demasiado, te obsesionas y luego estás enfermo todo el tiempo cuando no puedes conseguirlas.

Había casi un tono de conspiración en sus palabras, las primeras que pronunciaba en toda la noche. Ahora que estaban solos en la mesa, el joven gamberro se había vuelto bastante voluble.

–Lo probé una vez, me dio un buen subidón, pero luego me sentí mal y vomité. A mí me gusta beber, emborracharme... ¿a ti no? –preguntó ansioso, mirando a Peter–. Escucha, ¿sabes? Tengo algo entre manos que si sale bien hará que no tenga que volver a preocuparme por el dinero, estaré listo, amigo. Un plan, ¿sabes?

–Ajá –dijo Peter vagamente.

Jack le dirigió una mirada cómplice, se detuvo un instante y miró por encima del hombro. Luego se inclinó hacia delante, casi susurrando:

–Conozco a un tipo, ¿sabes?, y la semana pasada le compré un arma, una porra, ¿me entiendes? Porque yo... bueno, ya sabes cómo hablan siempre esos tipos, ese chico, Levinsky, está bien, ¿sabes? Sentarse a charlar y pasar el rato, pero yo prefiero hacer algo, ¿sabes? ¡Un poco de acción! Se pasan el día hablando, Junkey y él. Pero el otro día conocí a un tipo en un bar, el plan del que te hablaba antes, y el tipo me dijo que tenía todo su dinero escondido en su habitación en el Bronx, dinero y un montón de trajes y zapatos y de todo. El tipo estaba borracho y no es de aquí, un trabajador solitario, del astillero. Los trabajadores de los astilleros siempre están solos –añadió vagamente–. Yo solía trabajar en un astillero, pero no me gusta trabajar, ¿sabes? No me gusta que me digan todo el tiempo lo que tengo que hacer. Le dije que podría conseguirle una chica, ¿entiendes? –dijo haciendo una pausa.

–¿Y puedes? –sonrió Peter, porque nunca lo había visto con una chica. Siempre andaba por la calle mirando con desdén a las chicas que pasaban.

–Pues claro, amigo, conozco a cientos de ellas –exclamó Jack casi con resentimiento–. ¡Chicas! Conozco a un tipo que tiene un don para manejarlas, ¿sabes? Un chulo. Bueno, el sábado por la noche iré a la casa de ese trabajador del astillero con una chica que conozco, le daré una paliza y me largaré con todo su dinero y su ropa. Ni siquiera llevaré la porra, bastará con un par de puñetazos –dijo sacando los puños de debajo de la mesa y enseñándoselos a Pete–. Eso es todo, viejo, eso es lo que haré, ¡le daré un par de puñetazos! ¡Zas! ¡Zas! Lo tengo todo planeado, uno en el plexo solar, otro en la barbilla. Luego también una patada en el cuello... eso te deja fuera de combate, ¿sabías? –susurró con seriedad y añadió luego, confidencialmente–: ¿Alguna vez te has peleado con alguien? ¿Has noqueado a alguien alguna vez? Mi hermano es un gran boxeador, ¿sabes? ¿Qué te parece venir conmigo mañana por la noche? –concluyó nervioso, mirando a la cafetería por encima del hombro.

Antes de que Peter pudiera responder, Levinsky regresó corriendo. Dejaron a Jack allí, preocupado y rumiando ansiosamente, y salieron hacia el metro.

–Aquí todo el mundo está loco –comentó Peter hoscamente, con una sensación de absurda soledad.

–Pues eso no es ni la mitad. Espera a ver mi experimento en el metro, te demostrará de forma concluyente que la enfermedad atómica ya está muy avanzada.

–¡No puedes estar hablando en serio, Leon! ¿Qué demonios te ocurre? –preguntó Peter, exasperado.

Por primera vez aquella noche, Levinsky se puso serio, o eso pareció, frunció los labios juiciosamente, miró a Peter con gravedad y asintió con la cabeza.

–Sí, hablo en serio, pero solo en cierto modo...

–Solo en cierto modo... ¡tonterías!

–Pero no. En realidad, verás, es todo una ocurrencia de Mary, la hermana de Dennison. No hay duda de que Mary Dennison está loca, pero solo porque quiere estar loca. Todo lo que dice acerca del mundo, de la gente que se derrumba, de la forma en la que todos se agreden en esta especie de gran final de nuestra gloriosa cultura, todo lo que dice sobre la locura en las élites y la absurda y caótica estupidez de tantas personas que dejan que unos charlatanes les digan lo que deben hacer y pensar, ¡todo eso es cierto! Todos esos publicistas que se inventan cosas irreales de las que la gente debe protegerse, como la tuberculosis, o que si no te lavas con tal o cual cosa eres un marginado de la sociedad. ¡Escucha! Todos esos cuestionarios que hay que rellenar en este sistema burocrático nuestro en los que te hacen todo tipo de preguntas imaginarias. ¿No lo comprendes? ¡El mundo se está volviendo loco! Por lo que es muy posible que haya empezado algún tipo de enfermedad. Solo se puede sacar una conclusión lógica. En palabras de Mary, todo el mundo tiene la enfermedad atómica, todo el mundo es radiactivo.

–Una conclusión absurda –murmuró Peter–. Ojalá hablaras en serio.

–¡Lo sorprendente es eso! –exclamó Levinsky alegremente–. Todas las cosas horrorosas que ve Mary Dennison y en las que incidentalmente participa también, y te aseguro que hay más horror en esa muchacha y en su terrible visión del mundo de lo que el propio Dennison jamás pudo soñar en sus momentos más heroicos, todo puede ser terriblemente cierto. Te estoy hablando en serio. ¡Imagina que lo fuera! ¡Imagina que lo fuera! ¿Qué pasaría entonces?

–Qué tontería –volvió a decir Peter.

–Pero, ¡espera! Hay mucho más.

Estaban en la estación de metro. Levinsky cogió un periódico viejo de un cubo de basura y empezó a doblarlo y a arrancar secciones, con aire grave, mirando disimuladamente a Peter mientras hacía todo aquello.

–¿A qué te recuerda? –preguntó.

–¿El qué?

–¡Esto! Arrancar y doblar así este viejo periódico, ¿no has visto nunca a los locos, cómo se comportan?

–Sí –rió Peter, de repente inexplicablemente divertido por la actuación–, eso está muy bien.

Cuando llegó el tren, se subieron y Levinsky situó a Peter en la puerta para que observara atentamente a todos los pasajeros.

–Recuerda –le dijo alegremente–, observa bien a cualquiera al que moleste con mi... mi mágica actuación con el periódico. Si los dos miramos fijamente a la víctima, empezará a sentir manía persecutoria. Verás cómo todos se han vuelto básicamente locos, todo el mundo está demente –dijo abriendo los brazos con una mirada de embeleso–. Ahora observa.

Levinsky se sentó, fantástico y con los ojos desorbitados, con su cazadora militar y su bufanda floreada, y el tren se puso en marcha en el trayecto exprés hasta la calle Setenta y dos. Se sentó frente a un anciano de aspecto distinguido que iba acompañado de un niño de cuatro años, un anciano melancólicamente severo que miraba al infinito con pensamientos muy señoriales, y un niño alegre que miraba a todo el mundo con curiosidad. Iban cogidos de la mano mientras el tren se mecía.

Levinsky abrió su periódico y fingió empezar a leerlo, pero de pronto Peter se dio cuenta con horror de que había hecho un agujero en mitad de la página, a través del cual el increíble Levinsky estudiaba atentamente al anciano del otro lado del vagón. Al principio nadie notó nada, pero poco a poco los ojos del anciano se desviaron hacia el periódico de Levinsky. Allí, con una terrible conmoción, en vez de titulares se encontró con un gran retrato viviente, los ojos brillantes de un loco clavados triunfalmente en los suyos a través del agujero de la página.

Peter comprobó que el anciano se ruborizaba. Él mismo tuvo que apartar la mirada, sonrojándose furiosamente de vergüenza. Pero al mismo tiempo sintió un placer perverso y delicioso. Tenía que mirar, y se asomó en una convulsión de horror y regocijo. Lo más increíble y divertido era que el propio Levinsky seguía mirando fijamente a través del agujero al anciano con perfecta gravedad y seriedad, como si creyera de todo corazón en todo el valor de su experimento.

Para colmo, justo cuando todos los que estaban al otro lado

del pasillo empezaron a percatarse de la estupenda actuación de Levinsky –cuando empezaron, de hecho, a inquietarse y mirar furtivamente a su alrededor, a veces dirigiendo miradas a Peter como si intuyeran su conspiración en el asunto, aunque él trataba de parecer inocente y despreocupado–, justo cuando empezaban a mirarse unos a otros en busca de la confirmación de que era Levinsky el que estaba loco, y no ellos, el propio loco, con delicada propiedad, placer y suave ensimismamiento, empezó a arrancar tiras del periódico y a dejarlas caer al suelo una a una, con suavidad. Mientras tanto, sonreía cariñosamente a la página, sin apartar nunca la vista, entusiasmado, intenso, complacido y centrado en lo que estaba haciendo, perdido en el placer de la agradable contemplación.

Era la cosa más loca que Peter había visto nunca. Levinsky interpretaba el papel a la perfección, solemne y serio. Por un momento alzó la mirada de lo que estaba haciendo para meterse el dedo en la oreja y lo dejó allí, pensativo, como si sus sesos fueran a desbordarse si no los retenía.

Más horrible aún fue darse cuenta de la penosa verdad de su afirmación de que todo el mundo en el metro estaba un poco loco. Algunos de los que se percataron de lo que estaba haciendo Levinsky apartaron la mirada con nerviosismo y prefirieron fingir que no ocurría nada en absoluto, se quedaron perfectamente rígidos en su rechazo de la situación, como estatuas. Otros parecían disgustados y de vez en cuando echaban miradas suspicaces a la representación, se negaban a seguir mirando, no querían «dejarse engañar», como decía Levinsky. Y hubo algunos en el vagón que simplemente ni se percataron, regresaban a casa del trabajo demasiado cansados como para darse cuenta de nada. Algunos leían el periódico, otros dormían, algunos charlaban, otros simplemente estaban pensativos, sin mirar, y otros creían que era un loco inofensivo y no le prestaban más atención.

Había un elemento con el que Levinsky no había contado: la gente del vagón que tenía curiosidad y cierto sentido de la diversión. Todos aquellos elementos, incluido el pequeño acompañante del anciano caballero, un negro que regresaba a casa del trabajo, un joven estudiante nervioso y un hombre bien vestido que llevaba una caja de caramelos, contemplaban con deleite las payasadas de Levinsky. El anciano, que era la víctima directa de la representación, estaba demasiado dolorosamente involucrado como para saber si era divertido, absurdo u horrible: lo tenían clavado en un par de ojos enloquecidos y ardientes y lo único que podía hacer era apartar la mirada con una profunda vergüenza.

Mientras tanto, se aferraba a la mano del niño, casi temeroso por él, y ciertamente confuso, mientras el niño miraba boquiabierto a Levinsky.

–¿Qué está haciendo? –gritó, volviéndose hacia el anciano.

El anciano sacudió la cabeza en tono de advertencia y apretó con más fuerza la mano del pequeño. El niño, inquieto, se sentó con los pies en el asiento y miró casi solemnemente a Levinsky.

De pronto, el chiquillo soltó una carcajada chillona y saltó del asiento al otro lado del pasillo, metió la cara en el agujero del periódico y empezó a mirar a Levinsky con ojos saltones y gran placer, sabiendo que era un juego, saltando y aplaudiendo y riendo de alegría, y gritando:

–¡Otra vez, señor! ¡Hágalo otra vez!

Y ante aquello, el nervioso estudiante, el negro y el hombre de la caja de caramelos se rieron a carcajadas, hasta Peter se dobló de risa sin poder evitarlo, y entonces fue demasiado. El propio Levinsky se sintió avergonzado, miró tímidamente a su alrededor, se sonrojó, y contempló compungido el desastre que había organizado rompiendo el periódico, soltó una risita y miró con impotencia a Peter. Todo el experimento se vino abajo. Otros pasajeros que hacía un momento estaban asustados o indignados empezaron a reírse también. Todos sonreían y miraban a su alrededor intuyendo que había ocurrido algo gracioso. Peter, como la rata que abandona el barco, se metió en el vagón de al lado, se escondió en un rincón y trató de no estallar de la risa. Una vez se asomó y vio a Levinsky sentado entre toda aquella gente, meditando distraído.

Se reencontró con el triste y apagado Leon Levinsky en el andén cuando llegaron a la calle Setenta y dos.

–Pero ¿no has visto, Pete? Todo ha salido como te dije –dijo, humedeciéndose los labios–, excepto lo del chiquillo. Aunque en realidad –reflexionó seriamente– en cierto modo fue bonito también, porque demostró que los niños no son capaces de reconocer la locura. Es decir, entienden lo que lo es y lo que no lo es, simplemente lo entienden. Aún no han tenido tiempo de agobiarse con estructuras de carácter y protecciones de la personalidad, ni sistemas de prejuicios morales y Dios sabe qué más. Por eso son libres para vivir y reír, libres para amar, como esos pocos hombres del vagón.

Peter le miró con asombro.

Levinsky regresó al andén que iba al centro, mientras Peter se fue a ver a Judie. La última vez que lo vio, estaba de pie entre la multitud, mirando a su alrededor y meditando sombríamente sobre su propio misterio y el de todos los demás, como hacía siempre.

## 4

Judie Smith vivía un apartamento en la calle 101, no lejos de Columbus Avenue, próximo a los salvajes barrios españoles, y a poca distancia de las viviendas irlandesas y los salones de Ámsterdam, los flamantes mercados *kosher*, los hoteles y cines de Upper Broadway y las elegantes torres de Central Park West. El parque en sí estaba cerca, grande, lúgubre y repleto de jardines, rodeado por las murallas de la ciudad que se alzaban a lo largo de diez kilómetros de diámetro.

Vivía en un sexto piso, en un apartamento pulcramente amueblado, donde de vez en cuando se escondía durante días, tejiendo y atemorizada como una niña. A veces trabajaba como modelo, o vendedora de cigarrillos en un club nocturno, en una ocasión como estibadora en los muelles, pero la mayor parte del tiempo vivía de los cheques que le enviaba su tía desde Filadelfia mientras «esperaba» que sucediera alguna cosa. Ahora estaba furiosamente comprometida con Peter, era a él a quien «esperaba».

Había empezado a llover a cántaros y Peter llegó empapado a la puerta de su casa. Sonrió felizmente, la tomó en sus brazos y puso su mejilla contra la de ella. Quería decir en un solo instante todo lo que se le pasara por la cabeza, quería contarle todo sobre Galloway y lo que había pasado allí y sobre la tristeza que había sentido en el autobús y lo que había estado pensando, y sobre Levinsky. Pero solo la besó y se apartó con tristeza.

–La verdad, Judie, he tenido un viaje horrible, no sé por qué me fui. Tenías razón, debería haberme quedado aquí.

–¿Acabas de llegar? –preguntó Judie, mirándolo a hurtadillas mientras él cavilaba y, finalmente, le volvió a rodear con los brazos y se estremeció.

–Hace dos horas, ¿por? –respondió sonriendo.

–Me lo preguntaba, nada más. Estaba pensando que quizá habías ido a Brooklyn a ver a tus padres –dijo frunciendo los labios, pero de repente se mordió las uñas y volvió a ponerse nerviosa. Quería a Peter de una manera furiosa.

–No, aún no he ido a ver a mis padres, ¿estás contenta? ¿Qué pasa? ¿Por qué tienes tanto miedo esta noche?

–¿Miedo? –preguntó tontamente.

–¿Qué has hecho, comprar otra cara alfombra de piel con el dinero que te dejé?

–¡Oh, no, nada de eso! –exclamó ella alegremente, aunque haciendo un pequeño gesto de queja–. En realidad... no, espera, dúchate primero y yo te prepararé un café y un sándwich, y cuando estés bien seco, limpio y comido, te lo contaré.

Peter bostezó, fingió que no le importaba, entró y se duchó. Cuando salió, ella estaba sentada rígidamente en el borde del sofá, con una expresión renovadamente alegre y satisfecha. Tenía una carta sobre las rodillas, y los sándwiches y el café en una bandeja a su lado.

–Petey, es horrible. Mientras te duchabas, he estado tratando de averiguar qué decirte y...

–¡Adelante, dime qué es, no me importa lo que hayas comprado! –se rió.

–¡No, no, no! No se trata de eso –se burló ella–. Eso ya está olvidado. Esto es otra cosa. Petey, es otra cosa –gimió–; me refiero a lo nuestro. Quería contártelo todo. ¿Te das cuenta de que sabía que ibas a volver esta misma noche solo porque estaba lloviendo? Siempre vuelves cuando llueve. Sabía que ibas a venir, en serio, así que me senté y te escribí una carta que pudieras leer al entrar. ¡Sí! Y también tenía todo pensado lo que te diría... pero, Petey, cuando entraste de verdad, no sabía qué hacer. Tenía frío y temblaba. ¿Te has dado cuenta de cómo temblaba? –exclamó ansiosa.

Peter se sentó en una silla frente a ella y la miró fijamente.

–Sí –sonrió.

–¡Pero no me mires así, me da vergüenza, Petey!

–¡No te miro de ninguna manera! –exclamó, molesto.

–¡Petey! –soltó ella–. Quería decirte que te quiero, pero de una forma grande y bonita, como en los libros que me hiciste leer. En esa carta quería decirte lo que de verdad siento cuando pienso en ti, ¡me duele! Es algo que me duele.

Peter se volvió en la silla y miró al suelo.

–No hay que ponerse tan dramático –dijo al fin–. Todo el mundo vaga por aquí y por allá, y yo el que más –añadió afligido, sintiéndolo de verdad.

–Ojalá pudiera sentirme como cuando estábamos en casa –se quejó–. Dábamos paseos alocados en coche y salíamos a patinar en invierno. Lo único que querían hacer los chicos era besarse un poco, todo era tan sencillo. Tú también eras así, Petey, solo que lo has olvidado, ¿verdad? La primera vez que te vi llevabas pajarita y aquella chaqueta deportiva tan elegante, me enamoré de ti enseguida. ¡Esa pajarita! Estabas tan guapo, tan universitario. Pero aquí siempre es lo mismo –exclamó despectivamente–. Qué lugar tan de locos es Nueva York. Nadie hace nunca nada, todo lo que hacen es hablar, ya nadie juega. En casa, hacíamos aquellas tremendas fiestas de la cerveza, bebíamos, charlábamos, nos hacíamos bromas. Es cierto, ¿sabes? –exclamó avergonzada cuando Peter se echó a reír–. Algo de eso hay, no es tan tonto como parece. Te acuerdas, de la gente del instituto.

–Me acuerdo, me acuerdo.

–Odio a todos estos intelectuales de por aquí. ¿Por qué tienes que ir con intelectuales?

–¿Quién es un intelectual?

–Todo el mundo está siempre hablando de Rimbaud o de algo parecido. Kenny Wood y Jeanne y Dennison y todos los demás. ¡Yo quiero diversión, comer cosas ricas, salir por ahí, cerveza! ¿No te das cuenta, Petey? ¿Nunca has hecho cosas así?

–Por supuesto que sí.

–¿Qué fue de aquella pajarita? No te la has vuelto a poner. Ahora ya solo llevas ropa vieja y sucia, pantalones caqui y esa vieja chaqueta negra. Pero me gusta esa chaqueta, eres tú. Igual la pajarita... ¿por qué no te la vuelves a poner? Petey, pongámonos elegantes alguna vez y salgamos a comer langosta y vayamos a un baile o algo así, o montemos a caballo con alguien, y riamos y cantemos con todo el mundo –dijo saltando alegremente sobre su regazo–. ¿Sabes lo que solíamos hacer? Teníamos una pandilla y todos los que no pertenecían a ella eran tarados, así los llamábamos. Solíamos gritar: «¡Eh, tarado!» o «¡Eh, Cherry!». Ese era nuestro grito de guerra. Nunca conociste a Bob Randall, ¡era muy gracioso! Solía acercarse a las ancianas y decirles: «Buenas tardes, señora Boonyak, dele recuerdos al señor Boonyak»; hacíamos ese tipo de cosas en Filadelfia.

–Bueno, los chicos de por aquí no son así –dijo Peter distraídamente–. Tienen otras cosas en la cabeza.

–¡Uf! ¡Tienen demasiadas! Solo saben hablar de libros. No saben divertirse. Los odio a todos –concluyó en tono sombrío e hizo un mohín. Se acercó a una cómoda y sacó un ovillo de lana de una cesta de punto.

–¿Qué estás tejiendo?

–Da lo mismo, no te los mereces.

–¿Calcetines?

–Calcetines de rombos. Se los voy a dar a Bob Randall en tu lugar. Petey, ¿cómo eras en Galloway? –preguntó de pronto, desesperada.

–Igual que Bob Randall.

–De acuerdo, entonces te los daré a ti.

Permanecieron en silencio durante unos minutos, mientras Judie tejía con un feroz mohín de concentración y Peter miraba sombríamente al vacío. Mientras tanto, empezó a llover con fuerza en la calle, la lluvia golpeaba el cristal y, de pronto, Peter se levantó, se sentó a los pies de Judie y apoyó la cabeza en su rodilla. Ella dejó de tejer y empezó a acariciarle el pelo.

–No era eso lo que quería, pero no importa –murmuró Peter–. Lo que intentabas decirme cuando entré... no hace falta que me lo digas, lo adivino, yo tenía las mismas cosas que decirte. Nos conocemos de memoria. Nos emocionamos y nos ponemos nerviosos cuando nos vemos después de mucho tiempo, pero eso es lo bonito –dijo casi con picardía.

–¿Lo que nos pasa a nosotros?

–Sí, pero le pasa a todo el mundo. ¿No es todo el mundo igual?

–Al diablo con todo el mundo. ¿Por qué no solo nosotros?

–Bueno, porque hay más gente en el mundo.

–¡Bah, al diablo con eso!

–Como sois las mujeres...

–Al diablo con las mujeres. Yo no soy las mujeres, yo soy yo.

–Tú eres tú, tú eres tú –sonrió Peter–. Hagamos como si fuera un trabajador de la fábrica –dijo con una repentina y feliz sonrisa por la ocurrencia, levantándose de un salto y cogiéndola del brazo–. Tú eres la hija del jefe y yo he venido un miércoles por la noche y tu padre duerme en la habitación de al lado, y estamos sentados en el sofá muy acaramelados y besuqueándonos y susurrando, esperando a que tu padre empiece a roncar. Entonces empezamos.

–Estás loco –dijo ella mirándole a los ojos con mansa seriedad.

Peter se asustó de repente.

–¿Por qué? –preguntó. Tenía una sonrisa en la cara, pero se le quedó congelada en un gesto tonto y nervioso, se dio cuenta de que no tenía sentido lo que acababa de decir. De repente se sintió triste y humillado, con una especie de miseria y vergüenza, y la sensación furiosa de que siempre mentía, de que siempre se comportaba como un idiota de alguna manera.

–Porque... porque... bueno, porque no eres ningún obrero y yo no soy la hija del jefe.

–Ya lo sé, somos solo nosotros –dijo con una sensación de malestar y volvió a sentarse en la silla, pero se levantó inmediatamente y se sentó en el alféizar de la ventana. Voy a tomar una decisión, ahora mismo, voy a tomar una decisión, si es que es posible tomar una decisión, y me atendré a ella el resto de mi vida. No me importa lo que digan los demás. Judie, yo también era así, me refiero a lo de patinar y a las fiestas. Demonios, yo era como cualquier otro chico. Algo me ha pasado –se quejó–. ¡Mi padre también lo notó!

–¡Oh, tu padre! –gruñó ella.

–Es un gran tipo, un gran hombre, no me había dado cuenta hasta ahora. Mi madre también. Son personas de verdad, yo debería ser un hijo de verdad. ¿Por qué siempre tiene que ser todo «debería»? ¿Qué demonios nos pasa a todos que siempre es «debería»? ¿Qué ha pasado? –dijo caminando nervioso de un lado a otro de la habitación.

–Petey, no... no llores.

–¿De qué estás hablando? –se burló.

–Hablas como si estuvieras llorando, Petey. Petey, juguemos al obrero de la fábrica y a la hija. No quería decir lo que dije.

–¡No! –exclamó furioso, abriendo la ventana y mirando hacia la lluvia.

–Pero no es agradable hablar así y burlarnos de nosotros mismos. Eso es lo que hace todo el tiempo ese maldito libro que estaba leyendo, todo el mundo habla y no para de hablar.

–No hablaremos –dijo Peter, levantándose. Se acercó por detrás y le rodeó los hombros con los brazos y la abrazó, apoyándose en ella, con la cabeza contra la suya–. No hablaremos y nos quedaremos quietos durante horas mirándonos el uno al otro –sonrió triunfante, y se balancearon juntos, pensativos.

Una hora más tarde oyeron un ruido extraño. El apartamento estaba en la última planta y parecía que alguien se paseaba por el tejado bajo la lluvia y se asomaba a las cornisas para mirar hacia abajo. En la calle se oyeron gritos y pasos. Luego todo volvió a quedar en silencio.

Pete y Judie reanudaron sus graves y confortables placeres. La lámpara de la cama estaba encendida, brillando cálida y rosada en la pequeña habitación, tenían la radio puesta, y en un gran plato una ensalada de aguacate, aceitunas maduras y puntas de espárragos, que comían distraídamente, con lento deleite, mientras leían y tejían.

De pronto se abrió una ventana en la habitación principal. Oyeron el fuerte chapoteo de la lluvia y la ventana volvió a cerrarse y hubo un silencio sepulcral.

–¡Oh, Petey! ¿Qué ha sido eso? –susurró Judie asustada–. Estaban persiguiendo a alguien. Es un ladrón –susurró casi excitada–. ¡Es un ladrón! ¡Di algo, di algo!

–¿Quién anda ahí? –gruñó Peter en voz alta. Se levantó, se puso los zapatos y miró hacia la oscuridad del salón–. Obviamente no es un ladrón –dijo, volviéndose hacia Judie–, pero hay alguien ahí, puedo ver la sombra. Por Dios, no estoy asustado –continuó en voz alta–, ¡me parece que voy a romperle a alguien la cabeza!

Judie miraba ávidamente por el marco de la puerta, completamente asustada. De pronto se oyó una vocecita en la oscuridad, como la de un niño de cuatro años imitando a su hermana pequeña:

–Soy yo, soy yo, soy yo.

Pete y Judie se quedaron boquiabiertos.

–¿Quien? –preguntó él con asombro.

–Pero si es...

–Soy Kenneth Wood, Kenneth Wood –dijo la vocecita–. Soy Kenneth Wood, he subido por la escalera de incendios y he entrado por el tejado. ¡Ji, ji, ji!

–¿Eres tú, Ken? -gruñó Peter.

–Bueno, nunca se sabe –dijo la vocecita–, ¡también podría ser un impostor imitando a Kenneth Wood y llevando un cuchillo! ¡Ji, ji, ji!

Peter encendió una cerilla, se asomó a la habitación, miró a su amigo, volvió al dormitorio y se acostó de nuevo con su libro.

–¡Tienes que terminar ese último párrafo! –dijo la vocecita desde la otra habitación–. ¡Ji, ji! El último párrafo es el que suena falso.

–Adelante, adelante –exclamó Peter, sonriendo a su pesar–. No leeré el último párrafo. ¿Qué te traes entre manos? ¿Qué ha pasado?

Judie entró en la habitación, encendió la luz y miró a su alrededor. Kenneth Wood estaba de pie en un rincón junto a la ventana. Estaba todo mojado, la ropa chorreaba, el pelo le caía a mechones en la cara y tenía sangre en la nariz. Un lado de su chaqueta de ante estaba negro de tinta y goteaba en el suelo.

–¿Qué te ha pasado? –gritó Judie, sobresaltada–. Tienes sangre en la cara.

Wood miró furtivamente a su alrededor, temeroso, en una loca imitación del miedo, y de pronto puso una expresión larga y grave, casi como la máscara de un payaso triste. Se quitó la chaqueta de ante, entró cojeando en la habitación, tiró la chaqueta al suelo, cogió una toalla y empezó a secarse la cabeza, y finalmente se sentó en el suelo encendiendo un cigarrillo con repentina y profunda gravedad. Era un joven alto y desgarbado de unos veinte años, con un mechón de pelo negro, manos grandes, poderosas y nerviosas, y unos ojos rápidos y penetrantes que miraban desde un rostro torcido, sardónico y gravemente asombrado. Tenía un aspecto horrible con aquella sucia ropa andrajosa.

Esperaron nerviosos a que dijera algo, pero él se limitó a mirar al suelo de mal humor.

–¿Te has peleado? –preguntó finalmente Peter.

–¡Sííí! –volvió a decir con voz de niño pequeño, pero enseguida se puso a hablar con su voz normal–. Cada vez que entro en un bar alguien quiere invitarme a una copa y luego pelearse conmigo. Jeanne estaba allí, por supuesto, flirteando con un grupo del otro lado, mientras mi grupo me invitaba a copas y luego me invitaba a pelearme con ellos.

–¿Qué les dijiste?

–Nada, siempre es igual. Le pegué un buen puñetazo a alguien y luego ellos me pegaron a mí, unos tres, y yo le pegué a otro y empecé a correr como un loco. Los perdí de vista abajo, salté la valla del callejón y subí por la escalera de incendios. ¿No los oísteis gritar en la calle?

–Sí...

–Ese fue el coro y el final de la obra. Supongo.

Al oír aquello, Peter se levantó y se puso a caminar nervioso por el pequeño dormitorio. Como tenía poco espacio para pasear porque Kenneth se había sentado en el suelo y Judie estaba de pie, pasaba rozándolos, caminando de un lado a otro.

–¡Maldita sea! –murmuraba.

–¿Qué te pasa? –se rió Judie.

–Bueno, no te preocupes –dijo Kenny, levantándose de un salto y rebuscando de repente en el armario–. Por cierto, Martin, pareces más abatido que nunca. ¿Qué te preocupa? ¿Sabes qué es lo más triste del pasado? Que no tiene futuro. Todo lo que ocurre es porque ha sido descartado.

–¿Quién habla de eso? –dijo Peter frunciendo el ceño. Recogió su chaqueta de cuero, se la puso y se sentó acurrucado en la cama, como si tuviera frío. Luego miró a Judie y a Kenny como si no los hubiera visto nunca–. Os diré lo que pienso –dijo–. Creo que el mundo está asquerosamente podrido cuando es posible que tres tipos le ataquen a uno de esa manera...

–¡Ah, escuchemos un poco más de esos espléndidos comentarios de obrero de fábrica de Galloway! –sonrió Kenny alegremente, saliendo de detrás de la puerta del armario con un par de zapatos viejos y un poco de betún. Se sentó en el suelo y empezó a lustrarlos afanosamente. Judie se sentó a su lado en el pequeño cojín y observó lo que hacía con feliz orgullo.

–¡Ja! –exclamó–. Kenny siempre busca algo que hacer, es igual que yo.

–Y yo no soy más que un imbécil, lo sé –dijo Peter–. Pero, diablos, me preocupo cuando pasan cosas así, o más que preocuparme, me enfado. No entiendo por qué siempre hay tipos que se lían a golpes contigo cada vez que entras en un bar. Como aquella vez que volvimos de Groenlandia. ¿Recuerdas aquella pelea de Boston?

–Oh, fue una pelea espléndida –sonrió Kenny, lustrando afanosamente los zapatos–. Eran unos soldados polacos, creo, o aviadores, empezaron una pelea con dos marineros venezolanos, y ahí estaban el pequeño Kenny y el pequeño Petey, justo en medio. Y ese marinero turco, ¿recuerdas aquel tremendo marinero turco que parecía todo carbón y aceite desde la punta de su fez rojo hasta los pequeños dedos de sus pies?

–¿Cuál?

–¿Recuerdas cómo lo interrumpió y empezó a hacer un discurso sobre los compañeros y «travalleros» del mundo, un comunista turco haciendo un discurso en español? Fue un popurrí espléndido.

–Para mí no tuvo gracia –dijo Peter, y miró a Ken con asombro y curiosidad, casi con rabia.

Ken le miró.

–¡Eres el más desdichado de todos los trocitos de comida para tiburones de este mundo!

–¿Qué?

–¡Comida para tiburones! ¡Comida para tiburones! Venga, vayamos al cotilleo divino, a los pequeños hechos, uno por uno, analicemos tu lamentable estado de esta noche. Vayamos al fondo del asunto, ¡rápido! O no tendrás tus espinacas. –Judie se abrazó las rodillas con deleite, devorándole con ojos brillantes, inclinándose alegremente hacia él en el cojín. Le encantaba Kenny.

–Sois un par de murciélagos, vosotros dos –murmuró Peter, no muy disgustado.

–Baja a comprar una botella, Martin, aquí tienes mi parte. Tienes uno de tus humores de la Tercera Avenida, y Judie y yo escucharemos atentamente todo lo que nos tengas que decir –y mientras hablaba le miraba con aquella mirada seria y ligeramente asombrada que lucía siempre Kenneth, y también con tristeza.

–¿Por qué no le dices a Judie que te cure un poco la cara? Yo iré a por una botella.

–¡Síííí!

Peter bajó a la calle bajo la oscura lluvia brumosa, entró a una licorería, compró un quinto de whisky y vagó un rato por las calles, sumido en sus pensamientos. Había dejado de llover y asomaban algunas estrellas sobre el cielo de la Quinta Avenida, al otro lado de Central Park.

Caminó por el parque. En Galloway no había ningún Central Park, ni kilómetros de semáforos que brillaran sobre el pavimento, ni taxis amarillos que pasaran a toda velocidad con el sigilo y el oscuro y lujoso misterio de Nueva York por la noche. Empezó a recordar con placer una revista que solía leer de pequeño, la *Shadow Magazine*. En la *Shadow Magazine*, recordaba ahora, siempre llovía con niebla en Nueva York, siempre era de noche, y la Sombra, elegantemente disfrazada de Lamont Cranston, esteta millonario y detective aficionado, siempre recorría Manhattan a toda velocidad en un taxi amarillo y se dirigía a algún lugar con rapidez, con astucia, para hacer frente a las fuerzas del crimen. En la *Shadow Magazine*, Lamont Cranston siempre salía del taxi como la Sombra misma, dejando sigilosamente el dinero sobre el taxímetro y desapareciendo en un misterioso camuflaje. El taxista siempre se quedaba atónito y se frotaba la barbilla con asombro. Peter solía leer esos cómics y luego salía a pasear por las calles de Galloway, y maldecía su vida porque aquello no era Nueva York y no había taxis amarillos ni lluvia misteriosa sobre los áticos por la noche. Tenía catorce años y aún leía aquel cómic cuando el pequeño Mickey lo empezó a leer también. Recordó las largas y serias discusiones que habían tenido sobre la Sombra, él y Mickey, cada uno con sus catorce o sus siete años, en la vieja casa, hacía tanto tiempo.

¿Qué habría pensado, a los catorce años, si hubiera podido anticipar esta noche?

–¡No me lo habría creído! –murmuró en voz alta– y menos aún con unos sucios pantalones caqui y una vieja cazadora de cuero, paseando con una botella de whisky por Central Park West.

Miró enfadado a su alrededor. Recordó que Judie y Ken le estaban esperando, se acordó de ellos de repente. ¿Podría habérselos imaginado a ellos también? ¿Habría sentido como una oscura aventura brumosa vivir con aquella muchacha alegre e infantil o tener aquel amigo que entraba por el tejado y le llamaba «desdichado»?

Se preguntó por qué había vuelto realmente a Galloway, y al instante se sintió desgarrado por una horrible y vaporosa pena al pensar en su madre y su padre viviendo en Brooklyn, al otro lado de aquella oscuridad... y también Mickey estaba allí, el pequeño Mickey.

De nuevo pensó en Judie y Ken, pensó en ellos con un repentino sentimiento de ternura. Era cierto que él era el amante de Judie, pero ella era como una niña, una niña alocada y feliz, y al fin y al cabo casi parecía su hermana... pero era triste que fuera su hermana. Y Ken era un muchacho al que había conocido en la marina mercante, que ahora se había quedado en Nueva York trabajando para la agencia de publicidad de su tío, y se suponía que vivía con su familia, su padre y su bisabuela, en un apartamento del East River, pero casi nunca estaba en casa, y se emborrachaba todas las noches y trepaba por las escaleras de incendios y se metía en peleas, y llevaba haciendo lo mismo desde que tenía quince años, y siempre andaba con rubias como Jeanne. Al fin y al cabo casi parecía su hermano, igual que su hermano, y también eso era triste.

«Y todo es igual –pensó–, no he crecido desde los catorce años, nadie lo hace. Y estamos todos locos, de eso estoy seguro, no solo yo, sino todos.» Se rió al pensar en ello.

–Oh, todo va a ir bien, puedo sentirlo. Y una cosa más –exclamó alzando el dedo, a solas sobre la acera–, voy a tomar una decisión, como le dije a Judie, aunque ella no sabe lo que quiero decir. Voy a tomar una gran decisión y a atenerme a ella, un día no muy lejano–. Y se apresuró a regresar al apartamento.

Jeanne, la chica de Kenny, había vuelto del bar donde se había producido la pelea. Era una chica rubia muy guapa, perezosa, sensual, que siempre parecía estar murmurando alguna cosa y sonreía con aire soñador... el tipo de chica despreocupada y sin suerte que en ocasiones cedía al desenfreno demoníaco de Kenny, pero que más a menudo se alejaba, casi flotando y distraída, para flirtear con otros chicos. Era modelo profesional, su familia vivía en algún lugar de Long Island, había estudiado en Vassar.

Kenny se había duchado y se había puesto una de las camisas blancas limpias de Peter. Estaba tumbado en el sofá, sosteniendo un libro con el brazo extendido y leyéndoselo a las chicas. Tiró el libro al suelo cuando vio a Peter, agarró la botella, le quitó el tapón y bebió un largo trago preliminar.

–Martin, me he puesto tu camisa limpia. Tengo responsabilidades, ¡responsabilidades! Mañana hay que ir a trabajar.

–Está bien.

–Puedes quedarte con mi camisa sucia, es muy cara. Vaya, vaya, vaya, veo que sigues pareciendo el ángel de la tristeza. Tómate una copa, rápido, y cuéntanoslo todo.

–¿De qué todo hablas? –se burló Peter.

–Muy bien, entonces os lo contaré yo todo, ¡os contaré una parábola! –volvió a decir con voz de niño.

–¿Sabéis lo que ha hecho Kenneth esta noche? –dijo la lánguida Jeanne–. Justo antes de la pelea... Kenny, que sepas que la pelea la provocaste tú por tener ese aspecto horrible.

–Oh, sííí.

–¿Y por qué tenía un aspecto horrible? –preguntó Judie.

–Se había bañado en un charco bajo la lluvia, justo en la esquina. Llevaba un frasco de tinta en el bolsillo, se sentó en el charco y empezó a lavarse, la ropa y todo lo demás con un viejo trozo de jabón Life-buoy que había encontrado en la cuneta, pero se le rompió el frasco y se le derramó toda la tinta y se metió así en el bar.

Jeanne recitaba aquella historia divertida, reclinada en el sofá con su sonrisa soñadora.

–¡No me extraña! –exclamó Peter, agitando la mano hacia Kenny–. Estás loco, amigo, ... cuando te emborrachas, no mides.

–¡Pero antes la parábola! –exclamó Kenny, saltando, señalándolos a todos y bailando una pequeña danza–. Allá va. Antes de nada está Dios, parece perplejo y dice: «Veamos, debo hacer un mundo perfecto, eso es lo que voy a hacer». De modo que se pone a crear hombres y mujeres y los mira con ese aire juicioso de los carpinteros cuando juntan sus tablas y clavos. «Mmm», dice Dios, alejándose con las manos juntas tras la espalda, sumido en sus pensamientos, y todos los pequeños seres humanos saltan y gritan: «Eh ¿cuándo empezamos a actuar? ¡Sííí! ¿Cuándo empezamos?». Y Dios baja al mundo para echar un vistazo.

Peter, sentado en la mesita del centro de la habitación, escuchaba con una sonrisa; Judie, se abrazaba a sí misma y daba saltitos en su silla mientras Jeanne, reclinada, lo hacía con una sonrisa embobada... todos estaban asombrados, Kenneth siempre lograba asombrarles.

–Y resulta que Dios se sienta en una boca de incendios a ver cómo andan las cosas en el mundo. Es entonces cuando empiezan todos los problemas, todo, todas las cosas por las que se llora en los libros y en los periódicos, las guerras, el crimen, la violencia, el adulterio, el engaño, y qué sé yo. Y Dios se dice a sí mismo: «Veamos cómo se puede hacer realmente un mundo perfecto. Mmm. Aquí hay un error, ¡esto no sirve! ¡Paf, paf!». Y coge a un pequeño ser humano, hijo de un noble, y lo echa a la olla. Luego ve por allá a una niña que no se porta bien y ¡paf! ¡paf! a la olla con ella.

–¿Para qué es la olla? –exclamó Judie, emocionada.

–¡Espera! ¡espera! –gritó Ken, alzando el dedo meñique–. Esta de aquí no sirve, ¡paf, paf, a la olla! y este tampoco ¡lo mismo! A la olla –dijo deslizando el dedo meñique por el aire–. Este servirá, este es bonito, un peregrino o algo parecido, John Bunyan,[1] gran hombre, y un tipo como Jude el Oscuro[2] ahí va por el campo tratando de no pisar a los gusanos. ¡Muy bien! ¡Muy bien! Pero, hay un «pero», siempre hay un «pero», porque un mundo perfecto está siempre en construcción y nadie es perfecto. Dios lo intenta de todos modos. Pero esta no es la copia definitiva. De modo que ¡a la olla con John Bunyan, a la olla con Jude el Oscuro, a la olla con todos! ¡Sííí! Dios es un cocinero.

–¿Un cocinero?

–¡Un chef! Está haciendo un guiso en la olla, de ese guiso sacará un caldo, de ese caldo sacará una gota de perfecta esencia, y con esa gota de esencia del caldo del guiso de la olla creará un mundo acorde a los verdaderos deseos de su corazón. ¿Entendéis?

–¿Y luego qué? –murmuró Peter con amargura.

1. John Bunyan (1628-1688), predicador y escritor inglés, autor del clásico *El progreso del peregrino*. *(N. del T.)*

2. En referencia a la homónima novela de Thomas Hardy, sobre un personaje tan íntegro como trágico. *(N. del T.)*

–¡Pum, pum! ¡A la olla! ¡Paf, paf! –y Kenny punteó el aire con delicadeza y finalmente corrió por la habitación recogiendo cosas y arrojándolas sobre el sofá–. Dios está muy ocupado, a veces se cansa, tiene el corazón sobrecargado de trabajo, se caga encima, su endodermis sobresale dolorosamente, ¡Pero tiene un objetivo, un objetivo! Y mirad ahí abajo –añadió con repentina gravedad, señalando al suelo–, los pequeños seres humanos que aún no han sido desplumados miran a su alrededor, despistados, y se ríen y saltan, no, ahora parece que lloran, se rascan la cabeza, no saben qué hacer, mirad, ahora resulta que tienen una expresión de sincera gratitud en la cara, se sienten en deuda con todo lo que ven ahí abajo y con lo que creen ver allá arriba. ¡Oh, qué bien! ¡Qué bonito! No paran de decir que todo es muy bonito, escriben poesías sobre los árboles y las abejas. Pero de pronto... –dijo saltando–, ¡paf! ¡paf! Dios los agarra y los echa a la olla. Y por fin llega el momento. Se acaba el mundo, es el fin del mundo y Dios descansa. Repasa sus notas. Hace hervir el contenido de su olla y tarda un millón de años en extraer el elixir que desea, se relame los labios, saboreándolo como un chef francés, y dice: «*Ah sacré-bleu! c'est ça!*». Ya tiene justo lo que quería, ahora sabe cómo vencer al diablo.

–¿El diablo? –gritaron.

–¿No os he mencionado al diablo? ¡Pero si estuvo ahí todo el tiempo! Es el archicompetidor de Dios en el rubro de la carpintería y la cocina elegante. También está en el negocio, pero no sabe soplar como Dios para hacer seres humanos, él también tiene una olla pero no tiene pequeños seres humanos para degustar en ella. De modo que mira y se burla, y mete sus sucios dedos en todos los seres humanos que puede, trata de hacerlos completamente malvados, pero ellos son demasiado desorganizados, hasta para eso. Dios toma notas igual, de cada pequeña vida aprende alguna cosa, ¡pasito a paso, pasito a paso! Y ahora que por fin ha obtenido la gota de su espléndido elixir, se acerca al océano, alza el frasco y lo arroja todo al mar.

–¡Al mar! –rió Peter, dándose una palmada en la cabeza–. ¿Para qué?

–Para alimentar a los tiburones. Ya volverá a empezar de nuevo dentro de mil millones de años –dijo Kenny tirándose en el sofá junto a Jeanne.

–De ahí venía entonces, lo de la comida para tiburones...

–¡Sííí!

–¡Oh, Kenny, eres maravilloso! –rió Judie alegremente–. Eres un auténtico indio.

Todos estallaron en carcajadas.

–¡Oh, pero claro que sí! –exclamó Judie–. ¿No sabéis nada de los indios? ¿Tú tampoco, Jeanne? Los indios son las personas más maravillosas de la tierra, caminan sin hacer ruido y pueden ver en la oscuridad, se mantienen erguidos como árboles, y todo lo que hacen es maravilloso, porque son indios.

–Ahí tienes tu olla –dijo Peter, sonriendo a Ken–. Dios no echa a los pequeños indios a la olla.

–Petey también es un indio –dijo Judie, con un mohín sombrío–. Lo supe la primera vez que lo vi, por su forma de andar y por cómo me miraba y me poseía.

Al decir eso, se acercó de repente a Peter, le rodeó el cuello con los brazos y apoyó dócilmente la cabeza en su hombro. Estuvo a punto de echarse a llorar y Peter la miró con gravedad. Todos guardaron silencio. Se oyó un ruido en el pasillo.

–¿No es eso una filosofía un poco escéptica? –preguntó Jeanne de pronto.

Kenny la miró asombrado y saltó desde el sofá. Cogió la botella de whisky con toda la intención, dio un trago y se la pasó a Jeanne con una sonrisa.

–¿Tengo que soportar eso, *ma petite*?

–¿El qué? –preguntó confusa.

–*Debería volver a Vassar y probar de nuevo con la filosofía* –dijo una voz espectral desde el pasillo. Judie se sobresaltó de miedo.

–Nada como nombrar al diablo para hacerlo aparecer –gritó Ken de repente, y empezó a reírse a carcajadas–. ¡Oh, Vassar, Vassar! –aulló, y golpeó la pared con la mano.

–¿Qué pasa aquí? –exclamó Peter. Corrió hacia la puerta y miró en el pasillo. Había allí un hombre de treinta y cinco años, bien vestido, con un bastón y una gabardina sobre un brazo, y la manga del otro brazo metida con pulcritud y casi modestia en un bolsillo lateral, una silueta suave, casi distinguida y de aspecto amable. A Peter le pareció recordarlo de alguna parte. El recién llegado se quedó allí, sonriendo.

–Bah, no es más que él –dijo Judie de repente, mirándole sobre el hombro de Peter. Lo dijo con absoluto desprecio, pero también restándole importancia–. Ese maldito parásito de Waldo. Ojalá se hubiese quedado en su casa.

Peter estaba completamente asombrado. Miró al tipo al que ahora reconocía como Waldo Meister, el manco que Kenneth había llevado una vez a su barco. Ken sonreía ahora en medio de la habitación, y Jeanne seguía recostada en el sofá.

–No se debe faltar al respeto a los mayores –se burló Waldo–. ¿No es así, Kenneth?

–¡Oh, cállate, parásito! –le espetó Judie.

–Judie –susurró Peter, horrorizado, pero ella no levantó la vista.

–¿Qué ha sido esa broma sobre mi *alma mater*, Waldo? –preguntó Jeanne sin moverse del sofá–. ¿A qué viene ese comentario sobre Vassar, Kenny? Creo que los dos os estáis burlando de mí.

–Claro que no –dijo Waldo–, ni en sueños, ¿verdad, Kenneth?

–No sabría decirte –dijo Ken, repentinamente melancólico, y desapareció en la habitación contigua.

–Dennison me cae bien, pero esta es la última vez que te envía aquí arriba –dijo Judie– la última maldita vez.

–No me ha enviado Dennison, sino Levinsky.

Se puso bajo la luz y Peter lo vio pálido, débilmente transpirado.

–Él también es un parásito, así que no hay mucha diferencia... el mismo perro con distinto collar –exclamó Judie.

Peter estaba tan desconcertado que se limitó a permanecer en la habitación mirando a su alrededor. Finalmente, casi con rabia, se acercó a Waldo y le estrechó la mano.

–No me conoces –dijo Peter bruscamente y acosado por la confusión–. Siéntate, por favor. Ahí está el sofá.

–Pero yo sí te conozco. Eres Peter Martin –dijo Waldo en voz baja, y Peter retrocedió y cruzó la habitación sin decir palabra.

–Ah, Waldo, deberías dar gracias al buen Dios de que existan jóvenes obreros bien educados en las fábricas de Galloway que aún sienten lástima por ti –se rió Ken desde la otra habitación.

–¡Bah! –se burló Judie, levantándose de un salto–. Petey, ¿sabes lo que hizo este tipo horrible? No quería decírtelo porque me da miedo cuando te enfadas, pero ¿recuerdas el gatito que tenía por aquí?

–Sí, ¿qué le pasó al gato –preguntó Peter, dándose la vuelta y mirando a Judie.

–Lo colgó de la lámpara.

–Un momento, Judie, eso es mentira y lo sabes –dijo Waldo rápidamente.

–Dennison me lo dijo. Estuvo aquí y sé que no me miente.

–Dennison es un cuentista de primera, querida, casi parece Gide.

–¡No sé de qué demonios hablas, pero sé que ahorcaste a ese gato y que es muy propio de ti! Habría muerto si Dennison no lo hubiera bajado. Era tu corbata.

–¡Señor, señor! –exclamó Ken desde la otra habitación sin que nadie supiera si lo decía en serio o en broma.

–Es una mentira absurda –dijo Waldo, mirando lastimosamente a su alrededor–, no quiero volver a oír hablar del asunto. No es verdad en absoluto. A Dennison le encanta inventarse cosas así. Todo es tan absurdo como aquella historia que se inventó sobre que yo le robé la muleta a un lisiado en París en 1934 y anduve cojeando por las calles. No es más que otra de las fantasías de Dennison...

–Te creemos –murmuró Peter de pronto sin apartarse de la ventana.

–Gracias, muy amable –respondió Waldo, en el mismo tono.

–De todos modos, parásito, ojalá te fueras de aquí y no volvieras nunca más –exclamó Judie–. ¡No soporto tus asquerosas artimañas!

Jeanne se levantó del sofá, se estiró y dijo:

–Oh, esto es absolutamente maravilloso. Pobrecito Waldo. No le quiere nadie.

–Nadie debería dudar de eso –llegó la voz desde la otra habitación–, como tampoco debería dudar nadie de que Waldo ahorcó al gato y que Waldo irá directo al infierno algún día y que a Waldo no le quiere nadie y que ojalá Waldo se marchara de una vez.

–Buenas noches, dulces damas –dijo entonces Waldo y se largó de allí.

A las nueve de la mañana Peter se despertó y vio la luz del sol entrando por la ventana abierta. La puerta de la habitación estaba cerrada, pero en el cuarto de estar se escuchaban voces excitadas. Por un momento le costó recordar quiénes eran y qué hacía allí. Aún medio dormido, recordó lo que había soñado.

Se encontraba en el dormitorio de su padre en la vieja casa de los Martin en Galloway. Liz y su madre le decían que había «olor a flores» en el ambiente. «Lo que significa que alguien ha muerto», decía su madre en el sueño. Peter estaba aterrorizado. «¿Quién ha muerto?», gritaba. Liz y su madre señalaban entonces en silencio hacia la otra habitación, la sala de estar de la vieja casa, y allí, en un ataúd rodeado de flores, yacía muerto su padre, George Martin. A continuación, el mundo entero retumbaba de fatalidad y tinieblas, la escena se trasladaba a un campo, el tiempo se tornaba gris y desvaído, y Peter –el pequeño Peter, entonces de unos cinco años de edad– se encontraba de pie en medio del campo, muerto de miedo. A un lado del campo había una vieja casa abandonada: la «casa encantada» de Galloway. Cerca estaba la casa en la que había muerto un «niño pequeño», un niño «como su hermano Julian». Y había una vieja choza en la que vivían los «gitanos», aquellos «gitanos picados de viruela que siempre secuestran a los niños». Y Francis también estaba en ese lado del campo, seguramente viviendo en la casa encantada, o en la casa en la que había muerto el pequeño Julian: eso parecía lo más probable. Pero en aquel mismo campo había otro peligro que aterrorizaba a Peter: los «borrachos» que se embriagaban, caían sobre los niños y los mataban, porque «cuando los hombres están borrachos pesan mil kilos» (una superstición compartida por los niños). Uno de los borrachos yacía sin sentido en el pantano. Pero al otro lado del campo, en una extensión amplia, bajo el sol que brillaba con fuerza, había un grupo de jóvenes altos y delgados, entre ellos sus hermanos Joe y Charley, alrededor de una especie de arado de tractor, hablando y fumando. Muy cerca se encontraba el coche de su padre, el viejo Plymouth, y su propio padre estaba sentado en él, fumando un puro y mirando un mapa de carreteras (como solía hacer los domingos, hacía mucho, en Nueva Inglaterra), y todo ello bajo la gran luz de la llanura, con las montañas al fondo.

Aquellos sueños abrumaban a Peter hasta tal punto que los prolongaba con los ojos cerrados, imaginándose que se alejaba del campo y de las casas encantadas en dirección hacia Joe y a los chicos delgados y a su padre en el coche. Sentía que tenía que hacerlo desesperadamente, y hasta se autoengañaba fingiendo que seguía profundamente dormido y soñando hasta que todo acababa como él quería, pero en realidad solo soñaba despierto.

Saltó de la cama y pensó: «Iré a ver a mamá y papá a Brooklyn, charlaremos, iremos al cine, hablaré con Mickey, me pondré al día sobre toda la familia. Dejaré de comportarme como estos idiotas de la habitación de al lado. Oh, sí, algún día empezaré a vivir», se dijo con alegría. «Algún día les demostraré que sé vivir».

Se rió y empezó a vestirse. Cuando abrió la puerta, temblaba de emoción.

Estaban todos allí, todos los extraños jóvenes cuyas vidas se habían mezclado con la suya en Nueva York. Kenneth Wood estaba sentado en el alféizar de la ventana y le miró sardónicamente, pero con esa tristeza que siempre les embargaba cuando se miraban el uno al otro: como si hubiera algo que supieran ellos dos y que nadie más sabía, un loco y doloroso conocimiento de sí mismos en medio de aquel mundo lamentable. Judie se había arreglado para ir a alguna parte. En ese momento miraba furiosa a Leon Levinsky, que había llegado con Waldo Meister. Este último estaba recién arreglado y sonreía. Jeanne iba vestida con un traje nuevo y lustroso, llevaba una sombrerera y parecía lista para ir a trabajar a la agencia de modelos del centro. Todos parloteaban.

Judie se dirigió a la puerta.

–¡Todo el mundo fuera! –gritó irritada–. Si yo me voy, no se queda nadie en mi casa. Y lo mismo va por ti, Levinsky, si vuelves a traer a Waldo por aquí, te daré una patada en los dientes. No os quiero cerca, a ninguno de los dos.

–Qué indiscreta es la señora –murmuró Waldo, vagamente, levantándose para irse.

–Yo te voy a dar a ti indiscreción –gritó Judie.

Todos empezaron a bajar las escaleras.

–Por cierto, Pete –dijo Levinskyv, anoche vi a Dennison y me dijo que le gustaría verte hoy. ¿Le digo que vendrás?

–No vayas –soltó Judie, volviéndose hacia Peter–. A mí tampoco me gusta ese Dennison, no quiero que vayas a verle. Quiero que hoy te quedes conmigo.

–Creí que te gustaba Dennison.

–¡Ya no! ¡Oh, cómo odio a todo el mundo por aquí! Algún día me iré al Oeste y viviré en un rancho, en Arizona o en cualquier otro sitio.

–¿Qué te pasa? –sonrió Peter, cogiéndola en brazos–. Estás más loca que una cabra esta mañana, y encima una mañana tan bonita.

–¡Petey! –gritó desesperada, casi palideciendo–, vayamos al bosque y sentémonos en la hierba y charlemos y comamos naranjas. Ya no soporto estar aquí, todo es horrible. Hasta odio a Kenny porque sigue hablando con ese maldito Waldo como si le importara. Quiero estar a solas contigo, quiero que nos casemos. Petey, ¿cuándo vas a casarte conmigo? –preguntó ella con gravedad.

Cogió a Judie de la mano y bajó las escaleras tras los demás.

–Judie, ¿quién te has creído que soy, Rockefeller? –exclamó–.

No tengo dinero, no sé lo que voy a hacer y no quiero ataduras. Lo sabes de sobra.

–Eso es lo que dices siempre. Está bien –respondió enfadada–, ya lo lamentarás algún día, porque no encontrarás a otra que te entienda como yo. Recuérdalo. Eres terriblemente tonto, Pete, ¡terriblemente tonto! Cualquiera se reiría de ti, lo entenderás cuando ya no esté –dijo sonrojándose y a continuación bajó las escaleras corriendo delante de él.

Peter la siguió sombrío. En la acera estaban todos de pie hablando, el sol brillaba cálidamente y la calle estaba abarrotada de gente desabrigada que paseaba en el «primer día oficial de primavera».

De repente, Kenneth gritó:

–¡Eh! Siempre he querido saber qué hay en esa vieja casa abandonada de ahí.

Y cruzó la calle al galope hasta llegar a una casa de piedra rojiza y tapiada. Sin ceremonias, subió hasta la entrada y pegó una patada a las tablas. Los niños ya las habían roto y se hundieron al instante. Kenneth se metió dentro con avidez.

–¡Eh, espérame! –gritó Jeanne, lanzándole su sombrerera a Judie. Corrió tras él con impaciencia y un instante más tarde ya había desaparecido en el interior de la oscura ruina de tablas y mampostería. Levinsky y Waldo cruzaron la calle tras ellos con gran curiosidad. Judie se quedó con los brazos en jarras contemplando toda aquella locura. La gente que pasaba por la soleada calle parecía no prestar la menor atención a lo que ocurría. Peter se apoyó en una barandilla y lo observó todo con asombro.

–¡Jeanne, idiota! –gritó Judie–. Me vas a ensuciar el vestido nuevo.

Y oyeron el grito ahogado de Jeanne, desde el interior:

–¡No te preocupes, tendré cuidado!

A continuación hubo un estrépito de tablas y muchos forcejeos y golpes mientras el loco de Kenneth deambulaba excitado. Con extraña brusquedad, apareció en una ventana del tercer piso mirándolos desde allí con gran solemnidad.

En un momento Jeanne apareció tras él, sonriendo como una boba.

–¡Qué idiotas! –gritó Judie, furiosa.

–¿Qué hay ahí, Kenneth? –preguntó Waldo, en una voz baja que se oyó en toda la calle con una extraña y articulada claridad.

Kenneth desapareció en el interior sin decir palabra. Una vez más le oyeron apartar tablones a patadas, pasar por encima de la mampostería y la basura, y dar pisotones en el suelo como si quisiera ver si resistía. Jeanne murmuraba entre risas.

–¡Oscuridad, nada más que oscuridad! –gritó de pronto Kenneth–. Tu alimento, Waldo...

En ese momento Judie dejó caer la sombrerera y se marchó. Bajó por la calle, sin mirar atrás, fingiendo no conocer a nadie, y en un momento en que Peter alzó la vista para ver a Kenneth de pie sobre el tejado, Judie desapareció tras la esquina.

Peter recordó su sueño sobre la vieja casa encantada, la casa de la muerte, los gitanos, y volvió a sentir de nuevo el miedo y el desamparo. Le resultaba extraño comprobar cómo en aquel sueño había previsto todo aquello de un modo oscuro e indecible, y sintió que le invadía un vago terror premonitorio.

Antes de apresurarse en busca de Judie, Peter entregó la sombrerera a Levinsky, quien a su vez entró en la casa con alegre curiosidad. Cuando Peter miró hacia atrás, vio a Waldo de pie, solo, mirando hacia las ventanas destrozadas y aquella mampostería que parecía que iba a desmoronarse de un momento a otro.

## 5

Peter no logró encontrar a Judie. Sabía que volvería por la tarde, cuando se le pasara el enfado, así que decidió visitar a Will Dennison antes de ir a Brooklyn.

Aquel extraño individuo, cuyos antecedentes incluían una familia adinerada, la Universidad de Princeton, viajes por el continente y como fuente de ingresos un fondo fiduciario creado por un abuelo multimillonario, vivía en un piso sin agua caliente que alquilaba por doce dólares al mes. Estaba situado en el Lower East Side, junto a los muelles, cerca de Henry Street, a la sombra del gran puente de Manhattan.

En aquel barrio unos ancianos de aspecto desastrado mantenían encendidas hogueras de basura en las calles desde el amanecer hasta el anochecer por razones tan enigmáticas como su propia e indescifrable existencia. Los niños de los bloques de apartamentos judíos e italianos retozaban, gritaban y jugaban todo el día en las antiguas calles. Los viejos rabinos paseaban por las aceras reflexionando y rodeando las melancólicas hogueras con las manos entrelazadas. A veces pasaban ancianas cargadas con sacos de leña a la espalda, o los viejos bajaban por la calle con carretillas llenas de trapos. A ambos lados se alzaban los lúgubres bloques de apartamentos, algunos de ellos con extrañas inscripciones y letreros escritos en letras hebraicas, y otros, más cerca del puente, vivos a perpetuidad gracias a las meditabundas miradas de aquellas madres italianas que todo lo veían. A pocas manzanas de distancia, donde rugía el metro y los camiones y los autobuses traqueteaban sobre los adoquines de Chatham Square, se encontraba el Bowery, con su olor a guiso, sus tabernas y sus mugrientos portales y, un poco más allá, el pequeño Chinatown, con sus callejuelas. Y por encima de todo, altos y magníficos, como si emergieran directamente de los viejos y sucios tejados, se alzaban los rascacielos de Wall Street, distantes, orgullosos e imponentes.

Peter paseaba por aquellas ruidosas calles atestadas de gente, y bañadas por el sol del mediodía. Vio a una soprano gorda de mirada lúgubre, tal vez aspirante a la Metropolitan Opera, desmelenada y como enloquecida, cantando en su apartamento y se quedó mudo de asombro al oír su penetrante voz por las calles, los niños correteaban a su alrededor por la acera. Casi siempre le provocaba una tremenda tristeza recorrer las calles de Nueva York. Cuando vivía en Galloway, nunca había imaginado que la ciudad fuera así en absoluto.

Subió por las oscuras y malolientes escaleras hasta el apartamento de Dennison, en el sexto piso de un lúgubre y decrépito edificio que estaba a punto de ser demolido por las autoridades. La puerta del apartamento estaba cerrada con una doble cerradura, un externa, que no estaba cerrada en ese momento, y un candado y una cadena por dentro, que se abrieron lentamente cuando Peter llamó a la puerta. Hubo un instante de demente silencio y desconfianza, y luego la puerta se abrió uno o dos centímetros. La larga y huesuda nariz de Dennison asomó por la rendija: parecía estar olfateando, y Peter pudo ver sus pálidos ojos mirándole con frialdad.

–Soy yo, Will –dijo Peter, sonriendo estúpidamente.

Dennison abrió la puerta unos centímetros con una especie de elegante aspaviento. Peter entró, de lado y con dificultad.

–No te ha seguido nadie, ¿verdad?

Peter miró absurdamente hacia atrás.

–No, no, estoy solo.

–Bien –dijo Dennison cerrando la puerta y deslizando la cadena–. Me alegro de verte, Pete –dijo, estrechando su mano con rigidez–. Ponte cómodo, ¿quieres? Voy a estar ocupado un rato. Aquí todos somos amigos –añadió en voz alta, mostrando los labios y los dientes en una sonrisa ratonil–. Tengo algunas cosas que hacer. Coge una silla.

La puerta por la que había entrado Peter daba a una especie de cocina con una bañera a un nivel ridículamente alto sobre unas tuberías anticuadas. También había un fregadero, una maltrecha nevera que Dennison había comprado en una tienda de segunda mano y una grasienta cocina de gas. La colada colgaba del alto techo con unas cuerdas entrecruzadas. A la derecha se encontraba la habitación trasera de las cuatro estrechas habitaciones «hacia las vías» que componían el apartamento, en la roñosa puerta colgaba una apolillada cortina verde que ocultaba lo que hubiese detrás. A la izquierda se encontraban las dos habitaciones delanteras: una especie de alcoba con un viejo y enorme escritorio, algunas sillas y una mesa de naipes y, más allá de la alcoba, la habitación delantera, también separada por unas viejas cortinas, y en la que Peter oía voces, música de radio y el llanto de un bebé. Una chica de pelo oscuro y gafas de pasta le miró apartando la cortina de la habitación delantera y desapareció sin decir nada. Era Mary Dennison, que rara vez hablaba con Peter o con cualquiera que pasara por allí. Era confidente de Junkey, cuya voz Peter escuchaba también en la habitación delantera, y se ocupaba de las tareas domésticas en aquel penoso apartamento.

Peter se sentó en una silla de la alcoba y observó a Dennison y al otro tipo, un hombre alto, cadavérico y de aspecto indefinido. En ese momento estaban ocupados hirviendo pastillas de morfina en cucharas. Se afanaban absortos con sus cucharas, algodones, píldoras y agujas hipodérmicas. No le hicieron a Peter el menor caso.

–No está mal –dijo el esqueleto alto, mientras cogía con delicadeza un gotero y se inclinaba sobre su trabajo con la unción de un gran químico–. Rogers es un tipo bastante fiable, en lo que a médicos se refiere, y nunca me ha dado ningún motivo de queja.

–Lo único es que, como dices, no se lleva muy bien conmigo y con Junkey –dijo Dennison con el borde de la boca.

–Bueno, ya se acostumbrará a ti. Está nervioso, ya sabes, y quiere asegurarse de que todo irá bien con vosotros. Me hace recetas desde hace cuatro años y sabe que llevo demasiado tiempo con el chino a cuestas como para poner en peligro nuestra buena relación. Lo bueno de Rogers es que, si entras en su círculo de confianza, siempre puedes conseguir algo.

–Bueno, Al, háblale bien de mí cuando le veas –dijo Dennison, mirando la jeringuilla llena a trasluz–. Te lo agradecería, en vista de lo mal que me va con estos otros personajes. El domingo pasado, Meyer, en el Bronx, echó a Junkey de su despacho y le dijo que no volviera. Creo que se dio cuenta de que le había estado robando algunas recetas de su escritorio.

–Bueno –dijo el cadáver, subiéndose la manga juiciosamente–, yo que tú no me andaría con esas tonterías de falsificar recetas. Podrías meterte en un lío, ¿sabes?

–Ya me conoces, Al, siempre precavido –sonrió Dennison de forma encantadora.

–¿Y qué pasa con el doctor Johnson en Brooklyn?

–¿No te has enterado? La brigada de narcóticos lo atrapó el miércoles pasado. Ahora está en libertad bajo fianza, pero la cosa pinta muy mal para él.

–Vaya, qué lástima, Johnson no era un mal tipo. Era simpático, ¿no te parece?

–Sin duda –dijo Dennison, y ambos se remangaron las mangas y se pusieron las agujas en los brazos. El brazo de Al estaba amoratado, con una larga cicatriz a lo largo de la vena. Parecía tener dificultades para clavar la aguja como él quería. Finalmente, tras varios intentos fallidos, sacó la aguja y suspiró–.En fin, supongo que tendré que probar otra vez con la pierna. Este brazo está casi hecho polvo.

Se bajó los pantalones, recorrió con el dedo una larga cicatriz del muslo y finalmente se decidió por un punto que parecía favorable. Hundió la aguja y empujó lentamente el émbolo hacia abajo. Mientras tanto, Dennison ya había completado sus propias labores y limpiaba puntillosamente la aguja y el gotero con agua.

–Es cierto, Johnson no era un mal tipo en absoluto –dijo.

–Sí –respondió Al, limpiándose la sangre de la cicatriz con un trozo de algodón–, era de una buena familia, ¿sabías?

–Supongo que le quitarán la licencia, pero ya conseguirá otra en otra parte.

–Sí, de alguna manera se las arreglará. Todos tenemos que aguantar los golpes cuando vienen y hacer lo que podamos.

Lo limpiaron todo, guardaron las pastillas, las agujas y los algodones con sumo cuidado. Dennison fregó los vasos y las cucharas. Al frotó la parte superior de la mesa con un paño y todo volvió a quedar ordenado. Al se puso el abrigo y el sombrero, y Dennison le dijo que le acompañaría abajo.

–Tengo que comprar unos litros de leche en la tienda, Al, y jarabe para la tos con bencedrina y codeína en la farmacia, unos cuantos supositorios que quiero probar, polvos para el dolor de cabeza para tomar por las mañanas, algunas cosas así, así que mejor voy contigo.

El alto y cadavérico Al abrió la puerta y dijo:

–Después de ti, Will.

Pero Dennison se inclinó ligeramente a la altura de la cintura, y sonrió:

–Por favor, Al, esta es mi casa.

Y salieron, ignorando por completo a Peter, que se quedó solo.

No le quedó más remedio que ir al cuarto de estar.

Junkey estaba allí, sentado en un pequeño barril, pintando las bombillas de azul en una especie de diligente absorción mientras hablaba con Mary Dennison. Ella estaba inclinada sobre una escoba, como si pensara en algo. Jack, el joven gamberro de Times Square, estaba sentado en silencio. En un rincón oscuro de la habitación, casi imperceptible, había otro joven sentado al que Peter no había visto nunca, un joven envejecido de ojos brillantes, cara pálida y una manos increíblemente diminutas que mantenía posadas sobre el regazo mientras miraba fijamente a los demás.

–Hola, muchacho –saludó Junkey, con una mirada soñolienta de seco reproche–, me estaba preguntando cuándo ibas a entrar a saludar. –Tenía una sonrisa torcida y patética–. No tengo dónde dormir –continuó–. Me he pasado la noche en la cafetería Beckwell, en la plaza, esperando a que apareciera un tipo que me iba a vender un poco de mierda de la buena. Pero estoy hecho polvo y necesito dormir un poco si quiero conseguir algo de un médico.

Pintaba las bombillas con una oscura concentración ensimismada. El propósito de las bombillas azules, dijo, era dar a la habitación un «efecto extraño y tranquilizador» por las noches. Era una de las muchas rudimentarias decoraciones de Junkey destinadas a alejar el austero mundo de la calle en el que se veía obligado a vivir. Esperaba poder dormir en casa de Dennison aquella noche.

De repente, Mary Dennison soltó una risita disimulada, pero ni Jack, el gamberro, ni el loco que lo miraba fijamente desde la esquina dijeron una palabra. Peter se preguntó si debía marcharse de allí.

De pronto, el hombrecillo arrugado del rincón se levantó y habló.

–¿A quién le apetece un tiro?

–A todo el mundo le apetece un tiro –dijo Junkey con reproche, pero también un poco ansioso–. Me preguntaba cuánto ibas a tardar en soltar esa hierba.

El joven arrugado sacó metódicamente un porro largo y delgado de un sobre y lo examinó cuidadosamente, con una sonrisa seca y reservada.

–Ahora que ha salido de su capullo, puedo hablarte de Clint –dijo Junkey, dirigiéndose a Peter con gravedad–. Clint es un tipo que aparece una vez a la semana con la hierba más salvaje del mundo, esa que tiene ahí en la mano. Luego desaparece otra semana. No sé de dónde saca esa marihuana, pero no hay ninguna igual en Nueva York. Y no sé dónde vive, ni a qué se dedica, ni nada y tampoco le pregunto. Se sienta en su rincón y no dice nada al principio, pero luego aparece Pops y te coloca como no te imaginas.

Mientras Junkey esbozaba los hechos, Clint encendió el porro meticulosamente, con la deliberación y suavidad con la que alguien enciende un puro en un restaurante justo antes de decir unas palabras, mientras tanto miraba a los demás con un brillo en los ojos.

–Ahí tienes a Clint –concluyó Junkey–, no vas a encontrar un tipo más raro que él.

–¡Así es, Junkey! –dijo Clint con orgullo y voz aguda–. Ahora dale una calada a esto –y le pasó el porro encendido a Junkey, que no tardó en inhalar prodigiosamente con una furiosa bocanada de aire que asustó a Peter, y luego se lo pasó a Mary Dennison, que también le dio «otra calada» (como decía Junkey). Luego Peter lo probó, y por último Jack, el gamberro, también le pegó un tiro. Luego volvió a Clint, que lo cogió y lo miró reflexivamente. De repente empezó a hablar.

–Os voy a hablar sobre unas cucarachas –dijo Clint con intenso entusiasmo, inclinándose hacia delante y apuntando con un dedo–. ¡Veréis! En donde yo vivo hay muchas cucarachas, pero yo no tengo problemas con ellas, nos entendemos muy bien. Os contaré cómo lo hago. Hace algunos años me senté y reflexioné sobre el asunto: me dije, las cucarachas también son humanas, tanto como nosotros los seres humanos. La razón es la siguiente: las he observado lo bastante como para darme cuenta de su sentido de la discreción, sus sentimientos, sus emociones, sus pensamientos, ya veis. Reíros si queréis. Creéis que hablo por hablar. Dudáis de mi palabra. ¡Esperad! ¡Esperad!

El resto soltaba risitas incontrolables, hasta Jack, el gamberro, reía de un modo un tanto idiota e insolente.

–Pero entonces –continuó Clint, inclinándose aún más hacia ellos, extendiendo los brazos con fantástico énfasis y sosteniendo su atención de aquel modo demencial– llegó un día en que me harté de encontrar cucarachas en el pan y la mermelada de la mesa de la cocina. Me gustan las cucarachas, pero aquello ya era demasiado, ¿sabéis? Entonces agarré una cuerdecita –Clint se metió la mano en el bolsillo, sacó un trozo de cuerda y lo mostró–, una cuerdecita como esta. Cada vez que veía una cucaracha en mi pan con mermelada, le daba un pequeño golpe con la cuerda, ya sabéis, un pequeño azote en la espalda. ¡No muy fuerte! –advirtió sin aliento–. ¡No muy fuerte! Solo un pequeño movimiento de muñeca: así.

A continuación lo demostró suavemente, una y otra vez, mientras todos le observaban.

–Y llegó un momento –siguió Clint– en que no solo las tenía adiestradas para que no se metieran con mi pan y mi mermelada, sino que ya vivían en la cacerola bajo la mesa, en paz y concordia, de forma totalmente ordenada, ¿sabéis? Yo me tumbaba en el suelo, les hablaba y observaba. Algunas vivían en la cacerola, otras eran solitarias y preferían vivir bajo la tubería del fregadero, otras eran simplemente presumidas, y lo hacían en las grietas de la pared. Tenían, también, todo tipo de problemas domésticos. A veces una esposa abandonaba a su marido y se iba con otro personaje, otras veces dos maridos se peleaban, o uno de ellos se volvía loco, un forajido, por ejemplo, y se llevaba todo lo que veía, todo el pan rallado y la mermelada, ¿sabéis? Aquello era salvaje, os lo juro, era salvaje y raro. Bueno, pero entonces fijaos en lo que pasó. Llegó el momento –y ahí Clint le dio otra calada al porro con una furia alegre–, llegó el momento en que las cucarachas de la casa de al lado empezaron a entrar en mi casa y, naturalmente, al no estar adiestradas, se pusieron a husmear encima de mi mesa. Pensé que tenía un motín frente a mí y que no estaba siendo lo suficientemente firme, no me daba cuenta de que eran aquellas cucarachas sin adiestrar las que estaban causando todos los problemas y que yo estaba castigando a mis propias cucarachas por los pecados de las otras. Yo veía que mis cucarachas estaban enfurruñadas y resentidas, ¿sabéis? Cuando les hablaba, ni siquiera alzaban la vista. Algo había herido sus sentimientos. Me dije, ¿qué está pasando aquí? ¿Acaso no están contentas, no las trato bien? Y entonces se me ocurrió lo de las cucarachas de al lado. En fin, pues ahí estaba yo, pensando qué podía hacer, cuando mis cucarachas se juntaron todas en la sartén y celebraron una reunión. Podía oler que se avecinaban problemas, ¿sabéis? Me quedé allí sentado mirando. Lo primero que hicieron fue dirigirse al agujero de la pared que daba al piso de al lado y empezar a pelearse con las cucarachas de allí. Fue una verdadera lucha sin cuartel, de arrastre, como nunca se ha visto, una campaña con ataques de flanco y cargas y auténticos generales chiflados y todo lo demás. ¡Fue salvaje, salvaje! Al día siguiente, las cucarachas de la casa de al lado se quedaron donde estaban, y mis propias cucarachas regresaron a una vida pacífica y disciplinada, y así ha sido desde entonces. Tienen centinelas apostados en ese agujero –continuó–. No puede entrar nadie. Me pasé semanas llorando cuando comprendí que había castigado a mis propias cucarachas por los pecados de las otras. Me pasé días tirado en el suelo tratando de explicarles que no lo sabía, que para mí era imposible darme cuenta de lo que estaba ocurriendo, y me perdonaron. Como recompensa, les eché un poco de humo de hierba, solo un poco al principio, para que se animaran, y todas se animaron enseguida, levantaron la nariz y olfatearon profundamente, así –dijo olfateando ansiosamente, para mostrárselo, y riéndose a carcajadas–. ¿Sabéis? Lo primero que notaron fue que estaban colocadas de marihuana. Ahora son todas adictas a la hierba. Tengo que conseguir más todo el tiempo para satisfacerlas. Es realmente mortal, deberíais verlo, casi puedo ver la expresión de alivio en sus caras cuando me acerco, porque saben que solo les doy hierba de la buena.

–Y bien que lo sabes, Pops, es la mejor hierba de la ciudad –asintió Junkey impasible.

Ya era de noche cuando Peter se bajó del metro en Brooklyn. Las calles estaban abarrotadas de gente que iba al cine, a restaurantes, a los bares o simplemente a dar un agradable paseo en la templada noche y a comer perritos calientes en los puestos de Fulton Street. Con un sentimiento de orfandad y misterio, y una especie de extraño consuelo, Peter se apresuró hacia su casa. Tal vez solo porque sus padres vivían en Brooklyn le parecía un lugar más humano que Manhattan. También le sorprendió comprobar cómo, mientras todos sus amigos se dedicaban a sus mórbidos desvaríos, aquella gente trabajaba con seriedad, vivía con seriedad y disfrutaba de sus veladas con una alegría pintoresca y hogareña. Se sintió humilde y extrañamente alegre.

Cuando llegó a su nueva casa de Brooklyn, Peter se quedó en la calle en penumbra observando a su familia con una inexpresable confusión y alegría. Su madre planchaba en la cocina, su padre leía el periódico y Mickey estaba en el salón escuchando en la radio el «National Barn Dance», con sus cencerros, vítores y música antigua a todo volumen.

Por un instante, Peter se sentó en la barandilla de hierro que daba a la acera sobre las ventanas del sótano y miró a su alrededor, a la luna lúgubre sobre los tejados, a aquella esquina en la que los chicos silbaban a las chicas, a los amantes que pasaban cogidos del brazo hablando en voz baja en la dulce noche. Cerca de allí, con estremecedora cercanía y magia, entre los murmullos de Brooklyn y la brumosa noche de abril, se podía oír el profundo y sonoro gorjeo de un gran barco al entrar en el puerto.

Peter sintió un centenar de deseos confusos. Se preguntó cómo había podido sentir un horror tan amargo y vacío hacía solo unas horas en Manhattan.

–¡Me preguntaba cuándo llegarías a casa! –exclamó su padre con alegría–. ¿Así que no había nadie en Galloway, eh, ninguno de tus amigos? No te habrás encontrado con ninguno de mis viejos amigos, ¿verdad? ¿Pete Cartier, el viejo Berlot o alguno de esos? Apuesto a que esa pequeña ciudad no ha cambiado nada, me gustaría visitarla alguna vez –dijo soltando una ronca carcajada–. Deberías haber ahorrado tu dinero y haberte quedado en casa con nosotros para ver un par de buenos espectáculos en Nueva York. De hecho, esta noche pensaba ir al cine. Marge, dale un poco de la sopa que has hecho al mediodía y un poco del pan recién hecho que he comprado. Parece medio muerto de hambre.

El viejo estaba tan contento de ver a su hijo que no paraba de reír y hablar.

Peter se sentó a la mesa de la cocina y se tomó aquella rica sopa casera y tres chuletas de cerdo a la plancha bien doradas, guisantes, puré de patatas, tomates frescos, pan con mantequilla, dos vasos de leche, dos trozos de tarta de chocolate, un trocito de pastel de dátiles casero y café caliente. Sus padres se sentaron con él, bebieron café y charlaron, observando ansiosos cómo comía, mientras Mickey pasaba tímidamente las páginas del periódico a su lado.

–Supongo que habrás visto a tu bomboncito –bromeó el viejo–. Esa Judie tuya, la de los pantalones. Desde luego, es todo un personaje. No estarás pensando en casarte con ella, ¿verdad?

–No, en absoluto.

–De todos modos, Petey, no deberías vivir así con ella –dijo la señora Martin–. Las mujeres no respetan a los hombres cuando les dejan vivir con ellas. Obviamente, no sé nada de Judie, parece buena chica, pero no sé.

–¡Oh, mamá, olvídalo! No es ningún escándalo, hoy en día lo hace todo el mundo. Los tiempos han cambiado...

–¡Así de simple! –sonrió el viejo, golpeando a la mujer en las costillas–. ¿Lo has oído? Hoy en día lo hace todo el mundo. Ahí tienes a tu sofisticado muchacho de provincias sentado frente a ti. He engendrado un Casanova. Los tiempos han cambiado. ¡Ja, ja, ja! Si hubiera dicho algo así en Lacoshua el viejo me habría metido en la leñera, pero supongo que esto no es Lacoshua ni tampoco 1890. En lo que a mí respecta, ¿cómo era aquello que dijo una vez un rey inglés? «Dios no nos castigará por divertirnos un poco en el camino.» ¡Ja, ja, ja! Y ahora cuéntame –preguntó con impaciencia–, ¿cómo les va a los chiflados de tus amigos?

–Supongo que bien –murmuró Peter.

–¿Y ese tal Dennison? Menudo personaje. ¿Qué hace ahora? –preguntó el padre con curiosidad.

A Peter no se le ocurrió qué decir.

–Y ese chico que estaba borracho aquella vez, ese tal Kenny... también me pareció una especie de chiflado. Cuando se le cayó el vaso de cerveza al suelo en el bar, se limitó a abrir los dedos y dejarlo caer. Le dijo al camarero que había sido un accidente, pero a mí no me engañó.

–Sí, hace cosas así.

–No sé –dijo la señora Martin con tristeza–. Ojalá Petey pudiera hacerse amigo de algunos jóvenes normales y agradables. Todo lo que oigo sobre esos muchachos me parece horrible. No parecen tener nada en la cabeza.

–Tienen muchas cosas en la cabeza –rió Peter con sarcasmo.

–Como esa chica tuya, Judie. Si de verdad le gustas, ¿por qué no ahorra su dinero y te prepara una casita bonita y limpia para cuando vuelvas del mar? En vez de eso, por lo que he oído, la casa está siempre hecha un desastre. Lo único que hace es dar fiestas, ir de bares y gastarse el dinero de su tía. Me dirás que no soy más que una vieja cotilla, pero me gustaría verte con una chica de verdad que te cuidara un poco.

–Pero lo hace –se rió Peter–. Ella cocina y todo, a veces trabaja, consigue alguna cosa... Ahora mismo me está tejiendo unos calcetines. Solo que a veces se siente enferma y cansada y lo deja todo. Ahora todas las chicas de Nueva York son así.

–Bueno, no sé –dijo su madre negando con tristeza–, a mí no me parecen sanas ni adecuadas. Me gustaría que conocieras a otros muchachos agradables como los de Galloway, como Tommy Campbell, pobrecito, o Danny Mulverhill o la pequeña Helen, a la que llevaste a tu baile de graduación en la escuela preparatoria, chicos así, de los que se toman las cosas en serio.

–Así es Nueva York, Marge –exclamó el padre, súbitamente enfadado–. Este lugar vuelve loco a todo el mundo al cabo de un tiempo. Todos los locos del país vienen a Nueva York, no van a ninguna otra parte, están todos aquí –dijo y a continuación se quedó pensativo–. Nos mudamos aquí, así que no podemos esperar mucho más.

Peter miró a su padre con gravedad.

–¿Habéis sabido algo de Liz últimamente?

El anciano desvió la mirada.

–No hemos sabido nada de Liz desde hace más de un año, eso es lo que hay.

–Así es, Petey –dijo la madre afligida.

–No hemos tenido noticia de ella y ni siquiera sabemos su dirección. Esté donde esté, supongo que sus padres no le importamos lo más mínimo. Ha dado tumbos por todo el país como un gato callejero. Se ha vuelto idiota, como tantos otros jóvenes hoy en día, como dices tú. Naturalmente, fue terrible lo que le pasó en Detroit... eso le dolió mucho. Pero también nos dolió a nosotros, más de lo que imaginará nunca, ¡la muy tonta! No sé, creo que le da igual lo que sintamos. Casi dan ganas de pensar que no se puede esperar mucho más estando el país como está. Los jóvenes no tienen nada en qué apoyarse, ningún tipo de fe, supongo. Eso les afecta a ellos más que a nadie. Dios sabe que la generación mayor ya está bastante agobiada –dijo sombríamente y miró hacia otro lado–. Podría enumerarte muchas de las razones por las que todo este asunto está como está. Tal vez me equivoque de arriba abajo, pero me parece que está todo tan patas arriba que muy bien podría romperse. Hay una generación joven que ya no cree en el bien y el mal. La copa se ha roto con toda seguridad. ¿No te parece?

Peter se encogió de hombros.

–Hay algo de verdad en lo que dices.

–Sabes, Petey, yo paseo mucho por Nueva York y por Brooklyn y observo a la gente, escucho sus conversaciones en el cine y en el metro y en la calle. Así es como lo he comprendido. Esta generación sabe lo que está bien y lo que está mal, lo intuyen y seguramente por eso hacen tantas locuras, como esos amigos tuyos. Están nerviosos y neuróticos. Pero no creen en el bien y el mal. Hay una gran diferencia, y lo que me gustaría saber es de dónde viene todo esto, he estado pensando mucho en eso también. En la otra guerra que tuvimos, cambiaron muchas cosas, muchas para mejor, como el nivel de vida y la posibilidad de encontrar un trabajo decente, se crearon también algunos sindicatos buenos entre los malos, había mejores condiciones laborales. Pero muchas cosas cambiaron para mal, como esto de ignorar el simple bien y el mal de la vida. El otro día leí un artículo sobre una chica que se había suicidado en un hotel de Nueva York y había dejado una nota en la que explicaba que no podía llevarse bien con su familia, que la «reprimían», eso es lo que escribió. Su familia era rica, el padre era un hombre de negocios de Kansas, y parece que en su habitación había mucha ropa cara cuando la encontraron, de modo que la familia había hecho lo que había podido por ella, la había llevado a las mejores escuelas, le había comprado buena ropa y todo lo demás. ¿Cómo la habían reprimido? Lo primero que me vino a la cabeza es, ¿qué clase de tonterías aprendió en esa escuela? ¿Qué les enseñan para que tantos jóvenes acaben distanciándose hasta tal punto de la generación de sus padres?

–Esa es una buena pregunta –se rió Peter–. Hace un momento me criticabas por los amigos que tengo en Nueva York.

–Sí, sí, lo reconozco, pero ¿por qué los jóvenes viven como viven? No tienen sentido del bien y del mal, no tienen sentido de la responsabilidad, ni ningún tipo de ilusión sincera por nada. Me dirás que es a causa de la guerra, pero piensa en esos pobres muchachos que no han tenido tiempo de sentir de una manera o de otra, los muchachos que están en el frente, ¿serán todos así después de la guerra? Es como tu hermana Liz: tuvo una mala racha y ¡zas! decidió que ya no le importaba nada. Hay algo que falla en alguna parte. Dios sabe que tu madre y yo tratamos de daros una buena vida y enseñaros a tener cierta decencia y respeto por las cosas, pero no ha parecido funcionar en el caso de Liz, ni tampoco en el de Francis. Se ha convertido en un joven sarcástico. Ni siquiera sabíamos dónde vivía hasta que un día me encontré con él y un grupo de amigos suyos, creo que en Lexington Avenue, y me habló durante un minuto más o menos en la calle, ni siquiera me presentó a sus amigos, no les dijo que era su padre, me dijo que estaba ocupado, parecía avergonzado, ¡y se marchó!

–¿Francis hizo eso? –exclamó Peter, asombrado–. ¿Cuándo ocurrió?

–El invierno pasado, ¿qué importa?

–Ahora tiene su propia vida –dijo la madre–, pero al menos debería sentir por su padre suficiente amor como para presentárselo a sus amigos.

–¿No viene nunca por aquí?

–Oh, no. Ni siquiera escribe.

–Se ha ido, así, sin más –zanjó el viejo–. Adiós a un hijo que solía acudir a mí en busca de ayuda y a tu madre en busca de consuelo. Es un buen ejemplo de lo que digo, tu propio hermano. ¡No sé qué ocurre! El mes pasado saqué un libro de la biblioteca y no había leído nada tan horrible en toda mi vida. La solapa decía que era de un autor joven y prometedor que llegaría lejos, todo ese tipo de palabrería. Así que lo leí. La historia trataba de un joven que era la oveja negra de su familia, no paraba de quejarse y lloriquear por ahí, hasta que finalmente llega a Nueva York y ¡qué sé yo! Descubre que es marica. Le gustan más los hombres que las mujeres. Así que el resto del libro gira en torno a lo que le dice a la gente en los bares y a lo infeliz que es, hasta que finalmente se lía con otro marica y, ¡yuju!, viven juntos y tienen un gran romance. Todo se resuelve con un montón de trampas y argucias, y hasta introduce la política en el asunto. Es un tema de trascendencia mundial: dos niños grandes jugando como esos tarados que rondan los baños de hombres del metro. Acaba hablando de ser adulto, maduro, utiliza mucho esa palabra en las últimas páginas, y parece criticar a todos los demás por ser inmaduros, y esa cree que es la causa de todos los problemas de este mundo. Maldita sea, recuerdo que Doc Kimball me dijo una vez que los chicos de trece años son propensos a tontear con esas cosas, pero que siempre se les pasa a los quince y empiezan a ir a por chicas. Así que me imagino que nuestro genio de la madurez se le fue un poco de las manos. ¡Ja, ja, ja!

–Hay mucho de eso en Nueva York –dijo Peter meditabundo.

–Que alguien escriba un libro sobre eso y base toda la filosofía de la historia en ello es el colmo, o eso me parece a mí. No sé. A menudo me asalta la impresión de que hoy en día hay más chiflados que nunca, ¡solo que ahora se ha convertido en una gran filosofía!

–Eso es lo que dice Leon Levinsky –sonrió Peter–. ¿Te acuerdas de Levinsky? Aquel chico con gafas...

–Sí, me acuerdo de él, ¿cómo olvidarlo? –suspiró el viejo–. En mi vida había oído hablar a nadie tan rápido. Tengo que admitirlo, Petey, tienes un don para elegir a los chiflados. Tu Alexander de Galloway era uno de ellos. Dios sabe que era bastante inofensivo y de buen corazón, ¡pero estos!

Se rió un rato y se puso serio de nuevo.

–Me río, pero hablo muy en serio. Este país se va a ir directamente al infierno si no ocurre algo. En los últimos diez años han ocurrido cosas muy extrañas. Como ya te he dicho, se ha roto la copa y el país se está vaciando de todas sus riquezas, de todo lo que lo hacía fuerte. Y son esas ideas extranjeras. Me parece una desvergüenza, por no decir otra cosa, que vengan aquí desde Europa –rugió– para buscar trabajo y luego se den media vuelta y digan a los ciudadanos estadounidenses a quién deben votar y cómo deben gastar su dinero, y encima hagan todo lo posible por cambiar nuestra forma de gobierno y nuestra economía cuando ellos mismos han vivido durante siglos como mendigos en sus viejos países. ¿Por qué demonios creen que luchamos en todas nuestras guerras, por diversión? ¿O creen que pueden venir aquí y traerse Europa con ellos ? Pero ¿no lo veis? –exclamó el viejo salvajemente–, ellos son cultos y nosotros no, ellos saben lo que hay que hacer, leen a Karl Marx o como se llame, leen a este y a aquel, mientras que nosotros no somos más que un puñado de cabezas huecas ignorantes que no hacemos más que trabajar. Oh, muchacho, no paro de oír esas cosas en Union Square, voy allí y los oigo de vez en cuando.

–Deberías conocer al gran amigo de Francis, Engels –se rió Peter–; es uno de esos intelectuales de izquierdas...

–No quiero conocerlo, ni a él ni a nadie que se le parezca –gritó el viejo–. ¡Podría romperle el cuello! De verdad que me da miedo no contenerme.

Y en ese momento Mickey se echó a reír por la forma tan furiosa y cómica en que gritaba su padre, y la madre se levantó y preparó otra cafetera y volvió a sacar el pastel de dátiles, y no dejaron ni una miga. Estuvieron sentados alrededor de la mesa de la cocina hasta bien pasada la medianoche. En el interior de la casa parecía flotar algo regocijante, grande y oscuro, algo raro y salvajemente alegre, algo inefable y feliz, aunque también medio triste, rondaba y acechaba a su alrededor, en los rincones, en el vestíbulo oscuro, tras las cortinas, se asomaba desde las mismas habitaciones a medianoche, rumiaba alrededor de la cocina iluminada, algo innombrable, pero que todos sentían misteriosamente, con ansia, con gratitud.

–No sé si me equivoco –dijo Marguerite Martin con aire melancólico–, pero la mejor vida, en lo que a mí respecta, fue cuando vivíamos en la granja de mi abuelo en New Hampshire. Eso fue antes de que muriera mi padre, antes de que tuviera que ir a trabajar a la fábrica de zapatos. ¿Te acuerdas, George, cuando me conociste y me visitabas los fines de semana allí? ¡Caramba, cómo comías en esa época! Petey, un sábado por la mañana tu tía Alice y yo recogíamos nabos y coles y zanahorias y patatas y guisantes del huerto y preparamos un gran guiso... oh, un guiso delicioso, con todas las verduras aún jugosas de la tierra y un caldo rico y sabroso. Pues bien, a mediodía tu padre ya se había comido tres platos colmados de aquel guiso. ¡Pensé que iba a reventar! ¿Recuerdas, George, que te decía que estabas morado?

–¡Claro que me acuerdo!

–Pues bien. Mi abuelo guardaba grandes barriles de sidra en el sótano y recuerdo que te pasaste toda la tarde bebiendo, pensé que ibas a reventar otra vez...

–También fui a pescar con el viejo al arroyo, ¿recuerdas?

–Sí. Y luego, por la noche, mi abuelo salió al patio y encendió una hoguera para hacer un asado. ¡Y escucha! Por la noche hacíamos caramelos de melaza. Nos quedábamos en el porche tirando y tirando de ella hasta que estaba bien dorada, cantando canciones, y comíamos esos dulces y cantábamos al piano y lo pasábamos de maravilla. Y ¿sabes, Petey? Mi abuelo nunca nos dejaba ir a la cama sin beber un vaso de vino caliente, *vin ferré* lo llamaba él. Ponía una plancha caliente en el vino y echaba un humo azul, y cuando te bebías ese vino mi abuelo decía que podías ir a patinar en calzoncillos –se rió encantada.

–Era un tipo divertido.

–Y a la mañana siguiente, Petey, por la mañana, mi abuelo fue a ordeñar las vacas y trajo un cubo lleno de nata espesa que se podía cortar con un cuchillo. Luego cortó un poco de panceta y la frió en una sartén, y después rompió ocho huevos en ella, y los frió, y llevó a tu padre todo eso para desayunar, además de pan fresco que tu tía Alice había horneado esa misma mañana, y le llevó también nata para remojarlo, además de sirope de arce de Vermont.

–Petey –dijo el viejo con gravedad–, si nunca has comido pan fresco con nata y sirope, te has perdido la mejor comida del mundo...

–Y recuerda, George, que era domingo, y mi abuelo salió a cazar unos patos, los trajo de vuelta, los desplumó, los abrió por la mitad y los asó sobre a las brasas.

–¡Qué festín!

–Por la noche, Petey, fuimos todos a la iglesia de Willamette's Corners para la misa de vísperas. Tu padre quería complacerme, así que se vino con nosotros, pero yo sabía que no iba nunca –dijo guiñando un ojo a sus hijos–. Todo eso fue hace mucho tiempo, ¿verdad, George? Mis tíos siguen viviendo así en New Hampshire y otros en Canadá, es la mejor vida que hay. Trabajan duro, es cierto, pero obtienen una buena recompensa por su trabajo, viven, y son felices y están sanos, son independientes, nadie les dice lo que tienen que hacer. Tú quédate si quieres con tus comunistas y tus neuróticos y todas esas cosas, pero dame un buen viejo granjero que vaya a la iglesia, un hombre de verdad...

–Eso me deja fuera, ¿eh? –exclamó Martin, golpeando a Peter en las costillas–. Me parece que eso deja al viejo en la calle, ¿eh?

–Nueva York está bien –continuó la madre–, está bien para los espectáculos y las tiendas y la emoción y el gentío, pero cuando se trata de vivir como se supone que debe vivir una persona, prefiero el campo y una ciudad pequeña.

Y así charlaron hasta las dos de la madrugada, hasta que Mickey se quedó dormido en la mesa junto a ellos.

Cuando se acostaron todos, Peter salió unos minutos al patio trasero. Se fumó un cigarrillo bajo la fresca brisa nocturna y se quedó mirando el gran retrato del hombre que se sujetaba la cabeza con dolor, en la pared del almacén, mientras la noche de Brooklyn retumbaba y rugía a su alrededor.

## 6

Una noche de esa misma semana, Peter se reunió con Kenny Wood en un bar de la Segunda Avenida. Habían quedado con Judie, Jeanne y el resto en la calle Cincuenta y dos en media hora, pero se quedaron un rato más bebiendo en aquel viejo y triste local antes de salir a llamar un taxi.

Era un bar extraño, más parecido a una taberna, al que Kenny Wood iba siempre, un local desnudo, lúgubre y con corrientes de aire, en el que los polacos del lugar organizaban grandes polcas los sábados por la noche que Kenny observaba en sonriente silencio mientras se tomaba sus brebajes. A veces tenían que ayudarle a salir del local y coger un taxi esas mismas personas que ni hablaban inglés ni entendían por qué había acudido allí. Aquella noche, como la mayoría de las noches de entre semana, parecía una lúgubre estación de tren, con todos aquellos viejos murmurando frente a sus cervezas en la barra, bajo una única luz tenue y rodeada de sombras, junto a una pequeña estufa.

Kenneth estaba inclinado hacia delante con la cabeza entre las manos.

–Algún día quiero vivir en los Balcanes, entre eslavos. Son gente misteriosa que no vive como nosotros, ni ama como nosotros, ni delira como nosotros –dijo volviéndose hacia Peter–. ¿Por qué no vuelves a tu espléndida Galloway, Martin? ¿Qué haces aquí? –Le miró con extrañeza–. ¿Alguna vez te ha perseguido un fantasma? ¿Alguna vez te has despertado en plena noche y te has encontrado a uno inclinado sobre tu cama, mirándote con lascivia? ¿Alguna vez has sentido que estabas encerrado en un armario, asfixiado por un espectro así?

–¿De qué hablas?

–Me refiero a Waldo. Es lo que hizo en casa de Judie la noche que volviste a casa. Regresó después de que Judie lo echara. Me estuvo mirando lascivamente a mí y a Jeanne, en mitad de la noche.

Peter se quedó perplejo y no supo qué decir.

–Martin, ¿sabes que algunas personas están condenadas y otras no? A unos se les condena y a otros se les concede la gracia, de modo que ¿qué haces tú aquí? Tú recibiste la gracia. ¿Por qué no regresas a esos lindos ríos y campos de béisbol tuyos, a esa gran casa? ¿No aprecias el valor de los valles? ¿Dónde está tu hermanito Mickey del que solías hablarme en el barco? ¿Dónde están todas esas bonitas hermanas que solían rondarte con tanto cariño? ¿Dónde está tu madre, tu abuela? ¿Dónde está tu sentido común, muchacho?

–Toda mi familia vive ahora en Nueva York.

–Ah, Martin, qué lástima. Aun así, ¿crees que podrías prestarme cien dólares para huir a México? Tienes dinero, ¿no? Acabas de bajarte de un barco no hace mucho.

De pronto se puso pálido y serio.

–No tengo cien dólares. ¿Para qué quieres huir a México?

–¡Para escapar del fantasma! ¡El viejo! ¡Ese viejo lascivo de un solo brazo, Waldo, esa vieja bruja castradora Meister con su carne colgando de los huesos!

–¿Por qué no le dices a ese tipo que se largue?

–Fantasma, fantasma...

–También los fantasmas se largan –dijo Peter frunciendo el ceño.

–No los fantasmas maricas. Esos cuentan historias de amor y muerte. Este fantasma me ha perseguido durante años de un lugar a otro, asusta a los niños y hace llorar a los viejos. ¿Crees que podrías reunir cien dólares?

–Cien no.

–¡Cien o nada! –exclamó Kenny con una extraña voz estrangulada, golpeándose las rodillas con los puños–. O me veré obligado a hacer autoestop tratando de no ver fantasmas en los árboles por la noche.

Pagaron la cuenta y salieron en busca de un taxi. Cuando llegaron a la calle Cincuenta y dos, Peter vio vagamente a un numeroso grupo de personas de pie en la acera, frente a un club nocturno. Entonces reconoció a Judie y Jeanne, a Levinsky y Waldo, a Junkey y a un joven alto y renqueante que le resultaba extrañamente familiar. Kenneth se apresuró hacia ellos y, de repente, agarró a Jeanne y empezó a besarla apasionadamente en un prolongado abrazo. Los demás no le prestaron mayor atención, con excepción de Waldo, que se llevó el bastón al hombro y lo observó con una sonrisa.

–Por fin has llegado –exclamó Judie, frunciendo el ceño hacia Peter–. Te he estado esperando un montón en casa.

Luego le agarró del brazo y tiró de él.

Leon Levinsky se acercó arrastrando los pies, con las manos entrelazadas, como un oriental educado, haciendo una pequeña reverencia con la cabeza.

–Hace un momento, dos tipos del bar han querido pelearse con Waldo, Junkey y conmigo porque íbamos acompañados de dos encantadoras jovencitas. Aparentemente sentían algún tipo de sentimiento indecoroso, y admiro bastante su horrible sabiduría. Ni que decir tiene que nos largamos.

Soltó una risita y dio un paso atrás.

–Bueno, no nos quedemos parados aquí –dijo Kenneth nervioso–, caminemos o algo, o vayamos a otro sitio.

Y se acercó a Waldo Meister, que había estado de pie escuchando con una vaga sonrisa, sacó un cigarrillo de su paquete y volvió con Jeanne. Todos empezaron a moverse en grupos confusos y rezagados, Kenneth y Jeanne ocupando la retaguardia, deteniéndose con frecuencia para besarse con pasión. Era una cálida y agradable noche de primavera y las aceras de la calle Cincuenta y dos estaban abarrotadas.

–Vaya –dijo el muchacho alto y renqueante, poniendo una gran mano sobre el hombro de Peter–, ¿no te acuerdas de mí?

Era Buddy Fredericks. Peter tuvo que pensárselo un par de veces antes de estar seguro.

–Te hemos estado esperando toda la tarde –dijo Judie con desdén–. Buddy ha venido a verte y se ha tomado una cerveza y todo.

–¿Y dónde está Liz? –preguntó Peter.

–Está en la ciudad –sonrió Buddy–. Mira ahí ese cartel delante del Opal Club, ¿qué te parece?

Al otro lado de la calle, frente al club nocturno, había un gran cartel que decía: «Billy Camarada y su sexteto, con Ottawa Johnson, tenor; Curly Parker, bajo; Mel Gage, batería; Lucky DeCarlo, guitarra; y Buddy Fredericks, piano».

–¡Qué bueno! No sabía que tocabas con Billy Camarada. ¡Él es genial! ¿Y dónde está Liz? ¿Cómo está? ¿Cómo está Lizzy?

–Está cantando en un club nocturno en el Village, el Village Haven.

–¡Cantando! –gritó Peter asombrado–. ¿Mi propia hermana canta en un club nocturno? ¡Y yo ni siquiera lo sabía! ¿Qué te parece, Judie? ¿Es buena, Bud? Vamos, hombre, ¡danos una opinión neutral! –De pronto estaba encantado de hablar con Buddy, y también con Judie, tras la extraña y tormentosa charla con Kenneth en el centro.

–Liz es una cantante bastante buena –rió Buddy–, un poco al estilo de Neets O'Day. Empezó en Frisco el verano pasado.

–¿Y dónde vivís vosotros dos?

Buddy miró a Peter con repentina gravedad.

–Dime –continuó Peter con entusiasmo–. ¿Tuvisteis más suerte la segunda vez? ¿Tenéis un sobrino para mí?

–Bueno, no. Después lo que pasó en Detroit, Liz no quiso volver a tener un bebé...

–Ya se le pasará.

–También hay otra cosa, quiero decir... –balbuceó el gran músico–, en fin, Liz y yo estamos separados. Acabo de llegar de Los Ángeles. Liz lleva tres meses en Nueva York. Hemos roto.

Peter apartó la mirada sin tanta sorpresa como disgusto. Todos se habían detenido en la esquina de la Quinta Avenida y se agitaban inseguros. Waldo Meister, el líder de aquel desfile sin rumbo, miró al norte y al sur, al este y al oeste, y finalmente volvió la cara y dijo:

–Aquí no hay donde sentarse, mejor que volvamos por allá –y emprendió el regreso en la dirección por la que habían venido.

–¿Por qué no buscamos un banco en el parque o algo para sentarnos? –sugirió el cansado Junkey a la comitiva–. Me gustaría sentarme y relajarme un poco.

–Tengo entendido que hay un músico entre nosotros –dijo Waldo Meister con una sonrisa–. ¿Qué tocas?

–El piano –dijo Buddy, mirándole con gravedad–. Me han dicho que tienes una gran colección de discos.

–Sí, pero ya no me divierten demasiado...

–De música clásica, supongo.

–¿Es que hay otra? Sí, por supuesto, de música clásica. ¿Alguna conexión con lo que haces? –preguntó Waldo con repentino sarcasmo.

–Es fantástico –exclamó Levinsky, entrando en escena–. Tenemos que hablar de eso. No has oído el nuevo jazz *bebop*, Waldo, es completamente distinto del viejo estilo europeo. Es una especie de música americana dionisíaca y salvaje, pura emoción y frenesí que hace vibrar a todo el mundo. Una locura.

–No es para tanto –sonrió Buddy.

–Como una orgía en la que todo el mundo explota y se convierte en un solo individuo. ¡Te lo aseguro!

–¿Todo eso hace la música? –sonrió Buddy con asombro.

–Sí, yo lo he sentido. Se produce una relación frenética, casi en cadena, parecida a la de la marihuana. Oh, deberías ver a esos locos personajes que van a los conciertos de jazz, ¡aquí mismo en Nueva York!

–De acuerdo, pero ¿qué hay de la música en sí?

–Por lo que yo sé –soltó Waldo con una voz tan curiosa, aflautada y enfurecida, que sorprendió a todo el mundo por su desamparo–, el *bebop* o el jazz, o como quiera que se llame, no es más que un montón de ruido balbuceante. Desde luego, no se puede considerar música y, digan lo que digan, no es más que un montón de bobadas adolescentes para un puñado de bobos adolescentes norteamericanos.

–¡Hurra! –gritó Kenneth Wood desde el final de la calle.

Buddy no se inmutó ante aquellos comentarios que le lanzaron en medio de la confusión y la irritabilidad general del momento. Se limitó a encogerse de hombros, sonrió y se volvió para mirar a Peter con tranquila diversión.

Pero en ese momento Waldo se había dado la vuelta y le había dicho algo evidentemente mezquino a Kenneth, quien de pronto se sonrojó furiosamente y se dio media vuelta. Jeanne estaba de pie junto a Waldo y escuchaba la conversación general con una sonrisa soñadora, cuando Kenneth la cogió del brazo y le dijo:

–Vamos, *ma petite*, vámonos ya a casa.

Waldo se agarró al brazo de Kenneth y se aferró a él con una mirada demacrada de súplica. Kenneth lo miró.

–Suéltame, amigo, o te juro que te mato ahora mismo, te lo juro.

Waldo se acercó aún más, casi hasta colgarse.

–Escucha, Kenneth, déjame ir contigo, por favor. ¿No crees que es hora de tener una larga charla? ¿No crees que ya es hora de comprender?

Todos contemplaron la escena confusos y espantados, pero fingiendo no darse cuenta.

–¡Te he dicho que me sueltes, vieja hada! –gritó Kenneth furioso y de repente le dio a Waldo un tremendo empujón en la cara con la palma de la mano que le hizo caer de espaldas sobre la acera. Con un golpe espantoso, su cabeza se estampó contra el suelo y el bastón que llevaba cayó estrepitosamente a su lado. Fue un espectáculo espantoso y de una gran impotencia.

Waldo se incorporó a tientas y Junkey se inclinó para ayudarle, mientras una pequeña multitud se congregaba a su alrededor y los demás parecían humillados. Kenneth se alejó a toda prisa calle arriba con los tacones repiqueteando sobe la acera. Peter corrió tras él y le obligó a darse vuelta.

–Por el amor de Dios, Kenny, no hacía falta tirar a un pobre lisiado.

Kenneth siguió andando.

–Ya que no conoces los hechos, Martin, guárdate para ti tus conclusiones.

–Bah, estáis todos locos –exclamó Peter, sintiéndose de pronto sin aire y asqueado.

–Puede que sea así, pero no seas ingenuo, si alguien quisiera matarte, no dudo que reaccionarías igual. Buenas noches.

Kenneth desapareció al doblar la esquina. Peter miró cómo ayudaban a Waldo a ponerse en pie. De repente le entraron ganas de irse a casa y dejar atrás aquellas tristes pesadillas. Cruzó la calle a toda prisa hacia el metro.

## 7

Una mañana de la semana siguiente, tras pasar varios días en casa de sus padres leyendo y estudiando, Peter se preparó para regresar a Manhattan. Su padre estaba en el salón estudiando los caballos del *Racing Form* y fumándose un puro.

–¿Adónde vas? –preguntó, mirando a Peter por encima de las gafas con una mirada anodina, cariñosa y llena de curiosidad.

–Vuelvo a Nueva York.

–Todavía te interesan, ¿eh? –dijo el viejo con una sonrisa socarrona, riéndose a carcajadas. Peter se quedó clavado en el sitio, frunciendo el ceño, preguntándose por qué tenía que ser siempre tan molesto hablar con su padre de sus idas y venidas, de aquellas salidas que, se daba también cuenta con pesar, resultaban siempre tan inútiles. Llevaba días pensando en ello, tumbado en la cama y dándole vueltas sobre sus libros, pero un vasto e inquieto péndulo en él había vuelto a oscilar y ahora, inexplicablemente, ardía de curiosidad por saber en qué andaba todo el mundo, qué hacían Kenneth, y Judie, y Dennison, y Levinsky, e incluso Waldo. ¿Qué iba a hacer si no?

–¿Qué quieres decir con que todavía me interesan?

Y el viejo Martin, aunque no miró a Peter, siguió estudiando sus cifras con una secreta sonrisa de satisfacción. Hasta empezó a tararear un poco.

–No me interesan –se burló Peter.

Su padre no dijo ni una palabra, pero continuó tarareando una melodía y, de repente, se inclinó hacia delante con un movimiento rápido y atareado y marcó limpiamente una cifra en la hoja.

Peter estuvo a punto de salir de la habitación, pero su padre no pareció prestarle atención y, de pronto, la sensación de que se estaba burlando de él, le llevó a sentarse y encender rápidamente un cigarrillo. Hubo un largo intervalo de silencio y finalmente Peter soltó:

–¿Hay alguna razón por la que no deba verlos?

–No lo sé. Creo que deberías hacer mejores amigos, eso es todo. –Y Martin escribió otra cifra en la hoja con un aire profundo–. Chicos que te tomen en serio y sean amables, serviciales y auténticos, maldita sea.

–Bueno –sonrió Peter casi con sarcasmo–, no son exactamente como los tipos con los que solías reunirte en la peluquería de Galloway, ¿sabes? Esto es Nueva York.

–No, supongo que no –dijo Martin con cierta melancolía distraída mientras pasaba la página del periódico–. No, señor. Allá en Lacoshua éramos un puñado de muchachos del campo, pueblerinos, no teníamos una educación sofisticada ni nada por el estilo. Éramos un grupo de muchachos sencillos, pero nos divertíamos mucho y nos respetábamos. El viejo Pete Cartier es uno de esos chicos. ¿Te molesta en algo Pete Cartier?

–¿Quién ha dicho que me moleste? –frunció el ceño Peter–. Solo quiero decir que estos chicos de Nueva York tienen más cosas en la cabeza, son más listos en cierto modo, más interesantes... podría decirse que modernos. No puedes esperar que haga lo mismo que tú.

–Modernos –sonrió secamente el anciano–. Por cierto, ¿por qué no ves a algunos de tus compañeros de barco? Parecían buena gente.

–No necesito amigos, no tengo que andar buscando amigos. Puedo arreglármelas sin ellos. Cuando estoy en tierra me gusta hacer lo que me da la gana, tomármelo con calma...

–Te juntas con un puñado de drogadictos y sinvergüenzas, eso es lo que haces.

–¿Quién ha dicho eso? –le espetó Peter.

–Por favor, tengo ojos y oídos. Mientras eso no te afecte... Me enorgullece que tengas amigos drogadictos, delincuentes y chiflados. No esperaba otra cosa de ti, desde que eras un niño pequeño y corriste hacia mí aquel día llorando y diciéndome que tu hermano pequeño había muerto.

Peter estaba extrañamente reflexivo.

–Quiero conocerlo todo sobre Nueva York, de eso se trata –dijo, dándose cuenta de que su padre lo sabía todo sobre sus amigos. Sentía que, de alguna manera, retomaba el hilo de una vieja conversación–. Realmente estoy harto, papá. Creo que me da igual lo que haga la gente, siempre que sea algo distinto. Siento curiosidad.

–Claro –dijo George Martin, igualmente tranquilo y juicioso–, yo también era así, sentía una curiosidad tremenda por algunas cosas, no estaba satisfecho hasta que lo sabía todo. A veces hasta me ponía en ridículo. Supongo que había en mí una vena de curiosidad excesiva. Pero algunas cosas me daban asco. Nunca me gustaron los delincuentes.

–Yo soy demasiado curioso para eso –dijo Peter con seriedad, preguntándose por qué aquello le parecía tan cierto–. Odio a esos matones de Times Square, esos tipos con cachiporras y a veces pistolas, los reconozco. Pero me gusta hablar con los demás. No sé cómo llamarlos: los que están a la espera de algo. A veces me siento como un idiota, es cierto.

–Supongo que también había algo de eso: ¡idiotez! No sé... a veces siento que he sido un idiota, sobre todo con mi negocio de la imprenta. Sí, hay un poco de eso.

–Yo no tomo drogas, ¿sabes? Lo que me interesa es por qué empiezan ellos a tomarlas, cómo se sienten. La vida es la vida.

–¡Escucha! Puedes decir lo que quieras, ¡pero no tengo forma de saber si las tomas o no! –gritó Martin de repente.

–¿Me crees capaz? –gritó Peter–. ¿Qué te crees que soy? ¿Un tonto, un imbécil o algo parecido?

–Tus amigos lo son, ¿verdad? Hay un viejo refrán que dice que las personas de la misma condición se juntan. No me trago ese rollo de la curiosidad, Peter –continuó el viejo, pensativo–. Francamente, no sé qué te ha pasado. Todo se torció hace tiempo, eres una víctima más de lo que hablaba la otra noche...

–¡Hago lo que me da la gana! Si tengo curiosidad, ¡la tengo! Si me interesan ciertas personas, ¡me intereso! No soy víctima de nada. Voy a vivir en este mundo, voy a descubrirlo todo, ¡no voy a taparme los ojos como una doncella en apuros, ni como un viejo puritano, ni como un conejo asustado! Me interesa la vida, todo tipo de vida, ¡toda!

–¿Y en qué consiste tu interés por ese tipo de un solo brazo?

–¿Waldo Meister? Ni siquiera lo conozco.

–Pero anda por ahí, ¿no?

–No lo quiero cerca y Judie tampoco. Kenny Wood lo tumbó la semana pasada –soltó Peter con un afán de disculpa infantil.

–Lo sé, lo sé... –dijo George Martin.

–¿Y cómo lo sabes? –preguntó Peter mirando a su padre y sorprendido de que supiera tanto. Luego se sintió algo asustado por el giro repentino, inesperado y desconocido de todo aquello.

–No te lo he dicho, pero tu amigo Levinsky vino aquí la otra noche, creo que el lunes por la noche, cuando te fuiste al cine con tu madre y Mickey.

–¡Ajá!

–Y hablé con él –dijo el viejo con rabia–, y le saqué mucha información, no paró de hablar. Le gusta hablar, cree que impresiona. Le invité a unas copas en la esquina y lo soltó todo.

–No me dijiste que había venido.

–No, no lo hice.

–De todas formas, da igual.

Los dos se quedaron mirando en medio de un molesto silencio.

–Si quieres mi opinión, creo que estás loco por ir con esa panda... ¡loco de atar! –exclamó golpeándose la cabeza–. No se me ocurre otra explicación.

–Si yo estoy loco, tú también lo estás –soltó Peter.

–Eso que dices es muy agradable.

–Desde que tengo uso de razón me has estado diciendo lo que no debo hacer, lo que no debo hacer. Pero nunca me has dicho qué hacer.

–Porque no soy Dios, no puedo decirte lo que debes hacer, solo puedo decirte lo que creo que deberías hacer.

–Debería esto y debería aquello... es lo único que oigo.

–Puede que sea así. Soy tu padre y soy mayor que tú, tengo más experiencia

–Más experiencia, y aun así dices que hay cosas que no te atreverías ni a mirar.

–¡He vivido más y debería saber qué es lo mejor para ti! –gritó el viejo–. ¿Y qué hay de tu futuro? Tal y como te veo ahora, no vas a ninguna parte.

–Al diablo con el futuro.

–Tal y como te veo ahora, acabarás siendo un drogadicto, un holgazán, un vagabundo, ni mejor ni peor que los que te rodean. Has desperdiciado tu educación, ganas algo de dinero en barcos, pero te lo gastas bebiendo y manteniendo a una putita...

–No es eso en absoluto –sonrió Peter con una especie de enloquecida satisfacción.

–Sea lo que sea. No está bien y no es honesto. Es como si no tuvieras ningún sentido del honor. Todo lo que tu madre y yo te hemos enseñado ha desaparecido, está todo revuelto en esa idiota cabeza tuya hasta el punto de que no te reconozco. Eso duele, maldito, ¡duele mucho! –gritó–. Soy tu padre y me preocupo por ti...

–Eso no es más que otra forma de decir que soy un vago y un inútil, ¡admítelo! Bebo, de acuerdo, ¡pero tengo mis motivos! ¿Dónde está ese gran propósito por el que se supone que debemos vivir? ¿Cuál es esa gran fe, esperanza y caridad de este tiempo que nos han cargado sobre los hombros?

–¡También a mí! ¡También yo lo tengo sobre los hombros!

–¡Muy bien! No le echemos la culpa a estos tiempos, es lo que hace todo el mundo, echarle la culpa a estos tiempos.

–Es demasiado fácil –dijo Martin–. Tu madre y yo, toda tu familia y su gente, por muy tontos que sean, hemos sido siempre gente trabajadora, creíamos en trabajar para ganarnos la vida y vivir una vida de verdad. Es lo mismo que se puede decir de este país en términos generales, o al menos antes.

–¡Eso no tiene nada que ver!

–Este país no significa nada para vosotros, niños. Es solo un lugar grande y absurdo en el que pasáis el rato haciendo el idiota, ¡no es más que eso!

Peter sonrió.

–Claro, claro –dijo el viejo–; vosotros lo sabéis todo, pero llegará el día en que os estallará en la cara.

–Eso es lo que esperas.

–¿Eso es lo que espero? ¡Señor, señor, pero si ya os ha estallado en la cara! –dijo con expresión agónica–, aunque supongo que hay también una especie de nuevo coraje en vuestra generación. Sois capaces de aguantar todo sin que os importe un bledo, seguís yendo por ahí con esa sonrisa. Eso hay que reconocéroslo, a todos. ¡Pero no os importa! No os importan vuestros padres, que os quieren. Ha pasado algo malo y horrible, no hay más que infelicidad por todas partes. ¡Y esa frialdad de todos!

–No sé de qué me hablas –dijo Peter.

–La vida consiste en vivir, en trabajar, planificar, creer en ella, en tener cosas que hacer, vivir, vivir, una vida sencilla, ¡y también está Dios!

–Hay gente que se aburre –respondió Peter. Decía casi cualquier cosa que sabía que iba a enojar a su padre

–Oh, eso no es más que un cuento chino, inventado quién sabe por qué motivo. Es una locura. Jamás hubiera soñado que mis propios hijos se lo tragaran, ¡tú, Liz y Francis! ¡Nunca lo hubiera soñado! ¿Por qué queréis ser tan infelices, por qué queréis castigaros? Solo Dios sabe lo que les pasará a Charley y al pequeño Mickey con el tiempo, o a ti. Al final solo acabaréis rompiendo el corazón de vuestro padre. En ambos sentidos.

Con una rápida y dulce intuición, Peter se oyó a sí mismo decir de repente:

–¿Por qué no venís a vernos a Judie y a mí esta noche y vamos todos a ver un espectáculo? Es tu noche libre, ¿no?

–¿Para qué? –le ladró Martin, un poco sorprendido–. No creo que se alegre de vernos.

–Debería hacerlo, en fin, es mi chica, y debería conocerte más. ¿Por qué no?

–Bueno, hablaré con Marge al respecto. Supongo que vas en serio con la muchachita, ¿no? –dijo el viejo apartando la mirada suavemente–. No quise decir lo que dije, ni siquiera la conozco, ese es el problema...

–No voy, soy serio con ella, supongo que no voy en serio con nada, o voy en serio con todo y eso no puede ser. No sé –murmuró Peter tristemente.

–Bueno...

–Venid esta noche –balbuceó–. Haremos algo. Nos vemos esta noche. ¿De acuerdo? No te olvides.

Y Peter salió sin más. Cuando cerró la verja de hierro de la acera, vio a su padre sentado en el interior sumido en una melancólica soledad.

«La idea más hermosa sobre la faz de la tierra –pensó inexplicablemente–, es esa idea infantil de que el padre lo sabe todo.»

Ya en el metro pensó que aquella idea era la que siempre habían tenido los hombres en relación con Dios. Pero luego recordó con tristeza que, cuando el niño crece y busca consejo, solo obtiene a cambio torpes y serias explicaciones humanas, cuando el niño busca un camino de algún tipo, solo descubre que el camino de su padre no basta, y debe enfrentarse entonces al espanto de que nadie, ni siquiera el padre, sabe realmente qué hacer. Aun así, pensó Peter, que los niños y los padres tengan la noción en sus almas de que debe haber un camino, una autoridad, un gran conocimiento, una perspectiva, una visión de la vida, una manera apropiada de vivirla, y un orden en medio de todo el desorden y la tristeza del mundo, solo eso debía ser Dios para los hombres. No importaba que los hombres pudieran vivir sin tensiones ni reparos interiores, sin escrúpulos ni moralinas, ni oscuras trepidaciones, sin culpa, ni abatimiento, ni horror, sin suspiros ni angustiosas preocupaciones espirituales sin nombre, daba igual, seguían pensando lo mismo. En sus almas prevalecía poderosamente el deber, así eran, sin duda, las cosas.

## 8

Cuando Peter llegó al apartamento de Judie, se la encontró en el cuarto de estar charlando con un joven al que había conocido en un bar esa misma mañana. Tomaban cerveza y charlaban. Era un joven marinero que acababa de regresar de un viaje a Brasil, llevaba gafas oscuras, pantalones de pinzas cubanos y un pañuelo de seda de un color extraño alrededor de la garganta. Al principio miró furioso a Peter, sin comprender la situación, sin saber que era víctima de un incesante complot de Judie para poner celoso a Peter. Peter decidió no parecer celoso y entró en su guarida, se sentó y se quedó mirando sombríamente por la ventana los tejados grises del mediodía.

Cuando el extraño joven marinero terminó por marcharse, Judie entró y se sentó en el brazo de la silla de Peter, con aire irónico y nervioso.

–¿Celoso?

–No, no estoy celoso. ¿Cuándo vas a madurar, maldita tonta?

–¿Cuándo va a madurar usted, señor Martin? ¿Desapareces durante días y esperas que me quede aquí sentada esperándote?

–He estado unos días en casa, eso es todo.

–En casa –imitó ella con sarcasmo–, en casa de esos malditos padres tuyos que lo único que hacen es criticar todo el día. Puedes quedártelos, hermano.

–Escucha –gritó Peter, levantándose, agarrándola por el brazo y casi zarandeándola–, quieres casarte, pero no quieres nada de lo que implica. Claro, claro, quieres casarte... pero ni siquiera les diriges una palabra amable a mis padres. Ni siquiera sé qué clase de madre serías...

–¿Es que no me quieres? –preguntó ella de repente, sollozando. La había asustado. Se fue a un rincón de la habitación y se quedó mirándole horrorizada, él sintió una oleada de lástima por ella.

–Mira, Judie, maldita sea, ¡te quiero! Me gustas. Quizá tú y yo podríamos vivir juntos toda la vida, pero hay algunas cosas que no me gustan.

–Bueno, tú tampoco eres perfecto –replicó ella.

–De acuerdo, no soy perfecto, pero ¿qué vamos a hacer? –dijo finalmente con cansancio. Se sentó–. Escucha –añadió al fin–, mis padres vienen esta noche, los he invitado. Vamos a ir todos a cenar y a ver un espectáculo.

–Yo no voy. No quiero verlos.

–Bueno, ahí lo tienes.

–Quiero casarme contigo, no con ellos.

–Nadie te pide que te cases con ellos. De donde vengo, los matrimonios jóvenes se llevan bien con sus padres...

–No me importa de dónde vengas, me importan un bledo las ciudades pequeñas y la gente pobre y todas sus estúpidas reglas. Yo viviré como me plazca y no me importa lo que piensen los demás. Te estás volviendo igual que tu padre, un viejo malhumorado siempre preocupado por algo. ¡Te encanta preocuparte! ¿Por qué no disfrutas de la vida, como hacía mi padre antes de morir? Cuando te conocí, Petey, pensé que eras igual que él: tu sonrisa y tu forma de hacer las cosas, un gran atleta, y cómo te gustaba comer y hacer el amor y... ¡vivir sin más! Pero ahora eres igual que tu padre. ¡Lo odio! –gritó enfadada.

Peter estaba sentado junto a la ventana, una lúgubre lluvia había empezado a repiquetear en el cristal, y miraba fijamente hacia fuera. Judie lo vio así, y se acercó y se sentó en su regazo, y apoyó su cara contra la suya, suavemente. Y el simple el tacto de su sien contra su mejilla, aquel cálido y pequeño cráneo apretado contra él, y su manita enroscada en la suya, le hicieron olvidar todos los problemas.

En la penumbra, se miraron fijamente a los ojos, aquel ojo débil y luminoso de sí mismos, cavilaron y escucharon la lluvia sobre los tejados. Sabían tanto el uno del otro, por fin, que les sería imposible volver a pelearse. Llovía en todo el mundo, pero ellos estaban juntos en la cálida y dulce atmósfera de sí mismos, en la tenue luz que sus ojos reflejaban en la oscuridad, en el clima que sus cuerpos hacían al abrazarse, en la estación de su amorosa tristeza. Estaban completamente solos y juntos en la dulzura de aquella sensación, y fue entonces y solo entonces, cuando recordaron de alguna manera el enorme amor humano que debían sentir por todas las personas. La sabiduría del tierno hecho de amarse les pareció verdadera y definitiva. Y tanto es así que no se dijeron ni una palabra en la oscuridad, se quedaron allí en silencio, juntos, durante horas.

Cuando la madre y el padre de Peter llegaron a las siete, la propia Judie salió a la puerta y los saludó con tímida ternura. Peter se sintió en aquel momento más feliz de lo que podía recordar.

Su padre se sentó nervioso en el borde del sofá, con el aire ponderado, modesto y decente de su clase y su enorme mirada triste más asombrosa que nunca, observando a la pequeña Judie como si decidiera que, al fin y al cabo, era una buena chica. Tenía, cuando se volvía hacia ella, una mirada luminosa, conmovida y tímida. Peter sabía que su padre era esencialmente alguien capaz de perdonar, de perdonar en su interior, más que en un sentido formal. Y su madre, con sus ojos penetrantes y sus modales tímidos y joviales, también era una persona de la que se sentía orgulloso, por su gran comprensión, siempre oculta bajo sus alegres y pequeños modales. Siempre se reía y «trataba de sacar lo mejor de las cosas», y Peter creía que aquello era un gran valor.

–En fin –dijo el viejo–, ¿estamos listos para una buena cena y un espectáculo?

–Yo sé adónde ir –exclamó Judie, chisporroteante y sonrojada–. Conozco un restaurante al que apuesto que nunca ha ido. Usted.

–¿Yo? –exclamó el viejo, encantado de que se dirigiera a él–. Muy bien, pequeña, dime cuál y te lo confirmo.

–¡Ah! –se burló Judie–. No se lo voy a decir. Iremos allí y estoy segura de que tendrá que admitir que nunca había ido.

–Trato hecho –rió el viejo, sacando un puro y encendiéndolo. Mientras Judie corría a su habitación para vestirse, la madre se volvió hacia el viejo Martin y rió alegremente.

–¡Es tan mona! ¡Tan simpática, Peter! Me alegro mucho de que hayamos venido. ¿Sabes?, tiene los mismos modales que Lizzy –dijo mientras, inexplicablemente, le caía una lágrima–. ¡Qué cosita!

Cuando sonó el timbre, Peter se apresuró a abrir con la sensación de que acababa de aprender a vivir y a amar, y que nunca olvidaría el secreto. Abrió la puerta con el aire de quien acepta un reto, como un niño pequeño, vagamente consciente de la tonta alegría de todo aquello, pero sintiendo el misterioso temor de algo sobrecogedor y desconocido. Más tarde recordó esa sensación y reconoció con tristeza su presciencia. El hombre de la puerta le enseñó una placa de policía y entró con indiferencia.

–¿Qué ocurre?

–¿Es usted Peter Martin? Va a tener que acompañarnos al centro. Solo queremos hacerle unas preguntas. Ha habido un suicidio, un tipo llamado Waldo Meister. Ha saltado desde la ventana del apartamento de Kenneth Wood. Pero aún no hemos concluido nuestras investigaciones. Póngase el abrigo.

El detective se sentó en el cuarto de estar y se puso a charlar con los demás, contándoles todo afablemente. Peter se quedó meditabundo en su dormitorio durante un rato, embargado por un sentimiento de naufragio. Waldo Meister había muerto.

–Oh, ¿no es más que eso? –se oyó a Judie reírse con desdén–. Menos mal. Espero que lo hiciera el propio Kenny.

El detective se volvió bruscamente al escuchar aquello.

–Puede que no lo sepas, niña, pero eso es una acusación muy grave.

–¡Bah! –se burló ella, paseando por la habitación con su viejo estilo–, ese bastardo intentó matarme el gato, me alegro de que ahora esté muerto, lo habría matado yo misma.

–Tranquila, Judie –replicó Peter, enfadado.

–¡Déjame en paz!

–¡Pues vaya! –rugió el viejo dando vueltas por la habitación–. ¡Ahora mi propio hijo está mezclado en un caso de asesinato! ¡Al fin sale todo a la luz! Te dije que no te mezclaras con esa gente, ¡te lo advertí cien veces! ¡Ahora estás en apuros! ¡Por Dios! ¡Un asesinato!

El detective parecía disgustado y a la vez divertido con aquella escena.

–Bueno, ¡no estamos seguros de que sea así! Personalmente creo que se trata de un suicidio.

El viejo le miró fijamente.

–¿Y no le parece eso lo bastante malo, que un hombre se tire por la ventana por cualquier estúpida razón? A esto estamos llegando en este maldito mundo de hoy en día. Usted mismo debería saberlo por su profesión.

Tenía el cuello rojo y la cara lívida. De repente, todos se dieron cuenta de que la madre de Peter estaba llorando. Peter corrió hacia ella y la abrazó, temblaba.

–Tranquila, mamá, no es nada, todo irá bien.

–¡Qué terrible todo! –gimió–. Petey, ¿qué te van a hacer?

Se aferró a él con miedo, temblando y pálida.

De pronto Judie se echó a reír casi histéricamente.

–¡Dios mío! –exclamó, sin más, y Peter se volvió hacia ella con una mirada de odio.

–Cuidado con lo que haces, pequeña...

–¡Cállate! –gritó Judie desafiante, y por un momento se midieron el uno al otro.

El viejo estaba furioso.

–¡Esto es lo que cabía esperar de unos mocosos! ¡Sois todos

iguales! Si os hubierais quedado en casa y os hubierais ocupado de vuestros asuntos, si hubierais hecho amigos más decentes, no estaríais ahora metidos en líos tan horribles. ¡Bueno, no hicisteis caso! ¡Maldita sea, vosotros os lo buscasteis!

–¡Qué bonito es decir te lo dije! –exclamó Judie, burlona.

–¡Ya está bien! –gritó Peter, fuera de sí. Corrió hacia Judie, la cogió del brazo y, por una razón u otra, en su agónica confusión, intentó sentarla en una silla. Judie se lo sacó de encima con una mirada de repugnancia. Le temblaban las rodillas y tuvo que sentarse. A esas alturas el detective estaba también algo confuso, pero no tardó en liberarse de aquella sensación asumiendo sus obligaciones oficiales y diciendo que era hora de irse.

–Tendrás que identificar el cuerpo en la morgue.

–¿Puedo ir yo también? –dijo el viejo Martin, cogiendo de pronto su abrigo.

–No será necesario, señor Martin.

–Pero quiero ir. Si mi hijo tiene problemas, necesito saber si puedo ayudarle. Y no quiero que reciba ningún tipo de trato injusto...

–No, no, nada de eso, él no está en apuros, que yo sepa al menos. Es un caso sencillo, solo lo estamos haciendo las comprobaciones rutinarias. Yo en su lugar no me preocuparía.

–¡Pero no puedo evitarlo! –sollozó la madre de Peter–. Jamás le había ocurrido algo así a ninguno de mis hijos, nunca se habían visto implicados en algo parecido. ¿No puede ir mi marido por si puede ayudar? Oh, Petey, debes decirles la verdad, todo lo que sepas, no les mientas, Petey. George, ¿por qué no vas con él? ¿Qué voy a hacer yo ahora?

A Peter se le partía el corazón mientras oía a su madre decir esas cosas. Fue hacia ella. Tenía la ciega sensación de ir dando tumbos de una persona a otra en una horrible pesadilla. No había visto llorar a su madre desde que era un niño y le desgarraba verla así. Él mismo estaba llorando, en silencio, le recorrían la cara unas grandes lágrimas que se quitaba con asombro.

Judie, indignada, se puso de repente el abrigo y se dirigió hacia la puerta.

–¿Adónde vas? –gritó Peter, tropezando en la habitación tras ella.

–Estoy harta de todos vosotros, malditos pusilánimes. Volveré a mi casa cuando os hayáis ido. ¿Queréis que os diga una cosa? –añadió de pronto, corriendo hacia la puerta–. Todo esto es muy típico de pobres, siempre tienen miedo de todo. Bueno, ¡eso no va conmigo! Si te metes en líos y necesitas dinero para salir de la cárcel, soy yo quien puede sacarte, ¡no ellos! –gritó despectivamente–. Así que luego nos vemos, idiota.

–Escucha, jovencita –rugió el viejo Martin tras ella–, intenta echarte siempre un poco de perfume en la nariz, ¡así no te molestará tanto tu propio olor! ¿Qué te parece?

Se puso el sombrero en la cabeza y se puso a fumar, mientras Judie daba un portazo y se marchaba. El detective que estaba junto a Peter miró a todos con asombro.

–Y eso es todo –suspiró el viejo Martin, quitándose el sombrero y sosteniéndolo y mirando apesadumbrado a su alrededor como si rindiera una especie de respeto a la horrible escena que acababa de producirse, sin saber ya qué hacer.

Peter se fue al centro con el detective en su coche y sus padres simplemente se fueron a casa en metro. Le mataba por dentro solo pensar en lo aterrorizados que debían sentirse.

Cuando llegaron al apartamento de Kenny Wood en el Palmyran Towers, Kenny estaba muy pálido y, evidentemente, muerto de miedo por el giro que habían tomado los acontecimientos. Miró a Peter, lívido. Su padre estaba allí haciendo llamadas telefónicas a algunos de sus amigos influyentes de toda la ciudad. Era un hombre apuesto, con canas en las sienes, joven en aplomo y energía, un conocido bróker de Wall Street y un personaje célebre en la sociedad neoyorquina. Peter no lo había visto nunca, a pesar de que conocía a Kenny desde hacía años. Ahora que el muchacho estaba en apuros, resultaba evidente que al padre solo le preocupaba la posibilidad de un escándalo.

–Verá –le explicaba a otro detective–, tengo una reputación

que cuidar. Ojalá la investigación se hubiera llevado a cabo con más decoro. La prensa sensacionalista va a armar un escándalo tremendo.

–No podemos hacer nada contra la prensa, señor Wood.

–Sí, supongo que no –sonrió apurado–. Y este ¿quién es? –añadió, mirando a Peter, pero Peter le odió tanto y con un placer tan hostil, que el hombre se llevó aquel desagradable premio por su curiosidad. Al final el señor Wood se marchó diciendo que tenía una cita importante, le dio a Kenny un apretón en el brazo y le dijo algo al oído que el muchacho escuchó con una sonrisa y salió a toda prisa con una especie de alegría avergonzada.

Fatigado y perplejo, Peter entró en la habitación contigua, para ver qué decidían los detectives. Recordó entonces que la bisabuela de Kenny se encontraba en aquel cuarto. La anciana sentía hacía mucho cierta debilidad por él.

Era una anciana marchita, pero aún conservaba rastros de su antigua fuerza. Estaba sentada con una manta escocesa sobre el regazo, unas viejas gafas de montura dorada en la mano, algunas flores a su lado en unas pequeñas macetas de barro y un bastón apoyado en la silla. Frunció el ceño, pensativa.

–Estaba aquí sentada –dijo– y vinieron a contármelo. ¿Sabes tú algo? No creo que sea para tanto. He visto suicidarse a muchos hombres. Vi a un hombre saltar desde un acantilado al río Misuri hace mucho tiempo, yo era una niña.

–¿Cuánto hace de eso?

–Bueno, Petey, ya no sé calcular, supongo que fue en los años sesenta, como te digo yo era una niña pequeña. ¿Escuchaste lo que dijo sobre su reputación? ¿sabes de qué habla? Del trabajo y sufrimiento de los hombres que vinieron antes que él, mi marido, el hijo de mi marido. Cuando oyeron que había oro, fueron. No encontraron oro, nada del otro mundo, quiero decir, y se volvieron por donde habían venido. Mi marido empezó a cortar árboles en Virginia y mi hijo se puso a hacer papel y a venderlo. Luego se dedicó al negocio del ganado en Kansas. Esa es su reputación.

La anciana estaba disgustada y sentía un profundo rencor contra su nieto, el padre de Kenny.

–Nunca fue un padre. Ni siquiera supo ser un hijo. Siempre me he preguntado cómo una estirpe de hombres puede empezar fuerte y acabar así... El pequeño Kenny ha heredado mucho de los Wood, pero jamás ha tenido ocasión de demostrarlo. A mí me ha pillado demasiado vieja como para que cuente mi opinión. Y los hombres que ya no están no pueden hacer gran cosa desde la tumba para espolear a sus parientes. En esta casa no hay espoleadores, nunca los hubo, la madre se casó con un conde austriaco, ¡eso no está mal! Solíamos reírnos de eso, en la vieja casa de Richmond. En aquella época, en los noventa éramos todo lo ricos que se podía ser, y las tías de Kenny estuvieron a punto de casarse con dos o tres condes europeos que yo recuerde, pero al final lo hicieron con algunos sencillos hombres de Kentucky y Misuri. Ah, pero he visto cambiar a esta familia: de las grandes casas llenas de hermanos y hermanas a esto. ¡Esto! –exclamó agitando la mano con desdén–, pero ya no digo nada, me limito a estar aquí sentada y a pensar, nada más.

Se puso las gafas despacio y miró a Peter.

–Ven a verme algún día. Sé un buen hijo y serás un buen padre, y eso seguirá así todo el tiempo –dijo mirándole y frunciendo el ceño–. Dios mío, las mujeres aman a los hombres buenos, y eso es siempre así.

Resultaba conmovedor oír aquellas cosas después de todo lo que había ocurrido ese día, de todo lo que Peter había visto en Nueva York en los últimos años. Aquella anciana sentada junto a una ventana en la imponente Manhattan recordaba el Misuri de 1860 y los hombres y cosas de aquella época, los primeros aserraderos de Virginia y los días de las vías pecuarias, los primeros tiempos de la nación con sus grandes bosques y llanuras salvajes. Aquellos lugares y aquella cruda simplicidad habían desaparecido en la noche, más allá de la insensata expansión, de los cancerosos y humeantes suburbios, de la demencia callejera y los escombros de la ciudad de Nueva York y sus alrededores, de los Chicagos, Cincinnatis, Milwaukees, Detroits y Clevelands, tan fácilmente olvidados en la agitación del tiempo de la ciudad, de las conversaciones de la ciudad, de la vida de la ciudad, del sarcasmo de la ciudad y del cansancio de la ciudad, todas las Brooklyns y las Babilonias, los Baltimores y las Gomorras, las Gazas y las Filadelfias y las Pittsburgh carbonizadas con todos sus Toledos y Bridgeports, Newarks y Jersey Cities arruinadas y sus satélites, los Hobokens y los Akrons y los Garys asfixiados bajo la polución.

En la voz de ella escuchaba las voces de todos los ancianos, voces sin sarcasmo, cansancio ni aversión, unas voces fuertes que contaban sin cesar la crónica del trabajo, la fe y la alegría humanas.

Peter besó a la anciana en la mejilla y se despidió de ella. Nunca la volvería a ver, murió un mes más tarde, apenas unas semanas antes de cumplir los cien años de edad.

Empezó a llover a cántaros. Peter, Kenny y los dos detectives se dirigieron al hospital Bellevue para identificar el cadáver en el depósito.

Subieron los escalones corriendo y entraron agachados, casi en tromba, pero enseguida percibieron el olor a quemado de la putrefacción y la muerte.

Un empleado dormitaba sobre una revista, un viejo reloj tintineaba en la pared y fuera llovía a cántaros. Peter y Kenny se miraron con aterrada tristeza. Tras revisar unos papeles en el mostrador, uno de los detectives les hizo señas a los chicos y empezaron a bajar por una rampa de anchos escalones hacia el sótano. A medida que descendían las escaleras, el sonido de la lluvia disminuía, el silencio de la muerte se apoderaba de ellos y sus corazones empezaban a latir con horror y ávida curiosidad.

En la fría y húmeda atmósfera de cemento del sótano, en las catacumbas de la ciudad, se respiraba la presencia de algo horrible, secreto y custodiado: los innumerables muertos pertenecientes a las brutales calles de allí arriba.

Cuando Peter y Kenny comprobaron el verdadero aspecto de la morgue se sintieron estremecer en lo más profundo. Esperaban ver mesas de mármol y cadáveres cubiertos por sábanas blancas. Se habían hecho aquella idea absurda a partir de películas y revistas policíacas. En su lugar –y con la sensación de que no podía ser de otro modo– vieron filas interminables de grandes archivadores por todos lados con números y tiradores en las puertas. El detective echó un vistazo impaciente al papelito que tenía en la mano, buscó señalando con el dedo, eligió una puerta, agarró el picaporte, y exclamó jubiloso tirando hacia atrás:

–¡Aquí está! El sesenta y nueve.

Lentamente, sobre rodillos, el cadáver de Waldo Meister apareció a la vista.

Si es que se trataba de Waldo Meister. El cadáver que yacía allí era una cosa destrozada, en absoluto humana. Deslomado, roto, con un codo levantado al revés, una rodilla torcida, coágulos marrones donde debería haber una cara y el pelo como una fregona usada en el suelo de un matadero. Una mosca salió zumbando al abrirse el archivador, una mosca solitaria que debía llevar allí adentro desde la tarde y que ahora se alejaba.

Peter sintió que se le doblaban las rodillas. Kenny estaba más blanco que el papel. A su alrededor el silencio subrayó el efecto indescriptible que les había producido aquella aparición.

–¿Es él? –gritó el detective, sonriendo a los jóvenes y apartándose para contemplar con imparcialidad oficial lo que había en el tablero–. Identificadlo y habremos terminado por hoy. Mi mujer me está calentando la cena.

Mientras hablaba, un enorme empleado, un hombre fornido y pelirrojo con camiseta y pantalones blancos, salió de entre las sombras al final del pasillo, comiendo un sándwich y mirándolos con curiosidad. Comía junto a una mesita junto a la puerta trasera del sótano, donde en ese momento daba marcha atrás un camión. Dos hombres entraron a duras penas con una larga caja que contenía, seguramente, otro cadáver de las calles de allá arriba. Maldecían y gritaban porque la lluvia les caía encima desde un desagüe roto.

–¿Podéis identificarlo? –preguntó el detective.

–¿Cómo diablos vamos a hacerlo? –murmuró Peter. No se parece a nadie que yo haya visto–. ¿Por qué no lo cierran y nos vamos?

Retrocedió instintivamente, y estuvo a punto de tocar la otra fila de archivadores. Saltó hacia delante en un tropezón de pesadilla. Sintió el repentino impulso de salir corriendo de allí.

–No te hará daño, chaval –gruñó el empleado del sándwich–; ya no.

Y ante el asombro de los dos muchachos, se acercó al cadáver y le agarró el pelo seco y ensangrentado con una mano y meneó el cráneo de un lado a otro de forma grotesca mientras seguía comiendo el sándwich.

–Tenía el pelo castaño, ¿verdad? ¿No veis el pelo castaño debajo de la sangre? Acercaos y echadle un vistazo. Desde ahí no se ve nada.

Luego le dio vuelta a la cabeza, la pobre cabeza...

–¡Vamos, venga! –ordenó el detective con impaciencia. No me puedo pasar aquí toda la noche. ¿Nunca habéis visto un fiambre?

Kenny trató de decir algo, tartamudeó, se agarró las manos y miró desesperadamente hacia otro lado.

–No sé quién es... de verdad que no lo sé –dijo. Su rostro era una mueca de dolor y repulsión.

–Bueno, ¿reconoces la ropa? ¿Los zapatos? ¿La cartera?

–¿La cartera?

–Justo debajo del brazo roto, esa de ahí. ¿Habías visto antes esa cartera? –gritó el detective.

El ayudante se acercó, cogió la cartera y se la enseñó a Kenneth, que la miró temeroso y asintió con la cabeza, diciendo:

–Sí, es la cartera de Waldo, yo... La recuerdo perfectamente.

–¿Y el pelo castaño? –dijo el ayudante, sonriendo con una mueca a Kenny, y arrancándole de pronto un mechón de pelo que crujió secamente y sujetándolo bajo la nariz del muchacho.

Kenneth se apartó con un grito agónico.

–¡Loco hijo de puta!

–¡Ja, ja, ja! –rugió el asistente, tirando el mechón de pelo y girando triunfalmente sobre un pie. Sin decir ni una palabra más, regresó por el espeluznante pasillo, mordisqueando su sándwich.

–Por favor, larguémonos de aquí –suplicó Peter–. ¿Qué sentido tiene? Métalo dentro y vámonos.

Se dio la vuelta y se dirigió hacia las escaleras con la visión de aquel cadáver en llamas como si nunca fuera a borrarse de su mente. Lo veía incluso cuando cerraba los ojos y sabía que nunca lo olvidaría. No era solo el cadáver, sino el lugar en el que había sido almacenado y registrado, sin nombre y sin vida, en el húmedo sótano de los bajos fondos de la ciudad.

Mientras esperaban en el despacho de arriba, llegó una llamada de la oficina central ordenando la puesta en libertad de Kenny Wood. La investigación estaba cerrada. Los chicos salieron juntos bajo la lluvia y se alejaron de la morgue.

–¿Le he hecho yo eso? –se lamentó Kenneth, mirando a Peter bajo el aguacero. Tenía la cara empapada por la lluvia y las lágrimas, pálida por el terror, contraída y perpleja.

–Tú no le hiciste eso, Ken.

–Oh, sí, lo hice... a mi manera. Igual que Cynara y todo lo demás.

–La vida es la vida y la muerte es la muerte, hombre, y él está muerto. Todos vamos a morir.

–No sabes ni lo que dices –se burló Kenneth en tono sombrío.

Caminaban bajo la lluvia mecánicamente, sin pensar en protegerse y sin saber dónde estaban ni adónde iban.

–Bueno, adiós, Pete...

–¿Adónde vas? –exclamó Peter.

–¿Cómo diablos voy a saberlo? ¿Adónde voy?

–Demos un paseo –dijo Peter frunciendo el ceño, le cogió del brazo y se preguntó qué podía decir. No se le ocurrió nada. Tal vez tendrían que seguir caminando toda la noche bajo la lluvia. Las luces de neón de un bar brillaban bajo la lluvia al otro lado de la calle.

–Entremos a tomar algo –dijo Kenneth–. Todavía me queda algo del dinero que Dennison me dio para ir a México.

–De acuerdo. No te preocupes, Ken, estarás bien...

–No digas más tonterías.

–Bueno, vete al infierno entonces.

–Acabo de estar allí. Tomemos una copa y brindemos por algo, un brindis por mi abuela tal vez.

–¿Me oíste hablar con ella en tu casa? –se rió Peter con un graznido nervioso.

–Claro que sí –suspiró Kenny y, de repente, sin previo aviso, rebuscó en los bolsillos, sacó un puñado de billetes, los arrojó a la lluvia y echó a correr calle arriba. Peter se quedó inmóvil, preguntándose qué pasaba. Echó a correr tras Kenny, pero regresó luego, recogió como pudo los billetes empapados en la cuneta, y corrió a toda velocidad tras el chico, alcanzándolo en la esquina.

–¿Adónde vas? –gritó, agarrándolo del brazo y tirando de él impulsivamente.

Kenny se volvió y lo miró asombrado, cansado, casi mansamente, y se sentó sin decir palabra en el bordillo con los pies en un charco, apoyando la cabeza en las manos, abatido, estremeciéndose de pronto con una violencia espástica.

–No ha sido culpa tuya, Ken... Por el amor de Dios, olvídalo y tranquilízate. Vamos a tomar esa copa. No te quedes aquí sentado en la cuneta, te va a dar algo.

–Siempre me he sentado en las cunetas. Antes me sentaba en ellas todo el tiempo. Una vez vi a un tipo muerto en la calle, atropellado por un coche, cuando iba a ver a una chica a la que amaba en Yonkers, y pensé: «Yo soy más amable que la muerte» –luego calló y se quedó mirando hacia la calle–. ¿Qué diablos puede hacer un Kenny Wood en este mundo? No a su favor, sino para arreglar sus degradados principios generales. Está muy bien sentarse en las cunetas, por cierto, es un juego maravilloso que la gente siempre juega en momentos como este. ¿Es que no sabes nada, Martin? Tal vez debería dormir en el río esta noche.

Peter se sentó a su lado, pero se levantó al instante porque hacía demasiado frío y estaba demasiado mojado. Se retiró a un portal.

–Lo único que sé es que es una tontería sentarse ahí, en la cuneta.

–Hermoso, hermoso.

–¿Qué es hermoso?

–Todos en el mundo son estúpidos y hermosos –dijo Kenny y a continuación se rió bruscamente–. De modo que al fin el viejo se ha quitado de en medio. Y hay que añadir que estaba muy bien troceado. Mamá Meister siempre fue muy minuciosa en todo...

–Vamos a un bar –dijo Peter, temblando.

–... hasta como fiambre. En fin, Pete, hasta luego.

Kenny se acercó y le dio la mano en el portal, con la cabeza gacha.

Peter se oyó a sí mismo decir débilmente: «Hasta la vista», pero cuando Kenny se alejó lo siguió unos pasos, y entonces, de nuevo, Kenny le tendió la mano, ahora lastimosamente. Llevaba algo de cambio en la mano y, cuando se dieron la mano, las monedas tintinearon sobre la acera.

–Ya las recojo yo –sonrió Peter, nervioso.

–Adelante. Hasta la vista, Pete.

–Adiós, Ken.

Kenny se alejó decidido bajo la lluvia, y desapareció tras la esquina. Peter recogió las monedas y volvió a meterse en el portal. Se quedó mirando la lluvia, preguntándose adónde ir después. Miró arriba y abajo por la calle desierta y se preguntó quién era, y por qué llovía tan suavemente, y qué significaba todo aquello.

De repente vio a Kenny corriendo hacia él por la avenida.

–¿Qué pasa? –gritó.

Kenny dejó de correr y describió un pequeño círculo.

–Me están empezando a molestar los guantes blancos. No puedo ir a casa así, ya ves, son los guantes blancos.

–¿Qué guantes blancos?

–Los llevan siempre, ya sabes... los duques franceses... cuando se enfrentan al pelotón de fusilamiento. ¿Qué voy a hacer con ellos? ¿Los quieres tú?

–¿Qué?

–¡Los guantes blancos! ¡Los guantes blancos!

Peter miró a su alrededor y hacia la cuneta, lúgubremente.

–Muy fácil, déjalos ahí en la alcantarilla.

Y Kenneth fue hasta allí, y abrió los dedos mágicamente sobre la alcantarilla, con dramatismo y miró hacia abajo.

–Te acompaño a casa –dijo Peter.

–De acuerdo. Pero, de todos modos, quedémonos aquí un rato en este bonito portal. No, creo que me iré a casa. Tú entra en ese bar y tómate una copa por mí, haz ese brindis por la bisabuela. Hasta la vista, Pete.

–De acuerdo –dijo Peter, dándose la vuelta con enfermiza confusión–. Hasta la vista, amigo, hasta la vista.

Kenny se alejó de nuevo, camino de la avenida esta vez, en línea recta, desapareciendo en la lluviosa oscuridad mientras Peter se asomaba al portal sin dejar de mirarle. Cuando lo perdió de vista, se quedó pensativo bajo el aguacero, en algún lugar de la Segunda Avenida, bajo el halo de una farola, mientras la lluvia de abril se deslizaba y centelleaba en la calle, y la larga monotonía se extendía, reluciente y vacía.

Un camión solitario bajó retumbando por la avenida y desapareció calle arriba con un parpadeo de las luces traseras. Los semáforos parpadeaban y chasqueaban, parpadeaban y chasqueaban sobre las calles vacías. Peter recordó aquel amanecer en Washington con su hermano pequeño Charley y las fachadas de los edificios oscuras y adormecidas, bajo la lluvia mortal de aquella noche.

Hacia medianoche fue al apartamento de Judie. Estaba vacío. Hacía solo unas horas habían estado allí su padre, su madre y Judie. Ahora todos se habían ido y él se encontraba a solas con los escombros atormentados de su infelicidad, pensando en la muerte irremediable y la consumación de Waldo Meister, la loca futilidad de Kenny Wood y la lluvia brumosa de las calles allá fuera.

Se dirigió a la habitación, se tumbó en la oscuridad y encendió un cigarro. En un momento supo que empezaría a imaginarse a Waldo acechando ciega y violentamente en su habitación, con los brazos extendidos, mirando con lascivia a la muerte, con el gran garfio del suicidio marcado en su rostro maltrecho... Se estremeció y se incorporó.

Había algo de correo en el escritorio junto a la cama, dos cartas de Alexander Panos desde Italia y otra carta de su hermana Ruth, desde Los Ángeles. Peter cogió las cartas como paralizado. Encendió la lamparilla con la extraña sensación de que era la única persona viva en Nueva York, y empezó a leer con avidez primero la carta de su hermana. Estaba de permiso en los valles de California con unos amigos, cerca de Fresno, aquel Fresno que tanto le gustaba leer a Alexander en las historias de niños armenios de William Saroyan.

Luego abrió distraídamente una de las cartas de Alexander, cuando se dio cuenta con extrañeza de que estaba escrita de su puño y letra, dirigida a A. S. Panagiatopoulos –¡ah! ese era el nombre legal del muchacho–, aquella letra prepotente e irreflexiva del propio Peter Martin, qué aspecto tan estúpido tenía allí, en el sobre. Miró meditabundo su propia letra, con la sensación de no comprender algo. Justo debajo de la dirección habían estampado en tinta roja: «DESTINATARIO FALLECIDO».

Peter soltó una risita con un pequeño temblor de labios. Rápidamente, con dedos temblorosos, abrió la otra carta y leyó con asombro las últimas palabras que le había escrito su camarada. Estaba seguro de que tenía que haber un error. La cartita decía:

> Querido Pete:
>
> Viajo en un camión por campos repletos de hojas rojas y otoñales. Bajo estos pequeños árboles italianos desnudos yacen los muertos, soldados ingleses que ya no pueden volver a casa y duermen ahora entre las hojas rojas. Te envío esta hojita desde un solitario campo italiano.

Todas las cartas de Alexander desde el extranjero eran así, breves, poéticas, tristes. Aquella apenas difería del resto, pero de algún modo había en ella un aire de cansancio y conclusión en las palabras, algo cargado, triste, finalizado. Pensó en la hoja roja que Alexander había incluido en el sobre, mirándola casi con indiferencia, pero con una profunda e inasible punzada de dolor. La carta estaba firmada:

> He mantenido la fe, he recordado,
>
> ALEXANDER

Era como si algo se hubiera roto en su interior, todo se había consumado definitivamente. ¿Qué le había ocurrido a su querido amigo? Su rostro oscuro se perdía ahora, el rostro de Alex, en aquel extraño mundo irreflexivo, horrible y descarnado, y sufriente.

# Quinta parte

## 1

En otoño de 1945, los grandes buques de guerra comenzaron a llegar al puerto de Nueva York repletos de veteranos que regresaban. En aquellos fabulosos días de octubre, el sol y el viento brillaban sobre las aguas del puerto con todo su encanto, las gaviotas se posaban sobre las chimeneas y mástiles de los barcos, rodeando los humeantes remolcadores y picoteando en los mohosos muelles imperiales, las banderas restallaban en el viento jubiloso, y las sirenas y bocinas resonaban en el enorme caos enloquecido del final de la guerra, las multitudes se apiñaban en los muelles y flotaba en el aire algo furiosamente triste, enojado, mudo y lastimero, algo, también, patéticamente dichoso. Los grandes barcos se movían lentamente por las aguas frente al tumulto y el humo que rodeaban la ciudad de Nueva York y los soldados la contemplaban con una sensación de cansada fatalidad, algunos con sarcástica alegría, otros sin hacer ningún comentario, y algunos con la triste maravilla y el asombro de haber regresado al fin.

En uno de aquellos barcos, apoyados cansinamente en los pasamanos, estaban Joe y Paul Hathaway, un poco más viejos, gruñones, oscuros y borrachos que nunca. Ambos regresaban cubiertos de cicatrices, oscurecidos y amargados por la guerra, pero también más tranquilos, más realmente en paz consigo mismos de lo que habían estado nunca, y también sarcásticos, cansados, sabios, vigorosamente afilados y divertidos. Se miraron en silencio cuando los chicos empezaron a silbar a las chicas a un kilómetro de distancia, en los muelles. Sacudieron la cabeza, se dieron media vuelta, miraron sombríos y con cierta ironía a la gran Nueva York con todos su esplendor encrespado, arrojaron sus cigarrillos al agua y se limitaron a observar en silencio, apoyados en la barandilla.

Unos días más tarde ya paseaban por Times Square con los petates a la espalda, fumando puros, mirando a su alrededor, llamando a los taxis con gesto tranquilo y firme y maldiciendo cuando no se detenían. Tiraban de nuevo los petates sobre la acera y se sentaban a reflexionar en voz baja. Poco más tarde ya estaban de nuevo en un bar, sentados el uno junto al otro al final de la barra, bebiendo y sin decir palabra, pidiendo más copas, mirando al frente con los ojos inyectados en sangre, cansados y meditabundos, encendiendo un cigarrillo tras otro.

Ambos eran sargentos. Paul había trabajado como mecánico de tierra pero también tenía algunos vuelos en su haber. Sus enorme y rudo trabajo en tierra entre restos de motores y herramientas y trapos de aceite y pistolas de grasa le habían convertido, a él y a muchos otros hombres de temperamento rabioso como él, en indispensables en una guerra que se había acabado ganando con trabajos de todo tipo. Joe había empezado como mecánico, y más tarde le habían asignado el puesto de ingeniero de vuelo en un B-17 que sobrevivió a más de cuarenta misiones en toda Europa hasta que fue alcanzado y tuvo que hacer un aterrizaje forzoso en la costa inglesa. En el accidente, Joe se había roto un brazo. Sucedió en un momento en que estaban a punto de trasladarlo al teatro de operaciones del Pacífico, pero cuando salió del hospital la guerra europea ya había terminado. Hubo retrasos y confusiones, y finalmente la guerra japonesa concluyó también, por lo que tanto él como Paul regresaron a casa en el mismo barco.

A Joe le había sucedido algo extraño en Inglaterra, algo parecido a la crispación, la repugnancia, a un júbilo terriblemente malhumorado. De pronto «ya no le importaba nada». Recorrió en sus días sin permiso todo el país pero apenas recordaba nada de lo que había hecho durante aquellos confusos días y noches de borrachera. Pasó algún tiempo en el calabozo por todo aquello, pero tampoco le importó, todo le daba igual. Lo más significativo fue que dejó de escribir por completo a Patricia Franklin. Cuando llegó a Nueva York aquel octubre de 1945 llevaba ocho meses sin escribir una línea, no tenía ni idea de dónde estaba ahora, y ni siquiera le importaba. A veces se daba cuenta de la delgada línea que separaba en él el amor de la indiferencia, la devoción de la repugnancia, la confianza de la despreocupación y, finalmente, la alegría de vivir de aquella furia al margen de la ley. Podía estar riendo y pasándoselo bien y, de pronto, sentir el impulso de romper algo con toda la violencia de un loco. A veces pensaba en ello, pero la mayor parte del tiempo ni siquiera le importaba lo suficiente como para pensarlo. Recordaba haberse sentido así en el pasado, sobre todo a los veinte años, cuando se recordaba rebosante de salvaje temeridad y furia ebria y suicida, y ahora aquella sensación había vuelto pero ya no había alegría en ella, de algún modo estaba carente de belleza, no había en ella ni el asombro ni el deleite de la juventud, y le parecía que algo se había acabado.

Fue a casa, a Brooklyn, con Paul Hathaway, a ver a su familia. Encontró a su padre en una silla de ruedas. A la luz oblicua de la tarde, junto a la ventana del sótano que daba a la acera, el viejo George Martin estaba sentado, moribundo, pensativo, con una manta sobre las piernas, un viejo albornoz a la espalda, sus antiguas gafas de montura de plata agrandadas sobre su alargado rostro, el *Daily Racing Form* sobre una mesa junto a la silla. El cambio que se había producido en él, en su rostro y en todo su cuerpo desde la última vez que Joe lo había visto tres años atrás, fue suficiente para devolverle una horrible sensación de angustia y terror infantiles.

Allí estaba sentado George Martin, demacrado y ojeroso a causa del sufrimiento, con el pecho antes abultado ahora encogido como el de un pájaro, las manos pálidas y salpicadas de manchas amarillas de cirrosis (manos en las que aún quedaban manchas de tinta en las uñas), los enormes ojos azules abiertos penosamente desde las cuencas de su cráneo huesudo, unos ojos llenos de miedo, de muda abyección y de un ansioso temor gozoso que le pareció la cosa más tristemente intensa que había visto jamás. El viejo lloraba, reía, bromeaba, lloraba, abrazaba a su hijo, hablaba y volvía a llorar. Parecía que todo aquel tremendo afán y sufrimiento sincero del viejo habían crecido directamente en proporción al debilitamiento de su cuerpo y encontrado un centro triste, salvaje e inmóvil en sus grandes ojos azules.

–¡Señor, señor, señor! –exclamó–. Creí que no volvería a verte, creí que te habían matado, Joey. ¡Oh, oh! –siguió llorando–. Han matado al pequeño Charley, ¡estoy seguro de eso! Marge, tú sabes que es cierto. Lo sabes, ¿verdad?

–¿Charley? –exclamó Joe con asombro–. ¿No está en Okinawa? ¿Te han llegado noticias suyas?

–No, oh, no –dijo el viejo con tristeza–; está muerto. Hace mucho tiempo que no sabemos nada de él. El pequeño Charley ha muerto, un poco antes que yo, eso es todo, estoy seguro.

–¡Bueno, tal vez simplemente no ha escrito! ¡Demonios! El Departamento de Guerra te habría enviado...

–Lo sé, lo sé. Espero que llegue cualquier día de estos, Joey. ¡Dios, pobres muchachos! ¡Los dos! ¿Cómo estás, Hathaway? ¿Cómo te sientes? Un pobre hombre de tu edad...

A veces el viejo balbuceaba así y parecía olvidar lo que acababa de decir hacía un momento, o incluso que había alguien en la habitación con él. Luego hacía una pausa y miraba fijamente al abismo de su propia muerte y se quedaba pasmado como un loco, hasta que salía de su ensimismamiento con un enorme suspiro y un llanto y una mirada afligida a su alrededor y finalmente un ataque de alegría al comprobar que había alguien a su lado.

–Joey, no sabrás nunca lo que tu pobre madre ha pasado conmigo. No soy más que una mole de carne inútil aquí sentada, deberían sacarme y tirarme al vertedero, por todos los problemas que le he causado a esa pobre mujer, ¡tantos problemas! ¡Joey, ella trabaja como una esclava, y yo me siento aquí indefenso, Joey! Aunque puedo caminar sin problemas... por cierto –gritó de repente, con alegría–, ¿sabes qué? Me paso el día aquí sentado pensando en los caballos, puedo entretenerme un poco. ¡Ja, ja, ja! Ella llega a casa por la noche pensando que yo estaré aquí sentado gimiendo y quejándome, pero, por Dios, aquí estoy escuchando los resultados de las carreras y calculando cómo me ha ido el día...

–Es cierto –dijo la madre, de pie tras la silla de Joe y acariciándole el pelo–; él nunca se queja, Joey. Lo único que hace es pensar en los caballos –concluyó negando con la cabeza, mirando en silencio a su marido.

–Podría ir al hospital –sonrió el viejo con picardía–, ¡pero te obligan a estar tumbado sin hacer nada! En casa puedo poner la radio y entretenerme con los caballos, pensé que nunca volvería a verte, Joey. Estoy viejo y enfermo y moribundo y me invaden pensamientos de muerte. ¡Pensé que me iba a reunir contigo donde demonios decidan enviarnos!

–¡No hables así! –saltó Joe–. ¿Qué quieres? ¿Invocar al diablo?

–¡Por Dios! –gritó el viejo, riendo–. Es maravilloso tener a Joey de vuelta. No se reía en esta casa desde no sé cuándo. ¡Y cómo odio este infierno de Nueva York! Joey, ¡lo odio! Si Dios me dejara morir en paz en la hermosa Nueva Inglaterra... es todo lo que pido. ¡Los hombres no viven como Dios manda en este lugar! ¡Hagas lo que hagas, Joe, no te quedes aquí, por favor, no te quedes aquí! Marge, dale a Joe algo de comer, algo de beber, y, Paul, ponte cómodo, y quítate ese maldito uniforme de soldado.

Un momento más tarde se hundió de nuevo en el abismo de la muerte, sumido en sus pensamientos y en un silencioso asombro, con sus grandes ojos azules fijos, las manos inertes, el labio inferior fruncido, el rostro demacrado inclinado sobre el misterio de su vida y el misterio no menor de su final.

Mientras los demás estaban en la cocina y él se quedó solo en el salón, en el momento en que Mickey entraba por la verja de hierro de la acera exterior, alzó la vista sobresaltado, salió de su ensueño, y gimió en voz baja:

–Que Dios se apiade de mi alma.

Cuando Joe terminó su segunda taza de café en la cocina, cogió su cartera y arrojó una enorme cantidad de dinero sobre la mesa.

–Ahora escúchame, mamá, vas a dejar de trabajar en esa fábrica, vas a quedarte aquí en casa con papá y cuidar de él y de ti misma. ¿Me oyes?

–Pero, Joey, no va a entrar más dinero en casa, y además no me importa el trabajo, me gusta, ya lo he hecho antes...

–¡Me da igual! –gritó enfadado–. Hay unos dos mil doscientos pavos sobre la mesa –dijo cogiendo el dinero y extendiéndolo–. Es dinero que me han pagado, una parte al menos, y la mayor parte lo he ganado en partidas de porquería desde que he llegado. Es vuestro. ¿Me oyes? No vas a trabajar ni un minuto más, te vas a quedar aquí en casa.

–Pero, Joey, no quiero quedarme con tu dinero... –exclamó afligida.

–¿Me has oído? ¡Me da igual, he dicho!

–Pero, ¿qué vas a hacer tú?

–Me quedaré aquí cuando me licencien, y supongo que encontraré trabajo. Pero hasta que me licencien tengo algo de dinero para ir tirando. Esto es para vosotros. Tendré que emborracharme con matarratas en lugar de whisky para variar, eso es todo –y se volvió y guiñó un ojo a Hathaway y a Mickey, que lo miraba con alegría–. ¿Por qué diablos no me escribiste y me contaste todo esto? Podría haberte enviado mucho dinero hace dos meses, ¡entonces tenía mucho más!

–Joey –dijo la madre suspirando–, no quería preocuparte. Pero, caramba, es muchísimo dinero para regalarlo así. No sabes el alivio que supone –admitió finalmente con tristeza, y en sus ojerosos y preocupados ojos vieron hasta qué punto todo se había vuelto angustioso y desesperanzador para ella durante el último año en Nueva York. Abrazó a Mickey melancólicamente–. Quería que siguiera estudiando pasara lo que pasara.

–¿Y qué hay de todos los demás? –exclamó Joe furioso–. ¿Es cierto lo que decía de Francis y Petey y de los demás?

–Petey nos da dinero siempre que va al mar. Francis... Bueno, no sabemos lo que hace.

–¿Y Liz? ¿En qué anda?

–Ni siquiera sabemos dónde está, Joey.

Joe sacudió violentamente la mano, se alejó gruñendo, se quedó junto a la ventana mirando hacia fuera, casi con tristeza, con un pequeño gesto de repugnancia y lástima. Estuvo un buen rato en silencio y dijo al fin:

–Qué desastre de familia.

Por un momento, mientras miraba hacia fuera, le despistó el enorme anuncio del hombre que se sujetaba atormentado su cabeza en la pared del almacén. Se quedó mirándolo.

–Demonios, yo ya era bastante malo, ¡pero esto! Quién lo hubiera dicho cuando éramos niños en Galloway, en casa, cuando papá era enorme y estaba siempre animado. Si hubiera alguna manera de hacer que las cosas fueran como antes, de no dejar, al menos, que se desvirtuaran hasta el desastre total. Y él va a morir, cualquiera puede verlo, no tardará mucho.

–No, Joey, no tardará mucho –dijo la madre, moviendo lentamente la cabeza.

Liz vivía en Nueva York, en una habitación de la calle Cincuenta, cerca de la Novena Avenida, y llevaba allí mucho tiempo, por lo menos un año y medio.

Peter fue un día a ver a su hermana. Ahora vivía solo en una habitación barata junto al muelle, en el Seaman's Church Institute. Sabía que su padre se estaba muriendo y temía volver a casa para verle morir. Entre Judie y él todo había terminado, y ahora se refugiaba en la gran extensión de la ciudad con una sensación de fatalidad.

Mientras esperaba a que Liz regresara a casa, pasó una agradable hora charlando con una preciosa chica morena de ojos oscuros que dijo llamarse Pat. Nunca se imaginó que fuera la prometida de Joe, Patricia Franklin. Jamás la había visto.

La propia Patricia había buscado a Liz un mes después de que Joe interrumpiera inexplicablemente la correspondencia. Con esa asombrosa e inexplicable astucia que a veces tienen las mujeres, Patricia se propuso encontrar a la hermana de su amante, y cuando la encontró –algo que ni siquiera Buddy Fredericks podía hacer siempre que quería– se abrió paso hasta su corazón, hasta su confianza al menos, y se hicieron íntimas. Liz y Patricia eran tan diferentes como la noche y el día. Patricia era la misma de siempre, esencialmente una chica de pueblo, algo chapada a la antigua y básicamente la misma a la que había conocido Joe: una chica de familia con principios, sólida y razonable.

Liz había cambiado mucho desde el día en que perdió a su bebé en un hospital de Detroit. Se había convertido en una de esas muchas chicas norteamericanas que revolotean de ciudad en ciudad en busca de algo a lo que nunca llegan a dar nombre, chicas que «se las saben todas», conocen a mil personas en cien ciudades, que tiene todo tipo de trabajos, chicas impulsivas, desesperadamente alegres, solitarias y ásperas. Se escapan de casa a los dieciocho años y a partir de ese momento nunca dejan de huir, saben cuidar de sí mismas como los hombres, tienen corazón de mujer y mente de hombre, son bruscas, negociantes, efervescentes, salvajes, pasionales, siempre ideando empresas implacables que, o triunfan brutalmente, o desaparecen en la nada. Buscan un lugar de reposo, pero sin desearlo en realidad, viajan en autobuses y trenes y a veces hacen autoestop (en pantalones). Chicas que «se las saben todas» y no saben nada, «hip-chicks», se las ve en Hollywood trabajando en autocines o circulando a toda velocidad por Hollywood Boulevard en el descapotable de algún «productor», en Miami del brazo de un corredor de apuestas, en Las Vegas junto a un jugador, o en un club nocturno de Chicago, o en Nueva York vagando con los músicos de jazz. Se enamoran y desenamoran una docena de veces al año, se marchan con andrajos y regresan con abrigo de piel. Chicas que conocen sus derechos, saben lo que quieren y cómo conseguirlo y por ese motivo acaban siendo insultadas y vapuleadas por cualquier personaje de la vida nocturna.

Liz se había convertido en una de esas chicas. Su rostro se había endurecido debido en gran parte a la forma en que llevaba el pelo y a que se lo había teñido de rubio. El cambio se notaba sobre todo en su boca, que se aflojaba con hosquedad en los momentos de reflexión, con una expresión sombría, casi severa y ciertamente amarga. Sus ojos azul cielo, que solían empañarse en momentos de tímida alegría, parecían ahora constantemente astillados, claros y duros. Cuando Peter vio a su hermana tras tantos años de guerra, se quedó mudo y avergonzado.

Liz tenía una foto suya de la época en la que había dejado la universidad en 1941, una imagen melancólica en la que se le veía mirando al vacío y con un aspecto totalmente obstinado, como si fuera consciente de cómo iba a ser su vida a partir de ahí. Guardó aquella foto como un tesoro allá donde fue, y la colgó siempre en lugares destacados de su habitación.

–¿Sabes por qué me gusta esa foto? Te muestra tal y como eres, es la imagen de un joven al que acaban de dar una bofetada pero aún no sabe qué hacer al respecto.

–¿Acaso no nos ha pasado a todos?

–Supongo que sí, pero algunas nos defendemos, ya sabes, a algunas no nos gusta que nos golpeen. Esa imagen es la de un perro apaleado, un perro que ha renunciado a su derecho a la réplica.

–Sin duda tienes una gran opinión de tu propio hermano –murmuró Peter.

–¡Oh, vamos! –exclamó Liz, enardecida y amenazadora, acechando por la habitación como una leona enjaulada–. Me gustan las cosas reales y esa foto es real, además, como digo, se parece a ti. Igual debería recordarte que no se puede ir por la vida con la cabeza gacha y pretender que todo vaya bien.

Peter la incitó alegremente.

–Ahora hablas como los de la Cámara de Comercio, cómo ganar amigos e influir en la personas... quién lo habría dicho de una gran rebelde social como tú.

–El mundo es tan convencional que es casi imposible no ser una rebelde. Pero tranquilo, hermanito, yo te quiero igual.

Cuando le hablaba así, Peter recordaba aquella noche de verano en que la había ayudado a fugarse con Buddy, aquella noche en que se sintió tan feroz y a la vez tan tímidamente orgullosa, dulce y desconcertada a la vez por la maravilla y la extrañeza de su propio corazón. Ahora nada la desconcertaba, tenía poca fe en la gente y menos aún en los hombres. Después de todas las cosas que había hecho y visto, había adquirido muchas mañas y falsedades. Le encantaba ensañarse con las debilidades de Peter.

–Bueno, papi, ya estás haciendo pucheros otra vez ¿No te parece idiota?

–¿Haciendo pucheros? Tal vez lo he aprendido de papá, que no para de hacer pucheros. Justo estaba leyendo en *Moby Dick* cómo la ballena blanca hace pucheros...

–¿Qué es eso de la ballena blanca? ¿Qué te pone ahora?

Con Liz todo era «te pone» o «te deja de poner», tanto si lo que te ponía era algo pasivo, si consistía en vaguear y no hacer nada de una manera deliberada, formal, casi desesperada, como si lo que «te ponía» era escuchar música, lo que consistía en un subidón emocional, o si estabas enamorado, otra forma de ponerse, o si odiabas a alguien y apuntabas su nombre en una libreta negra, también aquello era una forma de ponerse, un subidón... y así clasificaba todo en nítidas categorías con las que medía la existencia.

Liz y su marido Buddy eran ahora «solo amigos». Ahora lo que «les ponía» era aquel tipo de relación, una relación «tranqui»: Buddy cumplía el papel de la «madre» de Liz. Venía de vez en cuando para charlar un rato con ella, intercambiaban noticias sobre lo que ocurría desde Los Ángeles a Boston, desde Miami a Seattle, noticias sobre los otros «gatos» y «chicks» relacionados, como ellos, de alguna manera con el mundo del jazz, los clubes nocturnos y el espectáculo, y a continuación le daba un beso en la mejilla y se retiraba tranquilamente a su música, eso era todo.

En Nueva York, Liz había tenido muchos trabajos, había cantado en pequeños clubes y enseñando las piernas en espectáculos de segunda categoría, y también deambulado por la ciudad en busca de algún otro empleo, benefactor o botín. Cuando lograbas un botín era un subidón, y en eso consistía vivir, pero cuando te quedabas colgada sin botín, eso era un bajón.

Aún más asombroso era ver a Patricia conviviendo con Liz, comprobar cómo aquellas dos chicas de vidas tan distintas se entendían a la perfección. Patricia trabajaba como mecanógrafa en el centro con el mismo silencio paciente, meditabundo y melancólico con el que lo había hecho en Denver para estar cerca de Joe, y Liz lo hacía en sus propios, desaliñados y fantasiosos asuntos, que provocaban siempre un tremendo caos en el apartamento. A las dos de cualquier mañana, podía aparecer toda una procesión de músicos de jazz con boinas y bufandas californianas y gafas oscuras, o bailarinas y coristas y modelos, y todo tipo de extraños personajes venidos de ninguna parte, o personajes raros (Clint, el hombre de la marihuana, el «amaestrador» de cucarachas, se encontraba entre esa gente) y mientras todo aquello ocurría, Patricia Franklin, seguía ocupándose de sus melancólicos asuntos en la intimidad de su habitación.

Joe fue a casa de Peter una noche. Cuando Peter abrió la puerta, le pareció entender los motivos por los que la vida le ponía frente a él, los motivos por los que Patricia se había ido a vivir con Liz y por los que, de algún modo, le había encomendado que le devolviera a Joe. Peter sintió aquello en un claro y extático momento de alegría cuando vio a su hermano mayor allí de pie, todo salvaje y demacrado y atormentado por la soledad.

–Vamos –dijo Joe–. Salgamos, tomemos un trago y charlemos. ¿Qué demonios has estado haciendo? ¿Por qué no has ido a casa?

Paul Hathaway merodeaba por el pasillo. Era cerca de medianoche.

–¿Has visto a papá? –preguntó Peter con nerviosa curiosidad.

–Sí, lo he visto y tiene un pie en la tumba, ya lo sabes.

–Escucha –dijo Peter–, tengo que mostrarte algo, es decir, a alguien. Pero espera un momento, no te enfades conmigo por no haber ido a casa. ¿Crees que me encanta ver babear al viejo? Prefiero quedarme aquí solo, eso es todo, lo prefiero mil veces...

–Me da igual lo que prefieras hacer –frunció el ceño el hermano mayor–. Lo que importa es lo que debes hacer.

–Puede que tengas razón.

–Claro que tengo razón.

El ambiente estaba caldeado. Hathaway tenía una botella, todos bebieron un trago y salieron rumbo a un bar en la cálida noche de octubre. De repente, sin previo aviso, mientras caminaban por una calle oscura, Joe sacó una automática del 32, miró a su alrededor rápidamente, casi con mansedumbre, apuntó a un cubo de basura y disparó provocando un ruido estrepitoso en medio de la quietud. No pasó nada, no había nadie alrededor. Peter se quedó asombrado, casi alegre de pronto.

–Será mejor que tengas cuidado con esa cosa, la policía te puede meter en la cárcel por la ley Sullivan...

–Al diablo con Sullivan –murmuró Joe–. El domingo se me escapó una gaviota de un muelle, tendrías que haber visto la cara que puso un tipo que pasaba por allí. ¡Ja, ja, ja! Toma, tu turno.

Joe le pasó a Peter la pistola, no la botella, pero Peter la apartó con un gesto de exasperación, aunque no sin reprimir un vivo impulso de probarla.

–He oído que has tenido problemas con la policía –dijo Joe–. No querrás dejar que esos gamberros te mangoneen, eres un marino mercante, ¿no? Defiende tus derechos. Toma, pégale a esa farola. A ver si tienes puntería.

–Estás loco –se rió Peter–. Le daremos a alguien. Pero oye, quiero preguntarte una cosa, ¿sabes algo de Patricia? –espetó mirando disimuladamente a Joe–. ¿Tienes idea de dónde está?

Joe hizo girar la pistola en su dedo, la empuñó y no dijo nada.

–¿Sabes dónde está? –insistió Peter.

–¿Cómo diablos voy a saberlo? Estará en Maine, supongo que estará tranquilamente en Maine.

–Todo el mundo está tranquilo en Maine –dijo Hathaway en tono sombrío.

–¿Lo ves? Todo el mundo está tranquilo en Maine –dijo Joe, y pegó otro disparo al cubo de basura, esta vez despreocupadamente y desde la cadera, casi sin mirar. Arriba se abrió una ventana y alguien asomó la cabeza con suspicacia. Un hombre que subía por la calle desapareció de repente. La calle estaba desierta y ellos se alejaron a toda prisa, hablando en voz alta.

Subieron los tres tramos de escaleras de la desvencijada casa de huéspedes de la Novena Avenida donde vivían las chicas y Joe quiso saber de qué se trataba todo aquello.

–¿Por qué nos traes aquí, bromista? ¿A qué viene tanto misterio?

Pero Peter estaba perdiendo la sensación de astuta alegría que había sentido al principio al llevar a Joe hacia Patricia. De pronto se sintió confuso y se detuvo en mitad de la escalera.

–Escucha, Joe, aquí es donde vive Liz.

–¿Lizzy? –exclamó Joe alegremente.

–Sí, Lizzy. Y hay también alguien más. Puedo decírtelo, Pat también vive aquí.

–¿Pat qué?

–Pat Franklin, por Dios santo.

Joe le miró mudo.

–Si quieres subir, vamos; si no, no digas que no te lo advertí.

–¿Qué quieres decir con Pat Franklin? –exclamó Joe, sonrojándose con furia–. ¿De qué estás hablando? ¿Qué iba a estar ella haciendo aquí?

–Llama a esa puerta y compruébalo tú mismo.

Se quedaron parados en medio de las escaleras, confusos e indecisos, hasta que finalmente Hathaway, que no había dicho una palabra desde hacía un buen rato, los adelantó de repente, llamó a la puerta con el puño, aunque suavemente y se volvió hacia ellos con una sonrisa dulce y radiante.

–No sé vosotros, pero si Pat está ahí dentro, a mí me gustaría verla.

Casi al instante se abrió la puerta y allí estaba Patricia Franklin.

Durante los quince minutos siguientes Joe permaneció sentado en un rincón oscuro de la habitación con los codos apoyados en las rodillas, mirando al suelo con total perplejidad, mientras Paul, Patricia y Peter mantenían una conversación nerviosa y sin sentido sobre todo lo que se les pasaba por la cabeza. Nadie sabía qué hacer ni qué decir, y menos que nadie Joe, en su rincón oscuro, ni Patricia. Aquel momento que ella debía de haber esperado durante tanto tiempo había llegado de repente, de una forma casi desquiciada, y todos sus pensamientos sobre Joe habían quedado patéticamente degradados por aquella escena banal, innombrable y llena de torpeza. Ella y Joe evitaban mirarse a la cara por todos los medios y Paul y Peter se movían de un lado a otro como si trataran de ocultarse mutuamente. Era una completa locura, y de repente, durante un instante de silenciosa agitación, Joe se levantó y salió sin decir palabra.

–Por cierto, ¿dónde está Liz? –preguntó Peter con impaciencia justo cuando se cerró la puerta–. Pensé que estaría por aquí.

–Oh –respondió Patricia, mirando a Peter con fuego en los ojos–, está abajo en el bar de Kelly...

–Me pregunto dónde habrá ido Joe –dijo Paul. Se levantó nervioso, dijo que bajaba a comprar un paquete de cigarrillos y se fue.

–Voy a bajar a ver a Liz –dijo Patricia con firmeza, y sin siquiera pintarse los labios o coger un abrigo, abrió la puerta, miró distraídamente a Peter, y se fue. Ya solo en la habitación, Peter abrió la ventana, miró hacia el oscuro callejón trasero y se sentó a fumar en el alféizar un rato. Todo había terminado, su padre se moría, afuera no había más que sombra y pestilencia, todo era descomunal, cerrado, como un gran callejón incomprensible al final de la noche. Bajó las escaleras al fin, sumido en el torbellino de sus pensamientos.

Joe daba vueltas a la manzana con las manos en los bolsillos, tratando penosamente de recordar algo, cuando Paul Hathaway lo alcanzó.

–¡Vaya! ¡En mi vida había visto dos payasos iguales! –gruñó el veterano con infinita aversión–. ¿Qué te pasa? Esa chica no tiene nada de malo, es la mejor chica que te he conocido, te lo he dicho mil veces, te lo dije hace años.

Joe le miró cansado. Estaba sencillamente exhausto: exhausto porque todo estaba revuelto y hecho trizas y, al mismo tiempo, porque le resultaba insufrible aquel nuevo y feroz sentimiento de orgullo que había brotado en él. De repente se dio cuenta de que nunca había querido hacer lo que se esperaba de él. No tenía ningún sentido. Ni siquiera recordaba por qué había dejado de escribir a Patricia, simplemente había dejado de hacerlo, eso era todo. Una sensación de terror se apoderó de él. Miró a Hathaway seria y fijamente.

–Por Dios, Paul, no sé qué me pasa esta noche. Creo que he bebido demasiado, ¿no te parece? Estoy demasiado triste, no puedo pensar.

–¿Te gusta o no te gusta esa chica? Eso es lo que me gustaría saber –murmuró Paul, bajando nerviosamente el rostro con hosquedad.

–Es una buena pregunta. Es como preguntarme... ¡Ah!

–¿Es como preguntarte qué?

–No sé qué. Ya no sé nada. No me encuentro bien, Paul, me siento mal, enloquecido, enfermo... qué sé yo. Te digo que ya no sé dónde estoy. Ya no soy el mismo. Volvamos, quiero mirarla, ver cómo es. No recuerdo cómo es –exclamó.

Se apresuraron a volver a la pensión. Paul puso la mano en el hombro de Joe y empezó a hablar con más seriedad y franqueza que nunca, como si los desquiciados acontecimientos de aquella noche le hubieran afectado profundamente.

–¿Sabes lo que es, Joe? Es la sensación de que todo está patas arriba y al revés y por todas partes, así que al diablo con todo, ¿ves? ¡Quieres que te dejen afuera a propósito para poder sentir lástima de ti mismo y emborracharte todo el tiempo!

–¿Por qué debería importarte? –preguntó Joe casi con insolencia, pero con una mirada dolida y sumisa hacia él.

–Solo te lo advierto, listillo –dijo Paul despectivamente–. Adelante, haz lo que quieras, no me importa. Mira, yo voy a entrar en ese bar, puedes encontrarme ahí si quieres.

Era el bar de Kelly. De pie en la entrada, como un mendigo desconsolado, estaba Peter, mirándolos sombríamente.

–¿Queréis saber algo? –preguntó, haciendo un gesto solemne–. Esto es el fin, esto –dijo señalando solemnemente la calle y el bar–. Mira, ¿ves a tu hermana y a tu chica ahí dentro? No ves a tu hermana, ¿verdad? Eso es porque no la reconoces. Nunca la has visto con el aspecto que tiene ahora.

–¿De qué estás hablando?

Joe se acercó a la ventana del bar y miró con curiosidad.

–¿Esa que está ahí sentada con Pat es Liz? ¿Esa rubia de aspecto terrible, Liz? –dijo, y se quedó allí con una especie de fascinación abatida–. Esa tontita loca, siempre supe que estaba chiflada desde el principio.

Y siguió mirándola incrédulo, reacio, curioso.

–¡Entremos a tomar una copa! –exclamó Paul enérgicamente.

A esa hora el bar estaba abarrotado de soldados, marineros, bebedores habituales del vecindario y muchachas que parecían haber salido misteriosamente de la nada. Comprendieron enseguida quiénes y qué eran todas aquellas chicas: chicas como Liz y Patricia en su mayoría, chicas de otras ciudades que habían llegado a Nueva York por una u otra razón, víctimas de aquel nomadismo femenino que se había desarrollado durante la guerra. Como conocían tan bien a Liz y Patricia y las habían visto desde todos los ángulos, humano, fraternal, infantil, femenino, tenían la sensación de conocer a todas las chicas de aquel lugar por lo que eran realmente en soledad, les parecía conocer su verdadero y atroz yo oculto bajo el carmín, los peinados, las poses estudiadas. Veían a todas esas chicas tal y como eran en realidad. Las veían con el pelo recogido con horquillas, planchando para ayudar a sus madres en la cocina, las veían sentadas en el porche en las noches cálidas cotilleando ansiosamente con sus amigas y en el desván limpiando furiosamente la basura, las veían corriendo por el patio con sus petos infantiles para llegar al columpio antes que nadie y llevando grandes cajas en el sótano con mechones de pelo sobre la frente y la punta de la lengua curvada sobre los labios en un gran esfuerzo, las veían sentadas frente a los espejos durante horas con toallas, cosméticos y lociones por todas partes, y también paseando por la suave carretera polvorienta de la mano del chico de al lado en la noche de verano, bajo un universo borroso y trascendental repleto de estrellas.

Finalmente, una especie de oficial de la marina mercante que hablaba con Patricia –quien, por su parte, fingía no haber visto a Joe– la rodeó con el brazo y empezó a susurrarle algo al oído amorosamente.

–¿Ves eso, Joe? –sonrió Peter–. Supongo que está intentando darte una lección.

–Déjala. Y mira a esa tonta de Liz bebiendo como un vagabundo del Bowery. ¡Eh, tengo una idea! ¿Por qué no nos vamos de juerga?

En cuestión de minutos, se armó una gran pelea. Comenzó cuando Peter se acercó a hablar con las chicas e ignoró deliberadamente al oficial, que quiso saber quién se creía que era, tras lo cual Peter se lo dijo y le preguntó qué se proponía hacer al respecto, y el oficial le invitó a salir. Salieron en fila india con el corazón en la boca –el murmullo de la actividad se apagó en el bar– y fuera, en la acera, el oficial adoptó absurdamente una pose a lo John L. Sullivan. Peter, un poco sorprendido por aquel giro inesperado, emprendió una furiosa lluvia de puñetazos que acabaron con el oficial en el suelo, pero volvió a levantarse. Poco después, uno de los amigos del oficial se abalanzó sobre Peter con algo parecido a un placaje volador dirigido al cuello, pero Peter le dio un codazo en la cara, y cayó de costado sobre la acera. Peter se dio cuenta entonces de que le acechaban contra la puerta, gruñía y tenía la cara ensangrentada. Por alguna misteriosa razón, Peter empezó a reírse.

–¿Qué? –gritó–. ¿Dos contra uno? ¿Qué os pasa?

Pero lo inmovilizaron contra la pared sin mediar palabra y lo arrastraron hasta la acera, retorciéndose. Uno de los oficiales, que tenía agarrado a Peter por el pelo, trató de golpearle la cabeza contra la acera pero Peter, que reía estúpidamente, mantenía el cuello rígido y seguía dirigiéndose a ellos. En la pelea había irrumpido ahora algo lúgubre y triste, algo desagradable.

Joe salió del bar entonces y propinó una patada a uno de los oficiales con su bota de soldado, haciéndole caer al suelo. Paul, con una inesperada muestra de alegría salvaje, dio un gran salto y aterrizó sobre todos, incluido Peter, que quedó con la cabeza aplastada en el acto.

Marineros, soldados y mercantes salieron también del bar. Por algún tipo de acuerdo tácito, el ejército se alineó contra la marina y los marinos mercantes. Peter se unió al ejército, pero todos se pusieron a charlar amistosamente cuando asomó, amenazador, un patrullero de la policía.

En medio de la confusión, Joe regresó con Patricia y Liz y entraron en un reservado. Hablaba con ellas casi acaloradamente, mientras Paul y Peter se sentaron en la barra y empezaron a servirse chupitos de whisky con lentitud y tristeza.

–¡Apuesto a que os ha encantado esa pelea, a las dos! Ese es el tipo de cosas que os gustan, ¿no? –Les gritó por encima de la algarabía y la música, inclinándose como un loco sobre la mesa mientras hablaba, las dos chicas le miraban divertidas–. Conseguir que los chicos se peleen por vosotras, esa es la clave, ¿eh?

–¿Le vas a creer a este de aquí? –se burló Liz, riendo–. El gran soldado vuelve de la guerra y les dice a las mujeres lo que tienen que hacer. ¿Quién te crees que eres, fanfarrón? Tal vez te tengo que recordar que ni Pat ni yo hemos empezado esa pelea. Ha sido el pistolero de Pete en su afán por demostrar lo que...

De repente, Joe agarró a Patricia por los brazos y la hizo girarse para que estuviera frente él. La miró con sus ojos graves y turbados y ella, desconcertada por aquella extraña y hermosa circunstancia, no pudo hacer otra cosa que devolverle la mirada. Hathaway y Peter permanecían en la barra bebiendo en silencio.

Liz, momentáneamente sola, observaba a su hermano con el rabillo del ojo. Recordaba ahora todas las cosas que habían sucedido tiempo atrás, cuando Joe era para ella el epítome del joven feroz e indomable que quería que fuera su marido. Recordaba cosas oscuras, goces oscuros y magníficas esperanzas conservadas en el fondo de su corazón femenino. Recordaba el día en que Joe había aparecido en un viejo coche desvencijado para ayudarla a ella y a Charley cuando se afanaban sobre las frías llanuras invernales del vertedero de la ciudad por razones que apenas podía recordar ya, pero que tampoco podría olvidar nunca. Durante todo ese tiempo su vida debía de haber estado impregnada de algo oscuro, algo alegre y secreto, algo parecido a su hermano mayor y al joven Buddy, algo bello por descubrir y que ahora había desaparecido. ¿Por qué se había escapado de casa para ir a las ciudades, a los bares y todos esos sitios absurdos? Allá en Galloway le habían estado aguardando alegrías secretas, ella las había esperado y gemido como el viento en las noches de octubre, como algo que convoca y aflige al hogar, pero ya no estaba allí para escucharlo. Cuando era solo una niña había perdido su muñeca, se había subido a un árbol para buscarla y había visto, en su lugar, grandes faros girando y parpadeando en el horizonte nocturno. La inteligencia y la experiencia le decían a Liz que la tristeza era el oro de los idiotas, y eso la hizo sonreír, una sonrisa que era ahora su verdadera herramienta para aceptar y comprender las cosas, pero una pobre herramienta que no encajaba en ninguna tuerca del mundo, en ningún lugar, nunca.

Se levantó, cogió sus cosas y caminó hasta la salida del bar, tocó a Peter en el brazo.

–Buenas noches, pistolero Pete –dijo y salió sola.

Joe, comprendió cuántas cosas tenía aún que contarle a Patricia, y sin dejar de mirarla, sintió que regresaba toda la excitación del amor y la verdad, y la cogió de la mano.

## 2

Para Francis, Nueva York significaba la libertad de vivir en Greenwich Village con una mujer en un pequeño apartamento, deambular por las pequeñas librerías de Washington Square en las noches de niebla, frecuentar los bares donde casi todo el mundo tenía algo que decir sobre arte, asistir a fiestas donde gente de aspecto extravagante soltaba de pronto análisis psicodinámicos, o hablaba sobre Jean-Paul Sartre, o la teoría del orgón o Jean Genet, donde se escuchaba hablar de las últimas novedades de la forma más sencilla posible, para acabar al fin, en el melodrama del «frustrante horror moderno» en un ambiente pretencioso. Era la libertad de deambular, sumido en un pensamiento consciente, de una película extranjera a otra, de un museo a otro, de las conferencias en la Modern School of Cultural Research al ballet, al New Theater, a conciertos, a mítines políticos, a actuaciones de comediantes femeninas, a recitales de poesía en los que algún joven y rudo poeta gritaba «*¡Merde!*» a todo lo que se le plantaba delante, a actos benéficos, a exposiciones en hermosas tiendecitas de artesanía como la Taos Shoppe (el hogar de Kit Carson).

Francis había llegado a un punto en el que la gente se podía resumir en poco más de una frase:

«¿Quién? ¿Ese? Es un resentido de Chicago al que le encantan Bach, los espaguetis, los cruceros, las mujeres tuberculosas y pintar en Carmel en verano». «¿Ese? Vive con su abuela en Long Island City y escribe novelas. Un neurótico.» «¡Pero ahí tienes a una mujer fascinante! Vendía cocaína en las calles de Berlín en los años veinte y se casó con un estudiante de Harvard para huir de los nazis; ahora, creo, tiene un romance con la hermana de un famoso bailarín de ballet.» «¿Esa?... Una mujer aburrida, pero bastante personaje. Creo que una vez se ató con cadenas al arco de Washington Square a plena luz del día y al final la llevaron a Bellevue. Conoció a Djuna Barnes.» «Ah, ahí tienes a alguien a quien deberías conocer. Se supone que su traducción de Isidore Ducasse es la más bella y delicada. Fue amigo íntimo de Bauer el pintor y de Max Bodenheim y de Eleanor Roosevelt. Por algún misterioso motivo no le cae bien a Joe Gould.» «¿Quién es esa criatura desconcertante de pie junto a la estantería? La de la mirada triste, la que lee el libro de Denton Welch. ¡Tampoco tiene la cara tan triangular! Tiene un aire al retrato de Madame de Castaigne, solo que más descompuesta. Preséntamela.»

En todas aquellas escenas el adusto Francis era como algún joven ministro de la Iglesia al que hubiesen expulsado al principio de su carrera tras un escándalo de tremendas proporciones teológicas. Era refinado, oscuro, reflexivo, distante, misterioso. Pero tenía algo, las jóvenes de Iowa y Georgia que llegaban a Nueva York con pretensiones intelectuales y no hacían más que emborracharse, lo miraban con voraz fascinación y decían: «Pero, ¿quién es ese tipo de aspecto tan monacal?». Francis iba a aquellas reuniones con Dora Zelnick del brazo –ella, con su aspecto de Scheherezade de piel oscura y sus baratijas y brazaletes y fajas persas que la hacían parecerse a cualquier jovencita del Village, excepto las que eran flacas como palos y no les quedaba otra que parecerse a Madame de Castaigne– y en su compañía parecía aún más desconcertante y diabólicamente sutil. Con el tiempo, todo el mundo se enteró de que era de Galloway, Massachusetts, que había estudiado en la universidad, que había «pasado» por la Marina, que estaba escribiendo un libro, que trabajaba en la ciudad, que no tenía dinero y que era uno más del montón. Como Francis no tenía el descaro de ir por ahí con un repertorio de misteriosos enigmas –la técnica de todos los intelectuales– nadie trataba tampoco de interpretar los sutiles sentidos de lo que decía al pasar.

Tras un año y medio en Greenwich Village, Francis se desplazó al East Side, en la parte alta de la ciudad. Allí había algo que el Village no tenía: intelectuales que renegaban de todo vínculo con Greenwich Village, aunque por supuesto la escasez de viviendas les arrastraba a allí, intelectuales que se inclinaban por una sofisticación mayor, una especie de mundanidad de revista *Time* o *Life*, más cautelosos, hombres y mujeres que se escudaban en la riqueza y la sociedad, menos «alocados políticamente» pero, en otros sentidos, no muy diferentes del resto.

La «masa» del East Side le atraía más. Le parecía que era como la diferencia entre Montmartre y Montparnasse, algo así. Gracias a su amigo Wilfred Engels había conseguido un buen trabajo en la Office of World Information. Empezó a pasar los fines de semana en grandes casas de campo de Connecticut donde la gente soltaba casualmente cierto comentario que el secretario Morgenthau había hecho justo el otro día. Por fin tenía ante sí la oportunidad no solo de ser superior en inteligencia, sino también en ventajas y posición. Recordó la admiración que sentía por los jóvenes héroes de Balzac cuando luchaban por salir de la pobreza y la oscuridad de las pensiones baratas y alcanzar grandes puestos en el ministerio gracias a los favores de las damas más importantes del mundo, las mujeres parisinas de la riqueza, la diplomacia y la alta corrupción. Cada mujer casada que conocía en los cócteles le prometía alguna gran treta que podía llevar a cabo como buen y melancólico joven Rastignac,[1] un joven sin dinero pero con mucho talento por descubrir. Empezó a vestirse muy bien. La soledad de la insensata existencia le hacía reír a veces, y cuestionarse las cosas, y gemir en la almohada. ¿Qué iba a hacer a continuación?

1. Uno de los protagonistas de *Papá Goriot*, la famosa novela de Balzac, con muchos paralelismos con el propio Francis: muchacho de provincia que asciende en la capital. *(N. del T.)*

Wilfred Engels era jefe de una de las divisiones neoyorquinas de la World Information Office. Cuando viajaba a Washington en misión oficial, Francis le acompañaba a veces. Trotaba detrás del bullicioso Engels como un joven agregado adiestrado en los mejores modales diplomáticos. Francis estaba encantado, aunque nunca lo habría admitido, de conocer a los hombres que recibían órdenes directas de las figuras de más «alto nivel» del Capitolio.

Hubo una ocasión en que cenó en una casa palaciega de Chevy Chase con un funcionario de la legación francesa a un lado y la esposa de un oficial de adquisiciones del Ejército al otro, y pasó aquella agradable velada hablando mal francés con el hombre de la legación y lanzando miradas furtivas a la dama. Para su total y casi asustado asombro, consiguió encontrarse a solas con ella a las once de la noche en un pequeño bar de Bethesda, y para mayor asombro de la mujer, no ocurrió nada.

Un fin de semana el hermano de Dora, Louis Zelnick, un dentista de Boston, acudió de visita con su esposa Anne, y planearon los cuatro un programa de teatro y museos y películas francesas. Dora y Francis se reunieron con ellos en el tren y todos tomaron cócteles en un pequeño bar de Lexington Avenue.

Todo lo que de emocionante tenía Nueva York se concentró de repente en cierta ocasión. Era una lluviosa tarde de sábado de enero de 1946. De camino al bar, Louis Zelnick había comprado un nuevo y brillante ejemplar del *New Yorker*, que arrojó despreocupadamente sobre la mesa cuando se sentaron en la coctelería. Fuera, la gente corría, el aire era gris y oscuro y algunas luces de neón brillaban ya a las tres de la tarde. Resultó ser una escena sombría, pero profundamente emocionante y significativa para Francis. Se dio cuenta de que era la primera sensación agradable, placentera y aguda que tenía desde hacía años.

Cogió la revista con su brillo fresco y su olor a tinta, su nuevo diseño de portada para la semana, el tacto crujiente, suave pero rotundo en las manos, abrió una página al azar y echó un vistazo a algunas frases. Las frases en sí eran frescas, brillantes y nuevas, «lo último», lo más inteligente en cierto modo, el último grito en toda aquella enorme escena que era Nueva York, e incluso Washington,

Boston y Chicago, todo estaba conectado de algún modo por redes de ferrocarriles y vagones restaurante en los que la gente leía el *New Yorker* y bebía martinis, un mundo conectado por rumores, emoción, noticias, estilo, opinión, moda, conversaciones inteligentes.

Alzó la mirada de la revista y se maravilló del aspecto tan elegante que tenían las dos mujeres, Dora con su marcada y oscura intensidad, y Anne con su aspecto pálido, frágil e intelectual, su tenue sonrisa cargada de reproche, vaguedad y distendida diversión. Le encantaban sus vestidos y la forma en que los llevaban, y también la expresión de sus rostros. Francis estaba allí sentado, meditando feliz y recordando aquella noche tan lejana, cuando regresaba a casa desde la plaza de Galloway en Nochevieja, joven, malhumorado y sombrío de resentimiento a causa de la cruda fealdad de aquella ciudad llena de fábricas, de la chabacanería y la tosquedad de la gente que la habitaba. Toda su antigua vida pasó frente a él en una especie de náusea momentánea.

Intuyó, sin embargo, que su actual sensación de felicidad se debía tal vez al hecho de que Anne estaba allí, una mujer casada que le había fascinado enormemente desde Cambridge. De vez en cuando intercambiaban miradas con una especie de leve diversión cuando el hermano y la hermana discutían acaloradamente sobre Yalta y ese tipo de cosas.

–Me parece que no puedo sentir esas cosas –dijo Anne tras unos martinis–. Me resultan demasiado lejanas, confusas e irreales.

–Querida, esas cosas deberían ser de la mayor importancia para ti como ciudadana del mundo –le recordó su marido con una sonrisita avergonzada–. Esa es la realidad del momento. No se me ocurre nada más real.

–Supongo que sí, pero yo puedo pensar en cosas más reales. Incluso en este momento en particular –dijo mirando vagamente a su alrededor–, también este instante es como un reflejo en el agua que puede emborronarse en cualquier momento. Ese hombre de la barra es como si fuera a ondularse en cualquier instante –dijo sonriendo con tristeza.

–Pero eso pertenece al ámbito del arte –dijo Dora Zelnick

en tono sombrío–. Si alguna vez se trasladara a la política, todos estaríamos en un gran campo de concentración de Buchenwald.

–¿Y no lo estamos acaso? –preguntó Anne, casi dócilmente.

Francis estaba maravillado con ella.

Dos semanas más tarde, la Office of World Information empezó a reducir personal y Francis perdió su empleo. De repente pensó en Anne y en lo que había dicho en el bar acerca de que el mundo se volvía ondulado, irreal, tremendamente absurdo. Con una punzada de algo que se parecía estúpidamente al amor, empezó a verlo todo a través de los ojos de Anne.

Una noche de niebla, estaba curioseando en una librería. Había un libro que le interesaba especialmente, pero una joven estaba de pie justo delante de la estantería, hojeando otro. Esperó a que se apartara, pero ella permaneció rígida con una especie de desesperación enquistada. Así que se acercó, rodeando otra estantería, mirando libros. Al fin, mansamente, alargó la mano para coger el libro deseado, pero se dio cuenta de que estaba demasiado lejos y que nunca podría conseguirlo. Se puso al otro lado de la joven. De repente sintió el impulso de pasar por delante de ella y arrebatarle el libro. Y mientras él seguía allí, dudando, la joven cerró el libro con irritación, le miró y, de repente, se reconocieron. Era Anne.

–No tenías que fingir que no existías cuando tratabas de alcanzar el libro –se rió ella, mientras caminaban por la calle–. Eso era lo que me estaba poniendo nerviosa, esa manera de casi disculparse por existir y tener que ocupar un espacio.

–Y tú podrías no haber escondido la nariz en tu pequeño yo, como si el resto del mundo no existiera.

–Tonterías, no pretendía parecer invisible. Sabía que estaba justo en medio.

–¿Por eso cerraste el libro de un golpe?

–Eso fue algo totalmente automático.

–Yo prefiero pensar –dijo Francis– que te rodeé con tanto disimulo por compasión.

–¡Qué romántico!

Hablaron un buen rato antes de que se les ocurriera preguntarse qué tal estaban el uno al otro. Francis le dijo que estaba buscando trabajo. Por un momento estuvo a punto de decirle que últimamente había pensado mucho en ella, pero temió que volviera a responder «tonterías». Ella le dijo que su vida en Boston era aburrida y que había venido a Nueva York con el pretexto de visitar a su abuelo en Teaneck.

–¿Vive en Teaneck?

–Sí, pero siempre consigo una habitación de hotel y voy a visitarlo en el último momento para poder enviarle al dentista una postal con el matasellos correspondiente.

–¿El dentista? ¿Louis? Qué raro que le llames el dentista.

–Es dentista, ¿sabías?

Con una sensación de libertad casi poética, Francis acompañó a Anne al apartamento de su amigo –tenía la llave– y se puso a preparar café en la cocina.

–Si vas a intentar seducirme, me gustaría que me avisaras con antelación –dijo Anne desde el cuarto de estar–. Sería muy incómodo que me pillaras desprevenida como a una colegiala que ha juzgado mal a su pretendiente.

Mientras tomaban café solo, sin preámbulos, empezaron a hablar con mucha seriedad y una repentina sensación de agradable compenetración.

Anne recorrió la estancia con una leve sonrisa.

–¿Sabes? Me resulta muy extraño estar aquí.

–¿Se está emborronando el mundo?

–De momento no. Es solo una sensación de extrañeza, como si hubiera estado aquí antes...

–Quizá sea porque voy a heredar este piso de mi amigo cuando se vaya de Nueva York el mes que viene –dijo Francis con gravedad.

Dos meses más tarde estaban viviendo juntos en aquel apartamento del East Fifties. Francis se limitó a reanudar una vieja discusión con Dora Zelnick, la fue engordando cuidadosamente a lo largo de unos días, y salió súbitamente con su maleta en medio de una gran bronca. De nuevo tuvo la sensación de que había experimentado con aquel psiquiatra de la Marina, de que era realmente posible ser «inteligente» al fin y al cabo. Por otra parte, aparte de cierto remordimiento por haber traicionado el profundo sentimiento de camaradería que Dora y él habían tenido en su «vida en Greenwich Village», se sentía en su perfecto derecho de romper por completo con el pasado sin más compromisos.

Anne, por su parte, se fue alejando de la casa de su marido en Boston poco a poco, sin disculparse, casi sin hacer una escena, dejando al serio y tenaz dentista con la sensación de que se había casado con una especie de fantasma que finalmente desapareció de su vida. No discutieron por el niño, Anne simplemente se marchó y lo dejó a su cuidado.

Francis sintió el deleite y la maldad casi estúpida que sienten los hombres verdaderamente indiferentes cuando le «roban» la mujer a otro hombre sin haberlo pensado mucho. De vez en cuando, Francis esbozaba una sonrisa de asombro y éxtasis, pero también se sentía ansioso. Había conseguido un nuevo trabajo justo en el momento en que heredó el apartamento y experimentaba cierta sensación de poder por toda aquella situación inesperada.

Wilfred Engels volvió a ayudarle a conseguir un empleo: esta vez se trataba de una agencia de asistencia independiente, para la que Francis hizo un montón de papeleo en una pequeña y agobiante oficina de Madison Avenue. Tuvo suerte de conseguir otro trabajo sencillo para salir del paso, ya que una comisión de actividades antiamericanas de Washington acababa de citar a Engels, que tuvo que tomarse unas vacaciones en México para pasar desapercibido durante un tiempo. Se hablaba de algo parecido a falsificación de pasaportes, pero a Francis no le interesaban esas cosas; estaba absorto en su nueva vida con la inquietante Anne. Acababa de empezar a psicoanalizarse.

Francis corría a casa casi alegremente para contarle a Anne lo que ocurría cada día.

–Dios mío, ¡si supieras lo que me ha pasado hoy! Mi psicoanalista va a hacer maravillas con todo esto.

–Empieza por el principio y yo haré de juez –sonrió ella pasándole la bencedrina–. ¿Quieres un toque?

–En un minuto. Todo empezó esta mañana cuando me dio la resaca de bencedrina de ayer por la noche. Alguien entró en la oficina, uno de los jefes, supongo, y empezó a hablar de un modo muy extraño, casi delirante. Poco a poco comprendí que quería que fuera a cierto hospital a recoger unos suministros para empaquetar... pero, sinceramente, al principio no entendía lo que decía, ni por qué lo decía, ni a qué venía aquella cara de ansiedad tan absurda...

–Conozco esa sensación.

–Así que me fui. Bajé al metro, donde tuve la horrible sensación irreal de que mi tren no iba a llegar nunca.

–¡Qué desagradable!

–¡Duró siglos! Por fin subí al primer tren y me dirigí a mi destino. Me daba la sensación de que la gente me miraba fijamente, me preguntaba por qué me miraban así, aunque sabía muy bien que estaba teniendo un bajón de bencedrina. Cuando salí a la calle, vi el hospital y fui directamente hacia allí, subí los escalones y entré, con una sensación de seguridad boyante, casi alegre, pero poco a poco empecé a advertir indicios de que se trataba de una escuela y no de un hospital, y con una horrible sensación de inutilidad empecé a apresurarme hacia la salida más próxima. No quería salir por donde había entrado, simplemente quería atravesar mi error y salir por otro camino.

–Pobrecito, yo tenía que haber estado allí –rió Anne.

–De repente me encontré con toda una fila de niños avanzando en formación por el pasillo. ¿Sabes cómo desfilan de un aula a otra? Todos me miraban con curiosidad. De repente se esfumaron todos, y para colmo no podía encontrar otra salida, no había absolutamente ninguna otra manera de salir de allí más que por donde había entrado. Fue bastante divertido regresar a un aula de primaria con todas sus tizas y sus lápices, pero también te puedes imaginar mi espanto, mi frustración y todo lo demás. La experiencia me mató.

–¿Encontraste el hospital?

–Sí, pero me perdí en él. Era un sitio enorme, me desorienté y me puse a vagar por unos pasillos relucientes. Recuerdo que una enfermera me habló muy amablemente, pero tuvo que irse a hacer otra cosa.

–Pobrecito.

–¿Sabes lo que se me pasó por la cabeza entonces? Recordé eso que dijiste sobre el comentario de Nietzsche: «Nada es verdad, todo está permitido». ¿Cómo era aquello que dijiste? «¿Nada es verdad, todo es igualmente absurdo?» Bueno, eso es lo que pensaba y me lo repetía una y otra vez. Por fin encontré al hombre que buscaba, me entregó los paquetes, dijo algo y desapareció. Salí del hospital, pero por la puerta equivocada, y me encontré en una especie de solar vacío.

–Dios mío, parece una historia de Kafka –exclamó Anne encantada.

Un sábado por la tarde, sonó el timbre. Francis fue a abrir la puerta y se encontró allí a su hermano pequeño, Mickey Martin. Mickey había crecido mucho, pero Francis lo reconoció por sus ojos tímidos y la misma suave caída de pelo castaño sobre la frente. El resto en él se había vuelto desgarbado, tosco y poderoso, para incomprensible asombro del hermano mayor. El chico le sonrió con una vergüenza asombrada y agitó una mano grande y carnosa en señal de saludo.

–¡Hola, Francis! –exclamó–. ¿Vives aquí? ¡Qué sitio tan bonito!

Al ver a Anne, casi se tropezó con la alfombra.

–¿Pasa algo? –preguntó Francis en voz alta.

Mickey le dirigió lentamente una mirada seria.

–Se trata de papá. Está muy enfermo y mamá me ha pedido que venga a contártelo. Ha estado enfermo mucho tiempo.

Lo dijo con ese tono serio y afligido en la voz, tan propio de los Martin, que Francis no había oído desde hacía mucho, mucho tiempo.

–¿Cuánto tiempo lleva enfermo? ¿De qué se trata?

–Hace dos meses que está en casa y mamá trabaja en una zapatería de Brooklyn. Yo trabajo después de clase en una tienda de allí. El médico dice que es cáncer.

–Cáncer.

–Sí. El médico dice que lo tiene desde hace tiempo y no lo sabía. El médico dice que debería haber hecho algo al respecto hace mucho tiempo. Pero Pa no sabía que tenía cáncer, el médico le había dicho que era otra cosa. Y Mickey le explicó todo con el mismo aire apesadumbrado, medio inquisitivo, gravemente preocupado, que incluso en aquel momento seguía atormentando la memoria de Francis. La última vez que alguien le había hablado así fue cuando su padre lo había visitado en el hospital naval de Chicago durante aquella extraña y melancólica noche de hacía dos años.

–Ma se preguntaba si podrías venir alguna vez –dijo Mickey lentamente– y verlo y hablar con él y en fin, ya sabes, hacerle una visita.

–Entiendo –dijo Francis distraídamente–. Sí, bueno, por supuesto que debo hacerlo.

–Se lo diré –dijo simplemente el muchacho, y se volvió para irse. Casi compulsivamente, Francis despertó de sus cavilaciones y le pidió que se sentara y se quedara un rato. Mickey se sentó torpemente en el borde de una silla. Se sonrojaba continuamente. Anne se levantó y le preparó una coca-cola con hielo. A nadie se le ocurrió nada que decir y hubo largos momentos de embarazoso silencio mientras Mickey bebía la coca y miraba de vez en cuando a Francis con grave perplejidad.

Cuando se fue el chico, Francis dijo:

–Bueno, ¿qué te parece mi hermano pequeño?

–La verdad es que se sonroja de lo lindo.

–¡Dios! Ahora tendré que ir algún día a presentar mis respetos a mi padre. Me apena que esté tan mal.

–Me temo que vas a tener que ir –dijo Anne con una leve sonrisa–. Cuando te lo piden así, no se puede decir que no...

–Lo sé.

Fuera, mientras oscurecía en las calles, el joven Mickey se

apresuraba a regresar a casa mirando a su alrededor con la ávida fascinación de un chico criado en una pequeña ciudad que se encuentra tristemente solo en medio de la fabulosa y sofisticada Manhattan. Todo el mundo iba bien vestido, los hombres elegantes y guapos, algunos de ellos con sombreros Homburg, las mujeres encantadoras, ocultas secretamente bajo hermosos abrigos de piel. Todos iban a cócteles y restaurantes y teatros. Oscurecía, y las luces brillaban como diamantes. Qué distinto de Brooklyn y, sobre todo, qué distinto del oscuro Galloway.

Pensó en el bonito apartamento en el que vivía Francis, en pleno centro de Nueva York, y en la rubia tan guapa que le acompañaba. «Imagínate tener una chica así en pleno centro de Nueva York, y un buen trabajo, y salir por la noche a buenos restaurantes y luego ir a espectáculos y todo lo demás. ¡Guau! ¡Menuda suerte!»

## 3

Ese otoño, Peter regresó a casa con su familia.

Ahora era consciente de la trágica soledad de la existencia y de la necesidad de vencerla con amor y devoción, ya no quería rendirse a ella con el perverso, cruel e innecesario odio a sí mismo que veía a su alrededor y que él mismo había alimentado durante tanto tiempo.

Su padre se estaba muriendo y su propia vida se estaba apagando, había llegado a un callejón sin salida en la ciudad, no tenía adónde ir. Peter no sabía qué hacer con su vida, pero de algún modo sabía qué hacer con la de su padre, que ahora ya no era solo un padre, sino también un hermano y también, misteriosamente, un hijo.

Pasó aquel agonizante invierno en Brooklyn y ayudó con los gastos de la casa y las facturas de los médicos trabajando en una cafetería que abría toda la noche. Llegaba a casa cada mañana sobre las siete, justo cuando su madre se iba a la tienda de zapatos y su hermano Mickey se preparaba para ir a la escuela, ponía al fuego una cafetera y se tomaba una taza con su padre en la cocina y discutía y reñía con él como siempre. Ahora que ambos sabían que se acercaba el final, sus discusiones eran cada vez menores, apenas se podían llamar discusiones. Se reían más que nunca. El padre estaba muy contento de que su hijo más cercano, más triste y serio hubiera regresado al fin.

–Ah, Petey, la vida no es lo bastante larga, ¡hay tantas cosas que podría haber hecho! –exclamó Martin por la mañana–. Si hubiera hecho lo correcto, si hubiera invertido mi dinero cuidadosamente en algo bueno, en una casa o una granja o algo así, piensa en lo diferente que habría sido todo ahora, tal vez yo no estaría enfermo y tu madre no tendría que trabajar en una zapatería en mis últimos días. Ah, ¡ahora sé cuánto subestimé a esa criatura en mis tiempos!

–¿Criatura?

–A tu madre, Petey, a tu madre. ¿No sabes cómo somos los hombres? Menospreciamos a nuestras mujeres, las llamamos cabezas huecas toda la vida, hasta que al final nos damos cuenta de quién es el verdadero cabeza hueca... Y, por supuesto, si hubiera hecho lo correcto, tal vez no estaría muriéndome a causa de todas las decepciones que he sufrido desde que perdí mi negocio en casa, desde que llegué a Nueva York. De algún modo, en algún lugar, estaríamos viviendo una vida mejor y seríamos lo bastante felices como para apañárnoslas. Por Dios, ¡ojalá pudiera empezar de nuevo! –exclamó, golpeando el brazo de la silla con su intensa, llorosa y enfática mirada de lúgubre determinación.

–Te encuentras bien esta mañana, ¿eh?

–Claro que me encuentro bien. No estoy muerto ni mucho menos, ¿sabes? Por Dios, a veces me encuentro tan bien que casi puedo sentir cómo mi cuerpo se deshace de esta maldita porquería y se cura de alguna manera. Podría ocurrir –añadió astutamente–, podría ocurrir tan seguro como que estoy aquí sentado. A veces ni me lo planteo, pero ocurrirá. Y yo volvería a levantarme y haría algo, aunque estaría bastante débil, estoy débil, de acuerdo, estoy débil, Petey, y soy mucho más viejo, no sé si valdría ya de mucho –dijo deteniéndose, apenado.

–Con lo bien que te va con los caballos, quizá podrías irte a Florida y dedicarte a ello.

–Claro que sí. ¿Te he enseñado ya mis cifras de la semana pasada?

Ansiosamente, con la salvaje concentración de un niño pequeño en un juego, el viejo mostró su complicado revoltijo de números y se los explicó detenidamente con muchos gestos y exclamaciones y deseos de poder estar ya en Florida en ese mismo momento. Luego tomaron más café y charlaron durante horas.

Peter trabajaba en su puesto, un miserable y solitario trabajo nocturno que lo mantenía alejado en las lúgubres noches de la ciudad, en la negrura. Regresaba a casa en el gris amanecer por calles cubiertas de colillas, periódicos y envoltorios de chicles, por aceras con rejillas que exhalaban el aire viciado del metro. El mismo cielo era un trapo de cocina y la tierra estaba cubierta del asfalto gris rata, y él regresaba a casa desde su trabajo, fumando y en silencio y caminando con dificultad, la mente en blanco, el alma embotada, el corazón roto: regresaba a casa para ver cómo su padre seguía consumiéndose durante todo el invierno y hasta la primavera en medio de una ruina espantosa. Algo parecido a la primavera brotó de pronto en el aire, algo que sugería pájaros columpiándose en las ramas en un dulce canto seductor, y un aire dulce, y un amanecer homérico... pero fue apenas una sugerencia, rápidamente olvidada en el estruendo de la mañana de Brooklyn.

El viejo Martin oscilaba con asombroso valor entre días alegres, casi robustos, en los que le encantaba charlar y beber café y escuchar la radio y leer libros, y días en los que simplemente se desplomaba en la silla despojado de todas sus fuerzas, casi muerto, sepultado por el enorme hastío de la enfermedad y el opresivo dolor.

También había noches extrañas, en las que se despertaba en plena noche y se sentaba solo en la cocina a hablar consigo mismo mientras los demás dormían. Hablaba con su madre y su padre muertos hacía mucho tiempo, les dirigía sus súplicas de hijo, los lloraba a pesar de llevar tanto tiempo enterrados, les pedía sus oscuros consejos, recordaba extrañamente las pálidas flores de sus rostros. Y hablaba con Dios, a veces con acalorada familiaridad y furia argumentativa, le preguntaba por qué las cosas se habían puesto tan difíciles para los hombres, por qué, y si no había un por qué, entonces a qué venía aquello tan extraño, hermoso, triste, breve, desgarradamente real, tan herido e inconsolable. Le preguntó a Dios por qué lo había creado, para qué, por qué razón existía la flor de su propio rostro y por qué iba a desaparecer de la tierra para siempre, por qué la vida era tan corta, tan dura, tan furibunda con los hombres, tan imposiblemente mortífera, tan cruel, inquieta, dulce, tan letal. Y hablaba también con el yo solitario que moriría con él para siempre. «George –se decía–, George, cuánta miseria hay en el mundo y ¿qué puedes hacer tú al respecto? George, hay también demasiada miseria en ti, demasiados quebraderos de cabeza, no puedes perdurar. Toda tu vida se te va entre los dedos y te ríes porque crees que tienes todo el tiempo del mundo. Tenías todo el tiempo del mundo, de acuerdo, todo el tiempo que te dieron y nada más. Y siempre me dolía cuando algo iba mal, y todo el tiempo era yo el que estaba mal. ¡George! ¿Por qué diablos no hiciste lo que siempre estabas a punto de hacer? A veces, cuando te despertabas en mitad de la noche, lo sabías, ¡lo sabías, George! Esa gran cosa que siempre estábamos esperando y nunca nadie termina de hacer... ¿Nosotros? Sí, todos nosotros, todos nosotros... ¡Oh, todos nos morimos! También los demás y toda esa miseria que nos aguarda... ¿Pero qué es la miseria, George? Tu propia necedad ignorante en esta vida. En medio de esta vida. ¡Oh, Dios, cómo me gustaría estar en medio de la vida! Es triste, es triste morir, es una miseria morir así, sabiéndolo. No quiero morir.» Se mordía el labio al pensarlo. «Pero ya estoy listo para morir, Dios, supongo que es lo único que me falta. Estoy preparado... pero, Dios, sea yo quien sea y sea cual sea la razón por la que me has hecho vivir, sé una cosa, Dios, ojalá tuviera la certeza de una cosa: de mi mujer y de mis hijos. Los conozco, Dios –se reía, rascándose la barbilla–, ah, los conozco bien, lo sé todo sobre ellos. Ja, ja, ja. Los he visto, oído y sentido a la perfección. Procura que estén bien cuando yo me haya ido.» Luego alzaba afligido el rostro hacia el techo agrietado de medianoche, miraba al cielo a través de las grietas de yeso de Brooklyn. «Asegúrate de que pueda mirar hacia atrás desde la tumba y averiguar cómo les va, de una manera u otra, tiene que haber algún truco para compensar esto. Asegúrate de que sean felices, Dios.»

A las cuatro de la mañana se paseaba por la cocina hablando de aquella forma. A veces miraba por la ventana la negra noche de Brooklyn y la maldecía de arriba abajo por lo que parecía haberle hecho.

Y cuando Peter regresaba por las mañanas, el viejo le preguntaba qué había pasado toda la noche en la cafetería. No había pasado nada, la gente solo entraba a comer rosquillas y beber café y luego se iba, eso era todo. Y entonces padre e hijo se miraban el uno al otro, y hablaban del pasado, de todas las cosas que había en ese pasado abrasador y repleto de millones de sombras, y de lo que les gustaría hacer, de lo que podrían haber hecho, de lo que deberían hacer ahora. Padre e hijo eran también dos hombres en medio del mundo, ociosos y sentados por un momento juntos que reconocían con tristes comentarios que el destino de los hombres consiste en llegar hasta los ríos y cruzarlos de un modo u otro, por este camino o por el de más allá, por cualquier camino posible, superarlos o retroceder derrotados y sarcásticos. En esos instantes experimentaban momentos de satisfacción charlando entre ellos. Esta era la última vida en la que se conocerían, y sin embargo deseaban poder vivir cien vidas y hacer mil cosas y conocerse para siempre en un millón de formas nuevas, deseaban eso en la mitad de su última vida.

Todo aquello empezó a cambiar al joven Peter, que vio, como en una antigua visión que brotaba de su ser, en qué consistía finalmente la vida. Comprendió que se trataba de amor, trabajo y verdadera esperanza. Comprendió que todo el amor del mundo, que era dulce y hermoso, no era tal sin el trabajo, y que el trabajo no podía existir sin la bondad de la esperanza. Miró finalmente a la cara esas cosas del mismo modo que miraba a la cara a la muerte inminente de su padre, a aquellos ojos que no tardarían en estar ciegos y muertos. Comprendió esas cosas mientras ayudaba al débil anciano a levantarse de la cama por las mañanas y lo sostenía sobre aquellos pies vacilantes que antes caminaban a grandes zancadas los sábados por la noche en Galloway, las comprendió cuando su padre se despertaba de sus ensoñaciones febriles para comer, lavarse y acomodar sus cosas en torno a su silla para reanudar otro día.

Comprendió que todas las luchas de la vida eran incesantes, laboriosas, penosas, que nada se hacía deprisa, sin trabajo, que todo debía someterse a mil mimos, revisiones, moldeados, añadidos, supresiones, injertos, desgarros, correcciones, alisados, reconstrucciones, reconsideraciones, claveteados, desconchados, martillazos, levantamientos, empalmes... todas las pobres e inciertas tentativas incompletas del esfuerzo humano. Eran eternas y siempre estaban incompletas, lejos de ser perfectas, refinadas o fluidas, estaban llenas de terribles recuerdos de fracasos y temores de fracasos, pero el camino hacia las cosas las volvía de alguna manera nobles, completas y brillantes al final. Lo percibía incluso en la vieja casa en la que vivían, con sus paredes sólidamente construidas y aquel suelo que se mantenía firme como una roca: algún hombre, posiblemente pesimista y resentido, había construido la casa hacía mucho tiempo, pero la casa seguía en pie, y su enfado y su pesimismo y sus irritantes y laboriosos trabajos habían quedado olvidados; la casa seguía en pie, y otras personas vivían en ella y se cobijaban ahora bajo su techo.

Peter y su padre, con solo mirarse dolorosamente, parecían comprender que cuestionarse las incertidumbres y dolores de la vida y el trabajo implicaba también cuestionarse la misma vida. Lo hacían todos los días y, sin embargo, no odiaban la vida, sino que la amaban. Comprendían que la vida era como una especie de trabajo, un pobre y miserable fragmento inconexo de algo mejor, mucho más grande, apenas un fragmento aislado y asustadizo que transpiraba por un momento en el goteo del grifo del mundo, una impureza andrajosa que se dirigía a cada instante hacia la gran fragua pura de la vida cotidiana y la amorosa comprensión humana.

Y el viejo George, cuando la ceguera del dolor y la desintegración le nublaba el entendimiento, ponía los ojos en blanco. Cuando estaba así, en sus sombríos últimos días de demencial terror, Peter se sentía apuñalado en su corazón por la soledad y la brutalidad de todo aquello, y trataba de animarlo, se sentaba a su lado y se ocupaba de él hasta quedar exhausto.

–Llevo tanto tiempo tan enfermo y tan cansado... ¡Petey!

¡Petey! La vida es demasiado larga, se tarda demasiado en acabar con ella...

Aquello le resultaba insoportable a Peter, atrapado en su propia visión de la muerte, trataba de salir de ella como un hombre que se arrastra fuera de un cañón negro mientras los buitres oscurecen el sol. ¿Y si lograba salir de aquel abismo aferrándose a sus garras para encontrarse con su padre muerto, sin esperanza? ¿Y si de pronto veía todo ese terrible y sombrío enigma como ningún hombre lo había visto jamás, y moría él mismo a causa de todo aquello?

Pero la gravedad, el regocijo y el asombro regresaban a su padre junto al milagro de los latidos cotidianos, y él alzaba la vista desde su sueño fúnebre y veía de nuevo a la madre, a Mickey y a Peter moviéndose por la casa, veía los movimientos lentos y en cierto modo estúpidos del mundo que le rodeaba, sus cosas patéticas y queridas, y una gran compasión se apoderaba de él como una droga, una visión encendía su inflamable cerebro con imágenes de alegría y pesar y tristes y temblorosos afectos, y regresaba a ellos hablando y riendo, de vuelta al alimento básico del mediodía. Todo eso, y su lento asombro, su conocimiento de la pobre mortalidad, del temor de los niños pequeños, de los propósitos, pasiones y amores cotidianos de los hombres en la flor de la vida, del silencio y la tristeza de los ancianos, todas esas cosas ardían en su mente como explosiones de luz, como los poderosos aleteos de la luz de una vela cerca del final.

Pero la vela, que es luz, puede apagarse solo porque es luz. Y eso fue lo que sucedió una mañana de mayo: George Martin murió.

El día anterior a su muerte había sucedido algo extraño. Por una razón u otra, las viejas furias de la discordia se habían alzado entre él y Peter, y habían vuelto a discutir. Todo empezó cuando Peter mencionó algo que estaba leyendo.

–Escucha esto, papá, para que veas lo increíble que era Chaikovski, el compositor. Aquí dice que llegó a un hotel, lo llevaron a su habitación, pidió la cena, echó un vistazo a las toallas y todo lo demás, le dio propina al camarero y, cuando todo estuvo listo y se quedó solo en su habitación, se tiró en la cama y se puso a llorar... sin motivo alguno.

–¿Por qué hizo eso?

–Porque así era él, ya sabes, un melancólico compositor ruso. Me sorprende que lo hiciera.

–¡Claro, claro! –exclamó el anciano con amargura–. Claro que te asombra. Te asombras porque es ruso y porque es compositor y porque todos escriben sobre él, ¡no es un cualquiera como yo!

–Yo no he dicho eso.

–¡Bah! –exclamó Martin, agitando violentamente la mano–. Chekuski y Plakuski, si tienen un nombre ruso y elegante, cuando ellos lloran significan mucho más.

–¿Por qué dices eso? –preguntó Peter, profundamente dolido.

–Porque descubro todo el tiempo en qué pensáis los malditos muchachos de hoy en día, ¡por eso! ¿Por qué tenéis que admirar a Chekuski? ¿Por qué? ¿Solo porque llora? –gritó furioso, golpeando la silla–. ¡Maldita sea, yo lloro! ¡Yo también lloro! Pero no significa nada cuando lloro, no soy Chekuski, no soy un compositor ruso, solo soy un pobre patán norteamericano, eso es todo, cuando lloro es porque soy un patán, no porque sea increíble.

Peter salió enfadado de la habitación y se puso a dar vueltas por la cocina en un torbellino ciego de furia y vergüenza.

–¡Yo también lloro! ¡Yo también lloro! –gritaba su padre en la otra habitación–. Recuérdalo, mi joven hijo de pluma fina, con todos tus libros elegantes.

Apenas se dirigieron la palabra durante el resto del día. Esa noche Peter no tenía trabajo, circunstancia que normalmente habría aprovechado para pasarse horas charlando con su padre en la cocina con un cartón de cerveza mientras la madre y Mickey dormían. Pero en vez de quedarse en casa, se fue a pasear por Brooklyn sumido en el aturdimiento más profundo que había conocido en toda su vida. Nunca se había sentido tan decaído hasta el punto de tener que arrastrar los pies, compulsivamente, mientras avanzaba por las aceras aquella noche. Trató de caminar de un modo normal, pero acabó arrastrando los pies y caminando con debilidad, impotente, preguntándose vagamente por qué había ocurrido todo aquello. Recorrió así kilómetros y kilómetros de calles, con la cabeza gacha, las manos colgando a los lados, los zapatos rozando lentamente el asfalto, sin mirar nada en particular a lo largo del camino.

Cuando regresó a casa a las tres de la madrugada, su padre dormía en la cama. Desde la cocina, donde estaba sentado con la cabeza apoyada en la mesa, sumido en profundos e impotentes pensamientos, Peter empezó a intentar respirar al ritmo de los ronquidos de su padre, solo por capricho, casi de forma distraída, y se dio cuenta con cansancio de que no podía seguir el ritmo de aquellos rápidos y desesperados jadeos sin marearse y ponerse enfermo. Nunca se le ocurrió que le ocurriese nada malo, aunque, al estar tan absoluta y fisiológicamente deprimido, se dio cuenta más tarde de que en su más recóndito ser se daba cuenta de que su padre se acercaba lentamente a la muerte durante aquellas mismas horas. El médico había acudido la noche anterior para extraer un poco más de agua del vientre devastado del anciano, como venía haciendo desde hacía casi un año, ahora la debilidad y el shock se conjuraban por fin para provocar el final, algo que el médico esperaba desde hacía varios meses.

Al amanecer Peter alzó la cabeza de la mesa de la cocina cuando su madre entró arrastrando los pies para prepararse para ir a trabajar. El viejo les llamó desde la otra habitación y dijo que se mareaba al estar tumbado en la cama, así que le ayudaron a sentarse en su silla. Los miró fijamente a ciegas y dijo:

–Si voy a morir, maldita sea, quiero morir en mi silla.

Peter lo sentó cómodamente en la silla y le puso las mantas alrededor de las piernas. Su padre dijo, extrañado:

–Eso es, mi pobre niño.

Su mujer le preguntó si quería desayunar algo y él dijo que no tenía hambre, que con un vaso de zumo de pomelo bastaba. Ella se lo llevó y le acercó el vaso a los labios mientras él engullía a ciegas. Su madre lo miró con tierno dolor, gravedad y pesadumbre, y luego tuvo que irse a trabajar y le dijo a Peter que le preparara algo de desayunar más tarde. Salió en silencio, con tristeza, y Mickey se fue a la escuela. A solas con su padre en aquella mañana gris, Peter preparó una cafetera. Le oía roncar en la otra habitación bajo la música de la radio de la cocina.

Al cabo de veinte minutos, Peter entró para preguntarle si quería café o desayunar, y lo vio allí con la cabeza gacha, perfectamente inmóvil en la silla, con el labio inferior caído y el pelo revuelto sobre la cabeza. Llamó a su padre en la vacía quietud de la casa. El anciano no levantó la vista con su habitual aire de pasmado asombro. A Peter se le heló la sangre al comprender. Su padre no respiraba, su estómago no subía y bajaba en jadeos tortuosos como antes, había una repentina quietud a su alrededor.

George Martin había muerto como en sueños, tan silenciosamente que nadie lo había advertido. Y lo que Peter había imaginado que eran sus ronquidos no había sido en realidad más que el solitario estertor de su muerte.

Pero a pesar de que comprendía que estaba muerto, se negaba a creer que fuera así. Se acercó, levantó una muñeca inerte y trató de tomarle el pulso. La vieja mano se desplomó de nuevo. Puso la mano sobre la frente de su padre temiendo el frío mármol de la carne, pero la frente estaba tibia, casi caliente. Se arrodilló frente a su padre y gritó:

–¡Papá! ¿Estás muerto, por el amor de Dios?

No obtuvo respuesta.

–¡Pobre viejo! ¡Pobre viejo! –gritó arrodillándose delante de su padre–. ¡Mi padre! –gritó con una fuerza que pareció enloquecida en la solitaria casa vacía. Aún se negaba a creerlo, y con una sensación de terrible asombro alargó la mano y acarició la mejilla de su padre, como si fuera un niño. La idea de que ahora podía acariciar la cara de su padre a voluntad porque estaba muerto le pareció horrible y le cerró la garganta. El hecho de que pudiera gritar y hablar así, como un loco y un idiota, aunque su padre estuviera allí sentado, también inundó su cerebro de un horror incomprensible. Sin pensarlo dos veces le limpió la saliva de la boca, le echó un poco hacia atrás el pobre pelo alborotado, llevó la mano a la cabeza de su padre con incredulidad y le besó en la frente con un sentimiento de suave desconsuelo, de locura y de miedo.

–¡Ruthey! –gritó Peter, mirando alrededor de la habitación, con la mente repentinamente febril y fija en la imagen de su hermana Ruth, aquella dulce hija del anciano que estaba tan lejos mientras él estaba allí sentado muerto–. Date prisa, Ruthey, por el amor de Dios. –Peter estaba fuera de sí, casi sentía que ella podía oírle y acudir corriendo de inmediato–. ¡Oh, que alguien se dé prisa! ¡Daos prisa todos! ¡Papá ha muerto! ¡Papá ha muerto!

Dio tumbos por la habitación, se detuvo para mirar la pared, reflexionó casi distraído, y de repente descargó un tremendo puñetazo contra el yeso, se miró la mano magullada y dolorida con loca satisfacción. Luego se calmó de pronto, se sentó en una silla en el otro extremo de la sala, contempló al anciano muerto y empezó a pensar en lo que debía hacer a continuación.

–¿Qué hago ahora? –preguntó a su padre con creciente torpeza.

Se quedó mirándole la cara, aquella máscara pálida y abatida, aquella pobre cara que pronto estaría boquiabierta en la oscuridad, que no tardaría en derramar los jugos de la tumba, que contemplaría la negra arcilla, el silencio y la noche de la descomposición. Contempló los párpados caídos en su último voto de oración aquiescente, su sueño sombrío, aquel dolor devoto, su religiosidad interior, su ternura humana y su secreta sabiduría final. No podía creerlo. ¿Qué había matado a su padre, por Dios santo? No lo había hecho él mismo, ¡no era cierto que lo hubiese hecho él mismo! Mil veces parecía que lo había hecho él mismo, pero no era así. ¿Quién podría decir que lo había hecho él mismo? ¿Cómo iba a saber que no lo había hecho él mismo?

¿Y él? ¿Por qué estaba allí a solas con su padre muerto, qué había sucedido? ¿Dónde estaban la dulce Ruth, el viajero Joe, la pobre y sarcástica Liz, el oscuro Francis, la gran Rosey, el pequeño Mickey y el extraviado Charley? ¿Dónde estaba su triste y silenciosa madre? ¿Dónde estaba la casa de Galloway? ¿Y qué era lo que había matado a su padre? ¿Por qué estaba allí sentado en su silla con los labios caídos haciendo pucheros como si sufriera a causa de un horrible conocimiento, de la desesperanza?

¿Por qué yacía ahogado ahora en el extraño océano de Brooklyn, lejos del verde hogar de su juventud? ¿Qué le había sucedido en estos cincuenta y siete años de vida entre el revuelo y la dispersión de las pérdidas, entre las penas y dolores imposibles de este pobre mundo exasperado? Había vivido entre desencantos atormentados y afanes de amor, entre salvajes necesidades y misterios, entre guerras en las que habían enloquecido los hijos de la tierra... y todo para qué, para qué...

Había muerto de las cosas de las que Peter sabía que moriría... Allí estaba su padre, aquella flor rara que había venido a vivir y proteger y trabajar y morir y desaparecer... sin dejar nada ya, ningún sello ni impronta de su cuidado en ninguna parte, ningún monumento a su mansa figura, ninguna placa que conmemorase los actos tan insensatos y desdichados de su devoción. Allí estaba su padre, abatido y muerto en medio de la crudeza de un mundo catastrófico, muerto entre el polvo y la furia, muerto también a su manera, a su manera sufrida y sincera, a su manera dulce y sublime, a su manera grandiosa, con sus ojos avergonzados y tímidos, sus modestas costumbres, su corazón fuerte, sus manos poderosas, aquellas manos auténticas aún manchadas de tinta, aquellas piernas robustas, aquel cuello curvilíneo y aquella mandíbula huesuda, y el amor de los demás hombres y de los niños, y el extraño amor voraz de las mujeres solícitas y encantadoras: su admirable vida había terminado, su alma estaba consumada...

Peter fue a un quiosco y telefoneó a su madre desde allí a la fábrica de zapatos, y a Mickey al instituto, y luego regresó a la casa y se sentó a contemplar a su padre por última vez.

–En un minuto, en un minuto –repetía ansiosamente–, en un minuto estará todo bien.

## 4

Varios días más tarde de la muerte de George Martin en Brooklyn, al otro lado del globo, en Okinawa, dos hombres manejaban una excavadora para retirar un montón de escombros en los límites de un campo de aviación cuando advirtieron el cuerpo oscuro, retorcido y polvoriento de un soldado entre la roca y la arena. Apagaron el motor, uno de los hombres se secó la frente, bajó de un salto y se dirigió a la pila de escombros, el otro bajó también, se apoyó en la gran máquina y encendió un cigarrillo con nerviosismo.

–¿Qué te ha pasado a ti? –preguntó el primer hombre con voz fuerte y brusca. Apartó de una patada unas cuantas piedras del montón y apoyó el codo en una rodilla para examinar el cadáver.

–¿Qué pone en la chapa? –preguntó nervioso el otro hombre–. ¿Tiene una chapa, Thompson?

Thompson no dijo nada, permaneció meditabundo junto al montón de escombros, como si pensara en otra cosa.

–¿No tiene chapa, Thompson?

–Ah, está de espaldas, no quiero moverlo.

–Bueno, ¿por qué no miras si lleva una cartera en el bolsillo de atrás?

Thompson sacó una cartera del pantalón que colgaba fláccido y empezó a mirarla despacio.

–¿Qué hay adentro?

Thompson guardó silencio contemplando algo que tenía en la mano, mientras el otro hombre lo observaba con ansiedad. La oscuridad de la tarde se hacía más profunda, el aire polvoriento se colmó de algo frío, un perro ladró a lo lejos.

–¿Qué dice, muchacho?

Thompson tanteó lentamente la cartera con una grave curiosidad escrutadora y hosca.

–¿Has encontrado su nombre?

Thompson se enjugó la frente y no dijo nada a conciencia.

–¿Has encontrado su nombre?

Thompson perdió los estribos, se volvió, levantó el carné ante la cara del otro hombre y gritó con voz irascible:

–¡Charles Martin! Charles G. Martin! Galloway, Massachusetts. Nacido el 16 de junio de 1926. ¿Estás contento?

–¿Ese era su nombre: Charley Martin? –preguntó el soldado que estaba sentado y se quedó pensando en el nombre por un momento–. Creo que no lo conocía.

–¿Creías que lo conocías, imbécil? ¿Te crees que eres el único aquí, tú y tus primos de Luisiana?

–Bueno, podría haberlo conocido, ¿no? ¿Por qué bromeas así con el tipo que tienes delante?

–No bromeo. Lo único que sabes hacer es estar ahí como un pasmarote y hacer preguntas estúpidas.

–Dios, no soporto a los muertos, eso es todo.

–Deberías haber estado por aquí hace tres meses, eso es todo.

Hubo un silencio, un silencio grave y hosco...

–¿Qué es lo que miras ahora?

–Una carta, una carta. Y si crees que voy a leer la carta de este tipo, estás loco. Es su carta, ¿no? ¿Por qué haces tantas preguntas estúpidas?

–No te he dicho que leas la carta, solo quiero saber qué pone en ella –gimió el otro hombre.

–Dice Soldado Charles G. Martin, APO San Francisco, eso es todo lo que dice, y viene de un tipo llamado George Martin, eso es todo. George Martin de 255 State Street, Brooklyn, U. S. A.

–¿No dijiste que era de Massachusetts?

–Sí, era de Massachusetts, pero tiene aquí una carta de Brooklyn, de un tipo que conoce, quizá su hermano o su padre o un primo o alguien –Thompson hablaba ahora con suave cansancio vencido–; alguien con el mismo nombre, que vive en Brooklyn, ¿ves?

–Pues bien, eso es todo lo que quería saber, muchacho.

Thompson se acercó, se sentó, encendió un cigarrillo y se quedó mirando la brasa en un silencio malhumorado. Se quedaron allí sentados mirando a su alrededor y preguntándose por aquel muchacho muerto llamado Charley Martin, aquella polvorienta silueta a la que acababan de desenterrar.

## 5

Enterraron a George Martin en New Hampshire, en una extensa ladera cubierta de hierba al pie de una colina, en medio de la campiña agrícola de los alrededores de Lacoshua. Era un pequeño cementerio de más de cien años de antigüedad, con viejas piedras inclinadas tristemente entre la hierba ondulante, otras caídas y semienterradas en la arcilla, los restos de viejas coronas de flores mezclados con piñas de pino, flores silvestres y un muro de piedra que se había convertido en una enredadera entre los matorrales salvajes de la tierra. Una gran arboleda de viejos pinos rodeaba el cementerio y se inclinaba sobre él en tres de sus costados. Desde el camino de tierra, al pie de la ladera, serpenteaba un viejo camino de carretas por el que había desfilado el funeral del pequeño Julian Martin dos décadas atrás y, antes de aquel, el funeral de Jack Martin, el mismísimo padre de George Martin, casi cincuenta irrecuperables años atrás.

En aquella colina, a lo lejos, se veían las tierras brumosas y los campos de labranza y los pinares de la vieja tierra de New Hampshire de donde los Martin de hacía dos siglos se habían alzado en secreto, ocultos e ignotos, desconocidos y furiosos, para vivir y trabajar y morir frente la presencia melancólica de sí mismos y de la tierra, en la atmósfera oscura de su propio sueño taciturno. Muchos de ellos estaban enterrados allí, abuelos, abuelas, ignotos progenitores perdidos, niños olvidados, tías oscuras, tíos, primos, hermanos y hermanas antiguos y parientes sin origen, parientes de otras familias.

El viejo había pedido que lo enterraran en este lugar y su mujer accedió como si hubiera sabido desde el principio que él tenía ese anhelo en su corazón.

Peter se quedó asombrado. Sabía que su padre nunca habría consentido en ser enterrado en Nueva York entre los innumerables muertos desconocidos de la mayor ciudad del mundo. Le asombró más bien porque su padre nunca se lo había mencionado y porque, entre sus padres, este pacto secreto e inconfesable existía desde hacía mucho, era más antiguo y profundo que su mera existencia de hijo. Y cuando Joe se enteró, y Mickey, y las hermanas, Ruth y Rosey, se quedaron atónitos al darse cuenta de que existía una regla inexorable en el enorme y oscuro ámbito de las cosas. Pero Liz se preguntó qué importaba dónde te enterraran. Y Francis, al recibir un telegrama que le notificaba la muerte de su padre y el funeral en Lacoshua, le comentó a Anne:

–Evidentemente quería que lo enterraran entre sus parientes. Un poco patético, ¿no te parece?

La madre de los Martin hizo gestiones en Brooklyn para que enviaran el cuerpo de su marido a una funeraria de Lacoshua regentada por un hombre que había conocido a Martin en su juventud y que conocía el viejo cementerio situado a diez kilómetros de la ciudad. Ahora comprendía por qué su marido se había empeñado tanto en que enterraran allí a su hijito Julian, gemelo de Francis, entre varias generaciones de Martin, como si hubiera intuido que él mismo, muchos años después, sería enterrado allí antes que ningún otro miembro de la familia. Se alegró de que lo enterraran cerca del pequeño ángel oscuro de la familia, el vestigio de eternidad en sus almas, «para que lo cuidara». Los de la funeraria de Brooklyn llevaron el cuerpo directamente a Lacoshua en un coche fúnebre la noche siguiente a su muerte, después de que yaciera una noche en una solitaria funeraria de una oscura calle de Brooklyn iluminado por el neón, sin nadie que lo contemplara excepto su mujer y sus hijos y algunos extraños que entraron por error. Cuando su familia se marchó pasada la medianoche, la única luz quedó brillando junto a su féretro y el callejón nocturno exterior rumió y masculló un mal amanecer. El sábado por la tarde el coche fúnebre salió de Brooklyn y se lo llevó al Norte, a Nueva Inglaterra. Esa misma noche la madre, Joe, Patricia Franklin Martin, ahora esposa de Joe, y Mickey y Peter viajaron hasta allí en un coche que Joe había comprado unas semanas antes.

Entonces comenzaron las lúgubres odiseas para el funeral. Ruthey y su marido Luke Marlowe, de vuelta de la guerra, viajaron desde Tennessee y llegaron el domingo por la mañana solo unas horas después de la partida de la madre. Rose voló con su marido y su hijo desde el lejano Oeste, desde Seattle, y llegó al mismo tiempo. Liz acudió con Buddy Fredericks en tren y llegó el domingo por la tarde. Francis, el último de los Martin en aparecer, llegó el domingo por la tarde, solo.

En Lacoshua, se veló el cadáver en una gran casa de madera blanca de nobles proporciones, convertida ahora en funeraria, un pulcro y caro pabellón con contraventanas verdes, situado en lo alto de un gran prado, bajo árboles añosos, lejos de una calle tranquila. La mujer del difunto y algunos de sus hijos se alegraron de que descansara allí, aunque solo fuera por una noche, en el tipo de casa en la que a menudo había soñado vivir cuando era más joven y aún se planteaba cumplir sus deseos.

Cuántas veces le habían oído, en sus paseos dominicales por la campiña de Nueva Inglaterra en los viejos tiempos: «¡Caramba!, mirad esa hermosa casa antigua que hay detrás de los árboles. Imagínate lo tranquilo y digno que sería pasar allí el resto de tus días. A veces me pregunto por qué me rompo la cabeza trabajando y gastando dinero cuando podría comprarme una casa como esa en pocos años y vivir en ella tan dulce y apaciblemente...».

La madre y los hijos habían llegado a las diez. Era un hermoso día de mayo, una mañana de domingo en la pequeña ciudad, fresca a causa del olor de la nueva vegetación, se oía débilmente el sonido de las campanas de la iglesia en el aire lejano de la campiña de New Hampshire. La madre sacudió tristemente la cabeza mientras estaba de pie en el césped de la gran casa.

–Oh, Joey, tu padre deseó mucho un día como este toda la primavera, perdió mucha fuerza y pasó tanto frío en nuestra casa... Ojalá pudiese ver esto ahora.

–Bueno –dijo Joe gravemente–, él está aquí de algún modo... Aquí es donde quería que lo enterráramos.

–New Hampshire, New Hampshire –suspiró Marguerite Martin, contemplando la hermosa mañana, los árboles y los campos lejanos–. Lo que más deseaba era volver aquí. Odiaba tanto Nueva York. Joey, aquí es donde nacimos y crecimos tu padre y yo, aquí es donde nos casamos. Cuando llegamos a la ciudad, en la calle Millis, esa era la pequeña iglesia donde nos casamos. Y él deseaba tanto regresar, para terminar sus días aquí. Joey, nunca sabrás lo infeliz que era allí...

–Lo sé, lo sé.

El viejo estaba tendido en su ataúd entre canastos de flores. Parecía un joven santo, puro y devotamente dormido en contemplación, silencioso, virtuoso ante la muerte, satisfecho en su almohada de satén. Joe y Peter estuvieron de acuerdo en que no se parecía a él para nada. No había tristeza ni ninguna ansiosa intensidad hostigadora en aquel rostro mullido y empolvado, pero la madre, sentimental en su dolor, se sintió conmovida, atónita incluso ante la transformación que el embalsamador había llevado a cabo en su moratoria de Brooklyn y susurró apenada al borde de su féretro:

–¡Bueno, ahora tiene exactamente el mismo aspecto que tenía cuando me casé con él! Mira qué joven y guapo lo han dejado, ¿no es maravilloso? Tal como era. Ya lo ves, así era cuando era joven. Pobre George, pobre George –susurró suplicante.

Peter, Joe y Mickey, mortificados por una tristeza aplastante, se agruparon en torno a su madre. Ella prefirió quedarse allí contemplando su rostro juvenil, meneando la cabeza con lento asombro y recogimiento, y ellos se retiraron y la dejaron allí sola.

Los chicos se entusiasmaron cuando llegó Ruth con su marido, al que nunca habían visto. Pocos minutos después llegó

Rosey con su bebé en brazos y su marido de Seattle, bajito, rechoncho y robusto, con el ceño gravemente fruncido. Era dulcemente consolador ver a esos dos hombres, esos desconocidos que se habían casado con sus hermanas, lamentándose por un viejo al que en realidad nunca habían conocido. El marido de Ruth, Luke, había visto a George Martin una vez, pero ambos habían recibido tumultuosas cartas suyas. Verlos, graves e incómodos y tiernamente discretos, arqueando los cuellos tostados, moviéndose con la rígida y torpe solicitud de los hombres fuertes en las reuniones solemnes, llegando a través de una larga y fatigosa noche de viaje con el aire sombrío de la determinación y la condolencia, resultaba consolador. Los hermanos Martin estrecharon sus manos agradecidos y fumaron con ellos en el porche.

Luke Marlowe era un hombre robusto de Tennessee de voz pausada y aspecto de cazador y leñador. Hablaba muy poco, sonreía mucho, era extremadamente educado, considerado, enorme, con un profundo conocimiento instintivo y amable como un pájaro. Sin embargo, les maravillaba la enorme protuberancia de sus hombros y ese algo fuerte y poderoso de la pesada caída de sus manos bajo las limpias muñequeras de su camisa blanca.

El marido de Big Rosey, que se llamaba Tony Hall, parecía a primera vista todo lo contrario de Marlowe. Caminaba con ligereza, giraba con rápida atención cada vez que alguien le hablaba, volvía la cabeza convulsivamente hacia un lado en una rápida y decisiva reflexión, contestaba con cierta cursilería... y, sin embargo, vieron que él también hablaba muy poco, que su atención y consideración eran profundas, que era perspicaz, sensible, nervioso en su educada aprensión y que, como Marlowe, estaba lleno de fuerza, en su caso una fuerza rabiosa que parecía tensarse y palpitar en el empuje de su cuello y en la rápida acción de sus nudosas manos. Él, Rosey y el bebé iban a irse a vivir a Alaska en el plazo de un año. El joven Hall tenía ideas y músculos vigorosos adecuados para aquel país agreste y virgen.

La dulce Ruthey parecía más pequeña que nunca ahora que estaba embarazada de pocos meses. La gran y poderosa Rosey ya había empezado a parecer la joven madre de un sinfín de hijos, con sus mejillas sonrojadas, sus ojos oscuros y ardientes, sus grandes antebrazos y su hablar autoritario.

–¿Alguno de vosotros ha comido? –preguntó casi enfadada.

Nadie había comido, de modo que fue ella misma de inmediato a buscar comida para preparar un almuerzo para todos.

–¡Y Petey! –exclamó Ruth, abrazando a su hermano con alegría–. ¡Hacía tanto tiempo que no te veía! ¿Qué te había dicho de Luke?

–Me alegro por ti –exclamó Peter con inesperado entusiasmo, apartando la mirada con tristeza–. Es el tipo de hombre con el que debías casarte.

–¡Y eso he hecho! –exclamó ella con regocijo–. El mes que viene vamos a comprar una casa en Tennessee y nos instalaremos allí. ¿Y Liz? ¿Crees que vendrá? ¿O crees que no?

–No sé, no sé.

Todos estaban de pie ante el féretro del padre muerto, frente a la madre arrodillada susurrando suavemente sobre las cuentas de su rosario. Todos aquellos jóvenes, enrojecidos y excitados por la vida, rebosantes de mil cosas por decirse unos a otros, veían, en aquel silencio y a la luz de las velas, cómo iban a terminar todos sus esfuerzos, goces y anhelos. Sin embargo, la quietud que se apoderaba de sus corazones no era convincente. Sí, la muerte había tenido lugar, pero de algún modo no les sucedería a ellos. Era su propio padre el que estaba muerto y su madre la que estaba inclinada, quejumbrosa y rezando rosarios, pero de algún modo ellos serían padres y madres que no acabarían nunca, que no morirían jamás, que no se inclinarían ni rezarían nunca tras una triste y dulce consumación entre las flores, como la que estaban viendo allí. Pero cuando pensaban «Este es mi padre, este es el hombre al que llamaban George Martin, este es el George al que mi madre llamaba en casa, este es aquel hombre tan triste y excitable y lleno de risas y disputas, tan cerca aún, tan vivo, aún puedo verle, puedo oírle, ¿dónde está? ¿dónde está? ¡ESTO ES PAPÁ!», cuando lo comprendieron, se miraron los unos a los otros y supieron que todos morirían también.

Ruthey estaba casi enfadada porque el embalsamador había maquillado a su padre de una forma demasiado estética.

–Por el amor de Dios, ¡no parece él! Quería verlo, creía que iba a volver a ver la cara de mi padre, me he pasado la noche pensando en ello. Me había dicho a mí misma: «Bueno, papá está muerto, pero, por Dios, voy a verlo por última vez». ¡Y mira lo que le han hecho! ¿Alguna vez se ha visto algo más ridículo?

Pero en aquel mismo momento, la madre de los Martin les contaba a sus dos nuevos yernos lo maravillosamente que estaba su marido, exactamente igual que cuando se casaron, hacía ya mucho tiempo. Ellos la escuchaban con demacrada simpatía y repentino afecto.

Por la tarde empezaron a llegar los parientes. La madre había telefoneado el día anterior desde Nueva York al periódico de Galloway, donde se publicó una pequeña esquela en las necrológicas dominicales. Pero en Lacoshua todo el mundo sabía que George Martin había muerto, casi todo el mundo sabía quién era, y muchos de ellos lo habían conocido en persona tiempo atrás. Y ahora, para asombro de los jóvenes Martin, y mientras la madre observaba con su sagaz y antigua sabiduría, comenzaron a llegar a la funeraria huestes enteras de parientes aún por descubrir. Los niños conocían al tío Harry Martin y a las tías Martha y Louisa –los habían mecido en las rodillas muchas veces– y conocían a unos cuantos primos, pero no conocían a los extraños que entraban trotando en la vieja casa sonriéndoles tristemente.

–¿No conocéis a vuestro propio primo? –exclamaba la madre alegremente–. Este es un hijo del hermano de vuestro abuelo Jack, William, y estos son sus hijos. No os acordáis, no los conocéis a todos, pero yo sí los conozco. ¡Oh, qué alegría volver a verte, Arthur! –dijo abrazando al hombre y besando a sus hijos, pequeños y mayores, y los jóvenes Martin se quedaron asombrados.

Llegaron parientes desconocidos en viejos coches manchados de barro del campo, con sus tropas de niños, sus jóvenes madres, sus ancianos sabios y melancólicos, sus jóvenes oscuros, todos vestidos con sus mejores galas de domingo, y desfilaron ante el féretro de George Martin con porte grave y respetuoso. Venían de todo New Hampshire, todos sabían que George Martin había muerto.

–Nunca olvidaré aquella discusión que tuve con George hace casi cuarenta años, ¿te acuerdas, Marge? –exclamó un hombre muy mayor, cogiendo la mano de la madre y mirándola con cariño–. ¿Te acuerdas de aquella noche? Estábamos todos bebiendo cerveza en el patio de mi casa, creo que era el cuatro de julio, era verano de todos modos, y hablábamos de política, o mejor dicho empezamos hablando de política, pero terminamos gritando sobre política, y toda la ciudad estaba detrás de la valla, escuchándonos...

–Recuerdo aquella noche. Yo era una niña pequeña. George tenía dieciocho años y siempre andaba discutiendo con hombres mayores para demostrar que era el gallo del corral. Nosotras solíamos escucharle y reírnos, ¡mis primitas y yo! –dijo riéndose con ganas–. ¡Menudo fanfarrón era en aquellos tiempos!

–Ya lo creo. ¡Siempre discutía con su viejo tío Ray! –dijo el viejo Ray abrazando a la madre de los Martin casi con un grito en la solemne casa y haciéndole darse la vuelta–. Margie, ¿sabes que no has cambiado nada? Vaya, te reconocería en cualquier parte. ¿Y quién es este? ¿Cuál de los hijos es? ¿Mickey? ¿El más joven? Mira, Mickey muchacho, yo conocí a tu dulce madre cuando era así de alta y quiero que sepas que ¡era la niña más maravillosa que jamás haya existido! Míralo. ¿Qué te pasa? ¿Te ha comido la lengua el gato? ¿Y quién es ese chico alto de ahí? ¿Es el Joe Martin del que tanto he oído hablar? Ven aquí, Joe, ¿no te acuerdas a tu tío Ray?

Joe le había visto una vez, le había zarandeado en sus rodillas a la edad de dos años en una noche olvidada, en la cocina de una granja con un gran círculo de caras risueñas que rodeaba su asombro infantil.

–Pues ha crecido, ¿no? Ya lo creo que ha crecido. Vaya que sí.

En la mente de los jóvenes Martin rondaban débiles destellos de recuerdo y reconocimiento mientras los parientes se iban sumando, rostros recordados de algún rincón de la niñez, muchos cambiados y envejecidos pero aún inquietantemente familiares, rostros que les recordaban el melancólico bosque de pinos y la noche de New Hampshire de antaño, cuando el joven George Martin y su joven esposa visitaban con gran orgullo a los innumerables parientes para presentarles a sus hijos.

–¿Quién es el jugador de fútbol universitario? ¿Cómo se llamaba? ¿Charley?

–No, Pete. Es el que está en el porche.

–Así que es él, así que ese es el tipo del que he leído en los periódicos. ¡Oye! Se parece a mi sobrino Barney Martin. Ya conoces a Barney, ¿has visto alguna vez al joven Barney? No está aquí hoy, está en Maine ahora, cultiva patatas allí con su joven esposa Althea. ¿Conoces a Althea Smalley?

–Bueno, si no me equivoco, creo que sí –dijo la madre pensativa–. Era hija de Emma Martin, ¿no es así?, que se casó por segunda vez después de la muerte de su marido, con un tal Jim Smalley... de Welford, ¿no es así?

–¡Así es! ¡Así es! Margie, los conoces a todos, ¿verdad? ¡Ja! ¡Ja! ¡Ja! esa es, la hija de Emma Martin...

–No tienen ningún parentesco con tu familia –añadió la mujer con satisfacción.

–¡Eso es! ¡Ningún parentesco! Vaya, yo diría que los conoces a todos.

Y luego, para sumarse a los innumerables Martins y parientes de los Martins por matrimonio, llegaron los Courbets, la familia de la madre. También eran muchos. Nadie podía llevar la cuenta de todas las familias y líneas representadas, de todos los allegados y generaciones que se extendían y entretejían en ese algo que engendraba misterios en la tierra, nadie salvo la madre de los Martin con su inmortal conocimiento de estas cosas.

Y entonces llegaron los amigos de George Martin en tropel desde Galloway, Massachusetts, cincuenta kilómetros al sur; y de los alrededores de Lacoshua, hombres que lo habían conocido de niño y habían ido a nadar con él, que habían trabajado con él en los aserraderos, que habían conocido bien a su padre, hombres que habían frecuentado las barberías de Lacoshua con él, que habían competido con él por el afecto de las chicas del pueblo en las lejanas noches de verano. La madre recordaba a la mayoría de ellos, los hijos nunca los habían visto y, sin embargo, parecía que los conocían bien. Era profundamente conmovedor, misterioso y alegre ver a su padre honrado y recordado por la intensidad de aquellos hombres modestos y apenados.

–Ahí está –dijo un hombre en voz baja, sujetándose el sombrero contra el pecho.

–Sí. Ese es Georgie, el viejo Georgie –susurró otro hombre, y estos dos viejos compañeros se volvieron lentamente, hablaron un rato con la viuda, sonrieron a los niños, permanecieron de pie, torpes y graves, en el salón que titilaba con las velas durante unos minutos, y luego se marcharon, caminando juntos de vuelta al soleado pueblo.

La gran multitud de amigos de Galloway fue una alegría y un consuelo que les conmovió. El viejo Joe Cartier llegó con toda su familia, una alegre tropa estridente que había animado muchas fiestas en la vieja casa de los Martin durante los días festivos. Verlos entrar, uno tras otro, con sus miradas serias y atribuladas de dolor y pesar, comprobar su verdadera tristeza, su turbación, su pérdida, era un espectáculo que enternecía el ánimo. El viejo Cartier no había cambiado nada, seguía siendo el hombre robusto y corpulento que había sido el compinche de toda la vida de Martin, seguía siendo el anciano colorado, macizo y de pelo blanco con esa poderosa mirada abotargada de determinación inquebrantable, seguía siendo leal, inconmovible en sus sentimientos.

Se quedó de pie ante el féretro mirando a Martin. Cogió a la madre de los Martin de la mano, sacudió la cabeza y se limitó a decir:

–¡George, George, pobre muchacho!

Luego se dio la vuelta con la angustiosa sensación de haber cometido un error imposible.

Martin había muerto y ellos se acercaban, se detenían y pasaban frente al ataúd, recordándolo «como si fuera ayer», recordando el enorme afán de aquella alma que se había alejado de la pulverizada carcasa de carne que yacía allí. La muerte parecía algo imposible, sobre todo para aquellos viejos amigos que no lo habían visto en los últimos años oscuros lejos de Galloway.

Allí estaba el joven Edmund, que había trabajado durante

tanto tiempo en la imprenta de Martin, y el viejo Berlot, el barbero, que llegó con aspecto mortecino en su desalentada vejez, y el joven Bill Mulligan y su mujer, que nunca habían visto a Martin sin una copa y un puro en la mano. Y había muchos otros amigos que en otro tiempo habían formado parte de un grupo informal de fiestas caseras de Galloway, gente que había conocido a Martin en sus momentos más salvajes y maravillosamente afables. Y por último estaba Jimmy Bannon, el editor espástico, balanceándose de forma grotesca frente el ataúd, arqueando su torturado cuello, esforzándose con horrible dificultad por mantener la mirada fija en aquel hombre al que había conocido y con el que había trabajado. Siempre había tenido tan buen concepto de «Joth, ¡el gran Joth!», se esforzó por explicar a la señora Martin.

El día fue avanzando hacia el atardecer, los Martin estaban agotados y hambrientos, habían ido y venido muchas visitas, habían recibido muchas sentidas condolencias, se había reavivado el dolor una y otra vez cuando veían el rostro de su padre en la almohada de satén. Y todos sabían lo inhumano que era mantener a su padre muerto expuesto tanto tiempo. Estaba muerto, se había ido, odiaban el brillo encerado de su carne abandonada, deseaban que lo enterraran y lo recordaran como era en realidad.

–Cuando papá murió en Brooklyn –le dijo Peter a Joe mientras fumaban sentados en la barandilla del porche–, debería haber salido a cavar un hoyo... o algo así. Eso es lo que siento. Pero, Dios, ¿alguna vez habías visto tanta gente en toda tu vida?

–Le haría mucho bien.

–Se alegraría si lo supiera. Se reiría si lo supiera.

–Seguro que sí.

Finalmente, la tía Martha cogió a la acosada madre del brazo, la sacó al porche y le dijo:

–Escúchame bien, Margie. No puedes negarte. Tengo una gran cena esperándoos a todos en la granja. Es lo que he estado haciendo toda la tarde y he conseguido el mejor pavo que vayáis a comer nunca. Louisa y John os están esperando, y el tío Ray, Arthur y todos los demás. Vamos todos a comer y a divertirnos durante unas horas, así que coge tus cosas y no digas que no.

–Oh –suspiró la viuda, mirando a la hermana de su marido con un aire de cansancio y cómica derrota–, no me puedo negar. Ya no sé si voy o vengo. Pero, Martha... ¿habías visto tanta gente en toda tu vida? –añadió con fervor–. Nunca pensé que sería así... Han venido todos.

–Claro que sí. Mi hermano siempre fue popular. Le caía bien a todo el mundo. Veo que también tenía muchos amigos en Galloway.

–Pero, Martha... estaba tan solo en Nueva York, no conocía a nadie allí, solía sentarse durante horas y hablar de los viejos tiempos y deseaba poder volver. Era muy infeliz.

–Bueno –dijo la severa y juiciosa tía–, debería haberse quedado en casa.

Todos subieron a los coches y se dirigieron a la vieja granja de los Martin, a once kilómetros de distancia, a través de los campos y los bosques al atardecer. Luke Marlowe, Tony Hall y Joe conducían los tres abarrotados coches por los caminos de tierra.

Poco después de partir, cuando algunas ancianas vestidas como cuervos que siempre visitaban las funerarias revoloteaban alrededor del ataúd de George Martin, llegó Francis Martin.

Las tres ancianas le miraron con ojos penetrantes.

–Vaya –dijeron–. Ese debe ser uno de sus hijos, sí, ese de ahí es uno de sus hijos.

Y susurraron y se acercaron como ávidos buitres excitados.

–Sí –dijeron–, y es un joven agradable, ¿no? Oh, viste muy bien, tiene muy buen aspecto. Es una lástima, una verdadera lástima.

Francis salió a dar una vuelta a la manzana y, cuando regresó, preguntándose qué diablos hacía en aquel pueblecito de New Hampshire un domingo de mayo por la tarde, casi se alegró al ver que Liz y Buddy Fredericks habían llegado. En realidad, llevaban varias horas en la ciudad buscando una habitación para pasar la noche.

–¡Vaya, hacía siglos que no te veía! –exclamó Liz con asombro–. ¡Francis! Casi me había olvidado de ti. ¿Dónde has estado todos estos años? ¿Dónde está todo el mundo? –dijo abrazando a Francis con la asombrosa sensación de hacerlo por primera vez en su vida.

–No sé dónde está todo el mundo y tengo la vaga impresión de que todo esto no es más que una especie de sueño descabellado...

–¡Total! Salgamos de aquí y vayamos al hotel a divertirnos un rato, no soporto estar aquí. No quiero faltarle el respeto a papá, ¡pero esto se ha acabado!

Francis y Liz tuvieron que esperar un rato en el porche mientras el gran Buddy Fredericks, a quien siempre le había gustado el viejo Martin, entraba y presentaba sus silenciosos respetos al hombre que había sido como su padre hacía mucho tiempo, antes de que alguna otra cosa, como la pequeña Liz, se hubiera marchado del mundo. Ella regresaría a la costa para cantar; él se dirigiría a Nueva York y a su noches de jazz y *bebop*.

La vieja granja de los Martin la habían levantado el bisabuelo Joseph Martin y sus hijos. Jack Martin había sido uno de los últimos en marcharse a la pequeña ciudad y hacerse carpintero. La granja era ahora propiedad de las últimas hermanas de George Martin, Louisa y Martha, y se ocupaba de ella el marido de Martha, un hombre encorvado, rechoncho y silencioso como un roble llamado Will Goldtwaithe, que parecía vivir en un mundo aparte mientras su esposa y su cuñada se encargaban de sus numerosas ocupaciones familiares.

La granja estaba situada en lo más recóndito del bosque. Un pantano en la parte trasera separaba la casa y los graneros de una vía de ferrocarril. A un lado había diez acres de maizales, y a los otros dos un sólido muro de pinares tan oscuro y denso como un bosque de fábula en un viejo cuento de hadas. Los niños Martin, que habían pasado allí los veranos en el pasado mítico de la alegría infantil, recordaban bien aquellos bosques y la granja.

Hasta el viejo perro Laddy seguía vivo, deambulando lentamente, apagado y babeante por la edad. Los niños lo recordaban de cuando corría velozmente por el pantano tras los conejos vagabundos, cuando ladraba en las noches de luna a los coches que traqueteaban por el camino de tierra junto a las vías del tren, cuando recorría aquellas tierras como un príncipe aventurero de los perros. Ahora estaba sentado a los pies del viejo Goldtwaithe, cada vez más ciego.

Había mucha gente allí. Era una vasta tribu que representaba la vida que había nacido y surgido en aquella granja desde hacía generaciones, desde el más anciano de los veteranos, que lucía bigote poblado y aún recordaba al bisabuelo Joseph Martin, hasta el bebé que berreaba en brazos de su madre. La madre de los Martin parecía conocerlos a todos, rastrear cada una de sus fuentes, hasta el último rincón de la tierra y la oscuridad.

En el patio había hombres jóvenes con camisas blancas, todos primos, fumando en grupos, hablando de coches y trabajo. Dentro, las mujeres mayores preparaban la cena en la gran cocina y las más jóvenes se reunían en el salón con los bebés. Los ancianos se sentaban en el salón a fumar, discutían solemnemente y a veces soltaban sonoras carcajadas. Y los pequeños que ya eran lo bastante mayores corrían sueltos por toda la casa, por el patio y el bosque.

El sol se inclinaba y enrojecía, la hierba se refrescaba, el humo azotaba la chimenea de la granja. A Peter se le ocurrió, en el patio con los jóvenes, que algo, una fertilidad inexplicable, había surgido de la tierra para honrar la muerte de su padre. Miró a su alrededor y pensó: «¡Debería haberlo sabido!». Había una chica guapa, una joven prima suya, según le dieron a entender, que no dejaba de mirarle sonrojada y que solo tenía ojos para él. Eso también era algo de lo que nunca se había dado cuenta, algo repentino, inexplicable y fértil, se sentía asombrado y encantado y triste a la vez. Era como si hubiera estado fuera mucho tiempo, casi más del que podía recordar, alejado de estas cosas, de este lugar, de esta gente que eran los suyos.

Cuando sacaron los fragantes pavos del horno, se sentaron todos a comer. Luego, justo cuando el sol empezaba a ponerse, Joe y Peter salieron a hurtadillas para pescar un poco en el arroyo antes de que cayera la noche. Tomaron prestadas la caña, el carrete y las moscas de Luke Marlowe y se fueron en el coche.

Habían oído que Francis, Liz y Buddy Fredericks estaban en la ciudad, así que condujeron por las callejuelas de Lacoshua hasta que vieron a Francis comprando un paquete de cigarrillos en el quiosco de la esquina.

Joe tocó el claxon y gritó:

–¡Ven, chico, que nos vamos de pesca!

Francis subió al coche un poco sorprendido y se dirigieron al arroyo del bosque. Cuando llegaron allí, Joe sacó la caña y el carrete, se colocó en la orilla y empezó a lanzar con aire solitario y concentrado, mientras Peter se tumbaba en el suelo y Francis se quedó sentado en el estribo del coche un poco contrariado. El suave cielo rojo, melifluo de colores pastel, se fundía cálidamente en el remanso del arroyo, las siluetas de los pinos se oscurecían por todas partes, los insectos de verano revoloteaban en el aire silencioso, un perro ladraba a lo lejos, las voces murmuraban a través del silencio de los campos desde las granjas y Lacoshua. Y en todo el bosque, entre los matorrales y hojas y copas de los árboles, y en el cubierto suelo secreto de aquel bosque en el que resonaban los grillos, había algo oscuro y espléndido y suave... anochecía en mayo en la campiña.

–Me imagino que el viejo estaría aquí con nosotros si pudiera –sugirió Joe, mirando a sus hermanos y sonriendo–, no creo que le importe esta pesca.

–Sería el último en quedarse en ese ataúd –dijo Peter, mirando soñadoramente hacia los árboles–. Esto es genial. O al menos... –añadió volviéndose hacia Francis–, al menos muchísimo mejor que Central Park...

–Oh, ya lo creo... esto es lo auténtico –murmuró Francis, sonriendo.

–Os voy a contar una cosa –dijo Joe, inclinándose de nuevo con un gesto breve y comercial–. He llegado a un acuerdo para comprar la granja del viejo Bartlett, a las afueras de Galloway. Ya sabéis, la que está cerca de Shrewsboro. Es un viejo borracho y está tan harto de estar allí solo que me la va a dejar barata, con equipo y todo. Voy a construir un hogar para mamá y para mis hijos. Son cuarenta acres, podría plantar maíz, patatas, pienso, de todo.

–Se necesita dinero y ayuda para empezar una granja, ¿no? –observó Francis.

–Conseguiré un préstamo y yo mismo me encargaré del trabajo. Qué demonios, tengo dos manos, ¿o no?

–Pero no te has dedicado nunca a la agricultura.

–Aprendí un poco en la granja cuando éramos niños, y además puedo aprender, ¿no te parece? Mickey irá al instituto, pero puede ayudar.

–Si soportas la vida en el campo...

–Claro que la soporto –rió Joe de buen humor–. Dará a mis hijos mucho espacio para jugar. Que campen a sus anchas. Quiero vivir una buena vida y pasar buenos momentos. Después de ese maldito Brooklyn preferiría vivir en medio de la nada, hasta en Wyoming, y si alguna vez has visto Wyoming ya sabéis a lo que me refiero. ¡Ja! ¡Ja! ¡Ja!

–No he tenido ese placer –se rió Francis.

–¿Qué vas a hacer ahora, Francis? –preguntó Peter de repente.

–Oh –sonrió Francis–, ¿no te has enterado? Me voy a París.

–¿En serio?

–Sí. Me han admitido en la Sorbona.

–¿Y qué vas a hacer allí? –preguntó Peter con curiosidad.

–Nada, supongo. Tal vez me sirva de perspectiva.

–¿Perspectiva? ¿Qué quieres decir?

–Sobre este país, supongo. Todos los que van allí dicen lo mismo. Yo solo repito lo que oigo –dijo Francis esbozando una leve sonrisa–. Ya sabéis, una perspectiva diferente, una cultura diferente. En cualquier caso, será agradable aunque solo sea por el viaje. Y bien –dijo Francis, sonriendo y extendiendo la palma de la mano–, ¿qué vas a hacer tú ahora?

–¿Yo? –exclamó Peter, casi estupefacto ante tan amable e inesperada pregunta–. No lo sé. –Se quedó mirando a Francis como un tonto–. Ni la más remota idea, no he pensado en ello en absoluto.

Francis se limitó a asentir, como con decisión, y no dijo nada. Parecía divertido y a la vez sensiblemente satisfecho con la respuesta. Joe se alejó por el arroyo con su caña.

Un momento después le oyeron gritar mientras sacaba una presa, una lubina negra y brillante y que se retorcía luchando por su vida en un solitario chapoteo furioso en medio del silencio del crepúsculo. La llevó hasta donde estaban y la colgó sobre la orilla, en el agua, con el sedal, para mantenerla fresca, con el anzuelo desgarrando su boca muda.

Peter se sentó en la orilla, en profundo silencio, observando cómo el pez nadaba de un lado a otro con el tirón del sedal.

–Muy bien, Willie, tranquilo –rió Joe, mirando por encima del hombro de Peter–, será mejor que te relajes, veré si puedo pescar a tu hermano para que te haga compañía –dijo y volvió a lanzar el anzuelo, dándole un codazo entusiasta a Peter.

Peter no podía apartar los ojos del pez atrapado. Había pescado de niño, pero ahora, después de tantos años, y tal vez tras la tensión por la muerte de su padre, había algo que no podía entender, algo que le dolía, algo inexplicablemente perturbador en los sentimientos que le provocaba aquel pez y en el hecho de que un anzuelo le estuviera desgarrando la lúgubre boca. Observó sus ojos abiertos casi con terror. Inexplicablemente, recordó algo que había leído unos días antes, en el Nuevo Testamento, algo sobre Jesús y sus discípulos echando las redes en el mar.

–Esto es lo que nos pasa a todos, esto es lo que nos va a pasar a todos –pensaba Peter una y otra vez–. ¿Qué vamos a hacer, adónde vamos a ir, cuándo moriremos todos así?

Por un momento pensó que iba a echarse a llorar, que ya no iba a poder controlarse. Miró a Francis con dulzura. Francis se dio cuenta. Peter no tenía ni idea de por qué miraba así a Francis, se sentía avergonzado e infantil.

–Ven, mira esto –dijo finalmente Peter.

Francis se acercó y miró con una sonrisa, asintiendo con aprecio.

–Adelante y atrás, adelante y atrás, con un anzuelo en la boca.

–Así es –dijo Francis.

–Hace un minuto todo estaba bien... y ahora... Como las personas, ¿no te parece?

–¿Te refieres al pez? –gritó Joe desde la orilla–. Él no siente nada ni sabe nada, no es más que un pececito.

–De ahí, supongo, la expresión «pobre pececito» –dijo Francis.

–¿Has oído alguna vez esa expresión que usan en Nueva York, Francis? Me refiero sobre todo a los escritores del Village. Dicen «la sensibilidad nos salvará». La poca sensibilidad que tiene este pez no lo está salvando de momento, solo le hace saber que está condenado a un sufrimiento seguro.

–Te alteras demasiado. ¿Por qué te preocupas tanto?

–¿Dónde aprendiste a no preocuparte, tú más que nadie? ¿No recuerdas aquella vez que hablamos en el desván, todas las cosas que dijiste?

Francis se rió.

–¿Por qué te ríes? –preguntó Peter, mirándolo con dureza, casi palideciendo de repente, con una aterrorizada sensación de ira, resentimiento y muda soledad.

–Cielos, ¿por qué no habría de reírme?

Peter se sonrojó de vergüenza, se dio cuenta de que se estaba comportando como un idiota, de una manera nerviosa, estúpida y sin embargo «no había otra manera», seguía pensando, para él no había otra manera posible de estar en el mundo, era como si él mismo tuviera un anzuelo en la boca y se encontrara encadenado al misterio de su muda incomprensión.

Observó cómo pescaba Joe y se preguntó qué pensaría él, silencioso y absorto como estaba. Observó a Francis y el inescrutable halo de indiferencia que siempre parecía rodear su rostro pálido y estrecho.

–Y por ese motivo –suspiró Peter– pescamos un pez, lo metemos en una cesta, donde no hay agua y se asfixia y muere, solo, mientras nosotros conducimos bajo la brisa fresca de New Hampshire. Tenía el agua de este arroyo y el sol de la tarde... y ahora vamos a meterlo en el maletero del coche y a dejarlo morir. Ahí está.

–¿Qué demonios quieres que haga –gritó Joe–, tirarlo de vuelta?

Joe estaba irritado e impaciente con todo el asunto, por idiota que fuera aquella pequeña excursión de pesca, él solo la quería disfrutar. Pero Peter, agitado por aquella idea, como idiotizado ante sus hermanos, persistió con un extraño nerviosismo distante, obteniendo por momentos la satisfacción de un regodeo vergonzoso, pero también enfurecido, porque no era eso lo que quería en absoluto.

–Está todo bien, solo se está inmiscuyendo en el plan de Dios –bromeó Francis casi amablemente.

–No soy Dios, se supone que no debo entrometerme –exclamó Peter, mirándolo con preocupación–, y aunque pudiera, aunque tuviera, digamos, el poder de obrar milagros, no podría aliviar el sufrimiento sin romper el plan de Dios en todo momento.

–Ahí está, supuestamente, la gracia.

–¡Ah! ¡Qué fácil es decirlo! ¿Qué se supone que debemos hacer en un mundo de sufrimiento... sufrir? Eso no basta para saciar el gran sentimiento que tenemos de quererlo todo y de que todo nos guste. ¿Cómo podemos ser justos en una situación así de injusta?

–¿Por qué insistes tanto? –volvió a bromear Francis, ahora con cierto tono sombrío.

–Soportamos todos nuestros problemas y dolores porque creemos en... en la fortaleza.

–Hablas como una telenovela, querido. Deberías decir «serena desesperación».

–... y tenemos que creer en la fortaleza –siguió Peter, ignorándole–, por supuesto que tenemos que hacerlo, pero no concedemos esa fortaleza a otras criaturas como este pez de aquí –dijo señalándolo, vacilante.

–Qué extraño –suspiró Francis con repentina curiosidad. De pronto se le ocurrió que su hermano Peter estaba loco.

Peter pareció percibirlo. Señaló con el dedo, casi acusadoramente, pero con una sonrisa:

–Jesús advirtió contra el pecado de acusar a cualquier hombre de locura, Francis, ¡hasta llegó a decir que ningún hombre estaba loco!

–¿Y bien?

–Por el amor de Dios, no te quedes ahí mirándome con esa cara –gritó Peter, saltando–. Deja de pensar que estoy loco. ¿No sabías acaso que Jesús se enfadaba cada vez que le llevaban a un loco? Él sabía siempre quién era el responsable, sabía lo que era la locura mejor que nadie. Le dijo a una mujer que trajo a su hija loca: «No está bien quitarles el pan a los hijos y echarlo a los perros».[1] ¿Qué te parece eso? Eso es todo lo que dijo. En otra ocasión, cuando sus discípulos se quejaron de que no podían curar a cierto loco, dijo: «Oh, generación incrédula y perversa... Es por vuestra poca fe».[2] Fue la poca fe la que creó y agravó la locura del loco. La fe que mueve montañas no reconocía la locura por ninguna parte, solo reconocía a las personas, a los responsables, como a esos padres molestos que a veces se ve en la calle dando una bofetada a sus hijos..., ¿no veis esas cosas?

–¿Por qué no paras de decir «no veis esas cosas»? –preguntó Francis con curiosidad e interés, pero ahora también con una seriedad genuina, casi angustiada.

–¿Y tú? ¿Por qué me lo preguntas? –gritó Peter, sonrojado.

–No tengo ni la menor idea –rió Francis, alzando la vista–. Pero eso del padre, por cierto, el padre que abofetea al niño, resultaría bastante agotador, ¿no te parece? Remontarse a la responsabilidad de la bofetada original que todo el mundo ha recibido. ¿No crees? –Francis sonreía ahora con diversión cosmopolita, furiosamente sonrojado también.

–¿Y por eso te rindes? –preguntó Peter con repentina y suave curiosidad.

–Oh, no. En absoluto. Verás –respondió Francis–, es que... realmente... la bofetada original ha desaparecido... por completo. No se puede saber quién la dio. Es todo agotador. Nadie sabe... no se puede culpar a nadie... ¿Dónde está ese primer padre enojado... o esa falta de fe... o lo que sea? En fin, ya ves... –Francis se inclinó hacia delante con la palma de la mano extendida.

1. Mateo 15:26. *(N. del T.)*
2. Marcos 9:14 y siguientes. *(N. del T.)*

Peter lo miró fijamente. Francis seguía inclinado hacia delante con su gesto. Joe, que había estado escuchando en silencio, se acercó, se sentó, encendió un cigarrillo y dijo:

–No sabía que leyeras la Biblia, Petey.

Miró a Peter con gravedad, con una seriedad asombrada y llena de amabilidad, incluso para Francis, que se dio cuenta.

Pasaron entonces a otras cosas, se pusieron a charlar cordialmente, disfrutando de su compañía con un tipo de entendimiento que nunca antes habían tenido entre ellos. Era como si Peter hubiera revelado su común circunstancia y sus diferencias al respecto, sus penas privadas y las de Francis, exponiéndose como un niño y agitando el drama de sus preocupaciones secretas y particulares, haciéndoles verse unos a otros con seriedad. Al fin y al cabo, aquello se parecía mucho a lo que había hecho su padre.

Por la mañana tuvo lugar el entierro. Allí estaban los Courbets, la familia de la madre, y los parientes de Martin. Los hijos de George Martin notaron por primera vez con peculiar claridad la tremenda distancia que había entre la familia de su padre y la de su madre. Los Courbets, el tío Joe y todos los demás, eran personas de pelo blanco, tranquilas, casi bellas, silenciosas, distantes y dignas. Al igual que su madre, nada parecía darles miedo, eran fuertes y decididos. En cuanto a los Martin, eran todos muy parecidos al muerto; lúgubres, tempestuosos, discutidores, sensibles, nerviosos, iracundos.

A las nueve se cerró el ataúd, y cuatro jóvenes solemnes y fuertes, Luke Marlowe, Tony Hall y dos de los primos Martin, izaron el féretro y lo llevaron al coche fúnebre bajo el brillante sol de la mañana. Los Martin, hasta el propio Francis contra todo pronóstico, lo contemplaron con un orgulloso e inexplicable sentimiento de gratitud, ya que como hijos del difunto no debían cargar el féretro. La visión de aquellos graves jóvenes desconocidos soportando el peso de su padre les pareció como una penitencia, en humildad, trabajo y honradez, algo parecido a todas esas cosas tan incuestionables como el propio honor de la humanidad. Ya no sentían pena por su padre –el funeral había cumplido su elegante función– pero aquel ritual, aquel último ritual, les parecía bueno y, de algún modo, verdadero.

La procesión se puso en marcha. Luke Marlowe condujo el primer coche con Joe y Patricia sentados delante, y la madre, Ruthey, Mickey y Peter en la parte de atrás. Los demás les siguieron en sus coches. Avanzaron por las calles de la pequeña Lacoshua siguiendo al engalanado coche fúnebre, y la gente del pueblo, que conocía el nombre del muerto, hizo una pausa en sus quehaceres del lunes por la mañana para mirar, y los hombres se quitaron los sombreros brevemente antes de seguir caminando. En algún lugar sonaba la campana de una iglesia, y en todas partes los habitantes de Lacoshua sabían que George Martin había muerto.

–Oh, Ruthey –dijo la madre, agarrando la mano de su hija–, ahora sé que he hecho lo correcto al traerlo de vuelta a casa. Estoy tan contenta. Mira allí... nuestra pequeña iglesia, donde nos casamos hace treinta años.

Se echó a llorar, por fin, en la intimidad del coche con sus hijos, al pasar frente a la vieja iglesia, sintió que toda su vida con aquel hombre le atenazaba el corazón y la memoria, miró el coche fúnebre de enfrente y pensó en él tendido allí, bajo las flores, y de su pecho brotó un gemido. Había sido una huérfana solitaria en el mundo y George Martin la había encontrado y se había casado con ella, y habían vivido toda una vida juntos, y ahora era viuda, madre de unos jóvenes graves y silenciosos que estaban a su lado. Pasaron por la iglesia bajo los árboles, y más tarde por la oscura casa en la que había nacido, y luego por los lugares en los que había jugado de niña, el lugar donde el circo se había detenido a su paso por la ciudad, con Toro Sentado y Búfalo Bill, hacía tanto tiempo, el parque en el que había visto a Martin por primera vez, los prados donde habían paseado bajo la solitaria luna, y al final el campo, el viejo cementerio bajo aquellos taciturnos pinos hirsutos, sobre las colinas, el lugar en el que yacería para siempre.

## 6

Una lluviosa noche del verano de aquel año, en una carretera, junto a las resplandecientes aguas de un río, en un lugar no muy alejado de las luces de cierta ciudad, entre colinas y riberas que parecían sombras, un gran camión rojo se detuvo en un cruce de un solo semáforo. Peter Martin, con su chaqueta de cuero negro y su vieja bolsa de lona en la que llevaba todo lo necesario para un largo viaje, bajó del camión.

–No te preocupes por mí –dijo, agitando la mano–. No llueve demasiado ¿Ves? No es más que llovizna, una pequeña llovizna. Estaré bien.

El conductor del camión, oculto en su elevada cabina, respondió tristemente:

–Bueno, todo bien entonces. Recuerda lo que te he dicho. Camina medio kilómetro por la carretera, siguiendo el río, hasta que llegues al paso elevado del ferrocarril. Si empieza a llover mucho puedes esperar allí. Verás los semáforos en rojo del cruce grande, y las gasolineras y las cafeterías, de ahí sale la carretera principal que te lleva directamente. Pasa sobre el puente. ¿Lo tienes claro? Buena suerte.

Metió la marcha y salió de nuevo a la autopista a trompicones.

Peter se quedó solo en la noche lluviosa.

Estaba de nuevo en la carretera, viajaba por el continente

hacia el oeste, deslizándose hacia años cada vez más lejanos, a solas junto a las aguas de la vida, solitario, contemplando las luces sobre el río, rumbo hacia las luces que ardían cálidas en las ciudades, contemplando la orilla mientras recordaba la ternura de su padre y de toda la vida.

Los relámpagos brillaban suavemente en la oscuridad, y en las orillas pobladas de árboles y sobre las aguas errantes que se entreveían bajo la lluvia. Cada vez que escuchaba gemir los trenes y soplar el viento sobre el río trayendo su eco a través del valle, le parecía escuchar también un zumbido salvaje de voces, las queridas voces de todos aquellos a los que había conocido, como si le gritaran: «¡Peter, Peter! ¿Adónde vas, Peter?».

Comenzó a caer una suave ráfaga de lluvia.

Peter se subió el cuello de la chaqueta, inclinó la cabeza y aceleró el paso.

# ÍNDICE